La Ciudad de la Muerte

VANESSA R. MIGLIORE

LA CIUDAD DE LA MUERTE

PUCK

Argentina – Chile – Colombia – España
Estados Unidos – México – Perú – Uruguay

1.ª edición: mayo 2022

Plaza de los Reyes Magos, 8, piso 1.º C y D – 28007 Madrid
www.mundopuck.com

ISBN: 978-84-17854-47-8
E-ISBN: 978-84-19029-53-9
Depósito legal: B-4.890-2022

Fotocomposición: Ediciones Urano, S.A.U.

Impreso por: Rodesa, S.A. – Polígono Industrial San Miguel
Parcelas E7-E8 – 31132 Villatuerta (Navarra)

Impreso en España – *Printed in Spain*

A todas las personas que día a día luchan por conservar
su salud mental, no estáis solas.
Hay luz al final del camino.

A mis tres perras. Sois la mejor compañía que podría
desear, mi soporte en los días más oscuros.
La felicidad tiene cuatro patas.

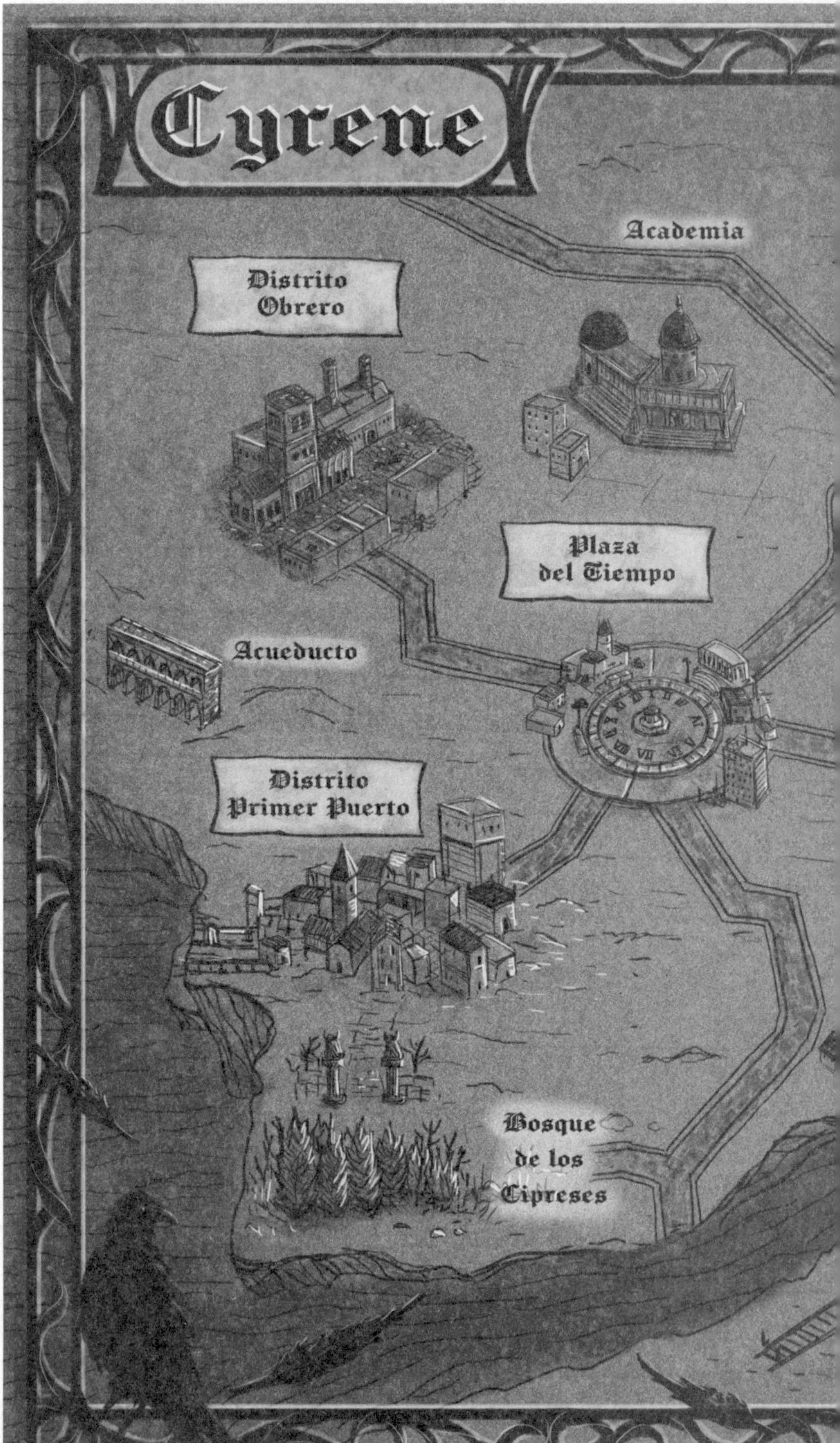

Cyrene

Academia

Distrito Obrero

Plaza del Tiempo

Acueducto

Distrito Primer Puerto

Bosque de los Cipreses

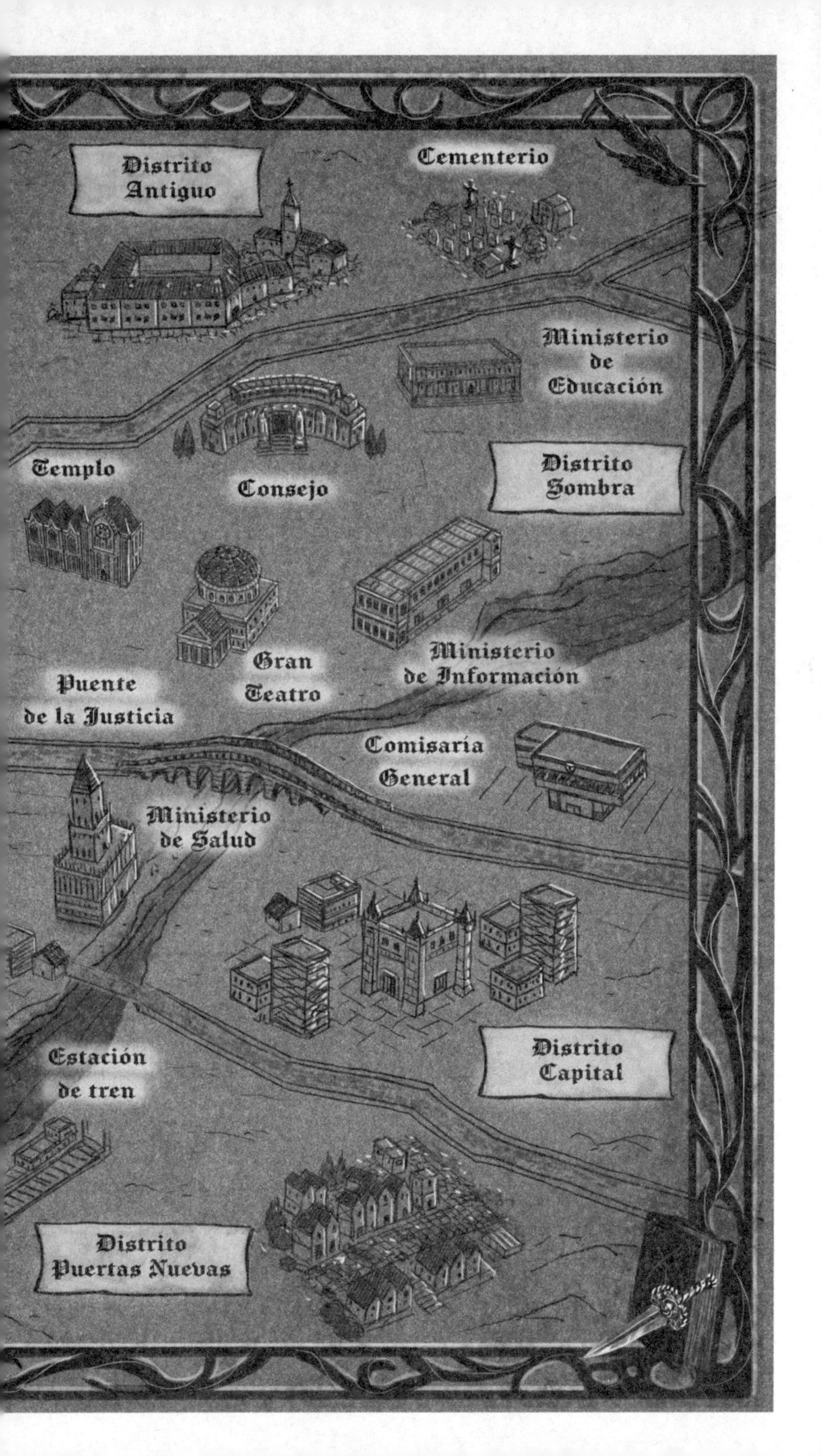
Distrito
Antiguo
Cementerio
Ministerio
de
Educación
Templo
Consejo
Distrito
Sombra
Gran
Teatro
Ministerio
de Información
Puente
de la Justicia
Comisaría
General
Ministerio
de Salud
Estación
de tren
Distrito
Capital
Distrito
Puertas Nuevas

June había roto las reglas de la misma manera en la que Cibeles y Lilith lo hicieron el día en que encerraron a la Muerte en el Bosque de los Cipreses. Ataron a Aracne a la magia que dormía en la oscuridad y sepultaron su poder en el pozo arcano que yacía en las entrañas del olvido.

Del *Arcanum*, 17:33.

Prólogo

—¿Sabes que el mundo está lleno de cobardes?

Asia no respondió, no quería hacerlo. Cerró los ojos y deseó que aquella noche acabara cuanto antes. Se imaginó regresando a casa y olvidando el deseo que pugnaba bajo su piel por demostrar que era valiente. Aquella pregunta insulsa, casi inocente, no era más que una mera provocación y no estaba dispuesta a ceder.

—¿Lo harás entonces?

Como respuesta, sacó la daga del bolsillo de su abrigo y calculó el peso sobre la mano izquierda. El arma brillaba bajo la tenue luz de la noche. Los diminutos diamantes negros de la empuñadura le susurraban que fuera valiente incluso cuando se despojara de la única protección que un invocador de sombras podía tener. No le entusiasmaba desprenderse de su daga invocadora, pero el reto era arriesgarse a entrar sin protección alguna.

Volvió la cabeza para mirar a sus compañeros e hizo un gesto afirmativo que los emocionó. Sus corazones latían a un ritmo irregular que ella percibía bajo la piel; podía sentir las líneas de sus pechos vibrando de emoción.

No era que los invocadores pudiesen hacer eso, pero ella poseía una naturaleza diferente. Una naturaleza que hacía años no se había visto en todo el continente.

En ese momento, las campanas sonaron a lo lejos. Doce veces, lo que anunciaba la medianoche, la hora de la Trinidad, *la hora sagrada*.

Asia notó el repiqueteo estridente en cada fibra de su cuerpo y cerró los ojos para apreciar la fresca brisa otoñal que le revolvía el pelo. Las miradas volaron hacia ella y percibió la presión del entusiasmo, la necesidad de una aventura que les dejaría una anécdota por contar. Ninguno de sus amigos parecía estar tan aterrorizado como ella y eso le otorgó la confianza para hacerlo.

Estaban al borde del Bosque de los Cipreses y el aire lúgubre se arremolinaba como el terrible augurio que encerraba ese lugar. El bosque prohibido, el lugar en el que moraba la Madre Muerte, también conocida como la diosa Aracne.

—¿Tienes miedo? —La voz seca de su compañero estaba impregnada por ese eco pastoso que arrastra el alcohol.

—No, pero parece que a ti sí te da terror que me atreva a entrar en la morada de la Muerte.

La simple mención de ella le picó en los labios y notó que el rostro del chico se descomponía ante su alarde. Siempre le había fascinado el mito de Aracne, la Diosa de la Muerte, quien junto con Lilith y Cibeles conformaban la Trinidad.

Las tres diosas a las que el continente de Ystaria rendía culto.

Casi podía escuchar la voz de su hermana diciéndole que era demasiado necia y manipulable. Kaia, con sus hermosos ojos azules, con la elegancia de su madre y la belleza de su padre. Unas cualidades que parecían haberle sido negadas a Asia; todas las aptitudes positivas estaban destinadas a su hermana, no a ella.

—Tienes que alcanzar la orilla del bosque y traer un trozo de madera sagrada. Del árbol de Aracne. —Su voz se desvaneció hasta confundirse con el rugido del viento.

Era un reto.

Asia miró los ojos apagados del chico y en un instante fugaz tomó la decisión; se quitó las zapatillas al borde del camino, nadie debería pisar la Tierra Sagrada con zapatos y ella no podía ensuciarse los suyos si pretendía que su abuela no la descubriera. Se recogió el borde del vestido blanco que su hermana le había regalado en su último cumpleaños y dio el primer paso. Dejó la daga junto a las zapatillas y sintió el vacío que le producía desprenderse de ella.

Luego, abandonó las sombras y, antes de deslizarse sobre la gravilla, echó una última mirada a sus acompañantes. Eran tres chicos y dos chicas, todos tenían la misma edad que Asia y un afilado sentido del riesgo que buscaban poner a prueba siempre que tenían oportunidad.

—Sé valiente, Asia. Te esperaremos —le dijo uno de ellos como si de esa manera pudiese darle algún tipo de ánimo.

Cruzó el límite con un ligero estremecimiento. El frío caló su ropa y Asia se abrazó las costillas mientras deambulaba fijándose en el silencio que, poco a poco, crecía a su alrededor. Un murmullo tenue que contrastaba con el ruido de la ciudad, que en ese instante era reemplazado por el eco de los pájaros.

Asia avanzó con una sonrisa carente de confianza y se prometió no arrepentirse de su decisión. Desde luego, no las tenía todas consigo. Vivía atrapada en una bola de cristal que su abuela y su hermana movían a su antojo. Una burbuja que ella deseaba romper; anhelaba dejar que, por una vez, las esquirlas de vidrio le hicieran daño y pudiese demostrarse a sí misma que estaba viva. Que no era una muñeca de porcelana.

La sensación de miedo remitió conforme sus pies deambulaban en medio de las ramas caídas y los guijarros del camino, el bosque en su inmensidad no estaba tan mal después de todo. Pese al viento feroz y algo tétrico que la acompañaba, Asia se sentía sola y aquella emoción siempre era bienvenida. Estiró el cuello y sus labios se estremecieron bajo el silencio que se movía entre aquellos árboles desnudos. La densa niebla bailaba sobre la corteza fundiéndose con las ramas más bajas, a las que casi podía alcanzar con la palma de su mano.

Se internó un poco más, lo que le dio confianza, y encontró algo muy diferente a lo que esperaba.

Sus dedos bailaron sobre los troncos y sus pies se deslizaron entre los helechos que alcanzaban las flores silvestres. Los colores de las margaritas se difuminaban bajo los verdes y marrones que no lograban ocultar la belleza que dormía en medio de tanto olvido.

«Tengo que encontrar el tronco del que sobresalen dos astas», susurró para sí misma.

Lanzó una mirada a su alrededor y con asombro descubrió que cientos de luciérnagas brillaban entre los arbustos. Titilaban como motas de polvo que flotaban en el aire y derramaban diminutos rayos de luz en el césped.

Los puntitos brillantes resplandecieron y Asia notó que en medio de aquellos haces de luz se vislumbraba un viejo árbol que dormía con las raíces estiradas sobre una alfombra de tierra que se abría para elevarlo por encima de los demás.

Con un leve temblor sacudiéndole los huesos, Asia se acercó y estiró los dedos para acariciar la madera rugosa y áspera.

—¿Qué haces en mi bosque?

La voz fue tan seca y fría que Asia se quedó inmóvil.

La figura se alzó imponente sobre ella y Asia de inmediato bajó la mirada avergonzada. Estaba hecha de humo, carne y sombras.

—Por favor... —imploró Asia con la voz temblándole en los labios, con el miedo escurriéndose en sus venas.

Sus labios intentaron suplicar nuevamente, pero la voz se le quebró en la garganta cuando sus ojos se deslizaron hacia la Muerte y contempló aquella expresión inescrutable. La Muerte era nítida, corpórea y letal, con una larga cabellera blanca cayendo como una cascada sobre su espalda desnuda. De su cabeza sobresalían dos astas cubiertas de hiedra que acentuaban sus negros ojos sin vida. Tenía la piel resplandeciente, como si la luna iluminara cada una de sus facciones tan perfectas que solo podían recordarle a la belleza de su propia hermana.

—Lo siento...

—¡Cállate! —interrumpió Aracne dejando que su aliento le acariciara el rostro a solo un palmo de distancia del suyo. El olor a rosas muertas sacudió a Asia—. Me llamasteis «Muerte», pero sois vosotros quienes consumís la energía de lo vivo hasta dejarlo marchito.

Por primera vez Asia sintió un miedo terrible taladrándole los huesos. La certeza de que no saldría viva de allí.

La Muerte levantó el báculo de plata que sostenía en su mano derecha y dos hebras de luz dibujaron un círculo dorado por encima de sus cabezas. Asia miró a su alrededor, desesperada, con los ojos nublados por las lágrimas; no tenía su daga, no podía invocar a las sombras y, por primera vez en toda su vida, maldijo su dependencia hacia el instrumento con el que podría protegerse. Estaba atrapada y, por la sonrisa taimada de Aracne, podía jurar que sus probabilidades de salir de allí eran nulas.

Un dolor tibio se extendió por su columna, el final estaba ante ella. Miró los ojos negros de la Muerte y la valentía la abandonó, reemplazada por una necesidad infinita de escapar de allí. Qué idiota había sido, qué innecesaria era la prueba de voluntad cuando ni siquiera viviría para ver salir el sol.

Sin detenerse a pensarlo, Asia corrió hasta el otro extremo del claro seguida por las hebras de plata que cortaron la noche e intentaron asirle los talones. Sujetó su colgante y lo apretó contra la piel.

La sangre manó y Asia dejó que su cuerpo se llenara de un estallido de oscuridad que le permitió notar los hilos arcanos que se confundían entre las ramificaciones del bosque. Eran cientos de líneas brillantes que se tensaban y difuminaban confundiéndose unas con otras. Sintió el control de la energía en su organismo y se adentró en su mente buscando las pulsaciones en el cuerpo de la Muerte.

No había nada. Ni latido ni vida bajo aquella piel resplandeciente.

—Magia arcana —dijo la Diosa con los labios abiertos por la sorpresa—. No es posible.

La nota de incredulidad en su voz inmortal hirió el orgullo de Asia, que llevaba toda una vida ocultando su capacidad.

—La magia arcana se ha extinguido —comentó la Muerte con el rostro ladeado y un brillo azulado en los ojos—. Si realmente puedes controlarla es porque los pozos siguen latiendo.

Asia no entendía de qué hablaba la diosa y, a decir verdad, tampoco le importaba demasiado. En el mundo habían existido tres tipos de magia: la de las sombras, de la cual se valían todos los invocadores y representaba una parte importante de la población.

Luego estaba la magia umbría, un tipo de don que no se veía en el continente desde hacía décadas y que permitía leer e influir sobre las emociones.

Y, por último, la magia arcana. Un tipo de poder supuestamente extinto y peligroso que Asia podía controlar y que se creía que era un tipo de enfermedad porque conducía a la locura a cualquiera que pudiese distinguir los hilos de vida.

—Nadie ha nacido bajo los hilos arcanos desde hace cientos de años —continuó la Muerte, acercándose a ella y deslizando un dedo afilado por la curva de su mentón—. Nadie puede sobrevivir a esa maldición...

Antes de que Asia pudiese responder, sintió un golpe en la cabeza y el aliento se le escapó con un doloroso quejido. El aire a su alrededor se convirtió en hielo, en delicados carámbanos que le perforaron la piel y le desgarraron los huesos.

Quiso gritar, pero dos sombras alargadas le apretaron la garganta. El temblor de su cuerpo se apaciguó hasta dejarla sumida en un leve sopor de angustia y somnolencia; entonces la Muerte la acobijó y ella se entregó a las frías puertas del abismo en el que solo habitaba la oscuridad. Las sombras alargadas que la borrarían de la faz de Ystaria.

1 MEDEA

El Distrito Obrero era el hogar de las sabandijas y los mal afortunados que no contaban con riquezas en el banco o sangre invocadora en las venas. El lugar de los desdichados a los que la suerte había abandonado y quienes necesitaban sobrevivir en una ciudad fraccionada.

El olor a salitre se entremezclaba con el de la cerveza rancia que flotaba en el aire. Medea arrugó la nariz y se prometió que en cuanto llegara a casa se daría un baño para borrar todo rastro de ese aroma fétido que tanto caracterizaba al Distrito Obrero. No era que le disgustara el panorama; al contrario, le agradaba ese lugar alejado de las estrictas reglas de los invocadores. Allí la presencia de su padre no podía alcanzarla.

Oteó la avenida principal, y se deslizó en la noche con paso rígido, con el miedo y la incertidumbre retumbando como un eco en sus huesos.

Conocía cada resquicio, cada piedra de aquel distrito. Sabía que habían elegido ese punto de la ciudad porque la policía no solía escarbar en el Distrito Obrero. Era un punto ciego dentro de Cyrene, uno en el que la línea que marcaba la ley era tan difusa y ambigua que resultaba sencillo saltársela.

El distrito ofrecía una protección que no podían encontrar en ningún otro lugar de la ciudad. Sus calles estaban sucias, ennegrecidas por los años y el hedor que durante décadas se había acumulado sobre los adoquines rotos. Medea sabía que cualquier persona con un mínimo de sensatez no entraría allí.

Un ruido la arrancó del suave letargo y supo que Thyra había entrado al edificio que se alzaba al borde de la callejuela. La sombra de su amiga se deslizó en silencio y Medea se mordió el labio con fuerza esperando que se apegara a lo que habían acordado. A Thyra le encantaban aquellas noches de libertad en las que jugaban a las justicieras y ayudaban a los desafortunados, y aunque Medea disfrutaba de la sensación servicial que la inundaba en aquellos casos, solía convertirse en esclava de sus nervios.

En esa ocasión el plan era sencillo, por lo que se obligó a moverse al amparo de la oscuridad y se coló en un callejón abandonado que le ofrecía una mejor vista.

Lo cierto era que tener un padre jefe de policía podía servir para muchas cosas. La primera y más importante: enterarse de las redadas y poder advertir a los grupos que trabajaban al margen de la ley en Cyrene. Porque, aunque la Orden era una organización política amparada por las leyes —no solo de la ciudad, sino también del continente—, existían otros que no podían protegerse dentro de un marco legal y operaban en secreto. El objetivo era el mismo: trabajaban por la mejora de los derechos de quienes no poseían magia, de los que no podían controlar las sombras. La única diferencia era que la Orden sí era una institución legítima, pese a que no gozaba de la simpatía de los invocadores, que la veían como una amenaza.

Desde luego Medea no era una delincuente. Era una chica afortunada que había nacido con la marca de invocadora dentro de una de las familias más pudientes de Cyrene. Por eso aprovechaba esos pequeños momentos en los que desafiar a la autoridad se convertía en su vía de escape, en el refugio que algunas veces añoraba tener.

Tragó saliva y pegó la espalda contra la pared del edificio. Una gota de sudor le resbaló por la frente y cayó sobre el dorso de su mano dejando un rastro pálido sobre la piel morena.

Sentía la agitación en las sombras, con cada bocanada de aire le parecía que la oscuridad se extendía por el suelo haciendo que el llamado de su daga fuese cada vez más intenso.

Ladeó el rostro y se resistió. Apretó la mano hasta que los nudillos se le pusieron blancos.

Antes de que las sombras tironearan de su inquietud, atisbó otra figura que apareció en la entrada del edificio e hizo que los nervios de Medea se crisparan. La información era correcta y confirmarlo supuso un alivio para ella.

Una redada. Después de todo parecía que los dedos afilados del Consejo estaban llegando a rincones olvidados como aquel.

Miró al otro lado de la calle, los edificios permanecían con las ventanas cerradas y solo una taberna de mala reputación estaba abierta a esas horas de la noche. Cerca del local persistía el sonido de unas voces agudas que se iban alejando y se confundían con el murmullo de las sirenas policiales.

Medea se aseguró de que nadie la siguiera, se caló la capucha del abrigo y cruzó hasta la otra esquina, en la que una silueta agazapada aguardaba.

—Acabo de verlos al otro lado del río —dijo Orelle dejando escapar el aliento. Inclinó la cabeza y Medea apreció la preocupación en sus ojos oscuros. Bajo el pesado abrigo gris vestía un pantalón ancho y una camisa de lino que se le ajustaba al pecho; unas botas negras hasta las rodillas y un par de anillos de plata en sus dedos—. ¿Estás bien?

—Claro —mintió, reclinándose contra la pared.

Orelle asintió y dirigió su atención a la calle en la que dos patrullas policiales rodeaban un recinto que parecía abandonado. El edificio de tres plantas se torcía en un ángulo extraño que hacía parecer como si los ladrillos del tejado estuvieran a punto de derramarse.

Medea se acuclilló y Orelle la imitó dándole un suave golpecito en la rodilla.

—Thyra y Mara están en la planta de arriba —musitó Medea con los labios tensos y el corazón encogido dentro del pecho—. Deberíamos hacer la señal.

Su amiga asintió con gesto solemne y, antes de que Medea pudiese desearle éxito, Orelle cruzó la calle adentrándose en la oscuridad perpetua. La perdió de vista y, casi de inmediato, apreció el peso de su daga en el interior del bolsillo. Thyra, Mara y Orelle no eran invocadoras. Las tres tenían becas en la Academia, a diferencia de Medea que gozaba de todos los beneficios de quien nacía con la marca de las sombras.

Aun así, todas abogaban por la igualdad de derechos entre los invocadores y los que no tenían magia alguna. Hacían propuestas para la Academia, mientras se nutrían de información sobre las redadas policiales y llevaban adelante su propia organización secreta.

Medea suspiró, apoyó el brazo en la pared y observó cómo los policías entraban al edificio a los gritos. No tardó en ver que la ventana de la planta superior se abría y mostraba a una chica delgaducha de aspecto desgarbado: Thyra.

El viento sopló arrastrando el olor a lluvia y atizando los nervios de Medea, que enseguida se puso en pie. El edificio con ventanas negras colindaba con una de las avenidas principales del distrito. Si miraba hacia arriba podía ver las luces encendidas tras los cristales y casi podía escuchar los pasos sobre el piso de madera.

En ese instante un coche se deslizó por la carretera y, con aprensión, Medea supo que el tiempo se le escurría entre los dedos. La patrulla serpenteó hasta el borde del camino y aparcó. Le dolió ver cómo los policías se apeaban del vehículo y aporreaban la puerta justo antes de entrar en la casa. Aunque no alcanzó a ver cuántos eran.

Es mi momento, pensó Medea, y sus labios se tensaron en una línea recta. Estiró los dedos sobre su daga, que tenía una empuñadura violeta rodeada por dos finos hilos de plata que bajaban hasta el filo. La apretó y las sombras se revolvieron bajo sus pies al tiempo que detectaba una crispación inusual en sus movimientos veloces. Escuchó voces airadas en el interior y de un par de zancadas cruzó la calle hasta donde Orelle aguardaba.

—Tenemos un problema —dijo, y señaló la entrada en la que dos policías esperaban a sus compañeros.

Medea flexionó los dedos levemente.

—¿Cuántos son? —preguntó en voz alta mientras resistía el llamado de las sombras. Orelle se encogió un poco y desvió la mirada hasta el jardín trasero antes de responder:

—Tres que acaban de entrar, pero necesitamos distraer a esos dos antes de que salgan todos los que están escondidos en la habitación de arriba.

Los ojos de Medea vagaron hasta el balcón y se encontraron con los de Thyra, que permanecía asomada por la ventanilla. Se encontraban en una encrucijada. Con Thyra arriba y los policías abajo era imposible librarse de esa, al menos no sin recurrir a la magia.

Medea empuñó la daga con los dedos sudorosos y les rezó a las diosas para que aquello saliera bien. Deslizó el filo de hierro en el aire y sus labios hilaron una suave canción de noche que invocó a una sombra densa y espesa. El aire vibró contra sus huesos y la oscuridad se volvió pesada. El olor a cenizas le inundó la nariz mientras sus labios no paraban de moverse y sus dedos tiraban de las sombras a la vez que moldeaban una forma ovalada y opaca.

Sin pensarlo, Medea lanzó la sombra contra la puerta entreabierta y la oscuridad estalló en el interior provocando una sarta de gritos y maldiciones.

—¡Sal de ahí, ahora!

Las puertas del balcón se abrieron bajo el murmullo de las voces y Thyra salió a toda prisa con el rostro crispado por el miedo. Tenía el pelo revuelto y Medea la vio bajar por unas escaleras adosadas, con una urgencia que la hizo tensar la espalda. Antes que llegara hasta ellas, Thyra giró sobre sus talones y avanzó en sentido contrario.

Medea se quedó mirando la calle, atónita, y por un momento no comprendió el movimiento hasta que sus ojos cayeron sobre los oficiales que emergían de la casa. Los policías salieron a trompicones, en medio de gritos y lamentos que precedían a una persecución. El miedo a que la reconocieran la obligó a ponerse en marcha y a correr tras Orelle, que ya había emprendido la huida.

Aferrando la daga, Medea serpenteó entre las calles. Oyó un ruido metálico a su espalda y se juró que nunca más volvería a meterse en un lío como aquel. Lo último que pretendía era que su padre la descubriera. Si Talos se enteraba de sus aventuras en el Distrito Obrero podía despedirse de cualquier intento por unirse a la Orden.

Orelle aminoró la marcha y se colocó a su altura. Continuaron envueltas en el silencio y ante cualquier ruido se sobresaltaban.

—Deprisa —ordenó Orelle a Medea, que iba rezagada.

—¿A dónde vamos?

Enseguida comprendió lo que pasaba por la cabeza de su amiga.

Medea pensó en las personas que se quedaban atrás, en los que no podían escapar como ellas.

Parecía que las redadas estaban aumentando en los últimos días.

Deshizo el pensamiento de culpa y se internó en una callejuela estrecha y ennegrecida que Medea conocía bien. Entonces Orelle cruzó en una esquina y sacó del bolsillo un manojo de llaves doradas. Las sombras ondularon bajo sus pies cuando doblaron en la avenida Catorce y llegaron al depósito que hacía las veces de refugio para ellas.

Era un viejo recinto abandonado. Orelle introdujo la llave en la cerradura hasta escuchar el chasquido que alivió el peso que colgaba de los hombros de Medea. Y recién en el interior, pudo tragar saliva y se quitó el abrigo.

—Esto ha sido agotador —musitó Orelle, encendiendo la luz y cerrando la puerta a su espalda—. Diez personas que planeaban protestar contra el Consejo la próxima semana, si no hubiésemos llegado, habrían pasado la noche en el calabozo.

Medea se deshizo de las botas húmedas mientras asentía con un nudo en la garganta y observaba las motas de polvo revolotear en el aire.

—¿Crees que Thyra estará bien?

Una arruga profunda cruzó la frente de Orelle, que se apresuró a sentarse en el sofá. Bajo la luz de la lámpara, Medea notó el cansancio en los ojos castaños de su amiga. El pelo oscuro se le rizaba sobre la frente morena y las cejas se juntaban demasiado haciendo que pareciera pensativa.

—Por supuesto, acompañará a esas personas y mañana la veremos.

Soltó un largo suspiro y no se atrevió a mirarla a la cara por miedo a que descubriera la inseguridad que desfilaba en el borde de sus pensamientos. Orelle era muy entusiasta, había intentado incursionar en la Orden y la habían rechazado sin motivo aparente, por lo que decidió trabajar por su cuenta.

—Yo creo que es un gran riesgo —concluyó Medea.

—Vamos, Medea —dijo Orelle mientras se arrellanaba en el sofá junto a ella—. Lo hemos hecho un par de veces. Te has enterado de que los buscarían y solo los hemos ayudado a escapar, todo está bien. No te han reconocido, si es lo que te preocupa.

—Deberíamos concentrarnos en las propuestas para la Academia y olvidarnos de las redadas. Yo quiero ayudar, pero no de esta manera.

La voz le tembló y Orelle se incorporó levemente para acariciarle la mano. Estaba tibia al tacto y dejó un hormigueo sutil sobre la piel de Medea. No le molestaba el riesgo, pero últimamente estaba jugando con la paciencia de su padre y sabía que no vería con buenos ojos que desafiara su autoridad con tanta vehemencia. En la Academia al menos no corrían el riesgo de ser reprendidas. Los profesores solían ser benevolentes y entendían que algunos estudiantes abogasen por la libertad de derechos entre los invocadores y los que no poseían magia.

—No somos delincuentes, si es lo que te preocupa. Siempre que pueda ayudar lo haré, aunque implique un enorme riesgo.

—Pero huimos como si fuésemos ladronas. No temo por mí, al fin y al cabo mi padre puede interceder ante quien sea. —Lo decía en serio, Talos no permitiría que su hija fuese a la cárcel—. Pero Thyra o tú no tenéis la misma seguridad.

—No me preocupa. Sabemos a lo que nos enfrentamos, conocemos el riesgo y es lo que tiene ayudar a la gente, Medea —matizó Orelle—. Si pudiésemos unirnos a la Orden no tendríamos que huir, pero no están aceptando solicitudes y… —Dudó y se cruzó de brazos como si temiese lo que estaba a punto de decir—. Tampoco estoy segura de que fuesen a aceptarte. Quiero decir, sé que tus intenciones son buenas y eres una aliada valiosa, pero sigues siendo una invocadora que goza de todos los privilegios que alguien como tú puede tener. Incluso no creo que tu familia lo viese con buenos ojos.

Medea permaneció en silencio, pensando en que, tal vez, esa era la razón por la que había fundado su pequeño club. La idea de poder ayudar a otros que no gozaran de magia. La vida en Cyrene no era justa y una pequeña parte de Medea detestaba las diferencias sociales que situaban a los invocadores por encima del resto. Una superioridad que le resultaba no solo antipática, sino también abusiva.

Estiró los brazos por encima de la cabeza y bostezó mientras deslizaba los pies desnudos sobre el suelo de madera. Medea alzó la barbilla y agradeció la compañía de Orelle; una diminuta parte de su ser se sintió reconfortada. Muy en el fondo sabía que no le gustaba estar sola. Cuando lo estaba tenía tiempo para pensar, para escurrirse entre sus mentiras y divagar en torno a la vida absurda que llevaba. Al menos eso era lo que pensaba la mayoría de las veces. Pero lo cierto era que tampoco le agradaba estar sola porque tenía un miedo terrible de sí misma, de su naturaleza y de las absurdas expectativas familiares con las que debía cumplir.

2
Ariadne

Ariadne sabía que aquellas condenadas líneas estaban destinadas a morir, incluso antes de ser leídas. Tomó el papel entre los dedos y con un gesto de disgusto lo volvió a dejar sobre la superficie de madera trazando dos tachaduras en la última frase. Sin quererlo, se había vuelto a quedar estancada; atada entre las palabras que parecían flotar en su cabeza. Odiaba cuando las dudas la asaltaban de tal manera que se bloqueaba y perdía el tiempo. Se mordió la uña del pulgar, nerviosa, y apartó la libreta, frustrada.

No eres más que el esfuerzo de una chica corriente que ansía convertirse en escritora, pensó arrugando el papel y lo dejó caer al suelo junto a otro montón de intentos.

En ese instante, la puerta de su habitación se abrió de golpe y Myles se dirigió hasta la cama, en la que dejó un periódico arrugado. Ari lo tomó antes de fijarse en las ojeras que resaltaban bajo las pestañas rubias de su hermano. Llevaba un traje elegante de corte bajo con botones de plata y una corbata de rayas a juego con los zapatos brillantes; cualquiera diría que parecía salido de una revista, de esas que su madre leía con tanto anhelo.

—¿Te has enterado?

Ari se deslizó en la silla y asintió con un gesto cansado. Había un miedo casi palpable en su voz: preocupación. Desde donde estaba alcanzó a leer la primera plana y aquel titular enorme la hizo torcer un poco la boca.

La policía de Cyrene ha encontrado el cuerpo de una joven en el Distrito Sombra. La chica de veinticuatro años presentaba marcas que la policía forense ha decidido investigar. Todo apunta a un asesinato que se ha producido durante la madrugada.

Aquellas palabras taladraron el interior de Ari, que dejó caer los párpados y contuvo un estremecimiento. A esa noticia le faltaba algo. Era como una puerta mal colocada; cientos de incógnitas que despertaban en ella un mal presentimiento. Apartó el periódico y se puso en pie.

—Ten cuidado, ¿de acuerdo? —dijo Myles, y Ari detectó la advertencia que ocultaba su voz.

—No volveré tarde, lo prometo.

Su hermano dibujó una sonrisa conciliadora, de esas que les dedicaba a sus compañeros de trabajo y, sin decir nada, desapareció tras la puerta.

Sus ojos regresaron a la libreta sobre el escritorio y supo que aquella mañana no conseguiría escribir algo que mereciera la pena. Miró el cajoncito de la cómoda; allí guardaba sus más preciados tesoros y, entre estos, yacía una libreta con nuevas ideas para su novela. Una historia que llevaba años nadando entre sus pensamientos sin llegar a concretarse, más por el miedo a no ser suficientemente buena que por falta de ideas.

Las letras siempre habían sido un elemento sanador en su alma, la ayudaban a mantenerse a flote cuando los problemas la ahogaban.

Soltó un suspiro largo y dirigió su atención hacia la ventana. El cristal estaba empañado, pero más allá de las gotas del rocío, se veía el Distrito Puertas Nuevas que despertaba bajo un cielo despejado. Las casas estrechas se amontonaban unas junto a otras y se abrían en medio de enormes callejones sucios que parecían contener todos los años del mundo.

En el Distrito Puertas Nuevas no vivían los invocadores, solo personas comunes como ella que no tenían ninguna magia esencial que pudiera ayudar a la sociedad.

De repente, frunció el ceño y sus ojos cayeron sobre la mochila abierta que estaba sobre la cama. Llevaba varias semanas esperando que le aprobaran la beca. A diferencia de los invocadores, que nacían con una plaza asegurada en la Academia de Cyrene, Ariadne tenía que ganársela, y, aunque durante los últimos tres años había recibido su beca sin ningún inconveniente, empezaba a temer el rechazo que pondría en jaque su futuro.

Evitó el pensamiento y con escaso entusiasmo se pasó un peine por los rizos rubios e intentó alisar el flequillo rebelde que le caía descuidadamente sobre los ojos. Rezongó y rebuscó en el armario hasta encontrar un vestido negro de lunares blancos que se echó por encima de la cabeza; antes de salir de la habitación se detuvo frente al espejo. Su reflejo siempre le había resultado extraño, como si no fuese suficientemente atractiva, al menos no tanto como esas protagonistas que se empeñaba en recrear. De hecho, ni siquiera era guapa, al menos no de la manera tradicional. Ari era demasiado alta y un poco desgarbada, tenía una nariz pequeña y unos ojos enormes que ocultaba tras unas gafas redondas que la hacían parecer más joven.

—¡Ariadne, se te hace tarde!

La voz de su madre la sobresaltó; con pereza, se sacudió las dudas y bajó las escaleras de la casa, absorta en sus preocupaciones.

—Otra vez se te han pegado las sábanas —gruñó su madre al verla en la cocina.

—Lo siento, llevo toda la noche trabajando en el proyecto que Myles me encargó.

Su madre dijo algo que no pudo descifrar y Ariadne la ignoró.

—No son integrales —chirrió su madre lanzando una mirada crítica al fijarse en la tostada que ella acababa de meterse en la boca—. Siéntate erguida, Ariadne, por favor.

Ari se enderezó a regañadientes y esquivó el reproche que su progenitora escondía en el tono incisivo con el que le hablaba. Su madre, Neyda, era una mujer entrada en años que había envejecido con gran elegancia gracias a las cremas hidratantes que se untaba en la cara desde que Ariadne era una niña. Tenía la piel blanca y lisa, los ojos verdes y unos labios redondos que resaltaba con pintalabios rojo.

—Myles estuvo preguntándome por tus avances —agregó su madre.

Por supuesto, su hermano sí que tenía grandes ambiciones y todas las papeletas de vivir una existencia menos monótona que la suya. Ari gruñó suavemente y no respondió. Neyda tenía una predilección casi enfermiza por Myles y jamás osaba refutar nada de lo que él decía.

Apartó la mirada de su madre, ya tenía los nervios demasiado revueltos y, aunque sabía que le aguardaba un día largo, no quería discutir sobre los requerimientos de su hermano y los favores que ella le hacía. Tomó otra tostada del plato y echó una bolsita con pera troceada dentro de su bolso.

—¿Te han dicho algo de la beca? —preguntó su madre mientras se movía al otro lado de la mesa.

Los ojos de Ari se desviaron hacia la ventana. Le sorprendió que recordara aquel asunto que llevaba semanas sufriendo en silencio. Hacía casi cuatro meses que esperaba una respuesta y la idea de que le rechazaran la beca justo en ese momento de su vida le carcomía la cabeza.

—Aún no tengo respuesta —admitió, y el rostro de su madre se ensombreció.

—Estas cosas son así, mi querida niña —estiró la mano y le apretó el hombro con aquel tono despreocupado con el que hablaba siempre—. La Academia es para los invocadores, nosotros no tenemos la misma suerte, y, si no te renuevan, tendrás que estudiar en cualquier otro centro en el que puedas hacer alguna carrera decente.

—Pero eso no es lo que yo quiero —admitió Ari y descubrió el enfado que le palpitaba bajo la piel. La idea de abandonar la Academia, la escuela más prestigiosa de toda la ciudad, le producía un malestar terrible—. Soy la mejor de mi clase y ni los recursos económicos ni la magia deberían ser un impedimento para que consiguiera graduarme.

Neyda negó con la cabeza y Ari se inquietó por la tristeza con la que su madre la miraba. Tal vez no era una buena idea discutir sobre ese asunto durante el desayuno. No cuando le aguardaba un día tedioso en el que probablemente no recibiría una respuesta por parte de la Academia.

—Yo solo digo que no deberías aferrarte a lo imposible. Hay otras formas de prosperar en este mundo y una persona con tu talento seguro que consigue alternativas mejores.

Ariadne había dejado de prestarle atención a la conversación. Miró el calendario que colgaba sobre la nevera y ahogó una palabrota antes de soltar:

—¿Hoy es jueves?

—Claro, cariño.

Ariadne se mordió el labio. Maldijo su mala memoria y recordó que aquel día era la primera excursión del semestre y, con toda seguridad, la más importante.

Se paró de inmediato y abandonó la cocina. No había dado ni cuatro pasos en la calzada cuando regresó por el camino y entró a la casa; su madre esperaba al lado de la puerta con la mochila en brazos y un gesto de reproche en los labios.

—Date prisa —musitó y le entregó el bolso que Ariadne se echó sobre el hombro antes de salir corriendo para alcanzar el primer tren de la mañana—. Ariadne. —La detuvo antes de que abandonara el portal—. Que la Trinidad te proteja, ten mucho cuidado, por favor.

Con el ceño fruncido, Ari asintió y abandonó su casa para arrojarse a la carrera por la calle desierta. Con algo de suerte y si el destino así lo quería, llegaría con el tiempo justo para disculparse con sus amigas. Odiaba la idea de empezar el semestre con la angustia de perder su beca en la Academia, pero incluso era peor tener la sensación de que la muerte vagaba por la ciudad en busca de víctimas inocentes.

3
Kaia

«Kaia está maldita».

Esas eran las palabras que sus compañeros de clase susurraban a sus espaldas cuando creían que ella no los escuchaba. Pero los oía. Por supuesto que lo hacía. Podía escuchar sus voces incluso mientras dormía, en los pasillos, en las aulas de la Academia. La perseguían como fantasmas que se anclaban a su piel y se le metían en los huesos.

Y cuando no hablaban, lo veía en sus rostros, en las miradas vacías: le temían a la chica que lo había perdido todo.

A Kaia le hubiese gustado pensar que se equivocaban, pero sabía que en lo profundo de sus murmullos se ocultaba la verdad. Una verdad ineludible con la que ella se dormía por las noches y despertaba en las mañanas. Formaba parte del juego de la vida y saltaba a la vista que estaba perdiendo por no saber mover las fichas.

No solo estaba maldita, poseía una naturaleza indomable. En Ystaria había tres tipos de magia: la de las sombras, que era aquella que los invocadores podían utilizar por medio de una daga sagrada con la que controlaban la energía de la oscuridad. Los invocadores nacían con una marca violeta en el hombro y, cuando cumplían diez años, se les hacía entrega de una daga con la que podían canalizar la energía de las sombras para usarla a su favor. Las otras dos magias se habían extinguido: la arcana y la umbría.

Sin embargo, Kaia podía sentir una de las magias muertas.

La magia prohibida. La que amenazaba con la locura y había sido condenada hacía más de un siglo. En Ystaria habían perseguido a todos los que poseían magia arcana, los habían asesinado hasta acabar con su descendencia, con su legado. En los últimos años no había nacido nadie que gozara de este don. Pero la naturaleza de Kaia estaba maldita y desde que era una niña tenía la capacidad de sentir el hilo de la vida de cada persona. Notaba la energía arcana en sus huesos, llamándola cada vez que la sangre se le escapaba del cuerpo.

Qué peculiar se le antojaba percibir su propio don; era una invocadora de sombras como toda su familia, pero además tenía un secreto que custodiaba con recelo y del que nunca había hablado con nadie. Llevó los dedos hasta el colgante de plata que pendía de su cuello y el frío metálico la asió a la realidad, recordándole quién era y que no importaba lo que otros vieran en ella.

Con hastío, miró el reloj de su muñeca y comprobó que eran pasadas las once. Llevaba casi veinte minutos esperando y Ariadne seguía sin aparecer, una situación que encendía su mal humor. Y es que había pocas cosas que odiara más que a la gente impuntual o con mal gusto. Y su amiga, aunque era adorable y buena gente, pecaba de las dos.

No era buena señal que hubiera empezado el día en un cementerio lúgubre en el que yacían enterradas unas tristes imágenes que ella mantenía al margen de su memoria. Llevaba meses luchando con los recuerdos de su hermana, encerrada en un odio que le quemaba la piel.

Es solo cuestión de tiempo, se prometió y miró a la izquierda; las tumbas grises dormían entre flores marchitas que pretendían ser una ofrenda a los muertos.

Se remangó su abrigo y echó una mirada al cuervo que se posaba sobre la verja dorada que separaba el camino del cementerio. Forcas llevaba casi media vida con ella. Cuando olisqueaba los problemas, graznaba con fuerza y Kaia advertía que algo no iba bien. Extrañamente, en ese momento el cuervo permanecía sereno, quizá mucho más de lo que debería estar.

—¿Otra vez se retrasan?

La voz lacónica y firme la sorprendió tanto que casi suelta un gemido de horror. Kaia parpadeó con fuerza y sus ojos se encontraron con los de la profesora Persis, que se estaba sacudiendo las cenizas del abrigo blanco. Poseía el rostro duro y arrugado de quien había visto mundo y esperaba la vejez en la comodidad que su puesto le otorgaba. Persis era una de las mujeres más importantes y reputadas dentro de la Academia y a Kaia le daba la sensación de que era consciente de la impresión que causaba en los demás; por eso la expresión autoritaria, severa, con la que se dirigía a ella.

—He perdido la cuenta de todas las veces que te he visto esperando a tus amigas. De todas formas, estoy aquí para avisaros que cancelaré la excursión debido a los nuevos acontecimientos. Dejaremos el seminario sobre consanguinidad para más adelante —le dijo al tiempo que daba una calada al cigarillo. El hilo arcano que ardía en su pecho vibró levemente obligándola a apartar la mirada, incómoda.

Dejó escapar un siseo y sus ojos se deslizaron hacia la calle, hacia el río que arañaba la tierra y se confundía en el horizonte manchado de gris.

—Digamos que la puntualidad no es la mayor de sus virtudes —respondió.

La profesora enarcó una ceja, sarcástica, y, casi sin proponérselo, estiró el cigarrillo invitando a Kaia. Ella declinó la oferta jugueteando con los botones de su abrigo; no había nada que arruinara más la imagen de alguien que el vicio por el tabaco.

—Me gusta que te cuides y seas prudente, seguro que darás una excelente imagen cuando logres entrar en el Consejo —musitó Persis con una sonrisa.

Al oír eso, Kaia cambió el peso de su cuerpo a la pierna izquierda y levantó los ojos para escrutar el rostro de Persis, que dio una última calada al cigarrillo. Tal vez no era tan mala jugadora como pensaba, tal vez podría conseguir su objetivo si sabía mover bien sus fichas. El Consejo de Invocadores era la máxima autoridad política dentro de Cyrene. Un gobierno centralizado en el que cada cinco años se votaba y se elegía a los diez miembros que velarían por el futuro de la ciudad. Era un gran órgano gubernamental que regía todas las funciones de la ciudad, tomaba las decisiones y dirigía a la sociedad.

—¿Le han dicho que pensaban aprobar mi solicitud para las prácticas en el Consejo? —preguntó Kaia fingiendo modestia.

Persis dirigió una mirada cruda al otro lado de la verja.

—Kaia, yo quiero recomendarte, pero no creo que este año sea el ideal. Eres demasiado *joven*.

Hizo énfasis en la palabra con un mohín de desagrado. Como si Kaia dispusiese de todo el tiempo del mundo.

—Aún no me han rechazado la solicitud, podría decirles que soy una estudiante modelo…

Antes de que Kaia pudiese continuar, la profesora alzó una mano de manera hostil cortando su explicación.

—Lo siento, pero no. Esas son meras conjeturas tuyas y creo que todavía te queda tiempo por delante. El próximo año. —Notó las esquirlas de hielo colándose en su voz.

La negativa de Persis era un puñal que rompía con sus posibilidades y todos los esfuerzos que había hecho a lo largo de las últimas semanas.

—Deberías concentrarte en las clases y dejar de rebuscar entre los muertos. Sé lo afectada que sigues tras la muerte de tu hermana, pero han pasado meses y es hora de que le hagas frente al futuro —advirtió Persis con gesto suspicaz. Kaia sabía que hacía referencia a todas las veces en las que había exigido explicaciones y respuestas ante el caso de Asia—. Además, me gustaría…

La voz se le cortó cuando un grupo de estudiantes pasó frente a ellas. Forcas emitió un graznido débil desde la rama del árbol y Kaia fingió que no había reparado en las jóvenes que amablemente saludaron a la profesora y la miraron con aprensión a ella.

—Perdón —insistió la mujer alisándose la falda plateada sin atreverse a mirarla a los ojos. Era como si temiese ver la soledad que anidaba en su alma y tuviese que ser testigo de cómo los sueños de Kaia se rompían ante su negativa—. Solo quiero que sepas que si necesitas ayuda, estoy aquí. El año que viene te recomendaré y me encargaré de que te acepten en las prácticas que quieres. Solo debes esperar un poco más, un año como mucho.

Kaia notó con creciente incomodidad que Persis intentaba decir algo que no llegó a materializarse en su voz.

—El tiempo que tengo que esperar es el mismo que podría aprovechar siendo de utilidad. Mi vida está marcada por la tragedia, no quiero esperar a que vuelva a golpear a mi puerta.

Persis se pellizcó el puente de la nariz, se echó hacia atrás y sacó otro cigarrillo que encendió con un moviento grácil. Kaia no pudo contener la indignación que apareció en su sonrisa; la profesora le estaba cerrando las puertas en la cara y fingía que le importaba lo que sentía.

—Lo siento —continuó Persis y expulsó el humo por la boca—. Esfuérzate por mantener un perfil bajo y el próximo año quizá podamos valorar la idea.

A Kaia no le entusiasmaba la idea. De hecho, era una nueva traba que sortearía a través de métodos poco tradicionales. Si de algo podía presumir era de que tenía una lista de recursos de los que podía echar mano, y lo haría, aunque fuese algo deshonesto o moralmente incorrecto.

4
Ariadne

Ari fue la primera en verla llegar.

La plaza estaba abarrotada de personas que se movían entre las terrazas con un tema de conversación en común. Todo giraba en torno al descubrimiento de la chica muerta junto al río, y Ari notó que, por primera vez en años, Cyrene se veía acechada por una nube de incertidumbre.

Medea alzó una mano para captar su atención y la agitó a modo de saludo mientras se peleaba con un grupo de cuervos que aleteaban junto a la fuente. Luego pasó casi de puntillas frente a una docena de ancianos que salían de la iglesia y se detenían en medio de la calle entorpeciendo el paso de los transeúntes. Finalmente, alcanzó la terraza del café Los Poetas Errantes y Compañía, el lugar en el que servían los mejores batidos de la ciudad y en el que estaban sentadas Ari y Kaia.

—Llegas tarde —apuntó Kaia con la voz teñida por la irritación y Medea compuso un gesto de absoluta indiferencia—. Otra vez.

El sol apuntaba fuerte en lo más alto del cielo y una ligera brisa arrastró el olor tenue de los tulipanes que adornaban las guirnaldas de las farolas junto a la plaza. Todavía quedaban intactos algunos de los arreglos florales que decoraban las fachadas de los edificios, que se preparaban para celebrar el equinoccio de primavera. Ari inhaló profundamente y se le escapó una sonrisa. Le gustaba aquella tradición.

—Es un placer verte, como siempre —replicó Medea tocándose el aro de la nariz; luego se giró hacia Ari y se disculpó en silencio.

Los hombros de Medea temblaron bajo el pesado abrigo que se quitó de encima justo antes de deslizarse hasta la silla vacía.

—Cancelaron la clase esta mañana, la excursión —apuntó Ari pasando la punta de los dedos por la mesa y evitando mirar el rostro de Kaia—. Esperaba hablar con la profesora Persis y solicitar una reunión con el decano de la Academia, tengo que pedir una prórroga de mi beca y temo que el tiempo se me esté acabando.

—¿Todavía sigues sin respuesta?

Ari guardó silencio un instante y dejó que sus ojos vagaran por la silueta difusa de los edificios que se recortaban al otro lado de la plaza. Estructuras imponentes sobre bases cuadradas en las que destacaban las fachadas de piedra blanca y cornisas de tonos azules. Todo el distrito mostraba el mismo aire antiguo y moderno a la vez. Como dos épocas que confluían en una construcción de vanguardia que buscaba rescatar los capiteles anchos y las puertas de roble de la época antigua.

—La Academia nunca deja las cosas a medias, tal vez sea un error administrativo —sentenció Kaia, cruzando las piernas—. Tal vez puedas hablar con tu hermano para que te eche una mano.

—Pero ¿Myles puede hacer algo al respecto? —preguntó Medea, desinteresada, y Ari hizo un gesto negativo. Sabía que su hermano no gozaba de influencia en el Consejo, su trabajo como secretario no era lo suficientemente importante como para que pudiese interceder en la educación de su hermana.

—No creo —contestó Ari—. Ahora mismo estará centrado en la noticia de la chica que apareció muerta.

Una sombra aleteó en los ojos de Medea, que se remangó la camisa blanca y apoyó los brazos en la mesa con una mueca de preocupación. Kaia se volvió hacia ellas sin demostrar sorpresa.

—Mi abuela está bastante disgustada al respecto —soltó secamente Kaia—. Le recuerda lo que ocurrió con Asia y cree que el Consejo zanjará el asunto sin decir nada.

—La diferencia es que esta chica no era una invocadora —puntualizó Medea con un brillo malicioso en los ojos. Ese gesto era una respuesta demasiado evidente en la que Ari leyó la incomodidad. Sus dedos se movieron sobre la mesa y pareció a punto de añadir algo más, pero finalmente se quedó en silencio. Estaba claro que se debatía consigo misma y a Ari le pareció que ocultaba algo.

—¿Y eso tiene algo que ver? No lo veo relevante —bufó Kaia a la defensiva.

—Pocas cosas te parecen relevantes cuando no tienen nada que ver con los invocadores —continuó Medea, esta vez sin miramientos—. Si fuese una invocadora, esto probablemente trascendería y la ciudad se detendría. Habría protestas, alguien hablaría de la seguridad de Cyrene y quién sabe hacia dónde nos conduciría. El Consejo se encargará de silenciar a los medios, te lo aseguro.

Los labios de Kaia formaron una línea recta y Ari temió que fuese a producirse una discusión. La acusación no era del todo justa, pero no estaba del todo errada. El Consejo no permitiría que una noticia como aquella trascendiera y la única razón por la que estaba siendo tan comentada era por su similitud con un incidente ocurrido meses antes. La muerte de la hermana de Kaia era demasiado reciente como para tocar el tema sin la delicadeza necesaria, y eso empujó a Ari a tomar el control de la conversación.

—Creo que tendremos que esperar a los próximos días. —Ari se tensó y la expresión en el rostro moreno de Medea se suavizó un poco—. No podemos sacar conclusiones apresuradas, pero resulta extraño que cancelen la excursión al cementerio.

—Yo estuve allí y Persis no parecía demasiado contenta.

—¿Crees que lo canceló porque tú formabas parte del grupo?

Espero que no, pensó Ari observando la irritación en el rostro de su amiga. Echaba de menos la actitud despreocupada de Kaia y sus conversaciones triviales. Hubo una época en la que Kaia ambicionaba la política y se dedicaba a estudiar con tanto ímpetu que lo único que la distraía era confeccionar su propia ropa o pasar tiempo junto a Asia. Pero esa chica ya no existía.

—En absoluto, ha dicho que necesitaban a los forenses y que dejaríamos el seminario sobre los vínculos consanguíneos para otra oportunidad.

—Una manera de garantizarnos otro momento rodeadas de cadáveres y explicaciones innecesarias —apuntó Medea, que apoyó la espalda en el respaldo y se restregó los ojos con un gesto de puro cansancio.

Kaia ignoró el comentario y miró la plaza con gesto ausente.

—Deberíamos pedir algo —propuso Ari al advertir la tensión latente entre sus amigas.

Medea intercambió una mirada con Ari, que tomó el menú y fingió mirar la lista de precios. No tenía que esforzarse demasiado para elegir un batido barato y alguna cosa más. Su cartera se encontraba casi vacía y no podía desperdiciar los pocos cobres que le quedaban.

—Por cierto —informó Medea señalando con escaso disimulo al chico que pedía en la barra—. Allí está tu enamorado.

La espalda de Kaia se tensó al instante y apenas tuvo tiempo de reprimir un estremecimiento que no le pasó inadvertido a Ari. Hizo girar un anillo entre los dedos mientras desviaba los ojos con cierta cautela hacia el otro extremo del restaurante.

—No es mi «enamorado» —soltó, y Ari notó una ínfima turbación en el eco de su voz—. Ya aburre que me lo repitas todo el tiempo.

Kaia no se movió. Ni siquiera parpadeó. Era sorprendente lo inescrutable que podía resultar la invocadora cuando se lo proponía; Ari sabía que su amiga era una persona difícil de leer y esa era la razón por la que ella se empeñaba en comprender la manera en que pensaba. Y es que Kaia poseía una facilidad casi dramática para parecer inaccesible, reacia y, en especial, hermética. No solo era la belleza inmaculada que la rodeaba; las piernas largas, el pelo negro por encima de los hombros en los que resaltaba un cuello alto y elegante. Sus labios redondos eran propensos a mostrar el mismo orgullo que blandían aquellos ojos azules coronados por unas cejas espesas y perfectas. Además, Kaia era proclive al sarcasmo, por no mencionar su actitud crítica, y lo testaruda y mordaz que se mostraba ante los demás.

—No entiendo por qué tenías que ser tan cruel con él —contestó Ari sin dejar de pensar en el contraste entre aquellos dos: por un lado, lo amable que era Dorian y, por el otro, lo fría que podía resultar su amiga.

—«Cruel» suena un poco exagerado, ¿no crees? —rebatió Kaia enarcando una ceja mientras Ari observaba a Dorian sin ambages.

—Ya sabes cómo es Kaia —señaló Medea interrumpiéndola y levantó la mano para llamar a Dorian que enseguida se fijó en ellas. El chico era ancho de hombros y tenía unos ojos profundos en los que Ari siempre veía gentileza—. A mí también me rompió el corazón y no es algo que pueda olvidar tan fácilmente.

Kaia puso los ojos en blanco y, por primera vez en lo que llevaban de la mañana, esbozó una sonrisa sincera. Allí estaba. Ese momento de tregua en el que Medea y Kaia se permitían bajar las barreras.

—Lo nuestro nunca hubiese funcionado —apuntó Kaia, divertida ante la broma—. Eres demasiado liberal para mi gusto.

La invocadora dejó la frase suspendida en el aire cuando Dorian cruzó la terraza y se quedó quieto como una estatua frente a la mesa. Dos hoyuelos aparecieron en sus mejillas doradas y les dedicó una sonrisa que hizo que Kaia se ruborizara levemente.

—Señoritas. —Inclinó la boina que ocultaba la espesa y larga melena que le llegaba hasta las orejas—. ¿Qué tal la excursión?

Kaia lo miró de reojo y simuló una sonrisa amable.

—Aburrida como siempre —mintió en tono de broma Medea y echó una miradita casual a la carta que sostenía entre los dedos.

Kaia le dio un puntapié bajo la mesa y Medea dejó escapar una sonrisa burlona que ocultó apenas.

—Hola, Kaia. Hace tiempo que no te veo.

—Alguna razón habrá —respondió ella sin mirarlo a los ojos. Había cansancio en su voz, hastío—. ¿Dónde está el camarero?

Dorian se rascó la nuca, nervioso y un poco incómodo ante la situación. Era la primera vez en meses que Ari los veía en el mismo lugar y resultaba casi palpable la tirantez que se respiraba entre los dos. Sospechaba que tenía que ver con la actitud que Kaia había adoptado desde la muerte de su hermana.

—Bueno, me alegro de verte, estoy preparando la fiesta del Consejo, el equinoccio de primavera, y últimamente paso mucho tiempo allí —dijo Dorian, de pronto. La luz de sus ojos titiló débilmente—. Me encantaría que quedáramos algún día.

Todavía no se había dado media vuelta cuando Kaia soltó un suspiro de exasperación y lanzó una mirada afilada a sus amigas. Ariadne habría preferido seguir intercambiando frases engorrosas con el chico a tener que enfrentarse a la ira de Kaia.

—¿Por qué está aquí? Su padre es el hombre más importante de Cyrene, puede mandar a cualquiera a que le compre el desayuno —sentenció Kaia.

—No va a evitar ir a los lugares que tú frecuentas —apuntó Medea—. Vivís en la misma ciudad y estudiáis en el mismo lugar. Tarde o temprano os ibais a ver.

»Han pasado meses, Kaia —dijo Medea en voz baja y, de pronto, la expresión relajada de su rostro mutó a otra que parecía preocupada. Dudó un momento y preguntó—: ¿Creéis que van a celebrar el equinoccio con todo el revuelo que hay por la chica muerta?

—Ya has visto que sí, ¿tu padre ha dicho lo contrario?

Medea evitó responder y desvió la mirada hacia la plaza que se alzaba frente a la terraza. Ari percibió su preocupación y, aunque comprendía la pregunta, creía que la noticia no cambiaría nada. Si resultaba un accidente o un asesinato menor, el Consejo sentenciaría el crimen y continuarían como siempre. Después de todo era lo que había ocurrido con Asia, e incluso cuando Kaia se enfrascó en una obsesiva búsqueda de justicia, el gobierno desestimó sus acusaciones y no tardaron mucho en fingir que nada había ocurrido.

—¿Hoy es jueves? —preguntó Medea de pronto.

—Sí.

Medea se revolvió y consultó su reloj antes de pasarse una mano por los ojos apagados.

—Tengo que irme.

—Pero si acabas de llegar, ni siquiera hemos comido —protestó Ari observando cómo su amiga se colocaba la mochila al hombro y se ponía en pie.

—Lo siento, tengo examen de recuperación. No puedo dejarlo pasar.

Atraída por sus obligaciones, Medea se apartó y agitó la mano en el aire antes de desaparecer por la avenida principal que daba al metro. Ari se quedó con la curiosidad titilándole en el cuerpo y, tras un largo silencio, miró a Kaia, que parecía tan ensimismada como ella misma.

—¿Estás bien?

Kaia asintió y alzó los ojos al cielo. Kaia podía ser muy buena para disimular ante los demás, pero Ari poseía un desarrollado sentido para ver bajo las capas adornadas en las que otros se refugiaban.

—Te ha molestado ir al cementerio… —dijo, y Kaia se apresuró a negar con la cabeza—. Yo no quería hacerte esperar.

—Ari, no soy de cristal —espetó Kaia inclinándose hacia delante. Apoyó los codos en la mesa y sus ojos azules la estudiaron—. No voy a romperme por enfrentar mis fantasmas. Mi hermana está muerta y enterrada, estaría bien que todos dejarais de recordármelo.

Ambas se miraron como si el ruido del mundo hubiese quedado apagado bajo sus respiraciones.

—Lo siento, no pretendía hacerlo.

—A veces parece que os empeñáis en creer que formo parte de un espejismo —musitó Kaia dejando el menú sobre la mesa.

—Eres real, Kaia. Estás viva y eso es lo que cuenta.

Cuando terminó la frase se dio cuenta de que su amiga parecía tranquila. Una leve sonrisa se acomodaba en las comisuras de sus labios y, por fortuna para ella, no necesitó elaborar ninguna respuesta. En ese momento llegó el camarero y atendió sus peticiones antes de volver al interior de la cafetería. A Ari le costaba hacer malabares para conseguir que todos a su alrededor mantuvieran un perfecto equilibrio. No quería que nadie sufriera y se empeñaba en soportar los problemas de los demás como si le pertenecieran. La empatía era un don mucho más valioso que cualquier tipo de magia.

5
Medea

Medea había vivido toda su vida deseando rendirse a sus propias obligaciones y no a las que otros tenían planificadas para ella. Buscaba florecer por encima de su propia sombra y no encadenarse al sistema, tal y como hacían sus padres. En ocasiones apreciaba una fuerza interna que la hacía creer que tenía lo necesario, la voluntad con la que desafiaría las normas y demostraría el temple que ardía en sus venas.

Por desgracia, solo necesitó dos segundos para romper aquella vieja creencia y demostrarse que no estaba hecha de acero. Era el miedo a actuar lo que la mantenía anclada a esa existencia marchita en la que no formaba parte de nada.

Enseguida, el pánico le trepó por la espalda y Medea se paralizó. Tuvo que parpadear varias veces para leer las preguntas y desestimar la mayoría: no sabía las respuestas.

Frustrada, levantó los ojos y escrutó el aula, que estaba especialmente silenciosa y vacía aquella tarde. Las luces pálidas se desparramaban sobre las paredes de color hueso y arañaban la pizarra que estaba al fondo del salón con forma semicircular. Unos banderines negros pendían de las columnas alargadas en las que resaltaba un cuervo con las alas desplegadas sobre un libro abierto: la insignia de la Academia. Medea se limpió el sudor de la frente y regresó la mirada al examen no sin antes echar un vistazo al resto de sus compañeros. La mitad de los escritorios se hallaban desocupados y, excepto por tres estudiantes más que se presentaban a una prueba final, por desgracia Medea era la única que estaba en medio de aquel examen de recuperación.

Pasó la página y soltó un suspiro profundo. Levantó una ceja al leer las nuevas preguntas y tuvo que reprimir otra brusca exhalación. Estaba en blanco.

—¿Algún problema, Medea?

Oyó la voz seca del profesor y ella dirigió una mirada afligida hacia el podio en el que se encontraba el catedrático.

—Todo en orden —mintió ella y se secó el sudor que se le acumulaba en las palmas de las manos.

El profesor se acomodó la corbata bajo el chaleco de cuadros y asintió. Plinio era un hombre entrado en años que enseñaba Demonología Moderna de Ystaria, exhibía la misma actitud soberbia que el resto del claustro de docentes y unos modales elegantes que Kaia de seguro admiraría. El énfasis de su asignatura recaía sobre los demonios que alguna vez residieron en Cyrene y los vínculos consanguíneos que se establecían para atraerlos al reino mortal. Un temario que no la entusiasmaba en absoluto y que, para Medea, resultaba de poca utilidad.

—Quedan diez minutos para terminar —anunció la voz atronadora de Plinio y Medea se atrevió a levantar los ojos; vio a aquel rostro arrugado y moreno componer una cálida sonrisa.

Diez minutos.

Solo diez minutos para un examen en el que ella había rellenado tres respuestas mal formuladas y una docena había quedado en blanco. La ansiedad le mordió los dedos y enseguida notó que el aire comenzaba a faltarle. No podía concentrarse en esas circunstancias. Sentía la cabeza llena de espuma, por no mencionar el dolor de su cuerpo y la pésima noche de sueño que había tenido. Si seguía a ese ritmo la echarían de la Academia y bien sabía ella que era un privilegio enorme estudiar en la mejor casa de estudios de Cyrene.

Jugueteó con el lápiz mordisqueado y pensó en la decepción que sentiría su padre si volvía a reprobar aquella asignatura. Talos era un hombre poderoso en Cyrene, el jefe de la policía de la ciudad gozaba de una reputación intachable.

Con los nervios crispándole los dedos sobre el papel, observó a sus compañeros entregar sus respectivos exámenes y desearle un «buen día» al profesor que, tras despedirlos, dejó caer sus ojos sobre ella.

Una mueca de resignación moldeó sus labios secos y se meció el bigote con suavidad antes de acercarse:

—No puedes seguir a este ritmo. —Apoyó la mano izquierda a dos centímetros del examen. Medea estudió los callos en sus dedos, era más sencillo concentrarse en las fisuras de su piel que enfrentar la decepción en su rostro—. Tu padre quiere que escojas una especialización valorada y con tu expediente será bastante difícil que accedas a ello.

Le quedaban seis meses.

Seis largos y angustiosos meses para escoger una especialización en la Academia que marcaría su futuro como invocadora. Allí, los primeros cuatros años consistían en clases sobre conocimientos generales antes de elegir una especialidad, y, aunque sus amigas parecían muy seguras del futuro que les aguardaba, Medea no tenía ni la más remota idea de cuál era la opción correcta para ella.

—Intento dar lo mejor de mí, pero… —dudó antes de encontrar la palabra adecuada— está siendo complicado. No soy buena para invocar a las sombras, y no quiero un puesto en la comisaría ni en el gobierno.

—¿Y qué es lo que quieres? ¿Qué te gustaría hacer entonces?

La respuesta palpitó en su interior con fuerza. Tenía la extraña sensación de que el mundo la empujaba en una dirección que ella no quería tomar.

—Supongo que todavía no lo sé.

El rostro del profesor se suavizó. Plinio aguardaba otro tipo de respuesta y Medea balanceó el lápiz hasta el borde de la mesa ignorando las sombras que se filtraban bajo sus manos y se escurrían a lo largo del examen.

—Eres joven, pero no puedes darte el lujo de dedicar toda una vida a descubrir lo que quieres. Especialmente si en el camino descuidas tus obligaciones. Tienes que elegir una especialidad pronto y yo que tú aprovecharía la influencia de tu familia, si es que quieres aspirar a un futuro mejor. —Alargó la mano izquierda y tomó el examen, las sombras se replegaron—. Dame esto, me encargaré de que obtengas un aprobado justo. No dudes en decírselo a Talos.

Medea se removió en su asiento e inspiró profundamente mientras el profesor se alejaba. El sistema de favores por el que se regían en las altas esferas no era demasiado complejo, pero sí opresivo. Medea comprendía que Plinio quisiera que Talos tuviese constancia de lo favorecida que salía su hija en sus clases y eso le resultaba odioso.

Al menos no tienes que preocuparte por aprobar la asignatura, pensó y recogió sus cosas sabiendo que nunca sería lo suficientemente brillante como para estar a la altura de su padre.

En medio de aquellos pensamientos tormentosos, salió del aula y en el pasillo se encontró con Orelle, que la esperaba. Su amiga llevaba un bonito traje azul marino de tres piezas que resaltaba el tono caoba de su piel. Sonreía.

—¿Me estabas esperando?

La sonrisa en el rostro de Orelle se acentuó. Le gustaba aquella facilidad con la que ese simple gesto era capaz de aliviar el peso de su mundo.

—Por supuesto —dijo y echó a andar por la galería acristalada que llegaba a la planta baja de la Academia. Medea la siguió esquivando a un par de estudiantes que discurrían de camino a las últimas clases de la tarde y admiró el enorme salón principal que parecía bastante vacío a aquellas horas—. Pareces cansada.

La culpabilidad por la condescendencia de Plinio remitió un poco tras encontrarse bajo el tono sosegado de la voz de Orelle.

—No he dormido, pero ha valido la pena.

—Al menos no han pillado a ninguno en la redada. Hablé con Thyra esta mañana; se sentía enferma, pero llegó bien a su casa. Me contó que su madre tenía una leve sospecha sobre nuestras actividades y le hizo preguntas, parecía nerviosa.

La mención de Thyra supuso un alivio repentino para Medea.

Por desgracia, no podía sentir la misma tranquilidad si se detenía a pensar en los grupos de apoyo a la Orden que estaban prohibidos en Cyrene. De hecho, se realizaban redadas con cierta frecuencia y se encarcelaba a cualquiera que estuviese simpatizando con ideas afines a las de la Orden, pero que operase al margen de la ley. En Cyrene no veían con buenos ojos que se llevase la bandera de los ideales de igualdad respecto de los que no poseían magia. El papel en la sociedad de los sin magia quedaba relegado a un segundo plano, aunque en la actualidad gozaban de muchos privilegios, como estudiar en la Academia y trabajar en puestos menores en el Consejo. Quienes nacían sin la marca de las sombras no accedían a los empleos verdaderamente importantes.

—A veces me siento cansada, de esforzarme tanto para nada.

Las palabras de Orelle hicieron que Medea se detuviera de golpe y la observara bajo la luz pálida que se filtraba a través de las cristaleras.

—¿A qué te refieres?

Orelle levantó la vista y sacó un periódico de su bolsillo. La primera página hablaba de una muerte, un cuerpo encontrado que de momento no había sido identificado. La noticia que Ari había señalado esa misma mañana. Apretó el periódico entre los dedos y le llamó la atención el gesto afligido con el que Orelle la miraba.

Medea sintió que las piernas le temblaban.

—Dudo que actuaran igual si fuese una invocadora —sentenció Orelle guardando el periódico en su mochila y echando a andar con los labios apretados.

Medea obligó a sus pies a seguir a su amiga y solo cuando alcanzaron el patio central de la Academia se permitió tirar del brazo de Orelle para que se detuviera. Las comisuras de los labios apuntaban hacia abajo y sus ojos estaban salpicados por el cansancio que solo podía producir vivir en Cyrene.

—Estoy agotada de esta situación —musitó—. Van a cerrar la investigación porque no es invocadora. No han pasado ni ocho horas desde que encontraron el cuerpo y ya han decidido que no merece la pena indagar sobre el crimen.

Un suspiro escapó de sus labios y Medea sintió el temblor que sacudía las sombras densas bajo sus pies. Se preguntó cómo podían tomar una decisión tan repentina y cerrar el caso policial así, sin más. Cuando Asia apareció muerta al borde del bosque mantuvieron la investigación abierta por casi seis semanas, pero por supuesto que la hermana de Kaia era una invocadora y eso cambiaba las cosas.

Ambas se miraron en silencio, y Medea notó que la tensión se le enroscaba en la base de la garganta.

—Tendríamos que ir a la biblioteca a estudiar, pero primero creo que la única manera de arreglar esto es con comida.

Orelle apretó los dientes y, tras un ligero titubeo, asintió. Había días en los que simplemente no se podía luchar. Días en los que lo único que podías hacer era refugiarte en tus amigos y comer algo caliente.

6
Kaia

Kaia había decidido saltarse los límites. Se enderezó en silencio y se ajustó el abrigo sobre el vestido de seda azul que llevaba puesto. La tela era suave y se movía con soltura con cada movimiento, lo que le otorgaba la libertad de caminar a paso suelto. El cuello blanco estaba decorado con unas perlas que ella misma había cocido y que se extendían por el pecho hasta unas mangas de tul negro que se cerraban en sus muñecas. Sin duda alguna estaba orgullosa de aquella confección.

Se había despedido de Ari hacía un rato y desde entonces se había dedicado a deambular por varias tiendas esperando a que dieran las cinco y pudiese acudir a su cita. La sensación de tener el corazón oprimido contra las costillas continuaba allí a pesar de su esfuerzo por ignorarla; el encuentro con Dorian había avivado sentimientos que creía desterrados.

Una parte de Kaia se cuestionaba cómo sería su presente si no lo hubiese dejado con Dorian. Cómo sería su vida si su hermana no hubiese aparecido muerta a orillas del bosque varios meses atrás. ¿Se sentiría menos rota? ¿Se permitiría mantener una relación o alejaría a todos como solía hacer?

Desechó las preguntas casi al momento de evocarlas y se ajustó el abrigo de lana sobre los hombros.

Kaia apuró el paso y enfiló hacia el Primer Puerto. El distrito parecía hecho bajo la furia de un arquitecto que no entendía de organización citadina. Las calles eran demasiado estrechas y algunos edificios pequeños contrastaban con otros de gran altura que hacían que cualquiera que se internase en el Distrito del Primer Puerto se sintiese cuanto menos confundido. La mugre se apilaba sobre los adoquines grises y se concentraba en las esquinas manchadas de moho en las que aguardaban gatos callejeros que la observaron al pasar. No existía ningún orden particular, algunos tejados eran lisos y otros inclinados y con tejas multicolores. Aquella visión provocaba fuertes migrañas en Kaia, que estaba acostumbrada a la armonía de su barrio.

Un graznido seco atrajo su atención y ladeó el rostro antes de reconocer a Forcas, que sobrevolaba por encima. El cuervo aleteó suavemente y Kaia se mordió el labio mientras bajaba por unas escaleras que daban hasta un edificio pequeño con dos ventanas redondas. La puerta era de caoba fina e incluía una serie de grabados ornamentales que no respondía a ninguna imagen en particular: grifos, sirenas y algún símbolo religioso que no reconoció. Levantó la mano y con actitud resuelta llamó al timbre mientras contenía la respiración.

—Ya voy.

La voz femenina que respondió al otro lado de la puerta llegó acompañada por el ruido de unas sillas que se arrastraban por el suelo. Unos segundos después, un rostro arrugado rodeado por una espesa mata de pelo rojo se asomó en la entrada.

Eudocia era una estafadora talentosa que se dedicaba a la falsificación de papeles y trabajaba para el Consejo. Una mujer astuta, desconfiada, que se tomaba muy en serio su labor, aunque esta consistiera en engañar a la gente.

Sus diminutos ojos negros se abrieron de par en par y se acomodó las enormes gafas de pasta azul que le conferían un aspecto aún más extraño, si cabía. Miró a Kaia con desconfianza y, tras un par de segundos eternos, sus labios se curvaron en una sonrisa triunfal que acentuó el brillo codicioso de sus ojos.

—Pensé que no vendrías —dijo la mujer al tiempo que hacía un gesto para que Kaia entrara.

La joven aceptó la invitación con una sonrisa recta, el tipo de sonrisa que guardaba para ocasiones como aquellas; no demasiado afilada, pero tampoco amable.

El hogar de Eudocia era una diminuta casucha en la que apenas había espacio por donde caminar. Sus ropas, zapatos y mantas estaban amontonados en las esquinas sepultando el color verde intenso de las paredes del fondo.

—¿Quieres un poco de té? —preguntó la anciana echando a andar hacia la cocina que estaba justo frente a la pequeña sala.

Kaia negó con la cabeza al tiempo que se sentaba en el sofá.

—Eudocia, no vengo de visita —dijo Kaia cruzando las piernas, aunque lo cierto era que no le vendría nada mal algo caliente.

La mujer la estudió bajo el murmullo de la televisión y a Kaia le pareció sentir el hilo de su pecho. Apretó los dedos y replegó la energía arcana al fondo de sus huesos mientras se prometía que no cedería ante el llamado que tironeaba de los bordes de sus dedos.

—Ya lo sé —replicó la anciana acomodándose a su lado—. Ojalá fueses más amable, haces que me duela la cabeza con ese tono de voz altanero. Tu hermana no era así.

La joven vaciló. La mención de Asia era un golpe demasiado bajo como para que ella conservara sus defensas intactas. Sin embargo, apretó la mandíbula y levantó el mentón para mirar con fijeza a Eudocia; Kaia sabía tratar con aquella mujer de temperamento que doblaba las palabras a su favor y jugaba con las emociones de otros tanteando el terreno.

—He traído el dinero que me has pedido, pero necesito saber si tienes los papeles —dijo secamente e ignoró el llamado de su conciencia que le sugería que estaba adentrándose en una treta peligrosa.

Eudocia rezongó sin ocultar la satisfacción que le nubló los ojos tras los cristales de las gafas.

—Siempre eres tan directa, al menos podríamos disimular un poco y hablar del clima. O de las últimas noticias que, por cierto, al ver lo ocurrido he pensado en ti…

—No me interesa fingir. No somos amigas y creo que las dos tenemos mucho trabajo como para perder el tiempo con tonterías.

La estafadora se masajeó lentamente el puente de la nariz y acabó por soltar un bufido que casi hizo que Kaia perdiera los nervios.

—¿Te han dicho que eres insufrible?

—Alguna que otra vez.

Eudocia esbozó una sonrisa desdentada y con un esfuerzo enorme se levantó para renquear hasta un arcón de madera que descansaba junto a la puerta.

—A ver, creo que los he dejado por aquí —dijo rebuscando en el interior de un cajón.

—¿Las prácticas?

—Chica lista —dijo Eudocia—. Por eso me caes bien, además de ser guapa y tener buen gusto posees una mente afilada.

Kaia ignoró el cumplido. Un estremecimiento de placer la inundó y se permitió degustar esa dulce y repentina victoria. Persis le negaba su única posibilidad, pero Kaia no se conformaba con la negativa y hacía un par de semanas que había hablado con aquella mujer de la que esperaba respuestas si al final su tutora decidía no interceder por ella. Una mujer de recursos sabía cuándo invertir, eso era algo que le había enseñado su padre.

—Sí, primera planta —replicó Eudocia—. Departamento de Asuntos Exteriores.

La alegría que experimentó en un principio se marchitó en su pecho; eso enfureció un poco a Kaia, que frunció el ceño, estudiando a la figura de la mujer. Ambicionaba entrar al Departamento de Relaciones Diplomáticas o, en el peor de los casos, en el Ministerio de Información, primero porque se le daría bien y segundo porque así sería más sencillo tener acceso a los documentos de Cyrene.

—No me pongas morro, chica —advirtió Eudocia al ver su turbación—. Quieres entrar en el Consejo, ¿no? Pues esta es tu única carta, no he podido hacer nada mejor y con Persis metiendo sus narices en el asunto ha sido complicado.

—Persis me ha dejado claro esta mañana que no estoy preparada.

—Tu profesora te está mintiendo. —Kaia ya se olía que Persis no estaba contenta con la idea de tutorizar sus prácticas, pero la certeza de su sospecha fue un golpe bajo—. Se imagina que tus intenciones no son nobles y no pretende enfrentarse al Consejo en el caso de que todo se te vaya de las manos.

—No quiero infiltrarme, solo busco trabajar —replicó con fastidio.

Eudocia enarcó una ceja y dejó escapar una risita cargada de irritación.

—No me mientas, niña. Te conozco lo suficiente como para saber lo que quieres. Las calumnias déjalas para tus amigas. Eres como tu abuela y eso me gusta, una mujer que tiene sus métodos, pero a mí no me la cuelas, cariño —exclamó deliberadamente. Kaia se tensó ante la mención de su abuela. Sabía que Eudocia y Xandra habían sido amigas en su juventud y casi todo Cyrene tenía conocimiento de que la anciana tenía un carácter voluble que no convenía irritar—. Yo ya estoy muy entrada en años y conozco cada treta que se te pueda ocurrir en el futuro. Tendrás que esforzarte más si pretendes mofarte del Consejo en sus narices.

En eso Eudocia tenía razón; Kaia no podía burlar el sentido alerta de una mujer capaz de entretejer mentiras con tanta facilidad como cantar. Se hundió un poco más en los cojines y chasqueó la lengua mientras valoraba la necesidad de elaborar una treta capaz de engañar al mismísimo presidente del Consejo.

—Quiero que sepas que en el Consejo nadie te considera una opción válida. Eso ya lo intuías, de lo contrario no me hubieses pedido ayuda y habrías esperado a que tu profesora obrara un milagro, cosa que nunca ocurrirá. A los invocadores no les apetece tenerte rondando por el edificio después de la que has liado en los últimos meses. Y Julian, que será tu jefe, es un engreído de cuidado, tiene sed de poder y lo disfraza con una actitud distendida que me pone los pelos de punta. Con ese tienes que ir de puntillas.

Kaia se ruborizó y apartó el rostro para que la anciana no percibiera lo mucho que le afectaba el tema. Después de la muerte de Asia, el Consejo se negó a colaborar en la búsqueda de posibles asesinos y Kaia no fue demasiado amable con ellos. De hecho, según sus amigas, podía decirse que se dedicó a instigar a cualquiera que estuviese relacionado con el caso. Pero no terminaba de creerse que su hermana hubiese muerto en el Bosque de los Cipreses por causas naturales.

—¿Conseguiste algo con respecto al caso de mi hermana?

La anciana se detuvo de pronto y la estudió sin ningun recato. Sus dedos gráciles estaban salpicados por manchas oscuras y Kaia se preguntó cuántas personas desesperadas pasarían por aquel pequeño salón en busca de documentos ilegales.

—Aquí están —manifestó Eudocia sacando otra carpeta de manila de la que sobresalían varios papeles—. Bien, he conseguido todo lo que estaba en el archivo general. El riesgo ha sido enorme.

La anciana sostuvo los papeles en alto echando una miradita furtiva al bolso que Kaia sostenía entre los brazos. La invocadora puso los ojos en blanco y deslizó los dedos en su cartera.

—Aquí tienes —soltó un fajo de billetes y los ojos negros de Eudocia brillaron tras los cristales.

—Qué caritativa te has vuelto.

Entregó la carpeta y Kaia se arrojó sobre ella sintiendo la necesidad de descubrir todo lo que contenía. Lo normal hubiese sido que revisara las credenciales y el contrato de prácticas, pero en lugar de ello, hurgó en las pertenencias de su hermana, en las pruebas que el Consejo guardaba con recelo y a las que ella no había podido acceder.

Las dudas asomaron en su pecho y sintió la respiración acelerada cuando encontró una pequeña nota de Asia. Aunque ya habían pasado meses, la caligrafía de Asia hizo que el nudo en su garganta se apretara hasta envolverla en la nostalgia de la pérdida. No podía permitir que la melancolía inherente a la imagen de su hermana hiciera que su fortaleza flaqueara. Acarició el trozo de papel y el tacto rugoso le produjo un alivio momentáneo al que no podía acostumbrarse.

Eudocia carraspeó y Kaia captó un destello de incomodidad en su rostro.

—Espero que sepas lo que haces, nadie ha conseguido engañar al Consejo —le advirtió la mujer haciendo la señal de la Trinidad en el pecho.

—Te sorprendería lo que soy capaz de hacer por llegar al fondo de este asunto —dijo Kaia poniéndose en pie—. ¿No hay manera de que accedas a los documentos privados de criminología?

Eudocia negó y la joven notó que la tristeza arremetía contra ella. Sabía que existía un documento privado en el que se guardaban todos los datos forenses que Kaia ansiaba registrar.

—¿Es tan difícil dejar descansar a los muertos?

—Yo estoy viva, Eudocia. Y a mi hermana le ocurrió algo esa noche que todos se esfuerzan por ocultar.

7
ARIADNE

Ariadne cruzó el jardín principal de su casa y abrió la puerta para internarse en el cálido ambiente familiar. En silencio, se desprendió de los zapatos e inhaló el olor a galletas de jengibre que inundaba el pasillo.

Un mes.

La realidad pesó sobre su memoria y sobrevoló cada recóndito espacio de su ser. Tenía miedo, un temor latente a perder lo único que era enteramente suyo y por lo que trabajaba y demostraba ser mejor. Una beca en la Academia, una oportunidad de estudio que muy pocos tenían.

Le ardía el pecho solo de imaginar que no podría acabar sus estudios en la Academia. Sin la beca era imposible seguir allí y tampoco podría aspirar a un trabajo digno que le permitiera continuar escribiendo. Ella no quería dedicarse a los típicos empleos de quienes no tenían magia; no quería ser una secretaria ni trabajar en una tienda. No. Esos empleos eran el destino de los que no tenían poder sobre las sombras y a ella no le atraían en absoluto.

A Ari le pareció que los sueños dolían y en ese instante era consciente de lo mucho que le costaba respirar por culpa de la tristeza que le apretaba el pecho.

Se quedó un segundo bajo el brillo de la luz del salón sin quitarle los ojos de encima al sombrero y al paraguas que descansaban en el perchero de la entrada. La certeza de que su hermano estaba en casa la dejó sin aliento. No era buena señal que Myles se presentase dos veces en el mismo día.

—¿Ariadne?

Era la voz ahogada de su madre que llegaba desde la cocina.

Ari bufó y se asombró de lo rápido que se había delatado.

—Sí, acabo de llegar —respondió mordiéndose el labio y maldiciendo su mala suerte.

—Oh, perfecto, ven aquí —apuntó su madre con el tono crítico que le erizaba los pelos.

Ariadne hizo acopio de todas sus fuerzas y movió los pies sobre la alfombra en dirección a la cocina. La deprimió encontrarse con Myles, en aquella actitud regia y con una sonrisa laxa en los labios. Su hermano tenía una nariz muy recta que coronaba unos labios delgados que destacaban en un rostro de apariencia juvenil. El pelo rubio le caía sobre la frente pálida y le confería un aspecto despreocupado que desentonaba con su traje elegante.

—Hola, Ariadne. Estaba esperando alguna nota de tu parte.

Y aquel fue el saludo tan cordial que le dedicó Myles antes de echarle un brazo por encima de los hombros y apretarla contra su pecho. Le tomó dos minutos librarse del cariño excesivo que solía dominar a su hermano, y cuando consiguió apartarlo se rascó la nariz deseando quitarse ese persistente aroma a colonia masculina que le impregnaba el traje.

—Tu hermano ha traído muy buenas noticias —musitó su madre agarrando un paño para limpiarle la mejilla a Myles.

El entusiasmo en su voz resultaba demasiado asfixiante para el malhumor que ella tenía. Ari no pretendía parecer cortante, pero la rigidez de su cuerpo le impedía mostrar algun signo de alegría, por lo que su hermano se adelantó:

—De acuerdo, pretendía darle largas al asunto, pero creo que no te agradaría jugar a las adivinanzas…

Myles bajó la vista a la punta de sus zapatos y compuso una mueca de disculpa que hizo que su madre le diera un codazo y lo empujara a continuar con la conversación.

—Bueno, la cuestión por la que te he presionado durante estas semanas es porque ya sabes que Kristo ha conseguido que me ascendieran en el Consejo. —Hizo una pausa y se pasó una mano por el pelo para acomodárselo detrás de la oreja—. Y… me ha pedido que incursionase en la política ahora que mi nombre empezará a cobrar importancia dentro de las altas esferas elitistas.

Kristo era el presidente del Consejo de Cyrene. El hombre para el que su hermano trabajaba como secretario personal desde hacía poco más de un año.

Aquella confesión debía suponer un cambio importante en la vida de su hermano, y unos segundos después, Ari notó que esperaba alguna reacción por su parte. Demasiado tarde, esbozó una sonrisa tensa que hizo que su madre brincara entusiasmada mientras saltaba sobre el cuello de Myles dando grititos de emoción. Fueron dos minutos en los que ambos rieron y se abrazaron bajo la mirada impávida de Ariadne, que no sabía cómo reaccionar ante la noticia.

—¿Y bien? —preguntó Myles con una sonrisa ancha en el rostro. Ariadne se sobresaltó sin saber muy bien qué decir.

Siguiendo el protocolo para aquellas situaciones, Ari contuvo una exclamación y deseó que su rostro no delatase el remolino de sentimientos encontrados.

—Felicidades, creo que es un avance importante —admitió y se dejó caer en la silla, con los dedos apretados sobre la mesa. Notaba la mirada expectante de su madre y una gota de sudor le cayó por la espalda.

—No pareces muy entusiasmada —apuntó su madre con el rostro avinagrado.

—Oh, sí que lo estoy —mintió ella—. Es solo que no sabía que tu nombre tenía tanto peso dentro de las altas esferas. Después de todo, no somos personas de dinero y tampoco eres un invocador. El poder suele concentrarse en un grupo de privilegiados y nosotros no pertenecemos a él.

La sonrisa en el rostro de su madre se desvaneció de golpe. Ni Myles ni ella reunían las dos condiciones que se necesitaban en la sociedad de Cyrene para triunfar. Su hermano al menos tiraba de contactos y tenía un encanto nato que lo hacía estar siempre en el lugar y en el momento correctos.

—Ariadne, ¡qué clase de cosas se te ocurren! —dijo su madre alisándose la tela del vestido de flores sin mirarla a la cara ni una sola vez—. Tu hermano ha trabajado muy duro durante meses.

Ariadne se mordió la lengua para no replicar con una frase que diera al traste con todas las mentiras que edificaban en su casa. Se pasó una mano por el rostro cansado y fingió que no le ofendía el tono despectivo con el que su madre se dirigía a ella.

—Quería hablar contigo, hermana —musitó él con ojos suplicantes—. Para alcanzar esa meta voy a necesitar de tu ayuda y tu infinito talento con las letras.

Ahí radicaba el punto de esa visita.

Su hermano quería pedirle que ella hiciera el trabajo por él; Myles no visitaría la casa dos veces en un mismo día a menos que necesitase un favor y debía tratarse de uno grande a juzgar por el plato de galletas que descansaba en la encimera. Ariadne retiró las manos de la mesa y las contrajo sobre su regazo sin atreverse a enfrentar las expectativas de Myles y de su madre.

—He firmado un contrato para mi próxima novela.

La afirmación hizo que a Ariadne le entraran náuseas.

—Ya —respondió ella chasqueando la lengua—. Y supongo que la tienes terminada y has venido para que te diera mi opinión o algo así.

La tensión llenó el aire cálido antes de que Myles se aventurara a decir lo que ella tanto temía.

—No, Ari. —Se pasó la lengua por los dientes blancos y rectos antes de continuar—. Esperaba que tú me echaras una mano con ese asunto. Eres la más lista de la familia y creo que esto se te da mucho mejor que a mí.

La voz en su cabeza bramaba furiosa para que ella dijera que no. Incluso entreabrió los labios para protestar, pero ningún sonido salió de ellos.

Injusticia, rabia, tristeza. Una mezcla de emociones que se revolvían en su cuerpo y a las que ella no podía darles voz. *Las dudas matan más sueños que el fracaso*, se recordó reprimiendo la ansiedad que la carcomía por dentro.

—Esto es grande, Ari. Podríamos pertenecer a la alta sociedad de Cyrene, codearnos con los invocadores, ser respetados e, incluso, tal vez, admirados.

Las palabras de su hermano chocaron contra sus oídos haciendo que la realidad se tambaleara bajo sus pies. Ari estaba asombrada ante su repentina aparición, pero mucho más por lo que le estaba pidiendo. De pronto, la cocina se le antojó demasiado pequeña para acoger a tres personas y al ego magnificado de Myles. Una cosa era escribir los relatos que su hermano firmaba, y otra era entregarle una obra entera como una novela para que él accediera a la política de Cyrene.

—No puedo, Myles. —Las palabras temblaron en la punta de su lengua y a pesar de su reticencia para ofrecer negativas se obligó a continuar—. Yo no puedo, estoy luchando por la beca en la Academia y no puedo trabajar en mis cosas y en tus proyectos a la vez…

Ari lo miró y volvió a hundir los hombros antes de añadir:

—Tú tienes muchas facilidades de las que yo carezco. Aunque consigas que tu nombre esté en todas las librerías, dudo mucho de que te ofrezcan un puesto en el Consejo.

El rostro de Myles se contrajo, sus labios tironearon hacia abajo. Esquivó su mirada y ella supo que había tocado una herida abierta.

—Pero, Ari… —la interrumpió y de dos zancadas cruzó la cocina para alcanzarla—, Cyrene va a cambiar. Abriremos puestos para que los no invocadores puedan asumir posiciones favorecidas. Además, en cierta manera ya trabajo para el Consejo.

—Eres el secretario de Kristo.

—Y él es el presidente del Consejo. El puesto político más importante en Cyrene.

Ari quería rebatirle, pero en lugar de ello, se alejó hasta la ventana y respiró con fuerza mitigando la voz de su conciencia.

—Las cosas van a cambiar, Ari. Estamos trabajando en varias reformas sociales que mejorarán los derechos de los que no poseemos magia.

—Eso es algo que la Orden no ha conseguido en décadas, ¿qué te hace creer que tú lo lograrás?

El fuego ardió en los ojos de su hermano.

—Que por primera vez en la historia de Cyrene, los invocadores están dispuestos a renunciar a sus privilegios para favorecer a la gente como nosotros.

Ari resopló, cansada. Llevaban una eternidad luchando por una igualdad ficticia que desde luego ella no veía al alcance de su mano.

—A duras penas me han otorgado una beca. Formo parte del tres por ciento afortunado que puede estudiar en la Academia sin ser invocador. No creo que nos den más que esto.

—Por la beca no te preocupes, eso lo puedo resolver. —Myles esbozó una sonrisa. Sabía lo difícil que era entrar en la Academia. Ni siquiera él había obtenido una plaza y tuvo que conformarse con un grado medio en Lenguas Modernas en un instituto de dudosa reputación—. Yo te voy a ayudar, además la idea que tengo es asombrosa. No te estoy pidiendo nada descabellado. Tampoco estaría mal que estudiases en un centro de menor grado, en el caso de que las cosas no resultasen como tú esperas.

Ari quería gritarle, pero sabía que su hermano tenía razón; no le estaba pidiendo nada irracional porque ella ya había accedido con anterioridad a sus demandas. Pero no era eso lo que le molestaba. Era el hecho de que le pidiese que renunciara a sus sueños para ayudarlo a cumplir los de él.

—Ariadne, creo que deberías pensar más en tu hermano —repuso su madre con los brazos cruzados sobre el pecho—. Si quieres acceder a un buen futuro, más te vale que él esté en el Consejo.

La amenaza hizo que el remolino en el estómago de Ariadne se acrecentara.

—Por supuesto que te ofreceré alguna ayuda económica en cuanto cobre la totalidad acordada en el contrato. Olvida lo que te he dicho de otro centro de estudios. —Sonrió—. No puedo pedirte que consideres algo así. Pero sabes que si quiero que en el Consejo me tomen en cuenta necesito figurar, y lo que puedo hacer es incursionar en el mundillo literario.

Ariadne arrugó el entrecejo intuyendo un vacío en las condiciones que Myles le proponía. La desesperación corrió desenfrenada por sus venas.

—Si accedes a escribir la novela hablaré con Kristo para ver si puede pagarte la matrícula. No sé si podré convencerlo, pero lo intentaré.

Un chantaje.

Un acuerdo para que Ariadne renunciase a sí misma con tal de seguir estudiando.

Se repudió solo por pensar en aceptar, pero no tenía otra opción. Ari asintió y Myles levantó una mano con satisfacción antes de soltar un grito de júbilo.

Su madre se dio por satisfecha con el resultado. Solo entonces cruzó la cocina y sacó una bandeja de patatas y carne cortada. El olor a vegetales cocidos inundó el aire y Ari se dejó llevar hasta la mesa bajo las conversaciones animadas que Myles intentaba mantener. Ella no respondió, y apenas tocó la comida. Cuando se retiró a su alcoba se permitió vaciar todas las lágrimas que durante horas habían asomado entre sus pestañas. Lloró hasta quedarse seca, hasta abandonar la amenaza del miedo que le producía no ser la dueña de sus escritos.

8
MEDEA

—Por la Trinidad —exclamó Medea pasándose una mano por el pelo mientras entraba al depósito que permanecía en la más incierta oscuridad—. ¿No deberían estar aquí?

Orelle no respondió y Medea se adentró en aquel sitio, la sede de sus reuniones en el Distrito Obrero. Una fría calma pendía sobre sus hombros rectos, donde anidaba el peso del cansancio de todo un día de arduo estudio.

Encendió las luces y la claridad ambarina la cegó durante un par de segundos que le sirvieron para comprobar que ni Thyra ni Mara se encontraban allí. Orelle y ella habían pasado dos horas interminables en la biblioteca esperando a que sus compañeras aparecieran.

No hubo suerte y, tras terminar de estudiar, decidieron visitar el depósito en el que se reunían con la intención de ver si estaban allí. Intuía que sus amigas habrían olvidado la reunión, pero no podía negar que le frustraba la espera. Lo cierto era que ninguna de ellas había conseguido entrar a la Orden y aquel rechazo en común había acabado por unirlas. Las cuatro se aliaron por un mismo objetivo: levantar la voz en contra de las injusticias, luchar como un grupo de resistencia ante la magnanimidad de los invocadores.

—Deberíamos pedir algo para cenar —propuso Orelle lanzando un leve quejido de cansancio que obligó a Medea a girarse un poco para mirarla a los ojos, que destellaban mientras se dedicaba a regar las plantas sobre el alféizar—. ¿Has sabido de otra redada?

—No creo que estén concentrados en ese asunto.

Con la noticia de la aparición del cadáver las cosas habían cambiado. Orelle tembló de frío y se apoyó en la encimera junto a la cocina; acomodó mejor la maceta en la que estaba la drácena con una mueca de verdadero fastidio.

Las comisuras de los labios de Medea se estiraron al verla tan concentrada en mimar las plantas, sus dedos estiraban las hojas y arrancaban las que comenzaba a marchitarse. Cada movimiento emanaba una delicadeza que contrastaba con la suya; para ser invocadora, Medea podía jactarse de una torpeza que su padre ponía en evidencia con demasiada frecuencia.

—Seguiré atenta por si me entero de algo nuevo —agregó.

—Les doy un día para que vuelvan a lo de siempre. —Orelle hizo un gesto vago con las manos y Medea tomó asiento a su lado. Estiró los pies sobre la alfombra y, de reojo, observó a su amiga, que parecía cansada y algo más apagada de lo habitual.

—¿Estás bien? —inquirió sintiendo un leve cosquilleo en las puntas de los dedos.

—Por supuesto, es solo que estoy cansada —admitió Orelle masajeándose las sienes—. ¿Dónde estarán Thyra y Mara?

Medea se encogió de hombros y se incorporó para preparar un poco de café. Limpió el filtro y encendió la cafetera disfrutando del aroma tenue que comenzaba a llenar el aire.

—Estarán liadas con todo el trabajo de los exámenes finales —repuso Medea sacando dos tazas blancas—. La teoría del poder, la historia y el arte de la invocación y un largo etcétera de libros que tenemos que leer antes de acabar el curso.

Con una mirada de desdén, Orelle dejó escapar un leve gruñido y se acercó al mueble junto a la ventana para sacar una libreta revestida en cuero azul. Aquello llamó la atención de Medea, que la miró con curiosidad.

—Aquí tengo una lista de nombres —dijo abriendo la libreta sobre su regazo—. Contactos con los que podemos conversar para que nos permitan hablar con la Orden.

Una arruga se dibujó en la frente de Medea, que intuía por dónde discurriría la conversación. Vertió el líquido en las tazas y le ofreció una a Orelle, quien parecía concentrada en su libreta.

—¿Estás segura?

—¿Tú, no?

Medea apretó los dientes hasta que le dolió la mandíbula y asintió sin estar del todo convencida.

—Tienes miedo —soltó Orelle con los ojos convertidos en dos rendijas—. Lo entiendo, pero veo una fuerza en tus decisiones que me hace creer que tú y yo estamos listas para esto.

No había nada que le gustara más a Medea que la expresión de Orelle cuando hablaba sobre la libertad y la igualdad. Sus ojos cálidos se iluminaban y en su rostro se derramaba una fiereza que la convertía en una especie de guerrera sin armadura. Admiraba su tenacidad y su capacidad para ser consecuente con sus creencias.

Sonrió. No por lo que proponía, sino por aquella voluntad con la que se aferraba a sus ideales.

—Tienes razón —admitió mientras paseaba la vista por el tapiz que decoraba la pared de la entrada. Era un blasón de la Academia: un pentágono azul bordeado por un cuervo—. Tal vez me esté excediendo. Thyra me comentó que su madre pensaba igual, pero hace poco conseguimos que el decano de la Academia accediera a nuevas actividades extracurriculares en las que se garantice una participación igualitaria.

Orelle apretó los labios, se incorporó en el sofá y la luz de la lámpara le iluminó el rostro serio. Tenía el cabello recogido en una trenza larga que le caía sobre el hombro izquierdo. Medea sabía que aquello era un avance. En la Academia solo un pequeño porcentaje de estudiantes no eran invocadores, y, aunque cursaban cuatro años junto a ellos, había una larga lista de asignaturas y actividades a las que solo quienes tenían magia podían acceder.

Ellas habían logrado que se generaran nuevas oportunidades y, si bien era un progreso, sabían que quedaba mucho por qué pelear.

—Creo que podríamos proponer nuevas becas, así aumentaríamos el número de estudiantes que podrían recibir una educación superior.

Medea estaba a punto de abrir la boca para añadir algo cuando el ruido del portón de la entrada le sacudió las palabras. Ambas se incorporaron en silencio y Medea casi soltó un suspiro de alivio cuando sus ojos se encontraron con la figura de Mara.

—Hola.

Mara no le respondió. A pesar del intenso rubor en sus mejillas, tenía el abrigo calado y parte del vestido negro empapado; el rostro anguloso parecía más serio de lo habitual.

—¿Dónde has estado? —preguntó Orelle desde el sofá con la voz llana y le pareció que su amiga temblaba bajo el eco de las palabras.

Medea intuyó que algo no iba bien. Se enderezó un poco y le hizo un gesto mientras Mara se acercaba a ellas. En cuanto se desplomó a su lado, las lágrimas se hicieron evidentes en sus ojos y Medea reparó en el temblor que le sacudía las manos sucias.

—Mara, ¿qué ocurre?

Al ver que su amiga no respondía, Orelle tomó sus manos entre las suyas mientras Medea intentaba quitarse el nudo que le cerraba la garganta. Miró a Mara y una nube de sospechas se le instaló en los hombros.

—Ha sido horrible… —Mara enterró el rostro entre sus dedos y le tomó un segundo retomar el habla—. Yo fui a buscarla, habíamos quedado en su casa. Sus padres no estaban allí…

La voz se le quebró y Orelle le tendió un pañuelo para que se limpiara el rostro. La expresión de Mara era de puro terror y eso empujó a Medea a darle un suave apretón en la rodilla.

—Es que ha sido todo tan… horrible. —Tomó aire por la boca y titubeó—. Thyra está… ausente. No habla, no reacciona a los estímulos. La encontraron en un callejón, inconsciente y herida. Es como si estuviera desconectada, no responde…

El mundo de Medea se sacudió con violencia y una garra helada le apretó el pecho.

—Pero… si la vimos hace un par de días.

Mara soltó una exclamación antes de romper en un llanto desconsolado.

—La han atacado.

9
Kaia

Kaia guardó silencio con expectación y sus ojos se concentraron en las letras garabateadas de la entrada del Consejo. El edificio era una estructura semicircular de piedra blanca con las cornisas talladas en mármol. Dos estatuas de la Trinidad se erigían junto a la puerta que estaba adornada por un marco rectangular de azulejos.

La sensación de anhelo taladró lo más profundo de su ser, tanto que Kaia casi sintió miedo de sus propios pensamientos. Sabía que allí estaban las respuestas que durante meses había perseguido.

Cedió a la incertidumbre y, con paso firme, se adentró en el edificio. El interior estaba atestado de personas que iban y venían cargadas de grandes archivadores que se perdían en las entrañas del recinto sin prestarle siquiera atención a ella. El recibidor se comunicaba con la planta superior gracias a unas escaleras adosadas a la pared del fondo, decorada por dos retratos enormes en los que se veían a las tres diosas sobre un mar de sombras. Los ojos de la Trinidad parecieron seguirla cuando se internó en aquella opulencia tan característica de los invocadores que pertenecían a las altas esferas.

—Hola, tú debes ser Kaia —musitó una recepcionista de pelo rizado y ojos negros—. Te mostraré tu lugar de trabajo, sígueme.

Recordó sus modales y siguió a la recepcionista, que marcaba un ritmo presuntuoso con el eco seco de sus zapatos. No preguntó su nombre y la chica tampoco hizo gala de cortesía, simplemente la guio sin miramientos, como si aquella rutina fuese un baile monocorde al que estaba acostumbrada. Al menos no necesitó llenar el silencio entre las dos; la mujer la llevó hasta la planta superior, donde una pared separaba una docena de escritorios.

—Este es tu puesto —dijo señalando el tercer cubículo a la izquierda—. Tu superior es Julian.

Kaia paseó la mirada por las mesas y se apartó un poco para que un chico con los brazos abarrotados de papeles fuera hacia el otro extremo de la sala. En cuanto sus ojos se posaron en Kaia, una sombra casi imperceptible cruzó su semblante. La había reconocido.

Kaia procuró ocultar la sorpresa que le producía que la sombra de los prejuicios la persiguiera hasta allí. Se puso en guardia y, sin darle más importancia, se sentó en una silla y le agradeció a la recepcionista.

Delante tenía una buena cantidad de archivos por evaluar.

—Debe de ser difícil para ti —le susurró una voz a su espalda—. Estar aquí y no formar parte de nada.

Kaia se giró y sus ojos se encontraron con un joven alto de cabello rojo como la sangre y una marca negra en el párpado izquierdo. La expresión de sus labios redondos bien podía ser orgullo o simplemente repulsión hacia ella, y tenía una sonrisa lánguida que no le iluminaba el semblante; no necesitaba presentación, Julian gozaba de una fama que precedía su lamentable reputación. Por suerte, ella tenía mucha práctica con las miradas de rechazo, por lo que en lugar de encogerse bajo esas palabras, sonrió con soberbia y apreció las sutiles pulsaciones arcanas que manaban de su pecho.

—Soy Julian, tu superior, pero seguro que ya has oído hablar de mí —dijo, apoyándose en su bastón de plata—. Esa pila de allí tiene que estar lista entre hoy y mañana. ¿Sabes hacer el trabajo?

—Por supuesto —replicó, orgullosa—. De lo contrario no estaría aquí.

Julian se inclinó y bajó la vista hacia ella:

—De no ser por Eudocia no estarías aquí. —Una esquirla de hielo se coló en su voz—. Le debía un favor y este es el resultado.

A Kaia se le revolvió el estómago y las sombras bramaron dentro de su cuerpo con la energía arcana.

—No sé de qué estás hablando.

Reprimió el temblor de sus manos y, con un poco de esfuerzo, adoptó una pose superficial mientras levantaba el mentón. A Kaia fingir se le daba muy bien, y aunque sus planes fuesen endebles, estaba dispuesta a todo por permanecer allí el tiempo suficiente como para obtener las respuestas que buscaba con respecto a su hermana.

—Vamos a trabajar juntos, así que lo menos que nos debemos es sinceridad. —Julian mantuvo un tono inocente y le guiñó un ojo antes de continuar—. No seas tan obvia, solo te pido discreción.

A la mañana siguiente, Kaia asistió a las clases de entrenamiento junto a Medea. El salón estaba en la primera planta de la Academia y, al entrar, las golpeó el aroma a cenizas y a amoníaco que caracterizaba al aula cerrada. Miró a sus compañeros en la mesa y esquivó la condescendencia que marcaba sus gestos. Al menos Ari no tenía que ser testigo de la crudeza que vivía en lugares como aquel, una clase llena de invocadores. Se prometió que en cuanto estuviesen las tres juntas se atrevería a contarles lo de las prácticas.

Las clases de entrenamiento siempre tenían un efecto curioso en Kaia. No eran sus favoritas, pero le ofrecían la posibilidad de trabajar en algo que no la hiciera pensar en nada más que en su cuerpo, en las notas que tomaba y en la voz de la profesora. El día anterior se había esforzado por mantener un perfil bajo en el Consejo, y ahora Kaia necesitaba algo en lo que pudiese sobresalir.

A ojos de su supervisor, debía aparentar una sumisión absoluta en la que demostrase un genuino interés por sus prácticas y no entrometerse en lo que pudiese estar relacionado con Asia.

Kaia se había pasado toda una vida preguntándose qué había de malo en ella, guardaba un secreto tan pesado que a veces temía que le hiciese daño. Nunca le había confesado a nadie que podía sentir y controlar los hilos arcanos. De niña se había había planteado si estaba rota, si aquella magia la hacía tan diferente que nunca encajaría en un mundo hecho a la medida de los demás. «¿Hay algo que no está bien en mí?», le había preguntado a su madre un día y ella le había sonreído antes de responder: «La confianza no suele sentar demasiado bien a los que se cuestionan constantemente». Luego le había tomado la mano y había dejado que Forcas se acercara hasta posarse sobre su hombro. «Tú sabes quién eres y lo que quieres, estás dispuesta a tomarlo y eso no siempre les agrada a los demás. No dejes que esas dudas te atrapen, tienes una férrea voluntad que yo quisiera tener».

Esa conversación era uno de sus recuerdos favoritos, y tantos años después seguía pensando si tendría que haberle confesado que podía percibir los hilos arcanos.

Apretó las manos en torno al libro que sujetaba y lanzó una mirada fugaz a la profesora. El salón era una habitación pequeña con un podio de madera y un escritorio largo desde el que Persis estaba enumerando los grandes beneficios de manejar la daga invocadora con destreza. Pocos invocadores podían jactarse de ser buenos manipulando la daga y controlando a las sombras. Sí, era cierto que desde la iniciación a los diez años los niños que nacían con la marca aprendían a invocar sombras, pero no todos conseguían destacar llamándolas hasta poder doblegarlas a su antojo. Las dagas estaban hechas de oxidiana y perlas lunares con las que el invocador establecía un vínculo de por vida.

—Deja de jugar con el gorrión. —Kaia reprendió a Medea, mientras intentaba acariciar con los dedos al ave enjaulada.

Medea hizo caso omiso de su advertencia y continuó acariciando al pájaro que sacudía las alas dentro de la jaula de oro.

—Las sombras son mezquinas —explicó Persis atrayendo su atención—. Su naturaleza es tan volátil como la nuestra y por eso resulta tan complicado tirar de ellas y hacer que obedezcan nuestra voluntad. La daga canaliza el poder de la oscuridad para doblegarlo ante nosotros, pero si no sois firmes, si no tiráis lo suficiente, ese poder se deshace en vuestras manos.

»Tenéis que dejar que la energía fluya en la sangre, que no os consuma ni merme la concentración. Cuando sintáis que la sombra se perfila en el borde, tenéis que musitar las palabras, hilar la magia con la voz para dar forma a la sombra. Es diferente a una catalización de heridas, pero requiere la misma concentración.

Un murmullo se levantó en el aula y Persis no tardó en impartir el silencio con una mirada gélida.

—Kaia, no quiero hacer esto —le dijo Medea.

A Kaia se le ocurrieron una docena de razones por las que su amiga debería dejar de quejarse. Tomó aire y movió las manos sobre la superficie de madera.

—Tomad la daga y repetid mentalmente las palabras en vuestra cabeza —ordenó Persis, y Kaia se vio obligada a que su atención volviera a la explicación.

El aire se llenó del olor a humo, a óxido; las sombras titilaron sobre las paredes de piedra y un hormigueo recorrió la columna de Kaia. Recitó el verso en su cabeza haciendo que la magia bullera en la punta de sus dedos como un sutil cosquilleo. Tiró de las sombras con fuerza y una pequeña hebra negra apareció en el filo de su daga haciendo que el vello de la nuca se le erizara. El mundo perdió consistencia y ella se aferró al poder para dar una forma concreta a la oscuridad, que poco a poco fue respondiendo a su llamado.

—Ahora, quiero que soltéis al gorrión y lo derribéis con una sombra plana —exigió Persis inclinada sobre el escritorio.

—¡No!

La voz que cortó la explicación estaba llena de tal decisión que incluso Kaia se tambaleó en su lugar. Al perder la concentración, la sombra se deshizo al instante.

—¿Ocurre algo, señorita Medea?

Todos los rostros se volvieron hacia ellas y Kaia notó la tensión cortando el aire cálido del ambiente.

—No voy a hacerlo —dijo Medea con el orgullo tambaleándosele en los labios.

El rostro apagado de Persis pareció contraerse un leve instante antes de dar un paso hacia el frente y evaluar con evidente disgusto a su alumna.

—¿Se puede saber qué es lo que te impide cumplir con tu propósito en la vida?

Medea bajó los ojos inmersa en un silencio que de pronto llenaba el aula.

—Simplemente no voy a hacerlo, profesora.

Una sombra de desilusión se onduló en el rostro de Persis.

—Eres una decepción, Medea —escupió la profesora—. Pensé que llevabas la sangre de tu padre. Talos fue un estudiante modelo y destacó por encima de la media de esta Academia. Te recuerdo que tienes un deber con él y con tu familia.

Hizo una pausa en la que Kaia casi fue capaz de escuchar la respiración forzosa de su amiga. Pensó que aquella amenaza sería más que suficiente para que Medea se decidiese por fin a cumplir con la actividad. Pero en lugar de la calma que esperaba, descubrió con horror que su amiga daba un paso hacia un lado apartando su libro.

—Retírate al fondo del salón, hablaremos más tarde —musitó la profesora recuperando el dominio de sus emociones—. Los demás, atentos.

Medea hizo lo que ordenaba Persis con movimientos mecánicos. Kaia sentía una presión en el medio de la frente, un dolor agudo que se mezclaba con la decepción. Su cabeza no podía dejar de pensar en lo egoísta que estaba siendo Medea, por mucho que lo intentara no podría escapar de su naturaleza. Muchos invocadores se habían perdido a sí mismos al tratar de huir de su control sobre las sombras, y si su amiga seguía por ese camino, Kaia dudaba de que pudiese mantener el estatus de su familia dentro de Cyrene.

10
Medea

La fama de su padre desfilaba sobre sus expectativas proyectando una sombra ancha y alargada que Medea jamás podría llenar. Ni siquiera si su sueño fuese ser una invocadora modelo. Ni siquiera si se le diese bien llamar a la oscuridad. Nadie la miraría *a ella*, nadie se fijaría en lo que podía hacer; solo verían la gloria de su padre.

Apoyó un pie en la pared y el aroma de la sangre trepó por sus piernas haciendo flaquear la seguridad con la que minutos antes se había opuesto a practicar. Estaba de pie al fondo del salón jugueteando con una pulsera de lunas que hacía años le había regalado Ariadne.

Por la mañana, mientras se estaba vistiendo para ir a clases, escuchó las noticias con atención en busca de algo que pudiese hablar de su amiga o arrojar algún detalle sobre lo que le había ocurrido. Para su decepción, descubrió que Thyra no era lo suficientemente importante como para aparecer en las noticias. El recuerdo de la última conversación con Mara llevaba horas persiguiéndola. Habían transcurrido tres días sin tener ninguna noticia de Thyra; sus padres les habían dicho que tenía prohibidas las visitas y que desde que la habían encontrado no había pronunciado una palabra. De hecho, por las noches había sufrido espamos violentos que obligaron a las enfermeras a encerrar a Thyra en una habitación a la que nadie podía acceder. La situación comenzaba a crisparle los nervios a Medea.

—Bien, ya podemos dar por concluida la clase —repuso Persis desde su escritorio haciendo que Medea regresara al presente—. No olvidéis los ejercicios de…

Medea no tuvo tiempo de escucharla terminar la frase. En menos de una fracción de segundo, sus pies la arrastraron hasta el pasillo donde abrió la boca e inhaló con fuerza el aire helado de la mañana. Se limpió las manos sudadas en la falda y evitó mirar a sus compañeros, que salían del aula en medio de murmullos.

Estaba a punto de irse a los jardines cuando notó que Kaia pasaba por su lado y ni siquiera se inmutaba ante su presencia.

—¡Kaia! —llamó por encima del bullicio sin que su amiga aminorara la marcha.

Era evidente que Kaia estaba decidida a ignorarla sin remedio, pero si algo se podía decir de Medea era que su espíritu tozudo no se doblegaría ante la voluntad de su amiga. Por lo que se tragó la pena y cruzó en la esquina, donde esquivó a dos estudiantes que casi tropezaron con ella.

—Puedes dejar de seguirme, si te parece bien —espetó Kaia al tiempo que tomaba una bandeja y oteaba el comedor principal de la Academia.

Medea no le respondió de inmediato.

—Aunque te cueste creerlo, tenía pensado venir aquí.

—Querida, por mucho que quieras disfrazar tus acciones sé que deseas que hablemos de lo que has hecho y tengo el humor muy agrio esta tarde.

Medea quiso replicar que rara vez Kaia no tenía el ánimo revuelto, pero en lugar de echar más leña al fuego, la imitó tomando una bandeja. Se sirvió un bol de fideos en salsa de soja con verduras confitadas y un zumo natural.

Lo último que pretendía era discutir con ella, por lo que se mantuvo en silencio mientras se sentaban a una mesa un poco apartada de la entrada principal. Medea apartó la mirada de Kaia y movió los vegetales del plato con indiferencia; esperaba que el mal humor se atemperara en sus huesos y casi se sintió aliviada cuando su amiga levantó el tenedor y la apuntó justo antes de hablar.

—Creo que hoy te has comportado con una actitud infantil, querida —le soltó Kaia con una sonrisa calculada en sus perfectos labios rojos. Llevaba un vestido de tul azul de mangas largas que se le ceñía a la cintura, demasiado elegante como para ir a clases. Pero eso formaba parte de su esencia.

—No ha sido una actitud infantil —musitó apretando los nudillos—. El hecho de que no quiera arrebatar una vida para una vulgar práctica no te da ningún derecho a juzgarme.

Kaia puso los ojos en blanco con una acritud que hizo que Medea rechinara los dientes.

—No me digas que te estás dejando influenciar por la Orden —repuso—. Estoy convencida de que a tu padre le disgustaría mucho saber que eres una simpatizante del movimiento.

Aquello fue un golpe mucho más duro de lo que podía soportar Medea.

—Ojalá puedas dejar de autocompadecerte y empezar a trabajar como la invocadora que eres. No puedes seguir renegando de tu naturaleza, de tu linaje. Deja de librar las guerras de otros, ese no es tu lugar.

Medea bajó la mirada hasta su plato de comida y apretó las manos con fuerza, abatida.

—Eres una egoísta, Kaia —escupió Medea de repente—. ¿Cómo puedes hablar así de la Orden, de lo que hacen? Luchan por los derechos y por la igualdad social.

—¿Y? Si necesitas un hobbie u otra lucha social en la que ocupar tu tiempo libre, te recomiendo que no sea una en la que puedas verte confrontada por aquello que representas —repuso su amiga sin siquiera mirarla a los ojos.

—No puedes cambiar la muerte de Asia y, sin embargo, te empeñas en seguir buscando unas respuestas que no encontrarás.

La ausencia se hizo enorme en los ojos azules de Kaia, que se abrieron de manera inesperada. Curvó los labios hacia abajo, consciente del golpe bajo, y apartó la bandeja.

—Sé que estás haciendo prácticas en el Consejo —musitó Medea. Su padre se lo había comentado de pasada y ella llevaba todo el día esperando sacarle el tema—. ¿Por qué no nos lo has dicho?

Kaia se inclinó ligeramente.

—Por esto mismo es que no te dije nada. Tú crees que todo lo hago con dobles intenciones y simplemente quiero labrarme una carrera en el Consejo —espetó Kaia alzando una ceja—. Te recuerdo que quedan seis meses para elegir especialización y, a diferencia de ti, yo tengo muy claro lo que quiero hacer.

Una puñalada. Certera y donde más le dolía. Los labios de Medea se crisparon y ahogó un gemido de frustración.

—No me puedo creer que solo busques pertenecer a este juego de poder —replicó Medea ladeando el rostro y tamborileando con los dedos sobre la mesa. Kaia no se replanteaba nada a menos que entorpeciera sus planes—. Soy tu amiga.

Kaia apartó la bandeja con un gesto meticuloso. Sus labios se tensaron en una línea fina y delicada que mostraba desagrado, rencor.

—Ser mi amiga no te garantiza un cupo de opinión sobre mi vida. Especialmente en temas que atañen a la muerte de mi hermana.

Medea estaba a punto de responder cuando unos gritos en el patio la forzaron a apartar la mirada del rostro imperturbable de Kaia. Los estudiantes abandonaron el comedor y, con algo parecido a la preocupación, Medea se levantó de la mesa dejando la comida intacta. Algo estaba ocurriendo y aquellos gritos parecían la antesala de una pesadilla.

11
Kaia

Los pasillos de la Academia estaban extrañamente vacíos.

Pese al revuelo inicial, en ese momento se respiraba un tenso silencio que obligó a Kaia a abandonar el comedor. Se arrojó a toda prisa hacia el corredor lateral movida por pura curiosidad.

Los pasos de Medea la acompañaron como una sombra y Kaia se detuvo junto a la barandilla de piedra; allí vio cómo los estudiantes se escabullían hasta la salida de la Academia, y por sus rostros serios adivinó que algo no marchaba bien. Su piel captó las pulsaciones arcanas con ese leve matiz vibrante al que no acababa de acostumbrarse a pesar de los años; era como respirar la magia que latía en los corazones que, poco a poco, comenzaban a acelerarse. Quizá no fuera una idea demasiado brillante acercarse al lugar del que todos estaban huyendo, pero no resistió la fuerza que la llamaba, el instinto que tiraba de ella; y aunque Medea parecía poco entusiasmada por seguirla, a Kaia le sorprendió escuchar el ruido de sus pasos detrás de ella.

—Tal vez deberíamos dar media vuelta. Siempre nos metes en problemas... —propuso Medea, y de repente se quedó rígida a su lado cuando alcanzaron el jardín lateral junto al despacho del decano—. Hay una chica en el suelo.

Kaia siguió la dirección de su mirada y comprobó que tenía razón.

—Vamos a ver —dijo y se deslizó en el pasillo con gesto decidido.

Pero no había dado ni dos pasos cuando los dedos de Medea le sujetaron el brazo y Kaia se detuvo para entrever la preocupación en los ojos de la invocadora. Kaia apartó la mirada de la chica que yacía en el césped y una punzada de inquietud le recorrió la espalda. ¿Qué significaba aquello?

—Hay algo que no te he contado. —La voz de Medea se diluyó suavemente y su rostro mutó a una expresión de pura ansiedad—. Mi amiga Thyra, le ha pasado algo raro. Está... en una especie de estado catatónico. La encontraron hace algunas noches atrás.

Las palabras de Medea fueron como un jarro de agua helada. Había algo extraño en la forma en que lo decía y Kaia se preguntó qué secretos guardaría. Últimamente estaba tan centrada en sus asuntos que había abandonado la vieja costumbre de inmiscuirse en la vida de sus amigas. No tardó en darse cuenta de la cantidad de detalles que saltaban a sus ojos y que ella había ignorado: Medea estaba mucho más delgada y ojeroza que nunca. Sus hombros menudos no poseían la robustez y la elegancia que Kaia recordaba y por alguna extraña razón le pareció que su mirada había cambiado. Quizá Medea sí estuviera trabajando con los simpatizantes de la Orden. Quizá sus ideas revolucionarias la hubieran empujado a dar un salto de rebeldía. Kaia archivó mentalmente la información y se prometió que pensaría en ello más tarde, pero primero necesitaba procesar lo que le estaba confesando.

—¿Qué ocurrió exactamente?

Medea se encogió bajo el peso de la pregunta, y tras una duda inicial, terminó por contarle todo lo que sabía sobre el ataque hacia Thyra.

Cuando Medea acabó de hablar, los ojos de Kaia vagaron sobre el grupo de profesores que se hallaba en el centro del patio. Le picaron los dedos y le pareció que la vibración arcana tiraba de su cuerpo obligándola a moverse por pura inercia.

Debería haberse quedado quieta. Pero la curiosidad pudo más que su voluntad y los pasos de Kaia crujieron sobre el suelo entarimado atrayendo la atención de Persis.

—¿Qué hacéis vosotras aquí? —preguntó la profesora fulminándolas con la mirada.

Un silencio incómodo recorrió a los profesores, que se apartaron, y Kaia vio un chispazo de vergüenza en sus ojos.

—Hemos visto el revuelo y...

—Kaia, este no es el mejor lugar para ti —la interrumpió Persis.

—¿Qué ha pasado con esa chica?

El rostro de Persis se crispó de horror y con un movimiento imperceptible tomó a Kaia por la muñeca y la apartó hacia el pasillo. La urgencia del movimiento la sacudió y comprendió que bajo aquella fachada de prepotencia que lucía Persis, se ocultaba el miedo a que ella viera lo que estaba ocurriendo. Demasiado tarde. Kaia había captado la escena con una precisión aterradora; había una chica tendida sobre el césped. Entrecerró los ojos y le pareció sentir el hilo que colgaba inerte de su pecho.

Estaba muerta.

La sensación de tristeza le caló los huesos, le llegó hasta lo más profundo de su pecho. Sabía lo que significaba una muerte dentro de la Academia, conocía la forma en la que el claustro de profesores encubriría el acontecimiento. Crispó los labios intentando contener la ira que se derramaba en su interior.

—No puedes estar aquí, ninguna de las dos. —Hizo una pausa y miró con recelo a Medea antes de continuar—. Sé que has entrado al Consejo, y no es una buena idea, Kaia.

La joven alzó una ceja, incrédula. Era cierto que Persis hablaba con un tono lineal, pero el suave temblor de sus cejas delataba el recelo que la carcomía por dentro.

—Le agradezco que se preocupe por un futuro que desde luego no tengo —replicó con astucia; recordaba claramente las palabras de Eudocia y la red de artimañas que Persis tejía a su alrededor para impedirle acceder a las prácticas—. Pero yo me encargaré de buscar mis oportunidades y de juzgar en dónde me puedo meter.

Persis apretó las manos hasta convertirlas en puños. El desafío de Kaia no le gustaba y parecía estar conteniéndose, como si estuviese debatiendo consigo misma si era adecuado o no soltarle un discurso sobre lo incauta que estaba siendo.

—Estás jugando con fuerzas poderosas y volátiles, o te retiras del Consejo o me tendré que ver obligada a pedirle que te revoque el acceso a las prácticas.

Un golpe bajo. Una amenaza.

Kaia frunció el ceño y evitó mirar el rostro de la profesora.

—Gracias por la sinceridad, profesora.

Persis no añadió nada más; con un asentimiento, giró sobre sus talones y regresó al patio con el resto de los profesores, no sin antes dirigirle una mirada cansada. ¿Por qué Persis se empeñaba en que ella no trabajara en el Consejo? ¿Qué le estaba ocultando? No creía que la mujer tuviese razones importantes para sacarla de allí, pero había un rastro de malicia en su voz por lo que las dudas arañaron la garganta de Kaia.

Medea la sujetó por el brazo y tiró de ella hasta el corredor contiguo, lejos de los profesores.

—¿Crees que está muerta?

—Creo que es evidente.

El rostro de Medea se crispó y su mano se aferró a la barandilla en busca de apoyo.

—Deberías ir a casa y descansar —propuso.

Todavía resonaba la historia de Thyra en su mente cuando Medea asintió con un gesto de agotamiento. Le lanzó una mirada intensa antes de despedirse y retirarse por la galería.

El edificio parecía dormir a la sombra de los árboles que se mecían bajo los murmullos de las conversaciones en el patio. Los salones estaban en su mayoría vacíos, iluminados por el sol que se filtraba a través de los cristales opacos y se derramaba sobre el suelo negro creando matices tenues sobre las paredes de piedra gris.

A Kaia le pareció que alguien la llamaba. Pensó que sería Medea que regresaba, pero en cuanto sus ojos se fijaron en los de él, la inseguridad se fraguó en la piel de la joven maldiciendo la terrible casualidad que significaba encontrarse en el mismo espacio que Dorian.

Él levantó una mano y estuvo a punto de tropezar cuando la alcanzó. Una sonrisa de disculpa se asomó en sus labios y Kaia comprobó que una parte del joven siempre permanecería atascada en su pecho.

Deberías olvidarlo, se dijo, furiosa consigo misma y más nerviosa de lo que hubiese deseado admitir.

—¿Ahora te has convertido en mi sombra? —susurró sin dejar de fijarse en lo elegante que estaba.

Es lo que pasa cuando no eres buena haciendo sentir a gusto a los demás. Los dejas ir y se vuelven felices, pensó con algo de amargura.

—Yo... lo siento —respondió él pasándose una mano por el pelo rubio oscuro—. Te hice un gesto cuando saliste de clases, pero creo que no me viste.

Kaia lo ignoró deliberadamente. Estar con Dorian la hacía sentir cosas, cosas que no quería, cosas para las que no estaba preparada, y por eso lo odiaba. Si algo había aprendido era que el silencio podía revestir distintos matices, la ausencia de algo que decir o el miedo a arruinar lo que ya se encontraba roto.

—Joder, Kaia —exclamó Dorian—. Solamente te pido una conversación, no quiero que pienses que tengo algún tipo de interés romántico en ti, solo sé que antes de todo esto eras mi amiga.

Una verdad a medias.

—Me duele la cabeza, Dorian.

La pulla fue directo al blanco.

—Que no salgamos no significa que debas fingir que no existo.

—Querido, si lo hago es por algo. Tal vez deberías reflexionar al respecto. —Kaia hizo amago de retirarse—. No tengo tiempo ahora mismo, Dorian.

Con un movimiento brusco, se interpuso en su camino justo cuando ella pensaba dejarlo solo. Las pulseras en las muñecas de Kaia tintinearon y se quedó con las palabras en la lengua. Le pareció que veía con absoluta claridad la sombra de todo lo que cargaba encima.

—¿Qué es lo que quieres?

A Dorian le brillaron los ojos y Kaia movió la punta del pie con insistencia.

—Me gustaría hablar en privado —dijo—. Necesito que me acompañes a un lugar para poder mostrarte algo.

Kaia alargó el brazo para apartar un poco a Dorian de su camino. El contacto con su piel hizo que sus terminaciones nerviosas saltaran arrojando una cálida sensación a través de su columna.

—Necesito que vengas al Bosque de los Cipreses conmigo —le dijo rodeando su muñeca con los dedos. Hacía meses que no estaban tan cerca y aquel repentino contacto la turbó lo suficiente como para que un suave titubeo se le escapara de los labios.

Kaia no supo si fue por la mención de ese maldito lugar o porque su mano la estaba aferrando, pero le pareció que el suelo oscilaba bajo sus pies. Era una propuesta absurda. Una oportunidad para hurgar en viejas heridas que aún no cicatrizaban. Desde luego que no podía decirse que hubiera pasado página, pero no esperaba volver al bosque, allí donde había empezado la peor de sus pesadillas.

Le tomó casi un minuto recordar cómo se respiraba.

—Lo siento, sé que te estoy pidiendo demasiado, pero te aseguro que es algo importante.

De pronto, la seguridad que Kaia le imprimía a cada uno de sus movimientos flaqueó y sintió un golpe de dolor dentro del pecho. Eran los recuerdos, esos que quemaban y que ella intentaba esconder bajo su cama.

El coche de Dorian era de un color gris rancio con grandes ventanillas cromadas y un diseño de último modelo. Era lo que tenía ser hijo del presidente del Consejo de Cyrene; la vida en las altas élites, lujos y un poco de mal gusto, según Kaia. Se esforzó por permanecer erguida mientras él giraba el volante tomando la autovía que daba al risco junto al mar.

Kaia odiaba viajar en coche. El hecho de estar encerrada en un vehículo que no podía controlar hacía que el pulso se le acelerara y la boca se le secara mientras cientos de pensamientos intrusivos le llenaban la cabeza.

Al menos la vista era interesante.

Y no pensaba esto solo por Dorian, que para los ojos de cualquiera podía ser algo muy atractivo de admirar. En realidad, lo que le resultaba encantador era ver la fusión del cielo con el mar en el horizonte. Las olas rompiendo contra las rocas mientras las nubes se llenaban del color rojizo del atardecer.

Se deslizaron sobre la carretera empapada, y cuando los ojos de Kaia divisaron la enorme extensión de árboles el corazón se le disparó con violencia dentro del pecho. Dorian redujo la marcha y en menos de dos minutos aparcó el coche en un descampado al otro lado de la carretera.

—Espera, no hace falta que te bajes…

Pero ya había abierto la puerta. A pesar de la leve llovizna y de la brisa, no le importó que se le arruinara el vestido perfectamente planchado que llevaba ese día; de hecho, pocas cosas podían importarle menos en ese momento. Se acomodó el cabello detrás de las orejas y respiró el aire fresco cargado del olor a muerte que inundaba el aire frío. Sin quererlo, recordó el instante en el que unos meses atrás había viajado hasta ese lugar para buscar las zapatillas de su hermana.

Al borde del camino estaba la linde del Bosque de los Cipreses, de un lado el mar abierto y del otro, la ciudad.

—¿Qué hacemos aquí? —preguntó, reuniendo el valor suficiente para luchar contra su angustia.

—Hoy en la Academia ha ocurrido algo parecido a lo que pasó con tu hermana.

Kaia miró el bosque. Tan imponente en su inmensidad. ¿Estaría la diosa allí? ¿Cuánta verdad encerraría la leyenda?

—Ha muerto alguien —dijo ella sin apartar el pensamiento sobre el bosque.

—Sí, el ataque tiene ciertas similitudes…

—Con el caso de mi hermana.

Él se encogió un poco de hombros y Kaia notó que le costaba horrores dar con las palabras adecuadas.

—Asia tenía marcas negras en las muñecas y en los tobillos —apuntó él—. La chica que han encontrado presentaba las mismas marcas.

—Alguien la atacó…

—O algo, no lo sé —dijo recortando la distancia que los separaba y ella se echó un poco hacia atrás—. Los cuerpos de investigación dijeron que tu hermana había sufrido una muerte natural…

—Eso no es verdad. Asia tenía quince años. Además, Medea me ha contado algo sobre una amiga de ella. Thyra, la encontraron en circunstancias extrañas…

Él asintió, y Kaia pensó que lo hacía porque sabía que no existía excusa que pudiese hacerla cambiar de opinión. Ella necesitaba tiempo para procesar aquella información, que una chica hubiese sufrido una muerte similar a la de su hermana podía ser la señal que llevaba meses esperando.

—Podría averiguar algo. Han pasado cosas extrañas, Kaia. He dudado mucho sobre si debía hablar contigo o no —dijo él, su voz era firme—. Eres demasiado pasional y sé que no descansarás hasta encontrar la respuesta. El Consejo ha recibido amenazas. No solo de la Orden, que siempre ha sido un problema constante para mi padre.

»Varias personas han sido atacadas y no sabemos muy bien lo que ha ocurrido. El Consejo ha barajado la posibilidad de que algún invocador o la Orden esté detrás de esto.

A Kaia se le secó la garganta y deseó que Dorian no se diera cuenta de que acababa de quedarse sin palabras.

—Quiero ayudarte.

Una posibilidad para Kaia. Un hilo del que ella podía tirar.

Buscó algún indicio de mentira en el rostro de Dorian, pero solo encontró sinceridad.

—No sé si estás dispuesto a cruzar la línea. Ya dudaste en el pasado.

Dorian se acercó y le puso un dedo en los labios haciendo que la objeción quedara a medio camino. Kaia odiaba esa proximidad entre ellos. Odiaba la familiaridad con la que él se acercaba. Pero sobre todo odiaba a su cuerpo por reaccionar de una manera en la que no debería hacerlo. Ella había roto con él porque no podía distraerse y porque Dorian nunca había estado dispuesto a seguirla en su búsqueda de culpables. Creía que lo mejor era que Asia descansara y que Kaia encontrara la paz. Pero ella nunca lo haría, al menos no hasta que supiese lo que había ocurrido.

Se tambaleó un poco mientras cientos de dudas surgían en medio de ella. Miró el bosque y creyó ver una luz tenue que se filtraba entre los árboles. Siluetas oscuras que se revolvían en aquella inmensidad. Enfocó los ojos y comprobó que no había nada. Solo vacío e inmensidad.

—Estás buscando respuestas y creo que podemos encontrarlas.

Un silencio tenso siguió a las palabras de Dorian.

—¿Puedes acceder al historial forense de la estudiante?

Dorian torció el gesto y se mordió el labio con una sombra de culpa en los ojos. Cuando se debatía internamente se le formaban dos hoyuelos en las mejillas que lo hacían parecer más joven de lo que en realidad era.

—Y si esto era lo que me querías decir, ¿por qué me has traído al bosque?

—Es que creo que este es el origen de todo.

12
Medea

Eran casi las ocho de la noche y Medea, en lugar de ir al depósito con Mara y Orelle para descubrir qué había ocurrido con Thyra, estaba de camino a una reunión que no le entusiasmaba en absoluto.

Iba en la parte trasera del coche de sus padres jugueteando con el encaje de su vestido dorado a juego con una medialuna brillante que le decoraba la frente. El aburrimiento era latente a pesar de que su padre se esforzaba en repetirle lo bien que la pasarían en la cena.

Una vulgar mentira que solo él se creía.

Aquella noche mantener una actitud positiva conllevaba un esfuerzo para el que no estaba preparada, al menos no en ese momento.

—Espero que seas educada, Medea —dijo su madre mirándola a través del espejito mientras se retocaba el pintalabios dorado.

Medea se mordió el labio y notó que su padre tensaba la mandíbula.

—No quiero ningún comentario soez. No te hagas la liberal, no es divertido.

Su voz llevaba implícita una amenaza para que ella permaneciera callada y sumisa durante toda la velada, así que asintió. Dócil, como quien no tiene nada más que decir y se rinde.

El vehículo se detuvo en la entrada y no fue hasta que Medea se bajó y se alisó el tul de la falda que la aprensión se adueñó de ella.

La mansión de Karan, uno de los invocadores más importantes del Consejo, era imponente y estaba acondicionada y decorada para la ocasión. La fachada de piedra blanca se hallaba iluminada por una infinidad de luces diminutas que arrojaban destellos de plata sobre los pinos que rodeaban el muro inferior. Un balcón alargado se alzaba sobre cuatro columnas custodiadas por dos figuras de mármol negro que simulaban un grifo y un dragón. Había algo extraño y superficial en el aire denso y aromático que se respiraba en el recibidor.

Medea tensó el cuerpo y se detuvo en la entrada adornada por enormes guirnaldas de lirios y ramilletes de eucalipto. La temática de la noche era «los años dorados», por lo que los invitados lucían el color como emblema de celebración y llevaban atuendos estrafalarios que a ella le parecían ridículos.

Por desgracia, a Medea le resultaba incómodo acudir a una fiesta repleta de invocadores presuntuosos. A pesar de que había crecido en un ambiente como ese, rodeada de miembros del Consejo y de importantes celebridades, no le gustaba fingir esa amabilidad ni esa cercanía con la que todos hablaban. Antes de que Medea pudiese aclimatarse al lugar, su padre levantó una mano y se acercó hasta un grupo de hombres que conversaban cerca de una mesa. Su madre no le ofreció tregua alguna y en lugar de permitirle alejarse de los grupos animados que conversaban cerca de una mesa de comida, la empujó hacia una esquina en la que conversaba un corrillo de señoras.

—Hola, Delia —dijo una, levantando la mano—. Estáis encantadoras esta noche.

Medea sonrió por costumbre mientras se esforzaba por recordar el nombre de la mujer.

—Me alegro tanto de veros —musitó otra que sostenía un cigarrillo entre los dedos. Todas dedicaron miradas cargadas de atención a la hija de Talos mientras soltaban cumplidos que Medea casi ni escuchaba.

Ella tenía los ojos y el interés puestos en otro lugar. Concretamente, en el grupo de hombres que hablaba cerca de la entrada del salón. Su padre acababa de acercarse a ellos y a Medea le pareció que el más viejo, un hombre de traje negro con un bigote blanco, se lo llevaba aparte y le decía algo. Le llamó la atención la expresión trastocada de Talos, y Medea adivinó que la conversación no estaba siendo demasiado amable. Su padre alzó la mirada y los labios le temblaron justo antes de que su interlocutor se alejara, azorado.

La mente de Medea divagó y se preguntó qué le habrían dicho a Talos para que el rostro le cambiara tan repentinamente.

—¿Medea?

Una voz femenina la arrastró a la realidad y la joven tuvo la leve sospecha de que el grupo la estaba mirando con algo más que simple curiosidad. Sacudió la cabeza y se fijó en su madre, cuyos ojos se oscurecieron.

—Te estábamos preguntando si ya habías elegido tu especialización.

Medea se volvió hacia la mujer sin saber muy bien qué responder.

—Creo que tradición mágica.

—Oh, eso es muy interesante, estoy segura de que tu padre estará orgulloso —le respondió dándole una palmadita en el hombro con algo de decepción.

La mujer no parecía darse cuenta de que Medea había respondido como una autómata y que, en realidad, no había tomado ninguna decisión al respecto. Una pequeña chispa de preocupación prendió en ella al darse cuenta de que todos albergaban expectativas acerca de su futuro. Era cuestión de tiempo para que tuviese que decidirse y aunque el resto de sus compañeras parecían convencidas de la especialidad que tomarían, Medea no tenía idea de lo que haría en el futuro. Odiaba sentir que la empujaban en determinada dirección y esa era una de las razones por las que se resistía a decidir, se retraía en sí misma y buscaba un camino en el que pudiese sentirse cómoda.

Por suerte, la conversación continuó por otros derroteros y Medea tuvo que participar hasta que sirvieron la cena y los invitaron a pasar a un salón amplio y despejado. De manera mecánica, llevó la mano a su cinturón dorado y recordó que aquella noche había dejado la daga en su habitación. Soltó un suspiro esperando llenar el vacío que le provocaba aquella decisión. Había sido un acto de rebeldía. Todos los invocadores a su alrededor llevaban las dagas, una muestra del poder que descansaba en ellos.

Medea hizo un mohín cuando su padre le tocó el codo y le indicó con el pulgar que irguiera la espalda.

—¡Que aproveche! —dijo Karan en cuanto sirvieron la sopa de camarones.

Tras un silencio cordial que solo se veía interrumpido por el leve tintinear de los cubiertos contra la porcelana, la señora de la casa dejó la cuchara para llenar el aire vacío de conversación:

—¿Sabéis que ese cuadro de allí narra la fundación de Cyrene?

Todos dirigieron la mirada al lienzo enmarcado en oro que se posaba por encima de la chimenea. La escena era tan típica que no necesitaba explicación. La Madre Muerte caminaba con los pies desnudos sobre un campo de destrucción y cenizas, y a un lado estaban sus hermanas con los rostros surcados por las lágrimas: Lilith y Cibeles. Las tres diosas eran las deidades adoradas en Ystaria; la Trinidad.

El cuadro era tétrico y apagado, y Medea sintió que el nudo de su estómago se apretaba impidiendo que la sopa le pasara por la garganta.

—Es una obra maestra, el color gris de la Muerte frente a los tonos naranjas. Creo que representa las sutiles diferencias que armonizan la vida misma —dijo su padre dando un pequeño sorbo al vino.

Talos era un apasionado del arte y sabía admirar el buen gusto, aunque este nunca coincidiera con el de su hija.

—Lo que se ve abajo, los cadáveres, son lo mundano, gente corriente de quien la Muerte ha extraído su poder.

—Así acabará la Orden.

Medea casi se atraganta al escuchar la última frase. Un coro de risas siguió a la burla y ella no tuvo más remedio que alzar los ojos y barrer la mesa intentando descubrir quién había hecho el comentario.

—Ojalá que el Consejo dé caza a todas esas zorras —protestó otra voz.

La mujer de Karan frunció los labios con asco y dio un golpecito sobre la mesa que hizo que los demás rieran.

—Ni te preocupes por ellas —respondió Karan arrellanándose en su silla de fieltro—. Hemos desarticulado algunos grupos que operan al margen de la Orden y ahora mismo tenemos las celdas llenas. ¿No es así, Talos?

Su padre esbozó una sonrisa e inclinó la cabeza con satisfacción.

La respuesta hizo que un vítor colectivo inundara el aire. Parecían tan complacidos, tan convencidos de su superioridad, que la indignación vibró en cada músculo del cuerpo de Medea, haciendo que la presión en su estómago aumentara. Dio un trago largo de su copa de vino y le rezó a la Trinidad para que el licor ayudara a espesar los pensamientos que comenzaban a revolverse en la punta de su lengua.

—¿Tenemos avances con respecto a los otros casos?

La tensión del dueño de la casa hizo que Medea se interesara por la conversación. Comprendía que incluso en esos círculos elitistas era un tema recurrente, pero no por ello le impresionó menos la frialdad con la que lo sacaban a colación. La mujer que estaba sentada frente a ella inclinó la espalda y le dio un suave codazo a su compañero, que la imitó. La curiosidad titilaba en sus ojos.

—No son invocadoras, así que es probable que cerremos el expediente en un par de días.

La respuesta provenía de su propio padre.

—No es habitual que esto pase en Cyrene. Los medios hablarán —sentenció Karan, demasiado serio. Apretaba el cuchillo para la carne en la mano izquierda con una ferocidad que Medea consideró innecesaria.

—Nadie sabe lo de la Academia.

La voz de Talos sonó ronca, como si hubiera empequeñecido de pronto. Eso no era habitual y Medea tomó nota mental del leve tic que acababa de sacudir el ojo derecho de su padre. Así que Kaia tenía razón, la chica estaba muerta.

—Me alegra que todo esté como debería —dijo Karan, y de pronto tomó la copa y la levantó invitando a un brindis—. Salud.

Medea quería decir algo.

Abrió la boca y volvió a cerrarla. No era como los que estaban allí, no podía empuñar esa indiferencia con la que hablaban de las vidas ajenas. Intentó ordenar sus pensamientos, pero estaba confundida, aturdida y una nueva preocupación se revolvía dentro de su conciencia.

Notó que Karan se acercaba a Talos y con cuidado susurraba:

—Hemos aprobado el proyecto. Más tarde discutiremos las condiciones, todo debe ser confidencial.

13 Kaia

Kaia sostuvo la carpeta azul en alto y avanzó por las escaleras. Era un tramo corto, débilmente iluminado, que conducía hasta el archivo principal en el que se suponía que ella no debía ni podía estar. Se detuvo en el rellano y, con algo de urgencia, miró al otro lado del pasillo para asegurarse de que estuviese vacío.

La suerte le sonrió y Kaia se dijo a sí misma que aquel riesgo bien merecía la pena si conseguía abordar las cuestiones que la habían arrastrado a meterse en el Consejo. Sus zapatos golpearon el suelo cuando llegó al descansillo y se permitió esbozar una sonrisa de verdadera complacencia. No esperaba llegar a ese punto tan rápido, pero el asunto apremiaba, y ella no podía perder el tiempo. Con los últimos acontecimientos, sus dudas no hacían más que aumentar. ¿Qué estaba pasando en la ciudad? ¿Por qué el Consejo no decía nada?

Tres asesinatos que parecían más una pesadilla que una realidad. Un secreto a voces que en el edificio todos se esforzaban por ignorar: su hermana, la chica del río y la estudiante de la Academia. Aunque la realidad era que a su hermana nadie la tomaba en consideración.

Sacudió la cabeza y se dijo que necesitaba descansar. Las migrañas empeoraban y Kaia poco podía hacer para detenerlas; si al menos tuviese verdaderos conocimientos para controlar la magia arcana, esta no le produciría aquellas jaquecas. Había estado tan concentrada en la búsqueda de respuestas, en mantenerse en el Consejo, que no había sido consciente de la magia arcana que se extendía por su cuerpo y le reclamaba de una manera que nunca antes había hecho. En los últimos días su instinto para percibir las pulsaciones de los hilos de vida se había agudizado de tal modo que le costaba ignorar las vibraciones que otros arrojaban a su alrededor.

Solo cuando estuvo dentro del archivo, Kaia se permitió aligerar la tensión de sus hombros. No había vuelta atrás. La humedad flotaba como una rancia inquilina que se acomodaba entre los viejos papeles. Dos hileras de estantes se alzaban frente a ella y se extendían a lo largo de la habitación pintada de un suave tono pastel. Se fijó en que cada archivo estaba organizado por orden alfabético y sus dedos se movieron con agilidad sobre cada una de las letras hasta alcanzar la sección que buscaba.

Una oleada de emoción le recorrió la columna y Kaia se mordió el labio al sacar una carpeta marrón. Su entusiasmo se apaciguó cuando comprobó el interior del archivo. Viejas declaraciones de los amigos de Asia que no tenían nada que ver con la realidad, ningún dato que pudiese arrojar luz sobre lo sucedido aquella noche. Ni siquiera estaba el informe forense o las fotografías que le habían hecho a las marcas que encontraron en el cuerpo de su hermana. Con un nudo en la garganta, dejó la carpeta en su lugar y tomó otra que estaba a escasos centímetros. Era una investigación completa sobre la magia arcana y su conexión sagrada con el Bosque de los Cipreses. Leyó una parte del documento y contuvo un escalofrío cuando se fijó en que varios extractos procedían del *Arcanum*, eran versos sueltos, trozos de leyendas. ¿Qué sabía ella sobre el *Arcanum*? No mucho, por desgracia.

Kaia frunció el ceño y se obligó a continuar leyendo cuando reparó en un apartado que profundizaba en los pozos arcanos y en los hilos de vida.

Seguramente era una casualidad que el archivo de su hermana estuviese junto a ese, pero Kaia recordó lo que Dorian le había dicho y las dudas la impulsaron a guardarse la carpeta en el interior del bolso.

Entonces escuchó voces en el pasillo y se quedó helada.

Impulsada por su agudo instinto de supervivencia, se apresuró a apagar las luces y retrocedió pegando la espalda a la pared del fondo mientras metía una mano en el bolsillo y acariciaba el pomo de su daga.

—La he visto aquí —susurró una voz pastosa que no alcanzó a reconocer.

—¿Qué hacemos con ella?

—Sacarla y darle una lección... si cree que puede formar parte del Consejo está muy equivocada, que se dedique a investigar sobre su hermana muerta en otro lugar.

La luz del pasillo iluminó el rostro de un joven unos cuantos años mayor que Kaia. A su lado iba una mujer que no llevaba el uniforme del Consejo y que Kaia jamás había visto en el edificio, tenía un rostro afilado y una expresión feroz que le deformaba los labios. Tras ellos, una sombra se cernía contra la puerta recortando la distancia que los separaba y sumiendo la habitación en un silencio pesado, tenso, al que la joven no estaba acostumbrada.

Kaia tomó su daga y movió el pie derecho haciendo que la madera crujiera bajo su peso. Antes de que pudiese reaccionar, el cuerpo del chico la lanzó con fuerza al suelo. Le agarró la pierna y ella se sacudió con violencia esperando quitárselo de encima; la mujer apareció a su espalda y el calor de las sombras envolvió los músculos de Kaia, que se resistió al peso de su contrincante. Sus ojos la fulminaron y la desconocida se impulsó y sujetó los brazos de Kaia que luchaban por quitarse de encima al hombre.

Con furia, forcejeó contra su agarre con toda la fuerza de la que fue capaz, y la daga se le escapó de la mano. Algo afilado le acarició el cuello y le bajó por el hombro; se le clavó en la piel arrancándole un gemido de dolor.

—¡Soltadme!

La voz le salió a borbotones.

—Llámalo —dijo el hombre con la voz rota.

—Déjala que nos vea por última vez.

—Llámalo —insistió el hombre con cierta urgencia en la voz, lo que hizo que la mujer le lanzara una mirada despectiva.

—¿Quiénes sois? —preguntó Kaia, confundida.

La mujer sonrió, ladeó la cabeza y un sonido gutural escapó de su garganta haciendo que las sombras oscilaran sobre la pared. El colgante naranja en su cuello osciló y atrajo a dos sombras delicadas que reptaron por el suelo hasta cobrar una forma redonda en la pared. Kaia abrió mucho los ojos, confundida, mareada. Jamás había visto a nadie controlar a las sombras sin su daga y, por lo que veía, aquellos dos tenían las manos tan libres como ella.

No tuvo tiempo de reflexionar demasiado sobre su descubrimiento porque enseguida el olor a magia le inundó las fosas nasales; era un aroma denso parecido al humo, al incienso.

La oscuridad la deslumbró y Kaia liberó su brazo consiguiendo recuperar la daga. La apretó en su mano; invocar sombras requería concentración, debía conectar su espíritu a la daga canalizadora y llamar a la oscuridad, e hilarla a su antojo para defenderse. Pero no tenía tiempo para eso, la magia arcana era de mayor utilidad en aquel instante.

Intentó concentrar sus pensamientos y sentir los latidos en el pecho del hombre.

Presionó el filo contra su mano.

La sangre brotó y ella estaba a punto de acariciar el hilo de vida del hombre cuando sus ojos observaron la sombra en el pasillo y el aliento se le congeló en los labios.

—Obedece —gritó la mujer con la voz teñida por el odio.

La figura enorme se perfiló cerca de ella y, con horror, Kaia comprobó que no era humana. Tenía un cuerpo alargado como un palo, una cabeza afeitada surcada por estrechas grietas de las que manaba sangre negra. Sus ojos eran dos cavidades oscuras que escrutaron el rostro horrorizado de Kaia.

Un demonio.

Un maldito demonio en el edificio del Consejo.

La realidad se desvaneció ante Kaia, que se convirtió en víctima de su miedo, apretó los párpados y sintió la sangre en el corte de su mano. El calor de la energía arcana tiró de ella y la joven se obligó a tensar los dedos alrededor de los dos hilos dorados que se extendían ante sus ojos. Ignoró al demonio y presionó la mano mientras contemplaba cómo diminutas líneas negras se extendían a lo largo de la piel de sus muñecas. Notó la incertidumbre y la confusión en los rostros de sus atacantes, y con una ligera sensación de placer, Kaia apretó la mano herida sobre los hilos obligando a los corazones a detenerse.

Un sentimiento de calma apaciguó sus nervios cuando las manos de la mujer la soltaron y Kaia consiguió deshacerse del agarre del hombre. Al principio le costó que la liberara, pero, poco a poco, la presión se debilitó. Él abrió los ojos inyectados en sangre y la voz se le escapó por los labios resecos, mientras Kaia apartaba a la mujer con un empujón.

—No... lo hagas... —dijo el chico con los labios azules.

Kaia ignoró la súplica y tensó el hilo con tal rabia que casi se le rompe entre los dedos. Era como aguantar la respiración durante mucho tiempo y finalmente llenar los pulmones de aire renovado. Cuando la energía se diluyó en su cuerpo, la sensación de mareo y el frío fueron tan acuciantes que tuvo que apoyarse en una estantería para no caer. Poco a poco la calma se desplegó por sus extremidades, aunque el frío permaneció ahí, como pequeñas esquirlas de plata que se afincaban en su piel.

Estudió los cuerpos inconscientes con la esperanza de descubrir sus identidades, pero no reconocía aquellos rostros, no los había visto en el Consejo.

Miró fijamente hacia la puerta y se sorprendió al no encontrarse con el demonio. ¿A dónde habría ido? ¿De verdad acababa de ver a un demonio? Las dudas pesaron con incertidumbre sobre Kaia, que estaba demasiado agotada para pensar. Poco importaba en aquel momento. Tomó su bolso y esquivó los cuerpos.

Apagó la luz del archivo y subió las escaleras abrazándose las costillas. Suspiró y abandonó el edificio sin que nadie se fijara en ella; lo único que deseaba en ese momento era entender lo que acababa de ocurrir.

14
Ariadne

Aquella tarde, Ariadne llevaba cerca de cinco horas escribiendo sin dar tregua a su muñeca cansada. De vez en cuando alzaba los ojos del mostrador y dirigía una mirada breve a la biblioteca que se hallaba sumida en el más adusto de los silencios.

De su beca podía sacar algo positivo. Trabajar en la biblioteca y en el archivo de la Academia era agradable y la ayudaba a conseguir unos ingresos extra, cosa que siempre le venía bien. Además, aprovechaba las horas allí para escribir, y en los tiempos que corrían, necesitaba todo el tiempo del mundo para cumplir con la petición de Myles.

En ese momento, un par de estudiantes garabateaban sobre sus libretas mientras consultaban los tomos que descansaban en sus respectivas mesas. Las estanterías parecían ordenadas, al menos no era un día concurrido que exigiera largas horas de trabajo y dedicación. Se había pasado casi una hora clasificando los libros sobre la historia de la invocación y, por lo que veía, ninguno de los presentes tenía interés en esa sección.

Desde afuera llegaban susurros apagados; el sonido de las conversaciones era amortiguado por las paredes de la biblioteca y Ari agradecía ese pequeño refugio que encontraba entre los libros.

Dejó escapar un suspiro y fijó los ojos en el manuscrito que descansaba en su mesa. En ese momento no era capaz de tejer imágenes con las palabras, al menos no con la soltura que deseaba. La historia se le escurría por los dedos y se le fugaba de la mente dejándola a merced de sus inseguridades. La voz de su conciencia se apagó y Ari dejó de intentar darles vida a unos personajes abstractos que no le hablaban desde el papel. Abandonó el lápiz y cerró la libreta.

Tenía la sensación de que Myles le estaba pidiendo una tarea titánica. Su fe en el talento de su hermana no se equiparaba con la capacidad que ella tenía para vivir las historias. Tal vez por eso se sentía sobrepasada, agotada ante el encargo. Ariadne se acomodó las gafas redondas sobre el puente de la nariz y se sorprendió al ver a Kaia adentrarse en la biblioteca. Llevaba el cabello recogido en una trenza y un vestido de seda gris con volantes de terciopelo negro.

—Ari, ¿cómo estás?

Ariadne la miró con suspicacia y notó las ojeras bajo los ojos de Kaia. No solo era el aspecto cansado y la sonrisa que se diluía por los bordes, también resultaba extraño e inusual que Kaia estuviese tan tensa y, sobre todo, que se preocupara por los demás. Ari movió un poco la cabeza y detectó un atisbo de culpa en el rostro afilado de su amiga. ¿Era posible que estuviese metida en un lío? Por suerte, no necesitó responderle, Kaia se adelantó hasta el mostrador y dijo:

—Necesito tu ayuda.

Ari no apartó los ojos cuando Kaia sacó un papel y le mostró una lista de libros que no le sonaban de nada. Eran títulos descatalogados, demasiado antiguos. Ella conocía cada resquicio de la biblioteca y sabía el lugar exacto en el que se guardaba cada tomo, quizá por eso le sorprendió tanto que la petición de su amiga estuviese relacionada con unos ejemplares que hacía poco más de un año habían sido sacados de la biblioteca.

—No los tenemos aquí.

Kaia le lanzó una mirada exasperante.

—Necesito cualquier libro que hable sobre el Bosque de los Cipreses —dijo Kaia tras un instante de silencio.

Ariadne se mordió el labio y buscó el libro de registros en el estante junto a la puerta de la entrada. Era un tomo de casi dos mil páginas que podía pesar cerca de dos kilos; tenía una tapa de cuero azul y las esquinas estaban revestidas con chapas de acero negro. Abrió una página al azar y deslizó el dedo por los nombres que figuraban allí.

—¿Qué buscas exactamente?

Kaia dejó escapar un suspiro de resignación y se inclinó un poco para leer lo que Ariadne señalaba con el dedo.

—Necesito información, cualquier excursión que haya sido documentada, o lo que sea.

—Nadie ha entrado al bosque, Kaia —dijo y la observó, conmovida. De nuevo fantaseaba con otro elemento vinculado con la muerte de Asia. En este caso uno que no había mencionado hasta entonces.

—Esas son puras supersticiones.

—¿Conoces a alguien que no crea en las leyendas? Además, está prohibido y penado por la ley.

Su amiga no le respondió y ella notó que apretaba la mandíbula y estiraba el cuello en un alarde de orgullo. En Cyrene todos eran supersticiosos. Algunos en mayor o menor medida, pero resultaba imposible toparse con alguien que no se apegara fielmente a las tradiciones de la ciudad.

El Bosque de los Cipreses era una zona prohibida. Y si las leyendas no disuadían a los ciudadanos, sí lo hacían las normas que prohibían las incursiones al bosque. Ariadne intuía que Kaia estaba recabando información concerniente a Asia, otra vez, y esa fue la razón por la que se forzó a recordar un libro de cuentos que hablaba del hogar de la Muerte y que hacía meses que nadie tocaba. Dudó un segundo acerca de si debía ofrecerle esa información a su amiga. Kaia no reaccionaba ante la pérdida como lo haría otra persona. No. Su amiga se había convertido en un huracán de odio que prometía arrasar el mundo si no encontraba las respuestas.

Es la razón por la que está metida en el Consejo, se recordó y agradeció mentalmente a Medea por mantenerla al tanto de los secretos que Kaia guardaba para sí misma.

—Creo que hay un libro que podría servir. Sígueme.

Se dirigieron al segundo pasillo, la zona menos concurrida de la biblioteca, su favorita gracias al silencio que se respiraba allí, además de los dos sofás alargados en los que podías estirar las piernas mientras leías.

—Aquí —dijo Ariadne señalando con el dedo índice una larga fila de libros.

—¿Es lo único que tenéis?

Su voz escondía un reproche mal disimulado que hizo que Ari chasqueara la lengua.

—Si conoces algún título más puedo solicitarlo, tardaría un par de semanas en llegar. Te recomiendo que mires la bibliografía de cada uno, y si hay algo de interés lo pidas. Este contiene todas las leyendas en torno a la fundación del bosque y a la caída de Aracne, yo empezaría por allí.

Kaia asintió y le dedicó una mirada fría como agradecimiento.

—Puedo ayudarte, si quieres —propuso, mostrándole un par de libros—. Estos dos son alegorías y cuentos para niños que hablan de la Trinidad.

—No busco eso, quiero datos que estén comprobados —espetó Kaia.

Ari enarcó una ceja y escrutó los estantes.

—¿Has pensado en buscar en el Consejo?

La pregunta de Ari hizo que los ojos de Kaia barrieran la biblioteca como si temiese que alguien la hubiese escuchado.

—Quiero decir, ahora que estás haciendo las prácticas allí, tal vez…

—Ari, no sé si es que no prestas atención o finges ignorar el mundo en el que vives —la interrumpió—. Pero en el Consejo me toman por una desequilibrada y se esfuerzan por fingir que no existo. Soy como un apéndice al que solo quieren extirpar.

La afirmación golpeó a Ari con fuerza y aunque comprendía la referencia, percibió un miedo palpable que le nublaba la voz. Como si estuviese nerviosa. ¿Habría descubierto algo? ¿A qué venía tanto interés repentino por el bosque? Las sospechas de Kaia estaban ligadas a la idea de que alguien había asesinado a su hermana.

—Lo siento, no pretendía molestarte.

Kaia asintió y le puso una mano en el hombro que la reconfortó un poco.

—Puedes dejarme tranquila, no me pasará nada por estar un par de horas a solas con estos libros polvorientos —propuso estirando las comisuras de sus labios—. Por cierto. —Hizo una pausa y Ari se dio la vuelta—. ¿Qué sabes sobre el *Arcanum*?

Ari se mordió el labio y se metió las manos en los bolsillos recordando todo lo que sabía al respecto.

—Son las sagradas escrituras de la Trinidad —explicó, y Kaia asintió confirmando que ese detalle ya lo conocía—. Es la historia de las diosas, dicen que June consiguió la información de cómo encerrar a Lilith y a Cibeles gracias al *Arcanum*. Pero creo que nadie tiene acceso a él desde hace más de dos siglos. Es peligroso.

Kaia levantó una ceja y le agradeció con escaso entusiasmo. Ari no comprendía a qué venía la pregunta, pero el *Arcanum* no tenía las respuestas que necesitaba y mucho menos era de consulta libre.

Ari no hizo preguntas, se dio la vuelta y la dejó en el pasillo mal iluminado. Fingió que no le dolía el tono acusador con el que Kaia le había hablado mientras divagaba hacia Myles y su promesa.

En un par de semanas tendré que entregar el vale de la beca y, si no lo tengo no me dejarán entrar en admisiones, se recordó mientras regresaba al mostrador y atendía a la libreta que aguardaba una segunda revisión. El tacto rugoso del papel sobre sus dedos era un ancla que la mantenía atada a la cordura, a pesar de la relación amor-odio que entablaba con sus escritos.

Observó la pila de libros que descansaban en el archivador junto a la puerta y los tomó para llevarlos hasta el despacho de Persis. Eran libros antiguos que estaban descatalogados y que la profesora le había pedido retirar de la biblioteca. Los dejó en la oficina y comprobó que allí aguardaban otros dos montones que con toda probabilidad se llevarían en algún momento de la semana.

Eso solo podía significar que pronto tendrían un nuevo suministro de títulos en la biblioteca. Algo que la emocionaba. Intentó aferrarse a esa sensación y echó una mirada a las mesas que se desplegaban frente a ella. La mayoría de los estudiantes se había ido, pero la habitación no estaba vacía: un par de chicas estudiaban en un rincón apartado cerca de la ventana mientras un chico de aspecto desgarbado escribía en un cuaderno con absoluta concentración.

Ari no se dio cuenta de que el patio estaba envuelto en sombras hasta que las luces del techo empezaron a titilar. Al principio, suavemente, y, tras unos segundos de parpadeos repetitivos, se apagaron por completo.

—No os preocupéis —dijo ante los susurros ahogados, y tomó una linterna del cajón que encendió señalando la puerta—. Dejad los libros en las mesas, ya los ordenaré yo.

Nadie se quejó. Un crujido proveniente del exterior hizo que todos se giraran hacia la puerta y, con prisas, se movieran hasta la salida. Ari les brindó una sonrisa tranquilizadora y estuvo a punto de tropezar con un estante cuando la puerta se abrió de golpe y Medea apareció.

—¿Qué está ocurriendo? —le preguntó en cuanto cerró la puerta y apoyó la espalda contra la pared.

Medea soltó un gemido estrangulado y se acercó hasta la ventana. Ari sintió un leve revuelo en el estómago. La anticipación de una noticia desagradable.

—En el exterior es como si las sombras hubiesen engullido el día… —dijo mientras apoyaba las palmas de las manos sobre las rodillas. Medea tenía un aspecto cadavérico, el pelo revuelto se le pegaba a la frente y Ari se fijó en la mueca tensa que le torcía los labios—. Hay cuervos por todos lados.

Esta vez Ariadne tragó saliva, se dirigió hasta la ventanilla y comprobó lo que le decía Medea. El patio cuadrado que quedaba frente al edificio de administración estaba envuelto en hilos de sombras. Delicadas hebras negras que se derramaban sobre la fachada de piedra y bajaban hasta formar un charco oscuro en el césped. Ari se estremeció y sus ojos vagaron por la biblioteca recordando lo que Medea le había contado sobre la chica que había aparecido muerta en el patio.

—¿Crees que es obra de un invocador? ¿Podría estar relacionado con lo que le pasó a la chica el otro día?

No pretendía que le temblara tanto la voz.

—He salido del comedor en cuanto ha fallado el sistema eléctrico —apuntó Medea—. No he visto a ningún profesor y no pueden dar la alarma a través de los parlantes.

Había algo en el rostro y en la voz de Medea que hizo que Ari creyera que tenía motivos para estar preocupada.

—¿No te parece que la Academia está extrañamente silenciosa?

Era cierto. Hasta ese momento Ariadne no había notado la ausencia de ruido. Se apartó de Medea y se quitó las gafas para limpiárselas con la manga de su suéter.

Estaba a punto de despegar los labios cuando el sonido de algo que se caía la hizo sobresaltarse y compartir una mirada de preocupación con Medea.

—Pensé que estabas sola.

Una pequeña arruga surcaba la frente morena de su amiga, que estaba inclinada en dirección al pasillo.

—No, es Kaia.

15
Kaia

—¡Por la Madre Muerte! —exclamó con algo de teatralidad cuando tropezó con el borde de la estantería y una docena de libros se le cayeron.

Todavía le temblaban los dedos y no podía culparse. Después de su pequeña trifulca en el Consejo, esperaba una respuesta al ataque, algo que le revelara las razones por las que alguien intentase matarla. Tampoco se sacaba de la cabeza la imagen del demonio.

¿Qué pretendían? ¿Cómo había aparecido un demonio en el edificio del Consejo? Tenía la convicción de que alguien más tendría que haberlo visto. Aquello no era normal y Kaia no dejaba de pensar en que algo extraño estaba ocurriendo en la ciudad.

Respiró por la nariz y se agachó para intentar recoger los tomos, pero la escasa luz que se colaba a través de la ventana no era suficiente como para guiarla en medio de las sombras. Por primera vez en toda su existencia deseó poder invocar a la luz y no a la oscuridad.

Sus dedos tantearon el suelo y, finalmente, sujetó el libro y pasó por encima de los que estaban desperdigados; afuera escuchaba ruidos que poco a poco fueron apagándose hasta dar paso a un silencio sepulcral. ¿Y si volvía a encontrarse con la criatura? La posibilidad encendió sus alarmas. Una gota de sudor le resbaló por la espalda y pensó que, de producirse un nuevo ataque, no estaría desprotegida.

En el caso de que volviese a toparse con el demonio estaría preparada. El pesamiento la obligó a tomar la daga. Con cuidado, sus ojos barrieron las estanterías y levantó una ceja cuando percibió un suave zumbido que tensó su espalda.

—¡Kaia!

La luz de una linterna la cegó un instante y solo entonces reconoció los rostros de sus amigas.

—¿Qué haces en la biblioteca? —preguntó Medea con curiosidad.

—¿Acaso no puede una aprovechar los beneficios de la Academia?

Medea la miró impotente y no dijo nada. Kaia suponía que continuaba con el orgullo herido después de la discusión del otro día.

—No seas mezquina, Medea. No es la primera vez que Kaia viene aquí.

Ariadne, siempre tan benevolente, acudió en su auxilio con una pequeña mentira de la que ella pensaba tirar.

—¿Tú qué haces aquí? ¿Intentando salvar el semestre?

—Vine a buscar a Ari, me parece que… —Medea hizo una pausa y observó el rostro pálido de su amiga—. Algo ocurre afuera.

—¿A qué te refieres? —preguntó con un atisbo de soberbia. Medea la tomó por el brazo para acercarla hasta un ventanal.

El vaho de su respiración empañó el cristal. Se apresuró a limpiarlo con el antebrazo y descubrió que el patio de la Academia estaba completamente vacío, y los manzanos estaban cubiertos por una bandada de cuervos estáticos, cuyo comportamiento sosegado no había visto antes. Entonces se fijó en los bancos que permanecían abandonados mientras las sombras jugueteaban sobre el césped.

Definitivamente algo no iba bien. No solo por el extraño comportamiento de las sombras, Kaia veía diminutas hebras de plata que sobresalían de los pechos de dos jóvenes que cruzaban el pasillo y se alejaban de camino a la salida del edificio.

Los hilos arcanos no eran perceptibles a sus ojos a menos que…

Dudó y se miró las manos en busca de un indicio. No había sangre, Kaia no había efectuado ningún pago de sangre como para que pudiese ver los hilos de vida.

—Es magia arcana…

Exhaló el aire y sus dedos se crisparon al percibir las pulsaciones arcanas del pecho de Medea y de Ari. Era como un eco seco que tiraba del propio hilo de Kaia haciendo que una extraña fuerza de atracción la instara a extender los dedos y a tocar los hilos.

—¡Imposible! —La voz de Medea la arrancó de su ensoñación y Kaia mantuvo los ojos cerrados con fuerza resistiendo el llamado arcano.

—No puede ser, no existe la magia arcana —repuso Ari con un leve temblor.

Kaia tragó saliva y asintió.

—Kaia, no juegues con esto —la reprendió Medea pasando un brazo por encima de los hombros de Ariadne, que temblaba—. ¿Cómo sabes que es magia arcana?

Porque puedo invocarla…, quiso decir, pero la voz le tembló en los labios. Ari y Medea intercambiaron una mirada de preocupación. Kaia rumió entre sus pensamientos esperando tirar de algo que no implicase salpicarla a ella de culpa.

—Me sorprende que tú no lo sepas, Medea. Eres una invocadora y deberías conocer las consecuencias.

Medea entornó los párpados con suspicacia. Su voz era apenas un susurro cuando abrió los labios:

—Jamás me ha interesado la magia prohibida y mucho menos si está *muerta*.

La última palabra estaba marcada por un dejo de insolencia que Kaia decidió pasar por alto.

—Deberíamos salir de aquí —susurró Ariadne al escuchar voces afuera, y tiró de la muñeca de Kaia para arrastrarla hasta la salida.

Kaia estaba a punto de replicar que era una exagerada cuando la puerta de la biblioteca se abrió y la figura de Persis apareció en el umbral. Cuando las vio en medio del pasillo, levantó una ceja, incrédula.

—¿Qué hacéis aquí?

Las tres se quedaron en silencio.

—Estábamos estudiando cuando se ha ido la luz —explicó Medea, pero el titubeo de su voz la traicionó.

Persis ladeó la cabeza y Kaia atisbó un brillo suspicaz en sus ojos.

—No es momento de estar en la Academia, debéis marcharos a vuestras casas ahora mismo.

Había tal urgencia en su voz que Kaia tardó un poco más de lo normal en asentir. Finalmente, Medea le dio un toquecito en el hombro y los pies de Kaia se pusieron en marcha llevándola hasta el exterior con sus amigas. El patio vacío, las sombras y el silencio parecían un augurio terrible que hubiese taladrado los miedos de Kaia de no haber sido por la mano de Ari, que aferraba la suya. Se asió a ese bálsamo poco consolador sin dejar de preguntarse qué significaba ese comportamiento de las sombras y si estaría relacionado con el demonio que había visto. ¿Cómo era que acababa de ver los hilos de vida de otros sin hacer un pago de sangre?

Apretó el libro contra sus costillas, oculto en el pliegue del abrigo, y siguió a Medea y a Ariadne por el vestíbulo del edificio de administración. Se estaba aficionando a sacar cosas que no le pertenecían. La idea de robar no le resultaba atractiva, pero tampoco veía claro que Ariadne le hubiese permitido llevarse el libro. Las reglas eran claras: puedes consultar los libros cuantas veces sean necesarias, pero estos nunca abandonan la biblioteca.

En el vestíbulo la corriente de aire se colaba a través de los ventanales abiertos haciendo que Kaia tiritara bajo el peso de su abrigo. Tampoco había luz en esa zona de la Academia que, a diferencia de la biblioteca, estaba un tanto más concurrida. Algunos estudiantes deambulaban de camino hacia la salida.

—¡Medea!

La voz llegó desde el otro extremo y a Kaia le tomó casi un minuto reconocer a la chica que corría hacia ellas. Era Orelle, y por las lágrimas que le surcaban el rostro, Kaia podía presagiar que se avecinaba una tormenta. El cabello negro le caía sobre los pómulos oscuros y se le pegaba a la tez ámbar otorgándole un aspecto desconsolador.

—Orelle, ¿qué ocurre? —El sonido de la voz de Medea envolvió el momento silenciando las conversaciones a su alrededor.

La chica suspiró y su respiración se volvió más lenta cuando Medea la sujetó por los hombros con un movimiento firme y protector.

—Mara y Thyra. Han desaparecido…

Una frase simple, llana, que golpeó a Medea con la brutalidad de un puño.

—Fui a ver a Thyra con Mara al hospital y allí también se cortó la luz. Salí un momento al exterior para averiguar qué estaba pasando y cuando volví a entrar, Mara y Thyra ya no estaban…

Kaia apenas la escuchaba. Sus ojos estaban tan centrados en el rostro descompuesto de Medea, en la sensación de incertidumbre que subía por su espalda, que sus oídos dejaron de prestar atención.

El testimonio de Orelle era como una puñalada en el estómago. Intentó enfocar el rostro de la chica y tuvo que retroceder y apoyar la mano izquierda en una barandilla.

Realmente están desapareciendo personas. Entrecerró los ojos esperando divisar los hilos arcanos y miró de reojo a su amiga sin conseguir sentir nada. Los restos de energía arcana se habían evaporado con una rapidez de la que ni siquiera ella fue consciente.

Kaia se quedó mirando cómo Medea se tambaleaba y se apresuró a ayudarla a sentarse con la espalda contra la pared. Se quedó tumbada unos instantes sin decir nada mientras Kaia le apretaba la mano entre las suyas. Estaba helada, temblaba bajo su tacto.

—Estoy bien —dijo al cabo de un rato con los ojos vidriosos.

—Medea, estás tiritando —apuntó Ariadne a su lado—. Deberías ir a casa.

La joven negó por lo bajo sin poder ocultar la rabia en su rostro.

—Hay que avisarle a la policía, a mi padre —musitó poniéndose en pie.

—Ya están avisados y han abierto una investigación —repuso Orelle pasando un brazo por los hombros de Medea.

—Pero no puedo ir a casa y fingir que no ha sucedido nada —protestó Medea con un mohín de disgusto—. No quiero esperar a que la policía consiga respuestas, quiero encontrarlas yo.

Kaia permanecía a un lado sin abrir la boca, con las manos dentro de los bolsillos del abrigo; la escena le resultaba caótica, como si hubiese restos de conversación que ella no entendiese. Entonces comprendió: la determinación en las palabras de Medea la ayudaron a darse de cuenta de algo en lo que no se había percatado ni en sus faltas a clase ni en sus discursos reivindicativos. Medea también tenía sus propios secretos.

—Vamos, tenemos que salir de aquí —dijo, colocando la mano en la espalda de Orelle y conduciéndola hacia la puerta de salida.

No prestó atención a las protestas de Medea, que no paraba de insistir en lo necesario que era ir a la policía. De hecho, en cuanto salieron de la Academia, sus quejidos dieron paso al silencio e hicieron el camino hasta el tren sin intercambiar palabra.

Los pensamientos de Kaia vagaban de un lugar a otro. El ataque que había sufrido en el Consejo, las desapariciones… Todo podía estar relacionado con su hermana, todo podía conducirla a las respuestas que desde hacía meses esperaba encontrar.

A Kaia la alivió despedirse de Orelle, Ari y Medea. Necesitaba pensar sobre lo que había ocurrido.

Por primera vez en mucho tiempo, Kaia tuvo la sensación de que algo no encajaba en Cyrene; algo que escapaba a sus conocimientos y que esperaba entender con el libro que llevaba oculto entre su ropa.

Los tacones de sus zapatos repiquetearon contra el suelo de parqué mientras se dirigía a las aulas superiores del edificio de especialidades. No confiaba en el silencio que rodeaba a la Academia, era tan pesado e inusual que le revolvía los nervios y le mordía la piel. Tampoco confiaba lo suficiente en sí misma como para hablar con Dorian y que sus sentimientos le nublaran el juicio.

Se detuvo bajo las sombras del pasillo y escuchó los pasos que procedían desde el aula número treinta y siete. Estaba a punto de dar un paso hacia delante cuando la risa ahogada de Dorian le llegó por encima de todas las voces y se detuvo de golpe.

Llevaba una libreta de cuero entre las manos mientras su risa divertida, esa que le dedicaba a ella hasta no hacía mucho, acariciaba la piel de una joven estudiante. Kaia bajó los ojos y contuvo un intenso malestar mientras retrocedía. *No estoy celosa, jamás lo estaría,* pensó, y justo antes de que pudiese ejecutar un plan de huida, Dorian giró el rostro y se fijó en ella.

—¿Kaia? —Sonrió y ella parpadeó una vez, como si aquel encuentro fuese una coincidencia—. ¿Qué haces aquí?

Kaia se quedó mirándolo sin ninguna discreción y se fijó en el reloj de cuero que llevaba puesto. Era un regalo que le había hecho ella en su último cumpleaños.

—Estaba buscando a alguien.

Escupió las palabras que sonaron a mentira en sus labios; apartó la mirada del reloj, no podía soportar prestarle atención a eso, no quería que significara algo. Hizo ademán de marcharse, pero cuando llegó al pasillo Dorian la interceptó.

Se mordió el labio para no parecer aliviada y, sin pretenderlo, alzó el rostro buscando a la chica que lo acompañaba. Casi se sintió feliz de ver que se había marchado y luchó con el sentimiento mientras se reprendía. ¿Qué clase de persona llena de inseguridades era si se entusiasmaba por una tontería así?

—Dime que no estabas buscándome.

Kaia retrocedió por instinto y rezó a la Madre Muerte para que intercediera por ella. Haciendo gala de su voluntad, levantó el mentón con orgullo y apretó la mandíbula antes de responder con cierto desdén:

—Querido, mi vida es mucho más interesante de lo que parece. No te buscaba a ti, que bastante ocupado parecías, por cierto.

La sonrisa de Dorian se hizo más amplia y Kaia tragó saliva. No debería haber soltado la última frase porque era un indicio de lo mucho que la incomodaba que Dorian fuese capaz de seguir con su vida.

—Pero ya que estamos… —Kaia apartó la mirada y fingió una tranquilidad que ni por asomo sentía—. Han desaparecido dos amigas de Medea, ¿sabes algo?

La expresión de Dorian delató una preocupación incómoda y Kaia se preguntó cuántas mentiras estaba contando el Consejo.

—Hay casos extraños en la ciudad. Personas que desaparecen y son encontradas varios días después con marcas negras en las manos y sin la capacidad del habla. Es como si estuviesen en estado de shock.

Kaia se mordió el labio y se fijó en el rostro de Dorian, que parecía pensativo.

—Pero no viniste a buscarme por eso, ¿verdad?

A veces Kaia se preguntaba si Dorian podía leer sus inquietudes, por lo que dudó acerca de estar siendo demasiado evidente en ese momento. Habría sido más sencillo fingir que no necesitaba nada de su parte y conformarse con la búsqueda que estaba haciendo por su cuenta. Pero no era tan necia como para desestimar la ayuda cuando esta llamaba a su puerta. Dorian se había ofrecido y ella no pretendía rechazarlo.

—¿Qué necesitas esta vez?

Allí estaba el tono complaciente que a Kaia le irritaba. Cruzó los brazos sobre el pecho apartando su malhumor y dijo:

—Quiero los archivos que maneja tu padre sobre todas las desapariciones que han ocurrido en Cyrene. Y también quiero saber quién guarda el *Arcanum*.

16
Ariadne

Kaia le dio un apretón tranquilizador a Ariadne mientras la acompañaba a la sala de las asambleas. El ambiente lúgubre de la Academia era palpable en los rostros tensos y sombríos de los estudiantes. Incluso en esos momentos, los oídos de Ariadne solo escuchaban rumores que auguraban una nueva época de oscuridad.

Cyrene no atravesaba una situación de crisis desde hacía casi cien años. En Ystaria, las ciudades habían conseguido su propia independencia, dejando que Cyrene fuera liderada por el Consejo como gobierno autónomo e independiente. Era una de las tres grandes ciudades del continente y, salvo pequeños levantamientos, se mantenía bajo una paz tangible siempre que los invocadores conservaran sus cuotas de poder.

Parecía que ese poder comenzaba a ceder a fuerzas misteriosas que despertaban un ambiente tenso. Ari tragó saliva y descendió por las escaleras hasta llegar al patio frente a la biblioteca.

—¿Esperaremos a Medea? ¿Has hablado con ella?

Las palabras le burbujearon en los labios de manera precipitada y se arrepintió de ser incapaz de controlar sus nervios.

—La estuve llamando anoche, pero nadie me respondió. Su padre debe estar con todo el tema de las redadas.

Una punzada de aprensión le atenazó el estómago a Ariadne, que se sentó sobre un banco.

—Yo lo vi en las noticias y esta mañana, hablando con Myles, me ha comentado que el Consejo tiene todo el interés puesto en detener a cualquiera que simpatice con la Orden.

—Hacía mucho que la Orden se mantenía bastante al margen. En los últimos meses han organizado protestas y movimientos que preocupan al Consejo. Eso por no hablar de...

—Las desapariciones. Nadie habla de eso, es como si no hubiese pasado nada, pero Myles dice que la Orden está detrás de ellas y han abierto una investigación.

Kaia se tensó y Ariadne se arrepintió de haber soltado lo que pensaba. No estaba convencida de si era una buena idea hablar de ese tema con su amiga y, por la expresión sombría de su rostro, se dio cuenta de que no lo era.

No era que a Ari no le importasen las desapariciones, pero su hermano continuaba presionándola para poder entregar un adelanto y ella quedaba tan exhausta que no tenía tiempo para pensar en nada más.

—¿Crees que hay un ente en Cyrene?

La pregunta llevaba días acechándola. Había estado cotilleando los libros que Kaia buscaba en la biblioteca y tal vez solo se estaba dejando llevar por las fantasías que poblaban su cabeza o, quizá, realmente algo sobrenatural estuviera causando aquellas desapariciones en Cyrene.

—¿De qué estás hablando, Ariadne?

A pesar de que Kaia quería parecer desenfadada, su voz estaba teñida por una nota más grave que delataba que Ariadne la había tomado por sorpresa. Por un breve instante, volvió a sentirse diminuta y absurda.

—Estás investigando el tema.

—En el Consejo no hablan de nada, así que nosotras no deberíamos sacar conclusiones apresuradas —replicó la invocadora, indignada, y a Ari le pareció que estaba ocultando algo. Kaia jamás defendería al Consejo—. Por supuesto que no creo que haya un ente en Cyrene. Esta mañana estuve allí y te puedo asegurar que ninguno de los empleados parecía demasiado preocupado al respecto.

Ari bajó la vista, avergonzada, con un nuevo rubor trepando por sus mejillas.

—Pero es que lo que está ocurriendo no puede ser..., o pasa algo grave o un asesino anda por las calles.

—Sé que te encantaría que la realidad superase a la ficción que tanto lees, Ariadne. Pero no, no tiene lógica alguna lo que estás diciendo.

Ariadne iba a rebatirle; le hubiese gustado decir algo más, pero cada vez que hablaba se daba cuenta de lo absurdas que parecían sus reflexiones y se arrepentía por no argumentar de una mejor manera.

—No frunzas el ceño.

—No lo hago —se excusó Ariadne, ofendida.

—Sí, no te das cuenta, pero siempre que quieres decir algo y no lo haces pones esa expresión ceñuda.

Ari no replicó, mantuvo el rostro tenso y se dio cuenta de que era mucho más difícil de lo que pensaba controlar la expresión de su cara. Ignoró el nudo que se le comenzaba a formar en el estómago cuando el rostro de Medea apareció bajo el arco de la entrada. Su amiga se apresuró a acercarse a ellas y Ari se fijó en las ojeras profundas que le bordeaban los ojos, en la melena revuelta y en el aspecto salvaje que delineaba el contorno de su mandíbula. Era cansancio.

Tan pronto como Medea se sentó a su lado, cruzó las piernas y Ari preguntó:

—¿Qué ocurre?

Su amiga no respondió de inmediato, y Ari alcanzó a leer en ella el miedo.

—Han desmantelado todos los grupos simpatizantes de la Orden de la ciudad. Todos los que no aparecen en el registro formal de la policía. La Orden lleva años trabajando con grupos no oficiales que no figuran en los archivos y el Consejo ha decidido aprovechar ese vacío legal para clausurarlos. —Su voz era apenas un susurro—. No quieren que nadie hable, no quieren que digan que hay una fuerza que está desafiando el poder de los invocadores. Pero la plaza del Consejo estaba llena de panfletos que alguien dejó por la noche. Acusan al Consejo de las desapariciones, están hablando de ellas y la gente empieza a notar que algo no va bien.

Medea dejó caer los brazos a ambos lados del cuerpo y Ariadne se aproximó para contenerla.

—Gracias…

—Sin esos grupos no oficiales, el gobierno tendrá tiempo para buscar a tus amigas —dijo Kaia de inmediato, como si tuviese prisa por llenar el silencio.

Medea bajó los ojos muy despacio. No parecía ser demasiado consciente de las palabras de Kaia.

Ariadne estaba a punto de decir algo que fuese capaz de cortar la súbita tensión que las rodeó, cuando los parlantes chillaron:

—¡Estudiantes, se os solicita en la sala de asambleas ahora mismo!

La voz estridente de Persis retumbó contra las paredes de la Academia.

—Andando.

Medea permaneció inmóvil hasta que Ariadne le puso una mano en la espalda y la empujó hacia delante.

La sala de asambleas era un auditorio semicircular con un atrio de madera negra rodeado por decenas de hileras de asientos. En ese instante, las lamparillas de cristal se encendieron y, con asombro, Ariadne comprobó que el lugar se iba llenando poco a poco. A pesar del flujo de personas que atravesaba la puerta, la Academia estaba menos concurrida de lo habitual. Era probable que las noticias de las últimas horas hubieran disuadido a muchos estudiantes de asistir a clases.

El hilo de los pensamientos de Ariadne se vio interrumpido cuando Persis y el rector entraron al recinto.

—Estudiantes, creo que de nada valdría comentar los últimos acontecimientos de esta semana y deciros que nos sentimos llenos de una profunda pena. Ha tenido lugar una serie de situaciones que nos obliga a plantearnos la seguridad dentro del campus. —Persis levantó los ojos hacia las butacas medio vacías. Los rumores se habían extendido, la gente sabía que algo había ocurrido y la Academia no podía negar el asunto—. La preocupación de algunos padres nos ha llevado a tomar decisiones que nos molestan e incomodan. Comprendemos que nos acercamos al final del trimestre y muchos estudiantes se encuentran en el período de presentación de proyectos y exámenes finales.

Hizo una pausa, que quedó cubierta por susurros de incredulidad.

—Suspenderemos la mitad de las asignaturas para asegurarnos de que el campus sea un lugar seguro.

La algarabía de protesta acalló las últimas palabras de Persis, que bajó el mentón. La firmeza de sus ojos hizo que Ari se retorciera los dedos, nerviosa. No sabía cómo aquella medida podría afectar su futuro, el trabajo en la biblioteca, la beca.

—Creo que nos podemos ir despidiendo de las clases extracurriculares —musitó Kaia en voz apenas audible.

—La Academia permanecerá cerrada después de las tres de la tarde, solo tendréis clases por la mañana y seremos comprensivos con los alumnos que no puedan asistir —continuó Persis.

Ariadne respiró hondo y miró a sus amigas, que parecían tan estupefactas como ella.

—Por la Trinidad, ¿qué está pasando? —exclamó Ariadne con una presión inusual en el pecho.

Abrió la boca y respiró una y otra vez, hasta que el pitido que había aparecido en sus oídos disminuyó y escuchó la voz de Medea.

—Creo que no pueden seguir ocultando lo que ocurrió con la estudiante que Kaia y yo vimos en el patio.

Ari se quedó callada.

—Tampoco las desapariciones de Thyra y de Mara —añadió Kaia, y Ari recordó la actitud de su amiga al recibir la noticia.

Medea gruñó, pensativa. Ariadne casi no podía dar crédito a lo que escuchaba. Un par de semanas atrás todo parecía normal y, de repente, empezaban a ocurrir cosas extrañas.

—¿No se difunden las noticias o el Consejo impide que aparezcan para que no haya evidencia al respecto?

Era una buena pregunta. Ariadne se quedó callada y Medea también, mientras Kaia parecía reflexionar consigo misma.

17
Kaia

Kaia salió al jardín de su casa y sus nervios se disiparon al ver el coche de Dorian esperándola en la calle principal. De reojo, miró hacia la ventana de su habitación y la silueta de Forcas aleteó hasta levantar el vuelo y alejarse. Ella abrió la puerta del coche y apretó el colgante de plata que pendía de su cuello, un cuervo de oro blanco con un ojo negro que brillaba a la luz del atardecer. Un regalo de su madre, un vínculo que la mantenía atada a sus recuerdos.

—Me alegra que no hayas faltado a nuestra cita —musitó Dorian en cuanto ella se colocó el cinturón de seguridad.

Parecía entusiasmado y ella no quiso alimentar su ego diciéndole que no se permitiría faltar. En lugar de eso, Kaia subió el volumen de la radio y dejó que una suave tonada de jazz llenara el ambiente que de por sí ya le parecía tenso.

Los contornos de la ciudad se desdibujaban bajo los agónicos rayos de un sol que se estaba ocultando en el horizonte. En las calles palpitaba el miedo del que durante días los habitantes de Cyrene habían intentado huir. Era como si las sombras de las desapariciones continuaran allí, pero todos prefiriesen mirar a otro lado para evitar la incomodidad que les causaba el tema.

Kaia dudaba de que la Orden estuviese detrás de aquello, pero la policía y el Consejo necesitaban un culpable y qué mejor manera de quitárselos de en medio que hacerlos responsables del asunto. Se había pasado las últimas dos noches en vela, leyendo el libro que había robado de la biblioteca y en el que había encontrado información importante sobre la magia arcana y su conexión con el Bosque de los Cipreses y la tumba de las diosas en el monte Flaenia. Parecía que su magia estaba vinculada con el lugar en el que yacían encerradas Lilith y Cibeles, y Kaia se había cuestionado si aquellas dos diosas malditas sabrían que la magia arcana no estaba muerta como todos creían. Lo cierto era que las leyendas empañaban la historia y Kaia no sabía que existía una versión que decía que los hilos arcanos aprisionaban a las diosas.

Dejó que el pensamiento se asentara en su cabeza y se prometió que investigaría un poco más al respecto. En ese momento, Dorian cambió la marcha del coche y señaló la avenida principal, que estaba bastante más solitaria de lo habitual.

—Se están vaciando las calles —apuntó.

Ella no le respondió; apretó los labios, irritada, y él estiró la mano para dejarle una carpeta sobre las piernas. Eran notas de su padre, Kristo; un compendio de observaciones sobre el caso de Asia y las razones por las que el Consejo había decidido cerrarlo. Recorrió los apuntes con los dedos y se negó a echar un vistazo tan pronto.

—¿Te han comentado algo sobre un altercado en el Consejo? —preguntó ella conteniendo el nerviosismo en su garganta.

Dorian alzó una ceja y la miró durante un segundo antes de doblar en la esquina.

—¿Un altercado? ¿De qué tipo? En el Consejo no suelen pasar cosas demasiado interesantes, aunque sé que te gustaría creer lo contrario.

—Unos días trabajando allí me han hecho reconfirmar mis suposiciones.

Aquello sorprendió a Dorian, que contrajo la mandíbula.

—Pero si solo te encargas de los archivos de relaciones exteriores —dejó escapar él y tamborileó con los dedos sobre el cristal empañado de la ventana—. ¿Has vivido algo interesante? Creía que el trabajo de todos era bastante metódico.

—Si con «metódico» te refieres a soportar amenazas, supongo que tienes razón.

La súbita confesión encontró desprevenido a Dorian, que cerró la boca; una arruga profunda le marcó el entrecejo.

—¿Te han amenazado? ¿A ti? —Fue lo único que Dorian alcanzó a decir—. Me sorprende que no los espantaras con alguna de las miradas letales que sueles repartir.

—Te sorprendería saber que la gente no me respeta tanto como me gustaría.

La burla se disipó en los ojos de Dorian. Acercó una mano hasta la rodilla de Kaia y le dio dos palmaditas suaves.

—Te preocupas demasiado.

—¿Tú, no? Creí que por eso estábamos aquí.

Dorian se había apresurado a negar con la cabeza y a bajar la ventanilla dejando que el aire de la noche ventilara sus nervios. Como una autómata, Kaia se pasó una mano por el rostro para quitarse el cabello de los ojos y aferró con fuerza el archivo de Kristo. Abrió la carpeta gris y miró el contenido con una oleada de desilusión. Eran notas hechas a mano con una letra limpia y estilizada que no arrojaba gran información sobre los casos. Tomó uno de los expedientes más recientes y pasó los dedos sobre la tinta fresca. Era el de Mara, la amiga de Medea. No había ninguna señal de enfrentamiento o un apartado que hablase de un ataque, simplemente una desaparición que no dejaba rastro alguno para que la policía pudiese indagar.

Kaia frunció el ceño y siguió estudiando los expedientes sin encontrar ningún patrón en común entre ellos.

—¿Algo interesante?

La voz cálida de Dorian la sorprendió y ella se apresuró a cerrar los documentos con un suspiro de verdadera decepción.

—¿No te parece extraño que las últimas desapariciones no dejen a alguien para que los médicos puedan estudiar?

La frente de Dorian se arrugó sutilmente y le dirigió una mirada curiosa antes de detenerse en el semáforo en rojo.

—¿Qué te hace pensar eso? —dijo Dorian poniendo en marcha el coche nuevamente.

Kaia tomó aire por la boca y apretó las manos contra las rodillas antes de responderle:

—Cuatro desapariciones, dos de ellas de personas que fueron atacadas y quedaron como… —Dudó un momento antes de buscar un término que pudiese definir lo que les había ocurrido—. ¿Cáscaras sin sustancia? Es lo que contó Orelle. También dijeron algo así en el Consejo.

Dorian arqueó una ceja.

—Bien, no sé cómo llamarlo, pero a efectos prácticos sería eso —repuso, no podía admitir que escuchaba conversaciones a hurtadillas y que la escasa información que tenía la había encontrado husmeando sin que nadie se diese cuenta—. Esas personas presentaban las mismas marcas que Asia la noche de su muerte. El cadáver de la estudiante tenía las muñecas marcadas. Pero lo que me sorprende es que las que han quedado con vida no recuerdan nada. No hablan, parecen muertas en vida.

Los labios de Dorian se tensaron.

—Dorian, no estás viendo las señales.

Él redujo la velocidad y aparcó el coche en una calle que parecía bastante vacía.

—Las veo, pero no quiero dejarme llevar por lo que deseo encontrar. Seamos lógicos, a ti te encanta buscar indicios y conectarlos, yo solo quiero saber hacia dónde nos llevan —dijo, quitando la llave del arranque—. Hemos llegado.

Kaia dejó la carpeta en la guantera y bajó la ventanilla para respirar el aire frío. El sol se había puesto del todo dejando en la oscuridad las calles solitarias de la ciudad. Ella miró a través del cristal y sus ojos evaluaron los edificios despintados que permanecían cerrados. Dos farolas altas arrojaban sendos charcos de luz sobre los adoquines rotos, que parecían pertenecer a otro mundo en lugar de a Cyrene. El Distrito Obrero era de esos sitios que Kaia nunca visitaba.

La sensación de incomodidad se acrecentó en su pecho cuando divisó un par de figuras que se tambaleaban en medio de la calle.

Dorian la miró de soslayo y una sonrisa amable se deslizó en sus labios. Sus ojos brillaban con intensidad en la oscuridad del coche y ella apretó la daga en su bolsillo como si las sombras pudiesen protegerla de las emociones que Dorian despertaba en ella.

—No te he traído para que vieras a un par de ebrios dando tumbos por la calle —espetó Dorian con especial paciencia—. Hace dos noches hubo un movimiento inusual aquí que ha obligado a los policías a investigar la zona; por eso he pensado que sería interesante estudiar el lugar en el que se han producido dos desapariciones.

La vista de los dos borrachos y la media hora de camino para unos expedientes con nula información estaban empezando a avinagrar el buen humor de Kaia.

—Quiero que te quede claro que vengo contigo solo por meras cuestiones prácticas.

—Kaia, ya lo sé. Te conozco —replicó él sin parecer ofendido, a pesar del tono que ella había usado—. Podrías usar a tu abuela si así garantizaras que las cosas saldrán como tú quieres, eres una obsesa del control; pero, de verdad, tienes que confiar en mí si quieres que te ayude. No puedes luchar todo el día contra tus aliados.

Dorian estiró una mano y le dio un suave apretón que hizo que se le erizara el vello de la nuca. Tal vez tuviera razón. Kaia estaba demasiado nerviosa debido a los últimos acontecimientos y él era la única persona que la estaba ayudando.

Alguien soltó un alarido seco que los hizo tensarse dentro del coche. Kaia giró el cuello, pero la calle estaba tan oscura que era imposible divisar a nadie que no se hallara cerca de ellos.

—Allí veo algo —susurró Dorian señalando la farola, que de inmediato empezó a titilar hasta apagarse por completo. Una expresión de miedo cruzó el semblante de Dorian.

Con renovada curiosidad, Kaia ladeó el rostro y escrutó la negrura de la noche sin ver nada inusual. Los borrachos se sentaron en un porche viejo y compartieron una botella de ginebra que a los pocos minutos la obligó a desviar su atención de tan lamentable escena. Ella y Dorian se refugiaron en el silencio y durante casi una hora entera no vieron nada extraño, por lo que Kaia empezó a creer que aquello era una verdadera pérdida de tiempo. Le fastidiaba admitir que tal vez se estuviese dejando llevar por sus paranoias y barajó la posibilidad de que Dorian tuviese razón: simplemente buscaba señales con las que poder conectar con su hermana.

Kaia no supo lo que estaba ocurriendo hasta que un grito helado la alertó.

El pulso se le aceleró y giró el rostro hacia aquel ruido histérico, que tensó todas las fibras de su cuerpo haciendo que la energía arcana titilara sobre el borde de sus dedos. Uno de los borrachos estaba de rodillas sobre el suelo mientras el otro se alejaba a gatas. Había sangre y a Kaia le tomó un segundo reconocer la silueta alargada que parecía hecha de niebla. Miró a su alrededor, confundida, y descubrió que la criatura se imponía en toda su extensión sobre aquel pobre desdichado que sollozaba con los pantalones mojados. La imagen fue aterradora y Kaia hundió los dedos en el asiento cuando el hombre soltó otro chillido estrangulado. La sombra corpórea se posó sobre él y clavó sus labios en los del borracho embebiéndose de su aliento.

La figura se materializó dejando restos de sombras sobre los adoquines y del hombre que yacía con la cabeza de lado. El cuerpo quedó completamente quieto y Kaia habría jurado que estaba muerto de no ser por la respiración casi imperceptible en su pecho. Estaba a punto de abrir la puerta para salir, cuando Dorian la detuvo y con un dedo le suplicó silencio.

Kaia respiró y miró hacia el lugar que el chico señalaba con una mano. Al principio pensó que la figura estaba hecha de sombras, pero ahora que la veía caminar estaba comprobando que no era cierto. Era enorme y muy delgada, los huesos sobresalían de la ropa hecha jirones que le envolvía el pecho negro y las extremidades inferiores. Su cabeza era calva con unos prominentes cuernos que se doblaban por la mitad.

La realidad la golpeó de lleno al comprender lo que significaba.

—Es un demonio…

La voz de Dorian sonó vacía y ella se permitió soltar el aire que llevaba reteniendo en los pulmones. Su compañero parecía horrorizado ante lo que acababan de presenciar, y ella se hubiese sentido igual de no haber sido porque ya había visto a esa criatura antes.

18
MEDEA

El miedo y la ansiedad treparon por sus piernas y subieron hasta su garganta, lo que hizo que se sintiera más insegura con cada paso que daba. La desaparición de Mara y de Thyra se perfilaba sobre su rostro como una sombra tensa, aguda, que ocultaba la luz de sus ojos. A lo lejos, el sol se escondía en el horizonte tiñendo el cielo de un pálido naranja mientras las calles de Cyrene se llenaban de personas que volvían a casa tras una larga y tediosa jornada de trabajo.

Bajó del vagón, decidida. Fijó los pies en el pavimento mientras cuadraba los hombros dentro del abrigo y caminó en medio de la multitud que salía de la estación de tren a esa hora. No se molestó en consultarlo con Orelle, tampoco con Ari ni con Kaia. Quizá se moviera por la desesperación, o quizá simplemente estuviera agotada de fingir que era la hija modelo que mantenía la boca cerrada y se quedaba bajo la sombra gloriosa de su padre.

Medea había tomado una decisión y, aunque no se sentía a gusto con la idea, en ese momento no encontraba alternativas mejores.

Se armó de valor y entró en el viejo edificio de la policía. La fachada era gris con suaves revestimientos de mármol negro en las cornisas. Sobre la puerta se leía en relieve: COMISARÍA GENERAL DE POLICÍA DE CYRENE.

El intenso sabor de los nervios le inundó el paladar cuando las miradas de los policías cayeron sobre ella. Inhaló con fuerza para darse ánimo y caminó hasta el recibidor. La inundó el olor a tabaco dulce; Medea se fijó en la disposición del lugar: los escritorios colocados de forma perpendicular y separados por un pasillo que se perdía al fondo del recinto.

—Buenas tardes, joven —dijo el hombretón de bigote negro y rostro ovalado que estaba sentado en medio del recibidor. Ni siquiera levantó los ojos de la revista que reposaba sobre la mesa—. ¿En qué puedo ayudarla?

Medea vaciló antes de responder con voz llana:

—¿Podría anunciarme en el despacho de Talos? Por favor.

La petición sorprendió al recepcionista, que por primera vez levantó el rostro y se fijó en ella. Durante un segundo demasiado largo, la estudió en silencio, y ella notó la incomodidad que asediaba su mente al percibir el aire de burla con el que la miraba.

—Mire, no quiero ofenderla, pero aquí no atendemos tonterías —apuntó el hombre con desprecio y se reclinó de nuevo en la silla.

—Le agradezco que le informe a mi padre, Talos, que necesito verlo con urgencia.

Los ojos suspicaces del recepcionista se abrieron como platos y con un ligero titubeo se apresuró a asentir antes de desaparecer por el pasillo.

Ella irguió la espalda cuando el rostro moreno y disgustado de su padre apareció. Talos le hizo una seña con la mano y Medea cruzó la sala blanquecina con el corazón retumbando contra las costillas. Notaba la sensación de ahogo como un cuchillo afilado sobre la garganta, el miedo que se cernía sobre ella y se plegaba en sus huesos como una segunda piel.

Talos tenía un despacho pequeño con una ventana semicircular que daba a la calle principal. Las paredes permanecían desnudas, carentes de adornos, y el escritorio se hallaba organizado y limpio al detalle.

Sin poderlo evitar, los ojos de Medea buscaron algún retrato o recuerdo que por desgracia no encontró.

—¿Qué haces aquí? ¿Ha ocurrido algo?

Los labios de Talos se crisparon bajo el bigote. Medea negó con la cabeza sintiendo una corriente eléctrica por toda la columna.

—Necesito preguntarte —dijo, y su padre tamborileó con los dedos sobre la superficie de madera—. ¿Qué está ocurriendo en la ciudad? ¿Dónde están mis amigas?

La expresión cauta de Talos se descompuso una fracción de segundo. Fue demasiado repentina como para que Medea captara en detalle la crispación de los labios, pero no para que la pasara por alto. Apoyó las manos en el escritorio y presionó a su padre:

—Quiero la verdad. No me iré de aquí hasta que me la digas.

—¿Qué te hace pensar que tengo que compartir información privada contigo? —escupió—. Medea, vuelves a decepcionarme, no puedes plantarte aquí y exigirme algo. Olvidas tu lugar.

—¿Y cuál es *mi* lugar? —exclamó sorprendida, empezaba a perder la paciencia y los nervios.

Talos sopesó las palabras y se pasó una mano por el rostro cansado.

—No voy a permitir que te conviertas en una libertina y te pasees por la vida pensando que puedes incordiarme cuando te dé la gana. ¿Cómo se te ocurre venir aquí y exigir verme?

Su voz era dura como el acero y aunque estaba cargada de rabia, Medea no se estremeció ni bajó la vista. Mantuvo el rostro sereno, o al menos lo intentó hasta que Talos dio un golpe sobre el escritorio haciendo que la pila de papeles se derramara por el suelo.

—¡Estoy harto de esta situación! Te vas a casa, suficiente tengo con la maldita Orden como para lidiar contigo ahora mismo.

Aquella fue la gota que colmó el vaso.

—Me vas a escuchar, tengo pensado unirme a la Orden —gruñó con la oscuridad titilando bajo sus manos. Ni siquiera supo la razón del arrebato, pero no se arrepintió. Sabía que a Talos no le gustaría confirmar sus sospechas: las ausencias de Medea, aquel lenguaje soez con el que difamaba a los invocadores y, por supuesto, esas ideas liberales que muy de vez en cuando soltaba—. Mis amigas han desaparecido y a menos que me digas algo voy a desafiar tu autoridad. Quiero justicia, a todo el mundo le parecerá raro que la hija de Talos se pasee por la ciudad haciendo preguntas, gritando sobre todo lo que os estáis callando.

El discurso no le salió como lo había planeado, la voz le había temblado demasiado y Medea quiso enterrar su cara en la bufanda que llevaba en el cuello cuando Talos se incorporó.

—¿Qué has dicho?

La oscuridad titiló contra las ventanas y las venas en el cuello de Talos se hincharon.

—Que voy a trabajar con la Orden.

—¿Hablas de justicia? —escupió la pregunta con desdén—. Tú, una jovenzuela que ha nacido en cuna de oro, que ha tenido cuanto ha querido y que fue admitida en la Academia incluso antes de aprender a caminar.

Los argumentos de Medea flaquearon en sus labios y de repente se sintió fuera de lugar. Como si la lucha que estaba librando no le perteneciera del todo.

—Te molesta sentirte superior, aunque en el fondo no renunciarías a tus privilegios.

Por un momento, Medea se preguntó cuál era su lugar en el mundo, cómo podía librar una guerra si gozaba de aquello que otros tantos no tenían. Pero Talos no estaba dispuesto a permitirle reflexionar, y, en lugar de mantener el silencio, golpeó la mesa de nuevo. La furia en sus ojos hizo que Medea se sintiera diminuta, frágil. Como si la chispa revolucionaria que encendía su carácter se estremeciera bajo el frío ímpetu de su padre.

—Renegar de tu esencia no te hará una mejor persona. No puedes simplemente borrar lo que eres por complacer a una sociedad en decadencia —dijo su padre—. Lamento que te sientas presionada, pero la Orden no te dará las respuestas que deseas.

—¿Por qué te resulta tan difícil entenderme? No tengo que hacer todo lo que tú consideres correcto. Siempre me empujas para que sea como tú y es lo último que espero ser en la vida.

Talos no parecía impresionado por la voluntad de su hija, ni siquiera con una confesión como aquella. Abrió la boca para continuar, pero el teléfono sonó con fuerza y antes de que Medea pudiese exigirle algo más, la arrastró hasta la puerta de su despacho y dijo:

—No quiero volver a verte por aquí, la próxima vez que escuche semejante blasfemia, me aseguraré de que aprendas una lección.

Cerró la puerta con fuerza y Medea se quedó sola en medio del pasillo vacío. Absorta en la voz helada de su padre, en la amenaza. La estación se le antojó enorme mientras se dirigía a la salida; al hacerlo notó que cierta agitación había movilizado a un grupo de policías.

—¿Estás seguro de que es un ataque? —preguntó un oficial que se colgaba la daga y miraba a sus compañeros con gesto preocupado.

—Nos han dicho que son dos víctimas en el Distrito Obrero.

Medea los vio salir por la puerta trasera sin fijarse siquiera en ella. Un cosquilleo rabioso le mordió la garganta al recordar la amenaza con la que su padre la acababa de sacar del despacho.

No pudo resistirse a la fuerza poderosa que la impulsaba a visitar aquel distrito. ¿Y si descubría algo sobre sus amigas? ¿Y si podía dar con el paradero de Thyra y de Mara? Si bien estaba convencida de que su padre sabía lo que ocurría en la ciudad, su instinto la llevó a creer que, si quería descubrir qué era lo que estaba pasando, tendría que hacerlo por su cuenta.

La desesperación tomó la decisión por ella.

19
Ariadne

Los miedos y las inseguridades siempre la asaltaban cuando terminaba de escribir algo, pero, aquella vez, la sensación era mucho peor. Una mezcla de nerviosismo y ansiedad que ascendía por su garganta y flotaba hasta su mente haciendo trastabillar su determinación. El tenue resplandor de las luces moribundas fue aliciente suficiente para que ella se recordara respirar en profundidad y llenara el diafragma de aire, aunque lo cierto era que el vestido azul no resultaba de mucha ayuda. La tela se tensaba sobre sus costillas apretándolas con ferocidad y mitigando la paz que le podían ofrecer las bocanadas de aire fresco.

Nadie querrá leer algo que escribas.

La voz insidiosa seguía perpetrando aquellos pensamientos molestos que la hacían sentirse como una hormiga en medio de todo el universo.

No escribo para los demás, lo hago porque quiero, y mi verdadero trabajo es terminar la Academia y encontrar un empleo, se dijo, y, con un esfuerzo enorme, respiró el aire frío de la noche.

Ariadne regresaba de la oficina de correos tras haber echado en el buzón la novela acabada. Cien páginas de su puño y letra que firmaría Myles. No es que fuese una hazaña escribir esa cantidad de palabras en cosa de una semana; en realidad, Ari estaba entregando un proyecto a medias que desde hacía casi un año consumía sus noches. Había decidido renunciar a una parte de sí misma, a su propio trabajo, con la esperanza de que su hermano tuviese éxito y la ayudara a pagar la beca.

Se apretó las manos contra el pecho y cruzó en el paso peatonal casi sin prestar atención a lo vacía que se encontraba la calle a esa hora. Las luces de las farolas titilaron suavemente hasta sumergir la calle en la más absoluta oscuridad, por lo que Ari se obligó a apretar el paso con nerviosismo.

Era cierto que no debería estar merodeando por ese distrito a esas horas de la noche, era peligroso dadas las circunstancias y las privaciones que se imponían en la ciudad. Había sido terriblemente difícil encontrar una oficina de correos abierta en Cyrene y después de dos horas mirando la guía telefónica, se convenció de que bien valía la pena hacer el viaje y enviar la dichosa novela de una vez. No contaba con que se le haría tan tarde y empezaba a creer que no había sido buena idea. Normalmente, Ari habría esperado al día siguiente; dejaría reposar el manuscrito y se lo enviaría a Myles a primera hora de la mañana. Pero no quería retrasar el momento y, desafiando su lógica, se internó en el Distrito Obrero con la intención de no darle más largas al asunto.

En ese momento creyó que no había tomado la mejor decisión. Al norte, los edificios se sumergían en la más incierta oscuridad mientras que las calles solitarias encendían los miedos que Ari creía enterrados.

Estaba cerca de la avenida principal cuando un ruido seco la sobresaltó y Ari giró el cuello con la ansiedad crepitándole en los huesos. La calle continuaba vacía, pero la niebla acaba de condensarse sobre los adoquines y se extendía sepultando las farolas en una nube de oscuridad. Sintió un pálpito extraño, tragó saliva y oyó el suave ulular del viento. El sudor le empapaba la ropa y Ari quiso creer que estaba volviéndose paranoica y, casi lo hizo, hasta que un zumbido suave le rebotó en los oídos.

Las ramas de los árboles se batían de un lado a otro y las hojas se retorcían sobre las ráfagas de viento. Un grito se le quedó anclado en medio de los labios y el mundo de Ari se estremeció cuando sus ojos se fijaron en el relieve de una figura enorme al otro extremo de la calle, una figura que parecía cualquier cosa menos humana. Una criatura alta y desgarbada que flotaba sobre la calle empedrada. Ari se quedó tiesa, incapaz de asimilar el horror que tenía delante de ella.

Era imposible.

Retrocedió un paso y un fugaz sentimiento de alerta la instó a correr, pero su espalda chocó contra la pared de un edificio. Ariadne jamas habría esperado encontrarse literalmente contra la pared y, por una vez en su vida, lamentó la ausencia de magia en sus venas.

Oyó un grito a lo lejos, y, sin pensar en lo que hacía, corrió. Se lanzó hacia la calle vacía y no volvió la vista pese a los sonidos metálicos que le rozaban los oídos.

Por favor, le rogó a la Trinidad mientras sus piernas luchaban por marcar distancia con la criatura.

Sentirse vulnerable la empujó a seguir y la garganta se le cerró cuando una sombra densa se perfiló bajo sus pies y con suavidad se extendió a lo largo de la calle. Esquivó un charco de sangre y otra sombra estrecha que se asomaba a la entrada de un callejón. Le dolían las rodillas y sus pensamientos eran un cúmulo pastoso que se revolvía dentro de su cabeza.

La mano izquierda de Ari se apoyó sobre el resquicio de una puerta y la brisa húmeda rozó su piel. No debería estar allí, no tendría que haber ido a la oficina de correos.

No podía seguir corriendo, no con un demonio cerca de ella. Parecía que la muerte estaba a punto de alcanzarla cuando unas manos la sujetaron con fuerza y la arrastraron hasta un portal despintado.

A Ariadne le tomó un instante ver que la persona que la sujetaba era Kaia.

—Por el amor de la Madre Muerte, Ariadne —protestó Kaia con los ojos muy abiertos; abrió la puerta y la condujo dentro del edificio—. ¿Qué haces aquí?

Ariadne se apartó y abrió la boca para dejar que el aire le ventilara los nervios. Sus labios se movieron, pero no alcanzó a decir nada; hasta ese momento no se había fijado en Dorian, que permanecía erguido junto a una ventana destartalada. Necesitaba asimilar lo que ocurría; Kaia acababa de salvarle la vida arrastrándola hasta el interior del edificio.

—¿Qué hacéis vosotros aquí? —preguntó por fin con la voz tensa, seca.

Desde el exterior llegaron gruñidos toscos y a Ari le pareció que Kaia buscaba una excusa:

—Querida, paseábamos y te hemos visto en un aprieto.

Ariadne frunció el ceño. *¿Qué era lo que acababa de atacarla?*

—Las desapariciones, las chicas a las que han asesinado —reflexionó cuando las piezas empezaron a encajar dentro de su cabeza—. Ha sido eso… tenemos que avisar a la policía.

—He registrado la casa y no hay ningún teléfono —añadió Dorian.

Ari se pasó los dedos por el pelo antes de fijarse en la expresión casi apacible de Kaia.

—No te veo vestida como para dar un paseo en el Distrito Obrero, Kaia —espetó Ariadne con indiferencia al fijarse en el vestido elegante que llevaba su amiga. Kaia le estaba ocultando el verdadero motivo por el que estaba allí, un secreto que sumaba a la lista infinita de mentiras—. Y no estoy para bromas, afuera he visto la cosa más horrible que os podáis imaginar y estoy muerta de miedo.

Las palabras brotaron de sus labios con un leve temblor. Dorian y Kaia intercambiaron una mirada tan íntima que, de pronto, Ariadne se sintió como una intrusa inmiscuyéndose en sus planes.

—Un demonio —repuso Dorian—. Y en realidad podemos confiar en que no es solo uno, me parece que hay varios rondando por el distrito.

La sangre se le heló en el cuerpo a Ari.

—No es verdad —espetó, incrédula.

¿Demonios en Cyrene? Era una locura sin fundamento. Apretó la mano contra la pared y se quedó de pie mirando a su amiga y a Dorian.

—¿Por qué estáis tan convencidos de que es un demonio?

—Lo hemos seguido dos calles hasta aquí —explicó el joven dando un par de pasos en el recibidor; era diminuto y había una puerta bloqueada por un mueble roto—. No sé de qué naturaleza será, pero no hay dudas de que es un demonio.

Ariadne suspiró.

—¿Qué hacemos entonces? —preguntó.

—Esperar.

20
Kaia

Después de esperar lo que se le antojó una eternidad, consiguieron apartar el mueble que bloqueaba la puerta y en medio de la oscuridad se resguardaron en el interior de la casa. Era una construcción antigua de principios de siglo con largas columnas de mármol gris y suelos de parqué negro. Las ventanas de la pared izquierda daban a un patio trasero que parecía sumido en el abandono. El salón al menos estaba resguardado del frío; los muebles yacían cubiertos de una fina película de polvo que relucía bajo las sombras alargadas que se proyectaban en las paredes desnudas.

Kaia soltó un largo suspiro, de esos que esconden una maraña de pensamientos a los que no se les puede dar voz. Pegó la nariz contra el cristal y oteó la calle que comenzaba a llenarse de policías. Dorian tenía razón, no había teléfono en aquel lugar, pero tampoco lo necesitaron. La policía había llegado minutos antes de que se atrevieran a inspeccionar el lugar con detenimiento.

—Creo que vamos a esperar un buen rato aquí.

Ariadne se estremeció, y, con una sombra de duda en el rostro, asintió, resignada.

—Este lugar es poco siniestro —apuntó Ariadne señalando una fotografía que reposaba sobre una cristalera.

Kaia tomó la fotografía. El rostro de una anciana vestida de negro con un manto largo le devolvió una sonrisa fría.

—Me parece horrible, hay algo que no me gusta de este lugar —susurró su amiga—. No deberíamos estar aquí…

—Es una casa abandonada, Ari —repuso Kaia retrocediendo—. En cuanto se marche la policía, saldremos y fingiremos que no ha pasado nada.

—Pero sigo sin entender, ¿por qué no hablamos con la policía? Es lo más lógico.

—Que sea lógico no significa que sea correcto —espetó Kaia masajeándose las sienes doloridas—. El sistema es corrupto. Nos harán preguntas y puede que de alguna manera busquen culparnos.

—¿Culparnos? ¿De qué?

Los labios de Ari se tensaron.

—Ariadne, la ciudad está siendo atacada por demonios que casi nadie ha visto. —Por momentos, Kaia se cuestionaba la naturaleza de la situación y se forzaba a buscar una explicación lógica al respecto. Ella misma había visto a un demonio dentro del Consejo, pero en las noticias nadie lo mencionaba y ya no le quedaba duda de que estaban silenciando a las víctimas. Tal vez esa fuera la razón de la desaparición de muchas de ellas—. En Ystaria no se ha visto nada parecido desde hace dos siglos; creo que la situación es bastante preocupante para la policía como para inmiscuirnos. Ya sabes que no tengo buena reputación a ojos de la ley.

—Tampoco sabemos qué tipo de demonios son —cortó Dorian—. Y no serviría de mucho nuestro testimonio, si han llegado hasta aquí es porque alguien ha hablado y de seguro estarán interrogando a la persona en cuestión.

—Entonces no le diremos nada a la policía —espetó Ari con los músculos de los hombros tensos.

—No le diremos nada a *nadie* —matizó Kaia.

Sus propias palabras hicieron que se le encogiera el estómago.

Dorian se movió por el salón mientras lanzaba miradas mal disimuladas a Kaia. El contraste del pelo revuelto con el traje impoluto causaba una sensación evocadora en ella, que se esforzaba por mantener la distancia entre los dos. Estaba pensando en las formas en las que podría llenar aquel silencio tétrico hasta que se fijó en el rostro descompuesto de su amiga. A Kaia le daba la sensación de que el silencio de Ari era producto del encuentro con el demonio y del esfuerzo que estaba haciendo por darle un significado a lo que acababa de vivir. Le quedó claro en cuanto se puso en pie y se tiró de las mangas del abrigo con preocupación.

—Tiene que haber una explicación, en Cyrene no ocurren estas cosas.

—No sabemos lo que ocurre porque desde luego se encargan de mentir y ocultar la información.

Dorian frunció el ceño y añadió:

—Eso no es cierto.

Kaia bufó y se dio la vuelta con una sonrisa triunfal en los labios, antes de agregar:

—Eso lo piensas porque tu padre está en el gobierno. Pero en Cyrene las cosas no marchan bien desde hace un tiempo —se defendió y notó que Dorian crispaba el rostro ante la mención de su padre—. Somos demasiado egocéntricos, las relaciones con otras ciudades autónomas se encuentran paralizadas. Tú mismo trabajas para él, y en lugar de averiguar algo, te estás encargando de la organización del equinoccio de primavera. Un baile en medio de muertes y desapariciones.

—Esa acusación no es justa, yo no trabajo en el Departamento de Justicia ni tampoco en el Ministerio de la Información, y desde luego no puedo cancelar el equinoccio si…

Ari estaba a punto de contradecirlo cuando un chirrido metálico proveniente del suelo interrumpió la conversación y una nube de polvo los envolvió.

—¿Qué… ha sido…?

No alcanzó a terminar la frase. Las tablas crujieron y un estallido violento los sacudió. Un grito de horror quedó a medio camino en sus labios. El resplandor de la luz se apagó y Kaia finalmente ahogó un aullido cuando la gravedad la hizo caer.

Algo suave amortiguó la caída y, por un segundo, fue incapaz de moverse. Se había golpeado las costillas y un dolor mudo le nublaba los sentidos. Con los párpados apretados, se dio la vuelta y se palpó el cuerpo esperando encontrar sangre o algo roto. Suspiró, aliviada; solo estaba magullada.

—¿Estáis bien?

Era la voz de Dorian y ella supuso que él también se encontraba ileso.

Kaia echó la cabeza hacia atrás y observó el hueco por el que habían caído. El piso había cedido y restos de madera yacían desperdigados a su alrededor. Estiró la mano y escupió una maldición mientras se levantaba; había caído sobre unos sacos de arena que reposaban en el centro de una especie de bodega a medio reformar.

—Se ha desplomado parte de la sala —susurró Ariadne alargando la última palabra y mirándose los codos llenos de magulladuras. Dorian le dirigió una mirada afectada y le tendió una mano.

Kaia ignoró a su amiga deliberadamente, concentrada en tratar de descubrir si había una salida. Las paredes agrietadas estaban salpicadas por manchas oscuras que ascendían hasta un techo bajo en el que sobresalían unas vigas de madera. El olor a óxido persistía sobre un tenue aroma a cera que hizo que Kaia rebuscara en medio de la marea de desechos que inundaba el lugar. Evaluó una habitación repleta de ladrillos y se tambaleó cuando se fijó en los sacos de materiales viejos.

—Chicos, creo que hay algo raro aquí.

Ariadne pronunció las palabras muy lentamente, y Kaia y Dorian se acercaron hasta donde ella se encontraba. En el estrecho pasillo se veía una abertura semicircular que daba hasta una habitación alargada en la que ardía una docena de velas dispuestas en línea recta sobre un atrio. El cambio de escenario resultaba tan asombroso que a Kaia le dio la sensación de que estaba entrando en un mundo diferente. Parecía un santuario antiguo con un techo alto decorado por imágenes religiosas, entre las que vio a las diosas reflejadas en medio de las aguas quietas.

—Es la leyenda de la Diosa de la Muerte, de Aracne —musitó Ariadne, observando de cerca las imágenes de la pared—. Y la de sus hermanas: Lilith y Cibeles. Encerradas en el monte Flaenia.

Kaia tragó saliva y, armándose de valor, entró en la capilla. Su sombra se alargó sobre una de las imágenes en la que no pudo evitar fijarse. Era Aracne, la Diosa de la Muerte, desnuda en una pira de fuego. Su expresión revelaba una paz que hizo que Kaia casi no se fijara en las gruesas lágrimas negras que le caían por las mejillas y sobre sus pies desnudos. Al otro lado, veía a Cibeles y a Lilith, inmortales, que caminaban hasta la tumba en la que fueron encerradas por June, la última de las invocadoras que había poseído magia arcana.

Era una imagen preciosa y terrible a la vez.

—¿Qué es esto?

La voz frágil de Ariadne la arrancó de sus ensoñaciones.

—¿Es una cripta? —inquirió Dorian dando un paso hacia el frente.

Había dos hileras perpendiculares de asientos que se disponían alrededor de lo que parecía un pequeño altar de piedra negra, y una fina tela de terciopelo gris se hallaba en el medio con un cáliz de oro encima y dos lirios negros sobre una tabla alargada en la que descansaban tres coronas doradas.

—No, es un templo —puntualizó Kaia internándose en la habitación.

Miró a Ariadne, que permanecía a un lado, como si no se atreviese a salvar la barrera que separaba al mundo de ese lugar siniestro. Dos arrugas profundas se dibujaron en el semblante de la chica.

—Alguien ha encendido las velas, así que no está abandonado como pensábamos —musitó Dorian.

—Pero… —interrumpió Kaia deslizando los dedos sobre la mesa del altar—. ¿A quién está dedicado este templo?

La pregunta brotó esperando que alguno de los dos confirmara su sospecha. Por suerte, Ariadne carraspeó desde el arco de la entrada y con el dedo índice señaló una pequeña claraboya de cristal ahumado en el techo.

—¿No vas a entrar?

—No voy a tentar a la suerte. —Se hizo la señal de la Trinidad en el pecho y marcó la distancia.

Kaia le arrojó una fuerte mirada; en el altar, buscó el grabado en la madera que confirmaba la teoría de Ariadne.

—Aquí está —dijo y dio dos golpecitos sobre el nombre—. Es un templo de culto a la Madre Muerte.

Dorian se quedó atónito mientras a Kaia la invadía el burbujeo excitante del descubrimiento.

—¿Esto podría estar relacionado con los demonios?

—O podría simplemente tratarse de fanáticos que quieren honrar a la Muerte —admitió Ari—. Hace años hubo un estallido social y se creó un grupo religioso que le rezaba a Lilith y a Cibeles, y le pedía santos nuevos. Intentaron que June se convirtiera en una figura santa, pero la iglesia se negó. Después de todo, June fue quien encerró a Cibeles y a Lilith en su prisión.

De pronto, Kaia recordó la fascinación de Asia por la Muerte, la historia de June, de Cibeles y de Lilith. El anhelo de su hermana por conocer las leyendas de las diosas siempre le pareció curioso, pero en ese instante, al ver la imagen de la Muerte, entendió que la tragedia de Asia podría estar vinculada con ese lugar. A fin de cuentas, la habían encontrado en el límite del bosque.

El deseo irrefrenable por descubrir la verdad atizó sus entrañas y se prometió que tarde o temprano daría con los responsables. Sus pensamientos regresaron al *Arcanum* y le pareció que, si en algún lugar estaban las respuestas, sería allí.

No tenía ninguna prueba, pero en su cabeza la idea de que ese culto había arrojado a Asia al bosque era una posibilidad que empezaba a asomarse entre las conclusiones a las que estaba llegando.

21 ARIADNE

Ariadne salió del coche con los nervios crispados y todos los músculos tensos. Todavía no había cruzado la acera cuando Kaia le advirtió que fuese discreta; ella asintió dócilmente, como siempre. Supo que no hubiese podido hablar del demonio ni aunque hubiese querido. Lo que le apetecía era olvidar aquella noche. Desterrarla de sus recuerdos y concentrarse en su beca y en sus estudios. Pero no era posible. Continuaba horrorizada, con el cuerpo entumecido y el vestido azul manchado de polvo y tierra, y por si fuera poco tenía el labio roto y varios cortes a lo largo del brazo derecho.

Con dedos temblorosos sacó la llave del bolsillo del abrigo; le tomó dos segundos interminables introducirla correctamente hasta abrir la puerta y encontrarse en la seguridad de su hogar. El aire tibio le acarició la piel y el aroma a manzanilla le dio una satisfacción que pocas veces había sentido.

—¿Ari?

La voz ahogada de Myles la tomó por sorpresa.

En la cocina se topó con su hermano con una taza humeante entre los dedos, que observaba de reojo a su madre mientras preparaba un bizcocho. La luz ambarina de la lámpara arrojaba destellos sobre su cabello peinado con una raya a medio lado. Ari se fijó en que llevaba un traje azul con botones dorados, una corbata ribeteada en negro y unos zapatos nuevos de punta cuadrada.

Con un suspiro, Ari se adentró en la cocina y se quedó junto a la encimera en una posición de evidente incomodidad. Su madre cabeceó suavemente en un gesto que podría haber sido un saludo o cualquier otra cosa, dejándole a Ariadne la sensación de que era un fantasma en su propia casa.

—Oh, Ari —dijo Myles y se acercó para rodearla con sus brazos—. Llevo más de tres horas esperándote. ¿Dónde estabas metida? ¿Qué te ha pasado? Luces horrible.

Ariadne iba a responder cuando la voz de Myles continuó:

—No importa, no importa. Solo quería decirte que han aprobado el primer borrador y mañana mismo podrás empezar a trabajar en las correcciones.

Su voz estaba repleta de entusiasmo y a Ari no le quedó más remedio que sentarse junto a la encimera y esconder las manos magulladas en su regazo. Al menos hasta que cayó en la cuenta de algo.

—Pero si acabo de pasar por una oficina de correos para enviarte el borrador de la primera parte —dijo ladeando el rostro—. Es imposible que lo hayas recibido…

Myles dibujó una sonrisa encantadora, la que siempre utilizaba cuando quería escapar de una situación comprometida. Solo necesitaba estirar la comisura derecha de sus labios e imprimirle a su rostro un aire de inocencia que surtía efecto en los demás.

—Es que no te lo he comentado —balbuceó Myles—. He estado mandando los pequeños adelantos que me dejabas.

La voz de su hermano se le antojó dura, carente de esa calidez que solía arrastrar cada una de sus frases. Algo no estaba bien y Ari se sintió ultrajada por las libertades que su hermano se tomaba. Enviar adelantos sin las correcciones pertinentes no le correspondía. Muy por encima del tarareo alegre de su madre, Ari fue consciente del día miserable que acababa de vivir.

—¿Qué has hecho, Myles?

Su hermano se quedó estupefacto, con aquella estúpida sonrisa en los labios. Incluso su madre dejó el bol con la mezcla del bizcocho para acercarse a Myles y pasarle una mano por el hombro.

—Ari, quería ir avanzando en el proyecto para tener las respuestas cuanto antes…

—No tenías mi permiso para hacerlo.

—Ariadne —la reprendió su madre con voz monocorde—. No puedes hablarle así a tu hermano, es su novela y tienes que entender que hace lo que considera mejor.

Ariadne arqueó una ceja y soltó una carcajada amargada, desesperada.

—Es una novela que no escribió él…

Myles se sujetó al borde de la mesa con un gesto de agotamiento. La tensión se podía palpar en el aire como una nube densa e infranqueable que vagaba entre ellos. Ariadne no había terminado de hablar pero su hermano soltó una risita nerviosa que la interrumpió e hizo que se crispara en su silla.

—Hermanita, relájate un poco. No puedes olvidar que te he ofrecido todas las pautas para escribir, no seas malagradecida ahora.

Con un movimiento cargado de confianza, Myles recortó la distancia y posó sus manos sobre los hombros de Ariadne. Ella sintió un pinchazo de dolor producto de la caída y reparó en que ni su madre ni él le habían dicho mucho acerca del terrible aspecto que llevaba esa noche. Una oleada de indignación le recorrió la columna y se puso en pie de un salto apartando las manos de su hermano.

—Myles, eres un sinvergüenza, he escrito ese proyecto yo sola. No tengo la beca aprobada, no podré pagar la Academia si la pierdo.

La voz le sonó más frágil de lo que esperaba. Ni siquiera tenía la fortaleza para asumir la autoría de la novela. Hizo girar el anillo dorado que llevaba en el dedo anular y soltó el aire que aprisionaba en el estómago muy lentamente.

—¿Esto se trata de dinero? —inquirió él con una ceja levantada. Movió la mano hasta el bolsillo trasero de su pantalón y sacó una billetera.

—No —interrumpió ella, indignada—. No es el dinero, es que seas tan poco coherente, que no tengas un mínimo de empatía hacia mí…

La voz le tembló y Myles la rodeó con los brazos. Ella inhaló ese perfume masculino que le recordaba a su infancia, al que usaba su padre poco antes de abandonarlos. Desterró la idea y se separó de su hermano con un ligero estremecimiento.

—Ariadne, querida, seamos amables con tu hermano. Trabaja muy duro para poder ayudar en casa.

Ella no respondió. Estaba demasiado turbada como para admitir algo delante de su madre. Además, empezaba a dolerle la cabeza y le escocían las magulladuras del brazo. Esperaba que Myles se mostrara arrepentido, pero su actitud continuó siendo distendida y Ari reparó en el orgullo con el que se movía, la soltura de su cuerpo cargada de una confianza excesiva.

¿Era tan importante la carrera literaria de Myles o tal vez era una simple excusa para justificar su ascenso gracias a Kristo? Ari desvió la mirada y pensó en todos los años que su hermano llevaba trabajando para el líder del Consejo, en las relaciones de favor entre las que se movía. Era probable que aquello solo fuese un paso necesario para un plan que ella no comprendía y del que no quería saber nada.

—Creo que no me encuentro bien —dijo de pronto—. Me iré a mi habitación.

—Mañana podremos hablar de los cambios —sugirió Myles acompañándola a la puerta de la cocina.

Su hermano pretendía hacer acopio de una dignidad que para ella resultaba inexistente. Dejó que la rodeara con sus brazos y apretara como si hubiese algo de cariño en el gesto.

—Las correcciones tienen que estar listas en tres días —susurró contra su oreja—. Encontraré una solución para pagar la matrícula si no te aprueban la beca.

Con un disgusto tremendo, Ariadne se separó de él y giró esperando ver una mueca de burla en su rostro. Para su horror notó que Myles no bromeaba, todo iba en serio. A Ariadne le entraron ganas de rebatir, pero estaba tan extenuada que acabó por cabecear, como siempre, aceptando lo que otros decidían por ella. Su madre la miró por primera vez en toda la noche con una sonrisa triunfal en los labios, y tras limpiarse las manos se volvió hacia la preparación del postre que continuaba esperándola. Myles asintió satisfecho y Ariadne tuvo la sensación de que ya había vivido aquella escena varias veces.

Subió a su habitación y se deshizo del abrigo para dejarse caer sobre la cama. Todo se hallaba en perfecta armonía en ese pequeño espacio que solo le pertenecía a ella. Las paredes azules llenas de pósteres de todas las películas clásicas que le gustaban, la mayoría en blanco y negro. Apretó los párpados y deseó desaparecer, por segunda vez en esa noche. Sentía que era una persona horrible, sin voluntad, que se movía al antojo de los demás.

¿Algún día serás capaz de rebelarte?, se preguntó en el silencio de la noche a sabiendas de que la respuesta era un «no». El terror a ser rechazada y a que otros descubrieran que era un fracaso era más fuerte que su voluntad.

22
Kaia

Aquellas dos horas de espera se le habían antojado mortalmente lentas y aburridas. Kaia abandonó su casa tras estar segura de que su abuela no descubriría su falta; si todo salía bien, era posible que volviera para el desayuno. Hacía meses que su hermana había muerto, pero cada vez que regresaba a casa, esperaba verla en su habitación. Se olvidaba de que ya no estaba, y cuando entraba, el vacío la golpeaba y se hundía en una soledad que creía reconocer desde que era una niña. Al menos antes había tenido a Asia. Pero ahora, no. Ya no tenía nada.

Ahogó el dolor en lo más profundo de su conciencia y recordó toda la información recopilada antes de tomar una decisión.

Con un velo de nerviosismo pegándose a su espalda, enfiló por el largo camino que se extendía frente a ella. Se arremangó el abrigo y sus dedos apretaron la daga con suavidad. Solo al sentir la empuñadura repleta de diamantes notó la sacudida de las sombras que se alargaron bajo sus pies acallando sus miedos.

La silueta difusa y aterradora del bosque la sobrecogió bajo la escasa luz de la luna. Pasó junto a un pequeño panteón de mármol coronado con dos gárgolas sobre las columnas de piedra que precedían la entrada al puerto que colindaba con el acantilado.

Arqueado sobre el puerto se veía un puente de hierro por el que durante el día solían circular los coches; por las noches, estaba vacío. A esa hora era difícil encontrarse con alguien, la ciudad dormía y toda la vida citadina acababa justo en el punto donde se encontraba. Una esquina ancha en la que los edificios altos de Cyrene se alzaban frente al puerto.

Los eruditos hablaban de la magia dormida en el bosque. Nadie entraba, estaba prohibido, pero no faltaban quienes aseguraban que de tanto en tanto alcanzaban a escuchar el lamento de la Diosa de la Muerte. Atada a los hilos de vida que dormían en lo más profundo del bosque.

Kaia se detuvo en el caminito de tierra, justo bajo la copa de un sauce viejo. La brisa soplaba ligera agitando con suavidad las ramitas desnudas que parecían temblar como la misma Kaia. Le pareció que la presencia de Asia la seguía. El fantasma de su hermana planeaba sobre las notas y los libros que con tanto esmero Kaia había leído y de los que había ido tomando datos sueltos que no la llevaban a ninguna conclusión. ¿Qué se ocultaba en el bosque? ¿Las respuestas estaban allí o en la tumba de Cibeles y de Lilith: el Flaenia? El día anterior, había leído sobre una leyenda que hablaba del último pozo arcano. Kaia creía que todos estaban secos, pero si la magia latía dentro de ella, era probable que quedara algún resto de magia arcana en los pozos, y empezaba a creer que el del Flaenia podría conservar su poder.

La vista de aquellos árboles imponentes la hizo detenerse con el aliento agolpado en la garganta. Era tan inmenso, colosal, que no pudo evitar apreciarse a sí misma diminuta, insignificante. En el fondo lo era, guardaba demasiados secretos que nunca podría contar y que con toda probabilidad acabarían por consumirla.

Necesitaba descubrir la verdad, y, una parte de ella, quizá la menos racional, la impulsaba a visitar ese lugar en el que Asia había exhalado su último aliento.

Piensas encontrar unas respuestas que no están aquí, se dijo con escasa convicción.

Apretó los párpados e inspiró lentamente por la nariz.

Su madre siempre le hablaba de la leyenda de las hilanderas. Así llamaban a las antiguas reinas de Ystaria que poseían la magia arcana. Se decía que eran las encargadas de desenredar el enorme telar al que llamaban *vida*, ese en el que todos los hilos arcanos del mundo confluían entremezclándose. Palpitando a la vez.

Pero Kaia estaba convencida de que aquella leyenda escondía la oscura verdad que su madre temía que ella descubriera. No existía nadie en toda la historia de Ystaria que no hubiese sucumbido a la magia arcana. A la oscuridad de los hilos.

La leyenda de June se le antojó como una certeza. June había sido una invocadora que encerró a las diosas Cibeles y Lilith en su tumba. El tiempo había sepultado parte de la historia, y Kaia recordó la versión que hablaba de los demonios que acompañaban a las diosas, de los engaños de estas y del dolor que sembraban a su paso. June había sido la invocadora más poderosa de Ystaria. Una mujer capaz de doblegar a las sombras sin usar su daga y que dominaba los hilos arcanos con soltura.

Ella había roto las reglas. Había sepultado todas las creencias que se tenían sobre las tres magias y había decidido acabar con el legado de la muerte de Cibeles y de Lilith. Les tendió una trampa, una para la que sacrificó todo lo que amaba y con la que atrajo a las dos diosas.

El Flaenia era el lugar en el que vivían Cibeles, Diosa de la Verdad, y Lilith, Diosa de la Tierra. Sabía que la única manera de librar al mundo de la magia arcana era acabando con el origen de ese poder, los pozos y las diosas. June las encerró y se dedicó a cercenar la magia arcana, destruyendo los pozos que contenían los hilos de vida para que nadie más tuviese que ceder ante ese poder.

Cientos de años más tarde, Kaia había nacido con una magia de la que no podía hablar. Un error de la naturaleza, una anomalía.

Con un suspiro lleno de cansancio, depositó las leyendas y las dudas hasta el fondo de su cabeza. Sus pies eludieron varios charcos de agua y un par de grietas negras que arañaban el asfalto. Lo único que Kaia sabía con certeza era que las desapariciones de Cyrene y los asesinatos estaban relacionados con los demonios. ¿Y si también estaban relacionados con los hilos arcanos? Tenía preguntas, cientos de dudas que se le adherían a la piel y sacudían sus nervios haciendo que el mundo se le antojase un territorio hostil.

Vamos, Kaia, no has venido aquí para nada, dijo para sí, y sus dedos empuñaron la daga que deslizó suavemente sobre la palma de su mano. La sangre, de un rojo tan intenso como la noche, brotó y le manchó la piel.

Un pulso débil tiró de su pecho haciendo que Kaia sintiera una presencia que se asomaba en el bosque. Apoyó la mano en el tronco de un árbol y llevó un pie hasta el interior.

El pulso zumbó, furioso, y una hebra de plata se dibujó en la espesura de los matorrales.

¿Podría ser la presencia de Aracne o una sombra de su poder? Las dudas la asaltaron y durante un segundo Kaia se quedó quieta, mientras contemplaba la hebra que resplandecía con suavidad a la espera de que sus dedos la acariciaran.

Cada persona poseía un hilo de vida que dormía en su pecho. Estos hilos descansaban dentro de cada quien, invisibles a la vista, salvo para Kaia. La magia arcana le permitía ver esas hebras que componían el tapiz del mundo, incluso los *sentía* antes de recurrir al pago de sangre. Tantas preguntas que tenía y ninguna respuesta sobre una magia que llenaba cada recoveco de su ser, pero que ella no terminaba de entender.

Apretó la daga con fuerza y el hilo de su pecho vibró a la espera de que el otro se hiciera nítido a sus ojos. Estiró el dedo índice y tanteó el hilo de plata que resplandecía, pero que ella no podía ver a quién pertenecía. Lo tensó con cuidado y notó el frío que comenzaba a expandirse por su piel. Si lo apretaba un poco más podría romperlo, podría acabar con el hilo en tan solo un parpadeo.

Cuánta fragilidad en algo que solo yo puedo controlar, pensó con la cabeza embotada y los labios secos. Quiso tensar un poco más el hilo, pero en lugar de romperlo, algo frágil se liberó en su pecho haciendo que las rodillas le fallaran y cayera.

¿Qué o quién era? ¿El asesino de su hermana estaba oculto en el bosque? ¿Era el culpable de las muertes que se estaban produciendo en la ciudad? No lo sabía, y la idea de que así fuera la obligó a replantearse su investigación.

La brisa sopló ligera y ella bajó la vista a la herida de su mano; una costra negra empezaba a cicatrizar arrojando dos largas líneas violetas sobre la palma.

Escuchó una serie de pasos que provenían del camino y se sobresaltó. Lo que estaba haciendo no era legal, y si en el Consejo se enteraban de su incursión en el bosque, las consecuencias serían catastróficas. Antes de que pudiese esconderse, un grupo de hombres emergió entre la neblina baja y Kaia apenas tuvo tiempo para pensar en cómo debía actuar.

La luz de una linterna le iluminó el rostro. Kaia mantuvo el mentón en alto, y una sonrisa se deslizó en sus labios, que se esforzaron por mantener las comisuras bien arriba. El uniforme de policía la hizo sonrojarse a sabiendas de que estaba metida en un gran lío.

—¿Ocurre algo, oficial?

Uno de los hombres alzó una ceja sin dar crédito a su atrevimiento y ella maldijo en voz baja su estupidez. Le pidieron el carné de identidad e inspeccionaron sus posesiones sin siquiera mirarla a la cara una vez.

—¿Qué le ha pasado en la mano?

Los ojos oscuros del segundo oficial se detuvieron en la herida de Kaia, que se quedó muy quieta y le aseguró que no era nada.

—¿Puedo irme ya? —Decidió preguntar cuando le devolvieron su cartera y notó que el rostro inescrutable del policía se tensaba antes de replicar:

—Tendrá que acompañarnos.

Definitivamente estaba en problemas.

23
Medea

Algo no iba bien.

Medea lo sentía en la piel, en las sombras oscuras que ondulaban bajo sus pies.

Había tanta gente en las calles que le tomó su tiempo llegar al Distrito Obrero, mucho más del que era habitual. La agitación y los nervios se respiraban en un ambiente silencioso que solo servía para crispar aún más sus pensamientos y en el que escuchaba el murmullo lejano de gritos, de lamentos.

El suelo estaba salpicado por el rocío. Medea arrastró las botas sobre los adoquines rotos y se escurrió por el distrito rehuyendo a los grupos que se reunían a cotillear sobre lo que ocurría en la plaza. Por el rabillo del ojo vio dos patrullas que realizaban la labor de vigilancia y no permitían que nadie se acercara.

Rodeó la zona y echó un par de miradas furtivas al grupo de policías.

Una parte de ella no podía dejar de pensar en su padre. Había una delgada línea entre cumplir con el deber y ser un egocéntrico. Talos pertenecía a la segunda categoría. Estaba furiosa y herida en lo más profundo de su frágil ego. El concepto de *familia* se desmoronaba ante sus ojos como una montaña de naipes. Estaba tan cansada que en ese momento se habría marchado a casa de buena gana, pero en cuanto alzó la vista pudo apreciar el revuelo que se concentraba al otro extremo de la calle.

Los hombros se le tensaron y sintió cómo las sombras tiraban de sus dedos, una advertencia. *Algo terrible ha ocurrido aquí*, comprendió con pesar cuando alcanzó la zona acordonada. Un grupo de personas aguardaban junto a la plaza mientras la policía registraba la calle y los médicos se movían en la penumbra de la noche.

Medea arrugó los labios cuando sin querer pisó un charco de líquido viscoso que le manchó la suela de las botas: sangre. Con un gemido de asco sacudió el pie y se encogió un poco sobre sí misma al percibir unas voces en la calle principal que hicieron que se sobresaltara.

—Esto es horrible, solo pretenden que no digamos nada —sollozó una mujer que era socorrida por una joven de rostro rubicundo.

—Guarda silencio —advirtió la joven mirando con desconfianza a Medea.

Justo entonces las vio alejarse y se mordió el labio mientras se escondía detrás de unos contenedores de basura que bloqueaban el acceso a la calle. Desde allí tenía una visión completa de lo que ocurría y a la vez evitaba que alguien la descubriera. Se tapó la nariz esperando no inhalar el fétido olor a desperdicios que emanaba de los cubos, y se tensó al ver a dos policías que se acercaban hasta la salida de la calle donde había unos más aguardando. Una era alta y esbelta, tenía la mandibula tensa y una pequeña arruga en el entrecejo. La otra se detuvo en la entrada del callejón y sacó un cigarrillo que encendió en silencio.

—Dos bajas y cuatro nuevas integraciones a la isla, avisad a Kristo —dijo con voz monocorde, y uno de los policías asintió antes de desaparecer calle abajo.

A Medea se le antojó extraña esa parsimonia con la que comunicaban un mensaje tan importante y se preguntó qué significaría aquello. Kristo y la isla, ¿qué isla?, ¿qué estaba ocurriendo allí?

—Estoy harta de todo esto —dijo la esbelta.

—No eres la única —replicó la que sostenía el cigarrillo luego de dar una calada profunda—. Mi esposa tiene miedo, hemos sufrido muchas bajas en los últimos meses. Eso, por no mencionar lo que están haciendo allí; de solo imaginarme a esa gente se me ponen los pelos de punta.

—Deberías agradecerle a la Trinidad por no tener que inmiscuirte en ese asunto.

La mujer, cuyo rostro estaba levemente iluminado por la luz de la luna, compuso una expresión triste que hizo que Medea deseara que continuaran con la conversación.

—¿Es tan horrible?

La policía soltó una carcajada como respuesta.

—Te compadezco —admitió arrojando la colilla y apagándola de un pisotón—. Yo no quisiera tener nada que ver con esto, suficiente tengo con que los muertos se aparezcan en mis pesadillas.

—Yo también, esos malditos demonios empiezan a acosarme hasta cuando duermo.

—Si todo va bien nos olvidaremos de esto pronto.

—Acaba de llegar una nueva patrulla —farfulló su compañera, incómoda, dirigiendo una mirada al otro lado de la calzada—. Vamos, tenemos que hacer el parte de las últimas horas, Talos querrá que dejemos zanjada la cuestión.

La mención de su padre la hizo tambalearse en la oscuridad con una sensación de incomodidad. Medea salió de su escondite tras unos minutos, sin poder quitarse de encima una inquietud aplastante.

Todo apuntaba a que su padre estaba ocultando la verdad.

Medea se dio la vuelta fingiendo que podía escapar de toda la miseria que se cernía sobre aquel distrito, y casi le maravilló descubrir que no era cierto. Por mucho que lo deseara, el destino la había alcanzado y ella no podía escapar de sus frías garras.

El rostro adormilado y lleno de lagañas de Orelle se asomó a través de la ventana. Bostezó, y sus dedos intentaron acomodar los mechones de pelo que le resbalaban sobre la tez morena. Medea esperó lo que se le antojó una eternidad y finalmente su amiga apareció por la puerta dando largas zancadas para acercarse a ella. Medea le rodeó la muñeca y la arrastró hasta la parte trasera de la casa, donde nadie pudiese verlas.

—¿No podías esperar al menos hasta que fuese de día? —inquirió Orelle ahogando otro bostezo y señalando el cielo en el que la luna empezaba a languidecer.

Medea negó con la cabeza y alzó las cejas.

—No podía esperar, he descubierto algo.

Se mordió el labio y los bonitos ojos de Orelle se abrieron mucho cuando Medea empezó a contarle lo ocurrido. Su rostro no cambió de expresión hasta que la voz de Medea quedó suspendida en medio de las dos.

—Vaya —dijo por fin con la voz ronca, tensa. Lentamente levantó la cabeza y buscó algún indicio de peligro a su alrededor—. Siento mucho que tu padre sea así. Pensé que era estricto por lo que he visto en los actos públicos, pero no ese tipo de padres que creen que pueden decidir por los demás.

Medea notó que se ruborizaba. Tenía veintiún años y parecía una reclusa que se movía bajo los hilos de Talos. En ese momento se dio cuenta de que Orelle había recortado la distancia y apretado sus manos entre las suyas; el calor que emanaba de su cuerpo la hizo sentirse frágil, como si Orelle fuese capaz de percibir todas las sensaciones que le corrían por el torrente sanguíneo. Le dio un golpecito en la frente a Medea y luego sonrió con una naturalidad propia de ella.

—No es tu culpa, Medea —susurró, y su mano le rozó la mejilla para acomodarle un mechón detrás de la oreja. Un gesto simple, que, sin embargo, lanzó una corriente eléctrica por la espalda de Medea.

Los ojos de Orelle eran negros como la noche misma, pero dentro de esa oscuridad que no alcanzaba su alma había motas brillantes, como si en su mirada se reflejase toda la luz que ella llevaba dentro.

—Bueno, solo quería que supieras que he estado investigando sobre Thyra y Mara —dijo atropelladamente separándose de Orelle.

La distancia entre ellas se impuso como un abismo profundo en el que Medea tenía miedo de caer. No quería hacerse daño con un rechazo y tampoco quería perder su amistad por unos sentimientos que no alcanzaba a doblegar. Además, vivían en un mundo en el que las relaciones entre invocadores y personas sin magia no eran bien vistas, y aunque a Medea no le importaban las trabas sociales, no quería que Orelle tuviese que soportar las miradas crueles de los demás. Quería protegerla del dolor, de cualquiera que pudiese hacerle daño.

—¿Quieres pasar a tomar algo?

La pregunta la desarmó.

Orelle no esperó una respuesta. La empujó suavemente por el hombro y Medea se dejó llevar, exhausta.

—No puedo quedarme —farfulló, rehusándose a invadir su espacio—. Tengo que ir a casa y ducharme, luego intentaré dejarme caer por la comisaría…

—No —la interrumpió la chica cruzando los brazos sobre el pecho con gesto autoritario—. Necesitas dormir; primero te prepararé un té caliente, descansarás y luego buscaremos una solución.

Medea iba a replicar. Tenía una excusa en la punta de la lengua cuando Orelle la ayudó a dejarse caer sobre la cama. Desprendía un sutil aroma a lavanda y a limón que la disuadió de luchar contra su amiga. Tal vez sí necesitara dormir; tal vez le vendría bien cerrar un poco los ojos.

24
KAIA

No la llevaron a la Comisaría General de Policía de Cyrene. En lugar de abrir una denuncia formal por haber visitado el bosque, la dejaron retenida en un recinto policial que parecía en desuso y en el que no quedaban más que dos policías custodiándola.

Una persona normal habría perdido los nervios y exigido o suplicado por su libertad. Pero Kaia, no. Por supuesto que quería que la soltaran, aunque, después de todo, su orgullo pesaba más que el sentido común. En lugar de ceder a esos impulsos, se recostó en el sofá de cuero beige en el que estaba sentada y se dedicó a observar las dos ventanillas por las que se filtraba la luz del amanecer. Se sentía terriblemente estúpida por haberse dejado atrapar. Un latigazo de ansiedad la hizo apretar las manos sobre el colgante con el cuervo y movió los pies con insistencia sobre el suelo.

¿Y si su hermana había despertado a los demonios? ¿O si lo había hecho la persona que la había asesinado? Llevaba cerca de veinte minutos valorando esa posibilidad. Las señales en el Distrito Obrero y la información que había recabado en los libros la empujaban a inclinarse por esa teoría.

Cómo detestaba aquellas dudas. Necesitaba descansar y comenzaba a resultar desesperanzadora la facilidad con la que todo le estaba saliendo mal.

Apretó las manos con rabia y echó una mirada a los policías que descansaban junto a la entrada; eran jóvenes y probablemente inexpertos. El más bajito tenía el rostro redondo enmarcado por una espesa mata de pelo negro; parecía cansado, y Kaia se fijó en el mentón ancho en el que asomaba la sombra de una barba. El mayor debía rondar la cuarentena, lo intuyó por el bigote salpicado de canas que se movía cada vez que fumaba un cigarrillo.

Cuando los policías bajaron un poco la guardia, Kaia se permitió estirar las piernas y se concentró en la alfombra roja bajo sus zapatos gastados. Miró el reloj de pulsera y comprobó que eran casi las seis de la mañana; hacía más de una hora que le habían dejado marcarle a alguien y desde entonces no habían vuelto a intercambiar palabra con ella.

Kaia aguardó con paciencia y solo cuando Dorian apareció en el umbral de la entrada, soltó un suspiro de verdadero alivio. El hijo de Kristo intercambió unas palabras con los policías que no alcanzó a escuchar, y tras una discusión breve, se giró y se acercó a ella.

—Ya está todo solucionado, nos vamos —dijo Dorian con voz cortante. Kaia compuso un gesto serio mientras el policía joven se ponía rígido junto a la puerta.

Dorian salió del lugar y ella lo siguió con una expresión abatida que hizo que los policías rieran por lo bajo.

—Gracias —musitó—. Te aseguro que se han equivocado…

—Ya basta, Kaia —cortó Dorian mientras abría la puerta del coche, y ella se quedó helada con la réplica en la punta de la lengua.

La luz del sol la hizo apretar los párpados con fuerza; el día comenzaba delante de sus narices y el mundo volvía a recuperar el brillo natural que ella parecía haber olvidado. Ese día le tocaba trabajar en el Consejo y solo de pensar en la pila de documentos que Julian le había dejado dos jornadas atrás, el dolor de cabeza la increpaba recordándole que esa era su decisión y que estaba cada vez más cerca de su objetivo.

—Sube al coche, te llevo a casa.

Y ella lo hizo sin chistar, apretó las manos en puños y respiró el aire frío de la mañana intentando controlar su genio.

A juzgar por el silencio de Dorian, Kaia intuía cada uno de los pensamientos que se le pasaban por la cabeza. El coche se puso en marcha, dobló en una curva y, con un gemido de alivio, se apoyó en el respaldo relajando los músculos de su cuerpo. Abrió su bolso y sacó un espejito de mano y un labial.

—Lo siento, Dorian —dijo de nuevo mientras se pasaba el pintalabios y observaba su reflejo.

Kaia se dio cuenta de que las palabras habían escapado de su boca y que él serenaba un poco la expresión.

—No quiero pedirte ayuda cada vez que me encuentre en un aprieto y tampoco que te sientas utilizado.

—¿En serio crees que eso es lo que siento?

Dorian chasqueó la lengua e hizo un gesto de disgusto con los labios.

—No dejas de sorprenderme, Kaia. Tienes peor concepto de mí de lo que yo pensaba.

—Estoy intentando disculparme contigo.

Dorian bufó, contrariado, y detuvo el coche en un semáforo. Los dos permanecieron en silencio, uno que Kaia quería cortar de golpe porque sentía que algo dentro de ella se rompía cada vez que Dorian hacía esa mueca seca, cortante.

—Kaia, creo que no tienes ni idea de lo que implica la amistad. Tienes un concepto tan extraño de lo que puede significar nuestra relación que me alejas y me acercas con egoísmo. —Hizo una pausa y ella se sonrojó—. Te da miedo lo que sientes, te da miedo volver a romperte y que tengas que dejarme tirado como ya hiciste, pero yo jamás te he recriminado nada y no lo haré.

»Tú y yo rompimos, pero eres mi amiga y yo me preocupo por ti.

Su voz era suave como el terciopelo y ella lo miró con una extraña fascinación.

—Fuiste al bosque —dijo él poniendo el coche en marcha cuando cambió la luz del semáforo.

Él leyó la duda en sus ojos y Kaia se descubrió con ganas de soltarle la verdad.

—No sé muy bien qué esperaba encontrar, pero no podía quedarme en casa.

Dorian puso los ojos en blanco.

—Bien, empecemos por aceptar, que no puedes hacer las cosas simplemente porque quieres —suspiró Dorian con un gesto de reproche—. Hay reglas e incluso límites que tú pareces empeñada en violar una y otra vez. Es como si te gustara ponerte en riesgo, someterte al peligro para probarte a ti misma que sigues viva. Hay demonios, maldita sea. Aquellos hombres me dijeron que estabas herida, llena de sangre. No sé muy bien si estás intentando atentar contra tu vida o si simplemente estás tan desesperada que no te importa el riesgo con tal de encontrar las respuestas que necesitas.

Hizo una pausa y giró un poco el cuello entrecerrando los ojos con suspicacia.

—No puedes ir por la vida a tu antojo.

—¿O qué? —ironizó ella con un brillo despiadado en sus ojos azules; sonrió con amargura y se prometió que cuando todo aquello acabara volvería a sentirse viva, completa.

—Esa actitud es lo que hace daño a los que te quieren. Ariadne, Medea, tu abuela… todos nosotros intentamos ayudarte.

Sentía la puñalada a pesar de que Dorian trataba de mantener la voz lineal y un trato sereno. Pero era la amargura implícita lo que la hacía embeberse de la rabia que durante meses había alimentado en la soledad de su casa.

—Estás actuando de manera peligrosa —insistió él con las manos en el volante. Tenía los dedos tensos, pálidos.

Se sorprendió ante la mueca de tristeza en el rostro de Dorian.

Kaia apretó los labios y no le dijo nada. La agitación en su pecho era una señal de lo mucho que sentía por él y de lo poco que lo merecía. Dorian no necesitaba a alguien como ella en su vida, una ególatra capaz de utilizar a cualquiera para su propio beneficio.

Lo peor no era sentirse así; lo peor era que en el fondo no le importaba. La convicción de haber hecho lo correcto no la abandonaría a pesar de lo mucho que sintiera por otras personas.

25
Kaia

La biblioteca se hallaba bastante desierta a esas horas de la mañana. Kaia apretó el hombro de Ariadne obligándola a adentrarse en el mar de libros en medio del cual Dorian aguardaba con expresión serena.

Pasaron junto a un par de estudiantes que como ellos habían decidido sacar provecho del silencio y que estudiaban en las mesas alargadas de la biblioteca. Ninguno reparó demasiado en ellos cuando interrumpieron su sesión de estudio y, en medio de susurros, se alejaron entre las estanterías hasta la sección de historia y mitología.

Según Ariadne, aquella era la zona menos transitada, y Kaia se podía imaginar la razón. El espacio resultaba minúsculo en comparación con las otras secciones mucho mejor acondicionadas para la lectura y la consulta de los libros.

Dorian se cruzó de brazos y se dejó caer en uno de los sofás soltando un quejido de exasperación. Kaia lo miró de reojo con una punzada alarmante en el pecho, parecía cansado. La conversación del día anterior continuaba imprimiéndole una sensación de angustia de la que añoraba deshacerse. Kaia estaba tratando de ser una buena persona, pero parecía que aquel concepto ambiguo se le resistía con tanta fuerza que terminaba actuando como todo lo contrario.

No soy tan egoísta, esto lo hago por la memoria de Asia, no por mí, pensó y descubrió que era una mentira tan grande que ni ella misma podía creérsela.

—No me parece que vayamos a conseguir gran cosa aquí, pero es la única sección en la que podría haber algo sobre el tema —explicó Ariadne apartando a Kaia de sus preocupaciones. La bibliotecaria extendió una mano y tomó un libro ilustrado de demonología antigua y vínculos consanguíneos.

Kaia mantuvo los ojos en los libros, pero era consciente de que Dorian la observaba en silencio.

—Ay, la tensión… —susurró Ari junto a su oreja.

Kaia la miró y alzó una ceja, incrédula ante el atrevimiento de su amiga; le disgustaba que pudiese leerla con tanta facilidad.

—No estoy para bromas.

Los labios de Ariadne esbozaron una sonrisa traviesa mientras sus ojos regresaban a las estanterías.

—Se nota, aunque podrías esforzarte y disimular más.

—¿En qué momento esta reunión se ha convertido en una charla de amigas?

Ari no respondió y Kaia se sintió agradecida de que dejara pasar el tema.

—¿Qué estamos haciendo aquí? —dijo por fin Dorian en voz bastante baja como para que nadie más lo escuchara.

—Ya te lo he dicho —musitó ella con impaciencia—. Necesitamos información sobre esos demonios, saber su procedencia y sus nombres.

Dorian arrugó la boca, y Ariadne sacó un libro que abrió sobre su regazo y empezó a buscar moviendo el dedo entre las letras.

—Tal vez podría preguntar en el Consejo, esta tarde tengo una reunión para enviar las invitaciones para el equinoccio de primavera —apuntó Dorian.

—¡No! —interrumpió Kaia un poco alterada haciendo que Ariadne levantara la vista del libro ante su reacción—. Sabemos que tu padre preside el Consejo y tiene toda la información, pero yo no me fío de lo que pueda decirte. Nos han ocultado demasiadas cosas y no creo que se muestren solícitos a colaborar con unos estudiantes que se están inmiscuyendo en sus asuntos.

Hizo una pausa repentina y sus pensamientos cayeron sobre los archivos que había robado.

—Aunque tal vez sí que podrías hacer algo. —Apoyó los codos sobre uno de los estantes y lo estudió—. ¿Podríamos consultar el *Arcanum*?

Dorian se cruzó de brazos.

—Eso no es posible, lo único que he averiguado es que se encuentra en el templo del Consejo y nadie más que las madres superioras tienen acceso a él.

Una nueva complicación. Estaba convencida de que no era una casualidad que el archivo de su hermana mencionase un apartado del *Arcanum* y Kaia necesitaba descubrir cuál era la conexión.

—Esto os podría interesar.

La voz de Ari la trajo al presente y Kaia se inclinó sobre el hombro de su amiga para ver lo que señalaba en el libro abierto.

—«Los aesir son sombras fluctuantes atrapadas en un plano ancestral. Son seres interdimensionales que vagan atados al plano de los vivos sin poder contactar con ellos a menos que sean llamados…».

Se detuvo.

—¿Qué ocurre? —preguntó Dorian, contrariado, al ver que Kaia se callaba de repente.

Kaia se levantó con cuidado acercando el libro a la luz, sus dedos señalaron el nacimiento de la página y no pudo evitar que su estómago se retorciera de manera repentina.

—Faltan páginas…

—No debería extrañaros tanto —farfulló Ariadne sin mirarlos a la cara—. Suele pasar mucho en la biblioteca, también faltan tomos; podría tener algo que ver con la limpieza que haremos en un par de semanas.

Kaia no dijo nada, al menos no de inmediato. Su cabeza comenzaba a trabajar a mil por hora y pensaba en todos los secretos que no conocía. Tenía miedo, uno que hasta entonces no había sentido.

Miró el reloj de plata en su muñeca y comprobó que Medea ya debería estar allí y no había pista de ella.

—¿Has hablado con Medea estos días? —preguntó Kaia.

Ariadne frunció el ceño y negó. Kaia sabía que aquello no era extraño, pero dadas las circunstancias no le gustaba que su amiga se ausentara durante demasiado tiempo.

—En cuanto salga del Consejo la llamaré.

—Dime que no estás pensando lo peor —masculló Ariadne muy preocupada.

Kaia la consoló con un toque suave sobre su hombro y Kaia sintió una punzada de pena por su amiga. Sacó un pañuelito del bolso y se lo tendió mientras la otra se sorbía los mocos, y Dorian la ayudaba a limpiarse las gafas empañadas.

Sabía que las posibilidades de un ataque comenzaban a inquietar a Ari tanto como a ella misma y una parte de su subconsciente le advirtió que lo correcto era tomar precauciones, al menos hasta que supiesen cómo defenderse de un demonio.

—Todo estará bien. —Ariadne asintió con escasa convicción y Kaia percibió las grietas de su alma con una precisión que le resultó abrumadora; tenía miedo y razones de sobra para esa tristeza que se le anclaba al pecho. Kaia se prometió que solucionaría todo aquello.

Se giró hacia Dorian y le preguntó:

—¿Podrías llevarme al Consejo?

Una sombra se posó en los ojos del joven pero, con algo de pesar, asintió.

El Consejo estaba rodeado por una protesta que de pacífica tenía poco. Por todos lados, aparecían personas que gritaban con furia, pedían explicaciones y levantaban las pancartas con una rabia tan profunda que Kaia se encogió bajo los gritos. Era cuestión de tiempo para que la sociedad reaccionara y ella no esperaba menos; a nadie le importaban demasiado las desapariciones, pero sí lo que estaba haciendo el Consejo con la Orden, con los grupos perseguidos y censurados.

—Sois unos desgraciados, merecéis arder en el infierno —gritó una mujer menuda que llevaba el rostro pintado de blanco.

Una sensación de injusticia se extendió en el pecho de Kaia, que se acomodó las gafas de sol sobre la nariz y le rezó a la Muerte para que nadie se acercara a ellos. Comprendía el disgusto de esa gente. El Consejo había desmantelado cualquier organización que no estuviese registrada en la Orden.

—No mires, sigue caminando —musitó Dorian contra su oreja y ella asintió con escasa convicción.

Cinco minutos más tarde, entraron al enorme salón recibidor del Consejo. La agitación de dentro hizo que Kaia se sintiera sobrecogida y un poco amenazada.

—¿Qué es lo que buscas aquí, Kaia?

—Un libro que dejé el otro día.

La respuesta se le escapó de los labios antes de ser consciente de ella, necesitaba buscar el libro que corroboraba las sospechas que tenía sobre la conexión de los demonios con el Flaenia. Creía que si Ari le echaba un ojo, podría confirmar su sospecha sobre el *Arcanum,* porque a cada segundo estaba más convencida de que las piezas que le faltaban estaban allí.

Se apresuró a subir las escaleras y en cuanto alcanzó la planta superior, la ausencia en los cubículos la tomó por sorpresa. Las mesas se hallaban completamente vacías y parecía que el personal había sido desalojado, algo que no era habitual dado que estaban en horario laboral. Dorian se quejó a su espalda mientras ella ladeaba el rostro en dirección a su escritorio y un mal presentimiento se le alojaba en la mente.

Un sobre gris yacía sobre su mesa; en ese momento hasta su espacio de trabajo permanecía tan vacío como el resto. *Algo no está bien,* se dijo, y con dedos temblorosos lo tomó y extrajo una carta escrita con fina caligrafía en la que le explicaban los motivos de su despido.

La estaban echando de sus prácticas.

Kaia arrugó la frente y contuvo un estremecimiento de rabia, un sentimiento que durante las últimas semanas le era familiar. Casi hubiese preferido tener que ahorrarse la indignación, pero era evidente que, o bien las amenazas de Persis habían cobrado fuerza, o alguien había descubierto sus actos delictivos.

—¿Qué ocurre? —preguntó Dorian leyendo la reacción en el rostro de ella.

Estaba a punto de responder cuando el olor a tabaco y a ginebra la alcanzó.

—Veo que ya has leído la carta.

La voz provenía del pasillo. Kaia se fijó en Julian y en la satisfacción que le impregnaba la voz, parecía que le divertía notar el desconcierto y la debilidad en el rostro de ella. *Qué cruel broma del destino es esta*, pensó y buscó la mirada de Dorian, que estaba tan desconcertado como ella. El plan de tomar el libro y retirarse quedaba relegado a un segundo plano.

Julian sonrió y alargó una mano hacia la carta.

—¿Por qué has hecho esto?

El rostro de Julian se descompuso y la sonrisa murió en sus labios antes de replicar:

—No ha sido mi decisión. Esa carta viene de arriba y según me han contado te lo has ganado a pulso.

—¿Qué quieres decir? —preguntó Dorian dando un paso al frente.

Julian se movió, despreocupado, y se encogió de hombros antes de dejarse caer en una de las sillas dispuestas al fondo de la sala. Sus ojos se detuvieron en Dorian, que vaciló; ya no parecía tan confiado, ni siquiera cómodo.

—Yo también me alegro de verte, primo.

La sorpresa fue tal que si Kaia no hubiese leído la verdad en el rostro de Dorian, no la habría creído.

—Tu novia se ha dedicado a fisgonear donde no la llaman y eso ha cabreado al Consejo. Parece que lo de hurtar evidencia se le da de lujo. —Julian advirtió la sorpresa en el rostro de Kaia y añadió—: ¿No sabías que éramos primos? Dorian y yo no mantenemos una buena relación y a él le gusta renegar de nuestros lazos familiares. Aunque lo cierto es que no puede renunciar a ellos.

Cada vez más confundida, Kaia se dirigió a su escritorio y rebuscó entre los papeles dispersos sin encontrar el libro. Una señal de alarma se encendió en su cuerpo cuando descubrió que el tomo no estaba en ninguno de los cajones.

—¿Se te ha perdido algo, cielo?

Kaia apretó los labios en una línea recta y lo fulminó con la mirada.

—No, por supuesto que no.

—Me alegro. No sería justicia poética si alguien le robara a una ladrona —dejó caer Julian inclinándose hacia delante; su voz carecía de matices, pese a que ella tenía la convicción de que guardaba la risa bajo aquella expresión cauta—. Ahora, si me permites, espero que puedas encontrar la salida tú solita, y déjame darte un consejo: no vuelvas a poner un pie aquí, Kaia. No le des más razones al Consejo para ir a por ti. No están satisfechos con tus preguntas.

Movió el bastón con indiferencia, había un desafío en su rostro y esa fue la razón por la que Kaia se sintió amedrentada. Dobló la carta en un puño y se giró con la vergüenza ruborizándole las mejillas.

La red de mentiras que había tejido a su alrededor se estaba desplomando a sus pies, dejándola a merced de su engaño.

26
Medea

—¿Qué esperabas?

La pregunta de Orelle desestabilizó a Medea durante un instante.

Estaba empapada.

La llovizna había empezado justo antes de que llegaran al depósito, antes de que ella encontrara el sobre con su nombre garabateado en unas letras finas y delicadas que prometían ser la solución a sus problemas. Dos minutos después, comprendió que aquel entusiasmo solo era el preludio de una agónica negativa.

—Esto no, desde luego —bufó sin poder contener el enfado que le trepaba por la garganta.

La Orden no quería ayudarlas.

—Medea, no quiero desilusionarte, pero sabía que esto sería así.

—¿Por qué me dijiste que les escribiera? —La pregunta se ahogó en la desesperación de su voz—. Creí que podrían ayudarnos a resolver el asunto de Thyra y Mara.

Aquella última frase quedó flotando entre las dos, que se miraron con una mezcla de tristeza y de resignación. Era la primera vez que comprendía lo que significaba y el miedo a no encontrarlas hizo que algo dentro del pecho de Medea se aflojara.

—Porque eres mi amiga y no creo que exista fuerza capaz de hacerte cambiar de parecer.

—Yo… creía que sería diferente…

Orelle le puso una mano sobre el hombro que a Medea la sorprendió. Olía a vainilla y a miel.

—A veces idealizamos demasiado a las personas a las que admiramos, y lo mejor es no conocerlas. Lamento tu decepción, pero Thyra y Mara solo representan un problema minúsculo para la Orden.

Esta vez fue Medea la que se reclinó en el sofá y tensó los labios.

—Sigo pensando en lo que escuché —reflexionó—. No sé si realmente el Consejo está detrás de las desapariciones, pero no voy a parar hasta descubrirlo.

—¿A qué crees que se referían los policías?

Su amiga negó con la cabeza. Talos siempre la había animado a practicar la curiosidad y a hacer preguntas de más, estaba convencida de que si descubría que Medea estaba hurgando donde no debía, volvería a mostrarse furioso.

—No lo sé. Ya habrá tiempo para pensar en ello.

Orelle la miró a los ojos y estiró la mano para tomar la de Medea. La distancia entre ellas se volvió inexistente y el corazón de la joven saltó desbocado mientras una corriente eléctrica le recorría la columna.

—Vete a casa y descansa. Llevas días sin dormir y creo que necesitas despejarte. Ya habrá tiempo para volver aquí y hacer que nos escuchen.

—No creo que mi casa sea el mejor lugar para despejarme —admitió Medea, y Orelle extendió una mano y aferró la de ella.

—Tus padres te buscarán si sigues escondiéndote.

La mano de Orelle la soltó y ella asintió a regañadientes. Con un abrazo rápido se despidieron y Medea se caló la capucha del abrigo antes de arrojarse al exterior.

Estaba decepcionada, terriblemente dolida por un descubrimiento que le resultaba desolador. Pero, en especial, por la presión que implicaba ser la hija de Talos y la indiferencia a la que la sometían sus padres. Odiaba la sensación de llegar a casa y vestirse con capas y capas de mentiras solo para satisfacer el ego de su familia.

Subió y bajó del metro como una sombra, la calle estaba medio vacía y Medea no era consciente de las voces que se interponían en su camino. Solo escuchaba su voz interior.

Casi sin quererlo, una decisión se fue formando poco a poco en su cabeza. Primero como una idea súbita en medio de la niebla que alcanzó consistencia al descubrir que era su única alternativa. No tenía que permanecer bajo el yugo de su padre y no lo haría.

Podrías quedarte en el depósito mientras tanto, sugirió su subconsciente mientras ella doblaba en una esquina y tomaba un callejón que parecía estar desolado. Allí las sombras se proyectaban sobre las paredes ennegrecidas de los edificios, casi parecían danzar sobre los adoquines perfilando figuras oscuras que se deslizaban bajo sus pies. Hasta ese instante no se había percatado del silencio. De ese tipo de silencio que solía preceder a las peores catástrofes. Inusual, tenso.

Con una pizca de aprensión, Medea supo que algo no iba bien. Se quedó helada en medio de la calle, en la que cientos de sombras se revolvían sobre el asfalto.

Era como si alguien hubiese apagado el ruido.

Forzó los ojos y miró a través de la niebla que rodeaba la callejuela. Una enorme figura salió de detrás de una de las columnas de piedra. Una sombra tan alargada y ancha que podía alcanzar los dos metros de altura y que lucía el rostro del miedo.

No tuvo tiempo de reaccionar.

Sus dedos permanecieron inmóviles en lugar de sacar la daga que guardaba en la mochila. La figura se movió con una rapidez insólita e impactó contra el cuerpo de Medea. Ella cayó de espaldas, desorientada y con el miedo inmovilizándole las piernas; alzó los ojos y se encontró con una criatura que le triplicaba el tamaño y que se elevaba sobre los adoquines como si pudiese flotar sobre ellos.

El mundo se precipitó hacia delante y ella se retorció en busca de algo con lo que pudiese defenderse. Sus dedos palparon el suelo frío y el demonio se alzó, imponente.

Escuchó un siseo furioso que la hizo correr con ímpetu sin girar ni una sola vez; estaba cerca de alcanzar la avenida principal cuando un graznido rompió el eco de sus pasos y una bandada de cuervos se arrojó sobre ella.

El dolor le recorrió los brazos, los picos se clavaron en su piel y ella continuó a duras penas sin poder contener un sollozo. El demonio abrió la boca y un rugido aterrador la golpeó. Oyó que los cuervos graznaban y se cubrió el rostro con los brazos mientras el bombeo violento de su corazón la instaba a salir corriendo.

Sus sentidos se agudizaron y, con un esfuerzo sobrenatural, sacó la daga del bolsillo externo. Las palabras acudieron a sus labios y la sensación de la llamada de las sombras le arrancó el aire de los pulmones. Un hilo oscuro se deslizó en la punta de la daga y los cuervos se apartaron en una maraña de plumas que impactó contra la salida del callejón. Medea se valió de la ocasión y, sin titubear, salió disparada hacia la calle.

Un estallido de claridad la obligó a detenerse y fue entonces cuando se dio cuenta de que estaba en la avenida. La gente se movía a su alrededor sin reparar en su expresión de terror, sin ver a la sombra inmóvil que aguardaba oculta en el callejón y que, por un segundo, le pareció que se materializaba frente a sus ojos.

Es un demonio, comprendió con horror sin poder quitar los ojos del callejón en el que ahora solo veía vacío.

Medea se arrastró como pudo hasta su casa y llamó al timbre, cansada y dolorida. Cuando el rostro de su madre se asomó en el umbral, la joven reconoció una expresión de absoluta sorpresa que luego dio paso a una más sombría que ya conocía bien.

—¿Qué te ha ocurrido? Estás hecha un completo desastre.

Medea se mordió el labio para no gritarle y la apartó con el brazo para entrar. El aire limpio y cálido agitó la decisión que llevaba grabada en la cabeza. Se deshizo del abrigo y lo arrojó al perchero sin molestarse en dejarlo bien puesto. La mano de su madre le apretó el hombro y ella se encogió con un gesto violento para quitársela de encima.

—Medea, te estoy hablando, tienes que darme una explicación —exigió su madre.

—Me he caído en un callejón y he perdido las llaves —replicó con desdén—. Voy a darme un baño y a cambiarme de ropa.

—Más te vale estar presentable para cuando llegue tu padre a casa.

—¿O qué? —se atrevió a preguntar.

El rostro empolvado y maquillado de su madre se crispó antes de señalar la escalera al fondo del pasillo.

—Sube, no quiero verte. —Su voz ocultaba un desprecio que hizo que la seguridad de Medea cayera a sus pies—. Me avergüenzo profundamente de ti, de aquello en lo que te has convertido.

—Te diste cuenta veinte años tarde —musitó en voz baja Medea.

Ella también se avergonzaba de su madre. De la docilidad con la que actuaba, como una muñeca de porcelana que se ceñía a las reglas de su marido.

No se lo dijo, por supuesto. Medea negó con la cabeza sin siquiera ver el rostro de su madre y se dirigió a su habitación.

La sensación de vulnerabilidad se hizo tan presente en su cuerpo que por un momento pensó que cedería al llanto. El miedo era tan violento que su cabeza no dejaba de dibujar las imágenes del demonio. Aquella criatura de niebla y oscuridad… ¿qué significaba?

Suspiró, desesperada.

Necesitaba moverse, apegarse al plan que hacía poco se le había ocurrido. De ninguna manera permanecería en su casa esperando a que las respuestas llegaran a ella. Con un gemido de dolor se levantó para buscar en su armario una maleta pequeña que guardaba para sus viajes al campo. Era rectangular, de cuero azul, y con el espacio suficiente como para llevar unas cuantas mudas de ropa.

Buscó en el armario revuelto y sacó toda la ropa cómoda y caliente que pudo. No se preocupó demasiado en organizarlo todo, lo metió de cualquier modo y luego se movió hasta el tocador para tomar su cepillo de dientes, el peine y una foto en blanco y negro con sus abuelos. En ella se veía a Medea en la playa junto a dos ancianos que sonreían y le apretaban las manos. Sus rostros gentiles permanecían ingrávidos en su memoria y en el amor que profesaba hacia esos recuerdos.

Los abuelos de Medea habían fallecido cuando ella era tan solo una niña. Eran demasiado mayores y solo pudo disfrutarlos en los cortos años de una infancia que atesoraba como su mejor recuerdo. Tomó la fotografía y la metió en su bolsillo después de alisar los bordes.

—¿Qué rayos haces, Medea?

La voz de su padre hizo que ella se girara con un respingo. No lo había escuchado llegar y pensaba que tardaría al menos un par de horas en volver de la comisaría.

—Yo… nada…

Los ojos de Talos fueron de su hija hacia la maleta y se quedó un largo segundo en la puerta antes de gritar:

—Pretendías irte…

No era una pregunta. Medea bajó la vista y sintió el rubor extenderse por sus mejillas. Abrió la boca, pero su lengua permaneció quieta, como si la voluntad de su cuerpo se hubiese apagado ante la voz tirana de Talos.

Tampoco hizo falta que respondiera. Las enormes manos de su padre la hicieron a un lado de un empujón. Medea cayó de espaldas sobre la alfombra y con los ojos anegados en lágrimas lo vio agarrar la maleta y arrojarla al pasillo y todas sus cosas volaron por los aires.

—Estás en mi casa y jamás permitiré que te conviertas en una vergüenza.

La vena en el cuello oscuro de su padre estaba tan hinchada que Medea pensó que estallaría de un momento a otro.

—Te quedarás aquí encerrada hasta que considere que puedes volver al exterior —masculló al tiempo que giraba y daba un portazo.

En ese momento fue consciente de lo atrapada que se encontraba en un mundo donde no podía decidir su propio camino. Otros tiraban los dados por ella y la movían a su antojo para aparentar una vida que no tenía.

27
Ariadne

Ariadne nunca se imaginó que pasaría de escritora fracasada a infractora de la ley, pero la situación que Medea les había relatado de lo que había ocurrido exigía llevar a cabo esa misión de rescate.

Con un cuidado poco habitual en ella, se abrochó los botones del abrigo y se abrazó las costillas para protegerse del frío. Le castañearon los dientes con tanta fuerza que apretó la mandíbula y desvió la mirada hacia el cielo nocturno. Hacía una noche fresca; el cielo estaba salpicado con cientos de motas brillantes y ella se encontraba a solo un paso de convertirse en una delincuente.

Kaia le apretó el brazo y Ari cambió el peso de su cuerpo hacia la otra pierna haciendo un mohín con los labios. Si alguien las encontraba allí podrían meterse en un buen lío, y, aunque a Kaia parecía no importarle en absoluto, a Ariadne no le apetecía nada ir a la cárcel.

Se había llevado un abrigo grueso y un sombrero oscuro que le ocultaba el pelo, y con eso pretendía que nadie la reconociera en semejantes circunstancias. Si hubiese tenido otra opción, se habría quedado en la biblioteca. Pero no podía abandonar a Medea y esa fue la razón por la que Ariadne bordeó la entrada para acercarse al jardín lateral de la casa de Medea, siguiendo a Kaia, que parecía cómoda en el papel de delicuente.

De momento no has roto ninguna regla, se recordó. Pero aquel pensamiento no supuso ningún alivio. Era cuestión de minutos para que Kaia la influenciara y su seguridad se derrumbara.

La casa de Medea era una bonita vivienda de dos pisos con un pequeño balcón rectangular, techo liso y paredes de piedra blanca rematadas con relieves ornamentales junto a la puerta principal.

—No estoy segura de esto —musitó y echó una mirada a su alrededor—. Estamos invadiendo la propiedad privada, Kaia.

—No seas dramática.

—¿En serio? ¿Soy yo la dramática? —Ari apoyó la rodilla en el césped y miró de reojo a su amiga—. Dijiste que solo vendríamos a observar; ya hemos visto que todo parece muy normal aquí, ahora podemos volver a casa.

Kaia le lanzó una mirada llena de reproche.

—¿Te importa Medea?

—Por supuesto que me importa. Es mi amiga —repuso Ari, indignada, y metió las manos en los bolsillos del abrigo como si el gesto pudiese controlar el temblor de sus dedos—. Pero no quiero ponerme en una situación de peligro.

Kaia compuso una mueca de fastidio y respondió:

—Tenemos que sacarla y para eso hay que entrar.

El horror hizo que Ariadne se estremeciera y no precisamente de frío. Aquello era demasiado y Ari estaba a un segundo de contradecirla cuando la puerta de la casa se abrió y la figura de Talos descendió por la pequeña escalera hasta la calle. El hombre llevaba una cazadora de cuero negro y unos pantalones lisos perfectamente planchados y alineados con la punta de sus zapatos.

—Se marcha —susurró Kaia con tono jovial al ver al hombre subirse al coche.

Cuando se perdió calle abajo, Kaia le dio un empujoncito en la espalda y la obligó a salir a la luz que se derramaba sobre el césped. Se escurrieron entre las sombras y rodearon la casa hasta la parte trasera que daba hacia la ventana de Medea.

Kaia siseó en un esfuerzo por conseguir que su amiga las escuchara, pero nada cambió. Las luces en el interior permanecían apagadas.

—Vamos a entrar —dijo Kaia caminando en dirección a la puerta.

A Ariadne casi se le sale el corazón del pecho y tuvo que apresurarse a agarrar a Kaia por la muñeca antes de que diera otro paso.

—¿Estás loca, Kaia? ¿Cómo se supone que vamos a hacerlo?

Kaia chasqueó la lengua y se libró de su agarre con poco tacto.

—Medea es nuestra amiga y está metida en un buen lío. Nos necesita y no podemos quedarnos de brazos cruzados sin hacer nada.

—¿Cómo lo vas a hacer?

Kaia no le respondió. Sacó de su bolsillo una daga brillante con una empuñadura cubierta de diamantes verdes que apretó entre sus dedos al tiempo que sus labios murmuraban un verso suave. De inmediato, el aire se hizo más pesado y a Ariadne la cabeza le dio vueltas antes de percatarse de la sombra que se deslizó bajó sus pies y se alargó sobre la superficie de madera hasta introducirse en la cerradura. Kaia presionó los dedos llenos de anillos de metal y un segundo después, el chasquido de la puerta hizo que a Ari se le acelerara la respiración. Entonces Kaia entornó la puerta con una sonrisa triunfal en los labios.

—Siempre que estoy contigo terminamos metidas en un problema —refunfuñó siguiendo a Kaia hasta el interior de la casa. Tal vez el encuentro con el demonio y el descubrimiento de una iglesia secreta en el Distrito Obrero había impresionado demasiado a Ari como para que quisiera seguir participando en incursiones de riesgo. Aquella, sin duda, era una mala idea.

Las tablas de madera crujieron bajo sus zapatos cuando se adentraron en la vivienda. El salón recibidor se hallaba en la más absoluta oscuridad y antes de dirigirse hacia la cocina, Ari encendió las luces. Lo que encontró fue cuanto menos una enorme sorpresa; si por fuera la casa irradiaba opulencia, el interior parecía un palacio digno de un cuento.

—Mantén el silencio por si hay alguien más —advirtió Kaia apoyando la mano en una cristalera.

Ari apretó los labios mientras desfilaba sobre la alfombra que amortiguaba el ruido de sus pasos. Estiró una mano para abrir una puerta de cristal templado y entró en un pequeño salón que estaba tan solitario como el resto de la casa.

Pasó delante de un aparador y los ojos de Medea la observaron desde una fotografía que reposaba en un marco de madera.

—¿Has visto algo extraño?

La voz de Kaia hizo que se sobresaltara.

—Por la Trinidad, Kaia, no hagas eso. Casi me da un infarto —la reprendió colocándose una mano en el pecho.

—Voy a buscar arriba, tú encárgate de mirar aquí abajo —dijo la aludida al cabo de un momento.

Ni siquiera le dio tiempo a replicar. Kaia parecía tan complacida en dar órdenes que giró sobre sus talones y desapareció escaleras arriba ignorando cualquier protesta de Ariadne.

Algún día alguien la desafiará y verá que no todo el mundo está para servirle, pensó con frustración.

Ari sintió una punzada de envidia hacia la determinación de Kaia. A diferencia de ella, Ari deambuló por el salón con pasos dubitativos y algo de nervios en el cuerpo. Había dedicado los últimos días a investigar sobre los demonios, pero la información se le resistía y empezaba a notar los signos del cansancio.

Alejó la duda de sus pensamientos y un escalofrío le bajó por la espalda cuando abrió una de las puertas del pasillo que colindaba con la cocina. Lo que encontró del otro lado la hizo arrugar el ceño, desconcertada. Era el despacho de Talos, una oficina larga con una mesa de madera negra y tres estanterías adosadas a una pared blanca.

La visión de los libros la atrajo de manera irremediable y ella se vio pasando los dedos por los lomos de aquellas joyas que se conservaban en perfecto estado. Libros de medicina, historia antigua y magia que parecían tener todos los años del mundo. Una infinidad de tomos bien alineados que hubiese deseado curiosear si las circunstancias hubiesen sido diferentes.

Avergonzada, se apartó un poco y tropezó con la mesa haciendo que algunos de los papeles se derramaran sobre el suelo de mármol. Con un sobresalto, se arrodilló para recogerlos. En ese momento una carpeta llamó su atención. En ella se conservaban dos sobres cerrados con el sello del Consejo y la firma de la policía.

No deberías hacer esto, Ariadne, susurró una voz en su cabeza y ella se apresuró a dejar las carpetas sobre la madera. Entonces, otro documento captó por completo su atención, un documento en el que se leía un nombre familiar y que hizo que las pulsaciones se le aceleraran. Dudó un segundo y luego tomó el archivo de Thyra que yacía abierto de par en par. En la parte superior había una foto de la chica, debajo en letras bien grandes su nombre y la fecha en que, según intuyó Ari, había desaparecido.

Una punzada de dolor le atenazó el pecho al recordar a Thyra.

El archivo estaba firmado y sellado bajo una orden que ella no alcanzaba a entender. Sus dedos temblaron cuando sostuvo la pila de papeles y leyó sobre ellos algo llamado *Proyecto Isla*. Dentro, había una lista con nombres que estaban marcados por un punto negro. Empezaba a ver un patrón entre las marcas y las personas desaparecidas.

—¿Qué rayos significa esto?

La voz líquida y repentinamente aguda la tomó por sorpresa y, sin quererlo, algunos papeles resbalaron de las manos de una Ariadne muy confundida.

—Yo… lo siento.

Logró articular en cuanto se giró y se topó con los ojos furibundos del padre de su amiga. En su rostro había más que una expresión de sorpresa o desagrado, era una sombra amenazadora que lo hacía parecer a punto de abalanzarse sobre ella.

—¿Quién eres tú? ¿Qué haces en mi casa?

La voz inquisitiva la dejó anclada sobre la moqueta, incapaz de despegar los labios. Talos sacudió la mano con desdén e intentó arrebatarle los archivos.

Por alguna razón que desconocía, se resistió y le dolió que tras años de amistad con Medea, aquel hombre no la conociera. Apretó los documentos contra su pecho. Un impulso nervioso le impedía soltar esos papeles.

—Dame mis documentos, es información confidencial —gruñó el hombre con el sudor perlándole la frente.

Ella presionó los pies y empujó con toda su fuerza.

—Creo que comprenderás que no puedo dejarte salir de aquí…

Las palabras se quedaron suspendidas en el aire cuando un golpe seco en la nuca de Talos hizo que este cayera sobre su pecho.

Kaia apareció justo en ese momento y Ariadne ahogó un grito de verdadero horror al ver el objeto que su amiga acababa de empuñar como arma.

—Ari.

La voz de Kaia la arrancó de su ensimismamiento y le tomó casi un minuto reconocer el rostro de Medea, que se recortaba en la puerta con tanta aprensión como la que ella sentía en ese instante.

—Lo has matado, Kaia.

Tuvo que apoyarse en el escritorio a riesgo de que las piernas le fallaran. Kaia apretó los labios y bajó la vasija metálica que sostenía entre los dedos.

—Solo está inconsciente —murmuró Medea arrodillada frente a su padre.

Ari se fijó en su rostro velado por el cansancio. De hecho, Medea parecía una persona totalmente diferente.

—Pero... ¿por qué has hecho esto? —murmuró Ariadne sintiendo que se le cerraba la garganta—. Nos van a llevar a la cárcel, hemos atacado a un funcionario público en su propia casa.

Se dejó caer sobre la alfombra viendo cómo las posibilidades de escapar se cernían sobre ella.

—Por la Trinidad, Myles me va a matar, voy a llevar la desgracia a mi familia y nunca me lo van a perdonar.

—Ari, no. —Medea tomó el control y la sujetó por los hombros—. Respira. No recordará nada, tomaremos los papeles y nos iremos de aquí.

—Claro que recordará —respondió Ariadne quitándose las manos de su amiga de encima—. ¿Qué te crees, que soy tonta? Estás metida en un lío y ahora nosotras también.

Medea dejó escapar un suspiro sonoro y se pasó una mano por los ojos.

—Creo que todos en la ciudad estamos en uno.

28
Kaia

Era casi medianoche cuando alcanzaron el Distrito Obrero y el silencio de las calles reemplazó el ruido sordo y culpable que llenaba los oídos de Kaia. Solo habían transcurrido tres horas desde que habían salido de la casa de Medea y ella continuaba mareada y con ganas de olvidar aquel asunto. Qué fácil sería marcharse a casa y relegar al fondo de su memoria aquel día del infierno que se le antojaba eterno.

Ninguna de las tres había abierto la boca. Se ocultaron lejos de la casa de Medea, y cuando tuvieron la certeza de que nadie las seguía, se marcharon en dirección al único lugar en el que no las buscarían: el Distrito Obrero.

A Kaia le latía la cabeza con una fuerza feroz que casi la obligaba a entrecerrar los ojos para que no le molestara el reflejo de las farolas. La manera en que se movían era sigilosa y tal vez algo sospechosa para tres jóvenes que caminaban en medio de la noche sin un rumbo exacto.

—Estamos cerca —musitó Medea.

Llegaron a una intersección. Medea se detuvo frente a un pequeño edificio color azul y buscó en su bolsillo; sacó una llave con la que abrió la puerta y las condujo hasta el interior de lo que parecía un antiguo depósito.

Lejos de las telarañas y el polvo que ella esperaba ver, había una alfombra redonda bajo dos sofás de cuero marrón, al otro lado una pequeña cocina eléctrica y un mueble lleno de tazas de café y algunas cajas de galletas; dos plantas sobre el alféizar y una docena de libros desparramados sobre una mesita de caoba que las recibieron en un silencio tenso.

—¡Medea, te encuentras bien! —chilló de pronto una voz extrañamente familiar.

Orelle se quedó helada al percatarse de que su amiga no estaba sola.

—Hola, yo… lo siento. No sabía que también vendríais vosotras, de lo contrario hubiese ordenado un poco.

—No te preocupes —replicó Kaia adentrándose. Sacudió la cabeza y le sonrió con una calma que no sentía—. Solo estaremos un rato.

La realidad se asentó en los huesos de Kaia en cuanto se dejó caer sobre el sofá y rememoró las últimas imágenes del día. Sus pensamientos se aferraban a la información que tenía hasta ese momento y que no parecía encajar; no sabía cómo la situación se había torcido de tal manera que había necesitado recurrir a la violencia; no se arrepentía, por supuesto, pero su historial era tan turbio que en ese momento le habría venido genial recurrir a una salida menos impulsiva.

Suspiró, cansada, y miró con fijeza los documentos robados antes de que sus dedos se deslizaran entre los archivos con una pizca de emoción. Ariadne percibió el movimiento y se sentó a su lado con una expresión tensa; dos lágrimas gruesas le bajaban por las mejillas.

—Ari, calma —murmuró Medea acercándose a Ariadne, que temblaba bajo la carga de la culpa.

Kaia notó que Medea había dejado atrás su propio nerviosismo. Era casi imperceptible, pero incluso las comisuras de sus labios parecían más propensas a sonreír cada vez que Orelle abría la boca.

—Para ti es fácil decirlo, no tienes nada que perder.

Su voz estaba cargada por una rabia afilada.

—Por supuesto que tengo cosas que perder. Hemos robado esto. —Medea puso en alto la carpeta con los archivos—. Prácticamente mi padre me desheredará.

—Pero… —continuó Ariadne con las mejillas encendidas—, tú lo has elegido, Medea. Siempre quieres ir a contracorriente, rebelarte y hacer todo lo que yo no puedo.

Al oír el argumento, Medea estalló en una queja que hizo que Kaia se tensará en su lugar. La ira ascendió a sus ojos oscuros y fulminó a Ari, que parecía sorprendida ante el arrebato.

—Siempre eres cuidadosa con lo dices y esta vez te estás dejando llevar por tus emociones, Ariadne. No seas egoísta, están pasando cosas muy graves y ni siquiera Kaia está dando un discursito de lo mucho que le molesta hacer el trabajo sucio.

Al verse aludida, Kaia fingió un gesto de profunda consternación que solo consiguió que Ari bajara un poco las defensas.

—Voy a preparar una infusión para que entréis en calor —musitó Orelle, y se puso en pie aprovechando los escasos segundos de silencio. Parecía deseosa de escapar de la contienda y la cocina era terreno seguro, al menos de momento. De hecho, Kaia resistió la tentación de seguirla.

Medea estaba siendo dura. Si Ari no hubiese ido con Kaia, no habrían encontrado aquellos archivos y tampoco podría pedirle a su amiga que actuase tal y como ella lo haría. Ariadne se escondía bajo sus libros, se metía en aquellos mundos hechos de papel en los que se refugiaba del dolor de la realidad. Su lugar eran las letras, los puños manchados de tinta. No podían exigirle valentía cuando la demostraba de una manera diferente a la que ellas querían.

—Esto podría cambiarlo todo —dijo Medea—. Son las pruebas que necesitábamos.

—Ni siquiera entendemos lo que significan —respondió Ari, apretujando el borde de su suéter—. Hemos hecho algo horrible, mi hermano me matará si se entera.

—Myles no se va a enterar —repuso Kaia apoyando la espada en el cojín. El instinto le decía que Talos no podría justificar lo que había ocurrido, y eso lo dejaría en una postura vulnerable, algo poco habitual en él. Además, no había visto a Kaia y era poco probable que reconociera a Ari.

—Talos es un hombre importante para el gobierno y mi hermano trabaja para el Consejo —insistió mientras Medea estiraba una mano para acariciarle el brazo—. Cuando se lo digan a Kristo, puede que dé por acabada la carrera de Myles y todo será mi culpa.

Cinco minutos después, Orelle volvió junto a ellas con una bandejita en la que descansaban cuatro tazas humeantes. Kaia sujetó una, deseosa por tener algo en lo que ocupar sus manos; sacó una pastilla del bolso y se la llevó a los labios suplicando que mitigara el persistente dolor de cabeza que la estaba incordiando.

—¿Crees que Talos confesará que ha perdido esto?

Orelle cerró los puños con fuerza y miró la carpeta con el ceño fruncido.

—No sacrificará su reputación y mucho menos será capaz de admitir que su propia hija se ha fugado. Tampoco sabemos si esos documentos son realmente relevantes o simples copias que tenía en casa —replicó Kaia—. Querida, sé muy bien lo que es el orgullo y por nada del mundo ese hombre arriesgará el suyo.

Aquello pareció de poco consuelo para Ariadne, que enterró el rostro entre las manos y dejó escapar un largo suspiro.

Dos golpes a la puerta hicieron que las cuatro se quedaran rígidas y en silencio. Por instinto, Ari desvió los ojos al reloj que pendía sobre la pared y compuso una expresión de verdadero horror. La tensión pesó sobre ellas y durante unos segundos apenas se atrevieron a respirar.

—Kaia…

La voz repiqueteó desde el otro lado de la puerta de metal. Era Dorian.

Ella sintió que la conmoción daba paso al alivio y luego a otro sentimiento en el que no quiso pensar. Conocía demasiado bien esa sensación. El anhelo de sus labios, La predisposición de sus manos para sujetar las manos de él. De pronto, sintió que una parte de su alma se le caía a pedazos y recordó el día en el que habían roto. El día en que Kaia dejó que todo el dolor por Asia se asentara en sus huesos y se convirtiera en humo. En un fantasma de otra vida en la que Dorian no tenía cabida. Había sido su elección. No podía arrastarlo a una vorágine de destrucción y venganza. No. Dorian era bueno y ella tenía el corazón consumido por el odio.

Ojála fuese inmune a sus encantos, a su recuerdo, pensó.

Se hizo silencio en el depósito y, con un esfuerzo enorme, Kaia se puso en pie antes de aclarar:

—Lo he llamado antes de salir de tu casa, Medea. Necesitamos ayuda.

Medea asintió y Kaia se deslizó entre las sombras hasta la puerta. Dorian parecía distinto, con el pelo revuelto y los ojos soñolientos. Le pareció que le reprochaba algo; Kaia no supo leer su expresión. ¿Estaba preocupado o molesto?

—Muy bien —dijo Kaia, tomando asiento junto a Ariadne. Dorian la siguió y se dejó caer en el sofá junto a la ventana—. Creo que tenemos en nuestras manos la clave sobre las desapariciones de las últimas semanas.

Dos arrugas se dibujaron en la frente de Dorian, que se inclinó un poco hacia delante.

—Los están llevando a una isla. Al menos eso dice aquí, figura una lista de nombres que han sido ingresados, pero no sabemos en dónde.

Orelle intercambió una mirada confundida con Medea, que asintió sin una pizca de duda en el rostro.

—Había escuchado algo acerca de esto, pero no pude averiguar más. Ariadne ha encontrado los expedientes de los desaparecidos y según hemos visto se menciona a los demonios.

—Entonces deberíamos llevarle los documentos a mi padre, no creo que esté ente… —sugirió Dorian.

—No —lo interrumpió Kaia. Dorian podía albergar buenas intenciones, pero las sospechas que Kaia tenía sobre Kristo le impedían confiar en él—. La firma de tu padre aparece en las órdenes.

Aquello dejó a Dorian completamente confundido. Los pensamientos de Kaia giraron en torno a todo lo que había investigado en los últimos días. Los demonios, los ataques y el *Arcanum*. Parecía que todas las claves apuntaban hacia allí y sentía una necesidad casi física de comprobar que tenía razón.

—Pero no tendría sentido —afirmó Dorian, contrariado—. ¿Para qué fingir que desaparecen?

—Para no tener que rendir explicaciones.

Todos se quedaron mirándola y Kaia sintió que una docena de razones acudían a su cabeza. Las contuvo, sabía que para Dorian y Medea era complicado asimilar el mayor engaño de la historia de Cyrene.

—Sigo sin entender qué ganarían con ello.

Kaia exhaló profundamente decidiendo qué palabras eran las correctas para lo que estaba a punto de contar.

—Pensadlo un poco —dijo—. Si la gente simplemente desaparece, consiguen que los médicos y familiares no hagan demasiadas preguntas sobre el estado catatónico en el que encuentran a las víctimas.

—También se aseguran de que nadie pregunte por los demonios...

Recordaba las clases de demonología, pero las criaturas que acechaban la ciudad no encajaban con ninguna de las tipologías que había estudiado en la Academia.

—Y que no se planteen la cuestión de cómo han sido invocados.

—O mejor dicho, por *quién*.

La voz de Medea sonó inquisitiva a pesar del dejo de amargura que escondía su tono.

—He estado investigando sobre demonios y he llegado a la conclusión de que estos poseen una naturaleza arcana —interrumpió Ari con un destello en los ojos—. Los aesir son demonios que estaban vinculados a los pozos arcanos y su huella era evidente. Marcas negras..., personas convertidas en cáscaras vacías.

Kaia sintió que el nudo de su estómago se estrechaba y el miedo le cerraba la garganta.

—¿Arcana? —inquirió Medea dejando escapar el aire entre los labios—. Eso no es posible. Hace siglos que June acabó con la magia arcana.

Ari dudó antes de hablar, dio un sorbo a su infusión y tosió antes de aferrarse a su teoría.

—La imagen que encontré en el libro de demonología es muy similar al demonio que vi en el Distrito Obrero.

Orelle chasqueó con la lengua e intercambió una mirada confusa con Medea.

—Tal vez necesitemos consultar otras fuentes.

Dorian tenía razón. Sus ojos ocultaban la chispa de una suposición que hizo que el cerebro de Kaia se pusiera en marcha. Lentamente, una idea empezó a dibujarse en su cabeza haciendo que los engranajes encajaran uno a uno. Ella necesitaba ver el *Arcanum* y Dorian era el único que podía conducirla hasta él. Estaba trabajando en la fiesta del equinoccio e intuía que ese día habría tal revuelo que nadie notaría que se habían colado en el templo.

—Tengo una idea.

Dorian alzó una ceja y las chicas se giraron hacia ella con el interés brillando en los rostros.

—El *Arcanum*.

—¿Bromeas?

—Yo no soy proclive a las bromas —contestó a toda prisa, mientras sus recuerdos se deslizaban hasta la cofradía del Consejo—. La tabla de la Trinidad. Allí se habla de las tres magias y de su vínculo con los demonios.

—Pero está en el templo, dentro del salón de la cofradía del Consejo; es imposible entrar, Kaia —explicó Medea.

Kaia se encogió de hombros y esbozó una sonrisa.

—Pero podemos entrar al edificio del Consejo y con algo de suerte colarnos en el templo.

Ariadne resopló, aunque debajo del disgusto inicial parecía más bien fascinada con las conclusiones de Kaia. Sabía que era difícil, que solo los miembros del templo podían acceder a él, pero con un poco de suerte y algo de astucia, tal vez pudiese echar un vistazo al *Arcanum*. Después de todo, el equinoccio de primavera era una de las fiestas más importantes de Cyrene, la celebración a la llegada de la estación en la que se rendía tributo a la Trinidad a lo largo de toda la ciudad.

—En una semana es el baile del equinoccio de primavera y hay alguien en esta sala que puede hacer que entremos.

Sus ojos se dirigieron a Dorian, que de inmediato bajó la vista, avergonzado. Si algo sabía Kaia sobre Dorian, era que cedería.

29
Medea

Orelle estaba envuelta en una manta y descansaba apaciblemente sobre el sofá; acababa de cerrar los ojos cuando Medea se levantó de su lado y presionó la mano derecha sobre su rodilla. A Medea le causaba envidia verla tan tranquila; una envidia sana, por supuesto. Parecía ajena a todos los males que caían sobre Cyrene, incluso un poco inmune a las desgracias que ella y sus amigas atraían sobre sus vidas.

Se permitió observar a Orelle degustando ese breve instante de paz que les era otorgado a pesar de los acontecimientos de las últimas horas. El rumor de la noche se extendía más allá de las paredes del depósito.

Hasta entonces no había sido consciente de lo cansada y dolorida que se sentía. Los músculos de sus piernas se hallaban tensos bajo la tela rugosa del pantalón, por no hablar de los calambres que le sacudían los huesos como si hubiese corrido cientos de kilómetros.

Se quedó callada viendo sus sombras alargarse contra la pared del frente. Hacía ya un buen rato que Kaia y Dorian habían abandonado el lugar, dejándolas disfrutar del depósito y asentar el hilo de los acontecimientos con actitud reservada. Ariadne, por su parte, no quería ir a su casa, y tanto ella como Orelle le ofrecieron refugio mientras lo necesitara.

Hasta ese momento no había pensado en las consecuencias directas que podía tener su fuga. Talos era un dictador en casa, se comportaba como un monarca al que no era posible contradecir, y desde que era una niña ella se había habituado a guardarse sus opiniones. Quizá su ausencia hiciese aflorar el sentimiento paterno, quizá Talos fuese capaz de ceder a su parte más humana. Medea quería creer que existía esa posibilidad.

—No me digas que pretendías marcharte.

La voz de Orelle la tomó por sorpresa y Medea estuvo a punto de dar un salto involuntario. Orelle ahogó una risita divertida que fue suficiente para cortar la tensión que se palpaba en el aire.

—Yo… pensaba que estabas dormida.

Orelle puso los ojos en blanco y se movió un poco haciendo un espacio en el que Medea se hundió acercándose más a ella. Permanecieron muy quietas durante unos segundos en los que Medea notaba revueltas todas las células de su cuerpo.

—Sé que es duro, y tal vez sea egoísta por mi parte, pero me alegra que no estés en tu casa. No podría soportar la idea de que algo malo te ocurriera.

El deseo ardía en la punta de su lengua, entrelazó sus dedos con los de Orelle y un suave jadeo escapó de su garganta. La fuerza magnética de Orelle la atraía como un imán y la hacía orbitar a su alrededor eliminando cualquier barrera que Medea hubiese levantado.

Había un destello gris en sus ojos, algo cálido que hacía que el frío de la noche no le importara.

—Mi padre jamás me perdonará por lo que he hecho; además de escaparme como una ladrona, me he llevado todas esas pruebas. —La voz le tembló y no precisamente por la conversación.

—Medea, llevas toda una vida intentando cumplir con sus expectativas. No podías seguir fingiendo ser alguien que no eres.

No respondió. Las lágrimas pugnaban por asomarse en los ojos de Medea y se las tragó como pudo para no parecer más frágil de lo que ya se sentía en ese momento. Lo que hacía que la rabia y el dolor se incendiaran en sus venas era la simple idea de haber vivido tanto tiempo bajo un disfraz.

—Yo… —vaciló y se sintió más patética que nunca; frágil, desnuda—. No soy tan valiente como os he hecho creer.

Aquella confesión hizo que Orelle frunciera el ceño y apareciera un interrogante en su cara.

—He ido a cada velada que me han obligado y jamás he alzado la voz. —Parpadeó con la sensibilidad del reconocimiento plegándose en todo su cuerpo—. Los he escuchado despotricar y maldecir, comportarse como alimañas, y cada vez que podía rebatirlos, simplemente bajaba el mentón y apretaba las manos.

Orelle presionó los dedos sobre sus manos y Medea pensó que respondería con cualquier frase que ayudara a cargar con su culpa, pero no lo hizo. En lugar de eso, la empujó contra su pecho y la rodeó con sus brazos haciendo que Medea se sintiese embriagada por su olor, por la calidez de su cuerpo.

—Sé que te sientes mal, pero ahora mismo deberías intentar hablar con otra persona que parece incluso más afligida que tú.

Siguió la mirada de Orelle y con poco disimulo se fijó en la figura de Ariadne. Estaba apoyada en la pared junto a la puerta con el rostro oculto entre las rodillas. El cabello enmarañado le caía como una cascada alrededor de los brazos.

Puedo empezar a hacer las cosas bien, pensó mientras se liberaba de los brazos de Orelle y se ponía en pie. En esa habitación había alguien que, como ella, resistía bajo la presión, y si de algo sabía Medea, era de la necesidad de compartir esa carga para no terminar lastimada.

—¿Estás bien?

Ari tomó la taza de chocolate caliente que le tendía y se encogió de hombros con escasa convicción.

—En realidad, me preocupas tú. —Era evidente que Ariadne estaba mintiendo y Medea no estaba dispuesta a morder el anzuelo. Frunció el ceño y con un movimiento poco delicado le quitó las gafas.

—Yo estaré bien —contestó y se echó hacia atrás apoyando la espalda contra la pared. Limpió las gafas con el dobladillo de la camiseta y se las volvió a colocar.

—¿Y qué haremos ahora?

Sabía que la pregunta era una leve treta para que Medea cambiara el rumbo de la conversación.

—Yo solo quiero encontrar a mis amigas, saber cómo podemos detener esto, evitar nuevas víctimas.

Recordó el ataque en el callejón, la fuerza del demonio, la cercanía de la muerte. Sus amigas también habían visto demonios y eso solo servía para que las dudas se hicieran palpables sobre ella.

—Creo que Kaia tiene razón…

Sus palabras hicieron que Medea entornara los ojos y la curiosidad apareciera en su rostro.

—Hace unos días Persis me pidió que sacara libros de la biblioteca —explicó acomodándose las gafas en el puente de la nariz—. Es algo rutinario, reemplazar tomos antiguos, pero ahora que lo pienso, esos libros eran de demonología en su mayoría.

Medea se quedó lívida, todo el color abandonó su rostro y Ariadne tuvo que tomar las riendas de la conversación:

—La Academia no quiere que sepamos nada, pero… ¿por qué?

—Déjame adivinar. —Medea puso los ojos en blanco con un gesto de impaciencia—. Esto me huele a supremacía de los invocadores…, es posible que quieran censurar libros para mantenernos lejos de la verdad. Tenemos que robar esos libros, Ari.

—La profesora Persis me ha quitado la llave de su despacho. No va a ser sencillo.

La voz de su amiga indicaba una ligera decepción que se manifestaba en sus ojos. Medea meditó al respecto y llegó a la conclusión de que necesitarían estudiar esos libros para descubrir a qué tipo de demonio se estaban enfrentando. Si en la Academia sabían lo que ocurría tal y como ellas pensaban, era muy probable que guardasen los libros bajo llave.

—En el equinoccio —musitó Medea, y Ari se sobresaltó—. La Academia quedará vacía, ¿no?

—Creo que sí.

El rostro de Ariadne se había puesto tan pálido que parecía un fantasma en medio de la oscuridad.

—Podría ser nuestra oportunidad.

Ari no aceptó la oferta, pero en sus ojos apareció un destello fugaz que Medea tomó por buena señal. Si realmente estaban ocultando información, era probable que hubiesen empezado por sacar cualquier libro que hablase sobre el tema.

—¿Quién tiene el poder suficiente para invocar a esos demonios?

La pregunta desconcertó a Medea, que se tomó un par de segundos para contestar.

—Nadie, en teoría. Creía que era casi imposible invocar demonios, pero es evidente que alguien los ha traído hasta aquí, pero... ¿y si es algo de afuera? Arcadia y Khatos son ciudades de mucho poder.

—Pero no termino de entender cuál sería su interés en Cyrene. Ystaria es un continente rico en el que la magia ha ido muriendo poco a poco. Somos una ciudad con escasa producción de dinero, pero tenemos el mayor número de invocadores de Ystaria.

Ariadne asintió con un gesto solemne.

—¿Crees que esos libros son importantes, que podrían ayudarnos?

—Sí, pero tengo miedo —advirtió Ari, y Medea supo que una mala idea se estaba gestando en su cabeza.

—Entonces tenemos que entrar en la biblioteca y asegurarnos de lo que contienen.

Bien valía la pena el riesgo si con ello encontraban la información que necesitaban. Entrevió las dudas en el rostro de Ari, que se mantuvo rígido durante varios minutos. Entonces asintió, como si ella misma necesitase esas respuestas.

—Creo que puedo conseguir la manera de que entremos al despacho, pero tendremos que ser muy cuidadosas y bajo ningún concepto puede ocurrir algo como lo que pasó en tu casa. No quiero riesgos, no quiero equivocaciones.

—No tengo ningún interés en meterme en una lucha política, lo único que quiero es encontrar a Thyra y a Mara.

Era una mentira, por supuesto.

30
Kaia

Los secretos se encadenaban a su piel haciendo que cada fibra de su cuerpo temblara siempre que se veía obligada a volver a mentir. Dorian aparcó el coche frente a la casa de Kaia y ella tomó su bolso antes de girarse y contemplarlo bajo la luz del amanecer. Sus ojos azules se habían convertido en dos pozos insondables debido a la duda, y ella era la responsable.

Tragó saliva y abrió la puerta deslizando la pierna derecha en la calle pavimentada.

—Muchas gracias por haberme traído, Dorian —dijo con la voz ronca y una sensación de vacío en el pecho—. Siento mucho haberte arrastrado a esta situación, pero quería que supieras lo que hemos descubierto.

Él asintió sin mirarla, como si le doliera que sus ojos contemplaran a la mentirosa a la que alguna vez había querido.

—Mi padre no está haciendo esto, Kaia.

Ella se mordió el labio ante la fragilidad de la voz de Dorian.

—Lo sé. A veces no actuamos de la manera correcta por miedo —replicó Kaia esforzándose por imprimir una nota de amabilidad a sus palabras—. Kristo es un buen hombre, te ha criado. Estoy convencida de que vamos a solucionar esto a tiempo. Consigue la invitación para el baile y tendremos las respuestas.

Otra mentira que podía añadir a su lista. Las comisuras de los labios de Dorian temblaron antes de sonreír.

—Hablaremos mañana con más calma. Descansa.

Y cerró la puerta para cruzar el jardín delantero en el más absoluto de los silencios. No escuchó a Dorian marcharse y cuando entró en su casa se encontró con la sorpresa de que todas las luces estaban encendidas.

Con especial cuidado de no hacer ningún ruido, arrastró los pies sobre el suelo de madera y caminó casi de puntillas conteniendo la respiración.

—Si intentas que no te pille me temo que tendrás que esforzarte mucho más.

Kaia dio un respingo y estuvo a punto de resbalar al escuchar la voz profunda de su abuela. Poseía el tono atronador que solo podía tener quien está acostumbrado a mandar. Su abuela era ese tipo de persona.

Kaia se asomó en la cocina y se la encontró sentada con la espalda recta y las manos sobre la mesa. Se lamentó por haberla despertado e intentó recordar cuándo había sido la última vez que la había visto con aquella expresión de disgusto. Los ojos rodeados de arrugas la estudiaron con cuidado antes de que su abuela hiciera un gesto hacia la silla vacía que yacía delante de ella.

—Lo siento, abuela…

No terminó la frase. Las patas de la silla rechinaron cuando su abuela la empujó hacia atrás y ella, como un felino dócil, se dejó caer frente a aquel rostro severo con la preocupación en el pecho. No le temía al carácter de Xandra; al contrario, su abuela se había ablandado con la edad y Kaia notaba que poco a poco su luz se iba apagando haciéndola parecer más vieja de lo que en realidad era.

—No vengas con excusas, Kaia. Tengo la tetera al fuego y me conozco cada una de tus artimañas, has aprendido de la mejor.

Se levantó para apagar el fuego con un movimiento lento. Era una cocina antigua con un mesón alargado en el medio y varias repisas bien organizadas. Xandra siempre decía que los problemas se arreglaban con una taza de té y determinación, pero Kaia sabía que no era verdad.

—Ten —dijo su abuela sacando una lata de galletas de la despensa que Kaia agradeció con una sonrisa—. Espero que ese chico no te esté causando problemas. Te veo bastante desmejorada. No me gustaría que te metieras en líos.

A pesar de que lo decía con cariño, Kaia era capaz de ver la advertencia que conducía hasta Asia. En los últimos meses no hablaban de ella, no porque Xandra no quisiese, era Kaia quien rehuía el tema cada vez que su abuela la mencionaba. Desvió la atención y simplemente optó por tomar una de las galletas de canela y mordisqueó los bordes mientras el sabor dulce le inundaba el paladar.

Hacía semanas que no compartía un momento con su abuela y todo era culpa de la búsqueda de respuestas en la que se había metido y de su trabajo en el Consejo. Al menos de esto último ya no tenía que preocuparse.

—No voy a hablarte de tus conquistas, Kaia —empezó a decir su abuela mientras tomaba la tetera y vertía el líquido caliente en dos tacitas blancas—. Tú sabes lo que te conviene, pero no está bien jugar con el hijo del presidente del Consejo. Es un muchacho bueno y te gusta, pero no quiero que sigas en una relación en la que tú llevas el ritmo y él tiene que seguirte el paso.

Un destello de tristeza nubló el semblante de la anciana, que se acercó renqueando hasta el mesón con las tazas.

—Ay, hija mía —suspiró la abuela, y bajó el mentón—. Las cosas van a cambiar mucho en la ciudad, la vida es corta y deberías estar aprovechándola. ¿Qué tal van las prácticas en el Consejo?

Kaia se rascó la nuca, las palpitaciones arcanas de su abuela vibraron repentinamente y tuvo que aferrarse al borde de la mesa. En las últimas horas se había concentrado tanto en ayudar a Medea que su mente ignoró la energía arcana que en ese instante trepaba por sus dedos instándola a ceder ante ella. Una fuerza invisible que le desgarraba el cuerpo y tiraba de su voluntad. Cada día lo notaba con mayor fuerza y, por desgracia, empezaba a creer en las leyendas que hablaban de la magia arcana como la magia de la locura.

—Kaia, ¿estás bien?

Xandra retrocedió un poco y sus ojos grises la estudiaron con cautela.

—Sí, perdona —admitió Kaia agotada de fingir calma—. Estoy cansada y hoy… —Dudó—. Me han echado del Consejo.

El rubor le perló las mejillas y Kaia desvió la vista con la vergüenza subiéndole por la garganta.

—Cariño —susurró la anciana, que acababa de acercarse hasta ella. Le palpó la frente con una mano arrugada y su rostro se llenó de preocupación.

Aquel gesto le recordó a Asia. La ferocidad con la que su hermana quería y la alegría con la que siempre la recibía, se parecía mucho a Xandra.

—¿Alguna vez Asia te preguntó por la magia arcana?

La pregunta se le escapó incluso antes de ser consciente de la connotación que podía tener en la conversación. La anciana frunció las cejas y su confianza flaqueó un leve instante en el que Kaia vio a una mujer frágil y diminuta.

—No —contestó, con los dedos apretando la taza y le entregó una mueca que no disfrazaba bien la inquietud en sus ojos—. No entiendo a qué viene esto, pero te aseguro que tu hermana jamás mostró interés por las magias prohibidas.

Kaia no podía sentirse agradecida por la respuesta, ni siquiera estaba convencida de que su abuela dijera la verdad. Le parecía que Asia había ocultado tantas mentiras como ella misma. Al fin y al cabo, venía de una familia en la que se escondían tantos secretos que Kaia no podía ver bajo los espejismos que habían creado.

—Ya perdí a tus padres, a tu hermana… no quiero perderte a ti también —susurró su abuela con la voz tan rota que Kaia no pudo evitar sentir que una maldición pesaba sobre ellas—. Tienes que ser cuidadosa, incluso ahora en las noticias están hablando de desapariciones, de muertes, y no sé muy bien qué pensar sobre todo esto.

—No te preocupes por mí —dijo intentando que su voz sonara sosegada. No podía decirle que ella misma también había muerto la noche en que Asia se fue. Una parte de ella estaba enterrada con su hermana y nunca la recuperaría—. Es el agotamiento, estoy bien. Ahora mismo solo me apetece meterme en la bañera y quedarme una hora en el agua sin que nada me moleste.

Dibujó una sonrisa amplia y notó que la mano de su abuela se relajaba un poco. Ambas fingieron que todo estaba en orden y Kaia supo que su destino estaría marcado por los engaños que tejía.

31
Medea

En momentos como ese, Medea se replanteaba si su vida llegaría a ser algo más que la farsa en la que vivía. La respuesta siempre la sorprendía porque, en lugar de otorgarle consuelo, la dejaba sumida en un letargo lleno de intranquilidad y remordimiento.

Cuando abandonaron el depósito, su nuevo hogar, llovía a cántaros sobre Cyrene. Kaia les pidió que fuesen discretas, que tuviesen cuidado, y ninguna de ellas osó objetar el plan que durante una semana habían elaborado.

Y es que siete días parecía el tiempo suficiente para ahogarse en la miseria de sus pensamientos. Medea estaba encarcelada entre las paredes de su cuerpo. Parecía una prisionera del miedo, del terror que le producía no encontrar a Mara y a Thyra.

Sin embargo, allí estaba. Bajo la llovizna que poco a poco comenzaba a apagarse y que prometía una tregua para que ellas pudiesen entrar en la Academia. Medea se rascó con violencia la muñeca derecha y sintió las uñas clavársele en la carne justo a tiempo; habían llegado a la casa de estudios y estaban preparadas para poner en marcha aquella descabellada idea. En silencio, observó la noche cerrada sobre su cabeza y no pudo evitar pensar que, en la otra punta de la ciudad, Dorian y Kaia estaban tentando a las fuerzas del universo.

Elevó una plegaria silenciosa a la Trinidad y siguió caminando por la cuesta empinada tras los pasos inseguros de Ariadne y Orelle.

Se concentró en el edificio que se recortaba detrás de las rejas y parecía envuelto en una niebla que le confería un aspecto siniestro. La fachada de piedra blanca estaba salpicada por la lluvia y el rocío, las ventanas permanecían cerradas, y desde donde estaban alcanzaba a ver que no había ninguna luz encendida.

Al menos, la suerte estaba de su lado, o eso parecía.

Ariadne susurró algo y se acuclilló junto a ella detrás de los arbustos que rodeaban la entrada principal. La caseta de vigilancia era un cubículo del mismo material del edificio principal, con un ventanal cuadrado. Tenía una vista perfecta del patio y los jardines de la entrada, por lo que ellas debían pasar por delante del vigilante de seguridad.

—En cinco minutos se irá —musitó Ariadne mirando el reloj de plata en su muñeca.

Orelle le apretó el hombro a Medea haciendo que su seguridad vacilara. La miró fijamente antes de devolverle el gesto con una sonrisa débil que la hizo dudar de si el riesgo al que se enfrentaban merecía la pena. Llevaba el pelo recogido en una trenza que le caía sobre la espalda. Unos pantalones negros le ceñían las caderas anchas y realzaban las curvas delicadas de su silueta. En los últimos días habían estado más unidas que nunca, y ahora compartían un vínculo que a ojos de Medea era inquebrantable y que esperaba mantener una vez que acabaran con la prueba que estaban a punto de encarar.

Medea se fijó en el vigilante de seguridad que en ese momento se ponía en pie con la linterna entre los dedos. Llevaba un uniforme gris con la insignia de la Academia en el pecho y una daga colgando en el cinturón. El hombre salió de la caseta de vigilancia y sus pasos irregulares lo llevaron a la esquina; luego se perdió en el patio interior que daba a la galería norte de la Academia.

De inmediato, Medea, Orelle y Ariadne se arrojaron a la carrera pasando frente a la enorme puerta metálica y rodeando el muro exterior hasta alcanzar la parte trasera del edificio.

Medea siguió a sus compañeras y contó mentalmente hasta quince, el número de pasos que las separaban de la parte defectuosa de la verja.

—Es aquí —musitó Orelle en voz baja.

Con mano firme, la joven empezó a mover los barrotes de la reja hasta que encontró el que no encajaba del todo. Era exactamente igual a los demás salvo que en lugar de anclarse a la tierra, quedaba escasos milímetros sobre ella.

—Vamos —apremió desde el otro lado, y Medea leyó la urgencia en su rostro antes de seguirla.

Ariadne masculló algo entre dientes y sacó un manojo de llaves del bolsillo interior de su abrigo cuando ya habían atravesado la verja. En comparación con lo que haría Kaia, aquello debía resultar bastante sencillo. Medea y Ariadne tenían la corazonada de que en los libros encontrarían una respuesta a la naturaleza de los demonios y, aunque estaba nerviosa, pretendía aferrarse a esa esperanza. Cualquier cosa era mejor que quedarse esperando noticias, algo que no pretendía hacer. En los últimos días se había dedicado a escribir a la Orden nuevamente, para pedir ayuda, y, aunque le pesara, se aferraba a la idea de que pudiesen ofrecerle una respuesta.

Sintió la tensión que se asentaba en sus hombros. A pesar de los archivos que habían robado en casa de su padre, Medea continuaba sin saber dónde podrían estar sus amigas ni qué significaba el Proyecto Isla. Las carpetas contenían información sobre una isla en la que no se mostraba ninguna localización, y aunque el nombre de Thyra estaba en uno de los archivos, no había datos de traslado ni de ingreso. Algo que parecía poco razonable si tenía en consideración que estaban ocultando a los que habían sido atacados.

—Por favor, sed silenciosas —pidió Ariadne mientras cruzaban el patio envueltas en las sombras de la noche.

Aquel nerviosismo en la voz de su amiga captó su interés y se fijó en las cutículas despellejadas de Ari, en el sutil temblor de sus manos. Medea recordó las últimas noches en las que Ari apenas había dormido y no pudo contener un suspiro exasperado.

Antes de que pudiese seguir pensando en todos los miedos que la acechaban, Orelle se detuvo y ellas la imitaron en cuanto llegaron a la puerta. La biblioteca parecía casi majestuosa, con las cornisas doradas brillando bajo la oscuridad. De noche, la Academia gozaba de un aura tétrica y oscura que hacía que Medea se sintiese diminuta. El edificio principal estaba coronado por una decena de estatuas de mármol que se abrían junto a los enormes ventanales de cristales negros.

Medea no respiró hasta que Ariadne sacó las llaves del bolsillo. Rebuscó entre el manojo que saltó entre sus dedos y acabó por resbalarse hasta el suelo.

—No puedo —dijo Ariadne ahogando un sollozo cuando Orelle recogió las llaves del suelo—. Nos van a descubrir.

Orelle tomó el control de la situación y abrió la puerta. Un segundo después, empujaron a Ariadne hacia las sombras del interior y cerraron para que nadie pudiese escuchar sus gimoteos.

—Ari, tranquila... nadie sabrá que estamos aquí —susurró Medea pasándole un brazo por encima de los hombros mientras Orelle encendía la linterna.

El calor de su cuerpo y la repentina luz hizo que Ariadne encontrara una paz momentánea. Poco a poco, el llanto se fue apagando hasta dejarla sumida en el sopor de las lágrimas; contuvo un escalofrío y asintió lentamente con el cabello sobre la frente sudada. Solo entonces Medea levantó los ojos y se encontró con las estanterías envueltas en la oscuridad.

—Esos no son los libros que estamos buscando —advirtió Ariadne siguiendo la dirección de su mirada.

Medea se encogió de hombros y se apresuró a seguir a su amiga, que las condujo a través de los pasillos laberínticos con una orientación perfecta. Se internaron entre los tomos y solo se detuvieron cuando llegaron a un escalón que separaba un escritorio de los buzones estudiantiles.

—No me da la impresión de que vayamos a encontrar gran cosa aquí —admitió Orelle mirando los papeles que descansaban sobre el escritorio.

—Esas son mis libretas, Orelle —murmuró Ariadne con un gesto de impaciencia—. Tenemos que ver lo que hay detrás de esas dos puertas.

Orelle se excusó y alzó una ceja mirando el lugar que señalaba la bibliotecaria.

—Ten. —Les tendió un manojo de llaves plateadas—. Entrad en ese almacén y yo me aseguraré de buscar en la oficina de Persis.

Medea agarró las llaves y fue probando una a una hasta dar con la indicada. Le llevó más tiempo del que imaginaba gracias al escaso pulso que la dominaba esa noche.

—Este lugar es horrible —musitó Orelle dando un paso hacia el interior.

Era un cuartucho con paredes despintadas y largas telarañas que colgaban del techo. El polvo se acumulaba sobre la pila de libros que descansaban en el suelo sucio.

—Supongo que tendremos que mirar uno por uno —dijo Orelle con desgana, y tomó uno de los tomos sacudiendo las virutas de polvo que casi no dejaban leer las letras.

Era de historia. Nada de lo que buscaban. Los siguientes libros que revisaron tampoco tenían relevancia alguna para ellas y Medea se sintió muy decepcionada.

Estaba a punto de soltar una queja cuando el grito de júbilo de Ariadne la hizo intercambiar una mirada confusa con Orelle. Tras un segundo de duda, las dos fueron al despacho de Persis en el que encontraron a Ariadne con las gafas mal colocadas sujetando la linterna con la boca para iluminar el libro que tenía en las manos.

—¿Qué ocurre?

Ariadne sonrió tanto que la linterna se resbaló. Se acercó hasta ellas con el libro en alto y Medea sintió que la tensión de sus hombros remitía un poco.

—He encontrado los libros de demonología antigua. —Un destello de emoción cruzó su rostro—. Son estos.

Rodeó el libro con los brazos y sus labios esbozaron una sonrisa que iluminó su rostro.

—Pero además es muy interesante —continuó, y señaló con un dedo dos carpetas que descansaban sobre una caja medio abierta—. Son las hojas que les faltaban a los libros…

La frase quedó suspendida en el aire. Orelle y ella se miraron antes de rodear a Ariadne y ver con sus propios ojos lo que señalaba. Era cierto, Medea tuvo que levantar un poco más la linterna y casi con un sobresalto se atrevió a creer que habían encontrado lo que tanto temían.

—Kaia tenía razón, el Consejo no quiere que sepamos nada de los demonios, creo que son aesir…

Ariadne atrajo su atención hacia la página que señalaba y los sentidos de Medea tardaron un segundo en enfocar lo que le mostraba.

—Estos libros que están aquí no serán reemplazados, van a sacarlos para deshacerse de ellos —le mostró una orden escrita de puño y letra por Persis.

—Entonces, debemos decidir cuáles nos vamos a llevar.

32 Kaia

—Es increíble —musitó Kaia casi sin aliento en cuanto entró en el enorme salón. Sus ojos bailaron sobre la multitud y con un estremecimiento se inclinó un poco hacia delante. Nunca había pisado aquella zona del edificio del Consejo, que estaba decorada con pesados arreglos florales que se extendían sobre las columnas creando un efecto primaveral que la dejó perpleja.

Permitió que la sorpresa la invadiera un segundo y enseguida se recordó que no estaba allí para admirar el recinto. Luchó por contener sus pensamientos y se concentró en el brazo de Dorian sobre el de ella. Luego de una semana de arduo trabajo, finalmente estaban poniendo en marcha el plan. Los preparativos de los últimos días habían conseguido mermar su buen humor, en especial por Ariadne, que se resistía a formar parte del plan. Kaia no la juzgaba, pero necesitó negociar con ella y recordarle que no era solo una cuestión de su integridad. Toda Cyrene estaba en peligro. Pero no podía evitar pensar si todo iría de acuerdo al plan en la biblioteca.

—Que empiece la función —dijo Dorian, incapaz de disimular la ironía de su voz. De su papel dependía que pudiesen acceder a la cofradía dentro del Consejo, algo que Kaia deseaba con un fervor que rayaba en la obsesión.

La joven desplegó una sonrisa y siguió los pasos de su acompañante con el corazón sobrecogido. Él estaba deslumbrante con el traje verde y el pelo hacia atrás. La chaqueta de satén le envolvía los hombros rectos y combinaba con el azul vibrante de sus ojos. Lucía elegante, sofisticado, y el instinto de Kaia le gritaba que hacían una pareja perfecta. Era una lástima que sus destinos estuviesen negados a cruzarse.

Había algo en sus movimientos, en la preocupación que le marcaba el mentón y le afilaba los ojos, que le recordó que aquel momento era un espejismo. Una ilusión. Se aferró a ese pensamiento y deseó que él no se fijara en lo mucho que le gustaba sentir sus dedos sobre los de ella.

No fue hasta que alcanzaron el amplio salón que el asombro de Kaia aumentó al percatarse de las filas de mesas apiladas en medio del recinto, lo que dejaba espacio libre para los bailes y las conversaciones. En el centro brillaba una estela plateada que creaba reflejos intermitentes sobre los azulejos del suelo. Algunas mujeres se movían bajo la luz haciendo ondear sus amplias túnicas doradas a juego con la decoración del salón, mientras que los hombres lucían elegantes trajes de colores pasteles de acuerdo con la tradición del equinoccio de primavera.

Al lado de la pista había una banda de músicos que tocaban con absoluta presteza, ajenos a la multitud que los rodeaba. La música era una tonada suave que hizo que Kaia se detuviera un instante para deleitarse con las notas que sobrevolaban el recinto.

Percibió su reflejo en uno de los espejos y con cuidado se acomodó detrás de la oreja un mechón rebelde que se le escapaba de la diadema que le sujetaba los rizos negros. Llevaba un vestido azul salpicado por motas plateadas, las mangas largas eran de gasa y el corpiño estaba decorado con tafetán plateado, lo que hacía que pareciera una ninfa de la primavera. Le había tomado cinco noches enteras confeccionar ese modelo y estaba absolutamente complacida con el resultado final.

Sujetó el brazo de Dorian con firmeza y descendieron hasta alcanzar el pasillo inferior decorado por guirnaldas florales que desprendían un sutil aroma a lavanda.

—Nunca había venido a la celebración aquí, en el Consejo —admitió—. Mi abuela, Asia y yo asistíamos a las fiestas que tenían lugar en nuestro distrito.

Mencionar a Asia hizo que el estómago se le estrujara. Le pareció que Dorian notaba el titubeo porque sus dedos la sujetaron con fuerza.

—Seguro que son mucho más pintorescas que esto —añadió él.

Dorian la miró y sonrió, y ella advirtió que el gesto aún se mantenía en sus labios algunos segundos más de los necesarios; tuvo que apartar la vista.

En ese salón se encontraban los invocadores más importantes de Cyrene y los allegados al Consejo. Todos se movían bajo la parsimonia que su estatus social podía ofrecerles.

Si tenían una oportunidad para encontrar el *Arcanum* y descubrir la verdad, era aquella. Los demonios tenían que aparecer en la tablilla, tenía que existir alguna información sobre ellos o al menos sobre la magia arcana.

—¿Crees que Talos esté aquí? Estuvo preguntando por Medea en la Academia hace un par de días.

Dorian miró a Kaia y la sonrisa desapareció de su rostro.

—No te preocupes por eso. No creo que nos lo encontremos aquí; además, tengo todo controlado —replicó. Tiró de su brazo y la rodeó por la cintura haciendo que la distancia entre los dos fuese mínima.

Kaia hizo un mohín con la boca. Notaba el calor que irradiaba su piel y empezaba a sentir una pizca de anticipación en medio de aquel juego. No le gustaba la confianza excesiva que él tenía, pero no se veía capaz de apartarlo. Ni siquiera recordaba la última vez que la había tocado y añoraba sus labios seductores sobre los de ella.

En ese momento, un camarero pasó junto a ellos con una bandeja repleta de copas de ouzo, una bebida a base de uvas, pasas e higos, que era muy popular en aquella festividad. Kaia agradeció la distracción, tomó una copa y dio un sorbito degustando el sabor dulce que le empapó el paladar.

—Deberíamos quedarnos un poco más apartados —musitó ella sin quitar el ojo de las parejas que bailaban.

Pero él no parecía tan seguro.

—Vamos a intentar hacer de esto algo menos frío hasta que llegue el momento. Bailemos.

Estaba jugando con fuego.

Kaia tenía que negarse y mantener la cabeza despejada si quería encontrar el *Arcanum*. Pero las fuerzas le fallaron, se lamió los labios y dudó antes de aceptar la mano que Dorian le ofrecía. No supo cuánto tiempo transcurrió hasta que llegaron a la pista y él presionó su pecho contra el de ella.

Hacía meses que sus cuerpos no se rozaban de esa manera y Kaia repasó mentalmente todas las veces que Dorian había estado así, junto a ella. El sopor hizo que quisiera apartar el pensamiento de su mente, pero era demasiado tarde. Se le erizó el vello de la nuca cuando él la sujetó por la cintura y tiró de ella haciéndola girar justo en el instante en el que la música llenaba el aire.

Kaia se dejó llevar por los movimientos hábiles de Dorian y se sorprendió admirando sus ojos grises. En ellos había un matiz cálido que juraba haber visto unos meses atrás cuando compartían algo más que una amistad. Incluso parecía satisfecho de sí mismo y ella temió por una fracción de segundo estar compartiendo algo más que un simple baile para ganar tiempo.

—No recordaba lo bien que se te da bailar —susurró él contra su oreja haciendo que un temblor bajara por la espalda de Kaia. Deslizó la mano libre por su cuello y su mirada se iluminó cuando ella dio una vuelta inesperada. La magia arcana vibraba dentro de Kaia. Tiraba de su cuerpo y la sacudía embotándola de emociones tan intensas y embriagadoras que, por primera vez en mucho tiempo, dudó de sí misma.

Lo empujó un poco para soltarlo, pero Dorian no estaba dispuesto a dejarla ir.

—¿Tan rápido te has cansado? Tenemos tiempo —musitó Dorian, y ella se contrajo convencida de que estaba perdiendo la cabeza. Ese era el chico que una vez le había gustado. El que sabía jugar y ponerla a prueba, el que la emocionaba a tal punto que ella se olvidaba de la realidad y vivía en una dimensión creada solo para ellos dos. Quiso embotellar el momento, grabárselo bajo la piel y guardarlo en un rincón escondido de su alma—. Creo que podemos permitirnos una tregua, una canción.

—Solo una —admitió ella casi a regañadientes y resistió el impulso de besarlo—. Luego nos concentraremos en el *Arcanum*.

Dorian apretó los dedos contra la piel de su espalda y ella intentó concentrarse en la estabilidad de sus manos. Percibió la vibración arcana sobre sí, la energía tiraba de sus huesos. Kaia se aferró a la música, a los ojos de él, que parecían decididos a perseguirla hasta el fin del mundo.

—Ojalá pudiese conseguir que no volvieras a huir —dijo Dorian, y la fuerza de su voz casi la convenció de que todo podría ir bien.

Kaia no respondió. Ignoró el golpeteo violento de su corazón mientras contemplaba a dos figuras masculinas que hablaban al fondo de las escaleras. La tensión del momento se cortó de golpe y le tomó casi un minuto reconocer a Kristo; llevaba un traje blanco y dorado que acentuaba el tono oliva de su piel. El joven con el que hablaba era, sin lugar a dudas, Myles; el parecido con Ariadne era tan evidente que era como si fuera una copia de su amiga.

—¿Tu padre trabaja hoy?

Dorian siguió la dirección de su mirada y negó con la cabeza.

—¿Y qué hace Myles aquí?

—Es su asistente —replicó él justo cuando la canción terminó y los dos se alejaron de la pista—. Myles suele acompañarlo todo el rato.

Kaia asintió y no dijo nada. Le parecía muy extraño que Myles asistiera a esas celebraciones por una cuestión de trabajo, ya que la organización del festival no era una actividad digna de alguien como Kristo, quien lo único que hacía era firmar las invitaciones.

Dorian la miró con los ojos brillantes.

—Faltan diez minutos para el cambio de guardia en el templo, deberíamos ir en camino…

Las palabras de Dorian se interrumpieron cuando un hombre bajito de prominente bigote rojo se acercó a él y le estrechó la mano en un amistoso saludo.

—Dorian, qué alegría verte y qué bien acompañado estás.

La voz grave del hombre sacudió a Kaia, que se había estado esforzando por pasar inadvertida ante él. Lo conocía, desde luego. Proteus era uno de los miembros más insignes del Consejo y el menos interesado en investigar la muerte de Asia.

La rabia atenazó las tripas de Kaia, que no había olvidado las negativas del hombre ante las súplicas de ella por buscar una respuesta. La antipatía no hizo más que acrecentarse al observar el reloj nuevamente y comprobar que les quedaban escasos siete minutos para salir de allí y alcanzar el templo.

—Mucho me temo, Proteus —se disculpó Dorian—, que no puedo entretenerme demasiado, mi padre me está buscando.

No era extraño que un miembro del Consejo fomentase las relaciones con los hijos de sus compañeros, pero Kaia no disponía de tiempo y empezaba a exasperarse. El hombre sonrió complacido y una arruga surcó su frente al fijarse en la compañera de Dorian.

—Ten cuidado, ya sabes lo que dicen de esta chica —murmuró en voz no lo suficientemente baja—. Atrae la mala suerte.

Y le dio dos golpecitos suaves sobre el hombro antes de desaparecer entre los invitados. El rostro de Dorian se contrajo y miró a Kaia para disculparse, pero ella se adelantó haciendo un gesto de indiferencia:

—No te preocupes, no será la primera ni la última vez que una persona me acusará de ser un símbolo de mala suerte —repuso con voz fría, aunque algo dentro de ella vibraba de pura rabia—. Nos queda poco tiempo.

Señaló el reloj que indicaba menos de tres minutos para llegar al templo y Dorian vaciló un momento sin saber muy bien qué contestarle. Al final, optó por asentir con preocupación y le tomó la mano mientras cruzaban el salón.

—¿Crees que tengamos tiempo de…?

El sonido de su voz quedó ahogado por el ruido de una explosión.

La oscuridad engulló el baile y Kaia cayó al suelo con los oídos pitándole. Una nube de polvo flotó en el aire y la garganta se le secó mientras su mente se esforzaba por comprender lo que estaba ocurriendo.

No se suponía que aquello estuviera pasando.

Kaia abrió la boca para decir algo, pero las palabras se le atoraron en la garganta en cuanto descubrió el horror que se extendía sobre el resto de los invitados. Temía que Dorian estuviese herido y eso la impulsó a acercarse hasta él, pero un nuevo rugido violento sacudió el mundo y el corazón de Kaia trastabilló en cuanto la sangre llenó su campo de visión.

La gente gritaba, corría, pero Kaia permanecía anclada al suelo incapaz de moverse. Le dio la impresión de que Dorian se agitaba a su lado, así que intentó ponerse en pie, pero las piernas le fallaron. Estaba aterrada.

33
Ariadne

—¿Estás bien? —preguntó Medea, que agarró un libro y lo apiló entre los que no les servirían para nada.

Ariadne no respondió, dejó que el eco de sus voces se suavizara bajo el silencio y se esforzó por concentrarse y ocultar la intranquilidad que latía bajo su pecho. Cambió de posición y ahogó un bostezo mientras tomaba otro libro del montón. Era un libro antiguo de demonología escrito por los primeros invocadores de sombras, de una época remota en la que la magia arcana fluía por el mundo y era habitual encontrarse con demonios. Sus dedos acariciaron el lomo verde que estaba gastado, el tiempo había borrado el grabado en relieve de las esquinas y apenas se podía apreciar el nombre del autor bajo las capas de polvo.

—¿Dice algo de los demonios? —inquirió Medea echando un vistazo sobre su hombro mientras Orelle sujetaba la linterna en alto.

Ariadne vaciló un instante y se ruborizó. El libro lo decía todo y le llevaría tiempo descifrar cada página hasta poder reunir la información que buscaba sobre los aesir. Palpó las hojas rugosas y unos segundos después consiguió lo que estaba buscando. Era un apartado que mencionaba a los demonios antiguos que formaban parte de las propias leyendas de la fundación de Cyrene.

—Está aquí —susurró y se acomodó las gafas sobre el puente de la nariz para leer en voz alta—. Son invocaciones que provienen del Flaenia, de los pozos arcanos.

Hizo una pausa y sintió que Medea se revolvía nerviosa a su lado.

—Hay algo que no termino de entender…

Torció el gesto intentando descifrar el dialecto en el que estaba escrito el texto. Era una lengua muerta que no se usaba desde hacía siglos y que, sin embargo, ella había aprendido cuando era una niña, aunque en ese mismo instante se le antojaba algo oxidada. Orelle se movió junto a ella y señaló un montón de papeles y pergaminos sueltos que yacían en el suelo.

—Sigue con eso, yo voy a ver si consigo algo más por aquí.

Medea asintió y se acercó más a Ariadne para proporcionarle luz con la linterna.

—¿Dice algo sobre cómo detenerlos? —inquirió Medea y Ariadne negó con la cabeza.

Continuaba concentrada en descifrar las palabras que poco a poco iban cobrando sentido ante sus ojos.

—No, pero creo que a Kaia le podría interesar esto —respondió, no podía esperar a compartirlo cuando Kaia volviera del baile—. Habla sobre los invocadores y la cercanía de los hilos arcanos.

Las palabras se le helaron en los labios al comprender el verdadero significado detrás de lo que estaba leyendo y asintió lo mejor que pudo.

—¿Han sido invocados con magia arcana? —preguntó Medea atrayendo la atención de Orelle sobre ella.

Ariadne tragó saliva y un calor repentino le invadió el rostro, estaba a punto de abrir la boca, cuando escuchó un ruido proveniente del pasillo que la dejó anclada al suelo.

Voces…

Y se acercaban a ellas.

Con una pizca de pánico se apresuró a dejar el libro a un lado y empujó a Medea detrás de una de las cajas junto a Orelle.

—No puede haber nadie aquí, es imposible… apagad las linternas —susurró cerciorándose de permanecer oculta. Los nervios se replegaron por todo su cuerpo y el rastro de las páginas se le impregnó en los dedos. Tuvo la sensación de que los pasos se acercaban y se arrastró hasta una esquina en la que se escondió detrás del escritorio.

Orelle se apretó contra la pared y rodeó a Medea con los brazos justo en el instante en el que la puerta se abría. Una luz cegadora impidió que Ariadne pudiese ver a los invasores, que avanzaban a trompicones registrando los libros esparcidos por la oficina.

—¿Esta todo aquí? —preguntó una voz gruesa y áspera.

—No hagas preguntas, limítate a hacer bien tu trabajo y ya.

Ariadne asomó la nariz por detrás de una de las cajas y divisó dos figuras masculinas. Uno de los hombres era alto y fornido con una barba rubia que se rizaba sobre la boca. El otro era menudo y de aspecto frágil, con la piel tan blanca como el pergamino y unos ojos pequeñitos que se escurrían por la oficina en busca de algo excepcional.

—Recoge esos libros de allí y mételos en la bolsa.

El hombre de la barba señaló el montón de tomos que estaban a escasa distancia de Ariadne.

—No puedo creer que me haya perdido el festival solo por estar aquí.

—Te están pagando, inútil.

A modo de respuesta el chico sacó la lengua con un gesto de asco y suspiró pesadamente mientras sus ojos reparaban en el libro de demonología que Ariadne había dejado abierto sobre la mesa.

La alerta hizo que el corazón se le detuviera y Ariadne maldijo en silencio su propia estupidez.

No había llegado hasta allí para dejar que se llevaran el libro, no podía permitir que le quitaran la única clave con la que contaban. Notó que le sudaban las palmas de las manos, había hecho un descubrimiento que podía cambiar el curso de los acontecimientos. Ari soltó el aire despacio y se apartó un poco de sus compañeras; estiró el brazo para tomar el libro, pero estaba demasiado lejos.

—Venga, tenemos que hacer desaparecer toda esta basura antes de que alguien la encuentre.

Se encogió en su escondite y observó con pesimismo cómo los hombres rebuscaban entre las pilas.

—¿Los quemamos?

El hombretón puso los ojos en blanco y extrajo una cajita de su bolsillo, de la cual sacó un chicle que se llevó a los labios.

—Eres más idiota de lo que imaginaba —respondió su compañero con resignación—. Hay que sacarlos y luego nos encargaremos de destruir la evidencia, ¿de acuerdo?

El chico asintió con entusiasmo y, por un instante, a Ariadne le pareció más joven de lo que había pensado en un principio. Los vio llenar las bolsas sin cuidado; arrojaban los papeles con el ansia de quien quiere acabar un trabajo. Su vena bibliófila se hinchó al ser testigo de cómo estaban tratando a los libros.

Por favor que se vayan ya, pensó, *tengo que alcanzar el libro antes de que ellos se lo lleven.*

Era la primera vez que sentía aquella necesidad por ponerse en riesgo. Tragó saliva y los nervios aparecieron de la nada, un sudor frío le bajó por la espalda. Estiró la mano y los músculos se alargaron mientras sus dedos tanteaban en busca de las páginas; sintió el lomo gastado y se apresuró a tomarlo cuando una mano sujetó con violencia su muñeca arrastrándola hasta el centro de la oficina.

—Así que tenemos a una ladronzuela por aquí —musitó el barbudo mascando el chicle con violencia.

Ariadne quiso retroceder, pero el otro chico le cerró el paso dejándola acorralada. Tenía un cuchillo largo en la mano y se percató de que el otro también llevaba un arma que parecía dispuesto a usar.

—¿Qué haces aquí? —bramó el del chicle, escupiéndolo. Ari se atragantó con el miedo y no fue capaz de emitir sonido alguno, lo que hizo que el hombre agitara el cuchillo, furioso—. ¿Acaso eres tonta, que no me respondes?

Ari abrió la boca, pero las palabras no acudieron en su auxilio. Estaba demasiado asustada, temblando de pies a cabeza como para responder.

—Esta es una idiota, parece inofensiva —admitió el hombretón acercándose peligrosamente a Ariadne.

Ella apartó el rostro cuando el aliento caliente y putrefacto le acarició la piel.

—¿Qué hacemos con ella, Xanas?

El hombre se apartó un poco dejando que los pensamientos de Ariadne fluyeran. Estaba atrapada y, según veía, no había posibilidad de que pudiese salir de allí.

—Llevémosla con la señora, ella sabrá qué hacer con esta —respondió agarrando la bolsa, y justo en ese instante el pie de Ariadne tocó el diario. Le dio un ligero empujón hacia las sombras en las que se ocultaban Medea y Orelle esperando que ellas pudiesen captar el mensaje.

34
KAIA

Kaia no gritó ni se lamentó cuando los cristales llovieron sobre su cabeza y una nueva explosión rompió el silencio. Cerró los ojos y un gemido se abrió paso a través de su garganta. En cuestión de segundos la fiesta se había convertido en una lucha desesperada por mantenerse con vida. Se aferró al brazo de Dorian mientras el mundo giraba vertiginosamente a su alrededor y los gritos cobraban forma en sus oídos.

Fue consciente de que estaba cubierta de polvo y el vestido se había rasgado convirtiéndose en jirones que no podría remendar.

—Kaia —gruñó Dorian apretando sus brazos; tenía la mandíbula tensa y los ojos muy abiertos. La luz iba y venía—. Kaia, ¿me escuchas?

Ella ladeó el rostro apartando los ojos del vestido y cabeceó sin fuerza para mover los labios. Estaba cansada, con los músculos agarrotados y un persistente dolor que amenazaba con abrirle el cráneo.

¿Qué estaba pasando?

Todos corrían a su alrededor y un hombre casi tropezó con ellos en su huida. Dorian empujó a Kaia contra una pared y miró a la multitud que gritaba horrorizada, una marea de cuerpos que se mecían bajo la desesperación. Fue consciente de los heridos, la sangre que manchaba el suelo y salpicaba las paredes. Dos mujeres yacían junto a una de las columnas desplomadas, al otro lado vio las guirnaldas rotas y a un par de chicas que lloraban desconsoladamente.

—Nos han atacado…

La voz le salió áspera y seca, más rota de lo que imaginaba, y eso hizo que la frente de Dorian se llenara de arrugas.

—Pero no han sido los demonios… —musitó él buscando entre los rostros—. Esto ha sido diferente.

—Tu padre no está aquí —afirmó ella, que no veía a Kristo por ninguna parte.

—Supongo que habrá escapado con la primera explosión —replicó él—. Sus hombres están capacitados para sacarlo de situaciones críticas que puedan suponer un riesgo para él.

Kaia apretó los labios deseando que esa misma seguridad hubiese sido aplicada meses antes a su hermana. Diminutas virutas caían sobre ellos. Lentas y pesadas, lo que le recordó su verdadero cometido.

—Deberíamos buscar el *Arcanum*, Dorian.

El joven negó rápidamente antes de Kaia añadiera:

—Piénsalo, estamos aquí. No tenemos nada que perder y en cambio podemos acabar con todo este desastre.

Una sombra de duda le nubló el semblante.

—Es muy peligroso —respondió él con seriedad—. Mira a tu alrededor, nos han atacado en el mismísimo edificio del Consejo. Hay gente herida, muertos, podríamos ayudar. No seas egoísta.

Ella soltó la mano de Dorian lamentándose por lo que estaba a punto de hacer. Los labios se le llenaron del sabor de la magia arcana, a madera quemada, acre. Le pareció que los hilos de vida se tensaban alrededor de ella, tiraban de su estómago y flotaban tenuemente sobre su cabeza. Los estaba sintiendo con tanta fuerza que le costaba resistirse.

Kaia apretó las manos, y aunque comprendía la lógica de Dorian, ella no quería ayudar, quería el *Arcanum* y lo encontraría con o sin la colaboración de él.

—De acuerdo, si es lo que quieres —susurró y levantó el mentón al tiempo que se recogía la falda—. Voy a ir contigo o sin ti.

No había dado ni dos pasos cuando un suspiro ahogado la hizo detenerse. Por el rabillo del ojo captó a Dorian que, con los hombros cargados de tensión, se apresuraba a seguirla. Tenía el cabello salpicado de motas blancas y la chaqueta estaba estropeada.

Cruzaron el salón resguardados por las sombras y en un par de minutos llegaron al templo. No estaba demasiado lejos del salón y, por fortuna, aquel lugar parecía no haber sufrido ningún daño. Una decena de espejos de plata decoraban la pared del fondo reflejando los matices del techo de cristal, del que colgaba una lámpara dorada que bañaba de luz los mosaicos del suelo. El recinto se hallaba en absoluto silencio y, según pudo juzgar Kaia, no había nadie.

Kaia entornó los ojos en cuanto encontró la portezuela dorada que era custodiada por dos figuras de mármol gris.

—¿Es aquí? —preguntó mientras entreabría la puerta, que emitió un leve quejido.

Dorian asintió y ella echó la cabeza hacia dentro intrigada por el aspecto que tendría la sala. Los nervios revolotearon en su pecho; se sentía desconcertada ante el hecho de que no se hubiera topado con nadie en esa zona. A pesar del ataque, el templo debería estar vigilado.

—Sí, aunque es posible que encontremos a alguien.

Era una capilla rectangular con grabados de oro en las paredes lisas, diminutos marcos negros rodeaban dos ventanillas acristaladas en las que percibió una sombra de su reflejo. Un arco cargado de relieves hacía las veces de entrada hasta una zona más elegante en la que cinco sillones alargados se reclinaban contra las esquinas.

Reprimió las ganas que tenía de reírse mientras sus ojos contemplaban ese lugar sagrado convertido en un lujo absurdo para los invocadores de la élite. Un lugar en el que ella no debería estar. No podía importarle menos, y esa fue la razón por la que avanzó con un ritmo veloz hasta el centro de la capilla. Una mesa alargada contenía una copia del libro sagrado y dos flechas de plata en honor a las diosas.

Pasó un dedo por la superficie reluciente y evaluó el techo abovedado que contenía las pinturas con la historia de la fundación de Cyrene. Eran mucho más impresionantes que las de los templos de su barrio, aunque Kaia no era devota y la historia de las tres diosas le resultaba mortalmente aburrida.

—¿Dónde está el…?

Se calló de pronto al contemplar el enorme cofre debajo de la mesa de cristal del fondo. Con el corazón acelerado y una súbita emoción recorriéndole la piel, Kaia echó a andar y se arrodilló delante del arca repleta de relieves y figuras que se entremezclaban con el metal precioso.

—Solo será sacarlo y te prometo que nos iremos —dijo en un esfuerzo por calmar los nervios de su compañero, que movía el pie con insistencia sobre el suelo.

Las manos le temblaron cuando empujó el pequeño pestillo y abrió la tapa con la respiración entrecortada.

—No hay nada… —soltó y sintió una punzada de desilusión al comprobar que el cofre estaba vacío.

—Pero debería estar allí, el *Arcanum* se guarda justo aquí.

Dorian parecía tan consternado como ella y estaba a punto de sugerir algo cuando la puerta se abrió y aparecieron dos mujeres vestidas con hábitos negros. A Kaia se le cayó el alma a los pies y no reaccionó hasta que una de ellas dejó escapar un grito de espanto.

—¿Qué hacéis aquí? —gruñó la madre superiora.

Dorian se tensó a su lado y Kaia decidió que tenía que dominar la situación si quería salir de allí por su cuenta. Movió la mano izquierda al bolsillo lateral de su vestido y tanteó la daga que ocultaba.

—Lo siento, madre —dijo Kaia con expresión apacible—. Nosotros estábamos en la fiesta y se ha producido un ataque y ha sido tan terrible…

Las palabras quedaron en el aire cuando un sollozo se abrió paso a través de su garganta. Dejó que las cuerdas vocales se le desgarraran y recordó que para que fuese creíble debía doblarse un poco e imprimir un aire afligido a su rostro. Era una buena actriz; batió las pestañas y permitió que los labios le temblaran levemente antes de dejarse caer.

—Esto ha sido tan inesperado y yo buscaba a mi hermanita —sollozó con más fuerza.

Una de las sacerdotisas se acercó a ella y colocó una mano sobre su hombro para calmarla. Kaia se sorbió los mocos y con ayuda de la mujer caminó hasta la puerta donde la otra esperaba con el rostro envuelto en sombras.

—Te escoltaré hasta la enfermería donde están atendiendo a los heridos.

—Muchísimas gracias, madre —replicó Kaia apretando su mano entre las suyas.

Dorian permanecía lívido detrás de ella. El rastro de la inquietud se mantenía en sus ojos desconfiados y ella supo que necesitaba imprimir un poco más de dramatismo. Así que Kaia emitió un sollozo suave, entre un lamento y una orden para que se pusiera en movimiento, y Dorian se acercó a ella justo cuando la otra mujer se interponía en su camino y lo apartaba con fuerza mientras sus ojos caían sobre el cofre vacío.

—El *Arcanum*, entregádmelo.

—Yo... nosotros no lo hemos tomado...

La mujer sacudió la daga en su mano e invocó dos sombras largas como tentáculos que reptaron hasta las piernas de Dorian. Él las esquivó con algo de dificultad y Kaia se atrevió a empujar a la otra mujer antes de echar a correr por el pasillo desierto. Estaba convencida de que ardería en el averno por haber atacado a una mujer de la iglesia y la verdad era que no le importaba en absoluto.

—¿Por dónde? —preguntó cuando alcanzaron el final y comprobó que las sombras de la mujer se acercaban a ellos. Hebras negras que trepaban por las paredes y se extendían en su dirección.

Dorian no hizo ningún comentario. La tomó por la muñeca y la arrastró hasta la esquina en la que una docena de personas se dirigía al salón. Se mezclaron con la muchedumbre y Kaia casi se sintió a resguardo. En medio de la marea de personas era improbable que pudiesen dar con ellos.

Al menos eso pensó hasta que la alarma de las campanas la hizo tensarse e intercambiar una mirada de horror con Dorian, que parecía casi tan pálido como ella.

—Eres el hijo de Kristo… ¿Por qué simplemente no hacen la vista gorda?

Él gruñó y la condujo a través de las escaleras que daban a la entrada.

—No me han reconocido —dijo casi sin aliento—. Además, por si no te has dado cuenta, ha desaparecido el *Arcanum* y los dos sospechosos implicados en el asunto somos nosotros.

Ella tragó saliva y continuó subiendo los escalones de dos en dos, apartando a la gente que caminaba en sentido contrario. Al llegar a la puerta de salida, Kaia se sobresaltó cuando dos guardias les cortaron el paso y solicitaron sus identificaciones. Maldijo en voz baja, la había olvidado en el coche de Dorian.

—Señora, por favor…

La palabra *señora* hizo que se le crisparan los nervios y sintiera un irrefrenable deseo de propinarle un golpe en la entrepierna. Ante la mirada agotada de Dorian, Kaia escuchó a su sentido común y optó por hacerse la ofendida.

Un hilo de sombra atravesó el aire y Kaia apenas tuvo tiempo de esquivarlo. Dorian la empujó a un lado y otro de los tentáculos de sombra silbó junto a ella e impactó contra uno de los cristales de la entrada. El guardia sacó su daga para invocar una sombra defensiva, pero no tuvo tiempo para decir nada. La sombra tomó su cabeza y la estampó contra el marco de la puerta haciendo que el hombre cayera inconsciente.

—¿Qué rayos ha sido eso? —inquirió Dorian con el rostro desencajado.

Kaia se puso en pie y sintió una punzada de angustia al ver que el tentáculo se cernía sobre la pierna de Dorian. Ella entrecerró los ojos y la magia arcana se tensó a su alrededor.

Todo pasó a una velocidad increíble.

La energía de los hilos vibró dentro de su cuerpo y todos sus músculos se tensaron ante el llamado. Percibió ligeramente cómo su pecho se hinchaba y los hilos temblaban, la tentaban.

Estás a punto de violar la ley.

No le importaba.

Tomó la daga y presionó el filo sobre la muñeca; la sangre se mezcló con la energía que palpitaba dentro de su pecho y un dolor abrasador la inundó. Las manos de Kaia se escurrieron sobre los hilos que poco a poco se volvían nítidos ante sus ojos, y una explosión de poder le sacudió el cuerpo haciendo que la magia arcana se extendiera a lo largo de su torrente sanguíneo.

Dos guardias más habían aparecido y por algún motivo extraño se cernían sobre Dorian, que intentaba sacar la daga de su bolsillo.

No se resistió. Buscó los hilos de aquellos hombres, tanteó entre todas las líneas opacas que se extendían ante ella y vibraban cobrando distintos matices que le hicieron daño a los ojos. Cuando había muchas personas cerca era complicado, todos los hilos se tensaban y a Kaia le costaba identificar a quién pertenecía cada hilo. Tejió la magia con habilidad y la aprensión que minutos antes había sentido se desvaneció en cuanto un pulso suave se deslizó en la punta de sus dedos. Lo tenía. Levantó la mano y las pulsaciones de los guardias colgaron entre sus dedos. Podía sentir los latidos de sus corazones repiqueteando en los hilos que sus dedos ensangrentados sujetaban; percibía la respiración agitada, desesperada. Era una sensación agradable, tener la vida de otros en sus manos le producía un placer irrefrenable que hacía que se sintiera terriblemente poderosa.

Tiró de una de las líneas de sangre y uno de los guardias gorgoteó con el rostro morado por la falta de oxígeno.

—Kaia, no…

La voz de Dorian sonó como un eco vacío, muy lejos de ella. Kaia pulsó un hilo diferente y el otro guardia se arañó la garganta con violencia. Le irritó escuchar aquel gorgoteo violento, casi le daba rabia que no pudiesen luchar contra ella. *Un poder desperdiciado*, comprendió, y sintió que su magia era capaz de eclipsar a las estrellas.

Tardó unos segundos en percatarse del temblor que sacudía al edificio, el suelo moviéndose bajo sus pies. Dejó que los hilos se apagaran, que el color dorado pasara a un gris pálido en el que no sentía ningún pulso.

Era el momento perfecto para salir de allí, abandonar el Consejo y regresar a su casa, pero cuando Kaia alzó los ojos, se topó con una expresión de horror en el rostro de Dorian que confirmaba sus peores sospechas.

Iba a decirle que todo estaba bien, que ya podían escapar, justo cuando el segundo de los guardias se incorporó, miró a su compañero y un alarido de horror le abrió la garganta. El hombre se levantó como pudo y Kaia pensó que volvería a atacarla. Pero no pretendía hacerlo. La miró con un dolor punzante en los ojos y solo entonces se abalanzó por la barandilla.

El grito de Dorian vibró contra sus huesos y se apagó cuando el guardia cayó en la pista de baile con el cuerpo doblado en dos ángulos extraños.

Kaia se quedó rígida y observó con detenimiento al guardia. Su pecho estaba demasiado quieto y ningún hilo brillaba en el centro. Los ojos la miraban sin mirar, tan vacíos como la energía que se iba vaciando en su interior hasta dejarlo hueco. Solo entonces se dio cuenta de que estaba muerto.

—Los he matado…

Dorian no respondió. Apoyó una mano en su espalda y ella rechinó los dientes cuando un latigazo de dolor la hizo caer sobre sus rodillas. Se llevó las manos a las sienes y el tacto cálido de Dorian le palpó el cuello, solo que ella era inmune a las caricias. Su visión se llenó de puntitos brillantes y luego todo se oscureció.

35
Medea

Ariadne no estaba.

La angustia sacudió levemente su columna y trepó por su espalda hasta golpearle el pecho. La ausencia de su amiga fue repentinamente devastadora y Medea no pudo evitar que la culpa golpeara no una, sino una docena de veces sus tripas.

En un ataque de miedo, de pánico, se abalanzó hacia la puerta e ignoró las súplicas de Orelle, que intentó asirle el brazo y mantenerla en el despacho. Medea no había reaccionado en cuanto los hombres descubrieron a Ari porque Orelle la había aprisionado contra la pared y porque su miedo le había impedido moverse. Había sido cobarde.

Acababa de ver cómo se llevaban a su amiga, y en lugar de recurrir a la magia, a las sombras, se había quedado bloqueada.

Ese pensamiento la impulsó a salir de allí.

Todavía escuchaba las voces, por lo que no podían haberse ido demasiado lejos. Corrió entre las sombras de la biblioteca con las manos apretadas en dos puños; dispuesta a invocar a la oscuridad, si de esa manera conseguía liberar a Ariadne.

Cruzó la esquina y uno de los estantes cayó a sus pies salpicando el suelo de libros viejos.

—¡Medea!

Era la voz de Orelle que se colaba entre los pasillos para detenerla. Estaba impregnada del mismo miedo que roía la conciencia de Medea. Echó la mirada atrás, hacia las estanterías, y la ignoró. De ninguna manera se detendría. Si existía un resquicio de posibilidad de encontrar a su amiga, Medea sacrificaría su vida solo por impedir que se la llevaran.

Mantuvo la boca cerrada y solo respiró por la nariz cuando alcanzó la puerta y tiró de ella; en el exterior llovía tanto que apenas podía ver algo. Observó en silencio el patio vacío, la ausencia que llenaba cada espacio de la Academia la golpeó con violencia.

De pronto, escuchó el ruido de un motor y pudo vislumbrar una furgoneta negra con cristales tintados que cruzaba el portón de la entrada.

El vigilante de seguridad los dejó salir y volvió a cerrar el portón. Medea ladeó la cabeza y una sensación apremiante se abrió paso a través de su garganta. La certeza de que aquellos individuos contaban con la autorización de la Academia para entrar por la noche.

Pero no tenía sentido…

Bajo la tenue luz de las farolas, Medea oteó el patio sumido en el silencio. El frío de la noche calaba bajo su abrigo mojado y ella no fue capaz de quitar los ojos del suelo hasta escuchar la respiración de Orelle a su espalda.

Entonces cayó en la cuenta de una cosa importante: Ari se había puesto en peligro por una razón evidente.

—El libro…

Orelle asintió y señaló el bulto debajo de su chaqueta. Juntas se apartaron de la lluvia y se ocultaron bajo uno de los techos del jardín principal para resguardarse de la tormenta.

—Ariadne creía que esto era necesario —declaró Orelle sacando el libro y apretándolo contra su pecho—. Supongo que es más importante de lo que imaginamos y lo único que podemos hacer es llevárnoslo.

—Ese hombre les ha abierto.

La voz le quemó los labios y Medea evitó encender las dudas que se agolpaban en su garganta. Podía ver retazos de un plan que no encajaban en su cabeza. Piezas sueltas que parecían pertenecer a otro mundo. La Academia sabía lo que pasaba en la ciudad igual que el Consejo y que Talos. Pero no querían que nadie investigara sobre los demonios. ¿Por qué? ¿Qué podían contener esos libros para que se los llevaran de esa manera?

—Ariadne va a perder su beca, Orelle. —La voz se le rompió y en el rostro de Orelle vio comprensión; después de todo ella también tenía una beca y sabía lo duro que era mantenerla—. Es por lo que lleva luchando desde hace mucho tiempo…

Las palabras murieron en sus labios y no fue capaz de terminar la frase.

—Yo… le he fallado. De nuevo, a ti y a ella —continuó, clavando los ojos en la lluvia—. Sigo dejando que otros paguen por mis errores.

Orelle se apartó a un lado y la obligó a mirarla a los ojos. Había miedo en ellos, pero también decisión. Sus dedos resbalaron por las mejillas de Medea, que parpadeaba como si con el gesto pudiese despojarse de las lágrimas que comenzaban a traicionarla.

—Esto no ha sido *tu* error —protestó Orelle con el entrecejo fruncido—. No es tu responsabilidad; no podías hacer nada, Medea. No puedes permitir que la presión por ayudar a quienes te rodean te obligue a actuar de forma desesperada.

—Sí podía —la interrumpió con desgana. Medea quería que cada pieza de su mundo se mantuviera anclada en el lugar en el que debía estar. Acababa de perder a Ariadne de la misma manera que había perdido a Thyra y a Mara. El mundo se le caía encima, se desplomaba a trocitos sobre ella—. Después de todo soy una invocadora y en lugar de actuar me he quedado paralizada.

Orelle frunció el ceño.

—Encontraremos a Ariadne —dijo su amiga sin atisbo de dudas y Medea quisó sentir la misma certeza.

La voluntad le flaqueó.

Orelle pareció leer las inseguridades en su rostro y, como en un sueño, su mano se posó en la nuca de Medea atrayéndola levemente hacia ella. Percibió su aliento sobre sus labios, como humo que se condensaba entre las dos.

Entonces captó un movimiento, demasiado sutil a la vista de cualquier persona, pero que para ella fue evidente. Los nervios invadieron su cuerpo y Medea se crispó empujando a Orelle contra la pared.

Algo enorme cruzaba el patio envuelto en la niebla que parecía manar del mismo infierno. Un demonio.

Un demonio en la Academia.

A Medea se le secó la garganta.

El aesir poseía un cuerpo enorme y sobrenatural con una cabeza de la que sobresalían dos cuernos negros curvados hacia abajo. Su sombra se difuminaba encogiéndose y alargándose con cada movimiento.

Medea boqueó, asustada, y el aliento se le congeló en la garganta cuando la criatura clavó sus ojos amarillos en ellas.

—Corre...

Fue lo único que alcanzó a decir y se sorprendió a sí misma emprendiendo una carrera detrás de Orelle.

—Al portón, rápido.

No había acabado la frase cuando algo la asió por el tobillo; Medea trastabilló y cayó de boca sobre un charco. Los dientes le castañearon y el sabor a sangre le inundó la lengua y el paladar. Advirtió que el aesir se impulsaba para sujetarle los brazos y ella se sacudió empujando con las piernas mientras el demonio le clavaba las uñas en las pantorrillas.

Ahogó un chillido de dolor y el aesir se giró para volver a tomar impulso y arremeter contra ella. Fueron escasos segundos que Medea aprovechó, y con un esfuerzo enorme, se incorporó para volver a echar a correr.

—Por la Trinidad... —dejó escapar una exhalación mientras sus pies se arrastraban hacia la única salida que conocía.

Divisó el portón y gritó pidiendo auxilio. Golpeó la puerta de la caseta con violencia hasta que el hombre abrió con expresión de sorpresa. Medea no cruzó palabra con el guardia, simplemente empujó a Orelle al interior y con horror comprobó que el demonio aullaba furioso sin quitarles los ojos de encima.

—¿Quiénes sois vosotr…?

El hombre no llegó a terminar la frase. El aesir se acercaba y el vigilante comprendió el peligro en el que se encontraban. Por suerte para ellas, aquel hombre se lanzó bajo la lluvia con los brazos abiertos al tiempo que invocaba a dos sombras alargadas con su daga.

Medea entró en la caseta tras Orelle y apoyó la cabeza en el cristal mientras sentía que el mundo giraba a su alrededor a gran velocidad. De nuevo, maldijo su cobardía mientras una oleada de miedo le subía por las piernas.

—¿Estás segura de que estamos a salvo? —preguntó Orelle casi sin aliento.

—Sí, lo está conteniendo —respondió Medea.

Pero aquello no era verdad.

El aesir se lanzó hacia la daga con violencia y la sombra se alargó hasta alcanzar el pecho de la criatura. Medea vio cómo se acercaba y se fijó en los movimientos cada vez más lentos del hombre, que no podía hacer frente a una criatura que le sacaba tres cabezas. Cansado, se dejó caer sobre el portón sin bajar la daga en ningún momento y Medea comprobó con un estremecimiento que era cuestión de segundos que perdiera la batalla.

El demonio gruñó y el aire crepitó con un zumbido a su alrededor cuando se abalanzó sobre el hombre clavando las garras en su garganta para luego posar los labios sobre la cabeza del guardia.

—Tenemos que salir de aquí… ya.

Orelle asintió y abrió la portezuela que daba al exterior de la Academia. Los gorgoteos apagados del hombre las acompañaron en el camino que daba hasta la salida.

Solo cuando llegaron al borde de la carretera se detuvieron.

—Ese hombre… debe estar muerto —susurró Orelle.

Medea se removió con una punzada de aprensión en el pecho.

—No, tal vez solo ha quedado como una cáscara vacía, tal vez exista alguna manera de volver a la normalidad a los que han sido atacados —respondió, dándose la vuelta para mirar la colina.

A Orelle le tembló un poco el labio antes de asentir. Medea se había quedado sin aire y en silencio agradeció que su amiga no la juzgara.

—Estás herida —susurró Orelle acercándose a Medea, que hasta ese momento no había sido consciente del dolor.

La sangre le corría por la pierna y le manchaba las zapatillas blancas. Medea ahogó un lamento y se sentó al borde del camino sin dejar de contemplar el rastro rojo que le manchaba la ropa. Hizo ademán de limpiar la herida, pero la mano de Orelle la detuvo.

—Se puede infectar —susurró, y rasgó la tela de su camisa—. Espero que esto sea suficiente hasta que lleguemos al depósito.

—Creo que la única manera de que ayudemos en este asunto es hablar con la Orden, tenemos que contarle la verdad.

Pensó que Orelle desestimaría su propuesta, que se negaría y que le diría que ya lo habían intentado demasiadas veces.

—Hace un par de días hablé con una chica que pertenece a la Orden —reconoció con desgana, y Medea se dio cuenta de lo mucho que le costaba admitirlo—. Estaba con los padres de Thyra y escuchó nuestra conversación. La Orden quiere destapar lo que oculta el Consejo, quieren que todo esto acabe, y tal vez sea la única que pueda ayudarnos. Podemos hablar con ella, se llama Aretusa y creo que podría contribuir a esta causa.

La promesa de una aliada supuso un alivio temporal en medio del caos.

Medea se puso en pie con ayuda de Orelle y enfilaron hacia el metro. Solo necesitaba caminar, despejar la cabeza y enfrentar a Kaia para decirle que todo les había salido mal. Por primera vez en todo el día deseó con todas sus fuerzas que a Dorian y a Kaia les hubiese ido mucho mejor que a ellas; si en el *Arcanum* estaban las respuestas, más les valía tenerlo en sus manos para así poder hacer que esas criaturas regresaran al infierno del que habían escapado.

36
Kaia

Kaia estaba sentada en un prado con un vestido azul que acentuaba la palidez de sus piernas. Las estiró dejando que el sol le acariciara la piel y se sintió satisfecha de haber renunciado al negro que desde hacía tantas semanas no se quitaba de encima. Repudiaba el tono oscuro y estaba convencida de que bajo ninguna circunstancia volvería a llevarlo. Al menos eso creía, no sabía que años más tarde recurriría a él nuevamente.

Era la primera vez en todo el verano que se dejaba caer por los alrededores de Cyrene para disfrutar de un pícnic. No era una de sus actividades favoritas, no disfrutaba del aire libre y los mosquitos, pero sí apreciaba la mano que sostenía la suya. Más pequeña y delicada, con las uñas pintadas de rosa. La apretó como si el gesto fuese a impedir que se alejara de su lado.

—¿Crees que podremos visitar la costa este verano? —le preguntó Asia mientras se acomodaba el sombrero sobre el cabello castaño—. A la abuela le haría bien recibir un poco de sol.

Asintió sin decir nada.

—Me encantaría llevar un bañador, aunque a la abuela no le hará ni pizca de gracia.

—Ya me encargaré yo de que acepte —propuso Kaia con una sonrisa cómplice que su hermana le devolvió.

Ver a Asia tan distendida hizo que su corazón se hinchara de gozo.

—Sé que te esfuerzas para que la gente vea tu voluntad.

La afirmación la tomó completamente desprevenida. Una vez más, su hermana demostraba capacidad e inteligencia para leer las señales que ella se esforzaba por ocultar.

—No lo hago, querida —mintió como de costumbre mientras le colocaba un mechón bajo el sombrero—. Soy fuerte, aunque muchas personas se empeñen en creer lo contrario.

—Kaia, conmigo no tienes que mantener una fachada.

La mano de Asia apretó la suya como si temiera que fuera a romperse. Kaia guardó silencio mientras estudiaba cada una de las pecas que salpicaba la nariz respingona de Asia. Quería guardarla en sus recuerdos así; libre, curiosa y alegre.

—Asia, eres muy joven como para juzgar las intenciones de la gente. No me gustaría que creyeras las cosas que otros dicen sobre mí, pero tampoco quiero mentirte y decirte que soy una persona diferente de la que en realidad soy.

Asia dejó escapar un bufido de incredulidad. Se inclinó hacia ella y le colocó una mano sobre el hombro mientras la miraba fijamente.

—Eres mi hermana y no creo nada de lo que dicen otros porque simplemente no es verdad. Eres una buena persona, resuelta y tal vez un poco testaruda. Pero no dejes que esas opiniones ajenas te hagan creer que eres terrible. No hemos tenido demasiada suerte en la vida, es verdad, pero no es tu responsabilidad.

»Los que hablan, lo hacen porque no te conocen. Pero la abuela y yo sabemos quién eres, te queremos.

Deberías ser tú quien le dijeras todas esas cosas a tu hermana, pensó Kaia con un suspiro. El sentimiento la obligó a abrazarse las rodillas, a protegerse de esos iris tan azules como los suyos. Asia veía lo mejor de las personas y Kaia guardaba tantos secretos, tantas mentiras, que no sabía si el día en que su hermana los descubriera la miraría de la misma manera.

—¿Por qué me dices todo esto ahora? —preguntó Kaia con algo de recelo.

Asia se encogió de hombros y tomó un bocadillo de la cesta antes de replicar con desenfado:

—No sé si nuestros padres se fueron sabiendo lo mucho que los quería. —Su voz estaba cargada de emoción—. No quiero guardar lo que siento, no quiero esperar a un funeral para decírtelo.

Kaia la contempló, fascinada y asustada a la vez. El repentino temor a la muerte que experimentaba su hermana estaba alimentado por todas las pérdidas que ambas habían sufrido en sus vidas. Primero su abuelo cuando eran solo unas niñas, luego su tía, la única hermana de su madre, y, por último, sus padres.

Sintió un tirón en el estómago y de refilón notó que Asia se concentraba en mordisquear los bordes del bocadillo de pimientos.

Los labios de Kaia se curvaron hacia arriba y asintió sin permitir que el dolor o la tristeza se reflejaran en su expresión. Deseó tener la capacidad de su hermana para admitir sus sentimientos y para estar segura de que no era un monstruo. Pero por mucho que Asia le dijese que nada de todo eso era su culpa, bien sabía Kaia que sí lo era.

Agachó la mirada, avergonzada. Era capaz de fingir, si con ello conseguía entregarle a su hermana la felicidad que le habían arrebatado, si con ello era posible extender los minutos de calma y de fingida felicidad.

La puerta se cerró y ella despertó sobresaltada con un nudo apretándole la garganta. Quiso incorporarse, pero un par de manos la asieron a la cama en la que estaba y no le quedaron fuerzas para luchar. Se rindió, se dejó caer en el colchón de plumas e inhaló el olor a violetas que desprendía la funda.

¿Dónde estaba?

Apretó los párpados y pensó en el recuerdo que acababa de revivir. Hacía tanto que no soñaba con Asia que le sorprendió despertar y sentir el tacto de los dedos de su hermana sobre su mano. El vacío de su pecho volvió a llenarse de dolor y Kaia fue más consciente que nunca de lo sola que estaba en el mundo. Asia le había hablado siempre con tanto cariño, pero Kaia dudaba de que en ese momento fuese capaz de reconocerla. No quería admitirlo, pero ni ella misma estaba segura de quién era o qué hacía, y sabía que ese pensamiento debía producirle miedo, pero no era así. Ni siquiera sentía compasión de sí misma.

A pesar del dolor de cabeza, Kaia se esforzó por abrir los ojos. La luz entraba a raudales a través de las persianas.

—Quédate quieta, por favor.

Era la voz de Dorian. Un sonido dulce que la reconfortó.

No, la voz de Dorian no podía suponer ningún alivio para ella por lo que se deshizo de las manos con algo de violencia y consiguió apoyarse sobre su codo derecho. Estaba en una habitación pequeña con las paredes blancas decoradas por tapices llenos de lavandas. Al otro lado un espejo largo le devolvía su reflejo, lo que no hizo más que atenazarle los nervios: lucía terrible.

El cabello negro se le derramaba sobre las mejillas acentuando sus ojeras.

—¿Cómo hemos llegado a mi casa? —inquirió sin dejar de mirar a Dorian, que sin duda tenía mejor aspecto que ella.

—Te desmayaste, Kaia —susurró él—. Hiciste algo…

La voz se le quebró, se puso en pie y se deslizó hacia la ventana a través de la que el sol comenzaba a despuntar. Dos arrugas profundas surcaban su frente y Kaia se fijó en que los ojos claros de Dorian estaban velados por la decepción, la misma que había visto en su abuela y en sus padres desde que era solo una niña.

Ella lo recordó. El episodio en el baile, la búsqueda fallida del *Arcanum*, la magia arcana. Y lo peor de todo era que ahora Dorian lo sabía.

Contempló al joven sin ser capaz de mover los labios.

—Yo… lo siento —dijo por fin—. Por todo.

Sintió que su seguridad vacilaba. Las emociones surcaban su alma como una marea desbocada y estaba a un paso de sucumbir a ellas. Miró a Dorian con terror, con miedo a que él hubiese descubierto que sí estaba maldita, que atraía a la mala suerte y que había profanado su alma.

—Kaia, no tienes que cargar con esto tú sola.

Se había acercado tanto que ella podía sentir su aliento en el cuello. Agarró un pañuelo de la cómoda y se lo tendió. No se había dado cuenta de las lágrimas.

Por un instante, por un delicioso momento, Kaia vaciló. Tragó saliva con fuerza y dejó que el horror de la noche anterior la engullera. Sin pensárselo, sin detenerse a atender a su yo racional, se arrojó a los brazos de Dorian en busca de un consuelo que añoraba.

Él respondió con afecto. La rodeó con los brazos, y pese a que sus rostros estaban a solo un palmo de distancia no la besó. El deseo la hizo estremecerse y Kaia anheló que lo hiciera; que liberara esa carga eléctrica que durante semanas ella se había esforzado por reprimir.

Ninguno de los dos se alejó del otro. En lugar de eso, Dorian le acarició la espalda haciendo que un escalofrío la sacudiera.

—Los he matado, Dorian —musitó, siendo plenamente consciente de todo lo que había ocurrido. Necesitaba que él la odiara y que le recriminara que hubiera jugado con magia prohibida.

No lo hizo. Aunque en sus ojos podía adivinar la misma aversión que en el resto de la gente, Dorian no se atrevió a juzgarla en voz alta.

Kaia se deshizo de las sábanas y descubrió que continuaba con el vestido. Se lo quitó sin importarle que Dorian la viese con el simple camisón de satén que llevaba debajo.

Con una extraña mezcla de placer y malicia, adivinó el rubor en el rostro de él, que de inmediato se dio la vuelta para contemplar la pared, y ella se echó encima una bata que solo usaba dentro de su casa.

—No hay nada que no hubieses visto antes, Dorian —susurró, y él se atrevió a girar un poco el rostro—. Solo quería que constatases las consecuencias de lo que he hecho.

Se bajó un poco la manga revelando los cardenales que marcaban su piel. La herida de su mano escocía pese a la costra negra que comenzaba a endurecerse y mostraba un tono grisáceo en los bordes. Eran más que simples moratones, se podían advertir las venas hinchadas, y si te fijabas bien eras capaz de notar las irregularidades que marcaban la piel; Kaia había aprendido que esas marcas no desaparecían. Al menos, no del todo.

—Kaia, necesito preguntarte algo…

Ella puso un dedo sobre sus labios impidiendo que la interrogación escapara de ellos.

—Sí, ha sido magia arcana.

Él boqueó, atónito ante la revelación.

—No es posible, hace cientos de años que nadie puede manejarla. —Su voz se atenuó hasta convertirse en un silbido.

Se quedó muy quieto, sin quitarle los ojos de encima.

—Yo puedo —farfulló ella—. Desde que era niña puedo escucharla, soy sensible a su llamado y hasta esta noche no había cedido nunca a su impulso, al menos no de esta manera. Yo… había podido controlarla.

»Tenía diez años la primera vez. —Tragó saliva con fuerza, obligándose a soltar las palabras. A darle forma a ese secreto que escondía—. Me corté la mano sin querer y noté los hilos. Al principio parecían diminutas hebras de sombras que se resistían. Luego descubrí que podía sentirlos incluso sin la sangre. Un hilo conectado a cada persona; un hilo que, si hacía un pago de sangre, se extendía al alcance de mis manos.

Ella cerró y apretó los puños un par de veces.

—Déjame sola, Dorian —dijo al cabo de unos cuantos minutos de silencio.

Él abrió la boca para replicar y alargó una mano, pero ella se apartó. No podía explicarle demasiado porque ni siquiera era consciente de los límites de la magia, de las dimensiones que estaban dentro de su cuerpo, ni de la oscuridad que la consumía cuando cedía al instinto de tirar los hilos. Por la Madre Muerte, Kaia no tenía todas las respuestas al alcance de sus dedos y la posibilidad de ceder a las tinieblas de su alma le asustaba, pero no tanto como debería.

—No puedes estar aquí. Hemos hecho todo mal, yo lo he arruinado y ahora no tenemos manera de saber qué es lo que ocurrió con mi hermana —admitió con desconsuelo.

—¿Todo fue por Asia? ¿Desde el principio?

Kaia supuso que Dorian tenía razón. La veía tan claramente bajo su fachada que se sintió desnuda, descubierta.

—Sí, todo fue por ella —repuso con una punzada de tristeza—. Pero no dejo de creer que está relacionada con los aesir. Ahora han robado el *Arcanum* y no tenemos manera de conocer la naturaleza de esos demonios ni cómo han sido invocados.

Por supuesto que no fue capaz de contarle su sospecha sobre Asia. No era capaz de revelar el miedo que sentía solo de imaginar que su hermana hubiese invocado a los demonios. El *Arcanum* contenía las leyendas de invocación de los demonios de toda la historia; no solo de Cyrene, también de Ystaria. Hacía cientos de años, los demonios habían sido invocados para proteger las ciudades, pero su naturaleza no era voluble y en ocasiones perdían el control asesinando al invocador que los controlaba. Apenas existía información al alcance de los ciudadanos, no querían que volviera una era en la que los demonios caminaran sobre la Tierra, en la que los invocadores hicieran pactos con el averno y pudiesen dominar fuerzas oscuras que nadie debería controlar.

Al final, no hizo falta que añadiera nada. Él se encogió de hombros y con una mueca de dolor recogió su chaqueta de la silla y asintió en silencio mientras ella trataba de parecer más decidida de lo que en realidad se sentía.

—Ojalá un día dejes que te ayude de verdad —susurró—. Cuando puedas aceptar que no necesitas controlarlo todo, tal vez te permitas compartir la carga con alguien más. Yo siempre he estado allí, aunque tú no quieras verlo.

Kaia respiró hondo y no dijo nada. Cada vez tenía más claro que todo lo que la rodeaba se marchitaba ante su mera presencia. Necesitaba estar a solas ahora que podía conservar todas sus emociones bajo una máscara de fría calma. Necesitaba que Dorian creyese que lamentaba la muerte de los dos hombres, aunque en cuanto él se fue la realidad la golpeó de lleno.

La habitación se le antojó demasiado pequeña y Kaia se dejó caer sobre la cama en silencio. ¿De dónde provenía su magia? ¿Sería cierto lo que decían las leyendas? ¿Y si la magia arcana se había liberado de la tumba de las diosas y eso había atraído a los demonios hasta la ciudad?

Sacudió la cabeza y un graznido la arrancó de su ensoñación. En la ventana abierta se posaba Forcas. Las alas negras estaban desplegadas y sus ojos la miraban como si comprendiese lo que ocurría en su interior. Después de todo siempre le había parecido que el cuervo era capaz de ver en lo más hondo de su alma y, en ese momento, quiso creerlo. El corazón se le detuvo una fracción de segundo al ser consciente de que, en realidad, no se arrepentía de haber matado a los guardias. No sentía ni una pizca de pena, y eso le daba más miedo que lo que Dorian pudiese creer acerca de ella.

37

Ariadne

Podrían haber pasado horas o incluso días y Ariadne no tenía manera de saberlo. Continuaba en la parte trasera del camión y hacía bastante rato que este se había detenido. Ni siquiera escuchaba las voces de sus captores, ningún ruido en absoluto. La tela áspera y mugrienta que le cubría la cabeza comenzaba a picarle y con las manos atadas era imposible aliviar la comezón.

Trató de imaginar que de un momento a otro aparecerían Medea o Kaia para sacarla de allí, pero era fantasear demasiado y cada segundo que pasaba veía más improbable el hecho de que ellas llegaran. Entonces sus pensamientos giraron ante la idea de que ni siquiera la echaban en falta. Después de todo, Ariadne era lista, sí, pero no poseía ningún rasgo diferenciador por el que la gente la quisiera. No era una heroína, tampoco valiente como Kaia o decidida como Medea. Ella era una chica corriente que imaginaba escenarios ficticios en los que probaba sus límites, pero en la vida real no llegaba a destacar.

Se frotó los ojos como pudo y en ese instante distinguió una luz en la parte trasera del camión, en cuanto se abrieron las puertas. Ariadne se irguió con el rostro ladeado y alguien le quitó el saco que le cubría la cabeza.

—¿Estás seguro de que esta es la chica? —inquirió una voz áspera y femenina que a Ariadne le tomó unos segundos descubrir de dónde provenía.

Era una mujer alta, de perfil elegante, que llevaba un traje oscuro y el cabello recogido bajo un sombrero que ocultaba la mitad de su rostro bronceado. Al lado de ella se hallaba uno de los hombres que la habían capturado.

—¿Tienes nombre?

A Ariadne le irritó el tono superficial de la pregunta, como si fuese un perro a la deriva que debía bajar la vista solo con su imponente presencia.

—Por supuesto. —Se odió por sonar tan insegura—. Soy... —dudó—. Orelle.

Decidió mentir y apostar por otro nombre con el que no fuesen capaz de asociarla con Myles. Si aún tenía alguna posibilidad de mantener su identidad en secreto, la aprovecharía.

—De acuerdo, Orelle —respondió la mujer haciendo un gesto con la mano—. Necesito que me acompañes para hacerte una serie de preguntas.

Ariadne parpadeó, confundida.

—¿Preguntas?

—Por supuesto, no pensarás que eres una prisionera o algo así. —Ariadne se apresuró a negar efusivamente—. No somos bárbaros, así que acompáñame.

Ariadne se ajustó las gafas en el puente de la nariz y no pudo evitar que las piernas le temblaran cuando se puso en pie de un salto fuera del camión.

—Sígueme, por favor —musitó la mujer enfilando a través de un camino de gravilla que atravesaba dos jardines infinitos y llevaba hasta el caserón más grande que Ariadne había visto en su vida.

Era una casa de dos plantas con las paredes blancas y el techo y las ventanas azules. Una construcción arcaica de las que solo se veían en el Distrito Antiguo, donde las viviendas se hallaban más separadas porque eran monumentales. Ariadne admiró los colores brillantes y no pudo evitar abrir la boca mientras avanzaba a trompicones siguiendo el paso firme de la mujer.

—Entra.

Perpleja, Ariadne asintió y se quedó quieta, con los ojos puestos en el retrato de la entrada. Era una mujer joven con una melena rojiza que le caía sobre el hombro izquierdo. Le inquietaron aquellos ojos grises que Ariadne no había visto antes y que, sin embargo, le parecían tan familiares.

—Es mi hermana —musitó la mujer al ver que su atención estaba puesta en el cuadro—. Pronto la conocerás.

Sus palabras crearon cierta inquietud en Ariadne, que no podía intuir en absoluto qué querían de ella.

Siguió a la figura elegante de la mujer con los pensamientos bailando al ritmo del eco de sus tacones. Si el exterior de la casa resultaba imponente, el interior era aún más desconcertante. Un recibidor amplio y luminoso decorado por cuadros de estilo moderno en el que se apreciaban paisajes de aspecto romántico. Contrastaba con el suelo alfombrado por una moqueta crema, que redujo el impacto de sus pasos cuando la mujer la condujo hasta un pequeño salón con vistas a otro jardín en el que las azucenas temblaban bajo la brisa fresca.

—Toma asiento, enseguida vendrá mi compañero y podremos dar por solucionada esta situación.

A pesar de las ganas que tenía por acabar con aquello, no dijo nada. Hizo lo que le pedía y se dio cuenta de que estaba demasiado agotada tanto física como mentalmente y de que lo único que ansiaba era volver a su casa sin ningún inconveniente. La mujer tocó una campanilla y apareció un mayordomo que dejó una bandeja sobre la mesa junto a la chimenea.

—Supongo que estarás hambrienta o al menos con sed —advirtió la mujer vertiendo el té en tazas blancas—. Mi nombre es Nara y voy a necesitar que me digas quiénes te ayudaron a colarte en la Academia.

La voz de Nara le pareció más persuasiva que antes y Ariadne vaciló aceptando la taza caliente entre sus dedos. El hambre acabó con cualquier recato que pudiese tener y tomó una de las galletas de chocolate, que le provocó una explosión de sabor en su paladar.

—Estaba sola —mintió antes de dar un sorbito al té. Estaba dulce y el calor ayudó a recomponer el frío que le carcomía los huesos.

Los ojos azules de Nara estudiaron su expresión como si pudiese intuir la mentira en sus palabras. Luego descendieron hasta su ropa y terminaron por fijarse en las botas sucias que estaban manchando la moqueta inmaculada.

—Chica, es probable que no sepas que te encuentras ante una de las mujeres con mayor influencia de todo Cyrene —gruñó Nara—. No me vengas con mentiras porque puedo verlas a millas de distancia.

Ariadne tragó saliva y bajó la vista hacia la taza. El frágil caparazón de mentiras que estaba construyendo se debilitaba ante aquella mirada incisiva. No podía mencionar a sus amigas. Si caía, tendría que hacerlo sola.

—¿Y bien? ¿Vas a quedarte callada todo el día o me dirás lo que te he preguntado?

—Oh, tía —respondió una voz desde la puerta—. No puedes presionar así a una chiquilla que parece estar al borde del llanto, ¿qué modales son esos?

El desconocido negó con la cabeza y avanzó en dirección a la chimenea con paso renqueante. Apoyó el bastón sobre el parqué y Ari admiró el talante suave de un chico que a sus ojos resultaba atractivo muy a pesar de su excéntrica apariencia. Sus labios estaban crispados en una sonrisa sardónica. Aparentaba unos cuantos años más que ella; era muy alto y tan delgado que la ropa apenas se ajustaba bien a su torso esbelto. Tenía el pelo rojo revuelto y el flequillo le caía sobre la piel lechosa.

No fue su aspecto frágil lo que hizo que Ariadne lo observara con atención. El ojo derecho estaba decorado por una media estrella pintada de negro que combinaba con su chaleco adornado por pequeñas constelaciones.

—Hola, perdona los modales de lady Nara, es un poco gruñona cuando alguien se interpone en sus planes. —Le guiñó un ojo y se apresuró a quitar la taza de té que la mujer sostenía entre sus delgadas manos—. Ahora bien, ¿podrías decirnos que hacía una criatura como tú en la Academia en medio de la noche?

El rubor acudió a las mejillas de Ariadne, que no se veía capaz de elaborar una mentira demasiado convincente. Si Kaia estuviese en su situación habría pensado en una respuesta ingeniosa.

—Yo… la verdad es que estaba haciendo una apuesta.

El chico alzó las cejas, interesado.

—Perdona, pero no tienes la apariencia de alguien que se deje llevar por esas situaciones —reflexionó—. Y mira que no me gusta juzgar a la gente, pero me parece que nos estás mintiendo.

—No lo hago —replicó Ariadne haciéndose la ofendida.

Nara soltó un leve gruñido y entornó los ojos mirándola con renovada curiosidad.

—Vamos a hacer las cosas bien —propuso el chico dejando la taza sobre la mesa—. Soy Julian y un encantador servidor del Consejo de Invocadores de Cyrene.

Inclinó la cabeza y Ariadne, a pesar de su precaria situación, tuvo que disimular una sonrisa por lo surrealista que le parecía aquel personaje. Todo en él gritaba que era dueño de un ego desmedido que incluso podía superar con creces al de Kaia.

—¿Te estás burlando de mí?

Él soltó una risita mientras se acercaba a la chimenea.

—Oh, no… por supuesto que no. No me gusta burlarme de la gente y no empleo el sentido del humor en situaciones que no lo requieren.

Definitivamente la estaba tomando por tonta.

—¿Eres una ladronzuela de libros?

Con el corazón bailando contra las costillas, Ariadne negó.

—Los que pretendíais robar esos libros erais vosotros… son de la biblioteca y no tenéis ningún derecho de quedaros con ellos sin la autorización pertinente.

—Pero si es que Persis nos ha permitido que los tomásemos.

La respuesta de Nara la sorprendió tanto que Ari se quedó sin aliento. No había reparado en esa posibilidad y ahora que lo pensaba le resultaba bastante obvio, aunque eso no esclarecía el hecho de que entrasen a por los libros en medio de la noche.

Abrió la boca para contradecirla, pero no tuvo tiempo de responder porque en ese instante la campana del reloj que estaba sobre la chimenea rompió el silencio haciendo que Nara dejara escapar un profundo suspiro.

—Es hora de irnos —soltó—. Tenemos que ocuparnos de arreglar el funeral para las víctimas del atentando.

Aquella frase le produjo un terror agudo y desconcertante que hizo que Ari perdiera el control de sus dedos y la taza que sostenía se le resbaló.

—¿Atentado?

—En el baile que se dio en el Consejo —admitió Nara. Ariadne la miró sin comprender—. Un incidente lamentable que ha dejado una veintena de fallecidos.

Los ojos de Ari recorrieron el salón y se demoraron en la puerta cerrada. La necesidad de contactar con su hermano y con Kaia le revolvió el estómago.

—¿Han sido los demonios?

Su pregunta atrajo la atención de Julian, cuya expresión mutó a verdadera curiosidad.

—¿Qué sabes sobre eso?

—Nada. —Sacudió la cabeza y se reprendió en silencio por lo tonta que había sido su reacción. Julian no se tragó la mentira y, por el gesto suspicaz de Nara, imaginó que estaba metida en un nuevo lío.

—Hablaremos de esto en cuanto volvamos —apuntó la mujer—. Tienes muchas cosas que contarnos y espero que, tras un descanso, te muestres mucho más dispuesta a colaborar. El mayordomo te conducirá a tus aposentos.

—Yo la llevaré. —Se ofreció Julian, y la mujer levantó una ceja, incrédula.

—¿A qué se debe el gesto?

Pero Julian sonrió y señaló el pasillo.

Ariadne no tuvo tiempo para replicar. Como un títere, fue llevada lejos del salón hacia unas dependencias en las que amablemente se le ordenó permanecer.

—Necesito avisarle a mi familia que estoy bien. Me habéis dicho que no estoy cautiva y creo que es la mejor manera de demostrarlo —le dijo a sabiendas de que no podía escribirle a Myles. Pensó que podría enviar una nota al depósito de sus amigas, simplemente decirles que estaba bien.

—Que sea breve.

38 Medea

—No hay rastro de Ariadne —empezó Kaia y Medea se sentó a su lado en el sofá—. He intentado hablar con Persis, pero tras la nueva alerta ha sido imposible encontrarla. Si la Orden no se hubiese empeñado en atentar contra el Consejo, tendríamos la situación controlada.

Estaban en el depósito con Orelle y Dorian, que comían croquetas de pescado en el otro sofá. Llevaban tres días buscando a Ari y, hasta entonces, no tenían ninguna información. El tiempo suficiente para que algo se le rompiera en el pecho a Kaia y la desgarrara poco a poco hasta convertirla en un agujero negro. Un agujero lleno de dolor, de tristeza.

—Todavía no se sabe quién ha producido el atentado —replicó Medea, fastidiada. Cansada de escuchar las mismas acusaciones—. Es una vergüenza que quieras culpar a unas personas de lo que ha ocurrido sin tener prueba alguna.

Las comisuras de los labios de Kaia se mantuvieron quietas y Medea notó que se resistía a responderle. No cabía duda de que la Orden era una de las principales sospechosas de lo ocurrido en la fiesta del equinoccio de primavera, pero asegurar tal cuestión era cuanto menos irresponsable. Eran años de disputa entre el Consejo y la Orden, la enemistad que compartían era más fuerte que la preocupación por lo ocurrido.

—Medea tiene razón —la apoyó Dorian haciéndola sentir confundida—. Mi padre no ha conseguido ningún indicio de que la

Orden esté detrás de lo ocurrido. En cambio, tienen bastante información para considerar que otra ciudad pueda mantener algún tipo de interés político en Cyrene. Un atentado es una cosa seria. Ha muerto gente.

—¿Nadie ha hablado al respecto?

—Los medios —explicó Orelle señalando la televisión sin volumen que estaba frente a ellos—. No hay nada en concreto. Tampoco han mencionado al *Arcanum*, así que no hay forma de saber a dónde ha ido a parar.

Dorian frunció el ceño, más perdido que de costumbre. Nada de aquello tenía sentido. Un atentado en medio de una situación de crisis era un movimiento arriesgado. Incluso para una organización como la Orden.

—Nadie querría desestabilizar al gobierno en semejantes circunstancias.

Los ojos de Kaia la estudiaron durante unos segundos sin decir nada.

—Es un juego de poder —replicó llevándose una croqueta a los labios—. Nuestra comprensión es limitada porque no conocemos los entresijos políticos ni los objetivos que puede perseguir quien realizó el atentado. Pero atacar una fiesta tan importante en la que estaban presentes los políticos más destacados de Cyrene es un mensaje claro.

Medea no supo descifrar el tono crítico que se ocultaba bajo sus palabras como tantas otras veces. Había algo diferente en ella. Algo perturbador que hacía que a Medea le costara sostenerle la mirada. Como si Kaia estuviese sobreanalizando todo lo que hacía o decía.

—¿Por eso las nuevas medidas?

En silencio, Kaia se encogió de hombros y negó con la cabeza. En ese momento, no solo importaba el atentando como tal. Lo que en realidad rondaba la cabeza de Medea eran las nuevas medidas del Consejo.

Toques de queda, registros en los distritos menos pudientes, seguridad policial extrema en las calles. ¿Tenía algo que ver con los demonios o era una consecuencia del atentado? No lo sabía. Y no solo era eso, la Academia había suspendido las clases y solo podían presentarse en el edificio quienes tuviesen algún examen pendiente; ella no podía evitar pensar en lo que había ocurrido la última noche.

Nadie hablaba del hombre que había muerto en vez de Orelle y de ella. Ningún obituario ni comentario en la televisión o los diarios.

—¿Tenemos constancia de alguna invocación de demonios dentro de la ciudad? —preguntó Orelle, pensativa, para retomar la conversación.

—No desde la fundación —replicó Kaia—. Fue lo primero que mencionó Ariadne. En la fundación algunos invocadores contaban con la magia arcana y se podían permitir invocar a algún tipo de demonio protector. Pero hace más de cien años que no tenemos registro de nada parecido. Aunque hay casos de ataques a otras ciudades, este libro menciona Cytera. Pero no dice que hayan sido los aesir.

—Es la ciudad de las diosas, donde está la tumba de Cibeles y de Lilith.

Orelle cerró el libro apoyándolo en su regazo.

—No, aquí dice que la última vez que se vislumbraron demonios arcanos fue hace trescientos años —explicó Medea, y la expresión de Kaia se suavizó.

—Se supone que cuando June selló la tumba del Flaenia con las diosas en ella acabó con la magia arcana —sentenció Dorian.

La frase venía cargada de una suspicacia que Medea no pudo descifrar.

—¿Habéis visto algo en el archivo del Proyecto Isla? —preguntó Dorian con curiosidad.

—Nada. Salvo nombres que no entendemos muy bien a qué hacen referencia. Figuraban Thyra y Mara —explicó Orelle.

Durante los últimos dos días Orelle se había dedicado a leer minuciosamente el archivo sin llegar a ninguna conclusión.

—También he estado estudiando el libro —admitió Orelle con un rubor de vergüenza—. No es sencillo, puesto que no domino el dialecto en el que está escrito, pero con ayuda de un diccionario he conseguido descifrar los primeros dos párrafos.

Kaia ladeó el rostro con la curiosidad brillando en sus ojos.

—Es la transcripción de un diario, o al menos eso es lo que he entendido —continuó—. Los aesir son uno de los temas principales, pero no constituyen el centro del estudio.

Percibió un destello de duda en su tono y se acercó para estudiar las páginas color crema. Los garabatos eran largos y estilizados, difíciles de entender incluso si no estuviesen escritos en un dialecto en desuso.

—Los aesir son invocaciones atraídas desde el Flaenia.

El bufido de Kaia desconcentró a Orelle, quien alzó los ojos para encontrarse con una expresión de escepticismo.

—¿No crees que sea verdad?

—Es mitología —replicó Kaia cruzando los brazos sobre el pecho. Parecía como si la joven se estuviera esforzando por mostrarse despreocupada, pero la rigidez de sus hombros delgados la delataba: creía en la leyenda y, además, estaba ocultando algo—. Leyendas de la fundación: el Flaenia es la tumba de las diosas, morada de los demonios, pero no está en Cyrene, ¿por qué los demonios están aquí? ¿Creéis que alguna otra ciudad puede haber sufrido algún ataque?

—Mi padre no ha comentado nada parecido. No han recibido comunicaciones de otras ciudades. Aunque han evaluado la posibilidad de convocar una Cumbre Ruina.

Dejó la última frase suspendida en el aire y Medea se quedó lívida. Hacía casi cien años que ninguna ciudad en Ystaria convocaba a una Cumbre Ruina.

Orelle carraspeó interrumpiendo la conversación.

—No hay razón para que hagan tal cosa —concluyó Kaia, que en ese momento se puso en pie y tomó su bolso con un gesto delicado—. Me encantaría quedarme un rato más, pero le prometí a mi abuela que llegaría para la cena.

Dorian la imitó y antes de que ella pudiese poner excusas, la siguió hasta el exterior. Medea se sintió extraña al quedarse a solas con Orelle. La anticipación y los nervios de los últimos días avivaron un cosquilleo suave en la base de su garganta. Había algo en la mueca de concentración de Orelle que hizo que ella se inclinara sobre el libro y leyera los márgenes sobre los que estaba garabateando.

—¿Crees que realmente esos demonios vienen del Flaenia?

—No veo razón para que no sea así —admitió y cerró el libro de pronto. Medea abrió la boca y se percató de que la rodilla de Orelle descansaba sobre la suya, un detalle que avivó el calor que le recorría las entrañas—. Las diosas estaban conectadas a la energía arcana; si la naturaleza de los demonios es esa, es muy probable que procedan de allí.

Medea asintió y evitó mirar a Orelle a los ojos.

—He hablado con Aretusa, la mujer de la que te comenté.

La mención tocó la fibra sensible de Medea, que no dejaba de pensar en ese asunto. No esperaba que Orelle pudiese contactar con aquella mujer tan pronto, ni siquiera sabía cómo la Orden estaba lidiando con todas las acusaciones que hacían en su contra.

—Hace casi un año que no reciben nuevos ingresos porque el Consejo les prohibió añadir miembros, por lo que se han dedicado a financiar a los grupos secretos que la policía lleva meses desarticulando. —Medea pensó en su padre, en la manera en que se felicitaba por sus avances al destruir cualquier reunión afín a la Orden que no fuese legal—. Querían crear espacios seguros para los que no son invocadores, pero las cosas no han ido bien. Aretusa tiene un puesto importante dentro de la Orden y me ha prometido hacer una excepción con nosotras.

Medea se la quedó mirando, perpleja y fascinada a la vez. Aquello era lo que siempre había deseado, pertenecer a la Orden y dedicarse en cuerpo y alma a trabajar por la igualdad dentro de Cyrene.

—Pero… —Hizo una pausa, confundida—. ¿Le has dicho que soy invocadora?

—Por supuesto. —Orelle se inclinó hacia ella y le tomó la mano con dulzura—. También le he hablado de tu padre y de que te rebelaste frente a él. La Orden cree que es momento de pactar y de aceptar toda la ayuda posible.

Estupefacta y tiesa de pies a cabeza, Medea dirigió una mirada cargada de preguntas a Orelle. Después de tantos años de trabajo, por fin vería materializada una meta que prometía satisfacer su necesidad de ayudar. Orelle le sonrió y Medea pensó en Thyra y en Mara, incluso en Ari.

Las iba a encontrar.

39
Kaia

El malhumor de Kaia rozaba niveles vergonzosos que hacían que se replanteara su propia necesidad de compañía humana. No sabía si en esos momentos alguien disfrutaría de pasar un rato con ella, pero el deber llamaba y tenía asuntos importantes que atender con Medea.

Caminó enfundada en un bonito abrigo azul a juego con unos zapatos de raso que había heredado de su madre. Eran de sus favoritos, la hacían sentirse cómoda, como si el espíritu de su madre la acompañase en momentos como aquel.

Forcas aleteó suavemente planeando por encima de su cabeza y ella notó un alivio momentáneo gracias a la compañía de su amigo.

Sentía el peso abismal de la carta que guardaba en el bolsillo de su abrigo.

La tarde anterior, cuando llegó a su casa, descubrió un sobre plateado encima de la mesa de la cocina. Kaia lo tomó con cuidado, y cuando leyó la nota que contenía una ligera sensación de aprensión le salpicó el humor.

Una amenaza.

Aléjate del Consejo y de Dorian o me encargaré de que corras el mismo destino que tu hermana.

¿Quién haría algo así? Odiaba que la nota implicara a su hermana porque le parecía una vulgar manera de reírse de su memoria. La guardó en el abrigo y se juró que encontraría al responsable y haría que el corazón se le detuviera en el pecho.

A pesar de la rabia que le hormigueaba en el cuerpo, no iba a permitirse flaquear en las decisiones que había estado tomando en los últimos días. Había quedado con Medea y estaba convencida de que necesitaba permitirse un instante de normalidad; ayudaría a que su amiga conservara la calma y ya luego pensaría en lo demás. Toda la rabia que había sentido al recibir la amenaza se vio reemplazada por la desesperación, el anhelo de las respuestas que tanto necesitaba. Sin el *Arcanum* no podría descubrir cómo habían sido invocados los demonios y tampoco si esto se relacionaba de alguna manera con la muerte de su hermana o con su propia magia.

Se detuvo en el paso peatonal y estiró los dedos. Notó que el aire se tensaba sobre su piel, y la idea que durante días la acosaba se cristalizó en su cabeza como una alternativa única, definitiva. Kaia creía que necesitaba visitar el Flaenia, la tumba de las diosas. Si existía una respuesta a todo aquello, tenía que estar enterrada con Cibeles y Lilith.

Esas son fuerzas mayores, nadie correría un riesgo tan alto, se dijo. *Una cosa a la vez.*

Era un día frío y gris, de esos que amenazan con la caída de una llovizna. Las nubes oscuras se posaban en el firmamento y las sombras que se proyectaban en los edificios se volvían más densas conforme se oscurecía el cielo.

Al otro lado de la calle divisó a dos hombres trajeados de negro que parecían estar pasando el rato. Los mismos dos hombres que desde hacía casi tres días la seguían. Tragó saliva evitando el contacto visual con los individuos y se aseguró de levantar el mentón y de fingir que no había reparado en su presencia. ¿Serían los responsables de la nota? No lo sabía.

Asió el paraguas con fuerza y cruzó en el paso peatonal notando los hilos de sombras que latían con violencia en esa zona de la ciudad. Las calles estaban menos concurridas que nunca, parecían casi vacías, lo cual no era de extrañar. El miedo se percibía allí y se incrementaba con cada segundo que el Consejo pasaba en busca de soluciones. El atentado había dejado un rastro de temor que incluso consiguió que los medios dejaran a un lado el tema de las desapariciones. En cada esquina se podía observar a invocadores formados en el arte del combate, miembros de la guardia cyrenense que esperaban la menor señal para actuar.

A Kaia se le antojaba una medida extraña y ridícula. Por lo que sabían, los aesir parecían inmunes a las sombras, se resistían, y en lugar de verse minimizados, podían luchar y evadir la oscuridad sin ningún problema.

Los últimos días había experimentado una marea de emociones violentas con las que no sabía lidiar. Notaba la rigidez de su estómago y el recuerdo de los dos hombres que había asesinado la noche del atentado la perseguía. Veía sus rostros muertos, y aunque no percibía ni un destello de culpa, Kaia no podía dejar de sentir que estaba perdiendo el control. Los hilos arcanos empezaban a tirar de ella haciendo que la sangre se le revolviera en el cuerpo y que cada segundo le fuese más complicado resistirse al llamado. Tampoco se había permitido descansar; llevaba las últimas noches investigando cómo invocar demonios y qué relación podrían tener con la magia arcana. La posibilidad de que su hermana fuese la causante de los ataques la carcomía por dentro y le impedía mantener aquella fría calma que mostraba ante el mundo. Pero…

¿Cómo podía Asia haber invocado a los aesir? ¿Por qué lo haría? Si hubiese encontrado al *Arcanum,* habría podido completar la información. Aunque era evidente que esto no parecía suficiente para detener a los demonios. De lo contrario el Consejo ya lo habría usado, y en vistas de que la tarde anterior había aparecido otra chica muerta, Kaia dudaba de que tuviese la solución para acabar con aquello.

Sintió la tirantez de los hilos en su estómago y recortó la distancia que la separaba de la terraza del café. Medea esperaba sentada en una de las mesas con una gran taza en una mano y una revista panfletaria en la otra.

—¿Te apasiona leer esa publicidad barata? —musitó con desdén dejando su bolso en una silla mientras ella tomaba asiento en la otra.

Medea curvó sus labios hacia arriba y continuó leyendo.

—No tengo razones para soportar tu tiranía, Kaia —replicó Medea alzando los ojos hacia ella—. De hecho, según creía, íbamos a tomar un café y a conversar sobre Ariadne.

Con una sonrisa, Kaia asintió y tomó el menú. Le apetecía poco o casi nada comer, pero la idea de beber algo caliente reconfortó un tanto su espíritu. Apareció el camarero y apuntó su café con leche.

—¿Estás nerviosa? —inquirió cuando el chico se dio la vuelta.

—No, estoy un poco más tranquila —admitió Medea con desgana pasándose una mano por el rostro—. Ari ha hecho llegar una nota al depósito.

La espalda de Kaia se tensó y Medea rebuscó en el bolsillo hasta sacar un trozo de papel arrugado. La estilizada caligrafía de su amiga rellenaba cada borde de la hoja con unos movimientos finos y apresurados que le hacían creer que no estaba tan bien como aseguraba en la nota.

—La he leído unas diez veces al menos —susurró.

Kaia podía entender las sensaciones desbordantes de las que su amiga era víctima. Poseía una sensibilidad que la obligaba a culparse de lo ocurrido en la biblioteca, cuando en realidad ella no tenía responsabilidad alguna por las decisiones de Ari. A Kaia le gustaba ese tipo de nobleza, una que ella nunca tendría y que admiraba en las personas como Medea.

—Ariadne está bien —aseguró Kaia doblando la nota con desinterés. El camarero apareció con su bebida y Kaia tomó la taza entre los dedos—. No busques ningún mensaje cifrado porque no lo hay. Nos está pidiendo calma y es probable que en los próximos días pueda reunirse con nosotras.

Aquello hizo que Medea pusiera los ojos en blanco y revolviera la manzanilla que estaba tomando con poco entusiasmo. Parecía que no sabía muy bien qué responder y Kaia decidió cambiar el tema de conversación:

—¿Qué sabes de la chica que murió ayer?

—Que el Consejo ya no puede ocultarlo —sentenció Medea haciendo un gesto con la mano—. Después del atentado, se han publicado algunas fotografías en las que se muestra a las víctimas. Las marcas en las muñecas. La expresión de horror en sus rostros.

Kaia entrecerró los ojos y miró hacia la calle repleta de policías.

—¿Cómo es posible que no puedan detenerlos?

—Nunca antes ha pasado algo así —aseguró Medea, y su rostro destelló de rabia—. Están asustados, es la primera vez que el poder de los invocadores no puede arreglar una situación y eso hace que la amenaza sea mucho mayor. Creo que el siguiente paso será pedir apoyo a Khatos o a otras ciudades.

Era una posibilidad poco viable. Cyrene no demostraba debilidad alguna desde hacía décadas y, en aquella ocasión, Kaia creía que preferirían quemar toda la ciudad antes que pedir ayuda.

—Hay algo que tengo que decirte.

La seriedad en el rostro de su amiga era el indicio de malas noticias. Contuvo el gesto serio e indiferente y asintió empujándola a hablar.

—Hemos conseguido reunirnos con la Orden.

Kaia movió afirmativamente la cabeza, Orelle le había comentado algo al respecto. Lo que no sabía era la naturaleza de esa reunión y qué papel jugaba Medea en aquello.

—¿Te han ofrecido ayuda?

Resultaba interesante que hasta ese momento la actitud de Medea había resultado pasivo-agresiva, pero al hablar de la Orden algo en su semblante había cambiado haciendo que Kaia intuyera que su amiga tenía algo que revelar.

—Puedes contármelo, Medea. No muerdo, se supone que soy tu amiga.

Medea se ruborizó y dio un sorbito a su bebida antes de asentir y admitir:

—Me han ofrecido una plaza como aprendiz.

Aquello dejó a Kaia turbada y un poco abatida. Apoyó la taza de café sobre la mesa y dirigió una mirada cargada de incredulidad a su amiga. La confesión era como una puñalada en su estómago.

—¿Eres consciente de que esas personas buscan atentar contra quienes poseen tu misma naturaleza? —inquirió, contrariada—. ¿Por eso me has citado aquí?

—Sé lo bien que se te da manipular a las personas, Kaia. Quería contártelo al aire libre para no darte la oportunidad de que intentaras convencerme de rechazar esa plaza.

Kaia abrió la boca y la cerró. Un impulso ascendió por su espalda y tuvo que hacer uso de toda su buena voluntad para no increpar a Medea delante de las personas que desayunaban en las otras mesas.

—¿Por qué no puedes alegrarte por mí? —preguntó por fin.

—Medea, estoy completamente asombrada por este arrebato —replicó ella cruzando las piernas. Temía por Medea. Por las limitaciones que le impondrían, y no quería pensar en la posibilidad de que la obligaran a desligarse de su poder; una catalización de las sombras era algo a lo que ningún invocador debería someterse—. ¿Estás pensando en aceptar? ¿Vas a tirar tu futuro por la borda de esta manera? Eres una invocadora.

Aquellas palabras hicieron que el rostro de su amiga se crispara, y era justo lo que buscaba. Indignación.

—Mi futuro no es asunto tuyo —bufó Medea poniéndose en pie y echándose la chaqueta negra sobre la espalda. Estaba demacrada. Los hombros parecían frágiles bajo la camisa blanca y le pareció que los surcos grises que le rodeaban los ojos eran reflejo de largas noches de insomnio—. Nunca he pensado en ser algo que no soy y desde que me fui de casa mis opciones son bastante escasas.

Hizo ademán de marcharse, pero Kaia le sujetó la muñeca.

—Pensé que querías detener los ataques. Que buscabas regresar a los demonios al averno.

Medea se soltó de su mano.

—Y lo haré con la Orden, ¿no te das cuenta de que esto nos ha quedado grande? ¿Qué te hace pensar que tú puedes solucionarlo cuando ni siquiera el Consejo sabe cómo hacerlo?

La pregunta hizo que Kaia se quedara helada. Nunca había sido del tipo de personas que se mantenía al margen y esperaba a que los poderosos actuaran por ella. Se enderezó en su silla y notó la aprensión que se deslizaba sobre sus huesos, como una capa de hielo que recubría las palabras de Medea y la obligaba a replantearse cada una de sus acciones.

—Si vuelves a casa puedes arreglar las cosas, estás a tiempo.

Las palabras le arañaron la garganta, y ella notó que su amiga fruncía el ceño y una mueca de horror le deformaba los labios. No quería que Medea se sometiera al yugo de Talos, pero la Orden era un destino mucho peor.

—¿Cómo puedes proponerme eso siquiera?

En su rostro leyó el dolor y la decepción que tantas veces había ocasionado a otros. En lugar de explicarle que no quería perderla, la vio alejarse con los ojos anegados en lágrimas mientras ella apoyaba la espalda en la silla y dejaba escapar un sonoro suspiro.

Kaia volvía a ahuyentar a quienes quería. Decir que le sorprendía era mentira, pero la realidad era que, por muy acostumbrada que estuviese, le dolía tanto como la primera vez.

El sentimiento le produjo un resquemor agudo en el estómago. Bebió de un trago el resto del café y comprobó la hora en el reloj de la cafetería. Se dio cuenta de que no era quién para impedir que Medea hiciera carrera en la Orden y que no existía ninguna forma de detenerla.

Con escasa convicción, Kaia se puso en pie y dejó unos billetes sobre la mesa antes de alejarse. La ciudad parecía dormida y una tenue capa de neblina se suspendía en el aire como vapor de mediodía.

Algo no iba bien. No solo por el suave rumor que arrastraba el viento; también lo notaba en los huesos. En las pulsaciones que vibraban en el aire y rebotaban contra su pecho.

Los tacones de sus zapatos arañaron el empedrado y Kaia caminó con los ojos fijos en el horizonte. Bajó por una calle lateral que daba al metro, y antes de que pudiese salir a la avenida principal, un golpe seco hizo que se tambaleara.

Apoyó la mano en la pared, confundida, y se giró hasta encontrar la oscuridad.

40
Ariadne

Ariadne llevaba casi dos horas procurando no darles demasiadas vueltas a las cosas. Las mismas dos horas en las que en lo único en lo que conseguía pensar era en su hermano decepcionado, sus amigas olvidándola y su madre histérica. Por supuesto, todos los pensamientos se sucedían en bucle y eventualmente se le cruzaba por la cabeza la idea de perder su beca.

Respiró profundamente al tiempo que se pasaba una mano por su pelo rubio. Estaba tendida sobre la cama con dos tomos abiertos que le había dejado Julian la noche anterior. Miró la portada oscura de uno de los libros y con un bufido lo cerró de golpe; era un compendio de historias de Cyrene y ella ya las conocía todas. Al menos Julian se había preocupado por su aburrimiento ofreciéndole ese pequeño consuelo. El excéntrico chico era la única compañía de la que había disfrutado en los dos últimos días y no era que resultase demasiado conversador. Tampoco era especialmente amable, pero al menos se había comprometido a enviar la carta al depósito.

Era lo único que había pedido Ariadne.

Se frotó los ojos y rodó sobre la cama para quedar bocabajo sobre la colcha. A su lado había una mesa alargada junto a una ventana rectangular con vistas al jardín. También tenía un baúl con algunas prendas de ropa que Julian insistió en dejarle y con las que ella se sentía incómoda. No solo por los extraños colores, también porque no conocía las intenciones de aquella gente que aseguraba que era una invitada cuando en realidad la tenían recluida.

En ese momento la puerta se abrió de golpe arrancándola de su ensimismamiento y Julian entró dando saltitos cortos como cada mañana. Ariadne estuvo a punto de poner los ojos en blanco y soltar algún comentario ponzoñoso, pero se dio cuenta de que el joven no estaba solo. Una mujer ya entrada en la madurez lo acompañaba con un gesto de aburrimiento en el rostro bronceado. Tenía el cabello rojizo recogido en un moño bajo que se escondía en un pequeño tocado de flores a juego con el chal que le cubría los hombros.

No fue la dignidad regia que imprimía a cada movimiento lo que sorprendió a Ariadne, sino el parecido que guardaba con Julian.

—Buenos días, jovencita —saludó con voz profunda mientras le lanzaba una mirada crítica.

Julian le acercó una silla en la que la mujer se dejó caer.

—Soy Kassia y tú eres mi invitada especial.

Una sonrisa afloró en su rostro haciendo que Ariadne se limitara a asentir.

—Bien —susurró Kassia cruzando las piernas con elegancia—. No hay necesidad de mentir, no quiero que finjas delante de mí y yo me comprometo a hacer lo mismo. Eres una estudiante de la Academia según lo que hemos podido descubrir, y no una estudiante cualquiera.

Kassia paladeó las últimas palabras con un profundo desdén que hizo que Ariadne se ruborizara.

—Bien, supongo que te preguntarás qué haces aquí —empezó a decir mientras miraba hacia la ventana—. He estado ausente durante la última semana y Julian y mi hermana me han puesto al día.

»Así que te han encontrado robando libros en la biblioteca en la que trabajas.

La sangre se le heló en el cuerpo y un nudo le contrajo el estómago de puros nervios. Ariadne evitó enfrentarse a los duros ojos de la mujer; notaba el cosquilleo de las mentiras que volvían a por ella para delatarla.

No levantó los ojos de la alfombra. No solo por el miedo irrefrenable que comenzaba a acumularse en su garganta. También porque había algo en esa mujer que la intimidaba; una reconocida superioridad que hacía que Ariadne se echara a temblar cuando sentía sus ojos observándola.

Tal vez fuera el simple reconocimiento de las personas que aspiran a ser importantes y tienen todo para conseguirlo.

—Yo no estaba robando libros… en tal caso habéis sido vosotros…

No alcanzó a terminar la frase porque notó que Julian se reía mientras la mujer alzaba las cejas en un gesto de incredulidad. De pronto se sintió estúpida, diminuta. Como si la vieran a través de un cristal en el que se encogía bajo la sombra de los demás.

—A ver —indicó la mujer inclinándose hacia delante—. Es a ti a quien han pillado ilegalmente en la Academia y piensas que somos nosotros quienes estábamos robando. Y yo que te tenía por una chica lista, Ariadne, me has decepcionado.

A Ariadne se le cortó la respiración.

—Ya sé que le dijiste a mi hermana que te llamabas Orelle, y créeme que en un principio Julian pensó que sería más difícil averiguar tu verdadera identidad.

—¿Cómo?

—Tu hermano te ha estado buscando, chica —admitió la mujer sacando un cigarrillo de su pitillera y colocándolo sobre sus labios pintados. Julian extendió un mechero y ella aspiró el humo con un gesto de verdadero placer.

Myles.

Una sensación de incomodidad se apoderó de ella y supo que estaba metida en un buen lío. Si Myles se enteraba de todas las leyes que había violado en las últimas semanas, podía darse por muerta.

—Ariadne, no quiero que empecemos esto de una manera absurda. Tal vez no he manifestado correctamente mis intenciones

—musitó la mujer y dio una calada al cigarrillo—. Quiero que seamos amigas, aliadas. Tengo la sensación de que perseguimos los mismos objetivos y yo podría ayudarte.

Tiesa, Ariadne ladeó la cabeza con la alerta dominándole los sentidos. Aquella voz, tan dulce como la miel, ocultaba la ponzoña que podía acabar no solo con su futuro, sino también con el de toda su familia.

—¿Me ayudará manteniéndome retenida como si fuese una delincuente?

Los labios de la mujer se curvaron en una sonrisa que por primera vez fue sincera. Ari podía ver a través de sus ojos los diminutos engranajes que formaban parte de una mente inmensa. De un poder que lo abarcaba todo.

—Técnicamente lo eres —apuntó Julian, y Ariadne lo fulminó con la mirada.

Él retrocedió alzando las manos a modo de disculpa, sin poder ocultar esa sonrisa sarcástica que Ariadne hubiese deseado borrarle de la cara.

—No pierdas tiempo con mi sobrino —le dijo la mujer—. Julian puede resultar insoportable en ocasiones y yo vengo a proponerte algo.

»Hay muchos rasgos negativos que pesan al no estar en la vida pública con títulos que acrediten tu nombre; dejas de ser un individuo para convertirte en el añadido de otra persona. —Suspiró y dio una última calada al cigarrillo antes de aplastarlo en un cenicero—. Supongo que tú sabes a qué me refiero.

Lo sabía, por supuesto, pero por ningún motivo del mundo pretendía dar voz a esos pensamientos que yacían en el fondo de su mente.

—No eres Ariadne, eres la hermana de Myles. El secretario del director del Consejo.

Ariadne bajó los ojos, avergonzada. Las voces se revolvieron dentro de su cabeza y ella se encogió de hombros concentrada en la figura de Kassia y en cada uno de sus movimientos.

—Ese hermano tuyo, que a mi parecer no tiene demasiadas luces, es escritor. Aunque el instinto me dice que sus obras no le pertenecen íntegramente.

Ariadne sentía el corazón bombeándole con fuerza, con furia. Las mentiras siempre volvían. Se descubrían.

—Por favor, Kassia —pidió Ari con un gesto de rabia—. Dígame qué quiere de mí sin esforzarse por manipular la situación. No me subestime.

Ari percibió un destello de inquietud y comprendió que el parecido de Kassia no era con Julian, como había creído en un primer momento; aquella mujer tenía los mismos ojos que Dorian. Kassia era la exmujer de Kristo.

—Ariadne, en la Academia todos saben lo que ha ocurrido, no creo que puedas continuar con la beca. Pero no quiero que esto sea un impedimento para tu desarrollo profesional.

Definitivamente el día podía ir a peor y estaba discurriendo con una energía tan negativa que arrastraría a Ariadne a un fondo de malas noticias.

—Sé que quieres ayudar. Continúan los ataques y no creo que paren hasta que consigamos conocer el origen de los demonios o al invocador que los controla.

Se estremeció y Kassia pareció notar su turbación porque se puso en pie y le tendió un brazo para que la siguiera. Ariadne aceptó y se permitió acompañar a la mujer que tanta desconfianza le causaba y que, sin embargo, le proponía una alternativa a su inminente desgracia. Saboreó la información sobre los ataques y se preguntó si aquello no les estaría quedando demasiado grande. ¿Cómo era posible que la amenaza fuese a más y el Consejo no lograra proteger a sus ciudadanos?

—Puedo hablar con Persis —susurró la mujer cuando salieron al pasillo. A Ariadne le sorprendió la facilidad con la que desviaba el tema y cómo, pese a su preocupación por los demonios, no podía dejar de pensar en sus opciones de futuro. Julian las acompañaba unos pasos por detrás—. Como te habrás imaginado, somos amigas íntimas. Y tenía su autorización para sacar esos libros que tú querías llevarte; y fue precisamente eso lo que me ha hecho pensar que buscamos las mismas respuestas.

»Si trabajas para mí me encargaré personalmente de pagar tus estudios y no tendrás que depender de tu hermano. No estoy de acuerdo con que la gente como tú, de gran intelecto, tenga que suplicar por un cupo que es inherente a la condición de los invocadores.

Fue como ver que su mayor anhelo cobraba forma delante de ella. Siempre había añorado una independencia que no podría tener, y ahora aparecía esta mujer para ofrecérsela. Romper las jerarquías, permitir que personas sin una pizca de magia pudiesen formar parte del sistema sin ser relegadas a trabajos menores, era una utopía en la que solo Medea se permitía pensar.

—¿Podría hablar con mis amigas?

—Por supuesto, ¿quieres invitarlas a venir?

Ariadne meditó la propuesta y se encogió de hombros sin saber muy bien qué decir. Necesitaba ver a Kaia.

—Puedo hacerles llegar una nota para que vengan a verte mañana, pero antes quiero una respuesta a la propuesta que te acabo de hacer.

Aunque su voz era firme, una duda tangible afloró en los ojos de Kassia. Realmente esperaba que Ari la ayudara.

—¿Qué necesita de mí?

Con una sonrisa cauta, Kassia se acercó a Ariadne, quien la siguió en un estado de aturdimiento. Alcanzaron una puerta doble decorada por relieves de madera negra, y Julian se apresuró a sacar una llave del bolsillo de su chaqueta para abrirla.

Lo que Ariadne vio al otro lado fue suficiente para disipar sus dudas y dejarla con la boca abierta.

Decenas de estanterías se alzaban desde los suelos blancos hasta el techo abovedado. Era un sinfín de libros que se perdían entre las filas y se doblaban en las esquinas. A Ariadne le haría falta una vida entera para clasificar todos aquellos tomos y la mera idea la estremeció.

Kassia pasó una mano por una de las estanterías de roble y sacudió las motas de polvo que se agolpaban.

—Nadie ha pisado este sitio en años. Necesitamos encontrar todos los libros que hablen sobre los aesir y el lugar del que provienen —susurró Kassia—. Algo en lo que creo que tú también has depositado un especial interés, especialmente porque tengo entendido que eres una de las pocas personas en toda la ciudad que domina las lenguas muertas.

41
Kaia

Kaia contuvo la respiración y solo cuando la luz diáfana la cegó, se permitió soltar un suspiro pesado. El aire se ondulaba a su alrededor y ella casi podía percibir los hilos que se retorcían y enredaban fuera de las paredes de ese lugar.

La oficina era regia y bonita, acorde al buen gusto de Kaia. Los ventanales amplios permitían la entrada del sol y le otorgaban una gran luminosidad al espacio.

La puerta se abrió en ese momento y Kristo apareció en el umbral con un traje blanco que marcaba los músculos de su cuerpo atlético. Esbozó una sonrisa triunfal en tanto sus ojos se fijaban en el aspecto lamentable que presentaba Kaia dadas las circunstancias.

Ella lo observó adentrarse en su oficina con la elegancia de un felino. Salvo por la contextura física, no existía el menor parecido con su hijo Dorian, cuyos ojos eran más grises.

—Lamento lo que ha sucedido —dijo Kristo a modo de saludo mientras cruzaba el recinto y se sentaba frente al escritorio. Metió una mano en el bolsillo de su chaqueta y sacó un pañuelo de seda que Kaia aceptó para limpiarse la sangre que tenía en el rostro.

Un joven alto y delgado sostuvo la puerta mientras un miembro del servicio se adentraba y le dejaba un cuenco con hielo que Kaia envolvió con el pañuelo para ponerlo encima de la hinchazón.

—Podrías haber sido un poco más discreto —replicó ella con tono neutro cuando la puerta se cerró dejándolos a solas—. Dejémonos de formalidades, Kristo, quiero saber la razón por la que estoy aquí. No creo que sea legal secuestrar a una persona.

El semblante de Kristo no mostró ninguna expresión y eso desconcertó a Kaia, que no podía disimular el temblor de sus piernas. Sin responderle, él sacó una caja de puros del pequeño cajón a su lado y posó uno en sus labios antes de encenderlo con un mechero dorado.

—No, esto no es un secuestro. Más bien es una... invitación —dijo expulsando el humo que tenía un ligero olor a menta—. Necesitaba hablar contigo.

Un ligero temblor le recorrió la columna haciendo que la falsa calma se tambaleara dentro de su cuerpo. La mandíbula se le desencajó y ella se obligó a mantener la respiración controlada.

Odiaba el poder que habitaba en Cyrene. Aquella falsa modestia, los movimientos fluidos de quien lo controla todo.

—¿Esto es por Dorian? —replicó ella recomponiendo su actitud sagaz—. ¿Tú mandaste a que me atacaran en los archivos?

La visión del demonio regresó con fuerza a su mente. Notó un atisbo de duda en el rostro de Kristo, que dio una nueva calada y se inclinó hacia ella. Kaia lo odió en silencio.

—No es por mi hijo, aunque me encantaría que dejaras de arrastrarlo en tu juego. Sé muy bien que eres propensa a la manipulación y Dorian está... —dudó un segundo y a Kaia le resultó extraño que tardara tanto en encontrar la palabra adecuada— cautivado por ti. Empiezo a cansarme de que quieras llevarlo por ese camino —advirtió Kristo con expresión cauta.

—¿No me mandaste a asustar? ¿Tampoco dejaste una nota de amenaza en mi casa hace dos días?

Kaia se esforzó por quitar cualquier emoción a su voz.

—No. Ya deberías saber que yo no amenazo, soy un hombre de acción. —Sonrió y se reclinó en la poltrona—. Crees que tu lucha es con el Consejo cuando en realidad todo esto implica fuerzas mayores. Conseguiste unas prácticas y no tengo ni idea de a quién sobornaste y tienes la osadía de meterte en el archivo y robar. Supongo que ya te habrás dado cuenta de que lo que te llevaste no tiene información útil.

—Entonces sí sabías lo que pasó ese día en el archivo...

—Por supuesto que me enteré —replicó él con el rostro desencajado—. Dos personas inconscientes, que aunque fuesen culpables, tú tenías una cuota de responsabilidad. Por eso no moví ni un dedo para que te dejaran conservar las prácticas.

Ella negó por lo bajo, como si lo que Kristo le estaba diciendo fuese una absoluta locura.

—Si me has obligado a venir aquí para pedirme que deje de meterme en cuestiones que te corresponden a ti, creo que has cometido un error.

Hizo ademán de tomar su bolso y ponerse en pie cuando la voz de Kristo le taladró los oídos:

—Quiero que te mantengas al margen.

La mandíbula de Kaia se desencajó de la impresión.

Sus ojos evaluaron al hombre y la invadió una mezcla de emoción y repugnancia.

—Eres talentosa, Kaia. Dorian siempre habla de la buena reputación que te precede en clase, y tal vez, si consigues quedarte tranquila, alejada de los problemas, en el futuro pueda garantizarte un puesto en el Consejo.

Él inhaló lentamente sin quitarle los ojos de encima, y Kaia se permitió esbozar una sonrisa sarcástica. Sentía el odio inflamar cada célula de su cuerpo, el aire atravesarle los pulmones llenándolos del asco que le producía el sistema de esa ciudad. Tal vez Medea hacía lo correcto al unirse a la Orden, tal vez era la única alternativa para acabar con un sistema corrupto que solo beneficiaba a unos pocos.

—Cyrene atraviesa una etapa difícil y es momento de dejar a un lado los prejuicios, Kaia —susurró él—. No voy a ser yo quien juzgue las desgracias de tu vida. Necesito que devuelvas el *Arcanum*. Sé que lo robaste, y si me lo devuelves me aseguraré de que nadie repare en la muerte de esos dos hombres que misteriosamente se toparon contigo en la salida la noche del baile.

Algo en su voz la dejó perpleja y durante unos segundos no supo cómo reaccionar. Aquello era más de lo que ella podía soportar.

Con un movimiento brusco, Kaia se levantó de la silla y asió su bolso.

—¿Soy una prisionera?

—Eres mi invitada y te puedo ofrecer tiempo para pensarlo. Necesito el *Arcanum*, Kaia.

—No robé el *Arcanum*.

Kristo suspiró, poniéndose en pie para quedar cara a cara con Kaia.

—Te vieron en la galería con Dorian.

—Entonces pídeselo a tu hijo —espetó, eligiendo cada palabra con cuidado—. Si realmente crees que me llevé el *Arcanum*, que sea Dorian quien se encargue de sacarte de tu error.

Ella movió la punta del pie izquierdo con insistencia y arrugó la boca con asco.

—No pienso renunciar a mi dignidad para que un cínico como tú siga jugando con la gente —musitó Kaia alargando una mano hasta el pomo de la puerta—. Debería darte vergüenza.

»Por una vez en tu vida, dile la verdad a la gente de esta ciudad y deja de esconderte tras las mentiras que muestra la televisión. Hay demonios asesinando gente y a ti solo te preocupa una tablilla vieja que crees que robé.

—No es solo una tablilla, los dos lo sabemos de sobra.

Kaia no respondió. Sintió unas ganas terribles de gritarle que se fuera al averno, pero las contuvo. Le cerró la puerta a sus sentimientos y se aferró a la desesperación mal disimulada en la voz de Kristo, una verdad a medias que replegaba muy al fondo del tono crítico que utilizaba.

—Te han robado el *Arcanum* y la clave para detener esta locura se encontraba allí —comprendió ella.

—Es solo una teoría —admitió él—. Si realmente poseen la naturaleza que mi gabinete cree, es muy probable que estén vinculados con la magia extinta. No estoy seguro de ello, pero si consigo el

Arcanum podré sosegar los rumores en el Consejo y buscar una solución de verdad.

Kaia entrecerró los ojos y pensó en todos los meses que había vivido obsesionada. Kristo no creía en la magia arcana y ella supo que la única manera de confirmar sus sospechas era visitar el Flaenia. Cualquier persona sabría que era una idea precipitada, demasiado arriesgada, pero estaba cansada de ir de puntillas recibiendo negativas. Todo el sarcasmo la abandonó cuando giró sobre sus talones y abrió la puerta con la necesidad de escapar de allí. Ni siquiera esperó al ascensor, bajó por las escaleras y solo cuando alcanzó la calle se permitió respirar con calma.

Estaba temblando.

42
MEDEA

Las residencias de la Orden eran cuatro casas alargadas de paredes azules y puertas negras que se comunicaban a través de un pasillo. En cuanto se bajó del coche, un jardín pequeño recibió a Medea, que sentía una mezcla de emoción y nervios. Divisó el patio semicircular en el que varias jóvenes caminaban y sus ojos se encontraron con una mujer rubia de rostro arrugado que aguardaba junto a la puerta.

La mujer caminó hacia ella con paso decidido y esbozó una sonrisa que taladró los huesos de Medea. Sobre su cuello caía un colgante de plata con una piedra naranja que se balanceaba con cada uno de sus movimientos. Poseía unos ojos oscuros que la estudiaron con aire crítico, y tras la breve evaluación se permitió romper el silencio que empezaba a resultar incómodo:

—Tú debes de ser Medea —indicó antes de darle sendos besos en las mejillas.

Olía a rosas e incienso, y parecía tan orgullosa de sí misma que Medea no pudo evitar pensar en Kaia. Sacudió el pensamiento de su mente y cabeceó afirmativamente en dirección a la mujer.

—Estupendo. Mi nombre es Aretusa, Orelle me ha hablado mucho de ti.

Medea asintió con miedo a abrir la boca y siguió los pasos de la mujer hasta el interior de las residencias. La luz difusa dibujaba sombras sobre las paredes pálidas sin adornos. Apenas había algún mobiliario en aquellos pasillos y salas por los que Medea deambulaba siguiendo a Aretusa. Casi se quedó sin aliento cuando comprobó que el recinto estaba más concurrido de lo que había imaginado.

Orelle le había hablado mucho de aquel lugar y por supuesto de Aretusa, su maestra de iniciación para pertenecer a la Orden. Pero pese a todas las ideas que se había formado sobre cómo sería el lugar, no acertó ni una.

Hacía años que Medea soñaba con ese día. Noches enteras en las que se quedaba despierta e idealizaba el momento en el que pasaría a formar parte de la organización para luchar por aquello en lo que creía.

Aretusa dobló a la izquierda y subieron por unas escaleras hasta alcanzar una puerta que la mujer golpeó levemente con los nudillos. Una voz ahogada le indicó que podía pasar y empujó la puerta con suavidad.

Para sorpresa de Medea, Olympia la esperaba en su poltrona de terciopelo azul. Lucía la túnica de la Orden, pero esta llevaba dos rayas azules en el pecho que la identificaban como una maestra; la líder de la Orden de Cyrene. Era famosa, desde luego, la había visto en la televisión y recordaba el desdén con el que Talos hablaba de aquella mujer.

Olympia levantó los ojos y apoyó los brazos bronceados sobre el escritorio mientras se echaba detrás de las orejas el cabello plateado.

—Gracias, Aretusa —indicó Olympia con una sonrisa amable—. Puedes dejarnos solas.

Aretusa cerró la puerta y Medea se vio en la tesitura de esperar a que le ofrecieran asiento o pedirlo ella. Por suerte, no tuvo que esperar demasiado. Olympia señaló el asiento frente al escritorio y cerró la libreta que tenía en sus manos para dirigir toda su atención hacia ella.

—Bienvenida, Medea —dijo al tiempo que apoyaba el mentón sobre la palma de su mano derecha—. Me alegra contar con gente joven que nos ayude a cambiar la visión de la Orden. Nuestras reglas siempre han sido muy estrictas y creo que es el momento de permitirnos algo de flexibilidad.

No dejó de mirar a Medea, quien se revolvió llena de inquietud en su asiento.

—Orelle me habló de vuestra… iniciativa. —Olympia se reclinó en su poltrona, el día anterior Orelle había visitado aquel mismo lugar—. Lo que habéis hecho me parece una gran hazaña en la búsqueda de las libertades. Tengo entendido que eres una invocadora, ¿cierto?

Un leve rubor acudió a las mejillas de Medea, que se sentía un poco invasora al presentarse de esa manera.

—Lo soy.

Olympia chasqueó la lengua y apuntó algo en su libreta antes de retomar la conversación.

—Bien. Necesitamos aliados para hacer frente al Consejo —repuso con una pizca de orgullo en sus ojos negros—. Cyrene se encuentra en una situación crítica, somos acechados por unos demonios traídos del mismísimo reino del caos y mucho me temo que la situación irá a peor si no tomamos medidas.

—Lo sé.

La maestra pareció bastante sorprendida ante la respuesta de Medea.

—Así que Orelle tenía razón. Vosotras os habéis enfrentado a los aesir.

Aunque Medea conocía parte de las conversaciones que Orelle había mantenido con la Orden, no pudo evitar asombrarse de toda la información que su amiga había compartido.

—De acuerdo, por favor sígueme —pidió Olympia levantándose de su asiento y dejando la libreta sobre el escritorio.

Recorrieron parte de la planta superior, que se encontraba menos abarrotada que hacía unos minutos. La maestra iba comentando algunas de las reglas fundamentales que seguiría a partir de ahora; aunque Medea, presa de las emociones de estar allí, no estaba demasiado atenta como para escucharlas con atención.

Se dejó conducir por Olympia hasta un pasillo alargado con distintas puertas enumeradas y se detuvo en la que estaba al final.

—Esta será tu alcoba —le explicó sacando una llave que hizo girar en la cerradura.

Empujó la puerta y descubrió un espacio rectangular con un catre, una manta y una silla adosada a la pared blanca. No había nada más y Medea se sintió un poco extraña al observar su nuevo hogar.

—Nos veremos cada mañana a las nueve en mi oficina para que empieces tu entrenamiento conmigo —dijo Olympia mientras Medea dejaba la maleta con sus pertenencias sobre el catre—. Dispondrás de dos comidas al día que se sirven en el comedor de abajo.

Por el rabillo del ojo Medea captó una figura familiar que la hizo girar el cuello completamente ajena a las explicaciones de Olympia.

—¡Medea! —exclamó Orelle, que vestía el uniforme gris de la Orden.

Las dos se estrecharon en un cálido abrazo que reconfortó los ánimos de Medea.

—Os dejaré para que habléis, pero mañana quiero que no olvides ser puntual.

Olympia le sonrió y estaba a punto de marcharse cuando pareció recordar algo:

—Por cierto, necesitaré que me hagas entrega de tu daga.

Su voz estaba teñida por un matiz que carecía de amabilidad alguna.

—¿Ahora?

Olympia asintió con dureza y Medea notó que algo se le desprendía del pecho cuando su mano se dirigió hasta el bolsillo de su falda y sacó la daga. La tenía desde los diez años, y aunque no le había dado el mismo uso que cualquier otro invocador, se sentiría desnuda sin ella.

—Muy bien, nos vemos mañana.

Los pasos de la maestra se alejaron dejando a Medea con una vaga sensación de desamparo. Orelle apretó su mano haciéndola regresar a la realidad. Al menos estaban juntas y eso era suficiente para ella.

43
Ariadne

Hacía dos horas que Kaia debería haber llegado.

Ariadne revolvió los pies sobre la alfombra caoba y lanzó una mirada rápida hacia la ventana. Un par de jardineros podaban los rosales mientras ella se hallaba prisionera de sus miedos.

Tenía gracia que el día estuviese encapotado, casi a juego con sus emociones. Tamborileó los dedos sobre su rodilla y dejó que sus pensamientos vagaran sin rumbo. ¿Y si Kaia no iba? ¿Y si le había ocurrido algo?

—¿En qué año gobernó el Consejo de la Obsidiana?

La voz de Julian reverberó en sus oídos arrancándola de sus ensoñaciones. Ella sacudió la cabeza hacia él, que la miraba con el rostro inalterable. Le tomó un par de minutos procesar de qué le estaba hablando hasta que se fijó en el lápiz que sostenía en una mano y el crucigrama en la otra.

—En el ciento treinta y ocho después de la fundación.

El rostro de él se iluminó y mordió la punta del lápiz antes de garabatear la respuesta. La luz de la chimenea alargaba las sombras de su nariz y de sus ojos haciendo que pareciera mucho más concentrado de lo que en realidad estaba.

—¿Hay alguna novedad?

Julian dejó el lápiz a un lado y Ari casi se arrepintió de preguntar.

—Dos chicos fueron atacados ayer. Uno murió y el otro no recuerda nada, ni siquiera habla.

—¿Está en la isla?

El ceño de Julian se arrugó y por la duda en sus ojos adivinó que no sabía nada del supuesto proyecto de la policía y el Consejo.

Ariadne se encontraba a punto de rendirse cuando dos golpes llamaron a la puerta. Se mordió el labio con fuerza, y con temor a parecer muy ansiosa, tensó la espalda inclinándose un poco hacia delante.

Dos segundos después, el mayordomo apareció acompañado por una Kaia que lucía un vestido de manga larga del color de la noche. Su cabello estaba salpicado por diminutas gotitas de lluvia que le conferían un aspecto descuidado poco habitual en ella. Kaia se detuvo en la entrada y sus ojos se iluminaron al encontrarse con los de Ariadne. Durante un breve instante el mundo se detuvo alrededor de ellas.

—¡Ari! —susurró Kaia desprendiéndose de su bolso—. Perdona, se me ha hecho tarde.

La frase quedó suspendida cuando Ariadne cruzó la sala y la abrazó. El pelo de Kaia olía tal y como lo recordaba, a lavanda y a sándalo, con ese leve matiz dulce que tanto la caracterizaba. Su amiga le devolvió el abrazo y solo se separaron tras un leve carraspeo de Julian, que en ese momento dio un paso al frente ajustándose los tirantes que le sujetaban los pantalones negros.

—Él es Julian… —musitó, lo que hizo que Kaia enarcara una ceja, indignada.

Su amiga frunció los labios y asintió.

—Ya lo conocía —dijo—. Ari, ¿qué haces aquí todavía?

Ariadne se ruborizó y señaló las butacas junto a la chimenea para sentarse.

Ocupó su lugar y Kaia tomó asiento junto a ella sin dejar de lanzarle miradas escrutadoras cargadas de interrogantes. Ariadne tardó casi diez minutos en relatar todo lo ocurrido; desde que había escrito la carta pidiéndole que se reuniera con ella no paraba de pensar en las palabras adecuadas para contarle todo lo que había pasado. Así lo hizo, le habló desde que la sorprendieron en la biblioteca hasta el encuentro y la propuesta de Kassia. Tuvo especial cuidado de no mencionar a Medea y a Orelle en el relato, porque continuaba apegándose a la versión original, en la que insistía en que había estado sola en la Academia.

Cuando terminó el relato, Kaia frunció el ceño y se inclinó un poco hacia ella:

—¿Estás segura de esto? —preguntó lanzando una mirada inquisitiva hacia Julian, que permanecía erguido contra la ventana—. ¿Quieres ayudar a esta gente?

Ariadne observó a Kaia. Se sentía incapaz de revelarle que aquella podía significar la única expectativa de futuro para ella, sin la beca no tenía visión alguna del porvenir.

Se reclinó un poco en la butaca y se mordió el labio apreciando el rostro de su amiga, que le parecía tan diferente. Una sombra casi imperceptible difuminaba la luz de sus ojos, siempre amables; esta vez estaban cargados de preocupación.

—Es una buena oportunidad —dijo con la seguridad tambaleándosele en el pecho—. Quiero decir, estoy trabajando con gente que conoce del tema y además tienen unas estanterías que te sorprenderían.

Kaia compuso una de sus muecas inescrutables, de esas que no dejaban ninguna expresión suelta. Ari intentó permanecer serena, ella no sabía llevar una máscara y tampoco quería aparentar.

—Solo quiero que estés bien y que te sientas segura —repuso Kaia con mayor convicción—. Si esta gente te hace algo o te obligan a... No me fío de él.

La confesión la tomó por sorpresa.

—Perdona —la interrumpió Julian con un dedo en alto. Parecía inmune a los ojos de Kaia, que se empeñaban en fulminarlo con odio—. Somos personas de palabra y te puedo asegurar que aquí tu amiga estará como en casa. Lo que ocurrió en el Consejo no es mi responsabilidad, te echaron por tus acciones.

Kaia chasqueó la lengua.

—Por favor, los dos —se interpuso Ariadne—. Respetad mi decisión. —Pidió a su amiga y luego se giró hacia Julian—. Y tú no te metas en lo que no te concierne.

Un tenso silencio se apoderó del salón. La necesidad de hablar sobre los aesir y el *Arcanum* arañaba la garganta de Ariadne. Finalmente, se rindió y tras un par de minutos decidió que debía tomar las riendas de la conversación:

—¿Estás bien? ¿Has encontrado algo en el *Arcanum*?

Kaia no le dio la respuesta que Ariadne tanto anhelaba escuchar. En lugar de eso, se puso en pie sin poder disimular el temblor en sus labios.

—No, no hemos conseguido el *Arcanum*, alguien lo ha robado antes que nosotros… —Vaciló—. Me temó que estoy metida en un lío.

Les contó todo, desde los hombres que la seguían hasta su reunión con Kristo. Cuando terminó de hablar, Ariadne no pudo evitar sentir que estaban cada vez más hundidas en un pozo de mentiras del que les costaría salir.

—Kaia, esto es grave.

Su amiga no respondió. De hecho, ni siquiera le devolvió la mirada.

—¿Crees que la invocación de los aesir provenga del *Arcanum*?

—Esa fue mi primera sospecha, pero ahora mismo hay demasiadas incógnitas al respecto. Alguien robó el *Arcanum* y sabemos que Kristo está desesperado por dar con el responsable —respondió pasándose una mano por el rostro—. Quiero decir, el *Arcanum* es una pieza clave, pero hay otros elementos que no terminan de encajar. Por ejemplo, el tema de la tumba de las diosas, en Cytera.

Julian dio un respingo y ladeó el rostro con renovada curiosidad.

—¿Es en serio? ¿Cytera?

—¿Qué tiene que ver con todo esto? —preguntó Ari, consciente del interés de Julian en el tema.

—Allí yace la tumba de Cibeles y de Lilith, ¿no? —replicó Kaia—. En el libro que encontramos hablan del Flaenia, su conexión con los pozos y la energía arcana.

Los ojos de Julian se abrieron como platos y a Ariadne no le gustó nada la sorpresa que dejó caer en su rostro.

—Kaia…

La curiosidad impregnaba el tono de su voz y la incomodidad de Ariadne aumentaba a cada segundo.

—Ari, ¿esa tumba está abierta? ¿Se puede acceder a ella?

Julian sonrió y Ariadne se rascó el mentón reflexionando en silencio. No recordaba haber leído demasiado de la tumba de las diosas porque aquella parte de la historia se hallaba emborronada por mitos y leyendas absurdas. En todo el continente se hablaba de Cytera como una ciudad maldita, una ciudad en la que los fantasmas vagaban a la luz del día.

—En teoría no debería estarlo.

La sonrisa de Julian flaqueó.

—Esperad, yo lo sé.

Tomó a Ariadne por la muñeca y le hizo un gesto con la mano a Kaia para que lo siguiera. El joven se arrojó por el pasillo a toda prisa cruzando en las esquinas con sorprendente habilidad. Alcanzaron unas escaleras de mármol blanco y subieron por la pendiente empinada sin decir ni una sola palabra.

Ariadne no había pisado aquella parte de la mansión y cuando llegó hasta arriba comprendió la razón. Aquellas debían de ser las dependencias personales de Kassia. De solo imaginar la reacción de la mujer, un frío atroz le atenazó la garganta.

La habitación era tan lujosa como el resto de la casa. Las paredes estaban tapizadas en un papel rosa palo, y los muebles eran amplios y bien ornamentados con pequeños detalles grabados en el tejido de terciopelo.

—Mirad esto —dijo Julian señalando un tapiz alargado que reposaba a un lado de la cama.

Era una imagen como tantas otras de la iglesia, salvo por la historia que contaba. El tapiz exhibía tonos pasteles poco habituales en la representación de las iglesias de Cyrene. Ariadne entrecerró los ojos admirando las siluetas que surcaban la tela con movimientos mucho más fluidos. Mostraba su encierro.

—Este tapiz no es de Cyrene —musitó casi sin aliento.

Ariadne miró a los ojos a Julian, que se limitó a encogerse de hombros.

—Es de Kassia, lo trajo de Khatos hace años.

Al ver que Ariadne no decía nada, Julian se concentró en el tapiz que Kaia observaba fijamente con los labios entreabiertos.

—Es Cytera bajo el influjo de las diosas… —dijo Kaia por fin.

—Exacto, ellas duermen en el monte Flaenia. Mi tía me ha contado que parte del embrujo de esa ciudad es que es una tierra caída en desgracia desde hace varios siglos —explicó Julian con una arruga en la frente.

Ariadne asintió sin encontrar una respuesta para la explicación de Julian; se había quedado sin habla y en parte era por la ilusión con la que él contemplaba la imagen. Le costaba creer que Julian creyera en las leyendas y en los mitos sobre las diosas.

Cytera tenía una historia similar a la de Cyrene, fundada hacía mas de trescientos años. La diferencia resultaba en que Cyrene había renacido convertida en una ciudad nueva; mientras Cytera yacía en el olvido del continente.

—Entonces puedo entrar al Flaenia.

Ella se giró hacia Kaia, temblando.

—¿Qué pretendes, Kaia? No puedes hablar en serio…

Sus pies retrocedieron mientras sus ojos se clavaban en los de Kaia, que brillaban con seguridad y algo parecido al ansia.

—Habla en serio —sentenció Julian cortando el hilo de sus pensamientos—. Si los aesir son de naturaleza arcana, como creemos, entonces pueden provenir de allí. Tal vez ni siquiera han sido invocados por alguien de Cyrene, tal vez se ha roto la salvaguarda que los mantenía atados a la tumba.

La voz de Julian rezumaba emoción y Ariadne deseó con todas sus fuerzas compartir ese entusiasmo.

—Tengo que ir a Cytera —musitó Kaia para sí misma.

Ariadne sintió una punzada en el pecho y sin proponérselo tomó una decisión de la que seguramente se arrepentiría.

—No tienes que ir sola, yo iré contigo.

El rostro de Kaia se iluminó de agradecimiento y con un movimiento repentino se abalanzó sobre sus brazos. Las voces de su cabeza le aseguraban que se equivocaba, pero Kaia era su amiga y, pese a todo, no podía dejar que corriera ese riesgo sola.

—Ya que insistís, tendré que ir yo también.

La propuesta de Julian la dejó estupefacta. Ariadne giró levemente el rostro y se encontró con un Julian muy serio. No había atisbo de broma en su voz y eso la hizo reflexionar sobre la razón que podría empujarlo a acompañarlas. Entrecerró los ojos y lo estudió bajo la luz cálida.

Kaia bufó por lo bajo y se separó unos pasos de Ariadne lanzándole una mirada crítica a Julian. Ariadne la conocía lo suficiente como para saber que Julian no le caía en gracia.

—Querido, nadie te ha invitado.

Él apoyó una mano en la pared y dibujó una sonrisa triunfal.

—Nadie está tan interesado como Kassia en solventar este lío. Así que por el bien de los intereses de mi familia, he de sacrificarme y acompañaros en esta peligrosa misión.

Ariadne estuvo a punto de soltar una carcajada, pero Kaia se le adelantó dejando escapar todo el aire de sus pulmones en una risa bastante histérica.

—Mira, no sé qué ha visto Ari para confiar en ti, pero no voy a permitir que me retrases —advirtió Kaia recuperando el semblante adusto—. Así que te apegas a mi plan, a mis normas, y no me cuestionas.

Julian iba a replicar, pero Ariadne lo impidió advirtiendo:

—No le lleves la contraria, es una obsesa de la planificación.

Y no lo hizo, porque durante las siguientes horas se dedicaron a organizar el viaje. Kaia creía que la única manera de acabar con los aesir era ir al único punto en el que habían sido invocados: Cytera. Eso, si tenían suerte y encontraban la tumba.

44 MEDEA

El sol de media tarde se colaba a través de las ventanas abiertas del salón alargando las sombras de sus compañeras sobre las paredes blancas. Hacía demasiado calor para ser primavera, o quizá fuera que Medea estaba agotada por la rutina del día.

El aliento se le escapó entre los dientes y Medea se esforzó por mantener la espalda erguida y el rostro relajado. Estaba sentada sobre la esterilla justo en la tercera fila. Bastante alejada de la puerta y del resto de las aprendices que de tanto en tanto arrojaban alguna mirada despectiva hacia donde se encontraba ella.

La música suave servía para atenuar el pozo de sus pensamientos, esos que no paraban de asediarla. Concentró sus ojos en la ventana, en el sonido del gong, en cualquier cosa que le impidiera fijarse en los rostros avinagrados que la rodeaban.

Durante la última semana Medea no había recibido noticias de sus amigas. Durante los primeros días apenas había visto a Orelle que, como ella, estaba enfrascada en una nueva rutina a la que debía acostumbrarse. Pero lo cierto era que Medea echaba en falta a Kaia, y a su sarcasmo y buena voluntad para meterlas en líos. Y por supuesto, a Ariadne, con quien había intercambiado dos escuetas cartas para regocijo de su conciencia.

Suspiró pesadamente y estiró las piernas sobre la esterilla sintiendo un pinchazo en la pantorrilla. La hora de meditación se suponía que era un momento de profunda calma para reflexionar sobre las ambiciones personales y apartarlas. Para Medea aquello se traducía en una hora de angustia, dolor y remordimiento en la que sus pensamientos la atacaban y le recordaban que había dejado todo lo que tenía.

Sonó la campanilla y el resto de las aprendices se pusieron en pie y lentamente abandonaron el salón de las meditaciones.

Con un movimiento perezoso, Medea se pasó una mano por el rostro y tuvo tiempo de ver cómo sus compañeras formaban grupitos antes de abandonar la sala. Ella se quedó entre aquellas paredes completamente sola y agotada de intentar congeniar con alguien.

—Buenas tardes. —Olympia la tomó desprevenida—. Veo que te apegas muy bien a la rutina.

Con un asentimiento, Medea se acercó hasta Olympia, que llevaba el cabello plateado peinado a medio lado.

—Estoy bien, ya empiezo a controlarlo —indicó Medea sin demasiada convicción.

Los labios de Olympia se curvaron en una sonrisa que a Medea no le pareció demasiado sincera. Con una mano le indicó que la acompañara y ella se dejó arrastrar por las instalaciones con una sensación de vacío en el estómago.

Deambularon por los pasillos que aquella hora comenzaban a vaciarse. El aroma a comida recién hecha flotaba en el aire como una tentadora propuesta que el estómago de Medea prefería ignorar. Pasaron frente a las cocinas y no se detuvieron hasta llegar al pequeño jardín de atrás que se hallaba completamente vacío.

A los lados había dos olivos a medio crecer que abrían sus ramas proporcionando una vaga sombra sobre uno de los bancos en el que se sentaron.

—Quería hablar contigo, Medea —dijo Olympia—. Estoy un poco preocupada por las circunstancias que te rodean.

Durante un segundo Medea se quedó muy quieta, casi sin respirar, temiendo las siguientes palabras de la maestra. Tenía motivos de sobra para preocuparse por su permanencia en la Orden.

—Quiero estar segura de que logres controlar a las sombras —musitó la mujer, tomando asiento.

Sus hombros no se relajaron, Medea asintió esforzándose por parecer segura, por no reflejar ni un ápice del miedo que le erizó la piel. No quería atraer ninguna atención negativa sobre su imagen, y si para ello debía mentir, lo haría sin importar las consecuencias.

—Te tomará tiempo unirte a las chicas, pero he pensado que un ritual de iniciación podría servir para que se adaptasen a tu presencia. En la Orden no hemos aceptado a ninguna invocadora antes.

La falsa tranquilidad de Medea se desvaneció lentamente al escuchar a Olympia.

—¿En qué consiste el ritual?

Olympia se puso en pie y rodeó la estatua del centro con una expresión sombría que le retorcía los rasgos.

—Es complicado —sentenció—. Pero estoy convencida de que lo harás, por el bien de tu permanencia y por el futuro de Cyrene.

Detectó el asomo de duda en la voz de la mujer, que evitaba afrontar el tema directamente.

La boca de Medea tembló ligeramente y asintió convencida de que aceptaría cualquier propuesta. En las últimas horas había creído que por fin había hallado un lugar al que pertenecer, un lugar en el que alcanzar sus metas. Pero parecía que aquello formaba parte de una ilusión que poco a poco se difuminaba en una realidad contradictoria en la que ella nunca encontraría la calma.

—Renunciar a tu daga…

Eso la tomó totalmente desprevenida y Medea se tambaleó luchando con la necesidad de contraer el rostro en una mueca de horror.

—Pero te he dejado mi daga, no puedo utilizarla ni invocar a las sombras.

El semblante de Olympia se mantuvo impasible y la mujer recortó un poco la distancia haciendo que Medea engullera el olor a óxido que emanaba de su piel.

—Sé que es un sacrifico enorme, pero te aseguro que tu salud no se verá afectada. Haremos una catalización de las sombras para que puedas llevar una vida normal.

Medea no estaba preparada para escuchar esa propuesta. De todas las cosas que habría imaginado, sin lugar a dudas una catalización sería la última que se le hubiese pasado por la cabeza.

La magia titiló en su cuerpo y ella sintió cómo las sombras le tironeaban de la piel. Entornó los ojos y abrió la boca sin que las palabras acudieran en su auxilio.

—Sé que es algo extremo, Medea —añadió Olympia al percatarse de que ella no respondía—. No te lo pediría a menos que lo considerase la última opción. Cyrene está viviendo tiempos de odio, de inestabilidad, y solo la Orden puede hacer que las cosas encuentren el equilibrio.

—Pero… puedo morir —dijo con temor.

Aunque era evidente que Olympia conocía los posibles efectos adversos de una catalización, no parecía importarle demasiado el riesgo.

Sus labios temblaron y tras varios minutos de tenso silencio, Medea apartó el rostro sin sentirse capaz de tomar una decisión.

Olympia no pareció percatarse de lo muda que se había quedado su aprendiz. De hecho, no necesitó añadir nada más, justo cuando la conversación parecía aletargarse, apareció por detrás de una de las columnas Aretusa, la asistente de Olympia. Llevaba el cabello enmarañado y su rostro destellaba una urgencia que no necesitaba expresar con palabras.

—Piénsalo, por favor —añadió Olympia—. Lo hablaremos luego.

La joven asintió sin convicción y la vio desaparecer junto a Aretusa.

Con el corazón latiéndole con violencia, Medea se dejó caer en el césped sin poder evitar la sensación de abatimiento que se cernía sobre ella.

Renunciar a las sombras era todo cuanto Medea había deseado siempre, pero las consecuencias eran tan aterradoras que nunca se le había pasado por la cabeza asumir el riesgo. Podía perderse a sí misma; incluso podía morir, si en el proceso las sombras no la abandonaban.

Si bien había sido algo que había querido en el pasado, las circunstancias desde luego eran muy diferentes. ¿Estaría realmente tomando ella la decisión o simplemente estaba siendo coaccionada? No quería enfrentar las múltiples respuestas a aquella pregunta.

Trató de no pensar demasiado y dobló en la esquina que la llevaba a las dependencias de la parte superior. En lugar de ir al comedor se marchó a su habitación, pensando en que la soledad era la única opción para encontrar las respuestas que tanto ansiaba en ese instante.

Medea se encerró en su cuarto intentando convencerse de que no le importaba renunciar, aunque lo cierto era que, en el fondo de su ser, sí le importaba y, además, le dolía.

45
Kaia

La puerta se abrió y su abuela dio un golpecito contra la madera atrayendo la atención de Kaia. Su habitación estaba convertida en un caos; la maleta abierta ocupaba casi toda la cama y varias piezas de ropa descansaban en el sillón blanco junto a la ventana.

—¿Puedo? —preguntó la abuela con calma, como si Kaia no estuviese preparando su huida.

Ella se apresuró a asentir y la anciana avanzó envuelta en un chal de cuentas azules a juego con el tono apagado de sus iris. Su rostro parecía sereno, relajado, pero Kaia había aprendido mucho de esa habilidad innata de su abuela para parecer imperturbable cuando el infierno se apoderaba de ella.

—Ya sabía yo que tanto ruido no era demasiado habitual en esta casa. —Una sonrisa le curvó las comisuras de los labios—. Parece que necesitas ayuda con eso.

Su dedo arrugado señaló la maleta en la que Kaia había metido a presión dos vestidos y un par de pantalones que hacía casi dos años que no usaba. Forcas estaba apoyado en el cabecero de la cama y escrutaba a la anciana con atención.

—Siempre te he dicho que si doblas la ropa así le saldrán arrugas. A ver, déjame que lo haga yo —remilgó su abuela ignorando al cuervo.

Kaia le permitió trabajar sin decir nada y la vio doblar con entusiasmo las prendas de ropa que luego colocó sobre la colcha blanca.

Tomó un vestido negro que había confeccionado hacía un par de meses y sopesó el terciopelo suave. La texura ligera solía alivianar el nudo tenso de su pecho y esa era una de las razones por las que más le gustaba confeccionar ropa: cuando se entregaba a ello, el mundo se difuminaba a su alrededor, dejaban de existir los problemas y se quedaba a solas con el hilo y la tela con los que le daba forma a su creación.

Su abuela alzó una ceja. Tenía un rostro afilado y el pelo gris se le rizaba sobre la frente otorgándole un aspecto salvaje que le recordaba mucho a su madre. Llevaba una pulsera de plata con las iniciales de su hermana y de ella; no se la había quitado desde la muerte de Asia. No sabía exactamente qué palabras serían las adecuadas en esa situación. Xandra nunca había sido la abuela abnegada que la mayoría de los nietos adoraba; por el contrario, era una mujer dura, curtida por las desgracias.

—Abuela, puedes decirme lo que piensas —pidió colocando una mano sobre su hombro.

Los ojos azules se posaron en ella.

—Pretendes abandonarme. —No era un reproche, pero Kaia se sintió culpable y vulnerable como cuando era una niña—. Lo entiendo, en esta familia todos tienden a irse.

Las palabras taladraron el pecho de Kaia, que pensó de pronto en lo dura que tenía que resultar la vida para su abuela. Una mujer que había enterrado a sus hijas y a una de sus nietas; ahora, veía partir a la otra.

Era una acusación que no tenía intención de serlo y que, sin embargo, la hizo ruborizarse y encogerse un poco sobre sí misma. Kaia la miró con inquietud y se armó de valor antes de darle un abrazo que esperaba pudiese transmitir todo el amor que sentía por ella.

—No te culpo, Kaia —repuso la anciana cuando se separaron—. Yo habría hecho lo mismo de haber tenido elección. Cuando era joven los tiempos eran distintos y mis padres no fueron demasiado permisivos, pero también me hubiese ido.

Escuchar esa confesión la dejó helada.

—¿A dónde?

Los ojos de la anciana brillaron con entusiasmo.

—Fuera de esta ciudad de mala muerte —replicó—. Cuando tenía quince años viajé al norte del continente, son mucho más avanzados que nosotros y te aseguro que la muerte no es una constante presente en sus vidas.

—La muerte está presente en la vida de cualquier mortal, abuela —le dijo cerrando la maleta—. No imagino cómo sería vivir sin el miedo a perder a quienes me rodean, sin ese terror vacío de despertar y echar en falta a alguien.

Las palabras quedaron suspendidas en sus labios y Kaia notó el dolor ciego que durante meses llevaba ignorando.

—Tal vez cuando seas vieja dejarás de ver a la muerte como algo terrible.

—Pero lo es…

Se quedó callada cuando su abuela entornó los ojos y le acarició el mentón.

—Lo sé, pero no puedes evitarla. Ninguno de nosotros puede huir de ella.

Su abuela le dio una suave palmada en la rodilla al ver que el rostro de Kaia se descomponía en un gesto de verdadera melancolía. Los rasgos de Xandra se suavizaron un poco. No era el momento idóneo para profundizar en sus emociones; en realidad buscaba escapar de ellas.

—Cuando he dicho que la muerte no es una constante en sus vidas no me refiero a que no se manifieste. —Xandra se rascó el mentón—. Han normalizado el dolor, han asumido que forma parte de la vida misma y que no es algo a lo que podamos renunciar.

Kaia apretó la mandíbula con fuerza y la inquietud le recorrió la espalda haciendo que se estremeciera. No estaba de acuerdo, ella jamás podría normalizar lo que sentía, no podía renunciar al vacío que sentía por su hermana.

—Te dejaré ir, solo espero que me escribas para saber de ti. —Estaba a punto de salir cuando se detuvo y añadió—: No salgas por la puerta principal, los dos hombres aquellos siguen vigilándote y creo que es mejor que te vayas por el patio de atrás.

Kaia asintió con firmeza e hizo amago de una sonrisa triste cuando la vio desaparecer en el umbral. No hubo ni una palabra más, ni abrazos ni promesas. Ella se mantuvo callada y convencida de estar tomando el camino correcto; aquello era muy parecido a una despedida y casi se sintió culpable por no saber qué más decir.

Antes de que Kaia saliera, retiró la cortina de gasa y miró a través de la ventanilla comprobando que los hombres vigilaban su casa desde la acera. Los dos estaban adoptando una pose de fingida calma; uno leía el diario sentado en el banco mientras el otro caminaba de un lugar a otro fumando un puro con los ojos fijos en el jardín de su casa.

La tensión se coló por sus hombros y dilató todos sus músculos cargados de la magia que se debatía bajo su piel. Para ser sincera, Kaia no tenía ni la remota idea de por qué continuaban atentos a cada uno de sus pasos. No sabía si representaban un peligro para su seguridad y tampoco deseaba averiguarlo.

Corrió la cortina y echó una última mirada al pequeño salón en el que había jugado con su hermana. Cabía la posibilidad de que no volviera a pisar ese lugar y la incertidumbre hizo que las alarmas de su cabeza se encendieran obligándola a estremecerse. Con un esfuerzo, reprimió el instinto invocador y asió la maleta pequeña abriendo la puerta del patio. Estaba a punto de dar el paso que cambiaría su vida.

El sol de media tarde caía sobre los tejados arrojando destellos naranjas que contrastaban con un cielo cargado de nubes grises. La brisa sopló con violencia agitando los rizos negros que escondía bajo el sombrero. Kaia decidió que, si quería dar el esquinazo a los vigilantes, necesitaba ser discreta y precavida.

Descendió en silencio por el tramo que se perdía en la parte trasera del barrio. Era un entramado de calles perpendiculares por las que nadie discurría puesto que el olor a desperdicios se acumulaba en las esquinas.

Cuando desembocó en la avenida principal la invadió un alivio que le permitió respirar con mayor soltura. No se había dado cuenta hasta ese momento, pero llevaba cerca de quince minutos obligándose a caminar encogida sobre sí misma y conteniendo el aliento cada vez que cruzaba una esquina.

Respirar el aire limpio infundió valor a sus movimientos. Cruzó por el paso peatonal y apretó un poco más la maleta al divisar a lo lejos la estación de tren. Ariadne la estaría esperando junto a Julian y los boletos, y pese a que no le hacía ninguna gracia viajar con ese chico tan particular, Kaia agradecía lo solícito que se había mostrado desde que habían elaborado el plan.

Le gustaba repetir mentalmente los pasos a seguir aunque en realidad solo tenían una ligera idea de lo que debían hacer. Llegar a la estación y encontrarse bajo el reloj astronómico, subir al vagón que salía de Cyrene y llegar hasta Cytera. Y allí buscarían una posada en la que alojarse para luego dirigirse al Flaenia.

Era un plan infalible. O al menos eso se esforzaba por creer ella. El Flaenia prometía todas las respuestas que hasta entonces resultaban ajenas a Kaia.

Julian y Ariadne buscaban resolver aquel asunto por el bien de Cyrene, y aunque Kaia admiraba su nobleza, ella perseguía razones más personales para intentar colarse en la tumba de las diosas.

¿Asia había invocado a esos demonios? ¿Su hermana podía manejar la magia arcana?

Su pecho ardía en deseos de descubrir la verdad.

Hundió los dedos en sus bolsillos y cruzó la calle concentrada en sus propias divagaciones.

Dos siluetas aparecieron de pronto cortando el paso de Kaia, quien actuó con prisa y retrocedió dos pasos entornando los ojos para reconocer los rostros de los vigilantes. Maldijo en voz baja y no permitió que su cara reflejara el miedo que le taladraba los huesos.

—Señorita —dijo uno de los hombres cuyo bigote tembló bajo su nariz cuando se acercó hasta ella—. ¿Se dirige a la estación de tren?

Su aliento estaba cargado por el nauseabundo olor a aguardiente.

—No creo que sea de su interés, señor —respondió Kaia con hostilidad—. ¿Ocurre algo? ¿Quiénes sois vosotros?

El hombre se pasó una mano por el bigote negro y sus labios esbozaron una sonrisa tensa. No necesitó decir nada más; las palabras estaban allí, flotando entre ellos. Una amenaza que se leía en la pose forzada de sus músculos.

Antes de que Kaia pudiese anticiparse, el otro hombre se abalanzó sobre ella sujetando su muñeca derecha y retorciéndola para inmovilizarla mientras la arrastraba a un callejón lejos de la vista de los transeúntes.

Kaia se debatió con fuerza y tanteó su cinturón en busca de la daga. No le dio tiempo a tomarla porque el segundo hombre se apresuró a sujetarle el brazo. Cuando ella abrió la boca para gritar pidiendo auxilio, un dolor abrasador le inundó la cabeza sumiendo el mundo en la oscuridad.

46 Ariadne

La espera y el aburrimiento siempre producen ese maravilloso efecto en el que las dudas se agolpan y aparecen como por arte de magia. Si algo podía decirse de Kaia era que solía ser tan puntual como elegante a la hora de vestir, por eso Ariadne había comprobado el reloj alrededor de diez veces en los últimos cinco minutos.

La estación estaba repleta de viajeros que iban y venían cargados de equipaje y prisas. El humo de las locomotoras llenaba el aire de ese olor a cenizas y quemado que hacía que a Ariadne le picara la nariz.

Se quedó unos momentos observando la entrada de la estación, cruzando los dedos y rezándole a la Trinidad para que la figura de su amiga apareciera. Las diosas no escucharon su llamado y ella dirigió la mirada al libro que sostenía entre las manos. Había releído el último párrafo al menos una docena de veces y no terminaba de recordar lo que decía.

Julian permanecía apaciguado contra la pared, ajeno a todas las preocupaciones que surcaban la cabeza de la chica. Sus dedos sujetaban un periódico viejo que había leído desde que llegaron a la estación. Esa apariencia despreocupada hacía que la irritación invadiera la cabeza de Ari haciéndola desear un compañero menos impresentable.

Si algo creía de Julian era que aquella fachada resultaba, cuanto menos, el mayor orgullo para el invocador. Se jactaba delante de su propia tía, incluso fingía despreocupación cuando en realidad Ari había aprendido a atisbar pequeños movimientos en sus ojos que revelaban sus verdaderos pensamientos.

Ariadne soltó un suspiro pesado y se dejó caer sobre uno de los bancos sin quitarle de encima los ojos al reloj.

—Quince minutos tarde —musitó Julian, como si pudiese saber en lo que estaba pensando.

Ella no contestó. Se había abrazado las rodillas y estaba con la espalda tensa sin dejar de escrutar los rostros que poco a poco aparecían en las puertas. El nudo en su estómago le hacía creer que algo no iba bien, quizá por el peligro que perseguía a su amiga o porque simplemente se estaban metiendo en un lío que podía ser más grande que ellos.

—Deberías bajar un poco la barbilla y dejar las manos quietas —dijo Julian cerrando el periódico.

Los ojos de Ari lo observaron con interrogación y él se giró con una calma sosegada que parecía casi calculada:

—Te ves demasiado nerviosa —añadió frunciendo el ceño—. No estamos haciendo nada malo, así que procura mantenerte serena.

—¿Siempre has sido tan buen actor?

Él se encogió de hombros y una sonrisa imperceptible le iluminó los ojos.

—Desde que era niño he aprendido a controlar cada uno de mis movimientos —dijo—. Mi padre fue un hombre de temperamento difícil; cuanto más miedo le demostraba, más violento se volvía su carácter.

Ari abrió la boca para replicar, pero las palabras no acudieron a sus labios y prefirió guardar silencio. Era la primera vez que Julian le contaba algo de sí mismo y el dato ayudaba a conocer un poco al chico que se escondía tras los comentarios mordaces.

—Voy al kiosco a comprar crucigramas, ¿te apetece algo?

Ella negó con la cabeza. Él se encogió de hombros y se deslizó entre el grupo de personas que acababa de descender de un vagón.

Por primera vez en muchos días, tuvo la certeza de que aquello era un error. Kassia no tenía ni idea de lo que ella y Julian planeaban; su sobrino se esforzó en hilar una mentira que la mujer aceptó con sorprendente facilidad. A eso Ari no lo podía negar, el chico parecía un maestro de la oratoria y era capaz de engatusar a cualquiera con dos frases cortas.

Cuando Julian regresó, tenía la frente salpicada de sudor y una urgencia feroz brillaba en su rostro. Lo vio dejar los crucigramas en el banco y, con un movimiento precipitado, sujetó la mano de Ari obligándola a ponerse en pie de un salto.

—¿Qué estás haciendo? —gruñó ella con los labios apretados por el dolor del arrastre, pero él no se inmutó; al contrario, le rodeó el brazo y tomó la maleta para lanzarse en medio de la multitud.

Se dio cuenta de que el chico la acababa de arrastrar hasta una marea de viajeros que bajaban de un tren y se dirigían hacia la entrada principal de la estación.

—¿Puedes decirme qué está ocurriendo?

Él le dio la vuelta al bastón entre los dedos enguantados y aprovecho la ocasión para llevarla hasta uno de los pasillos más alejados de los puestos de comida que ocupaban la parte izquierda de la planta baja.

—¿Recuerdas que tu amiga dijo que la seguían? —preguntó en voz baja.

El miedo le recorrió la espalda y el instinto de supervivencia se adueñó de ella.

—Creo que nos han encontrado y no tienen pinta de ser muy amistosos.

A Ariadne se le heló la sangre al escuchar aquellas palabras.

Una frase corta que ocultaba todos los miedos que Ari llevaba horas intentando mantener en el fondo de su mente. Ocultó todos sus pensamientos y apuró la marcha pasando bajo el arco de mármol que daba a las escaleras. Subió de dos en dos apoyando la mano izquierda en la pared para impulsarse mejor.

—¿Qué… qué haremos?

La voz le tembló tanto que maldijo su inseguridad y deseó poseer la voluntad que en ese momento movía a Julian. El rumor de las voces aumentó y ellos se sumergieron entre los viajeros que bajaban del tren en aquel momento.

Acababan de cruzar la esquina cuando Julian señaló a un hombre que estaba aupado sobre uno de los bancos. Sus ojos negros como el vacío escrutaban a la multitud mientras hacía gestos hacia otra persona que ella no alcanzaba a divisar.

Un sopor frío le llenó el pecho, y con un movimiento controlado, doblaron en una bifurcación que desembocaba en una sala de espera menos concurrida. El pecho de Julian subía y bajaba a un ritmo descontrolado, e incluso las manos de Ari temblaban mientras sujetaba el asa de la maleta.

—¿Por qué están aquí?

—Supongo que estarán buscando a Kaia —alcanzó a decir él sin dejar de echar miradas a su alrededor—. Pero puede que les interese dar con nosotros también.

La mandíbula de Ari se desencajó al escuchar semejante tontería.

—Pero si no somos importantes, solo somos…

Las palabras quedaron suspendidas entre los dos porque justo en ese instante comprendió.

—Ellos creen que conspiramos junto con Kaia —susurró.

—O algo peor —repuso él—. Mi tía no tiene buena fama ante los ojos del Consejo y me temo que piensen que forma parte de todo esto.

Ari tragó saliva.

—Tal vez solo deberíamos decirles que nosotros no estamos conspirando.

Las cejas de Julian se alzaron y una carcajada brotó de sus labios.

—Claro, y luego nos vamos a tomar un té con ellos —añadió con sarcasmo—. Mira, esta gente es peligrosa y si nos buscan tendrán razones de peso para no querer que salgamos de aquí. La ciudad se halla bajo vigilancia y no sé qué podría creer Kristo que estamos haciendo como para enviar a un arsenal de sus hombres a buscarnos.

Ari se mordió el labio coincidiendo con él.

—Solo intento encontrar una solución —puntualizó ella mordiéndose las uñas—. No te veo esforzándote por dar con algo que nos saque de este embrollo.

No tuvo tiempo para reflexionar porque justo en ese instante Julian señaló los trenes que estaban a punto de partir y la tomó por la muñeca para empujarla fuera de la sala. Ignorando las quejas de Ari, Julian la condujo a través de la estación que comenzaba a vaciarse. Ella lo siguió tan rápido como pudo conteniendo el aliento, mientras la sangre bombeaba con fuerza en su cuerpo.

Se detuvieron en el carril número treinta y Ariadne esquivó las miradas reacias de las personas que descendían del tren en ese instante. Casi tropieza con una mujer que llevaba a un niño en brazos y sintió la potente carga de salir inmediatamente y abandonar el plan.

—Oh, por la Trinidad —exclamó con la respiración entrecortada—. Mi hermano me va a matar si se entera de esto, Julian.

—No lo hará —indicó él con la espalda pegada a la pared y los ojos atentos—. Mira. —Su dedo señaló las escaleras—. Allí están.

Ari siguió la dirección de su mano y observó a los hombres que se aproximaban hacia ellos. Era imposible que salieran de la estación, los habían encontrado. Un escalofrío le bajó por la espalda y la sensación de hallarse atrapada se le antojó insoportable.

—Vamos a subir a este vagón —propuso Julian quitándose el sombrero—. Ten, ponte esto.

Le tendió un chal oscuro que ella se apresuró a echarse sobre la cabeza ocultando el cabello rubio. Ari lo vio quitarse el chaleco y dejarlo en un banco mientras sus pies volvían a ponerse en marcha arrastrando a Ari tras él.

—Pero, Julian —murmuró Ariadne apresurándose un poco para estar a su misma altura—, no puedo irme sin Kaia, tenemos que esperarla.

El estruendo de la locomotora acalló sus palabras y, por primera vez, Julian le lanzó una mirada dura cargada de preocupación. Los hombres estaban a menos de veinte pasos de ellos.

—Espero que me perdones por esto —murmuró él justo cuando la campana del tren tintineó avisando de la salida.

Las manos de Julian sujetaron a Ari y con una fuerza sorprendente para alguien con su apariencia física, la aupó para entrar en el vagón.

Sus ojos se cruzaron, y ella estuvo a punto de soltar una maldición cuando las puertas del vagón se cerraron con un chasquido mecánico y el tren se sacudió con violencia haciendo que Ari se tambaleara bajo la inercia. Estaban en movimiento, alejándose de la estación, lejos de los hombres y de Kaia.

47
Medea

Medea contempló el jardín desde la ventana, advirtiendo el sol que se recortaba a lo lejos y marcaba la silueta difusa de la ciudad. Podrían haber transcurrido horas y ella seguiría con los ojos fijos en el plato de sopa que reposaba frente a sí. Parecía que el tiempo no avanzaba y que todo a su alrededor estaba suspendido en un único momento de repentina quietud que, en lugar de proporcionarle calma, servía para atizar sus nervios.

Removió la cuchara con desgano y sus ojos escrutaron el comedor casi vacío en el que los murmullos y los ruidos se hacían eco de la llegada de la noche. El comedor se encontraba en la planta inferior del edificio, cerca del jardín trasero y bastante alejado de la puerta principal.

Medea necesitaba una respuesta. Debía encontrar las palabras para declinar con amabilidad la oferta de Olympia. Tras su última conversación con la maestra, Medea se había sumido en un bucle de intensos pensamientos que no paraban de rondarle la cabeza.

¿Qué sería de ella sin su magia? ¿Qué límites estaba dispuesta a cruzar para convertirse en lo que siempre había soñado? Las respuestas eran difusas. Llevaba desde su infancia añorando pertenecer a la Orden, a esa Orden de mujeres que vestían túnicas grises, pero en ese momento no se hallaba del todo convencida de querer renunciar a todo lo que conocía.

Sí, su magia siempre le había resultado aterradora. Esa vinculación con la oscuridad, con el averno, le producía un terror ciego que la había obligado a creer que no era una buena persona.

Movió los pies debajo de la mesa y se apoyó sobre la superficie cruzando los brazos, pensando en todo y en nada a la vez. El terror a la incertidumbre le provocaba un calambre en el estómago que era suficiente para quitarle el hambre. Empujó el tazón frío hacia delante y ni se inmutó cuando Orelle apareció con una bandeja para ocupar su lugar junto a ella.

—Otra vez sopa —murmuró, echando una mirada cansada hacia la ventana.

Era temprano, y a pesar de que los días empezaban a durar más, Medea y Orelle habían decidido seguir compartiendo la hora de la cena.

—Odio la comida de este lugar.

—No es tan mala —replicó Orelle dando otro sobro a su sopa—. Las verduras te harán bien.

Medea arrugó la boca y Orelle dejó escapar una risita que disipó la tensión del ambiente.

Tengo que preguntarle a Orelle qué piensa de todo esto, reflexionó Medea, dejando que el vacío agotador de los otros días volviera a cernirse sobre ella.

—¿Estás bien?

Medea sonrió. Fue una sonrisa tensa, falsa.

—Es que te noto muy taciturna y no sé si te encuentras a gusto con tus tareas en la Orden.

—Sí, sí. Salvo por la comida y la hora de meditación, estoy bien. Ayer al menos pude salir del edificio, Olympia me encargó llevar dos documentos a la sede en el centro de la ciudad.

—¿Eran importantes?

Medea se encogió de hombros. Le gustaba la forma en la que Orelle se tomaba las cosas, quizá por eso se le había dado tan bien trabajar junto a ella e investigar el tema de los aesir.

—Creo que no era nada referente a los demonios.

—¿Sabes que han atacado otro edificio?

Medea asintió. Hacía un par de días que había escuchado la noticia de boca de otra interna.

—Cinco desaparecidos —comentó Orelle—. Aretusa me ha dicho que la Orden se prepara para presentar una moción.

Medea contempló su cuenco sin dar crédito a lo que escuchaba.

—Mi padre no lo permitirá.

—Esta vez, Olympia cuenta contigo.

La respuesta de Orelle la dejó estupefacta y tuvo que comprobar el rostro de su amiga para saber que no bromeaba. De pronto, la sensación de inseguridad y anhelo le recorrió la columna haciendo que se sintiera como una cría indefensa.

¿Y si esa era la única razón por la que la habían aceptado?

—Puedes hablarles de la organización de los hombres de Talos —añadió Orelle dando un sorbo a su zumo—. Explicar el funcionamiento interno del cuerpo policial. Estoy convencida de que Olympia lleva años intentando infiltrarse y no lo ha conseguido. Tal vez pueda poner en una posición comprometida al gobierno para que acepte la moción; todos queremos lo mismo, que cesen los ataques, y si esto ayuda, me parece bien.

Medea apretó la boca en una línea recta. No le gustaba el cauce por el que discurría la conversación y tampoco se veía con ánimos de disimular su frustración. Apartó la cuchara y pensó en su padre y en la cantidad de mentiras que ocultaba. Al ver el gesto de preocupación, Orelle puso una mano sobre su hombro obligándola a mirarla a los ojos.

—Llevamos todo un año trabajando para estar aquí —dijo con voz suave—. Eres fundamental para que esto funcione, para que por fin consigamos un mundo de iguales entre los invocadores y quienes no poseemos el don. Además, es el camino que debemos seguir para detener los ataques, ¿no es lo que querías?

Orelle parecía tan segura, tan convencida.

—Yo… —dudó—. Voy a hablar con Olympia.

No esperó respuesta de Orelle. Se lanzó hacia el pasillo y subió por las escaleras de caracol hasta alcanzar la puerta de roble negro. Su decisión era precipitada, pero si no lo hacía de inmediato se arrepentiría y nunca encontraría el momento para saber la verdad. Llamó con una mano y aguardó durante un minuto que se le antojó eterno hasta que el rostro sereno de Aretusa la recibió.

—Hola, eh, necesito hablar un momento con la maestra.

Aretusa volvió la cabeza hacia el escritorio y asintió tras recibir la aprobación de Olympia. Solo entonces, Medea tomó asiento junto al escritorio y la mujer apoyó los codos sobre él recortando la distancia que las separaba.

De pronto, Medea se sintió intimidada, como si la voluntad que la había impulsado hacía tan solo unos segundos se hubiese desinflado dentro de su pecho.

—¿Qué es eso tan urgente que tienes que decirme, Medea?

Medea abrió la boca, pero se detuvo. No estaba muy segura de las palabras que iba a utilizar y el brillo feroz en los ojos de su maestra era una advertencia para que cuidara al detalle su discurso.

—Sé que me necesitáis, por mi padre.

El rostro de Olympia permaneció sereno ante la acusación.

—Estáis planificando un golpe al Consejo y queréis información sobre los hombres de Talos.

—Medea, espero que mis preocupaciones sean infundadas, pero me parece que ahora estás preocupada por el padre del que rezongabas hasta no hace mucho. Ese mismo hombre que te ha repudiado públicamente.

Medea tensó la mandíbula y un dolor agudo, ensordecedor, se extendió por su pecho. Eran todas las mentiras que se había dicho a sí misma y de las que en ese momento no estaba tan convencida.

—Solo quiero saber que esa no es la razón por la que me han aceptado en la Orden.

—¿Esas son tus mayores preocupaciones?

Medea dudó y luego de un segundo, asintió.

—Espero que esto sirva para tranquilizarte porque ese no es el motivo por el que te hemos acogido en la Orden —sentenció Olympia—. Eres valiente y decidida, dos cualidades que buscamos entre las aprendices. Has demostrado con creces que quieres rescatar los derechos de quienes no nacieron con magia. Además, eres una de las pocas invocadoras en esta ciudad que ha manifestado una angustia genuina por los demonios.

Una sensación cálida se extendió por su cuerpo y estuvo a punto de suspirar de alivio. Había sido egoísta asistir tan precipitadamente allí en busca de explicaciones, pero Medea llevaba demasiado tiempo esperando encontrar su identidad, luchando por formar parte de aquello como para mantener las dudas vivas en su cabeza.

—Quiero mostrarte algo. —Olympia se puso en pie y le tendió el brazo—. Acompáñame, por favor.

Medea distinguió una sonrisa de júbilo en el rostro de su maestra y, con convicción, la sujetó del brazo para seguirla.

Después de bajar hasta el sótano de las residencias, Olympia se detuvo frente a un portal cuyas puertas de hierro se hallaban cerradas. Aquel pasillo de paredes negras y techo semicircular estaba tallado en la tierra, como una caverna a la que se accedía mediante un sinfín de escaleras.

Medea esperó mientras Olympia sacaba una llave labrada en un metal dorado que insertó en la cerradura. Lo que había al otro lado la dejó completamente sin aliento. Sus ojos contemplaron una sala débilmente iluminada en la que una decena de maestras de la Orden trabajaban.

—Esto es… increíble —musitó con la garganta seca.

Olympia le dio un toquecito en el hombro invitándola a pasar y ella dudó antes de avanzar. Se sentía como parte de otro universo en el que el tiempo no transcurría. Dos lámparas pequeñas arrojaban matices ambarinos sobre las paredes de piedra desnuda.

—Creo que es el momento adecuado para mostrarte esto y pedirte que trabajes codo a codo con nosotras.

No supo qué responderle a su maestra. Echó la cabeza hacia atrás y contempló boquiabierta una sala con el techo abovedado y las paredes lisas en la que docenas de pasillos se abrían paso hacia la oscuridad. En el medio había una mesa redonda en la que reposaban una docena de libros y algunos papeles sueltos.

Al ver los libros, sus pensamientos se dispararon hacia Ari y no pudo evitar preguntarse si estaría bien.

—¿Qué es este lugar?

Procuró que la voz no le temblara y no tuvo demasiado éxito. Por suerte, Olympia no reparó en su repentina inquietud y esbozó una sonrisa de suficiencia mientras sujetaba una linterna y se acercaba a la mesa.

—Es el antiguo refugio de la Orden. Un lugar construido por nuestros ancestros para proteger a las personas sin magia de los ataques a la ciudad. Conecta con cada distrito. Algunos túneles llevan a templos que han sido clausurados y que solo usamos nosotras; otros dan a las afueras de la ciudad.

Ella no respondió inmediatamente. Poco después de la fundación de Cyrene, se libraron guerras por la toma de la ciudad, batallas infinitas en las que los invocadores se esforzaban por obtener la victoria. Se utilizaban túneles para resguardar a las personas que no luchaban, un lugar seguro en el que esconderse.

—Entonces crees que habrá una nueva amenaza.

No era una pregunta ni una suposición, asumía que si la Orden estaba trabajando allí era porque tenía información sobre quién controlaba a los aesir.

—Hay una nueva amenaza —puntualizó la mujer dirigiendo su atención hacia una libreta que estaba sobre la mesa—. Estas anotaciones que tenemos aquí son de la primera profeta.

Medea permaneció quieta y en silencio le señaló una tablilla de oro.

—Es el *Arcanum* —explicó Olympia, y algo dentro del pecho de Medea se quebró.

—Vosotras lo habéis robado…

Era una acusación que no pareció molestarle a la maestra. Al contrario, pese a que las palabras flotaban entre ellas, Olympia parecía más que complacida con su descubrimiento.

—Aquí hemos recabado información de los aesir —dijo Olympia, alzando una mano para señalar el *Arcanum*—. ¿Sabías que el último ataque de los aesir se produjo hace trescientos años? Justo antes de que June lograra acabar con la magia arcana.

—¿Tiene algo que ver con lo que ocurre ahora?

El silencio pesó sobre ellas mientras Olympia señalaba algo en el *Arcanum*.

—Aquí está. —Le indicó un grabado en una esquina superior en la que se veía la imagen de un demonio muy parecido a los que Medea había visto—. Creemos que se han alterado las fuerzas arcanas creando una grieta que ha permitido que los demonios escapasen de su encierro en el averno.

Medea tomó asiento en una de las sillas altas con el corazón brincando de éxtasis, y luego se inclinó hacia delante para poder leer lo que su maestra pretendía mostrarle.

—Quieres encontrar a tus amigas, ¿verdad? —Medea asintió con un dolor mudo en el pecho al pensar en Thyra y en Mara—. Pues tenemos que acabar con los que los han liberado.

Aquello llamó la atención de Medea, que se envaró buscando alguna mueca en el rostro de Olympia.

—¿Crees que los ha invocado alguien?

—Creemos que el Consejo de Cyrene los ha liberado por error. Querían hacer uso de un poder descontrolado para coronarse como la ciudad más importante de Ystaria y las cosas han salido mal. Y ahora no saben cómo devolverlos al lugar al que pertenecen.

Medea se rascó el mentón y tomó el *Arcanum* entre sus dedos para ver varios trazos irregulares que se juntaban sobre las líneas.

—¿Y cuál sería la función de este lugar? —preguntó señalando la cueva.

Una sombra nubló el semblante de su maestra, que se apartó un poco para acercarse al inicio de uno de los túneles. Medea se fijó en la superficie irregular que hacía las veces de arco y le pareció que tal vez ese lugar no fuera tan antiguo como ella creía. Frunció el ceño y se acercó hasta tocar la pared de tierra; estaba húmeda y demasiado suelta.

—Vosotras habéis hecho estos túneles.

La aprensión le recorrió la columna vertebral y con sorpresa comprobó que Olympia asentía. Su maestra se pasó una mano por el pelo corto y luego se agachó señalando unas pequeñas marcas dibujadas en el suelo.

—Estos túneles han sido excavados por nosotras. Conducen a distintos puntos de la ciudad, entre ellos, a la comisaría y al edificio del Consejo. Estamos preparando un golpe, un movimiento que obligará al Consejo a acabar con los aesir y a devolvernos nuestras libertades. Necesitamos tu ayuda, Medea, necesitamos que nos hables de la comisaría y de los puntos clave para colarnos desde dentro e impedir que los miembros del Consejo vuelvan a poner en jaque a nuestra ciudad.

Medea se sintió aterrada, fuera de lugar. Sin embargo, una decisión se abrió paso a través de su torrente sanguíneo. Seguiría el camino de aquellas mujeres y lucharía junto a la Orden para detener la amenaza de los aesir; costara lo que costare, ella pelearía hasta el final.

48 Kaia

El mundo se había convertido en un borrón.

Ese mismo mundo olía a polvo, a sangre y a un ligero toque de licor. Lo primero que Kaia notó al abrir los ojos fue el cielo despejado por encima de su cabeza y el balanceo irregular de su cuerpo suspendido en el aire. Sacudió las tinieblas de su mente y un dolor sólido le arañó el cráneo. Entonces descubrió que alguien le sujetaba las manos y tenía la boca cubierta por una tela gruesa.

¿Dónde estoy?, se preguntó mientras un nudo de desesperación empezaba a formársele en el estómago.

La realidad se precipitó sobre su cabeza, estaba atrapada, oculta de la vista del mundo que con toda seguridad no repararía en su ausencia. La sostenían como un saco de desperdicios que cargaban a cuestas sin el menor reparo. Kaia se dio cuenta de que el aire estaba plagado de un olor a óxido que le recordaba al cementerio de la ciudad.

—¡Ah, pero si ya estás despierta, preciosa! —dijo una voz hecha de hielo que obligó a Kaia a entornar los ojos, presa de la confusión.

El bigote del hombre que le sostenía las piernas tembló y ella contuvo una arcada ante el tono avaricioso que impregnaba sus palabras. Pronunciaba cada sílaba con un cuidado meticuloso que hizo que Kaia se preguntara quién era él.

—Pólux, no hables con ella, la dejaremos en el coche y la llevaremos con el señor —bramó una voz seca por delante de Kaia; debía ser el que le sujetaba las muñecas.

Pólux arrugó la boca con terquedad y optó por mantenerse en silencio. Su rostro se ensombreció y Kaia notó que apretaba el agarre lastimándole la piel con las uñas. El pánico tensó cada una de las fibras de su cuerpo y estaba convencida de que le sería bastante difícil librarse de esa situación.

Un intenso terror le nubló la vista y Kaia tuvo que tirar de toda su fuerza de voluntad para replegar un sollozo al fondo de su cuerpo.

Dio un tirón con el pie y, por alguna extraña razón, esperó que el hombre flaqueara.

—Deja de moverte, que me has clavado ese maldito tacón en el brazo.

Su sentido de alerta avivó la necesidad de buscar una alternativa de escape cuanto antes. Abrió los ojos, atenta a las corrientes de energía arcana que flotaban en el aire. Cientos de colores se desdibujaban como sombras marchitas que apenas eran perceptibles al ojo humano, y bajo todas ellas, entrevió sin demasiada dificultad una luz que titilaba, llamándola. No se podía creer que las estaba viendo sin usar la sangre y una emoción oscura la embargó al presentir que su poder estaba tomando nuevas dimensiones.

Ahogó la preocupación y forzó a sus ojos a fijarse en cada detalle. Los hilos arcanos se tensaban y soltaban al alcance de su mano, pero a menos que estableciera el vínculo, sería incapaz de controlarlos.

Más aterrorizada que nunca, Kaia agitó sus pies con violencia hasta conseguir golpear a Pólux en una costilla. El hombretón la soltó dejando escapar un lamento. Kaia se apresuró a quitarse la venda que le cubría la boca y a ponerse en pie con algo de dificultad.

Se tambaleó bajo su propio peso sintiendo la inquietud de los hombres, que se arrojaron sobre ella y con una facilidad deslumbrante le interrumpieron el paso.

La mano de Pólux impactó contra su mejilla y Kaia contuvo un gemido sustituyendo sus ansias por nerviosismo y miedo. Nunca la habían golpeado.

—¡Zorra asquerosa! Te voy a rajar tu bonito cuello.

El miedo trepó por su espalda y Kaia chilló, aterrada, sobrecogida por la situación. Se desplomó contra la pared, temblando. Pensó que tal vez debía decir algo, llenar aquella ausencia de ruido con una frase complaciente que la ayudara a ganar tiempo, pero, para su sorpresa, tenía la garganta seca y los pensamientos demasiado revolucionados como para pensar en un ardid que le hiciera ganar tiempo.

Necesito invocar magia arcana, pensó con convicción.

—Mejor nos dejamos de tonterías, si te vuelves a soltar no dudaré en hacer uso de mi daga.

—Kristo pidió que no se le tocara un pelo, Pólux —musitó el hombre que se acababa de arrodillar junto a ella para asegurarse de que siguiera viva.

Kristo, el padre de Dorian, estaba detrás de aquello.

—Eso fue antes de que se pusiese creativa, te aseguro que la voy a devolver tan obediente que no se lo va a poder creer.

Kaia rebuscó en el interior de su bolsillo, ignorando la discusión de los hombres; se concentró en el vértigo que dormía en su pecho y sintió las sombras tironeando de su cuerpo.

—¡Kaia!

La voz provenía de la entrada del callejón, un sonido familiar capaz de reconfortarla en cualquier situación. Estuvo a punto de elevar un agradecimiento a la Trinidad al contemplar la figura de Dorian que se acercaba. Una arruga de preocupación le cruzaba la frente y su boca estaba tensa en una línea recta.

—¿Qué rayos está ocurriendo aquí?

Sus ojos la escrutaron y ella asintió lentamente esperando que él entendiera el gesto.

Dorian tomó su daga de inmediato y dos bolas oscuras cobraron forma a su alrededor. El hombre se aproximó para rodearlo al tiempo que invocaba una sombra alargada y difusa que se abalanzó sobre Dorian sin previo aviso. Él la esquivó con relativa facilidad, y antes de que Kaia pudiese ver su siguiente movimiento, Pólux le sujetó los hombros y la apretó contra la pared.

Kaia vaciló. Sintió las sombras frías trepándole por las piernas, la magia revolviéndose sobre su piel a la espera de que ella la llamara. Tuvo que sacar su daga del cinturón y dar un empujón violento a Pólux para librarse de su agarre.

El impulso de invocar a las sombras le ardía en el cuerpo, le picaba en el cuello. Pero bajo este, latía otra fuerza potente que prometía acabar con todos sus problemas. La energía arcana vibraba a su alrededor, se tensaba y desplegaba bajo sus pies llamando a la sangre. El vello de la nuca se le erizó y ella decidió hacer uso de su magia a pesar de lo que significaba. Cerró los ojos y centró su atención en las pulsaciones nerviosas de su alrededor, y tras un par de segundos, sintió que la magia arcana le acariciaba la piel.

El mundo se volvió más nítido en su cabeza cuando la daga le mordió la piel y la sangre se le escurrió entre los dedos.

Kaia percibió una energía helada que le tensó los músculos del cuerpo y luego un pequeño tirón en el estómago. Sus dedos se crisparon y los hilos de vida del hombre se unieron a los de ella.

Vio un revoltijo de sombras que se estremecían contra Dorian mientras luchaba por quitárselas de encima. Pólux arqueó los labios, y antes de que pudiese abalanzarse sobre Kaia, ella apretó el puño sintiendo cada una de las terminaciones nerviosas del hombre en la punta de los dedos.

La magia arcana reverberó dentro de su cuerpo. El hilo de vida de Pólux era delgado, diminuto. Estaba helado al tacto y las pulsaciones se ralentizaban por los nervios arrojando un débil destello de plata que hizo que Kaia se sintiera segura de su victoria.

Tiró del hilo con fuerza, y al tensarlo notó una sensación cálida, agradable, que se extendía por sus músculos llenándola de fuerza. De pronto, Pólux perdió el equilibrio y su rostro se contrajo en una mueca de espanto que hizo que Kaia esbozara una sonrisa complacida.

—¿Ya no pareces tan orgulloso de ti mismo? —se atrevió a decirle apretando con fuerza el hilo de su corazón y haciendo que sus pulsaciones disminuyeran—. Me atacaste por la espalda, vil rata del infierno.

Kaia respiró hondo y aflojó la presión, convencida de que en menos de dos segundos Pólux perdería la conciencia. Casi lo tenía cuando algo la golpeó en el costado haciendo que la conexión de los hilos se desvaneciera en el aire.

Su mandíbula crujió y la abrasó el dolor que durante unos segundos la dejó postrada en el suelo. Pólux se incorporó y se limpió el sudor con el dorso de la manga; no titubeó al momento de arrojar una sombra que impactó contra el pecho de Kaia haciendo que se tambaleara bajo el impacto hasta caer de espaldas contra la pared.

—Estás maldita —susurró con la respiración entrecortada y el horror crispándole el rostro.

Ignorando el dolor de cabeza, Kaia juntó las manos y buscó los hilos arcanos en su campo de visión. Pequeñas líneas brillaron, los hilos de la vida de Pólux titilaron y ella apretó la mano herida mientras el poder arcano fluía a través de su piel. Una descarga eléctrica sacudió sus dedos y Kaia se aferró a las sensaciones desbordantes que le producía aquella magia.

Pólux se resistió, pero su cuerpo fue incapaz de soportar el ataque y acabó por desplomarse inconsciente junto a Kaia.

—¿Estás bien?

La voz de Dorian la sobresaltó. Se puso tensa y una oleada renovada de miedo le surcó la espalda. Kaia se tambaleó y cayó de rodillas, la magia comenzaba a escapar de su cuerpo dejando una notoria sensación de vacío.

—Deberíamos irnos antes de que vuelva ese hombre —musitó Dorian señalando la entrada del callejón por la que había huido el otro individuo. Ni Kaia ni él se giraron a contemplar a Pólux.

Ella no necesitaba girar el cuello para saber que estaba muerto. Debajo de su piel, la energía arcana latió con fuerza y Kaia se obligó a ponerse en pie mientras se limpiaba la sangre que le goteaba de la nariz.

—Necesito ir a la estación de trenes —dijo ella, y él la observó con calma, como si estuviese acostumbrado a estar rodeado por una chica descompuesta y un cadáver.

Él frunció el ceño y extendió una mano para que ella se pusiera en pie, pero Kaia lo rechazó.

—A esos hombres los ha enviado tu padre.

Dorian guardó silencio un momento y Kaia se apresuró a sacudirse el vestido. Miró a su alrededor en busca de su maleta, pero no estaba en ningún lado; aquello era un contratiempo que ya vería cómo resolver.

—Kaia —dijo Dorian contemplando el cuerpo inerte de Pólux—. Estos hombres no trabajan para mi padre, te lo aseguro.

Kaia lo miró de reojo, parecía muy serio, y ella sintió una reticencia absurda hacia sus palabras.

—Lo siento, Dorian —repuso ella con frialdad—. No debías haberte involucrado en esto, has hecho demasiado y yo tengo que subirme a un tren y salir de aquí.

—¿Te vas de Cyrene?

No le respondió. Se deslizó fuera del callejón y se frotó el hombro, que le escocía.

—Sé que las cosas están difíciles en la ciudad, Kaia —dijo él siguiéndole el paso—. Pero no tienes que hacer esto, no tienes que estar sola. Las nuevas medidas harán que cierren la frontera e impedirán cualquier ataque previsto a Cyrene.

Ella se detuvo de golpe y enarcó una ceja. Estaban en medio de la avenida, a plena luz del día, y apenas había personas en la calle. Eso debía ser indicio suficiente para que Dorian intuyera que las medidas de su padre no solucionarían nada.

—Ya basta —pidió ella levantando las manos—. La fe ciega hacia tu padre te impide ver que es el Consejo el que ha orquestado toda esta situación. Cuando consiga llegar al Flaenia te demostraré que han sido ellos los culpables de liberar a los aesir.

Dorian negó con la cabeza intentando encontrar la paciencia. Estaba descolocado y ella se sintió horrible por no haberle hablado del plan antes. Él la miró, consternado, y ella apreció toda la frialdad con la que edificaba muros a su alrededor. No soportaba aquella expresión de tristeza, pero pensó que estaba tan cansada de perseguir fantasmas que era muy probable que otros pudiesen ver que las cosas se le estaban saliendo de control.

—Te equivocas. No puedes ir al Flaenia, no puedes creer que los aesir han salido de allí.

—Sí, puedo; lo voy a hacer, y ni tú ni nadie me lo va a impedir.

49
Kaia

Kaia se precipitó hacia la estación con el cansancio dominando cada fibra de su cuerpo. Sentía el zumbido de la magia arcana, la fuerza que se deslizaba en sus huesos y en el aire que ella respiraba. La llamaba, tiraba del hilo de su pecho haciendo que cada uno de sus pasos fuese más inseguro, más inestable que el anterior.

Estás dejando un río de cadáveres a tu paso, pensó, y apreció el desgaste emocional que llevaba tiempo esforzándose por reprimir. Aquel hombre la había atacado, sí, pero la violencia de Kaia y la facilidad con la que empezaba a manifestarse la magia arcana en su cuerpo estaban comenzando a asustarla.

Ya pensaré en ello en otro momento, ahora tengo cosas más importantes de las que ocuparme, se dijo.

Se pasó una mano por el rostro como si con el simple gesto fuese capaz de borrar el dolor de cabeza que la incordiaba. Sentía las pisadas de Dorian a su espalda, los cuerpos de los peatones a su alrededor que amenazaban con ahogarla con todo el ruido que generaban.

Aceleró la marcha y luego se paró en un paso peatonal; por el rabillo del ojo vio a Dorian haciéndole un gesto para que se detuviera, pero lo ignoró y emprendió nuevamente la marcha esperando que la dejara en paz. Su relación estaba determinada por una persecución constante en la que, de no ser por Dorian, ella no terminaría bien parada. El ansia por encararlo le arañó la garganta y se sintió irritada por estar perdiendo el tiempo así. Debía estar de camino a Cytera, y no ignorando a su ex y al deseo que la carcomía cada vez que se encontraban.

—¡Kaia, espera, por favor!

Tuvo que alargar la mano para apoyarse en una columna de piedra y evitar que el mundo se le viniese encima. El dolor físico arremetió contra su estabilidad y los labios de Kaia se abrieron para inspirar profundamente el aire. Odiaba el hecho de pensar que, de no haber sido por Dorian, tal vez no hubiese salido del callejón sola.

Replegó el pensamiento al fondo de su cabeza y escuchó la respiración de Dorian a su lado.

—Deja que te ayude.

La expresión del rostro de Kaia se ensombreció.

—¿Por qué quieres hacerte el héroe?

La ira latía por debajo de su piel acelerando las pulsaciones de su corazón.

—Yo no quiero salvarte, no quiero ser un héroe. —Su voz era tan frágil que a Kaia le pareció a punto de romperse—. Solo quiero que no hagas el viaje sola. Es muy duro luchar a contracorriente, no tienes que hacerlo sin ayuda. No me apartes, Kaia. Llevas años intentando hacer a un lado a quienes se preocupan por ti.

Ella se tensó y luego sus músculos se relajaron levemente. El vacío aplastante volvía a adueñarse de su cabeza y empezaba a creer que esa sensación no la abandonaría nunca. Tal vez siempre se sentiría así e, hiciera lo que hiciere, tendría que sobrellevar el hecho de que era un mal augurio en la vida de los demás. Miró a Dorian de soslayo, los hombros firmes, el pelo revuelto, y se recordó que no podía seguir creándole falsas ilusiones. Mientras más cerca estuviesen, más difícil sería el adiós. Y ella no estaba preparada para separarse de él, pese a que sabía que era lo correcto. Su padre era un sociópata que nada tenía que ver con Dorian, pero le dolía hasta los huesos cargar con tantos secretos.

—Medea y Ariadne te conocen, saben que intentas ahuyentarlas cuando las cosas van mal. Has cargado con el dolor de Asia tú sola y me dejaste para que yo no te estorbara en el bucle de autodestrucción en el que te encuentras. Solo quiero que no lo hagas sola...

Ella sintió cómo las palabras se deshacían en su boca y, después de unos minutos intensamente largos, acabó por asentir y bajar la guardia. Le escocían las lágrimas entre las pestañas y por una vez ansió poder permitirse ser una persona normal. Sucumbir a los deseos y aferrarse al pecho de Dorian antes de besarlo y saciar su sed.

No lo hizo. En lugar de ello, dijo:

—Ariadne me está esperando en la estación. Vamos a ir a Cytera juntas.

Dorian se quedó petrificado y, de no haber sido porque ella empezó a andar, probablemente no hubiese hallado la fuerza suficiente para ponerse en marcha.

Arribaron a la estación de tren, que parecía tan vacía como las calles de la ciudad. La niebla flotaba entre los rieles y las paredes de la vieja estructura, que suplicaba a gritos una reforma. La dejadez de los años era evidente. Los muros despintados contrastaban con los puestos de comida que destacaban en medio de las columnas de piedra antigua. La cristalera del techo reflejaba la luz que se derramaba sobre los viajeros que aguardaban sus trenes. Apenas una docena de personas subían a los vagones, una cantidad bastante inferior a la habitual.

Están huyendo del peligro, de la angustia de Cyrene, comprendió Kaia con un escalofrío. Miró aquellos rostros cansados y no pudo evitar pensar en todas las personas que no podían simplemente abandonar la vida que conocían por una amenaza. Los que se quedaban debían lidiar con el peligro y la angustia de salir a la calle sin protección.

Kaia se deslizó lejos de esas personas que se marchaban de la ciudad con una vaga sensación de aprensión. Caminó hacia la plataforma en la que se suponía que se encontrarían, pero su amiga no estaba allí.

—Se ha ido...

Respiró hondo. No podía culpar a Ari por haber partido sin ella; habría esperado demasiado y de seguro Julian le había insistido para marcharse.

—Voy a comprar los billetes —advirtió Dorian quitándose de encima la cazadora.

Kaia se limitó a asentir sin dejar de morderse el labio.

Abatida, se dejó caer en uno de los asientos junto a la entrada y reprimió las ganas que tenía de tamborilear con los dedos sobre la madera; quería evitar el contacto con cualquier cosa dentro de la estación, pero la necesidad de moverse hizo que removiera los pies varias veces.

—Tengo malas noticias —anunció Dorian con el rostro serio al cabo de unos minutos—. No quedan billetes y han cancelado todas las salidas de Cyrene hasta la próxima semana.

Kaia detectó una sombra de angustia en sus ojos.

—Eso no es habitual —reflexionó Kaia sin dar crédito a lo que escuchaba—. ¿Es una nueva medida o algo así?

Dorian pareció identificar el sarcasmo en su voz y se limitó a encogerse de hombros.

—El volumen de personas que huyen de la ciudad es alarmante —admitió él—. Podría llamar a mi padre y pedirle que me consiguiera un viaje, si realmente necesitas salir cuanto antes, aunque podría demorar algunas horas.

—No, no —replicó ella, decidida—. Nada de involucrar a Kristo en esto.

Los ojos de Dorian brillaron.

—Podemos ir en mi coche. Podríamos llegar en una hora.

El rostro de Kaia se iluminó y por primera vez en aquel día desastroso, pensó que las cosas podrían resultar bien.

—¿Lo dices en serio?

Él asintió con una sonrisa pausada que marcó el hoyuelo de su barbilla. Kaia se detuvo en seco sin saber muy bien cómo sentirse al respecto. Iba a aceptar, por supuesto, imperaba en ella la necesidad de llegar a Cytera, pero la idea de hacerlo en coche no le agradaba del todo.

—De acuerdo —aceptó de mala gana cediendo a su último recurso.

Kaia lo siguió hasta el exterior de la estación y sintió el sol abrasador sobre su piel cuando caminaron por una calle pavimentada en la que no había ninguna sombra para protegerse. No le extrañó que el coche de Dorian estuviese aparcado en un recinto privado que pertenecía a su padre; era una especie de edificio con distintas oficinas y un sótano en el que guardaban los coches.

Cuando llegaron al coche, Kaia estaba tan nerviosa que temblaba como un flan. Se aseguró de estirar el mentón e imprimir una falsa seguridad a sus movimientos para que Dorian no notara la ansiedad que le producía viajar en el vehículo.

—Espero que esta locura valga tu tranquilidad —le dijo metiéndose en el interior, que olía a lima y a canela.

—Esa respuesta la sabremos una vez que entremos al Flaenia y descubramos lo que ocurrió con Asia.

—Y cuando encerremos a los aesir.

Se miraron durante una fracción de segundo y fue él quien finalmente cedió y apartó el rostro. Puso en marcha el coche y Kaia tensó las manos sobre sus rodillas deseando que todo aquello no fuese en vano. Era tal la necesidad de respuestas que no sabía si al encontrarlas saciaría esa motivación que movía su cuerpo; si en realidad se sentiría en paz como ella quería creer.

Estaba a punto de descubrirlo.

50
Ariadne

Cytera era todo lo que prometían menos una ciudad próspera llena de cultura y bonita arquitectura. Parecía un lugar olvidado, relegado a que el paso del tiempo hiciese mella en sus estructuras cuadradas. Algunos de los edificios se escondían entre las faldas de las anchas colinas que se extendían al norte. Un cielo rojizo se abría paso por encima de aquel compendio de casuchas blancas con las ventanas a medio derruir y las puertas inclinadas en ángulos extraños.

A Ariadne le daba la sensación de haber encontrado un espacio en el que el tiempo parecía suspendido.

Sus pies se arrastraron sobre los adoquines rotos y llegó hasta un sendero de gravilla que daba a una esquina en la que un par de niños muy delgados los observaban desde el marco de una puerta. Sus ojos febriles parecían no haber visto viajeros como ellos en mucho tiempo y eso hizo que ella bajara la vista a la punta de sus zapatos y no se atreviera a alzarla por miedo a ver la miseria en aquellos rostros infantiles.

—No hagas eso, Ariadne.

Detectó el reproche en la voz de Julian y levantó el rostro con el ceño fruncido para encararlo.

—No sientas pena por ellos, no seas condescendiente.

La frase llevaba implícita una suave recriminación.

Los niños se impulsaron a seguirlos y, al cabo de unos minutos, al verlos dudar, se animaron a suplicar unas cuantas monedas que Julian acabó por cederles.

La calzada estaba rota y la maleza se colaba entre los resquicios, una evidente señal de que, a pesar del tiempo, la vida siempre buscaba abrirse paso sin importar las circunstancias.

Abandonaron la calle principal para internarse en otra un poco más estrecha en la que las fachadas lucían menos desatendidas. El color azul de las puertas y ventanas se hallaba intacto, y salvo por la mugre y la suciedad de algunas esquinas, casi se sentía como un lugar diferente.

—Por la Trinidad, no estoy muy segura de que en este sitio pueda haber una posada para quedarnos —murmuró ella sin dejar de lanzar miradas a su alrededor.

Alcanzaron una plaza desierta a la que se accedía a través de un arco de piedra blanca, un pozo seco se hallaba en el centro y al lado de este se erigía una pequeña estatua de la Trinidad con los brazos abiertos. Aquella figura resultaba un contraste interesante, las tres diosas posaban sus ojos vacíos en el firmamento.

—¿Dónde hay una posada para descansar? —preguntó Julian a uno de los niños que continuaban siguiéndolos.

El chiquillo se acomodó la manga de la camiseta andrajosa antes de señalar un edificio semicircular a escasos metros de donde ellos se encontraban. Era como si un muro invisible separase el horror de aquellas estructuras cuidadas y limpias que servían para alojar huéspedes.

—Busquemos una habitación y luego ya pensaremos en otras cosas —propuso Julian renqueando levemente.

Ella lo siguió y agradeció la sombra de los cipreses en la calle; hacía calor a pesar de que el sol había bajado desde hacía un par de horas. Era un vapor asfixiante que le otorgaba una atmósfera sofocante a esa ciudad perdida en el olvido.

—Deja que hable yo —musitó Julian antes de entrar en el edificio.

—¿Por qué?

Ari no pudo evitar que la indignación le tiñera la voz.

—Porque esta gente intentará sacarnos dinero de cualquier forma y tú pareces algo más propensa a aceptar un mal trato.

Ariadne lo fulminó con la mirada y se sintió muy irritada; dio un paso al frente y dejó que las sombras de la posada la engulleran lejos de Julian. El interior de la construcción era muy diferente de lo que se veía desde el exterior. Ariadne boqueó, muy asombrada, al observar el aspecto casi elegante del salón.

En el recibidor, una anciana salió de detrás de un escritorio con una sonrisa en el rostro redondo. Le tendió una mano a Ariadne al tiempo que le ofrecía una bienvenida tan cálida que la dejó desconcertada.

—Buenas tardes, chicos —dijo con voz cantarina—. Bienvenidos a Cytera, ciudad de las diosas y del conocimiento celestial.

—Gra... gracias —respondió Ariadne con un ligero temblor en los labios.

Sus ojos evaluaron el salón de paredes blancas y tapices religiosos. Al lado de las escaleras, una biblioteca ocupaba un hueco rectangular en el que destacaba una docena de libros muy cuidados que captaron de inmediato su atención.

—Asumo que buscáis alojamiento y estáis en el lugar correcto —continuó la mujer echando una mirada amable a los dos jóvenes—. ¿Es un viaje de carácter romántico?

Ariadne sintió que los colores se le subían al rostro y con un repentino sofoco negó energéticamente. La mujer no fue capaz de ocultar su decepción y, avergonzada, les ofreció asiento en los muebles de cuero que ocupaban casi todo el recinto.

—En realidad necesitamos dos habitaciones pequeñas para pasar un par de días —asumió Julian con una seguridad que a ella le hubiese encantado poseer.

—De acuerdo —asintió la posadera echando una mirada al cuaderno que tenía sobre el escritorio—. En el piso superior tengo dos que dan a la colina norte, por las mañanas sopla una brisa deliciosa y el baño está a un par de metros.

La mujer colocó el boli entre sus labios y pasó la página.

—Si os gusta algo un poco más elegante podría…

—No es necesario —la interrumpió Julian sin una pizca de amabilidad—. Las habitaciones de la primera planta estarán muy bien para nosotros.

La mujer lanzó una mirada a Ariadne como si esperara su aprobación, y al ver que ella asentía, pareció un poco más aliviada.

—Mi nombre es Martha —dijo al tiempo que tomaba un manojo de llaves y les indicaba con un gesto que la siguieran hasta las escaleras—. Cytera no es un destino turístico de lo más apetecible, por lo que no encontraréis huéspedes. Hace un par de semanas se fueron los últimos visitantes; una pareja intrépida que deseaba añadir más picante a sus vidas y se les antojó visitar una ciudad muerta. No está de más advertiros que si venís en busca de diversión no la encontraréis aquí.

—Ya veo —puntualizó Julian cuyos ojos miraban más allá de la ventana. Despojado de su elegancia, parecía una persona diferente, como si las capas de vanidad con las que maquillaba cada día se vinieran abajo revelando a una persona atenta con un carácter sensible.

La mujer vaciló y se acomodó el delantal negro.

—Tenemos una gran riqueza cultural en Cytera, leyendas de lo más interesantes, por si os interesa conocer más. Podéis pagar a uno de los críos y que os cuenten la historia de la ciudad.

—Algunas zonas se hallan en un estado lamentable —se atrevió a añadir Ari y notó que la mujer asentía con un gesto de profunda tristeza.

—Tras el terremoto y la invasión de los demonios hemos perdido mucho. —Se detuvo en el descansillo y sus ojos la miraron fijamente—. La mayoría de los invocadores se marcharon de la ciudad y dejaron que solo los ancianos nos preocupásemos por nuestro hogar.

»Las grandes ciudades como Cyrene o Arcadia no tienen interés en nosotros y recibimos visitas muy de vez en cuando. Hay quienes se atreven a decir que la maldición de Lilith y de Cibeles cayó sobre nosotros, pero yo creo que es lo que se dicen para convencerse de no hacer nada. Es más fácil culpar a una fuerza cósmica de nuestra desgracia que buscar alternativas para salir de ella.

Las palabras de Martha golpearon a Ari, que apreció esa enorme lucidez en una mujer que parecía tan mayor.

—¿Por qué habrían de castigar las diosas a este lugar?

—¿Por qué no lo harían? Da la impresión de que olvidamos su naturaleza inmortal, lo caprichosas que pueden resultar.

Ari asintió con un nudo que le oprimía el pecho. Empezaba a creer que Kaia tenía razón al querer buscar respuestas en Cytera.

—Pero… ¿alguna vez se os ha presentado alguna?

La risa de Martha le taladró los huesos. No había gracia en ella, solo un sarcasmo doloroso.

—Hace casi trescientos años que están encerradas —repuso la anciana—. Ya antes era difícil ver a una diosa, pero desde que nos masacraron los demonios, no hemos visto más que las consecuencias de vivir relegados a la soledad y al olvido.

Un suspiro ahogado obligó a Ari a desistir de cualquier otra pregunta. Ya tendría tiempo para indagar en la historia de Cytera.

La anciana retomó el camino y Ari continuó avanzando por las escaleras. Notó que Julian se rezagaba muy por detrás de ellas mientras se limpiaba el sudor del rostro compungido. El viaje había empeorado su condición por lo que, en las últimas horas, Ari notaba un cambio bastante evidente en el humor de él.

—Oh, pobrecillo mío —advirtió Martha al ver el gesto de dolor en el rostro del chico—. ¿Necesitas a un médico?

Julian se limitó a apretar los labios y con terquedad subió casi a galope el resto de los escalones. Un leve sudor le perlaba la frente y a Ari le pareció que estaba pálido, con la piel cetrina y apagada.

Martha sonrió y los guio hasta dos puertas que se hallaban junto a un salón pequeño. Dejó las llaves en sus manos tras hacer girar el pomo y presentarles el lugar en el que dormirían aquella noche.

—Serviré la cena sobre las nueve —dijo Martha antes de marcharse.

Julian se internó en una de las habitaciones y Ari lo siguió pese a que sabía que ella dormiría en la otra. No le apetecía la soledad y, en el fondo, la preocupación por su compañero la impulsaba a asegurarse de que se encontrara bien.

—Al menos está limpio —susurro él arrugando la boca.

Era mucho más que eso. La cama ocupaba la mayor parte del cuarto, una ventana permitía la entrada del sol y Ari se apresuró a abrirla para mitigar el olor a encierro que flotaba sobre ellos.

—Necesito algún analgésico y una botella de *brandy*.

Había rabia en su voz, una amargura tan tangible que Ariadne se sintió como una intrusa.

Julian se estiró y se dejó caer en la cama con un gesto de dolor.

—No deberías beber, Julian —advirtió ella apretando las manos a su espalda—. Se puede decir que estamos aquí por trabajo.

—Yo bebo en el trabajo —repuso él con frialdad—. Y también quiero una caja de cigarrillos.

Ariadne tragó saliva y lo miró, perpleja.

—Si sigues metiendo ese veneno en tu cuerpo te harás daño.

—¿Ah, sí? ¿Crees que me voy a morir o algo?

Enarcó una ceja y su rostro reflejó una socarronería que la hizo sentirse irritada.

—Sí —respondió ella por pura obstinación.

—Ari, querida, estoy muriéndome desde el día en que vine a este mundo de tinieblas. Sufro una maldita enfermedad que me debilita los huesos y me da exactamente igual el tiempo que me quede por vivir.

Las palabras de Julian la sacudieron y durante unos breves segundos no supo qué decir. Sintió pena por esa dejadez que empuñaba como escudo, pero también un poco de amargura por creer que podría decirle a alguien cómo vivir su vida. Ya había intentado que Kaia se redimiera y saliera de ese bucle de constante destrucción en el que se encontraba; Julian no era su problema, no le debía nada.

—Haz lo que te dé la gana, Julian —replicó, furiosa—. Si quieres atragantarte con alcohol, no seré yo quien te lo impida. Te agradecería que fueses profesional en lo que se refiere a este viaje. Eres libre de hundirte en la miseria de tus pensamientos si eso te hace feliz.

Las palabras le sabían a polvo, a veneno.

—Solo te agradeceré que cumplas con tu palabra.

Levantó el mentón como hacía Kaia y haciendo uso de toda su dignidad, tomó la maleta y se marchó, no sin antes dar un portazo que imprimiera cierto dramatismo a su discurso. Una vez en su habitación, se sentó sobre la colcha y apretó las manos conteniendo los temblores que la sacudían. No quería hacer gala de ese temperamento que en realidad no la representaba, pero estaba cansada de bajar la cabeza ante la desconsideración de las personas. Quería hablar con Martha, necesitaba preguntarle sobre los demonios que habían atacado Cytera y las leyendas que existían sobre el Flaenia.

51
MEDEA

La ceremonia consistía en subir doscientos peldaños cubiertos de ceniza hasta alcanzar la cima del monte de la Orden. Era una colina terrosa que se alzaba a las afueras de Cyrene, coronada por un templo antiguo dedicado a las diosas. Cuando llegara al templo, Medea se desharía de la túnica negra y la vestirían con una blanca que simbolizaba la limpieza de su alma. Después, bebería la sangre de un gorrión y renunciaría a su magia y a las sombras que formaban parte de su vida.

Cada parte del ritual se hallaba grabada con fuego en su memoria. Llevaba días estudiando las palabras exactas que sus labios debían pronunciar ante las maestras de la Orden.

No estaba segura de cómo se sentiría cuando se convirtiera en una persona normal, pero la idea la entusiasmaba y la aterrorizaba a partes iguales. Con un suspiro, Medea subió el primer peldaño y una sensación helada le trepó por las piernas al acariciar el suelo bajo sus pies. Escuchó los cánticos ahogados que provenían desde la cima y contuvo las ganas que tenía de echar una mirada para asegurarse de que Orelle la esperaba arriba.

Prosiguió con la subida con las piernas temblorosas y los miedos pegándosele a la piel. Estaba aterrada, indefensa y a punto de dejar una pequeña parte de sí misma. Las dudas se adherían a sus pensamientos instigándola a reconsiderar sus acciones, a retroceder y a volver a casa. Pero no podía. Medea sabía que por mucho que quisiese dar marcha atrás ya era demasiado tarde.

La última semana la había pasado entre meditaciones exhaustivas sobre sus decisiones y reuniones con Olympia y otras maestras para explicarles las tácticas de su padre. Habían extendido mapas sobre la mesa y ella había señalado las entradas conocidas y vigiladas, así como también las que se usaban solo para emergencias.

Estoy haciendo lo correcto, este es el camino, se dijo, convencida y a la vez ansiosa.

Las voces se detuvieron y, con sorpresa, Medea se dio cuenta de que lo había logrado. Estaba en la cima con el enorme templo blanco frente a ella y las maestras a un lado, esperando. La vista del templo sosegó sus pensamientos y Medea se abrazó a sí misma reconfortándose por haber llegado hasta allí.

—Has completado el camino de peregrinación, Medea. Despójate de esa túnica que pertenece a la oscuridad.

La voz de Aretusa taladró sus sentidos, lejana y cercana a la vez. Los dedos de Medea dudaron sobre la tela rugosa durante un latido antes de entregarse a la desnudez y quedar expuesta a los ojos de todos.

—Toma tu nuevo uniforme y síguenos hacia el interior del templo.

Reprimiendo un suspiro, se colocó la túnica blanca y el tacto de la seda fue una caricia suave sobre su piel. Sus ojos se fueron acostumbrando a la oscuridad y evaluó los rostros lívidos que estudiaban cada uno de sus movimientos. El nudo en su estómago se tensó al buscar el rostro de Olympia entre los presentes y descubrir que no se encontraba allí. Ella era su mentora, faltar a la ceremonia de las sombras era un desaire que hería su orgullo más de lo que le hubiese gustado admitir.

—Estoy lista —admitió, aunque en realidad no era verdad.

Las sombras eran una segunda piel para Medea, una en la que nunca se había sentido a gusto por completo. Confianza. Eso era lo que le ofrecían. La confianza de saber que incluso en el peor momento, Medea podía recurrir a la oscuridad.

Esto era lo que querías, no te sirve de nada dudar en el último minuto, rugió una voz en su cabeza.

Los dedos de Aretusa tomaron los suyos impulsándola a moverse, a dar el paso. Medea ignoró el sentido común y se deslizó hasta el interior del templo con las sombras crepitando nerviosamente bajo sus pies. Era como si intuyesen lo que estaba a punto de suceder.

Medea no pudo evitar cuestionarse para qué necesitaban las armas que descansaban sobre el atrio. Dos espadas cortas y una docena de dagas que aguardaban pacientemente a que ella se sometiera.

Confundida, se detuvo en medio del templo sin quitar los ojos de encima de la mesa.

Y entonces, el metal silbó en el aire y se cerró en torno a su garganta. Las piernas de Medea vacilaron y se doblaron.

Lo primero que sintió fue el frío del metal sobre su piel. Un gemido que le arañó las cuerdas vocales y escapó de sus labios sin su permiso. Luego llegó el dolor. Un latigazo lacerante, desgarrador, que atravesó su columna.

—¿Qué…?

Su voz se rasgó, frágil como el hielo. Tembló y se dobló por la mitad conteniendo un sollozo. Medea luchó contra la cadena que le mordía la espalda, se forzó por resistirse al dolor, pero su cuerpo ya no le pertenecía, estaba atrapada.

—Aretusa…

Las palabras murieron en sus labios cuando Aretusa chistó por lo bajo acallando los murmullos del resto de las mujeres. Una sonrisa genuina, sencilla, surgió en sus labios mientras pasaba el pulgar derecho por el filo del cuchillo con un brillo feroz en los ojos.

—Llevo varios días anhelando este momento, bonita Medea —paladeó cada palabra con orgullo—. Un golpe a Talos y un sacrificio. Conseguimos un dos por uno y todo gracias a tu incoherencia, ¿de verdad creías que podrías unirte a la Orden?

Soltó una carcajada que reverberó en los oídos de Medea. Sus pensamientos flotaban en su cabeza y se quebraban como ramas débiles bajo el viento. Tragó saliva para aclararse la garganta seca, pero Aretusa presionó el filo en su muñeca y trazó un corte alargado que hizo que se estremeciera.

—Ya veo, sí que te creías toda esta pantomima.

Con un esfuerzo, Medea se revolvió contra las cadenas arqueando la espalda en vano. Permanecía atada como un animal al que las sombras llamaban para salvarlo. Pero ella no podía recurrir a la oscuridad, no tenía su daga, y por primera vez en su vida, Medea sintió que un miedo incendiario le recorría las entrañas.

—Por favor, no grites. No me gusta escuchar súplicas estúpidas antes de empezar con *mi ritual.*

Enfatizó especialmente las últimas dos palabras y, negando con la cabeza, hizo un gesto a dos maestras para que se acercaran hasta ella. Las voces entonaron un cántico ahogado que hizo palidecer a Medea.

—No tienes que hacer esto, Aretusa.

Aretusa ignoró sus súplicas e hizo un movimiento con la mano izquierda en la que una de las aprendices depositó una daga alargada. El filo brilló bajo la luz del crepúsculo y los músculos de los brazos de la mujer se tensaron e hincharon bajo la túnica gris.

—Voy a despojarte de tu humanidad, pero antes tengo que agradecerte que nos hayas revelado todos los secretos de Talos. No sabes la ayuda que nos has proporcionado para dar el golpe que necesitamos.

Sus labios se curvaron en una sonrisa siniestra.

Aretusa tomó la daga y un pequeño gorrión que le ofreció una de las aprendices. El pájaro tembló entre sus manos debatiéndose por agitar las alas rotas que Aretusa aprisionaba. Con un movimiento calculado, deslizó el filo separando la cabeza del cuerpo del animal y llenando sus manos de la sangre viscosa.

—Bebe…

Empapó los labios de Medea con la sangre y dejó que el líquido le resbalara por el mentón. Medea apretó la boca en una línea recta y con una arcada escupió al rostro de Aretusa, que ni siquiera se inmutó ante la afrenta. Estaban realizando un sacrificio, uno en el que Medea sería un regalo a las diosas.

Un escalofrío le bajó por la espalda mientras el miedo se revolvía con furia en las paredes de su mente. Aretusa no la miró, ni siquiera se dignó a fijarse en las lágrimas que Medea luchaba por tragarse. En lugar de eso, la maestra comenzó a dibujar marcas antiguas a su alrededor con los dedos pringados de sangre.

Con un quejido, Medea se revolvió contra el metal que le sujetaba los brazos, las sombras ondulaban bajo su cuerpo haciéndose más largas y espesas. Sus manos se debatieron en el suelo mientras la energía oscura acariciaba la punta de sus dedos. Sin su daga era imposible defenderse, y ella se la había entregado como una ingenua a Olympia.

—¿Qué estás haciendo? —preguntó con la voz rota por la traición.

El rostro de Aretusa se descompuso, de repente retrocedió sin dejar de vigilar las sombras que empezaban a agitarse por encima de su cabeza. Su rostro esbozó una mueca de sorpresa al contemplar las diminutas hebras negras que trepaban por las paredes sumiendo los tapetes en la más absoluta oscuridad.

—¡Deja de hacer eso! No pueden responderte —exclamó Aretusa en un tono desafiante. Las maestras empezaban a replegarse a su espalda huyendo de las sombras.

Medea se puso tensa. El metal le apretó la piel y el frío se acentuó cuando las sombras le arañaron los tobillos. Las sombas respondían a sus súplicas y no tenía ni idea de la razón; era como si intuyesen su desesperación y se plegaran contra las paredes para acudir en su ayuda. Medea jadeó y parpadeó sin dar crédito a lo que veía, el revoloteo de las mujeres que segundos antes parecían dispuestas a matarla encendió un leve placer en ella, que, sin quererlo, se complacía de verlas aterrorizadas.

—Matadla, estoy harta de este numerito —ordenó Aretusa con la expresión avinagrada.

Dos aprendices hicieron ademán de obedecer, pero una maestra las detuvo.

—Debes hacer el sacrificio, Aretusa.

La mujer negó por lo bajo con una máscara de odio en el rostro.

—Debéis matarla, porque no voy a permitir que esas malditas sombras entren en mi templo.

Las palabras cayeron sobre ella como esquirlas de hielo. Vio a algunas de las aprendices impulsarse y, antes de que pudiese prepararse, las cadenas chocaron contra la pared devolviéndole la libertad.

Medea gritó, adolorida y muy sorprendida por lo que estaba pasando.

Las sombras se plegaron bajo sus pies, se revolvieron con fuerza y ella conservó un atisbo de esperanza al quitarse de encima las cadenas rotas. Quiso girar el cuello y buscar a Orelle; sabía que estaba allí, sabía que estaba mirando lo que le hacían.

Pero no se atrevió a mirar a quien la había liberado, y tampoco a buscar el rostro de su amiga.

Con el rugido de las sombras y amparada por la tormenta que había llegado, se arrojó fuera del templo con una celeridad inaudita. Sus pies corrieron sobre la hierba y escuchó los pasos que la seguían. No se volvió, siguió andando con el aliento entrecortado y se abalanzó hacia la arboleda que se perdía al oeste de la colina.

En torno a sus manos se aglomeraban sombras a las que ella no podía recurrir. Destellos de oscuridad que tironeaban de su piel haciendo que dos hilitos de sangre le resbalaran por las muñecas.

El silbido de una daga le rozó el cuello y Medea se obligó a correr.

Descendió sobre los guijarros y otra daga zumbó cerca de su oreja izquierda. Medea ignoró el ataque y continuó bajando por la ladera. Una de sus piernas cedió y ella cayó en picado mientras cientos de piedras se le clavaban en los codos y las rodillas.

Sintió un frío punzante, un dolor desgarrador que se abría paso a través de sus huesos.

Cuando el movimiento cesó, Medea descubrió que estaba en una especie de fosa rocosa varios metros por debajo de la superficie.

Oyó voces que procedían de arriba y se apretó las rodillas contra el pecho deseando hacerse invisible. La cueva estaba seca, al menos, y si tenía suerte podría quedarse allí hasta que las maestras dejaran de buscarla. No sabía cuánto tiempo llevaría eso y se lamentó por haber sido tan ingenua. La confianza era algo que ella entregaba desde el primer momento y el mundo le había demostrado que solo los débiles e incautos podían permitirse eso.

Bajó los ojos y respiró lentamente por la boca. Le escocían las heridas de los brazos y tenía una vaga idea del dolor que apremiaba su pierna izquierda, pero aquello era secundario. Aretusa había intentado hacer un sacrificio con ella, quería invocar a la magia oscura. ¿Cómo era posible algo así? ¿Qué tenía que ver ella en todo eso?

Medea se devanó los sesos y no encontró ninguna respuesta. Se amparó en la oscuridad rezándole a unas diosas que no la escuchaban. Temblaba y no consiguió reprimir las lágrimas por ese hueco profundo que ahora había en su pecho. Sentía que le habían arrebatado las esperanzas, las ganas de vivir, y era consciente de que en el fondo todo era su culpa. Ella era la única responsable.

Casi podía escuchar la voz de Kaia llamándola «crédula».

Interrumpió sus pensamientos autocompasivos cuando en el exterior escuchó un ruido demasiado cerca de donde se encontraba. Pegó la espalda a la roca y apretó los párpados con fuerza, como si con eso fuese suficiente para que no la vieran, y entonces una luz inundó la cueva y el corazón que creía muerto bombeó con violencia.

Era Orelle.

Magullada, con la ropa raída y la cara manchada de tierra, pero viva.

—Medea, tienes que salir de aquí.

La joven echó una mirada hacia atrás de Orelle y al ver que estaba sola, se puso en pie para correr a su encuentro. No había dado ni dos pasos cuando el dolor hizo que se desplomara en el suelo. Quiso abrir la boca, pero la voz la traicionó. Sus ojos se fijaron en Orelle, en lo quieta que estaba junto a la entrada de la cueva, y poco a poco el mundo se fue apagando.

52
Kaia

El camino hacia Cytera se le antojó largo y un poco intenso. Dorian se dedicó a permanecer en silencio, y cuando abría la boca, lo hacía para pedirle que cambiara de canción. Ella obedecía sin chistar, aunque los grupos de rock que le gustaban a él resultaban un coro de jovenzuelos con poco ritmo que a oídos de ella desentonaban horriblemente.

Apoyó la frente en el cristal y apreció el paraje salvaje que rodeaba la carretera. Parecía un mundo diferente a Cyrene, con pinos altos y colinas alargadas que empezaban donde terminaban las montañas. En la media hora que llevaban de camino, habían dejado atrás un par de pueblecitos que ella admiró desde la ventana. Sentía un poco más liviana el alma, una nueva libertad que amenazaba con romperse cuando descubriera la verdad. Pero también algo parecido al desaliento; cuando creía que se hallaba cerca, se descubría en medio de una nueva paradoja que la arrojaba fuera de sus creencias, y entonces se veía obligada a improvisar.

Sacudió la cabeza y estiró un poco las piernas. No pudo evitar pensar en qué estaría haciendo su abuela en ese momento. *Al menos Forcas le hará compañía*, se consoló imaginando al cuervo convertido en la sombra de la anciana.

—¿Estás bien?

La voz de Dorian la sobresaltó y se dio cuenta de que ya llevaba cinco canciones sin quejarse por el ruido. Asintió y alisó la tela de la falda cuidando de que ninguna arruga arruinara el tejido de seda.

—Estoy bien —mintió porque era lo más sencillo—. ¿Y tú? ¿Estás cansado?

Él negó con la cabeza y esbozó una sonrisa que la hizo añorar el pasado. La melancolía a veces la inundaba en situaciones como aquella. Era casi como acariciar el pasado con los dedos, solo que ella no era la misma persona y él tampoco.

—Kaia, sé que accedí a sacarte de Cyrene y que tú aceptaste por pura desesperación. Creo que no tengo derecho a preguntarte cosas, pero hay algo que me gustaría saber.

—Puedes preguntar —cedió ella, de pronto muy cansada.

La sorpresa iluminó el rostro de Dorian, que no supo cómo reaccionar ante eso. Llevaba mucho rato esquivando cualquier interrogante que él pudiera hacer y Kaia supuso que no era justo mantenerlo en la ignorancia durante más tiempo.

—¿Qué hay después? Quiero decir, cuando sepas lo que ocurrió con Asia.

Kaia se mordió el labio inferior sin saber muy bien qué responder. Era la misma pregunta que le había hecho su abuela, la que Ariadne y Medea también se hacían y para la que ella no tenía respuesta.

—Estaré en paz y podré pasar página.

Mentira, pensó. Aunque una parte de ella creía con fervor que tras encontrar las respuestas podría seguir adelante con su vida, otra parte no sabía qué le aguardaría una vez que hallara la verdad. No sabía si sería capaz de continuar como esperaba o si seguiría anclada al dolor de por vida.

Dorian no pareció demasiado convencido de su respuesta y no dudó en hacérselo saber con un débil gruñido.

—¿Realmente intentaste detener a los aesir? ¿O solo fue un espejismo para que te ayudáramos con esto?

—No te utilicé, si eso es lo que quieres saber —se defendió—. Quería saber si los aesir habían sido invocados por mi hermana, quería saber si Asia sentía la magia arcana como yo. Pero cada indicio me ha llevado a creer que no, que ella no tenía el más mínimo conocimiento sobre esta magia, y agradezco que fuera así. Entonces pienso que esos demonios la asesinaron y me golpea la necesidad de descubrir quién los invocó, las razones que tenía para hacerlo y cómo es posible que la mataran tantos meses antes de que supiésemos que estaban en la ciudad.

Dorian parpadeó y se rascó la nuca antes de asentir.

—Kaia, tu hermana no fue asesinada…, no había ningún signo de violencia en su cuerpo.

Ella se sintió tensa y violenta a la vez. Odiaba que intentaran explicarle algo en lo que ya había pensado cientos de veces.

—Entonces, ¿qué ocurrió? —Enarcó una ceja—. Mi hermana se suicidó o solo fue víctima de un accidente que nadie puede explicar. Las marcas en sus muñecas, las mismas líneas negras que tenían las otras víctimas…

Dorian desvió la vista hacia la carretera y tragó saliva antes de girar en una curva pronunciada.

—No he querido decir eso —admitió él con un ligero temblor en los labios—. Solo quiero saber qué harás después de esto, cuando consigamos devolver a los aesir al Flaenia o al averno del que provienen, cuando Cyrene se halle libre de amenazas.

—Me iré.

Dorian le dirigió una mirada incrédula que a Kaia le importó muy poco. Ante ella tenía la respuesta que había estado buscando y era verdad; se iría de Cyrene a cualquier otra ciudad en la que pudiese volver a empezar. Ya no le importaba el ansia por pertenecer al Consejo, ni siquiera deseaba tener aspiraciones políticas. Simplemente se iría.

—¿A dónde? ¿Por qué?

—A cualquier lugar en el que la gente no huya cada vez que me acerco. Donde no susurren cuando paso frente a ellos, ¿no te das cuenta? En los últimos años creí que podía alcanzar un puesto en el Consejo, me apasionaba la política interior y quería dedicarme a eso.

»Persis ayudó en alimentar ese deseo, pero siendo justos y con todo lo que viví trabajando en las últimas semanas, sé que ese sueño era un imposible. Entraría al Consejo, sí. Pero nunca ascendería, nunca me colaría entre los miembros ni podría ejercer con pleno derecho.

Tuvo un fugaz pensamiento sobre lo que significaba admitir eso, y el dolor que desde hacía meses sentía en la garganta cesó de pronto. Fue un alivio inmediato y, con un suspiro, Kaia comprobó que se sentía más ligera y casi libre al reconocer algo que le escocía tanto.

—Lo siento, no quería contrariarte.

—Querido, no lo has hecho. En realidad… —Hizo una pausa y relajó las manos sobre las rodillas—, me has obligado a pensar y a quitarme un peso de encima. Ni yo misma era consciente de lo mucho que me dolía cargar con esto.

—Yo creo que hubieses sido muy buena en la política.

Ella sonrió, no por el cumplido, sino porque estaba convencida de que sí hubiese sido buena trabajando en el Consejo.

—Lo sé —admitió—. Pero las diosas juegan con nuestros destinos y al parecer el mío no es ese.

Dorian apretó los labios y no dijo nada. No le preguntó por la magia arcana y ella lo agradeció. Creía que, en el fondo, Dorian entendía parte de lo que pasaba por su cabeza y no quería insistir hasta que ella pudiese hablar del tema. Kaia no sabía cómo abordarlo. La magia se replegaba en su pecho, e incluso en los últimos días casi había podido ver los hilos de otros sin tener que recurrir al pago de sangre.

Estaba perdiendo el control. Estaba empezando a notar que la magia tiraba con violencia de ella y pocas veces podía resistirse. *Nadie ha conseguido sobrevivir a la magia arcana*, dijo una voz en su cabeza haciendo que todos los pensamientos que ella intentaba ocultar flotaran en su mente.

El coche aminoró la marcha hasta detenerse por completo en un aparcamiento al aire libre en el que no había más que otro vehículo muy viejo y sin ventanillas. Dorian quitó la llave del arranque y ella asomó la cabeza admirando el complejo de casuchas blancas con claras señales de deterioro. Dos muros de piedra serpenteaban alrededor del pueblo y terminaban abruptamente al borde del camino.

Era un lugar horrible ante los ojos de Kaia, que había imaginado una Cytera cargada de misticismo.

Sus tacones resonaron contra el asfalto en cuanto puso un pie fuera del vehículo. El aire cálido le revolvió el pelo y Kaia tomó su abrigo antes de cerrar la puerta.

—¿Esto es Cytera?

No podía sentir más curiosidad por la ciudad de las diosas, pero lo que tenía ante sus ojos distaba mucho de parecer el hogar de unas divinidades; en realidad, era un pueblo fantasma.

—Busquemos una posada y ya mañana nos encargaremos de preguntar por el Flaenia.

Ella asintió, cansada, y notó que Dorian se pasaba una mano por el rostro al tiempo que ahogaba un bostezo. Deambularon a través de una callejuela estrecha en la que algunos rostros sorprendidos los miraban desde las ventanas. Ella irguió la espalda y dejó que Dorian parloteara sobre el clima. Estaba tan cansada que prefería que fuese él quien llenara el silencio y ayudara a amansar el nerviosismo que luchaba por abrirse paso en su pecho.

Al llegar a la plaza, Dorian señaló un edificio pequeño y rectangular de tres plantas en el que en un letrero se leía POSADA DE LAS DIOSAS; Kaia se dio cuenta de que con toda probabilidad aquel era el único lugar en el que podrían pasar la noche.

—Vamos a buscar una habitación.

En la posada los recibió una mujer amable que enseguida les aseguró que había disponibilidad para aquella noche. Dorian pagó por adelantado y Kaia apartó la mirada de la recepcionista al pensar en Ariadne.

Enseguida, la inquietud le mordió la conciencia y deseó con todas sus fuerzas que Ariadne hubiese vuelto a su casa al ver que Kaia no aparecía. No quería que corriera peligro y sabía que los hombres de Kristo podrían haberla estado vigilando igual que a ella.

—Seguidme, por favor.

La recepcionista la alejó de sus pensamientos, le entregó una llave y la condujo a través de unas escaleras de madera. Kaia se detuvo en un pasillo vacío antes de que Martha los guiara hasta sus habitaciones. Sintió que su confianza se hacía polvo, y una vez dentro de la alcoba, se dejó caer en la cama blanda y apretó los párpados con fuerza. Cedió finalmente al cansancio de las emociones del día y estaba a punto de rendirse a los sueños cuando un ruido seco la hizo saltar, alarmada.

Pasos en el pasillo.

Asió el pomo de la puerta y lo giró muy lentamente sin hacer el menor ruido. Al otro lado de la pared podía identificar voces ahogadas que se movían en el vestíbulo. Tragó saliva y se dio cuenta de que necesitaba saber si la habían seguido hasta allí. ¿Por qué esperar más para descubrirlo?

Aplacó los nervios y entornó la puerta. Las luces del pasillo eran opacas y a Kaia le tomó un par de segundos acostumbrarse a la luz grisácea. No pudo contenerse cuando vislumbró la silueta de Ariadne y, tras un suspiro de alivio, soltó una alegre carcajada que obligó a la escritora a detenerse.

—¿Kaia?

Las gafas se le empañaron y antes de que Kaia pudiese decir algo, Ari se arrojó sobre ella para rodearla con sus brazos. El contacto saturó a Kaia que se zafó de su agarre con poco tacto.

—¿Dónde has estado? Estuvimos esperándote —susurró Ari apretándole los brazos con cariño.

Esa última frase incluía a Julian, en quien Kaia no había reparado hasta entonces. Su rostro pálido era una máscara de dolor. Kaia dejó que Ariadne se apartara y se limitó a acomodarse el cabello detrás de la oreja antes de responderle:

—Tengo tantas cosas para contaros…

53
Ariadne

Era casi medianoche cuando Kaia terminó de contar todo lo que había pasado. A Ari se le pusieron los pelos de punta y se revolvió incómoda junto a la ventana sin dejar de pensar que su amiga era realmente talentosa al momento de relatar historias.

Una oleada de indignación y tristeza se apoderó de ella y el recuerdo de Medea se le presentó nítido en la memoria. ¿Qué estaría haciendo? Esperaba que se encontrase en medio de la plenitud que significaba alcanzar un sueño. Algo que con toda seguridad Ari jamás lograría.

Dejó escapar el aire a través de los labios y se recriminó por albergar tales pensamientos en semejantes circunstancias. No envidiaba a Medea a pesar de la tranquilidad de la que debía estar gozando; Ari creía que, si las cosas resultaban bien, tal vez podría retomar su beca en la Academia.

La sala en la que estaban era una habitación sencilla con dos muebles alargados y una butaca de cuero marrón. La luz de la luna se reflejaba sobre los cristales de la ventana alargando las sombras de las repisas que colgaban de las paredes blancas.

—Creo que estamos metidos en un lío bastante gordo —musitó Kaia arrellanándose en su sofá—. Kristo sabe que no tengo el *Arcanum*, no entiendo qué razón tendría para querer volver a secuestrarme.

Dorian se tensó, incómodo, y Kaia ocultó el rostro entre el pelo mojado.

—Me resulta fascinante ver en la situación tan surrealista en la que nos hemos metido —ironizó Julian desde el sofá junto a la ventana.

Su voz era neutra a pesar de las piernas tensas y la expresión agria que le curvaba los labios en aquel momento. Las manos de Julian sostenían una copa de *brandy* que apenas había probado, pero que sorbía de vez en cuando.

—Creo que deberíamos dormir. Mañana nos espera una jornada intensa —propuso Dorian al tiempo que se ponía en pie.

De solo pensarlo, un escalofrío le bajó por la espalda a Ariadne, que apretó con fuerza la taza caliente que sostenía entre sus dedos. Dio un ligero sorbo a su chocolate y paladeó el sabor dulce, agradecida de poder disfrutar de ese breve instante de paz.

Ariadne leyó en el rostro de Kaia las pocas ganas que tenía de irse a dormir. A pesar del cansancio que revelaban sus ojos, era evidente que su amiga llevaba rato posponiendo ese momento.

—Antes deberíamos hablar del Flaenia y de cómo vamos a llegar hasta allí.

Para sorpresa del grupo, Dorian aceptó con una cabezada discreta mientras volvía a tomar asiento en el sofá de cuero.

—¿Algún plan para que la subida sea menos tensa? Es que noto un fuerte aroma a «asuntos no resueltos» en esta sala que me hará vomitar —soltó Julian con tono neutral.

La broma caló en Kaia, que arrugó la nariz y dobló el rostro con fingida paz.

—Querido, el único que apesta a algo aquí eres tú. —Julian fingió tristeza—. Creo que te has bebido todas las botellas de la posada y no son ni las dos de la mañana. Si pretendes trabajar conmigo, lo harás sobrio.

Julian asintió y dio un trago largo a su bebida hasta vaciar la copa por completo. La agitó por encima de su cabeza y con un movimiento veloz volvió a llenarla con el contenido de la botella ámbar. Ari contuvo una mueca de asco ante el hedor a alcohol que flotaba en el aire.

—Lo haré mañana —repuso Julian con frialdad—. Esta noche quiero mitigar el dolor de la maldita pierna y lo único que me ayuda es esto.

»El monte Flaenia está a cinco horas de caminata desde aquí —repuso Julian cruzando las piernas. Estiró una mano y alcanzó un crucigrama viejo y un boli sin dejar de hablar—. Al menos es lo que ha dicho Martha. Una caminata extenuante si me preguntáis, pero me sacrificaré y la haré si con eso damos con la solución a los aesir.

—Eso me ha hecho pensar en algo —interrumpió Ari con timidez—. Esta tarde he hablado con Martha y me ha contado sobre la tragedia de Cytera. Hace años fueron invadidos por demonios que hicieron huir a todos los invocadores de la ciudad.

Se quedó en silencio contemplando el crepitar del fuego.

—Martha me habló de una tribu religiosa que vive en las montañas. Fue esta tribu la que consiguió acabar con los demonios. Hay tres tipos de naturaleza: demonios de naturaleza arcana, umbría y de invocación. No me ha dicho de qué tipo fue la que asedió a la ciudad.

Dorian se inclinó un poco hacia delante y se masajeó la frente con una mueca de abatimiento. Había una tensión en su rostro que Ari intuía que se debía más a la cercanía de Kaia que al tema de los demonios.

—Es imposible que los aesir hayan dejado este lugar así, no hay más que ver la miseria que rodea sus calles para saber que sobre la ciudad pesa el olvido del resto del continente. Podríamos descartar a los aesir, en vista de que sus ataques se reducen a personas.

—Las respuestas están en el monte Flaenia —repuso Kaia—. Martha y la gente de Cytera pueden intuir lo que ha ocurrido, pero son meras cavilaciones. Han pasado cientos de años desde entonces, nadie vivo ha sufrido una situación así.

Se calló de pronto, indecisa y algo desconcertada.

—En Cyrene hemos estudiado la historia de esta ciudad, pero no se profundiza en ella. Hay pocos libros que hablen de Cytera y ninguno menciona la invasión de los demonios —repuso Ari recordando todo lo que había leído en la biblioteca.

—Curioso —dijo Julian levantando los ojos hacia ella—. No podemos creer que el Consejo regule la información, y tal vez ni siquiera esté documentado ese episodio de la historia de Ystaria.

Kaia bufó, aburrida, y puso los ojos en blanco.

—No sería extraño, si tenemos en cuenta que el norte de Ystaria continúa sin aparecer en los mapas. Cada ciudad vela por sí misma y existe una especie de ignorancia sobre las otras ciudades —intervino Dorian, sosteniendo la mirada de Kaia—. No conocemos gran cosa de ciudades como Nasir o Rasmira.

Julian se mantuvo pensativo, y al cabo de unos segundos se encogió de hombros y apartó los ojos sin decir nada. Resultaba curioso lo poco convencido que se mostraba y, sin embargo, su ansia por alcanzar el Flaenia parecía tan verdadera como la que sentía Kaia.

—¿Y si no podemos entrar en el monte?

La pregunta provenía de Dorian, que se había alejado del rincón para aproximarse a la puerta. Tenía la mandíbula tensa y los brazos cruzados sobre el pecho de la camisa negra.

—Confía en mí, por una vez. Voy a entrar a la tumba sin importar lo que cueste, quiero respuestas —aseguró Kaia.

Su voz ocultaba un matiz de ansia que hizo que Dorian acabara por asentir en silencio.

Ariadne los observó preguntándose si realmente aquellos dos estaban juntos o si solo intentaban aparentar lo contrario. Era tan palpable la tensión que se respiraba que Ari no podía evitar sentirse como una intrusa que presenciaba una pelea de pareja.

—Tienes razón, estaba tratando de aclarar qué haríamos en el peor de los casos —comentó Dorian—. Pero tú eres la única que puede tomar las decisiones.

Kaia parpadeó aparentando una calma fría que ni por asomo sentía. Tenía los labios tiesos y sus ojos chispeaban de rabia.

—Me retiro para descansar, estoy agotada —dijo de pronto, arrastrando las palabras como si fueran un desafío.

Ari alzó la cabeza para verla desaparecer por el pasillo de regreso a su habitación. Las sombras de la noche la engulleron y la sensación de melancolía y de preocupación se agitó en su pecho.

Ari no sabía qué iban a encontrar en la tumba. ¿Verían a las diosas?, ¿a un oráculo? No era capaz de imaginar lo que les esperaba allí. Las leyendas eran dispares, y aunque la mayoría hablaban de oráculos, de demonios y de fuerzas poderosas, nadie sabía a ciencia cierta lo que se ocultaba en la tumba. Tampoco cómo accederían a ella, un detalle en el que no dejaba de pensar.

El silencio inundó la sala y ellos se quedaron sumidos en sus reflexiones. Fue Ari la primera en ponerse en pie, más por la necesidad que tenía por visitar la biblioteca de Martha que por irse a dormir. Se despidió con un gesto simple y bajó por las escaleras para encontrarse con la sala absolutamente vacía.

Ari se deslizó con cuidado de no hacer ningún ruido. Logró controlar su nerviosismo y comprobó que en la planta inferior tampoco hubiera nadie.

Cuando era niña, Myles la complacía colando un libro frente a la puerta de su habitación, que ella se encargaba de devorar en las noches frías. Su madre no la dejaba quedarse despierta hasta tarde, y ella se proveía de una linterna para poder leer bajo las sábanas. Echaba de menos aquellos tiempos sencillos en los que el mundo parecía menos complicado. Esa niña que soñaba con convertirse en cuentacuentos.

Dejó escapar un largo suspiro y sus dedos acariciaron uno de los libros de la biblioteca. Eran unas estanterías pequeñas y un tanto torcidas de madera de fresno en las que se apilaba una veintena de libros de todos los tamaños y de diversos colores.

El olor a libro viejo la atravesó y sonrió casi sin darse cuenta; adoraba ese contacto con los lomos gastados y las páginas amarillentas.

—Me preguntaba cuánto tardarías en venir a ver mi colección.

La voz de Martha la sobresaltó y casi deja caer el libro que sostenía entre las manos. La anciana se acercó con una sonrisa y Ari entrevió la autorización silenciosa para que examinara aquellos ejemplares.

—Lo siento, no quería parecer una maleducada y tampoco despertarla para pedirle permiso.

—¡Tonterías! —exclamó Martha con un brillo fugaz en los ojos—. Desde que entraste en la posada te fijaste en las estanterías, noté tu curiosidad incluso cuando subimos.

Ari apretó el libro contra su pecho y sonrió.

—Yo..., bueno, me gustan los libros.

—Te dedicas a esto, ¿verdad?

La duda la hizo reflexionar antes de responder. No sabía muy bien qué decir en esas circunstancias.

—Soy bibliotecaria... También escritora.

La confesión escapó tan rápido de sus labios que apenas fue consciente de lo que acababa de decir. Martha abrió mucho los ojos y las arrugas de su frente se alisaron durante una milésima de segundo.

—¡Oh, no me lo puedo creer! Contar con tan ilustres visitas en mi hogar, me siento muy honrada.

Ari se ruborizó y un sentimiento de felicidad le llenó el pecho. Nunca le había dicho a nadie que era escritora, y el ver una emoción tan real en el rostro de Martha casi la forzó a creer que realmente podía hacerse llamar así.

—¿Qué libros has publicado?

La ilusión cayó de golpe como dos losas de piedra sobre su cabeza. La alegría genuina se disipó y las palabras se le convirtieron en cenizas en los labios.

—Todavía ninguno.

La decepción en el rostro de Martha fue peor que la certeza que tenía.

—Bueno, no pasa nada. Estoy convencida de que pronto lo harás.

—Sí, yo también.

El dolor de la mentira la obligó a bajar la vista, avergonzada y un tanto melancólica. No sabía cómo podía incomodarle tanto el nudo que le apretaba en el pecho.

—¿Estás bien?

La voz de Martha la devolvió a la realidad y a Ari le tomó unos segundos controlar los feroces latidos de su pecho.

—Sí, ha sido un mareo. Lo siento.

—No tienes que disculparte, mi niña —replicó la anciana—. Cuéntame, ¿qué buscabas aquí?

Uno de sus dedos rosados señaló los libros y Ari se acomodó un poco mejor irguiendo la espalda.

—Algo sobre el entierro de las diosas en el Flaenia.

Pese a desconocer las intenciones de Ari y de sus compañeros, Martha fue muy solícita y le ofreció un libro de mitología antigua sobre la historia de Cytera. Ari acarició la tapa roja y rugosa, y abrió las páginas amarillentas. Los bordes estaban carcomidos por la humedad y el olor a guardado parecía manar de sus letras.

Martha la dejó sola con un candelabro y Ari se desveló leyendo aquellas leyendas sobre las diosas. Le hubiese gustado agradecerle mucho más por haberle prestado sus libros, pero no estaba segura de qué palabras serían las correctas en una ciudad como aquella.

En algún momento cedió al sueño, y cuando despertó, horas después, le dolían el cuello y la espalda por la posición en la que se encontraba. Retomó la lectura, aunque lo cierto era que los párpados le pesaban, seguía somnolienta hasta que reparó en un detalle sutil, una mención a los aesir. La página versaba sobre el Flaenia y el encierro de las diosas tras la caída de la Muerte.

Sus dedos acariciaron el relieve del dibujo, era una representación muy gráfica de la tumba. Aquella imagen la afectó; una pizca de intranquilidad se le instaló en el medio de los omóplatos mientras sus ojos se enfrentaban a los garabatos que representaban un río de cadáveres. Hablaba de la tumba y del precio a pagar para entrar en ella. Un detalle en el que no había pensado antes y que la obligó a continuar leyendo en busca de algún indicio relativo a ello.

Se mantuvo pegada al libro hasta que el cielo clareó y el murmullo de la rutina encendió las calles de Cytera. Se interrumpió al ver a Julian. Parecía cansado, y a juzgar por las largas sombras debajo de sus ojos, tenía resaca. Pero no fue su rostro cetrino lo que hizo que Ari se quedara sin aliento y con una sensación de terror en el pecho.

No. En realidad acababa de descubrir que si realmente pretendían entrar a la tumba de las diosas, tendrían que serpentear por un camino de muerte y destrucción.

54
Medea

El silencio era absoluto en los sueños de Medea. Se agitó en la corriente de sus pesadillas, navegó en la bruma de la inconsciencia y se dejó arrastrar por el amargo sabor del fracaso que empañaba sus recuerdos. El frío le escocía los tobillos y subía a través de la túnica húmeda haciéndola tiritar.

Volvía a estar en el templo, la sangre le chorreaba por el cuello y el gorrión agonizaba entre sus manos. Un ramalazo de culpa arremetió contra ella, quiso limpiarse la sangre, pero nada era capaz de borrar las manchas rojas que cubrían sus manos.

La palabra *asesina* reverberó contra las paredes de su mente y Medea se agitó con violencia hasta abrir los ojos con un grito ahogado.

Sacudió la cabeza y un latigazo de dolor la devolvió a la realidad. El mundo era una mancha susurrante que sus ojos no podían enfocar. Le tomó varios segundos comprender dónde se encontraba y recordar todo lo que había sucedido: las maestras, la cadena quemándole la piel..., todo había sido real.

Medea cerró de nuevo los ojos y estiró las piernas acalambradas.

—No te muevas, Me.

El sabor a óxido le inundó los labios y a Medea le tomó varios segundos identificar la voz, un susurro que abría sus heridas y le escocía en el alma rota. Apenas consiguió incorporarse sobre un codo, giró el cuello y reconoció la silueta de Orelle en la penumbra. El corazón le dio un vuelco.

—Orelle...

La voz le salió rasposa, seca y totalmente ajena a ella. Suspiró y admiró las sombras torcidas que inundaban aquel espacio tallado en la colina; estaba dentro de la cueva en la que había caído. Orelle le acarició la mejilla y ella se estremeció bajo el tacto cálido de su piel. Le parecía que había transcurrido una eternidad desde la caminata hacia el templo. ¿Cuánto tiempo llevaría allí?

—¿Estás bien?

Medea apretó los labios y con esfuerzo asintió, aunque lo cierto era que no estaba bien. Se inclinó para apoyarse en una roca, pero el dolor acometió obligándola a permanecer postrada en el improvisado lecho de hojas secas.

—He intentado hacer que estuvieses cómoda —explicó Orelle al ver que ella reparaba en ese detalle—. No quería moverte demasiado por si tenías algún hueso roto, y solo he podido traer hierbajos y briznas que conseguí en el bosque.

Ese comentario hizo que Medea recobrara un atisbo de esperanza. Al menos Orelle había permanecido a su lado y era un consuelo que, en medio del caos, reconfortaba su espíritu.

—¿Cómo me encontraste?

—Te vi caer, pero el resto de las maestras y aprendices, no.

Medea tragó saliva y asintió.

—Tenemos que salir de aquí. Necesitamos advertirle al Consejo de lo que planea hacer la Orden.

La tensión en el rostro de Orelle la tomó desprevenida.

—¿Ocurre algo?

La chica chasqueó la lengua y se dejó caer sobre la tierra un poco alejada de ella, Medea se quedó helada al percibir la frialdad en Orelle, que se quedó en silencio y un poco apartada. Era como si el destino estuviese marcado para cada una. Medea no pudo evitar preguntarse si aquello era una mala señal.

—Medea, no puedo ayudarte en esto —dijo, insegura—. Yo... a pesar de todo, no soy una invocadora, no tengo lugar en este mundo de sombras y magia en el que vosotros lo controláis todo.

Las palabras de Orelle le aguijonearon el pecho y un veneno supuró en lo más hondo de su interior.

—Solo tengo a la Orden. No puedo abandonar sin más. —Suspiró y se pasó una mano por el rostro marchito; sus ojos estaban enrojecidos y tenía los labios resecos—. Llevo semanas faltando a la Academia, es evidente que no puedo continuar mis estudios allí.

—Podemos apelar a Persis...

—¿Qué clase de futuro me esperaría?

Una respuesta le quemó la garganta, pero Medea no se atrevió a revelarla. Orelle estaba apoyada en la pared de piedra abrazándose las rodillas; su rostro era una máscara inescrutable de inquietud y miedo.

—Tú dirás qué quieres hacer —musitó en voz baja.

Su miedo se incrementó ante el silencio poco habitual de Orelle. Era una declaración de sus intenciones a la que Medea no podría apelar. Los ojos se le empañaron y bajó la vista hacia la pierna que le dolía. Tenía la piel rasposa y mugrienta, un corte ancho le recorría la pantorrilla.

Ignoró la herida. Ignoró la punzada que le nublaba el juicio. La perspectiva de perder a Orelle le dolía más que cualquier daño físico, más que el mero hecho de sentirse traicionada.

—Lo siento, Medea.

Tres palabras para sentenciar las vanas esperanzas que Medea albergaba.

—Lo entiendo. Pero estamos hablando de algo muy grande, intentaron matarme. Van a dar un golpe al Consejo.

—Yo no lo puedo evitar y no puedo decirte que me preocupe que quieran destituir al Consejo. Tal vez es lo que necesitamos para que Cyrene halle la paz. Quiero encontrar a Thyra y a Mara, no puedo permitir que ninguna otra persona sufra bajo los ataques; el Consejo ha hecho esto y merece pagar.

Medea sacudió la cabeza, inquieta y un tanto incrédula.

—No, la violencia no es la respuesta. No pueden iniciar una nueva etapa con las manos manchadas de muerte.

Vio las dudas reflejadas en el rostro de Orelle. Medea dio unos toquecitos a la tela de su túnica esperando que la sangre seca se desprendiera. A pesar de rascarla con las uñas, la mancha enorme se mantuvo como fiel recordatorio de su experiencia.

—Tienes razón. Intentaré disuadir a Olympia de hacer esto por la fuerza.

Ambas se miraron a sabiendas de que no era posible hacer que la Orden cambiara de parecer. Tal vez era la mentira más ingenua que podían construir para que su amistad pudiese mantenerse después de las decisiones que cada una acababa de tomar.

—Nada cambiará, Orelle. Lo sabes tanto como yo.

No necesitó mirarla para saber que Orelle estaba tan convencida de hacer lo correcto como ella. Medea tembló por el golpe que suponía perder a su amiga.

Orelle se sacudió el polvo de la túnica y se puso en pie para marcharse.

—Espera —interrumpió Medea al ver que se alejaba. No podía permitirse semejante despedida.

Se apoyó en la piedra y se inclinó apretando los dedos contra la saliente rocosa para impulsarse. Los huesos se quejaron cuando consiguió erguirse y, renqueando, se acercó a la salida en la que Orelle permanecía inmóvil. La brisa mecía su pelo y la luz de la luna alargaba sus facciones haciéndola parecer mucho mayor.

—Por favor, no puedes irte así.

Se pasó una mano por los ojos y tuvo que recordarse que llorar no serviría de nada. Las decisiones ya habían sido tomadas.

—Lamento que el mundo se empeñe en separar a las personas —dijo cuando se encontró a solo un palmo de distancia—. Todo este tiempo he sido una cobarde. Lamenté perder a Thyra y a Mara, cada día las echo de menos, pero a ti…

Se interrumpió de pronto y sus ojos se encontraron con los de Orelle. Brillaban a pesar de la oscuridad, a pesar del miedo que había en ellos.

—Perderte a ti es el peor castigo que puedo sufrir.

Orelle se estremeció.

Sus cuerpos casi se tocaban y Medea podía sentir el aliento entrecortado de ella. Se humedeció los labios y sus dedos buscaron los de Orelle, que se cerraron en torno a sus manos.

—Es temporal…

Medea no permitió que terminara la frase. Sus labios tocaron los de Orelle y su aliento cruzó la barrera que las separaba. Tembló, y durante un instante fugaz perdió la noción del tiempo y del espacio. Pero entonces la lengua de Orelle respondió a la suya y una calidez agradable le inundó su pecho al tiempo que sus manos se aferraban al cuerpo de la otra, como si temieran que ese momento pudiese romperse.

El aliento de Orelle le recorrió la línea del cuello y Medea se estremeció, presa de sus emociones. Era la sensación más reconfortante que nunca antes había sentido. Como si sus cuerpos encajasen a la perfección. Medea había fantaseado con ese momento un millón de veces, pero era incluso mejor de lo que había imaginado pese a lo efímero y contradictorio del momento. Siempre había creído que Orelle no le correspondería y, sin embargo, sus labios se aferraban a los de ella con una sed tan insaciable que temía no tener suficiente.

Se le empañaron los ojos y sus manos se deslizaron por la espalda de Orelle, que se había desprendido de la chaqueta. Su piel desnuda brillaba como el oro. Los labios de Medea anhelaban más; con ellos recorrió su mandíbula y dejó que un jadeo suave escapara de su garganta. El calor trepó por sus piernas haciéndola vibrar. Sus manos se perdían en Orelle, en ese encuentro que llevaba meses esperando.

Medea retrocedió un paso, avergonzada más por su propio deseo que por abordar a Orelle de aquella manera.

—Lo… siento, no quería.

Orelle sacudió la cabeza, tenía el cabello revuelto y la túnica revelaba la piel lisa de sus hombros. Sus ojos brillaban y Medea pensó que le llevaría toda una vida olvidarse del sabor a tristeza que le inundaba la lengua. Entre las dos se alzaba la muralla de todas las miradas silenciosas que habían compartido, de cada uno de los minutos en los que Medea había deseado besarla.

—No —replicó Orelle acercándose—. Te quiero, Medea, a pesar de todos y de todo, te quiero.

Su voz fue una caricia que sacudió todos los huesos de Medea. Observó a Orelle esbozar una amplia sonrisa y alargó los dedos para acariciarle el cuello.

—Yo también —dijo, sintiéndose abatida—. No sabría decirte en qué momento empecé a quererte y lo único que tengo claro es que lamento que nuestros mundos rivalicen de la forma en que lo hacen.

Orelle asintió y a Medea casi le fallaron las piernas al notar la lágrima que surcaba su mejilla.

—Volveremos a vernos —decidió Orelle—. Te daré tiempo, escóndete y no salgas de aquí hasta que sea seguro.

Presionó sus labios sobre los de ella, y con una mueca de silencio, abandonó la caverna.

—Volveremos a vernos —repitió Medea, aunque Orelle ya estaba demasiado lejos como para escucharla.

La vio desaparecer en la penumbra de la noche. Medea se quedó a solas con sus tormentosos pensamientos, con el dolor abrasador que serpenteaba por su piel y que le recordaba las caricias de Orelle.

55

Kaia

Kaia no había imaginado que la caminata al monte Flaenia sería tan agotadora. Le ardían las piernas y le sudaban los pies, por no hablar del calor exasperante que hacía que el cabello se le pegara a la piel. Se pasó una mano por la frente y reanudó la marcha con paso ligero.

El sol de media tarde ardía en lo alto del cielo calentando con fervor aquella montaña de los infiernos. Ni una mísera sombra ofrecía consuelo y ella empezaba a pensar que todo el camino sería igual de árido y seco. Sacó el abanico del bolso y agradeció el soplo de aire fresco que ayudó a disminuir el ardor de su cuerpo.

El monte era una montaña alargada de terreno irregular. Una grieta profunda surcaba la superficie dividiendo el terreno en dos partes desiguales. La tierra poseía un color blanco que pasaba al rojo a medida que te ibas acercando a la cima. La parte baja estaba salpicada por arbustos dispersos que mermaban en cuanto comenzabas a subir, dejando un paisaje yermo y poco atractivo a los ojos de Kaia.

Exhaló un profundo suspiro y Dorian se situó a su lado con una mirada cargada de cinismo.

—No deberías haberte puesto esos zapatos, te resultará incomodo el camino.

Ella tensó los labios a modo de respuesta y retomó la marcha sin siquiera mirarlo a los ojos. La anciana de la posada le había prestado algo de ropa.

—No la molestes, Dorian —intervino Ariadne con una sonrisa divertida—. Demasiado ha cedido al usar unos pantalones, no puedes presionarla más.

El comentario pretendía quitarle peso al asunto y casi lo consiguió. Ari se acomodó las gafas sobre el puente de la nariz y aminoró el paso para colocarse a la altura de Julian. Kaia fijó la vista en un árbol doblado que se erigía a pocos metros de distancia. El lugar ideal para un breve descanso.

Haciendo uso de su escasa dignidad, Kaia alzó el mentón y se tambaleó con pasos inseguros hasta alcanzar el árbol.

Se dejó caer sobre un tocón áspero y agarró la cantimplora para dar un largo sorbo al agua. Julian la alcanzó enseguida y ella le ofreció la bebida que él declinó con un gesto torpe. Si alguien tenía mayor dificultad para la caminata ese era Julian. Subir una cuesta con una rodilla maltrecha no era tarea sencilla; a pesar de la buena voluntad del invocador, era evidente que el dolor comenzaba a hacer mella en su buen humor.

—Estos malditos mosquitos me van a comer vivo —se quejó Julian dando un manotazo violento al aire.

—Tengo repelente de insectos —le recordó Ari abriendo una mochila que parecía bien pertrechada—. También unas botas de repuesto, por si alguien desea recambio.

Kaia no mordió el anzuelo.

—Por favor, dime que no falta demasiado para llegar a la cima —suplicó Julian.

—Dos horas —declaró Ariadne mirando el mapa y marcando con un boli el punto en el que se encontraban.

Julian desvió la mirada y estiró la pierna al tiempo que se masajeaba la rodilla.

—¿Crees que todos tendremos que pagar un precio para acceder a la tumba?

La voz de Julian le llegó amortiguada y Kaia se giró para encontrarse con sus ojos grises. El izquierdo estaba maquillado con una media luna negra, lo que le otorgaba un aspecto excéntrico.

—Supongo que lo sabremos cuando alcancemos la cima —matizó con un dejo de desdén en los labios. Ari les había contado sus sospechas y aunque Kaia agradecía la investigación, no estaba convencida de hasta qué punto serían reales aquellas historias. Lo mejor era aguardar.

—Anoche estuve leyendo al respecto —le recordó Ari—. No estoy muy segura de que todos podamos acceder a la tumba.

—¿Por qué no? —ironizó Julian sujetando el bastón con fuerza para incorporarse.

—Las leyendas hablan de un alma que puede pisar el Flaenia tras pagar el precio que le pida el manantial.

La sonrisa de Julian sacudió los ánimos de Kaia, que no se quejó cuando Dorian reanudó la marcha.

—¿El manantial solo deja que alguien pise la tumba?

Ari arrugó la boca, preocupada.

—En realidad no lo aclara, pero hay un verso que explica que solo un alma a la vez puede visitar el Flaenia.

—Entonces no podríamos entrar los cuatro —murmuró Dorian en voz baja.

—Es algo que intuyo, pero no tengo constancia de que sea una realidad —repuso Ari encogiéndose de hombros—. De igual forma, me preocupa mucho más el apartado que habla sobre el sacrificio.

Sus ojos cayeron sobre Kaia.

—¿Crees que el precio es la muerte?

La pregunta provenía de Dorian, que a pesar de mantener un ritmo rápido en la caminata estaba atento a la conversación.

—Creo que no es algo tan determinante como la muerte. Yo apostaría por algo relacionado con el deseo humano, con la naturaleza de las personas. —Hizo una pausa. Aquello era muy típico de las historias de héroes y a Kaia no le extrañaría que hubiesen tomado inspiración en aquel relato tan místico—. No estoy segura, pero si los aesir provienen del Flaenia alguien ya pagó el precio. Alguien los liberó.

Observó a Dorian por encima del hombro y notó que la sonrisa se le había esfumado de los labios. Kaia siguió la dirección de su mirada y lo que encontró la hizo tensarse, preocupada.

De repente, cuatro jinetes envueltos en túnicas negras cabalgaban a toda velocidad hacia ellos. Sus manos cargaban espadas largas y en sus ojos se leía la amenaza y la promesa de muerte.

—Por la Trinidad…

A Julian se le escaparon las palabras al tiempo que se envaraba y sacaba la daga del bolsillo de su pantalón. Dorian lo imitó y Kaia tardó pocos segundos en sacar también su daga y fijarse en las pulsaciones arcanas que ardían con furia a su alrededor.

Su mirada se llenó de puntos de colores y la energía recorrió su piel erizándole el vello de la nuca. La fuerza de la magia aplacó sus pensamientos y Kaia se movió de manera instintiva colocando su cuerpo delante de Ari.

—No te muevas —susurró, nerviosa.

Ari asintió y las gafas se le resbalaron un poco.

Los jinetes se acercaron. Uno de ellos apuntó a Dorian con una flecha tensa y fue Julian quien dio un paso hacia el frente con las manos en alto.

—Me temo que esto ha sido un terrible malentendido —explicó con aquella simpatía que solo Julian podía provocar.

Los jinetes no se movieron, ni siquiera parpadearon. Pasaron un par de largos minutos hasta que uno de ellos espoleó al caballo blanco y se quitó el velo que ocultaba la mitad de su rostro. Unos rasgos afilados y duros como el acero se revelaron; era una mujer de piel tostada que frunció los labios sin bajar el arma que estaba empuñando.

—Os encontráis en terreno prohibido —dijo con voz áspera—. Dad la vuelta y nos iremos.

Julian se encogió de hombros, incómodo.

—Es evidente que nadie nos ha comentado nada al respecto.

Su fingida calma hizo que la mujer tensara la mandíbula y levantara la espada que sujetaba en la mano izquierda.

—¿Por qué no podemos continuar? ¿Quiénes sois?

Las preguntas se le escaparon sin ser del todo consciente de lo que estaba haciendo. Kaia dio un paso al frente y tensó los hombros encarando a la mujer, que la evaluó con una mirada fría.

—Somos la tribu sagrada y vigilamos el monte Flaenia. No podéis pasar.

Su voz fue tan rígida, tan cortante, que Kaia sintió la necesidad de invocar una sombra y derribarla del caballo. Tal vez así mostrase un poco de amabilidad y no sentiría la necesidad de imponerse.

Se contuvo.

—¡No podéis hablar en serio! —Julian le arrojó una mirada de advertencia y, con ayuda del bastón, se acercó hasta la mujer—. Nosotros nos dirigimos a la cima, solo pretendemos echar un vistazo.

La nueva negativa arremetió contra la cordura de Kaia, que comenzaba a ser víctima de un agudo dolor de cabeza.

—No, nadie puede seguir subiendo. Os podemos escoltar hasta Cytera.

—¿Escoltarnos? ¿Sois una panda de fanáticos protectores que se creen con el derecho de vigilar este monte?

La mujer fingió no escucharla. Sus ojos continuaban fijos en Julian, que daba señales de ser el más coherente del grupo.

Kaia miró a Dorian y a Ari, que permanecían en silencio uno al lado del otro. Un inmenso hastío la envolvió y se sintió víctima de las circunstancias. ¿Cuántos impedimentos más seguirían encontrando? Kaia optó por no ceder, no estaba en sus planes darse por vencida y obedecer a unos desconocidos. Estaba muy cerca de conseguir su objetivo y no iba a permitir que unos fanáticos le impidieran visitar la tumba.

Kaia levantó la daga y llamó a las sombras. La oscuridad se replegó bajo sus pies y una fría sensación de placer le inundó el cuerpo cuando una sombra difusa desfiló por el borde de su daga. Blandió el arma y arrojó la sombra hasta uno de los jinetes, que a duras penas pudo conservar la calma cuando el caballo se encabritó.

Volvió a hilar otra sombra, pero antes de que pudiese arrojarla, un dolor tenue hizo que se detuviera. Le pareció oír un grito, probablemente de Ari, y también el relincho de un caballo. Kaia trastabilló sobre el suelo y las piernas le fallaron; solo entonces bajó la vista hasta su brazo y se percató de que una flecha pequeña le atravesaba la piel.

—Kaia…

Era la voz de Dorian o tal vez de Julian, no estaba demasiado segura, los pensamientos comenzaban a arremolinarse en su cabeza.

Levantó su daga con la mano que podía mover y se hizo un corte en la muñeca. La sangre avivó la magia y sus ojos enfocaron a los jinetes y los hilos que vibraban en sus pechos. Uno de los hilos se tensó, Kaia tiró de él con fuerza. La mujer se debatió y uno de los jinetes arremetió contra Dorian golpeándolo en el pecho.

Julian blandió el bastón golpeando el mentón de otro de los jinetes mientras Kaia volvía a invocar otra sombra que arrojó sobre la mujer. La cabeza le daba vueltas y tenía la vista emborronada.

—No quería llegar a esto —explicó la mujer del rostro descubierto apretando los labios. Bajó del caballo y arremetió contra Kaia, a quien los hilos se le resbalaron de las manos. La magia titiló en su cuerpo y notó que apenas tenía control de sus movimientos.

Rodó sobre la tierra y se apartó un poco de la mujer. Los dientes le castañeaban tanto que parecían a punto de romperse mientras otra ráfaga de dolor agudo le perforaba el cráneo. La magia desbocada discurría a lo largo de sus huesos.

—Es un veneno inmovilizador —explicó una voz lejana—. No es mortal, pero escuece bastante.

Kaia contuvo una maldición y rodó por la tierra. Escuchaba los gritos de Ari, la voz ahogada de Dorian y otro sonido más denso que no supo identificar. Le pareció que la mujer del velo se acercaba y le ponía una mano sobre el hombro haciendo que Kaia dejase de revolcarse en el dolor. Veía su rostro borroso, a través de un cristal empañado por el sufrimiento, por la magia que comenzaba a arrojar un latigazo de dolor a lo largo de sus huesos.

Conteniendo un gemido, Kaia apoyó la frente contra la tierra y vio que la mujer volvía a por ella. En sus ojos negros ardía la furia, una sed desbocada a la que pondría fin.

—Agatha, no.

La voz silenció los forcejeos, el ruido de los caballos y una avalancha de emociones inundó a Kaia, que se empapó de la rabia y la tristeza, de toda la calidez que la ira despertaba en ella. Lo que tenía ante sus ojos era una complicación más, un obstáculo que vencería, ¿verdad?

Se aferró a ese interrogante, pero antes de que pudiese acariciar los hilos, la desconocida estaba sobre Kaia. Tenía un corte en la mejilla y las trenzas le caían sobre el cuello desnudo.

—Ella puede ver los hilos —dijo una joven a la que Kaia no alcanzó a ver.

El rostro de la mujer se contrajo debido a la sorpresa. Kaia notó el peso de sus ojos sobre ella y apretó la mandíbula cuando escuchó:

—Nos los llevamos.

—¡No! —el grito provino de Dorian y a pesar de que ella no podía verlo, sabía que estaba tan desesperado como Kaia.

La mujer se volvió hacia ella. No dudó, su rostro era una máscara inescrutable de resignación y petulancia. Un golpe seco envolvió los sentidos de Kaia, que se desvaneció entre las sombras.

Otra vez.

56
Ariadne

Están decidiendo qué hacer con nosotros, pensó Ari, sentada con la espalda recta y las manos atadas a las de sus compañeros. Kaia yacía a varios metros de distancia con los ojos cerrados y la cabeza ladeada, y el cabello le caía como una cortina negra que le ocultaba el rostro bajo la oscuridad de la noche. Desde que había despertado se mantenía en silencio y evitaba el contacto visual con ellos. Al menos ya no temblaba y sus pupilas habían vuelto a la normalidad, por lo que era evidente que el efecto del veneno había desaparecido.

El nerviosismo se vertió sobre Ari, así como la certeza de que eran los prisioneros de aquella extraña tribu. Una tribu arcaica que utilizaba flechas envenenadas y que hablaba de una magia extraña. Las manos de Julian volvieron a tironear de la soga y Ari le propinó un apretón suave para que se contuviera. Sus muñecas se encontraban resentidas por el roce de la cuerda y empezaba a notar el ardor que surcaba su piel ante los intentos absurdos de Julian por liberarse.

Suspiró y movió los tobillos al tiempo que contemplaba el campamento en el que se encontraban. Una valla de madera maciza rodeaba las seis chozas con paredes de barro y techos de mimbre que se organizaban alrededor de un patio cuadrado. En el centro, se alzaba una hoguera enorme en la que un par de ancianas calentaban cazos de peltre.

La organización y la civilidad de aquel lugar olvidado tomaron por sorpresa a Ari. No era que imaginara como unos salvajes a los jinetes que los habían secuestrado, pero no pensó que formaran parte de una pequeña civilización apartada en las montañas de Cytera. Mientras más los observaba, más se maravillaba de aquella rutinaria actividad que los hacia encajar unos con otros.

Dos mujeres pasaron cerca de ellos para encaminarse hacia la fogata. Ari se fijó en las túnicas coloridas que lucían; eran de tela fina, por debajo de ellas asomaban unos pantalones sueltos que les llegaban hasta los tobillos. Pero no solo le llamó la atención su vestimenta, sus pieles estaban decoradas por marcas doradas cuyas formas variaban de una a otra.

Vislumbró la figura de Agatha en la entrada del campamento hablando con dos guardias que se mantenían firmes junto a la puerta. Ya no llevaba la túnica suelta de la colina, ahora lucía una camisa de lino azul que se le ceñía al cuerpo musculoso. Por encima de una falda con borlas doradas llevaba un velo de gasa que le cubría el pelo oscuro.

Agatha tenía una lengua afilada y una mirada aguda que parecían abarcarlo todo. Ari no tardó en comprender que era la líder. No solo porque las decisiones recaían sobre sus hombros, también lo notó en el respeto de las personas que aguardaban a que la mujer hablara.

—Os vamos a dejar comer algo —dijo Agatha acercándose a ellos con un enorme cuenco de barro. Sus ojos cansados brillaban a la intemperie de la noche—. No porque me sienta benevolente, sino porque Ca insiste en que necesitáis comida para manteneros vivos.

Agatha hizo un gesto artificial con la mano izquierda y una anciana de rostro curtido deambuló hasta ellos a paso renqueante. Agatha soltó las ataduras con una mueca de recelo y desconfianza en los labios. No era un acto imprudente; dos de los guardias se habían asegurado de apuntarlos con las lanzas para disuadirlos de cualquier movimiento peligroso.

—Es un cocido de lentejas con patatas y verduras típico de la zona —susurró la anciana, cuyo nombre Ariadne intuyó que era Ca.

—No soy muy aficionado a las lentejas —se quejó Julian a su lado.

Ari lo miró por encima del hombro dejando escapar un resoplido de incredulidad. Julian se aferró a su rodilla hinchada y se masajeó con fuerza mientras la tensión escapaba de sus hombros.

—¿Qué? —preguntó él encogiéndose de hombros—. Preferiría un poco de alcohol. Una copa de *brandy* estaría muy bien, la verdad. Eso me ayudaría mucho a controlar el dolor.

Su voz arrastraba una súplica que Agatha ignoró deliberadamente.

—Yo tengo hambre —susurró Ari decidiendo cortar la tensión que rasgaba el aire y alargó una mano para aceptar el cuenco humeante. Echó una mirada furtiva a Kaia, y con el remordimiento lamiéndole las entrañas, añadió—: Perdona, Agatha, pero ¿mi amiga podría comer algo?

Agatha le lanzó una mirada fría y, tras una pausa, se encogió de hombros.

—No quiero comer nada —sentenció Kaia al ver que hacían el amago de acercarle un plato de comida—. Nos han atado y tratado peor que a animales, no pienso probar nada de esta gente. Por no mencionar el pequeño detalle de que me han envenenado.

Su voz sonó cargada del desdén esquivo que Kaia solía utilizar para imponerse. Ari hizo crujir la mandíbula y se lamentó por la actitud violenta de su amiga.

—Kaia, no seas insolente, necesitas comer algo.

No respondió, y Ari contuvo la imperiosa necesidad de gritarle que se estaba comportando como una malcriada.

Ari respiró por la nariz e imitó a Julian y a Dorian, que comían el cocido con gusto.

Probó aquel engrudo denso que a la vista no tenía una apariencia muy agradable. Sin embargo, el sabor picante y dulce era una mezcla potente que fascinó a su paladar hambriento.

Los ojos de Agatha no dejaron de vigilarlos y solo al comprobar los cuencos vacíos se sentó en una silla de mimbre frente a ellos. Ari se fijó en los brazos rígidos y en las manos alrededor de la lanza; era el momento de negociar.

—¿Qué buscabais en el monte? Antes de que me digáis que era una excursión, os voy a pedir que no abuséis de mi buena voluntad; puedo despellejaros vivos si me apetece.

Ari tragó saliva. Al ver que ni Julian ni Dorian daban señales de tomar las riendas de la situación, irguió la espalda y se inclinó un poco hacia delante odiándolos en silencio por obligarla a hablar.

—Queríamos ir a la tumba del Flaenia.

Su respuesta pareció tomar por sorpresa a Agatha, cuya máscara de rudeza cayó dejando paso a la incredulidad. Ari estuvo tentada de elaborar una mentira escueta que le permitiera ganar algo de tiempo, pero no sería justo. Mentir no era su fuerte y ya se hallaban en una situación engorrosa como para complicarla aún más.

—No podéis acceder a la tumba, es un lugar sagrado. Ni los cultos más devotos pueden pisar ese lugar. Las diosas han tomado a inocentes en los últimos años. Su naturaleza codiciosa nos hizo perder a muchos a manos de los demonios que custodiaban la entrada a la tumba.

Ari notó que su incomodidad aumentaba y tuvo que replegar los nervios si pretendía convencer a Agatha de que los dejara marchar.

—Somos de Cyrene —dijo—. Nuestra ciudad ha sido invadida por unos demonios que moran en el Flaenia, al menos eso es lo que he podido averiguar.

—Aesir…

Agatha dejó caer la palabra con una pequeña exhalación que hizo que dos de sus guardianas se sobresaltaran.

—Llamad a Fedra —pidió a una chica, que asintió, solícita, y desapareció tras una de las cabañas.

Ari notaba una nueva angustia a su alrededor. Un nerviosismo ajeno a la presencia de ellos y que parecía mover a la líder y a las ancianas que los observaban con renovada curiosidad.

Unos minutos después apareció una chica que Ari reconoció al instante. Era la que había mencionado los hilos. Sus ojos grises estudiaron a Ari durante una fracción de segundo, y entonces irguió el rostro hacia Agatha y asintió, haciendo que los collares de cuencas que colgaban de su cuello tintinearan como campanas.

—Nadie puede entrar al Flaenia —susurró Fedra sin escuchar siquiera lo que ellos tenían para decir. Su voz era cálida, parecida al susurro del viento—. No sin haber presenciado la desgracia, y aun así, es muy difícil entrar y lo es más salir. Los demonios ya no protegen la entrada y nosotros nos encargamos de vigilar la cima.

Ari notó que Julian se movía a su lado, y antes de que él pudiese intervenir en la conversación, ella retomó la palabra:

—Estamos dispuestos a pagar el sacrificio. Necesitamos recuperar nuestra ciudad.

Agatha se reclinó contra la silla y Fedra frunció el ceño sin quitarle los ojos de encima.

Ari evitó encontrarse con esos ojos grises que parecían indagar en su alma. La hacía sentirse observada de una manera que resultaba casi obscena. Por el rabillo del ojo, notó que Fedra se incorporaba y se acercaba hasta ella. Su piel era lisa y brillaba bajo la luz del fuego con aquellos matices ambarinos que contrastaban con los tonos grises de sus iris. Su frente estaba adornada por tres lágrimas negras y una docena de puntitos plateados que se extendían sobre sus cejas.

—¿Puedo? —preguntó Fedra extendiendo una mano hacia ella.

Ari retrocedió un poco. Le atemorizaba la cercanía, el olor a incienso que desprendía su ropa.

—Quiere ver tu aura —repuso Agatha al ver su aprensión.

La explicación solo consiguió que Ari se mostrase más reticente. ¿Ver su aura? ¿Cómo podía hacer semejante cosa? Chasqueó la lengua recordando todo lo que sabía sobre la magia de Ystaria. En el mundo habían existido tres magias que habían dado forma a Cyrene: la magia de las sombras, la umbría y la arcana.

Pero aquella chica hablaba de ver el aura y eso solo podía significar una cosa.

—Puedes manejar la magia umbría —soltó Ari.

Las pestañas de Fedra aletearon con suavidad al mismo ritmo que su cabeza.

—Soy la lectora de esta tribu.

La mandíbula se le desencajó.

—Puedo ver el aura de las personas, percibir las emociones a través de mis ojos.

—¿Y para eso necesitas tocarme?

Fedra negó con la cabeza y dos mechones de pelo se le escaparon de la trenza.

—No. Puedo ver el color de tu aura según tus emociones. Pero si toco tu piel, puedo tener una lectura profunda para conocer tus verdaderos deseos e intenciones.

A Ari se le secó la boca de pronto. No podía creer lo que estaba escuchando y, según le pareció, sus compañeros tampoco. Kaia, a pesar de mantener la distancia, permanecía atenta a la conversación.

—¿Cómo? —Julian parecía más fascinado que confundido—. Es una de las tres magias antiguas, ¿no?

Agatha y Fedra asintieron. A Ari le pareció que el mundo vibraba bajo sus pies. Se hablaba de magia arcana y también de magia umbría, dos tipos de energía que el tiempo había enterrado.

—Traednos un poco de té con romero y menta —pidió Agatha a una de las mujeres que vigilaban—. Quiero todos los detalles de lo que está ocurriendo en Cyrene y os voy a pedir que os sometáis a la lectura de Fedra.

Con algo de recelo, Ari arrugó los labios y se echó un poco hacia atrás. Que alguien pudiese indagar en sus emociones no era algo que se le antojase. Le pareció que era una violación a su privacidad y en los ojos de Fedra vio reflejada su incomodidad.

—No te preocupes, si no quieres puedo hacerlo con cualquier otro de tus compañeros —repuso Fedra como si estuviese leyendo sus pensamientos.

Julian negó con la cabeza y Dorian palideció.

Ari soltó un largo suspiro, parecía que sería ella quien se sometería al escrutinio de aquella extraña mujer. Asintió con un pinchazo de ansiedad y Fedra se arrodilló frente a ella.

—Es una sensación un tanto violenta, pero te doy mi palabra de que no tendrá consecuencias.

Ari asintió y se acercó a Fedra. Tomó una postura parecida a la suya y no pudo evitar dirigir una mirada cargada de dudas hacia Kaia. Su amiga no le devolvió la mirada y Ari deseó que aquello fuese rápido. Tenía cierto miedo y le preocupaba que Fedra descubriera todos los sentimientos que ella encerraba bajo llave en su pecho.

Fedra estiró el brazo, Ariadne soltó una bocanada de aire y con una mano temblorosa, aceptó el tacto de la mujer.

Primero, un ramalazo de dolor sacudió su cabeza haciendo que sus huesos se estremecieran. Luego sintió una corriente eléctrica deslizarse a través de su columna como un fuego que abrasaba todo lo que hallaba a su paso; Ari se dobló con un gemido y los dedos de la lectora se aferraron a su piel. El mundo a su alrededor perdió consistencia y solo quedó ella flotando en el medio de la nada.

Podía ver a través de sí misma cómo una luz dorada bañaba su cuerpo. Estaba en medio de un océano de colores, rodeada de las ondas saladas, de la brisa que arrastraba la espuma que se formaba en la cresta de las olas. Apretó los ojos y sintió la presión de Fedra sobre su cabeza.

El viento silbó contra sus oídos y Ari percibió el aroma dulce de la miel. Un olor identificable que la transportó hasta la cocina de su casa, hasta los bollos que horneaba su madre y que no la dejaba comer por miedo a que aumentara de peso. Las notas dulces de su progenitora la rodearon como cuchillos que Ari sorteó sin demasiado éxito; sintió una presión sangrienta en el vientre y vio el mundo manchado de sangre a sus pies.

También notó la fragancia masculina mezclada con tabaco, era Myles; su esencia flotaba sobre los manuscritos en los que ella se afanaba en trabajar. Había anhelo, envidia y un poco de arrogancia. Sentimientos que ella no percibía con tanta claridez y que la inundaron con una violencia estremecedora.

Ariadne se atragantó y soltó la mano de Fedra.

—¿Estás bien?

Los ojos de sus compañeros la contemplaban con preocupación, y de no haber sido por el brazo de Agatha, Ari habría caído bajo su propio peso.

—Yo… estoy mareada —dijo al cabo de unos minutos.

—Ten —musitó Agatha colocando una taza sin asa entre sus manos.

Agradeció tener algo caliente entre los dedos, estaba tiritando de frío y la impresión del recuerdo de su madre y de su hermano continuaba acechando en el fondo de su cabeza.

—¿Qué ha sido eso?

No pudo omitir el tono violento en su voz.

—Lo siento, sé que es una sensación intensa, pero te prometo que pasará rápido. Bebe el té, es un preparado de especias y romero que te ayudará a despejar la cabeza.

Con las manos sobre la taza dio un ligero sorbo, y el líquido caliente y viscoso le quemó el paladar.

—No puedes bajar al Flaenia.

La advertencia de Fedra hizo que se girara, sobresaltada.

—¿Por qué no? ¿Por qué puedes decretar tú quién puede bajar a la tumba? —inquirió Julian, sarcástico.

La ceja de Fedra se alzó en un movimiento apenas perceptible para el ojo humano. *Lo está leyendo*, comprendió Ari con un escalofrío.

—Para cruzar las puertas del Flaenia hace falta más que la mera voluntad de hacerlo. Solo un alma que comprenda el sacrificio podrá acceder a la tumba —puntualizó Fedra—. Una persona con el alma rota, alguien que pueda sobrevivir a las sombras del infierno.

Nadie dijo nada más. Incluso Julian, que parecía propenso a las intervenciones fuera de lugar, se quedó en un silencio absoluto que solo era interrumpido por el suave crepitar del fuego.

Aunque Ariadne se esforzaba por comprender las palabras de Fedra, no podía dejar de pensar en que un *alma rota* era un concepto vago y poco práctico.

—¿Cómo puedes saber si alguien es apto o no? ¿Cómo puedes ver a un alma rota?

A Fedra se le crispó el rostro y un leve rubor atizó sus mejillas.

—Los bordes del aura están colmados por una bruma espesa. Es como el dolor y la tristeza que nublan la vitalidad de esa persona. Puedo… sentirlo.

—Pues vaya que tienes un don interesante —dijo Julian.

Ari divagó imaginando cómo esa habilidad podría ser útil para ella. Le costaba tanto escrudiñar a las personas y comunicarse que envidió en silencio el talento de esa chica que, con una simple mirada, podía notar los sentimientos de los demás.

Por el rabillo del ojo se fijó en Kaia, que con algo de dificultad se puso en pie. Le habían vendado la herida del brazo, y por los labios crispados ante el movimiento, Ari intuyó que debía dolerle.

—Yo puedo bajar a la tumba —susurró y con una mano sujetó la cuerda en torno a sus muñecas como si esperase que la soltaran.

—Tendré que leerte. Si realmente piensas que puedes bajar y ayudar a Cyrene, tendré que leer tu aura.

El rostro de Kaia se mantuvo imperturbable y, con un movimiento cauto, estiró la mano en dirección a Fedra.

—De acuerdo. Ya has visto lo que puedo hacer.

Tras unos minutos terriblemente largos, Fedra abrió los ojos de golpe y se separó de Kaia, que parecía subyugada ante la experiencia.

—Ella… puede entrar.

57
Medea

Medea llegó al Distrito Sombra y la sensación de que las cosas iban mal se hizo cada vez más apremiante. Cruzó la calle en silencio y sus ojos contemplaron con horror una ciudad convertida en el fantasma del pasado; las calles permanecían vacías bajo el soplo de la llovizna. ¿Dónde estaba todo el mundo? ¿Por qué no había nadie?

Las preguntas la golpearon y Medea tuvo que tragar saliva para evitar que los miedos se revolvieran en su cuerpo.

Todavía llevaba a cuestas el olor de Orelle en la piel. El sabor de la despedida en los labios quemaba la voluntad que la había arrastrado a Cyrene. Sus mundos eran tan diferentes que parecían colindar sin ser capaces de tocarse. No podía decir que esperase aquella actitud de Orelle, y muy a pesar del dolor que le producía, lo entendía y respetaba.

Supongo que de eso va el amor, de no pensar o elegir lo mismo, pero respetar al otro por encima de todo, pensó mientras caminaba por la calle desierta. Pero aquello no iba sobre el respeto. Ni siquiera sobre el amor.

Se trataba de que habían intentado matarla. Esos pensamientos flotaron e impactaron contra su cráneo arrastrando el dolor de algo que se había roto dentro de ella.

Algo frágil, delicado. Algo vital.

Sus pies rozaron el empedrado y ahogó una maldición cuando el dedo chocó contra una piedra. No tener zapatos era angustiante y, además, doloroso. Su aflicción quedó en el fondo de su cabeza al comprobar el estado crítico en el que se hallaban las calles de la ciudad.

Le tomó casi un minuto sobreponerse a la impresión y, algo amilanada, retomó la marcha con la intención de llegar al Consejo.

El cielo ensombrecido servía como espejo de los sentimientos de Medea, que en ese momento albergaba un recelo inconsistente incapaz de ser aplacado. Sus pensamientos vagaban a la par de sus pasos, casi tan confundidos como sus recuerdos de lo que había vivido dentro de la Orden.

Se detuvo y sacudió la cabeza como si con el gesto pudiese borrar todo el dolor que le surcaba la piel.

Se frotó las manos con la tela de la túnica, estaba áspera y rugosa por la sangre seca y algunas ramitas le colgaban del dobladillo. Se sacudió las hojas y apuró el paso.

Fue entonces cuando lo escuchó.

Un silbido agudo. Un llanto que rasgaba el aire como una guadaña.

No supo cómo reaccionar. No hasta que sus ojos se encontraron con una marea de cuerpos que corrían en dirección contraria y Medea tuvo que apartarse del camino para no ser arrastrada por la corriente.

—¿Qué rayos está...?

Su voz se ahogó en el tumulto; en el coro de gritos que llenaba el aire. Salió apresuradamente al otro extremo de la calle y sus ojos bailaron sobre la muchedumbre que se arrastraba de camino a la avenida principal.

Contuvo la respiración. Un segundo, diez, veinte. Sintió una tensión muda en el pecho y casi se le doblan las rodillas cuando vio aquello de lo que escapaban. Una nube de polvo se arrastraba por los adoquines bajo una docena de demonios que se arrojaban sobre las personas.

Tanta muerte, pensó, y la pesadilla flotó hasta ella convirtiéndose en una realidad de la que no podía escapar.

No fue hasta que sus ojos divisaron la Plaza del Tiempo cuando comprobó que el daño estaba hecho. La presencia de los aesir era incuestionable y Medea tuvo la sensación de que no pisaba la ciudad desde hacía semanas.

Con el nerviosismo ardiendo en la garganta, Medea se retiró a través del callejón contiguo dejando aquella visión de horror a su espalda. La gente huía de los demonios. ¿En qué momento se habían adueñado de la ciudad? ¿En qué momento se había roto el equilibrio de las cosas?

Pasó bajo el arco de piedra que daba a la plaza y una mujer que corría tropezó con ella haciéndola perder el equilibrio. Las rodillas de Medea cedieron y notó los adoquines húmedos y mugrientos bajo la piel.

Unos segundos después otro par de personas desfilaron bajo la amenaza de la sombra de otro demonio, que se arrojó por la calle contigua y se perdió bajo los gemidos del miedo. Medea se las apañó para ponerse en pie y obligarse a caminar.

La comisaría estaba cerca, y temía llegar y encontrar que Aretusa y Olympia ya habían atacado.

No advirtió que sus ojos estaban buscando cualquier indicio de resistencia hasta que llegó a la calle de la comisaría de su padre.

El aire de la calle era sofocante. Asfixiante pese al frío que trepaba por sus piernas. Tal vez fuera el denso humo que flotaba en la calle o simplemente la sensación de vacío que se instauró en el medio de su pecho al contemplar los edificios que parecían los fantasmas de lo que alguna vez habían sido.

Al notar que una multitud se agolpaba al fondo de la avenida, Medea apretó el paso sin poder evitar retorcerse las manos y apretar los nudillos con fuerza.

—¿Qué ocurre? —preguntó a una mujer de rostro pálido que salía de en medio de la gente.

En sus brazos sostenía una cesta a rebosar de latas de comida y una bufanda de lana gris.

—Una tragedia —musitó la mujer al borde de las lágrimas.

Medea apretó los labios y se puso de puntillas intentando divisar algo más allá de los cuerpos que le impedían el paso. Su escaso metro cincuenta no le permitía ver gran cosa. Con amargura se giró hacia la mujer para interrogarla, pero esta ya se alejaba en dirección contraria.

—Yo que tú no volvería a internarme allí.

La voz provenía de un anciano que estaba sentado sobre las escaleras de un portal. Llevaba un sombrero negro que ocultaba parte de un rostro arrugado y un abrigo deshilachado que de seguro habría conocido un mejor tiempo.

—¿Qué le ocurre a esta gente?

El anciano movió la cabeza afirmativamente y sacó una petaca plateada del bolsillo de su abrigo, dio un trago largo y se la extendió a Medea, que dudó. Por lo general, no aceptaba nada de los extraños, mucho menos alcohol.

—Agradece un trago, que con los tiempos que corren dudo de que alguien vuelva a tener una pizca de amabilidad contigo.

Ella frunció el ceño y con dedos temblorosos sujetó la petaca. Le asqueó la idea de compartir la bebida con un hombre que no conocía, pero por encima de ese desagrado inicial apremiaba el miedo a sus palabras.

Al notar el sabor amargo y ácido del *whisky* se arrepintió de haber aceptado la oferta. Le devolvió la petaca al tiempo que se secaba las lágrimas y notó que el anciano sonreía ante su reacción.

—Te hará falta para reunir el valor para enfrentar lo que te espera allí —repuso él cruzando las piernas—. Un ataque y un incendio, hay muertos y heridos, pero lo peor es que han tomado el edificio del Consejo.

Las cejas de Medea se juntaron ante la sorpresa. Flexionó los dedos sintiendo que el mundo se tambaleaba bajo sus pies.

—Oh, niña, se avecinan tiempos difíciles.

Medea no respondió, no tenía fuerzas para rebatir las afirmaciones del hombre.

—¿Quién ha hecho todo esto?

El anciano abrió mucho los ojos y volvió a tomar un trago de su petaca.

—¿Acaso no es evidente? —Ella negó, confundida—. La Orden, esas arpías han arrojado a los demonios contra la ciudad. Se han llevado a invocadores y a gente sin magia, a todos por igual.

Medea cerró los ojos y se concentró en el pulso de su sangre. En el terror que resonaba en sus huesos y la hacía cómplice de esa locura.

—Eso es imposible.

Las palabras se le escaparon antes de que ella pudiese contenerlas.

—No lo es. Yo mismo las vi, llegó una mujer con el pelo corto y los demonios vinieron y arrasaron todo. Se han llevado gente a esa isla y mucho me temo que lo que aguarda allí es una pesadilla. Tú eres la hija de Talos...

Medea exhaló con fuerza, no daba crédito a lo que escuchaba y no podía evitar sentirse mareada, confundida. El nombre de su padre hizo que se sintiera atrapada bajo la sombra que siempre la acechaba cuando hablaban de él. Descubrió que hacía mucho que no pensaba en Talos como en un hombre de honor y se preguntó si estaría a salvo, si estaría intentando repeler a los demonios o si simplemente continuaría trabajando para sacar a la gente hacia la misteriosa isla. De repente, la isla que mencionaban los archivos cobró relevancia dentro de sus recuerdos y se preguntó dónde estaría y qué harían con las personas a las que se llevaban.

—¿Qué hay en esa isla? —preguntó ella con algo de desconfianza; no podía creer que un hombre como él manejara tanta información.

El anciano arqueó una ceja, estupefacto, y tras un largo segundo, bajó la vista.

—¿Dónde has estado, niña? Hace dos días que los demonios azotan la ciudad. Han declarado la alerta roja en Cyrene desde hace veinticuatro horas y más de una decena de personas han sido trasladadas. No sé qué hay en esa isla, pero la muerte sigue a todos los que se llevan allí, es un lugar al que no quisiera ir.

Hizo una pausa y se rascó la barba mugrienta. Algo en la voz del anciano le decía que odiaba a la Orden desde mucho antes de lo ocurrido. La situación solo era el detonante para expresar su descontento con mayor ímpetu.

—Tu padre te lo explicará mejor, pero esa isla es una tumba, el lugar al que llevan a las víctimas de los demonios y las encierran para olvidarlas. No te creas que el Consejo lo ha hecho mucho mejor, solo han respaldado a los invocadores.

Algo en su garganta la hizo sentirse sepultada. La falta de aire, de dignidad o, tal vez, el sentirse partícipe de aquello.

Pensó en Kaia, en todo lo que le había dicho sobre la Orden. Quizás, en el fondo, Medea fuera tan egoísta como cualquiera. Tal vez solo buscara redimirse ante sus propios ojos y rebelarse en contra del sistema que la ataba a las sombras. Pero, en lo profundo de sus pensamientos, jamás había pensado en que romper las cadenas podía significar un cambio tan drástico en la vida de las personas que nacían con la marca.

¿A qué he estado jugando todo este tiempo?, se preguntó con aversión hacia sí misma.

El anciano carraspeó y Medea siguió la dirección de su mirada. Estaban despejando la entrada a la comisaría. Dos oficiales armados con dagas apartaban a la multitud que se agolpaba fuera del edificio.

Dejó las preguntas a un lado y se puso en pie, se movió como un autómata a contracorriente. Varias personas la empujaron y tropezaron, pero Medea no se detuvo. Sus ojos estaban fijos en el edificio en el que trabajaba su padre, en las camillas que ocupaban la acera contraria y en los restos humeantes que en otra época fueron la Comisaría General de Cyrene.

Los segundos que tardó en llegar al edificio se le antojaron eternos. Se acercó pasando bajo una cinta de seguridad que alejaba a los curiosos y, cuando llegó a la entrada, comprobó que todo aquello era su culpa.

La responsabilidad planeó sobre sus hombros y Medea se sintió diminuta.

Ella era la culpable. Ella había cedido ante Olympia, engañada, utilizada. Le había dado la clave para llegar a ese lugar y la Orden la había seguido a rajatabla para entrar en la comisaría y atacar. Una parte del edificio había estallado.

58
Kaia

Cuando llegaron a la cima del Flaenia era medianoche y Kaia estaba agotada por la caminata. Sus dedos se enredaron con las borlas que colgaban del chal que le habían dejado y notó el cansancio que la oscuridad empezaba a solidificar en un cielo en el que no se apreciaban las estrellas.

A pesar de que la tribu contaba con caballos para realizar el viaje, Fedra había insistido en ejecutar el camino a pie para despojar el alma de la contaminación de la ciudad y las energías oscuras que llevaban a cuestas.

Kaia no la cuestionó, en especial porque temía que la lectora pudiese echarse atrás y finalmente no le permitieran acceder a la tumba. Prefería someterse a sus exigencias que quedarse a medio camino en sus planes y renunciar a la posibilidad de visitar el Flaenia. Someterse a sus requisitos era un incordio para Kaia, que odiaba bajar la cabeza y asentir con docilidad mientras otros tomaban las decisiones por ella.

Estás cerca, esto es solo otro paso más en el camino, se prometió.

Las sacerdotisas encendieron un sendero de velas que las condujo hasta la cúspide. Era una entrada semicircular tallada en roca con dibujos ornamentados en un marco de mármol gris. La puerta de madera se hallaba abierta dejando que una lúgubre ventisca escapara del interior del monte.

Fedra se echó una capa sobre los hombros ocultando la piel tras la tela suave. Sus trenzas doradas quedaron bajo el manto y Kaia no tuvo más opción que imitarla.

—Colocaos aquí —pidió Agatha señalando un círculo de piedras en el suelo.

Con algo de recelo, Kaia siguió a Fedra hasta el interior del círculo sin quitar los ojos del rostro inexpresivo de Ariadne. Su amiga no parecía estar demasiado entusiasmada con la situación; ella intuía que se debía a la lectura de Fedra y a lo poco que confiaba en la habilidad de la mujer.

—Kaia.

La voz de Dorian le llegó amortiguada por el viento y ella se giró para encararlo. Su rostro serio la escrutó, y antes de atreverse a romper el silencio que los envolvía, le acarició el brazo con un cuidado que la hizo estremecerse bajo su contacto.

—Espero que puedas encontrar las respuestas. —El matiz de preocupación en su voz hizo que todas las defensas de Kaia bajaran.

—Yo también.

Mientras decía eso el cerebro de Kaia había comenzado a darle vueltas a la idea de no volver a ver a sus amigos, de no regresar a Cyrene. Se mordió el labio y asintió deseando despejar las dudas que le nublaban la cabeza.

Los dos se sumieron en un silencio incómodo que fue interrumpido por la cercanía de Ari. Su amiga no dijo nada, se arrojó sobre ella con un abrazo cálido y Kaia la envolvió con su cuerpo inhalando el olor a fogata que desprendía su pelo.

—Solo quiero que regreses —musitó cuando se separaron—. Nada de acomodarte con las diosas, nada de someterte a pruebas que no tengan sentido.

—Son solo leyendas, Ari. —Kaia intentó imprimir un tono jocoso a su voz—. Es probable que no encontremos más que el río de la vida y tal vez las respuestas. No creo siquiera que podamos ver a las diosas.

Ari apretó los labios y se frotó las manos con nerviosismo. Kaia detectó en ella algo que iba más allá de la mera intranquilidad y se preguntó si estaría ocultándole algo.

—Por favor, Kaia —pidió sujetándole las manos—. No intentes hacerte la valiente, yo estaría temblando de pies a cabeza si estuviese en tu posición.

—Estoy bien —mintió con una sonrisa de suficiencia que no pareció convencer a Ari.

Por suerte, no tuvo que añadir nada más; en ese momento, Fedra la sujetó de la muñeca y la respiración de Kaia se aceleró. Su corazón bombeaba con violencia y una sensación de alerta se extendió a través de toda su piel. Tras unos breves segundos de inseguridad, Fedra empujó la puerta que se abrió con el chirrido de unos goznes metálicos y ambas se internaron en el monte sin mirar atrás.

La linterna que sostenía Fedra arrojaba una luz parduzca que iluminaba el largo pasadizo de la caverna. El suelo era de tierra y del techo de piedra colgaban pequeños banderines multicolores con imágenes de las diosas. Alguien se había esmerado en decorar las paredes y en pintar pequeñas escenas religiosas que se veían difuminadas en medio de la oscuridad.

La mano de Kaia acarició una de las imágenes; los tonos que en otro tiempo debieron ser vivos, ahora lucían apagados y desvaídos por los años. Incluso los bordes de la pintura empezaban a desconcharse manchando el suelo de cáscaras secas.

—Son regalos a las diosas…

La voz de Fedra la tomó por sorpresa; allí el sonido era amortiguado por las paredes desnudas, arrojando un eco vacío sobre ellas. En las últimas horas se había mostrado lo bastante taciturna como para que Kaia desistiera de hacerle preguntas. Aún notaba la presencia de su toque, como una esquirla de hielo que continuaba acechando entre sus pensamientos.

—Antes permitíamos que las personas se adentraran hasta el pozo —continuó y Kaia retomó el camino—. La gente dejaba ofrendas de gratitud en las puertas del pozo y algunos se atrevían a llenar de arte estas cavernas. Nuestro pueblo cuidaba el Flaenia y nadie era tan temerario como para internarse demasiado.

—¿Qué ocurrió? ¿Por qué ya nadie viene aquí?

—Hubo un ataque —respondió Fedra con voz seca y miró de reojo a Kaia—. Algunos demonios escaparon y asolaron Cytera. Eso, por no mencionar que Lilith y Cibeles conseguían dejar atrapados a unos cuantos. Siempre necesitan saciar su necesidad de sangre. Han pasado cien años, el tiempo que lleva nuestra tribu cuidando la tumba, asegurándose de que no vuelva a repetirse.

A Kaia se le secó la garganta. Se inclinó hacia delante y admiró uno de los dibujos en los que se representaba a la Trinidad dentro de una burbuja de cristal. Los bordes estaban difuminados por el tiempo, pero las marcas internas se conservaban intactas. Una imagen preciosa y mortífera a la vez. Aunque Kaia no era una devota religiosa, sí que sabía apreciar el arte y la mano de obra de quien hubiese pintado aquello.

—No te distraigas —la reprendió Fedra al ver que se quedaba rezagada—. Estamos cerca de las Escaleras de los Sueños y más te valdría mantenerte concentrada.

Kaia asintió sin demasiada convicción.

—¿Realmente crees que tu hermana tiene algo que ver con esto?

Con una pizca de alarma en el cuerpo, Kaia se tensó ante la violencia de la pregunta. Desde luego, no podía ocultarle nada a alguien que era capaz de ver su aura y sus emociones.

—¿Por qué me lo preguntas si conoces la respuesta?

Fedra ladeó el rostro y sus labios se mantuvieron firmes en una línea recta.

—Aunque yo pueda leer tus emociones a simple vista, hay muchas de ellas que permanecen imperceptibles hasta para ti misma. No somos capaces de dilucidar la cantidad de sentimientos que albergamos.

—En eso llevas ventaja; un don como el tuyo debe facilitarte mucho la vida.

Los ojos de Fedra la contemplaron con un gesto vacío y ella temió haber dicho algo malo.

—Sí y no —admitió sin apaciguar la marcha—. Es fácil leer a otros, saber qué sienten, qué quieren. Pero es difícil vivir con el recelo de la gente que teme que indagues en su privacidad.

—¿Por eso vives con una tribu?

Fedra movió la cabeza afirmativamente.

—Mi madre tuvo mucho miedo de que una niña como yo fuese capaz de descubrir que su marido tenía otra familia. También mis abuelos, cuando les dije que ya no se querían. Al final, lo más sencillo fue dejar mi vida, abandonarlo todo y dedicarme a servir a la tribu. Al menos con Agatha puedo sentirme útil.

»Tú y yo nos parecemos. Las dos somos meros espectros de dos magias que no deberían existir. La magia arcana murió con June cuando encerró a las diosas, y la magia umbría, la que yo poseo, se fue extinguiendo con el tiempo. No creo que sea mera casualidad que nuestras vidas se cruzaran. Tal vez nuestros hilos de vida estaban destinados a encontrarse.

Las palabras de Fedra la golpearon y, en la oscuridad, Kaia escudriñó aquel rostro que parecía guardar tanto dolor como ella misma. Fedra era alta y musculosa; su voz dulce, casi mística, imitaba un susurro ronco, y su rostro anguloso era propenso a sonreír. Lucía un tipo de belleza salvaje y antigua.

—No creo en el destino.

—Con el tiempo lo harás. Si vives lo suficiente.

Fedra se detuvo y sujetó la linterna con fuerza. Frente a ellas se alzaba una puerta maciza doble con revestimientos de oro.

—Las Escaleras de los Sueños —dijo Fedra—. Todo lo que veas no es más que una ilusión producto de tu subconsciente. Mantente firme y no te muevas hasta que te lo indique.

Kaia asintió y obedeció sin rechistar, convencida de que aquello no tenía que ser mucho más difícil que manejar la magia arcana y enfrentar a los aesir. La sacerdotisa estiró una mano y empujó la puerta con cuidado. Sus ojos escrudiñaron a Kaia y asintió indicándole que podía continuar.

Entonces, cayó.

Sus pies encontraron el vacío y la gravedad la arrastró en una tormenta de aire y oscuridad.

Los bordes del mundo se plegaron como un papel a sus pies y la negrura absoluta la engulló. Un estruendo metálico ahogó el grito que Kaia acababa de soltar mientras el frío impactaba contra sus huesos haciendo que su cuerpo se doblara hacia delante. Sus dedos temblaron y ella buscó sujetarse a cualquier cosa que encontrara a su paso.

El impacto fue violento y ella no estaba muy segura de dónde se hallaba. Tanteó con sus pies y encontró suelo firme en el que pisar, y solo entonces abrió los ojos esperando que Fedra estuviera a su lado.

—¿Qué rayos es esto...?

La pregunta murió en sus labios al observar que se hallaba en una especie de salón ancho con grandes ventanales por los que se colaba el sol. Había un piano de cola y sentada frente a él estaba su hermana.

El dolor atizó su pecho y la tristeza la empapó.

—Asia.

Su hermana giró el rostro y sus enormes ojos azules se fijaron en Kaia de manera superficial. No hubo reacción alguna en su semblante y ella dudó antes de acercarse.

—Asia, soy yo —dijo con la voz apergaminada.

No estaba muy segura de que ese momento estuviese ocurriendo en realidad. La voz de Fedra retumbaba contra las paredes de su cabeza advirtiéndole que aquello era una treta. Pero el calor que emanaba de la piel de su hermana no podía ser una mentira, no podía estar en presencia de un fantasma.

Escuchó pasos y una voz que resultaba dolorosamente familiar. Con un peso profundo en el corazón, se levantó y caminó hacia un pasillo con paredes de flores. La luz en el corredor era más tenue y Kaia necesitó entornar los ojos para contemplar la figura que se recortaba en el fondo. La mujer se acercó con una bandeja repleta de pastelitos. El olor a vainilla impactó contra el cristal de su memoria y Kaia solo necesitó ver sus ojos azules para que todo el dolor que llevaba contenido la desgarrara por dentro. Cientos de cuchillos traspasaron su piel. La arrasaron. La rompieron.

Kaia lloró. Alargó los dedos y recogió todos los trocitos que componían su alma y vio cómo los ojos de su madre la pasaban por alto.

—Mamá…

Su madre esbozó una sonrisa radiante que le marcó los hoyuelos de sus mejillas, la fuerza de su rostro impactó en el recuerdo de Kaia y un anhelo profundo la sacudió. Su madre sonrió y se acercó hasta el salón para buscar a Asia, que se apresuró a colgarse de su cuello. Ambas se abrazaron y Kaia alargó una mano; quería conservar ese momento, ese recuerdo que su memoria había sepultado bajo capas y capas de sufrimiento.

Cada recuerdo se adhería a su piel dejando una marca imborrable. Un dolor que Kaia percibía a través de las pestañas húmedas, del tartamudeo de su garganta. Quería que fuera real.

Necesitaba que fuera real.

Hubo un silencio aterrador. El que solo podía dejar la verdad. Un silencio que cobró forma dentro de Kaia, y tuvo que contener la respiración para escuchar el sonido de su madre, de su hermana.

—Cariño, si no dejas salir tus sentimientos te tomarán por sorpresa. Vas a colapsar si continúas reprimiendo tus emociones, acabarán por desbordarte —le dijo. La voz de su madre era como terciopelo. Suave, con el vibrato justo para convertirse en una armonía capaz de arrullar al mundo.

Le pareció percibir el olor a lavanda que caracterizaba a su madre, e impulsada por ese resquicio de realidad, Kaia se arrastró sobre la alfombra para volver a mirar su rostro. Era de una belleza exquisita, inconcebible. Casi había olvidado los bordes de su nariz, las cejas redondas y los labios que parecían predispuestos a sonreír.

Parecía tallada en piedra: el cabello negro le caía como una cascada y envolvía sus mejillas rosadas.

Las dudas de Kaia se desvanecieron cuando su mano rozó la piel del brazo de Asia y esta alzó el rostro con una pizca de confusión en los ojos.

Es real, pensó, y los ojos se le humedecieron.

La mala suerte las ha matado. El destino y la magia arcana te las quitó para evitar que muriesen bajo tus manos.

La voz procedía del fondo de su cabeza, retumbaba con fuerza y envolvía los recuerdos en una niebla pesada. La imagen de su madre y de su hermana se desvaneció y fue reemplazada por otra que ella recordaba demasiado bien.

Un féretro descansaba en el medio de una sala. Su abuela se hallaba sentada al lado con un pañuelo entre las manos y el rostro duro contorsionado por la pena. Dos coronas de rosas azules precedían al féretro en el que descansaba su hermana.

Miró a su abuela y la sensación de desasosiego volvió a arremeter contra ella como lo había hecho aquel fatídico día. Esperaban que alguien fuese a ofrecer sus condolencias, pero salvo contadas excepciones, nadie había osado visitarlas. Nadie quería estar junto a la chica que atraía la mala suerte.

La tristeza en el rostro de su abuela se volvió más cruda y Kaia se percató de que la miraba con algo parecido al odio. Ella también la culpaba, en silencio se hacía eco de todos los rumores que acechaban a Kaia como la culpable de las desgracias que acontecían en su familia.

—No fui yo, lo juro por la Madre Muerte —dijo.

A lo mejor no fue Asia quien despertó a los aesir, a lo mejor fui yo, pensó con horror, y se dio cuenta de que aquella posibilidad era por lo que realmente había ido al Flaenia.

Incluso mientras lo decía, sabía que ella misma intentaba justificarse y mentir. Por supuesto que era la culpable, ella y la magia arcana habían atraído a la sombra de la muerte a su familia.

Su abuela pareció fijarse en ella por primera vez. Xandra estiró un dedo señalando la puerta que se hallaba a su espalda. Los ojos de Kaia se enfocaron en la cerradura de plata y su cerebro empezó a darle vueltas a lo que la anciana intentaba decirle. Todo parecía acontecer a una velocidad reducida, como si el mundo se hubiese detenido y ella observase los movimientos a un ritmo pausado. Volvió a fijarse en su abuela; en sus labios podía leer una expresión de confianza que le llevó un rato comprender.

Aquella era la salida.

Kaia levantó el rostro con una sombra de decisión en él.

No era real, no podía ser real. Estaba perdida en sus recuerdos.

Dio un paso al frente y la luz mortecina titiló levemente hasta apagarse por completo y sumirla en la oscuridad. Con la conciencia de que aquello no era real, Kaia tanteó con su pie en busca de un escalón. Cuando dio con él, la sensación de realidad se hizo más intensa y alcanzó a vislumbrar la escalinata, que parecía inclinarse en un ángulo extraño.

—Pensé que no encontrarías la salida —dijo Fedra en el último escalón.

Kaia exhaló un suspiro profundo y se agachó para pasar a través de un arco semicircular de madera negra.

—Déjame adivinar, ¿llevo mucho tiempo perdida?

—Al menos treinta minutos —replicó Fedra, entornando los ojos—. Aquí abajo el tiempo es difuso y es lo que he alcanzado a contar.

—Mi madre y mi hermana estaban aquí, ¿tú no las viste?

—Sé encontrar la salida a mis miedos, pero supuse que para ti no sería tan fácil —admitió Fedra—. Escondes tanto de ti misma, tanto dolor, que imaginaba que tendrías que enfrentarte a ello. Nadie puede sumergirse en la tumba sin despojarse de ese miedo.

Kaia la miró con preocupación y le pareció que Fedra titubeaba un poco antes de apartarse a un lado. Estaban en una caverna pequeña en la que docenas de ataúdes se extendían a lo largo de las paredes de piedra. Una luz azulada bailaba sobre la superficie que Fedra señaló.

—Es aquí, el pozo.

—De acuerdo, estoy preparada.

Tras sacudirse los nervios, tomó la linterna con la mano derecha y se encaminó al enorme pozo del que cientos de voces salían como susurros ahogados. Kaia contuvo un escalofrío y, con decisión, saltó al agua.

59
MEDEA

La comisaría era un hervidero de actividad. Heridos, muertos, policías que se movían como espíritus en medio del caos que reinaba allí.

El miedo la devoró por dentro y Medea se apartó para dejar que dos médicos arrastraran una camilla hasta la ambulancia que aguardaba al otro lado de la calle. Aquello era su culpa. Su responsabilidad. Ella había traicionado a su padre, a la ciudad. Con gusto regresaría dos semanas atrás y cambiaría sus decisiones, no entraría a la Orden, no le confesaría a Olympia la manera de asestar un golpe a las fuerzas policiales de Cyrene.

Con el remordimiento aprisionándole los pies, se obligó a ponerse en movimiento.

—¿Podría decirme dónde se encuentra Talos? —preguntó a un oficial que permanecía inmóvil junto a la puerta.

El hombre la escrutó por encima del hombro haciendo que Medea se sintiera diminuta.

—No lo he visto desde que iniciaron el ataque.

Aquella respuesta, corta y queda, fue como encenderle una mecha a sus peores sospechas.

Tras un momento de perplejidad, Medea retomó la búsqueda abriéndose paso entre la marea de cuerpos que rodeaban el edificio. Apenas veía algo a través del humo y los cuerpos que se condensaban a su alrededor, pero lo que sí vio en ese momento fue que aparecía otra ambulancia en el medio de la calle. Un par de silbidos rasgaron el aire y la policía comenzó a apartar a la gente para dejar espacio libre.

No tuvo tiempo para seguir el movimiento de los médicos porque la puerta de la estación de policía se abrió y un grupo de funcionarios aparecieron. Entre los hombres le pareció atisbar una placa dorada sobre un uniforme gris palo que le resultaba familiar.

Con los ojos entrecerrados, se puso en puntillas y los siguió hasta alcanzar una visión completa de la escena. Casi se le paraliza el corazón cuando vio a Talos. Su padre apareció ayudado por dos policías jóvenes que sostenían parte de su peso sobre los hombros. Parecía cansado, tal vez herido, pero vivo.

Medea se relajó un poco y corrió tras Talos, que fue llevado hasta un rincón apartado del caos.

—Padre. —La voz le arañó los labios con violencia y ella deseó que no le recriminara nada en ese momento.

Talos, que había recostado la cabeza contra la pared, se volvió hacia ella con el ceño fruncido y una mano que apretaba el costado derecho de su cuerpo. Bajo la escasa luz que se filtraba entre las nubes, a Medea le pareció que su rostro se convertía en un borrón oscuro que le costó enfocar. Se le humedecieron los ojos y no supo qué hacer al ver que él permanecía quieto con los labios entreabiertos.

—Soy yo, Medea.

Su padre intentó abrazarla y ella se dejó llevar en lo que más bien fue un gesto torpe y desesperado. Era la primera vez en años que Talos demostraba afecto físico hacia ella. Su padre era un hombre de talante distante al que le costaba manifestar emociones positivas, y Medea había pasado toda su vida esperando encontrar un gesto como aquel.

Ninguno de los dos estaba acostumbrado a esa cercanía, y a pesar de la evidente incomodidad, Medea notó que Talos se aferraba a ella, incrédulo y un poco superado por la situación.

—¿Dónde has estado? Tu madre y yo llevamos semanas intentando dar contigo, Medea.

Su voz cargaba un leve matiz de reproche. Ella era consciente de que sus padres la habían estado buscando.

—Yo... estuve en la Orden. —Las palabras le quemaron la boca—. He venido a advertiros, pero he llegado demasiado tarde.

La certeza cayó como plomo sobre su cabeza. Su padre descubriría a la farsante que era, vería la red de mentiras que poco a poco había estado tejiendo hasta quedar atrapada en ellas.

—He cometido errores terribles, jamás imaginé que las maestras de la Orden intentarían matarme —continuó con la vista fija en la punta de sus pies.

La mano de Talos rodeó su muñeca y ella pudo percibir un gesto totalmente paternal en su rostro. Tal vez la ausencia de Medea hubiera ablandado ese corazón curtido por los años, tal vez su padre volviera a mostrarse como una persona ante ella y no como el jefe de policía de la ciudad.

—Es un poco tarde, sí —dijo él por fin—. Pero necesitamos ayuda, toda persona dispuesta a colaborar será bienvenida sin importar su pasado.

—¿Qué puedo hacer? —preguntó ella con una pizca de resentimiento hacia sí misma.

—Lo primero será ayudar —apremió Talos poniéndose en pie—. Ellas han traído a los malditos demonios a la ciudad, no sé cómo los controlan.

La información impactó contra Medea, que soltó un suspiro cargado de incredulidad.

—¿Los demonios? Eso es... imposible. —La voz de Medea se crispó.

Talos la miró con impaciencia.

—No. No lo es —repuso—. Hace un par de noches irrumpieron en la ciudad. Olympia apareció en la plaza y se adueñó del control de la situación obligando al Consejo a permanecer encerrado en el edificio. Los demonios llevan toda la noche arrastrándose por la ciudad, tomando víctimas.

El rostro de su padre se crispó por el dolor, y tras un segundo de inestabilidad, se encaminó hacia una de las patrullas.

—¿Vas a detenerlas? —quiso saber Medea, que se apresuró a seguirle el paso.

Talos asintió y Medea sintió un gran alivio ante su confirmación. No tuvo tiempo de decir nada, su padre continuó con su camino y dio un manotazo al aire para ahuyentar las moscas que comenzaban a apilarse sobre los cuerpos que esperaban sepultura.

—Vamos a ir al Consejo a detenerlas —replicó él sin aminorar la marcha—. Necesito descubrir cómo controlan a los demonios.

Aquella afirmación la dejó anclada en el suelo, perpleja.

—No pueden controlar a los aesir, yo lo habría visto. En la Orden les temen o al menos eso es lo que he intuido.

Talos se detuvo y metió una mano en el bolsillo. Sacó una piedra redonda del tamaño de su pulgar y la dejó sobre la palma de Medea, que la estudió a la luz de las farolas. Estaba caliente y de su interior manaba una especie de claridad que reflectaba una luz difusa.

—Es una piedra que detecta magia arcana —susurró Talos señalando la luz en el interior que comenzaba a apagarse—. La han usado mis chicos durante el ataque y confirma mis sospechas iniciales. Los aesir solo han podido ser despertados y manipulados mediante magia prohibida. Las piedras llevaban décadas en el Consejo y Kristo nos las entregó hace un par de semanas en caso de que fuese realmente cierto lo que tanto temían. Nunca antes las habíamos necesitado, nunca antes habíamos imaginado que la magia extinta volvería.

Un escalofrío le bajó por la espalda a Medea, que se limitó a asentir.

—¿Cómo se combate la magia arcana?

La pregunta oscilaba entre la incredulidad y la genuina curiosidad que Medea sentía.

—Olympia es una mujer inteligente y lidera la Orden desde hace casi una década. Supongo que la respuesta a esa pregunta nos llevará tiempo, pero lo importante es repeler el ataque.

Talos la tomó por el codo y se dirigieron hasta una patrulla. Cinco guardias esperaban órdenes, y al ver llegar al jefe de la policía, cambiaron sus posturas descuidadas.

—¿Noticias de Kristo? ¿Ha caído el Consejo?

La voz de Talos rebosaba autoridad y su hija se fijó en que uno de los guardias erguía la espalda en lo que ella interpretó como una señal de respeto. Aunque, en realidad, podría ser más bien algo parecido al miedo.

—No hemos establecido contacto —replicó el joven—. Están asediando el edificio, pero no sabemos si han logrado entrar.

—Seguid intentando conseguir comunicación —anunció Talos con gesto solemne—. Necesito que me llevéis hasta el Consejo, ¿hay algún coche disponible?

Los guardias intercambiaron una mirada de preocupación. Tras una leve vacilación, la más joven dio un paso al frente y dijo:

—Están cortados los pasos. El distrito se halla rodeado por ataques y cualquier ruta es impenetrable desde un vehículo. Podemos dirigirnos a pie, pero antes debería… —Su voz sonó insegura—. Debería dejar que lo viera un médico.

Medea siguió la dirección de su mirada y supo que la chica estaba en lo cierto. Contempló con horror la mancha rojiza que se extendía a través de la tela de la camisa de su padre.

—Necesito un vendaje limpio y podremos marcharnos —replicó él quitándole hierro al asunto—. ¿Podéis asegurarnos que llegaremos a resguardo a la plaza del Consejo?

La policía dudó un segundo y luego asintió enérgicamente.

—De acuerdo. Vendaje y nos vamos —ordenó girando sobre sus talones—. Conseguid un escuadrón de al menos diez guardias. Medea vendrá con nosotros.

Todas las miradas cayeron sobre ella que, incómoda, se apresuró a acompañar a Talos hasta la ambulancia. Debía verlo un médico y ella necesitaba calzado, no podía ir por las calles con los pies mugrientos y sin protección.

—Necesito que me hables de la Orden, de Olympia y de las mujeres que están interviniendo en el ataque. Es probable que estemos a tiempo de evitar una masacre, no saben que contamos contigo.

Por segunda vez en menos de dos semanas, Medea volvía a convertirse en una desertora que revelaba los secretos de la gente en la que había confiado.

60
Kaia

El agua engulló los sentidos de Kaia, que se movió con dificultad antes de tomar aliento y sumergir la cabeza en el pozo. Cientos de agujas diminutas se clavaron en su piel mientras la niebla ondulaba en torno a sus piernas, a sus brazos. El pozo engulló sus sentidos y la arrastró a las mareas del abismo en las que la falta de oxígeno agujereó su buena voluntad.

El momento se suspendió y ella braceó con fuerza. Sabía nadar, por supuesto, pero el hecho de estar en un pozo en el que apenas atisbaba una ranura luminosa la hizo sentirse insegura, diminuta.

Todo está muerto, pensó, y la irritación se acomodó al fondo de su garganta. Casi se había convencido de que no encontraría la superficie, cuando una bocanada de aire le llenó los pulmones y abrió la boca dejando que el torrente de aire le permitiese respirar. Sus dedos se aferraron a un saliente y tuvo que apoyar los pies en la roca para impulsarse hasta la orilla.

Cuando lo logró, sus brazos cayeron lánguidos a ambos lados de su cuerpo y se permitió apoyar el rostro sobre la superficie dura y fría que le había salvado la vida; un islote pequeño del que apenas podía sujetarse. Bajó la mirada y fue consciente del silencio que pendía sobre ella, y con un sobresalto dirigió una ojeada cauta a su alrededor. Estaba en una especie de sala abovedada con un techo bajo y columnas robustas que parecían talladas en la misma montaña.

La luz azulada rebotaba sobre las paredes de roca y le permitió vislumbrar el grabado del techo por encima de su cabeza.

—El Flaenia…

Una súbita emoción la recorrió y con algo de orgullo estudió aquel ambiente lúgubre, siniestro. Realmente se encontraba dentro de la tumba. Lo había logrado.

Kaia parpadeó y apretó los brazos contra su pecho mientras giraba sobre sus talones para tener una visión completa del lugar. Estaba en el centro de una sala circular; en el medio se hallaba una mesa ornamentada con pequeñas runas ribeteadas en plata, y a la izquierda había un lecho de plumas con un edredón negro doblado sobre los almohadones dispersos.

Dos cristaleras alargadas se recortaban al fondo haciendo las veces de ventanas. Era una ilusión absurda, en ese lugar no había nada más que el diminuto espacio de tierra y el agua que lamía la orilla.

Fue una bendición pisar tierra firme. Ese lugar bajo el monte era un misterio que ella llevaba semanas intentando descifrar. Kaia fijó sus ojos en las llamas azules que ardían en la chimenea a su izquierda y llenaban el aire de una sensación cargada de calor y humedad.

—Por sorprendente que esto nos parezca, tenemos compañía.

La voz, afilada como una daga, la tomó por sorpresa y Kaia giró el cuello buscando a su interlocutora. Por desgracia, no vio a nadie entre las sombras y, con una pizca de angustia, retrocedió hasta que su espalda chocó con la pared de piedra.

—¿Qué te parece nuestra visita, Lilith?

Esta vez, una figura esbelta de prominente cabellera rubia se dejó ver a un lado del fuego. Poseía una belleza inmortal que Kaia solo había visto en las pinturas.

La joven ladeó el rostro con curiosidad y de alguna extraña manera le costó identificar a la mujer que parecía tallada en la misma caverna. Tenía unos ojos muy grandes rodeados por espesas pestañas que se batían en un suave movimiento. Sus manos se posaron sobre sus generosas caderas y, con un contoneo casi musical, se movió con un par de pasos cortos que disminuyeron la distancia entre las dos.

—Kaia, bienvenida a nuestra humilde morada —dijo tendiéndole una mano que Kaia aceptó con algo de recelo. Era Lilith—. Hacía mucho que te esperábamos, ya casi creíamos que te darías por vencida.

La voz no acudió en su auxilio. Kaia se sintió muda, desprotegida, y la diosa dejó escapar una risita aguda que le heló el corazón dentro del pecho.

—No seas tímida. Bien sabemos que te sobra ego para doblegar a quienes te rodean, tal vez por eso le gustas tanto a nuestra hermana.

La intervención provenía de una voz apagada.

—Tenías razón, Cibeles —apuntó—. Es mucho más bajita de lo que pensábamos.

Irritada, Kaia levantó el mentón y encaró a Cibeles, que yacía sobre un lecho de plumas con el cabello negro envuelto en dos trenzas que resbalaban por su espalda desnuda. Al verse contemplada, se estiró como una gata y remoloneó entre las sábanas antes de levantarse con un movimiento elegante.

Al simple roce de sus pies con la tierra, un mastín negro apareció con un gemido lastimero y se pegó a Lilith, que se dirigió hacia la mesa con un gesto de aburrimiento.

—Tienes una pregunta. ¿No es así?

Kaia tragó saliva y, algo amilanada, asintió.

—He venido porque quiero saber…

—Si tu hermana fue asesinada, si tu hermana podía dominar la magia arcana —interrumpió Cibeles acomodándose un mechón de pelo negro detrás de las orejas—. Sabemos todas las preguntas que empequeñecen tu existencia, conocemos los anhelos de tu corazón.

Kaia respiró hondo y dio un paso al frente. Se había dejado cegar por la actitud imponente de las diosas, pero no podía olvidar los jueguecitos de los que Fedra le advirtió que era mejor resistirse.

Las dos diosas no podían gozar de una apariencia más diferente. Ambas poseían una belleza magnánima, pero Cibeles tenía la piel oscura como la noche y era de contextura gruesa. Lilith, por su parte, ostentaba una piel lechosa y un cabello tan blanco como la luna. La primera se mostraba taciturna y la segunda sonreía con agradable facilidad.

—¿Has venido a liberarnos? —quiso saber Lilith—. Puedes ver la magia arcana, puedes mover los hilos de vida.

—Como vosotras cuando caminabais sobre la superficie.

El semblante de Lilith se oscureció y su nariz tembló.

—No nos compares, mortal —espetó con rabia—. Nosotras nos encargábamos del telar de la vida. Movíamos los hilos para mantener la existencia fluida de los pozos arcanos. Tú simplemente puedes ver y jugar con los hilos, pero tu poder es muy limitado. Incluso aunque supieses controlarlo, solo sería una gota en un océano.

Se había movido hacia un lado y con un chasquido de dedos hizo aparecer una bandeja con una jarra de vino dorado y tres cálices de plata.

—Bebe junto a nosotras, por favor. Eres una invitada y nos encantan las visitas —musitó Cibeles con aquella voz melodiosa al tiempo que vertía el líquido en las copas—. Te imaginarás que nos aburrimos mucho, en esta situación. Al menos nuestra hermana posee un bosque para ella sola.

—Es que nos dejamos embaucar por un acuerdo mediocre, Lilith. No olvides que Aracne siempre fue la más ambiciosa de las tres.

La voz de Cibeles estaba impregnada por la amargura.

Su hermana se limitó a asentir y puso los ojos en blanco antes de tomar a Kaia por el hombro y conducirla hasta una silla. Ella obedeció y aceptó el cáliz sin quitarle los ojos de encima a las dos diosas, que se regodeaban de su situación.

—Necesito respuestas, por favor.

Las diosas dieron un respingo y sonrieron a la vez, divertidas. Lilith con cierta prepotencia y Cibeles con curiosidad.

—¿Te han dicho alguna vez que eres muy seria? —susurró Cibeles dando un paso hacia ella—. Necesitas relajarte, divertirte. La vida no puede limitarse a un constante teatro en el que finges ser esa fortaleza tan aburrida.

—No la reprendas, Cibeles. Nosotras sabemos muy bien lo que es vivir en una parodia. Enfrentar los rumores y las críticas de la gente, y lidiar con nuestras sombras.

Lilith se acercó a ella y su aliento le rozó la nuca. Le sorprendió aquella proximidad, que hacía que las deidades parecieran casi humanas ante su mirada. Y pensó *casi*, porque a pesar de la apariencia similar a la suya, las dos diosas estaban imbuidas por un aire salvaje de dominación que amedrentaba el carácter audaz de Kaia.

—Oh, de acuerdo. Yo que me esperaba un poco de juegos previos a nuestro contrato...

Se pasó la lengua por los labios y se inclinó hacia delante apoyando los codos sobre la mesa. Sus ojos arrojaron un brillo curioso que Kaia no pasó por alto, debía ser realmente un infierno estar allí encerrada por toda la eternidad.

—¿Sabes el precio a pagar? ¿Estás dispuesta?

Ella asintió y una sensación de ansiedad se plegó por todo su cuerpo. No sabía qué capricho le pedirían las diosas, pero estaba preparada para aceptarlo.

—Dos años —pidió Cibeles con una sonrisa sardónica.

Lilith se estremeció en su asiento y dirigió una mirada crítica a su hermana antes de intervenir:

—¿Dos? ¿No te parece un poco elevado por un par de respuestas?

—A ti te gusta mantenerte lozana y fresca, si pedimos menos te verás privada de tu belleza. ¿Es lo que quieres? ¿Esperarás cien años más antes de recibir algo de sangre fresca?

Lilith dio un respingo y su rostro se contrajo de puro horror. Al cabo de unos segundos, asintió y se puso en pie para dirigirse hasta una cómoda de madera negra junto la chimenea.

—Dos años es un precio justo, tienes razón —dijo mientras regresaba con una daga larga y curva y una botella de vidrio blanco.

Con un estremecimiento, Kaia miró el filo con la ansiedad recorriéndole las venas. Tenía que drenarse dos años de su vida a cambio de respuestas; no le parecía un trato justo, desde luego, pero no sería ella quien se acobardara.

—¿Me daréis todas las respuestas?

Lilith cabeceó con ímpetu y apretó la mano de Kaia.

—Te diré todo y te prometo que no será demasiado doloroso.

—La clave está en *demasiado*…

Kaia ignoró el comentario sarcástico de Cibeles y tomó la daga con la mano izquierda. Dos años que le drenarían a través de su sangre, dos años que le quitarían y que en el fondo no le importaban. Había perdido más tiempo lamentándose por la muerte de sus seres queridos y ese sacrificio le daría las respuestas que ella ansiaba.

Admiró el filo que brillaba arrojando matices plateados sobre su palma. No estaba forjado con metal puro, era una mezcla de vidrio arcano con obsidiana. Lo sabía porque en clases de Tradición Mágica había estudiado el material y porque podía sentir la energía arcana dentro de la daga.

Clavó su mirada en Lilith y en Cibeles durante un segundo. Una respiración.

Entonces, presionó el filo y un destello rojizo brotó de su carne. Lilith se puso a su lado y sus manos sujetaron la de Kaia obligándola a dar un corte largo desde el pulgar hasta el meñique.

—Muy bien, solo un poco más —susurró Lilith con la voz llena de anhelo, y la daga llegó hasta el hueso haciendo que la sangre saliera a borbotones.

Sintió cómo la magia se le escapaba de las manos y un latigazo de dolor surcó su cuerpo. La aflicción laceró sus entrañas y Kaia no tuvo ni tiempo de soltar un gemido. Fue como un parpadeo, un chispazo.

Un escalofrío le subió por el espinazo y ella se desinfló de puro alivio cuando Lilith terminó de llenar la botella. La diosa tomó una venda y se apresuró a limpiar la herida y a cubrirla con sumo cuidado.

—¿Qué tal te encuentras? —preguntó.

Débil, mareada, adolorida, quiso decir Kaia, pero la voz la traicionó y en lugar de responder eso, dejó escapar un lastimero sonido.

Los pies de Kaia volvieron al agua y las suaves ondulaciones a su alrededor dibujaron ondas doradas que se tensaron como un círculo en torno a Cibeles.

—Asia no convocó a los aesir… Asia murió por la ignorancia… Los aesir respondieron a su súplica, pero no fue un llamado propio a ellos, fue un llamado de su magia.

La inquietud por el recuerdo de su hermana hizo que todo su cuerpo se estremeciera.

—Los aesir han sido convocados por una fuerza superior que busca quedarse con el control…

El cuerpo de Cibeles tembló y de sus labios oscuros gorgotearon sonidos dispersos que a oídos de Kaia no tenían ningún significado. Esperó alguna frase más, pero Cibeles cayó sobre el agua, lánguida y sin conocimiento.

—No la toques, espera —advirtió Lilith, que chapoteó hasta ellas e impregnó los labios de su hermana con un líquido blanco.

Los párpados de Cibeles se abrieron y la diosa se alzó con las fuerzas recobradas.

—¿Eso ha sido todo?

Kaia no podía evitar sentirse decepcionada. Ultrajada y utilizada por aquellas dos deidades que desde un inicio conocían las escasas respuestas.

—¿Esperabas más? —inquirió Cibeles alzando una ceja—. Tu hermana no murió por un propósito ni la magia arcana fue lo que la mató, al menos no de manera directa. Ella no sabía que estaba invocando a los aesir, así que no podría decirse que fue intencional.

Las palabras aguijonearon a Kaia. Se sintió como una tonta.

—¿Cómo puedo detener a los aesir? Si acudieron para ayudar a mi hermana, ¿por qué no se van? ¿Quién los controla?

—Solo los puedes regresar a este lugar matando a la persona que los controla actualmente, eso los devolverá a su estado natural aquí en el Flaenia. Kaia, has venido a buscar respuestas y te las he dado, lamento que no sean las que tú esperabas. En realidad, deberías detenerte a pensar si has formulado las preguntas correctas, si realmente este era tu destino o si ha sido un mero capricho.

Tenía que matar a la persona que controlaba a los demonios, y una parte de Kaia temió que Kristo fuese el responsable.

—¿Fue Kristo quien vino y los liberó?

Lilith dejó escapar una risita divertida que la sacó del error.

—No te dejes engañar por los espejismos, Kaia. Ni siquiera te imaginas las verdaderas razones que se ocultan detrás de todo esto. —La diosa hizo una pausa y jugueteó con su cabello—. Eres una hija de las sombras y la oscuridad te llama, quizá la única forma de salvar tu mundo sea entregándote a tu poder, o tal vez esa sea la clave para destruirlo.

Cibeles se tomó un momento y antes de volver a su cama le soltó:

—Si quieres salvar a tu gente más te valdría irte ya. Por cierto... —Hizo una pausa y se echó el cabello por encima del hombro con elegancia—. La magia arcana te está consumiendo. Tu alma está sucumbiendo a ella y más pronto que tarde acabarás como todos los que han nacido con ese don.

—¿Por qué querría salvar a la ciudad?

La pregunta se le escapó y notó que la sonrisa de Lilith se ensanchaba. Muy en el fondo, a Kaia no le importaba lo que ocurriera en la ciudad, al menos no en ese momento, en el que se sentía tan vacía por unas respuestas tan decepcionantes. Pero entonces reparó en la última frase. En lo que se escondía tras la advertencia de la diosa.

Una dura pero certera realidad que se empeñaba en negar. Se estaba muriendo. La magia la consumía poco a poco, drenaba su voluntad, y a ella le costaba resistirse cada vez más a las pulsaciones que empezaba a ver con mayor claridad.

Había malinterpretado las señales. Creía que la energía arcana se estaba fortaleciendo, pero en realidad Kaia estaba claudicando ante su propio poder. Recordó a los hombres a los que había asesinado, la lista iba en aumento y no podía decirse que sintiese culpa alguna por ello. Poco a poco, la oscuridad la estaba consumiendo, estaba cayendo ante un poder que socavaba su parte más humana.

—Pero antes voy a hacerte un regalo. Te voy a dar una pizca de realidad porque necesitarás ayuda para detener a los aesir. Te auguro un futuro oscuro, Kaia, y no podrás escapar del sufrimiento que se avecina. Tus amigas van a estar en la ciudad, y pese a que no te importe lo que ocurra con Cyrene, sé que te importa tu abuela, y Medea...

Medea.

Su amiga continuaba en Cyrene, en peligro.

Kaia abrió la boca para responder, pero en ese instante el dedo de Lilith le alcanzó la frente y la joven cayó hacia atrás con un impacto doloroso. Una imagen flotó hasta la superficie de su cabeza.

Huesos que caían sobre el empedrado. Un edificio hecho de fuego. Un bosque de sombras. Ríos de sangre.

Cyrene dormía bajo el canto de las sombras.

La pesadilla rozó los límites de sus ojos y antes de que Kaia pudiese abrir la boca, el agua la engulló y la arrastró a lo más profundo del pozo.

61
Ariadne

Ariadne estaba de pie junto a los escalones de mármol tallados en la montaña. Contemplaba la noche fría que comenzaba a languidecer dando paso a un bonito amanecer. Las nubes se mecían como olas sobre un firmamento que poco a poco iba clareando. Si alguien le hubiese dicho que el proceso se extendería tantas horas, habría previsto llevar algunas provisiones.

Su cuerpo le rogaba por café, pero en ese punto en medio de la nada era un tanto complicado satisfacer esa necesidad. Dejó escapar un suspiro y cambió el peso de su cuerpo hacia la pierna izquierda. Las horas de vigilia empezaban a cobrarle factura y ella no podía evitar el cansancio que se cernía sobre su voluntad.

—Ari, deberías sentarte un poco —musitó Julian a su izquierda.

Lo miró por encima del hombro y con un asentimiento condescendiente, cedió a la propuesta del invocador. Se dejó caer junto a Julian y tomó la cantimplora para beber un largo trago de agua.

Un sonido desgarrador, terrible, atravesó la montaña haciendo que los nervios de Ari se crisparan.

—¿Qué ha sido eso? —preguntó Dorian cuando otro sonido parecido a una explosión hizo que la montaña se estremeciera bajo sus pies.

Lo primero que Ari advirtió fue el temblor en el rostro de Agatha. Se dio cuenta de que sus labios estaban crispados y tenía las manos tiesas a ambos lados de las caderas. Una rigidez que no había visto en ella en el poco tiempo que llevaba conociéndola.

También atisbó el nerviosismo que comenzaba a dejarse caer sobre el grupo; el más afectado era Dorian. Permanecía apartado. La angustia se reflejaba en sus ojos grises; insistían en mantenerse tan abiertos que Ari temía que Dorian fuese a romperse. Había un eco de fragilidad en su rostro, la duda, el miedo, todo ello hacía que se viera demacrado y cansado.

Nadie respondió a la pregunta del joven y Ari notó la creciente incomodidad que se adueñaba de sus facciones.

Agatha murmuró algo y se incorporó para alejarse de ellos.

—Voy a dar una vuelta —dijo Ari tras un intenso silencio—. Necesito aire fresco.

Paseó de un lado a otro sin alejarse demasiado de la puerta. El suelo se mantenía firme, pero ella notaba leves vibraciones bajo los pies, tan sutiles que hasta dudaba de si eran reales o un mero producto de su imaginación.

A los pies de la colina alcanzaba a vislumbrar Cytera, que se desperezaba bajo los diminutos rayos de sol. Concentró sus pensamientos en esa imagen, y se preguntó qué estarían haciendo su madre y su hermano en ese momento. Echaba de menos sus conversaciones y hasta los insidiosos comentarios de su madre y las acotaciones constantes de Myles.

En realidad, Ari se dio cuenta de que lo realmente anhelaba era la rutina. La normalidad.

Escuchó una serie de pasos y se volvió para encontrarse con el rostro apaciguado de Agatha. Llevaba el pelo trenzado y una petaca de hueso le colgaba del cinturón de su túnica naranja.

—Es un preparado de hierbas del bosque y frutos rojos —dijo la mujer al ver que Ari titubeaba antes de aceptar el ofrecimiento—. Una pizca de pimienta y jengibre para mantener alertas los sentidos. La curandera de la tribu dice que es muy efectivo.

Ari agradeció el gesto y los ojos le lagrimearon cuando la bebida le quemó la garganta.

Agatha rio suavemente.

—Tu tribu parece una familia. No imaginaba que iba a contemplar algo así en este lugar —paladeó las palabras con el regusto del jengibre en la punta de la lengua—. A decir verdad, no sé qué es lo que esperaba.

Agatha alzó las cejas, divertida.

—Somos una tribu de culto, nuestros antepasados murieron tratando de defender Cytera, intentando proteger el legado de June. Antes de eso, unas doscientas tribus ocupaban el continente, y a día de hoy, solo quedamos nosotros y otros grupos aislados que no llegan a la docena.

Un murmullo apagado llenó el aire y los ojos de Agatha se fijaron en la tribu que se agitaba nerviosa a varios metros de donde estaban ellas. Dos arrugas casi imperceptibles cruzaron su frente dorada y, con un largo suspiro, retomó la posición de alerta y volvió a la entrada de la tumba. Ari la siguió para encontrarse con un Dorian incrédulo que estaba siendo apuntado por las lanzas de la tribu.

—Por favor...

—No lo lastiméis —ordenó Agatha y las armas cedieron al instante. La expresión de Dorian cambió y la líder de la tribu se acercó a él para ayudarle a ponerse en pie—. No vuelvas a molestar a mi gente. Puedo llegar a comprender tu inquietud, pero no dejaré que incordies con preguntas absurdas.

Su voz era un sonido débil y lastimero.

—¿Sabéis qué podría haber sido ese ruido? —insistió Dorian, decidido a ignorar las armas que apuntaban a su rostro.

—Es probable que ya haya salido del pozo —replicó la anciana pasándose una mano por los ojos.

La respuesta turbó a Ariadne, que se veía incapaz de admitir lo angustiada que estaba. Siguió a Agatha, que en ese momento se alejó para hablar con su gente, y no había dado ni tres pasos cuando el chirrido metálico de los goznes alcanzó sus oídos.

La puerta se abrió dejando escapar el olor a óxido y a cenizas. Primero apareció una Fedra imperturbable que ayudó a salir a Kaia. La invocadora renqueaba y su rostro era de un tono lechoso que acentuaba los huesos de sus mejillas. Pero no fue eso lo que captó la atención de Ari; el brazo izquierdo estaba cubierto de sangre y Kaia lo apretaba contra la ropa mojada.

—Por la Trinidad —exclamó Julian a su lado.

Dorian fue el primero en acudir en su auxilio, gesto que Kaia rechazó con firmeza.

—Está herida, traedme la mochila —apuntó Fedra permitiendo que la joven tomara asiento junto al olivo.

Había un ligero temblor en su voz.

—Ten, tenemos vendas limpias y agua —dijo Agatha alcanzándole el zurrón a Fedra, que enseguida se puso a rebuscar en el interior.

—Kaia...

Su amiga levantó los ojos velados por un frío que hizo que Ari se estremeciera. Se dejó caer a su lado y apretó la mano buena sin quitarle la vista de encima. Había un dolor agudo, palpable, en su semblante.

—Estoy bien —aseguró con la voz rota.

—No, no lo estás —contradijo la sacerdotisa—. Te han drenado dos años y llevas quince minutos desvariando. Tu aura ha adquirido un tono grisáceo apagado y se ha replegado, no es buena señal.

Fedra había colocado las manos sobre la herida y apretaba con fuerza para contener la hemorragia. La visión de la sangre obligó a Ari a sujetar su mano con mayor ímpetu. Los dedos de Kaia temblaron sobre los suyos, ardían.

—Estarás bien —le prometió.

Kaia apoyó la cabeza contra el tronco y cerró los ojos.

—Tenemos que irnos a Cyrene cuanto antes —susurró Kaia.

Dorian y Julian se miraron, confundidos.

—Primero tengo que suturar esta herida —intervino Fedra con la voz seca—. No estás en condiciones de viajar así.

—La ciudad está siendo atacada por los aesir.

Las palabras de Kaia golpearon a Ari, que boqueó sin saber muy bien qué decir. Su madre, su hermano, Medea... estaban en la ciudad. Se le secó la garganta.

Las manos de Kaia empezaron a moverse y Ari dejó atrás la preocupación que comenzaba a carcomerla para sostener a su amiga con firmeza. No fue tan difícil, a los pocos segundos cedió y Ari se permitió expulsar el aire que aprisionaba en los pulmones.

Una parte diminuta y primitiva de Ariadne se convenció de que Kaia tenía razón. ¿Y si no tenían tiempo? ¿Y si llegaban demasiado tarde? Otra, tal vez la parte racional de su cerebro, la empujó a preguntarse qué podía hacer ella una vez que llegaran a la ciudad.

No tienes nada que pueda ser de utilidad frente a unos demonios, se recordó no sin recriminación. Los libros no podrían salvar a nadie más que a sí misma, y de presentarse un enfrentamiento poco o nada podría hacer.

—En serio, Ari —farfulló Kaia insistiendo, presa de la fiebre. Sus labios se abrían y cerraban mientras un sudor frío le empapaba la frente—. Tenemos que ir. Tu madre, mi abuela… todos están allí.

—Lo haremos, te lo prometo.

Kaia le sostuvo la mirada y tragó saliva antes de continuar:

—No podemos demorarnos más, yo puedo descansar en el camino. Debemos irnos ya, son decenas, cientos de demonios…

La nota de desesperación en su tono hizo que Julian la mirara con curiosidad.

—¿Estás segura? Es imposible que sean tantos.

A pesar de la inquietud en la voz de Julian, en su rostro se escondía una certeza que le hizo creer a Ari que él ya imaginaba ese escenario. Tal vez él y su tía conocían mucho más de lo que en realidad decían. Ari apuntó mentalmente interrogarlo en el futuro y apretó la mano de Kaia, que empezó a relatar la experiencia con Lilith y Cibeles.

Sus palabras se fueron apagando hasta convertirse en un susurro. Fedra trabajaba afanosamente con la aguja y el hilo, y las puntadas obligaban a Kaia a interrumpir el relato para morderse los labios.

—Bien, he conseguido cerrar la herida —murmuró Fedra apartándose un poco de Kaia—. Necesitarás descanso, una buena dosis de sueño para reponerte.

—Y ropa seca —apuntó Julian.

—Lo que necesito es ir a Cyrene ahora mismo —objetó Kaia retirándose el pelo húmedo de la frente.

Finalmente, Fedra asintió, comprendiendo que no existía fuerza superior capaz de detener la voluntad de Kaia.

—Un momento —repuso Julian apoyado en su bastón—. Si la ciudad se encuentra bajo el ataque de unos demonios, creo que sería más sensato mantenernos a resguardo.

—Mi familia está en la ciudad —se quejó Ari, que comenzaba a enfadarse ante la desidia o la cobardía de Julian—. Se supone que eres un invocador y tienes más miedo que yo de lo que puedas encontrar en Cyrene.

Julian levantó las manos en señal de rendición y acabó por asentir, cediendo ante el argumento de Ariadne.

—¿Cómo los detendremos? ¿Las diosas te dijeron algo?

Kaia miró a Julian con aversión y dijo:

—Matando a la persona que los controla, hay que cortar el vínculo.

La respuesta no pareció satisfacer a Julian, que frunció el ceño y se alejó, preocupado. Kaia se puso en pie con ayuda de Dorian e hizo amago de bajar la colina.

—¿Vendréis con nosotros? —preguntó Ari mirando a Agatha y a Fedra.

Fedra se revolvió las manos y negó por lo bajo.

—Nuestro lugar está en el monte. No podemos abandonarlo —admitió Agatha.

Tal vez Julian o Dorian se hayan sentido sorprendidos ante la revelación, pero Ari lo comprendía.

Agatha levantó la vista y metió la mano en su zurrón para sacar algo. Extendió la palma dejando ver dos piedras pálidas con los bordes azulados, cuyo interior era blanco. Bajo el amanecer, el color se reflectaba sobre su piel como suaves ondas de luz que bailaban con la brisa.

—Quiero daros esto a vosotras dos —musitó al tiempo que las dejaba caer en la mano de Ariadna—. Son piedras ígneas que hemos fabricado como amuletos contra los demonios de naturaleza arcana, tienen la capacidad de repeler a los aesir. Son efectivas, pero solo pueden usarse una vez. Están hechas de cristales de huesos, extraídos del vientre de las montañas.

Ari sopesó las piedras en su mano y no supo qué decir. Una oleada de gratitud le sobrevino y las gafas se le empañaron por las lágrimas. Maldijo para sus adentros, era demasiado sensible y de seguro Agatha pensaría que estaba mal de la cabeza.

Se apresuró a limpiarse los ojos y Agatha le tomó las manos antes de decir:

—Eres muy valiente, no lo dudes. Esas emociones te vuelven más humana y te harán elegir bien.

Ella bajó la vista.

—Ahora marchaos y sed bienaventurados. Espero que todo vaya bien —musitó Agatha soltándole las manos.

Su pulso se fue acelerando conforme se alejaban de la tribu. Ari no podía evitar girar la vista para comprobar que aquellas personas eran tan reales como imaginaba. Se sentía parte de una terrible fantasía.

Ninguno le preguntó a Kaia si tenía las respuestas que necesitaba. Ninguno osó importunarla. Lo que ella quisiese guardarse para sí misma, Ari lo respetaría. Aunque no podía negar que le hubiese encantado que su amiga se abriera y pudieran mantener una comunicación en la que le fuera posible demostrarle su apoyo incondicional.

Apretó los ojos y siguió caminando, le daría tiempo. Kaia solo necesitaba espacio para poder aceptar.

62 MEDEA

Una mezcla de gritos y aullidos rasgó el aire.

Talos se detuvo con el semblante ensombrecido y con un gesto de la mano derecha indicó a sus hombres que se replegaran al fondo del callejón. Obedecieron sin chistar, como soldados ejemplares movidos por el honor que inspiraba su comandante. Medea los imitó.

Algunos pozos de ceniza se acumulaban sobre los adoquines y formaban charcos abundantes que les dificultaban el paso. La callejuela estaba desierta; dos grandes edificios naranjas se alzaban al fondo y marcaban el final con una esquina pronunciada que colindaba con un callejón que daba a la plaza.

Donde los ojos de Medea se fijaran, solo había humo, cenizas y vidrios rotos. Tragó saliva y pegó la espalda a la pared de un edificio por orden de su padre. Allí no había más que puertas traseras dado que los portales daban al otro lado, y aquello solo empeoraba la sensación de abandono que cundía en la ciudad.

—Señor, todo está despejado —dijo una voz que provenía desde la esquina y, tras un asentimiento, Talos les indicó que podían continuar hasta el final.

Sus pies la arrastraron esquivando sin demasiada suerte los restos acumulados en las esquinas. El corazón le bailaba contra el pecho y Medea se veía incapaz de confesarle a su padre que se encontraba completamente indefensa. Echaba de menos su daga, tantos años renegando de su naturaleza y al verse desprovista de ella, se imaginaba desnuda en medio de la tormenta. Pero si su padre se enteraba de que le había entregado una parte de sí misma a la líder de la Orden, la reñiría y probablemente la obligaría a mantenerse al margen. Y Medea no pretendía quedarse afuera de todo aquello.

No después de lo que había vivido. Olympia y Aretusa pagarían por sus mentiras.

De repente, Talos se detuvo. Fueron unos segundos tensos en los que Medea removió los dedos de los pies dentro de sus botas de cuero. Le quedaban grandes, pero no iba a quejarse. Cualquier cosa era mejor que ir descalza sobre los escombros.

Su padre lanzó una mirada al otro lado de la esquina, y al hallarla vacía, hizo una señal para que avanzasen. Pasaron frente a un caserón enorme en el que una anciana los observaba desde la ventana. El corazón de Medea se encogió al percatarse de que sus labios se curvaban hacia arriba y aplaudía con entusiasmo a los héroes que iban a recuperar la ciudad.

—Deteneos —ordenó Talos con voz firme.

Los miembros de la patrulla cesaron la marcha y se quedaron quietos en la boca del callejón. Allí el ruido de los alaridos aumentaba convirtiendo el silencio en un bien preciado que Medea nunca había añorado tanto.

—Mirad ese punto —señaló la plaza del Consejo con un dedo.

Medea había estado en aquella plaza una docena de veces y nunca se había fijado en lo inmensa que era. Los adoquines formaban un círculo alrededor de una fuente en la que dos figuras de piedra gris que escenificaban a Lilith y a Cibeles se alzaban en el centro.

Tal como imaginaba Talos, la plaza del Consejo rebosaba de miembros de la Orden que parecían controlar a los aesir. Los demonios rodeaban el círculo con actitud desafiante; en el interior un grupo de personas chillaban bajo la latente amenaza de las criaturas de la noche.

Con un temblor imperceptible, Medea se inclinó un poco y tuvo una imagen completa de lo que ocurría. Lo que vio la dejó anclada en el sitio con una horrible sensación de mareo. Fue como si todas sus heridas se abrieran trasladándola al templo de la Orden, recordándole lo miserable que era.

—Mirad a los demonios —señaló Talos arrancándola de sus ensoñaciones—. Sus ojos están velados…

Su padre tenía razón, pero Medea vio algo más. Se fijó en las personas que permanecían cautivas y que, en lugar de defenderse, mantenían una actitud lánguida. Como si esperasen a que otros hiciesen el trabajo por ellas.

—¿Por qué no se protegen?

La pregunta salió de sus labios sin pensar. Sintió que todos la miraban y un sopor de vergüenza le trepó hasta las mejillas.

—Son gente de a pie, Medea. Por mucho que asistieran a la Academia, la mayoría no utiliza a las sombras para luchar —apuntó Talos con una falsa paciencia—. Puedes ser un invocador, pero no todos son luchadores.

—Además están paralizados por el miedo —repuso uno de los hombres con gesto crítico—. No todos podemos reaccionar igual ante una misma situación.

Medea suspiró y con un ligero movimiento de cabeza dio por zanjada la cuestión. Tenían razón. Aunque ella se consideraba una mujer de acción, era cierto que las circunstancias moldeaban el carácter de una persona.

—Vamos a rodear la plaza infiltrándonos entre los edificios —explicó Talos señalando cuatro puntos clave: dos cafeterías, un callejón abandonado y la avenida principal—. Iréis de a dos y os ruego completa confianza en el otro.

Todos se mostraron de acuerdo aunque, con preocupación, Medea imploró a la Trinidad para que su pareja fuese cualquier otro menos su padre.

—Medea, conmigo —dijo Talos al cabo de los dos segundos que duró su plegaria—. Los demás repartíos y tomad posición ahora mismo.

Como accionados por un resorte, se agruparon y desaparecieron a la sombra de la ciudad.

Antes de salir del callejón, se fijó en las figuras erguidas de los demonios. Sus garras colgaban inertes a la espera del menor movimiento en el que pudiesen ponerlas en acción.

Medea respiró por la boca y el aire fétido fue como una bofetada de realidad. Llevó la mano a su cadera y la ausencia de su daga la desconcertó; por un momento realmente esperó encontrarla allí. Chasqueó la lengua y sus dedos se aferraron a ese vacío.

—¿Preparada?

—Por supuesto —mintió.

Talos respiró hondo y sus ojos cayeron sobre la puerta del edificio. El plan era sencillo: cubrirlo para que pudiese entrar.

—Dos minutos —exclamó su padre, incómodo.

Medea apretó las manos e hizo crujir los nudillos mientras esperaba. La oscuridad brilló en los dedos de su padre, que agitó la daga antes de abalanzarse hacia el frente. Dos hebras negras lo impulsaron en un movimiento fluido que lo elevó por el aire permitiéndole adentrarse en la plaza.

Los aesir reaccionaron en el acto, pero antes de arrojarse sobre Talos, el resto de la guardia policial se lanzó en una ofensiva que dejó a Medea anclada en su sitio. Sus ojos barrieron el callejón y junto al contenedor entrevió una barra metálica doblada en un ángulo extraño.

Una medida peculiar, pensó al sujetar su nueva arma.

—Vamos a ello —se dijo mientras fijaba los pies en posición de ataque y se abalanzaba hacia la carnicería.

Los aesir se concentraban repeliendo con brutalidad a los policías que blandían las dagas con asombrosa presteza. No tuvo tiempo para admirar los movimientos de ataque; en el centro de la plaza, Aretusa y Olympia gritaban órdenes que tanto demonios como aprendices seguían con desesperación.

Se sorprendió de verlas allí. De verlas luchar como artífices del caos.

Pero estaban allí. Delante de sus narices. Con dagas en las manos.

Uno de los policías la apartó con fuerza y Medea resbaló. Un aesir silbó sobre ellos y se arrojó sobre dos chicas que peleaban codo con codo contra Olympia.

La sangre la salpicó cuando las mujeres fueron lanzadas contra la fuente. Sus cuerpos oscilaron e impactaron contra la piedra. Medea se quedó rígida, incapaz de actuar.

Un hilo negro pasó silbando por encima de su cabeza y Medea se agachó para protegerse del aesir. Su espalda chocó contra la fuente y el policía embistió al aesir de nuevo.

Los pies de Medea retrocedieron en cuanto se fijó en los dos demonios que se abrían paso moviendo las garras con violencia y atacando a los policías que luchaban cerca de la puerta principal del Consejo. Una explosión vibró a su izquierda y el fogonazo de luz obligó a Medea a apretar los párpados. Fue solo un segundo, un instante en el que el mundo se convirtió en fuego, en humo, en caos.

Cuando abrió los ojos de nuevo, vio que Aretusa estaba a escasos metros de distancia con la atención concentrada en ella.

El terror frío se hundió en el pecho de Medea en cuanto percibió el movimiento felino, casi animal, de Aretusa, que se acercaba a ella. Llevaba un báculo enorme en el que brillaba una piedra negra que atraía la oscuridad de los demonios.

—Me imaginaba que aparecerías por aquí.

Una sonrisa hambrienta se dibujó en sus labios mustios.

La mano de la joven asió la barra metálica. Aretusa gritó antes de abalanzarse sobre ella y una sacudida violenta lanzó a Medea contra la pared del edificio del Consejo. Se desplomó cerca de la puerta principal. Jadeó, confundida, y se sujetó las costillas, que le dolían. ¿Qué estaba ocurriendo? ¿Cómo era posible que controlasen a los demonios?

Aparcó las preguntas y devolvió su atención a Aretusa. Sus ojos eran dos pozos insondables de placer.

—Levántate, bien que nos plantaste cara en el templo… Pero ahora pretendo solucionar ese malentendido.

Medea intentó responder. Trató de que sus labios formularan una frase coherente que le permitiese ganar tiempo, pero las palabras estaban atascadas en el fondo de su garganta.

No hizo falta que dijera nada. En ese instante, Aretusa saltó sobre ella y Medea retrocedió, sorprendida. Sus dedos continuaban sujetando la barra con fuerza y en un impulso por recuperar el control, la alzó, dispuesta a blandirla contra su contrincante.

Aretusa rio, divertida y sanguinaria.

—Es lo malo de ser una invocadora, sin tu daga no eres nadie. —Sus ojos se clavaron en Medea—. Nosotras hemos conseguido una mejor manera de luchar.

No le dio tiempo a digerir lo que acababa de ver. Aretusa arremetió contra ella y le clavó el báculo en la muñeca. Medea pataleó y se balanceó hasta lograr quitarse a la mujer de encima. El dolor le pareció más grave una vez alejada de ella, como si le quemara la piel y la taladrara en lo más profundo de sus huesos. Aretusa la atacó de nuevo y ella la esquivó por los pelos, giró sobre sus talones y blandió la barra sin reservas.

La mujer tropezó y Medea la golpeó en la espalda.

—Maldita invocadora… —bramó casi sin fuerzas.

Medea aprovechó el espacio que se imponía entre las dos para girar a la derecha y apartarse del arma. Volvió a girar cuando Aretusa esgrimió el báculo y le alcanzó el codo haciendo que sus huesos se quejaran de dolor.

Dolorida, Medea se apartó. Aretusa la miraba con un frenesí desquiciado, la certeza de su victoria le iluminaba el rostro.

—¿Por qué te resistes?

Esta vez, Medea extendió la barra cuando Aretusa se arrojó con violencia. No fue capaz de bloquear el movimiento y el báculo le alcanzó la pierna. Se golpeó la cabeza contra la pared del edificio y un estallido de violencia sacudió su conciencia.

Estaba segura de que no existía manera de salir de allí con vida cuando escuchó a las sombras susurrar. La Orden pretendía garantizar los derechos de los que no tenían magia, pero todo parecía indicar que los demonios eran su responsabilidad. Olympia los estaba controlando y los había arrojado sobre aquellos que no tenían poder sobre las sombras.

—Todo esto es vuestra culpa —comprendió, y se le antojó como una paradoja cruel.

Medea gritó e hizo oscilar la barra; un demonio acababa de saltar sobre ellas y, con un movimiento veloz, se apartó. Movió el metal y lo atizó contra su contrincante con una violencia que se le antojó desconocida.

Aretusa cayó, confundida, y Medea vio que intentaba incorporarse en vano. Las sombras titilaron y se quebraron dejándola aturdida. Medea inspiró profundamente y se situó al lado de Aretusa con una leve vacilación.

Tengo que acabar con esto, se dijo, y las sombras la azuzaron por dentro como un recordatorio del poder contenido. Apretó el arma y dio una patada al báculo de Aretusa para evitar que volviese a tomar el control.

—Me has torturado, humillado… —dijo mirando los ojos opacos de la mujer—. No puedo ofrecerte mi perdón ni permitirte que continúes con esto.

Una sonrisa oscura se deslizó en los labios ensangrentados de Aretusa.

—Hazlo, es tu destino.

Y Medea dejó caer la barra contra la cabeza de Aretusa llenando el suelo de sangre y horror.

Medea sabía que debería haber sentido algo, consternación, miedo o pena por lo que acababa de hacer. Pero lo único que apareció en su interior fue un odio infernal capaz de arrasar el mundo.

63
Kaia

El coche avanzó a toda velocidad a través de la carretera que se extendía en línea recta. El cielo encapotado acentuó el paisaje, que cambió de árido a verdoso en tan solo minutos. Kaia despertó de un sueño febril con la cara empapada de sudor y una sensación apremiante en la boca del estómago. Le tomó unos segundos hacerse a la idea de dónde se encontraba, y casi al instante recordó que apenas había entrado al vehículo se había desplomado en el asiento trasero. Ari le sujetaba la cabeza sobre las piernas y, de vez en cuando, susurraba unas palabras cálidas que casi recomponían el alma de Kaia. Un alma llena de grietas y de rencor.

Kaia sudaba a pesar de la brisa que entraba por las ventanas.

—No tan rápido, que te puedes marear —advirtió Ariadne al ver que Kaia se incorporaba en el asiento.

Demasiado tarde, pensó mientras el mundo oscilaba con movimientos violentos. Apretó los párpados con fuerza, y cuando se sintió un poco mejor, se asomó por la ventanilla para comprobar que casi habían llegado a la ciudad.

—Estamos cerca —susurró Dorian mirándola por el espejo retrovisor. Julian asintió a su lado.

Una nube de cansancio velaba sus ojos y Kaia se sintió un poco mal por haber dormido durante el camino.

Podía percibir el miedo de Ari, que no paraba de mover los dedos de las manos sobre el asiento del coche. Su meñique trazaba círculos imaginarios mientras la punta de su zapato repiqueteaba sobre la alfombra con insistencia.

Desde que había salido de la tumba, sus sentidos encontraban grandes pozos de energía arcana a su paso y a ella le resultaba complicado no sucumbir al llamado. Las líneas de vida de sus compañeros se tensaban y doblaban al alcance de su mano; nunca antes las había visto con tanta claridad, y al sentirlas tan cerca se permitió temer la dimensión que adquiría la magia arcana para ella.

Al menos podía darse por satisfecha al haber conocido algunas respuestas; su hermana no pudo haber invocado a los aesir, pero estos habían respondido a su llamado. ¿Qué significaba eso? ¿Qué había pasado realmente en ese bosque? Una parte de ella se sentía aliviada y la otra un poco decepcionada y confundida.

Ir al Flaenia no había ayudado en nada. No tenía paz interior, no estaba bien consigo misma.

Esperabas que las respuestas llenaran el vacío en tu corazón, gruñó una voz en su cabeza.

No, Kaia no estaba vacía. Había pasado tantos meses dedicando su energía y su vida a conseguir las respuestas que se había olvidado de vivir. Ni siquiera recordaba lo que era inhalar y sentir el aire llenando sus pulmones, percibir los rayos del sol surcando la superficie de su piel. Kaia había relegado todas las sensaciones a un pozo sin fondo solo por encontrar a un asesino y por aprender a controlar una magia que la estaba consumiendo.

La velocidad del coche aminoró y, a lo lejos, divisó el enorme arco negro que hacía las veces de entrada a la ciudad. Dorian bajó la ventanilla esperando encontrar a alguien, pero lejos de la vigilancia típica, no había nadie allí.

—Esto es muy raro —comentó Ari con aprensión; sus dedos estaban tensos sobre la rodilla de Kaia.

—Os dije que habían tomado la ciudad.

No pudo evitar imprimir una nota de amargura a su voz.

Ninguno la contradijo; habían cruzado el Distrito Obrero y en pocos instantes comprobaron que ella estaba diciendo la verdad. Se hubiese regodeado de su éxito, pero las imágenes que desfilaban ante sus ojos eran tan aterradoras que prefirió guardar silencio.

Las calles de Cyrene discurrían entre el olvido y el caos. Una marea de personas corría hacia las afueras de la ciudad mientras que un par de edificios centrales humeaban y amenazaban con desplomarse.

—¿Y los aesir? —inquirió Dorian.

—Esto no lo han hecho los demonios. Esos edificios han sido quemados y hace un buen rato que están ardiendo. Supongo que el Consejo tendrá que dar explicaciones.

Dorian le lanzó una mirada avinagrada.

—¿Cuánto tiempo llevamos fuera de aquí? —interrumpió Ari inclinándose hacia la ventana. Su voz tembló y Kaia la vio apretarse las manos contra los ojos—. Todo luce tan… diferente.

Y tenía razón. Era como si se hubiesen ido hacía una eternidad y todo aquello que conocían como hogar hubiese cambiado. Kaia no dijo nada, prefirió mantener el silencio más por consideración con su dolor de cabeza que por los sentimientos de Dorian. Estaba convencida de que aquello era responsabilidad del Consejo. Después de todo, ellos debían garantizar la seguridad de sus ciudadanos.

A mitad de camino en la avenida principal, tuvieron que detener la marcha. Se bajaron del coche y continuaron a pie a partir de ese punto. Un conjunto de escombros cortaba el paso e impedía el acceso de vehículos a la zona más comercial de Cyrene.

—¿A dónde se supone que iremos? —inquirió Julian apoyándose en su bastón.

—Yo creo que lo mejor sería ir a hablar con Kristo.

Todos coincidieron con Julian salvo Kaia que, sin más remedio, se vio obligada a seguirlos.

En una esquina observó a una mujer de rostro afilado que permanecía con las manos en alto, como si estuviese suplicando un milagro; estaba acostada sobre un cartón negro con la cabeza ladeada. Sus ojos opacos se cruzaron con los de Kaia, que de inmediato sintió una llamada silenciosa en ellos. Un fétido olor a flores muertas le llenó las fosas nasales y dos puntos negros titilaron en su campo de visión muy cerca de la mujer. El hilo de la vida titiló débilmente al alcance de sus dedos; tenía un color gris, apagado y casi desvaído que Kaia no había visto antes. Normalmente los hilos de cada persona vibraban en llamaradas brillantes.

Está muriendo, comprendió, intranquila, sin quitar los ojos de la escena.

—Kaia, ¿ocurre algo?

Era Dorian quien le hablaba. Ella se apresuró a negar con la cabeza, se había quedado anclada en el medio de la calle y la extraña sensación de frío desapareció de repente.

Dorian le rodeó los hombros con un brazo, y a pesar de sus discusiones, ella agradeció el gesto. Estaba irritable, iracunda, y la cercanía humana la ayudaba a replegar esas emociones tan antinaturales que no comprendía del todo.

Caminaba por la ciudad, pero no era plenamente consciente de todo lo que ocurría. Del interior de algunas estructuras escapaba el humo que se perdía en el cielo encapotado. Sus pies la arrastraron en un movimiento metódico y, cuando llegaron a la plaza, fue plenamente consciente de todo lo que implicaba una ciudad asediada por demonios.

Kaia trastabilló y durante un instante el mundo perdió consistencia bajo sus pies. El dolor recorrió su garganta y tuvo que aferrarse a la chaqueta de Dorian cuando las rodillas le fallaron y sus ojos barrieron la plazoleta abarrotada de aesir.

Eran aun más terribles de lo que recordaba. Con aquellas garras oscuras que colgaban a sus costados y los ojos carentes de vida. Pero no fue la temible imagen lo que caló en sus huesos, fue la idea de ser como ellos. De poseer una naturaleza similar para controlar la magia prohibida, la energía arcana.

Uno de los aesir saltó en el aire y ella lo vio lanzarse sobre una policía que blandía su daga en un movimiento semicircular, con la que cortó el ataque en seco. Había sido violento y por un momento creyó que la mujer tenía ventaja. La ilusión machacó su corazón cuando el demonio impactó el pecho de la policía arrojándola contra una pared del fondo. La mujer cayó inconsciente, con los párpados apretados y una mueca de terror en los labios.

—Tenemos que salir de aquí —dijo Ari con angustia, y a pesar de que Dorian y Julian se movieron, Kaia fue incapaz de dar un paso hacia atrás.

La mano de Ari sujetó la de Kaia y otra oleada de dolor atravesó su cuerpo. Un ramalazo de energía surcó su espalda haciéndola ceder bajo el peso de sus piernas. Sus huesos aullaban y sus nervios titilaban bajo cada latigazo de dolor.

—¿Qué ocurre? —escuchó decir a Julian, que se estaba acercando hacia ella.

Su silueta se difuminó bajo las lágrimas y Kaia se agarró al bastón de él como si pudiese asegurarse un trozo de estabilidad. Julian la levantó de golpe y ella se aferró a sus hombros con una desesperación feroz. ¿Qué le ocurría? ¿Por qué tanto dolor? La energía arcana tiraba de ella, la sometía bajo el ímpetu de una magia a la que no podía sucumbir.

Se resistió, incluso apretó los labios manteniendo a raya los gemidos de dolor, y cuando pensó que este empezaba a ceder, se permitió apartarse de Julian con un suave empujón.

—Kaia, tenemos que salir de aquí.

—Julian, no me digas lo que tenemos que hacer —replicó ella, febril, apretando los labios—. El Consejo está asediado, quien controle a los aesir debe estar allí.

Sus compañeros intercambiaron una mirada de preocupación y ella ignoró otra sacudida de sus huesos, otro destello de los hilos de vida que se estiraban hasta casi rozarla.

—Apenas puedes sostenerte en pie —reflexionó Ari dando un paso hacia ella—. Tampoco estamos seguros de que alguien controle a esas criaturas, Kaia. La naturaleza arcana es de difícil dominio, ninguna persona ha logrado gobernarla sin sucumbir al poder.

Kaia le lanzó una mirada de odio y apretó los labios ignorando la mirada silenciosa de Dorian. A lo que Ariadne pretendía hacer alusión era a la locura que parecía manchar la historia de cuanto invocador dominara la magia arcana. Todos los que alguna vez lo habían hecho habían terminado presos y sedientos de magia. Pero ella no, Kaia estaba resistiendo; a pesar de la necesidad de su cuerpo de asirse a la energía, de sujetar aquellas motas brillantes que llenaban su campo de visión, ella estaba resistiendo porque no acabaría como los demás, no se volvería loca.

—Yo voy a ir a la plaza —escupió, aferrada al bastón que temblaba entre sus manos—. Vosotros os podéis esconder como unos cobardes; yo he visto a las diosas, les he dado mi sangre.

Giró sus tobillos y le hubiese gustado que los nervios no le fallaran, pero en ese instante, sus pies chocaron contra el empedrado y no alcanzó a dar ni dos pasos cuando un aesir apareció frente a ella impidiéndole avanzar.

No voy a dejar que te interpongas en esto, pensó con esfuerzo. La energía susurró contra sus oídos y Kaia escuchó el llamado tan nítido, tan real, que alzó los dedos para acariciar las líneas brillantes que destellaron sobre su piel. Tanteó su daga y se hizo un corte largo en la muñeca. El aire vibró sobre su piel y un escalofrío le bajó por la espalda cuando sus dedos, llenos de poder, se alzaron y tocaron el hilo negro que conectaba la vida del demonio.

Estás a la vista de todos, susurró su conciencia, pero a Kaia no le importaba. Iba a detener a los malditos demonios y estaba convencida de que, si tenían la misma naturaleza tal y como parecía, ella también debía poseer la fuerza necesaria para acabar con aquello.

Kaia extendió el brazo derecho y tiró del hilo. Fue como si una fuerza abrasadora rompiera su cuerpo y sacudiera cada una de sus vértebras. Le escocía la herida y una puntada en la cabeza amenazó su escaso sentido común cuando el demonio retrocedió haciendo que el hilo negro se tensara entre sus dedos.

Ariadne gritó algo, pero ella no escuchaba. Solo sentía la vibración en su columna. La magia que estallaba en su cuerpo y liberaba un dolor contenido con el que llevaba meses lidiando.

Tiró más del hilo, esforzándose por cortarlo, por acabar con la miseria de aquella criatura del infierno. Vio a Julian al otro lado y le pareció que Dorian quería acercarse, pero era como si estuviesen a una vida de distancia.

Algo en el demonio tembló y las manos ensangrentadas de Kaia cayeron inertes sobre su regazo.

El aesir rugió una última vez y se estampó contra la fuente de la plaza. Supo que era su oportunidad. Que podía acabar con aquello, y Kaia no vaciló, dio un paso al frente dispuesta a acabar con el demonio cuando una nueva sacudida arrojó un latigazo de dolor sobre su cuerpo.

El suelo detuvo su caída y Kaia no tuvo tiempo de formular ningún pensamiento. Las sombras la envolvieron y la oscuridad la engulló.

64 Ariadne

Ariadne resistió las ganas que tenía de gritar.

En lugar de eso, sujetó el cuello de Kaia para que no se golpeara mientras la movían a un espacio seguro. No dijo nada en el proceso; mantuvo la boca cerrada a pesar de la necesidad que sentía por llenar el silencio con un torrente de palabras que en ese instante le subían por la garganta.

La calle principal estaba atestada de personas que huían de la plaza y corrían de un espacio a otro buscando refugio. Se detuvieron frente a un edificio que hacía de esquina, una estructura vieja con las paredes despintadas, pero en cuyo portal podían obtener un refugio momentáneo del caos.

—Aquí —dijo Julian señalando el portal junto a la entrada del metro—. ¿Se ha golpeado?

Dorian la depositó en el suelo y no respondió, sus ojos estudiaban a Kaia con una urgencia que parecía a punto de romperlo. Ari tenía la convicción de que estaba mucho más preocupado por el estallido de poder que Kaia había demostrado a plena luz del día que por el desmayo; después de todo, era evidente que Kaia estaba al límite de sus fuerzas. La imagen de su amiga con sangre en la nariz y un hilo negro en las manos era algo que a Ari le costaba mucho sacarse de la cabeza, puesto que la escasa información que controlaba sobre la magia arcana no resultaba muy alentadora para el futuro de su amiga.

—¿Sabíais que podía invocar magia arcana? —preguntó Julian levantando los párpados de una inconsciente Kaia—. Porque no solo resulta sospechoso dadas las circunstancias, también podría resultar útil para detener a los demonios.

Ari tragó saliva deseando sacarlo de su confusión, pero ni ella misma era consciente de lo que acababan de ver.

—No creo que sea capaz de controlar a los demonios —repuso Dorian, y Ari notó cierto aire de indiferencia en su voz—. Lo habría hecho antes, Kaia apenas es consciente de la magia arcana y lo que ha hecho ha sido una mera casualidad.

Las cejas de Julian se alzaron y, con cuidado, se dejó caer a un lado cruzando los brazos sobre el pecho. Estaba tenso y sus cejas parecían predispuestas a juntarse cada vez que se fijaba en Kaia.

—Yo no he visto algo que sea producto de la casualidad. Kaia es poderosa, tanto si quieres verlo como si no. —Julian hizo un mohín de disgusto y cruzó los brazos sobre el pecho—. Si vosotros sabíais esto, tendríais que haberlo notificado al Consejo.

Ari notó que Dorian se preparaba para replicar y ella se vio en la obligación de extender un brazo e impedir una justificación.

—Lo que Kaia pueda hacer con un tipo de magia que no conocemos no es asunto nuestro. No tenemos tiempo para debatir sobre lo que es correcto o no. Ya hablaremos de esto en otro momento —repuso con un dejo de nerviosismo en la voz—. Tenemos que ir al Consejo, y es evidente que no podemos hacerlo de esta manera.

Con expresión ceñuda, Ari evaluó la situación y miró la calle casi vacía que comenzaba a sumirse en un pesado silencio. El aire olía a ceniza y parecía cargado por la inminente amenaza de una tormenta.

Sus ojos se fijaron en la entrada del metro y una idea acudió a su mente.

—Dorian —dijo—. Lleva a Kaia al metro y quedaos allí, esperad a que sea seguro o a que ella se recomponga. Julian y yo iremos al Consejo, necesitamos encontrar a mi hermano o a cualquier invocador, para comunicarles lo que sabemos.

Julian se puso en pie con ayuda del bastón y Dorian asintió sin pedir mayor explicación; parecía abatido, y tras un instante de vacilación, se pusieron en marcha.

Julian y ella recorrieron la calle sin intercambiar palabra. Ariadne estaba concentrada en el repiqueteo de sus pasos sobre los adoquines, y a pesar de la seguridad que imprimía a sus movimientos, no podía quitarse de encima la vaga sensación de disgusto. Una cosa la incomodaba. La actitud de Julian desentonaba con su personalidad indiferente y ella creía que se debía al pequeño secreto de Kaia.

Lo miró de reojo mientras caminaban y se dio cuenta de que no había reparado en el cansancio que dominaba su rostro. Sus hombros estaban caídos y las ojeras acentuaban los huesos de sus pómulos, lo que le otorgaba una expresión taciturna.

Se detuvo de golpe y Julian la imitó con una sombra de duda en el rostro.

—¿Te ocurre algo?

Lo asaltó sin pretextos sintiéndose terriblemente tonta por abordar la situación con tan poco tacto y de manera tan directa. No tenía tiempo para la indecisión, y a pesar de que ella y Julian apenas mantenían una relación de mutuo beneficio, no quería que aquello fuese un trato en el que la preocupación por el otro no existiera.

—¿A qué te refieres? —Sonrió con sorna—. ¿A la sorpresa por lo de tu amiguita o a que no hayamos conseguido nada?

Allí estaba esa nota de su agudo ingenio. Él irguió la espalda y ella atisbó una duda silenciosa bajo sus ojos, la tirantez de sus labios.

—Julian… yo solo quiero que las cosas estén bien.

—Y lo están —apremió él —. Te preocupas demasiado por las personas y crees que sus problemas están asociados a ti. Estoy bien, tengo cosas dentro de mi cabeza de las que no debes ocuparte tú. Trabajo en el Consejo, Ariadne. El hecho de que alguien haya burlado la seguridad de esta manera me hace responsable.

La fuerza de sus palabras arremetió contra ella, que asintió sin demasiada convicción. *Tal vez tenga razón, asocio todo conmigo y no puedo tomarme como algo personal la angustia de los demás*, pensó Ari.

Julian se acercó y apretó su mano con un gesto suave, y cuando alzó los ojos comprobó que su rostro se hallaba en calma. Había algo en ese roce que hizo que Ari sintiera un resquicio de luz en medio de su pecho. Fue una sensación tan veloz y sutil, que apenas le pareció real cuando él tiró de su muñeca y la obligó a caminar.

Abandonaron el callejón y cruzaron un patio redondo que desembocaba a pocos metros de la plaza. Julian refunfuñó algo delante de ella y Ari tardó un par de segundos en comprender lo que estaba ocurriendo. Se habían adentrado en una de las avenidas principales del Distrito Sombra, que se hallaba sumergida en el ir y venir de la multitud. En medio de la confusión y del caos que llenaba las calles, se entremezclaron con un grupo de personas que enfilaban en dirección contraria a la plaza del Consejo. No podían evitar llamar la atención, la gente escapaba y ellos corrían en sentido contrario. Así que Ari tomó la mano de Julian y tiró de él hacia una acera un poco más despejada.

—Están saqueando las tiendas —musitó Julian con pesimismo señalando una panadería abarrotada de gente.

Ari soltó un bufido de exasperación y pensó que estaban condenados. Si habían tomado esa iniciativa desesperada era porque no concebían una solución a lo que estaba ocurriendo.

Respiró por la boca y estaba a un suspiro de retomar la marcha cuando sus ojos entrevieron a dos figuras oscuras agazapadas en una esquina. Su cuerpo se tensó y de un salto bajó de la acera tironeando de la chaqueta de Julian para que se alejara de allí cuanto antes.

Los dos aesir se arrojaron sobre la panadería sembrando el aire de gritos y sollozos. Ari se encogió, aturdida por la situación, y miró a su alrededor en busca de un lugar donde refugiarse.

Lanzó una maldición y, por fortuna, divisó una casa a menos de diez metros que podría servir para esconderse.

—¡Tenemos que ir allí, ocultarnos! —gritó, no solo para que Julian la escuchase—. ¡Allí, la casa del tejado verde!

Señaló con un dedo la estructura rectangular de ventanas rotas y un par de mujeres respondieron a su consejo. Julian asintió, y tras un segundo de reflexión, se arrojó a la carrera junto a ella.

El rugido de los aesir la estremeció y Ari empleó todas sus fuerzas en correr. Los músculos se quejaron, pero ella no se detuvo; en lugar de volver la vista, empujó a Julian hasta el interior y entró cerrando la puerta de golpe. Varias personas estaban acobijadas contra las paredes y ella alcanzó a contar a diez niños que se protegían en el regazo de sus madres.

—Tenemos que asegurar este lugar…

Sus palabras se ahogaron en una sacudida violenta que hizo que el techo sobre ellos temblara.

—¡Todos contra la pared de las escaleras! —gritó, sujetando la puerta—. Buscad armas, o cualquier cosa que os sirva para defenderos. Los niños… —continuó—, meteos en la chimenea.

Algunas bocas se abrieron para oponerse, pero tras una nueva sacudida de la puerta desistieron. Los niños se ocultaron en la chimenea y se acomodaron en medio de los carbones apagados. Ari no tuvo tiempo para comprobar que todos estuviesen protegidos, un estrepitoso golpe arrojó la puerta convertida en astillas sobre ella, que cayó al suelo.

Tosió, giró un poco y soltó un gemido al sentir un dolor agudo en el brazo. Con el miedo contenido en la garganta, abrió los ojos para verificar que un trozo de madera se había clavado en su hombro izquierdo.

—¡Ari! —gritó Julian en algún lugar y ella apenas tuvo energía suficiente como para rodar sobre sí misma y apartarse del aesir.

Escuchó los gritos y los sollozos de algunas personas, pero no se permitió asegurarse de que estuvieran bien. Rebuscó en el bolsillo de su abrigo y sus dedos alcanzaron la piedra que Agatha le había dado. La apretó y murmuró una plegaria a la Trinidad para que aquel objeto funcionase y repeliese a la criatura.

El aesir arremetió contra ella y sus dientes se cerraron a escasos centímetros de su garganta; Ari aulló y el demonio se agitó. Estaba atrapada bajo el peso de la criatura, no podía mover las manos. Percibió un desgarro en su pecho, el aesir le estaba robando el alma; la sensación asfixiante que la golpeó fue tan certera que Ari supo que iba a morir.

—Julian… por favor —suplicó.

—Ya casi estoy, resiste.

Escuchaba su voz amortiguada por los forcejeos, y aunque quiso creer que la ayudaría, la certeza de su propia muerte pesaba más que su optimismo. Apretó la piedra clavándose las uñas en la mano y la acercó hasta el costado del demonio.

La criatura retrocedió con una mueca de horror y un chillido metálico que en lugar de amedrentarla la impulsó hacia delante con la piedra entre los dedos. Las fauces del aesir se abrieron y emitió un gemido de dolor. Ari cortó la distancia para volver a apretar la piedra cuya luz empezaba a extinguirse.

El demonio sacudió las garras y atacó a una mujer que estaba cerca de la puerta. A través del humo que se colaba por la ventana, Ari vio que la mujer se tambaleaba y caía sobre el suelo sin emitir ningún sonido.

Su pecho se inundó de furia. De una rabia brutal que la impulsó a cortar la distancia con el demonio y a apretar con fuerza la piedra contra el aesir. La criatura soltó un aullido inhumano que hizo que el aire ondulara en torno a ellos, descendió un poco hacia la puerta y la madera del piso crujió bajo sus pies. El aesir volvió a chillar y, con un impulso violento, levantó la zarpa que desgarró la carne de Ari.

Una daga se cernió sobre la criatura y sobre Ari, que apenas pudo ver cómo el demonio retrocedía y se perdía calle abajo.

—Se ha ido.

Escuchó que alguien lloraba a su espalda y un enorme alivio invadió el pecho de Ari, que se desplomó sobre el suelo manchado de un viscoso líquido negro. Los vítores estallaron arrancándola de su letargo y al girar el cuello comprobó que el otro demonio yacía inerte al borde de la chimenea.

—¿Estás bien? —preguntó ella poniéndose en pie y acercándose a un Julian de expresión cansada.

—Conseguimos vencer a dos malditos demonios…

La voz aleteó hasta ella, que soltó una exclamación al ver la sangre que se derramaba bajo el chaleco de Julian. Se acercó a él y armándose de valor, levantó la tela empapada para comprobar una herida larga que le surcaba el abdomen.

—Tiene muy mala pinta, ¿verdad?

—No es nada —dijo ella con la voz temblorosa, pero era mentira. La sangre tibia le empapaba la piel y una sensación de mareo hizo mella en su voluntad.

Julian se dejó caer contra la pared y apretó los párpados.

—¿Sabes algo de esto? —preguntó Julian señalando la herida abierta en su pecho.

—Tengo que llevarte a un hospital, estás perdiendo mucha sangre.

—Oh, por favor, no me digas que te mareas.

Era una broma que a ella no le causó gracia. Lo que quería era llorar, gritar o romper algo.

Una mujer de rostro curtido se aproximó a ellos. Se quitó una bufanda de fieltro y, con manos prestas, apretó la tela contra la herida haciendo que Julian blasfemara.

—Hay que contener la hemorragia —susurró y se apartó el cabello ceniciento del rostro.

Ari asintió. Temblaba, y el olor a sangre le estaba empañando la visión.

—¿Se pondrá bien? —preguntó inclinándose sobre Julian, que parecía al borde de la inconsciencia.

La mujer gruñó algo y una niña le entregó una garrafa con agua limpia.

—La herida no es grave, pero el veneno puede ser letal.

Las alarmas se dispararon dentro de su cabeza.

—En ningún libro se habla de veneno.

—Las garras de los aesir contienen veneno —musitó la anciana sin mirarla siquiera. Continuaba concentrada en limpiar la herida que no paraba de sangrar.

El horror y el miedo la golpearon. Ari boqueó sin saber qué decir.

—Ari, vete —musitó Julian—. Busca a tu hermano.

—No.

Ansiaba ayudarlo, pero a la vez necesitaba asegurarse de que su hermano estuviera bien. Ari sollozó y se quitó las gafas para limpiarlas con el borde de su camisa. Sintió un contacto cálido y se dio cuenta de que la mano de Julian intentaba alcanzar el trozo de madera de su hombro.

—Tienes que sacar eso.

Su voz sonaba débil, pastosa. Ella asintió y con un movimiento metódico, extrajo la astilla a la vez que contenía un gemido.

—Vete.

—Yo me encargaré de él; le pediré a Marla que busque en la farmacia, necesitamos raíz de láudano y antibióticos, eso detendrá el veneno —dijo la anciana.

¿Quién era Marla? ¿Cómo podía estar tan segura de que esa mezcla detendría el veneno? No podía preguntar, estaba paralizada.

—Por favor, Ari —pidió él con los ojos vidriosos mientras regresaba la movilidad a su cuerpo—. Hazlo.

Ella asintió sin demasiada convicción. Las venas negras empezaban a marcarse bajo la piel apergaminada de Julian.

Miró por última vez el rostro del joven y salió con la piedra apagada sobre la palma de su mano. Aquello le había salvado la vida, pero no había sido suficiente para ayudar a Julian. Profirió una maldición ahogada y comprobó que el otro cristal estuviese en el bolsillo interior de su pantalón. Allí seguía, suave y cálido. Lo volvió a guardar a sabiendas de que no le pertenecía; era de Kaia y en cuanto se encontraran, se lo daría.

Ari se tragó las lágrimas y, tiritando, subió por la rampa que daba al Consejo.

Por favor, suplicó para sus adentros, *no te mueras*.

65
Medea

La tormenta había estallado por encima de su cabeza. Los relámpagos surcaban el cielo gris y la lluvia caía sobre ellos arrastrando el olor a tierra mojada, a muerte. Medea dio un paso vacilante y dejó atrás el cadáver de Aretusa con un sentimiento de inestabilidad. Los ojos vacíos de la mujer parecían observarla con el mismo odio que ella sentía hacia la Orden.

Un odio incendiario capaz de arrasar el mundo. Medea sacudió la cabeza como si el gesto fuese suficiente para alejar el resentimiento que le carcomía los nervios. Contempló el edificio del Consejo y a la bandada de cuervos que graznaba desde las cornisas ahogando los gritos y el llanto de las personas que continuaban en el centro de la plaza.

Tengo que entrar al edificio, tengo que detener a Olympia.

Medea se dejó caer con la espalda apoyada en la pared y observó las fuerzas de las maestras que se concentraban en torno a la puerta del edificio. Ella estaba demasiado agotada como para contenerlas, y aunque nuevas fuerzas policiales luchaban, había poco que pudiesen hacer.

Cuando se fijó en Olympia al otro lado de la plaza, fue plenamente consciente de que nunca habían tenido la mínima oportunidad. La líder de la Orden movió en el aire un báculo de oro y dos policías dieron un paso al frente para detenerla. Las maestras de la Orden estaban preparadas para cualquier amenaza y antes de que los policías alcanzaran a Olympia, una maestra dio un giro para encararlos y con un movimiento diestro los apartó del camino.

Los gritos estallaron por encima del silencio y Medea se encogió sobre sí misma, aterrorizada y en parte confundida por el despliegue que tenía ante sus ojos.

—Medea.

Era la voz de Olympia que se imponía frente a ella.

Los labios de la maestra se curvaron y, con un movimiento ágil, la mujer se contoneó como un gato y recortó la distancia que las separaba. Medea evitó moverse al ver el báculo preparado para arremeter nuevamente.

—Nos has traicionado.

Las palabras taladraron los recuerdos de Medea, que abrió la boca para replicar, pero la voz no acudió en su auxilio. No se molestó en esforzarse, el influjo de Olympia ya la había alcanzado haciendo que bajara todas las barreras.

—¿Qué pretendes lograr? ¿El poder sobre una ciudad de muertos?

Olympia esbozó una sonrisa cautelosa.

—Medea, siempre serás la incauta jovenzuela que se presentó en mi despacho y confesó todas las artimañas de su padre —replicó con frialdad—. Traicionarías a los tuyos una y otra vez solo por sentir que perteneces a algo. La cuestión es que en realidad no perteneces a nada; tus raíces no arraigan porque estás marchita por dentro, deseando ser una persona diferente.

»Tendría que haberte llevado a la isla. Pero cada vez que estaba cerca de hacerlo, Mara o Thyra se entrometían y fui incapaz de alcanzarte.

La confesión golpeó con fuerza a Medea. Thyra y Mara no tenían nada que ver con ella.

—Tú eres la que ha estado detrás de sus desapariciones. —La boca se le secó y vio a Olympia negar con la cabeza.

—No, eso se lo debes a tu padre. —Hizo una pausa y sonrió ante el gesto perplejo de Medea—. ¿Es que acaso no sabes lo que hacen en esa isla? ¿No sabes que tus amigas están enclaustradas allí como apestadas? Eso no lo hice yo, la Orden solo ha conducido a los aesir a atacar para alimentarse. Tus amigas tropezaron en el camino de mis demonios cuando los mandamos a por ti. Aretusa pensó que sería un buen golpe para Talos.

Medea hizo crujir los dedos y no le quitó los ojos de encima a Olympia. Apretó la barra que aún sostenía y deseó tener la voluntad para usar el arma en contra de aquella mujer. Con su daga tal vez hubiese tenido alguna oportunidad, pero dadas las circunstancias, se hallaba en una situación de clara desventaja.

—Eres débil, necesitas la constante aprobación de los demás y, sin embargo, te resistes a ella. No querías ser la hija que tus padres esperaban, pero sí la alumna que en la Orden buscábamos. Pudiste cumplir tu propósito y te negaste, pero yo me voy a encargar de que pagues.

Por un momento, Medea pensó que Olympia la atacaría como había hecho con la mayoría de las personas que se resistían en la plaza. En lugar de eso, chasqueó los dedos y la figura delgada de Orelle apareció a su lado. Sus ojos estaban oscurecidos por las sombras que la dominaban y Medea sintió una punzada de dolor en el pecho al ver a su amiga convertida en un títere. Un aesir la seguía de cerca con las líneas de oscuridad en torno a los brazos de Orelle.

—La estás controlando… por medio de los demonios…

Un escalofrío le bajó por la espalda y el impacto del horror hizo que dejara la frase a medias.

—No —respondió—. Orelle accedió a someterse a mi poder, yo no la he forzado a nada, y gracias a su buena voluntad, ahora goza de una serie de capacidades que antes no podía ni siquiera concebir.

Aquella confesión la tomó por sorpresa. Orelle jamás renunciaría a sí misma, no se sometería a Olympia a sabiendas de lo que era capaz de hacer.

—Me aseguraré de que sea Orelle quien te destruya —dijo Olympia dándole la espalda—. Tengo una ciudad que tomar y sé del amor que os profesasteis en el pasado, nada más tierno que poner fin a vuestra historia que por el filo de tu propia novia.

El semblante de Orelle ni se inmutó cuando Olympia le dio la espalda y desapareció por la puerta del edificio que finalmente había cedido ante la Orden. El resto de las maestras y de las aprendices la imitaron.

—Orelle…

La voz se le quebró bajo el aullido estrangulado de un aesir que pasó cerca de ellas. A Medea le pareció atisbar un leve gesto de humanidad en el rostro oscuro de Orelle, pero fue solo una sombra pasajera. En ese instante, su amiga se agazapó blandiendo una daga curva que pasó cerca del oído de Medea. Apenas tuvo tiempo de apartarse, cuando Orelle volvió a arremeter contra ella haciendo que se tambaleara.

—Por favor, Orelle. No quiero hacerte daño y estoy convencida de que tú tampoco lo deseas.

No hubo respuesta humana en su amiga. En lugar de dudar, Orelle se arrojó con furia sobre ella y Medea tuvo que correrse para evitar que la daga le besara la carne. Apretó la mandíbula y marcó la distancia que las separaba retrocediendo un par de pasos.

Soltó la barra metálica, ya que, de cualquier forma, no se veía capaz de usarla contra Orelle y pensó que tal vez el gesto de rendición sería una señal que su amiga, la de verdad, podría interpretar bajo las sombras que la dominaban.

—No voy a luchar; si quieres matarme y acabar con esto, hazlo —le espetó al tiempo que se pasaba una mano por el rostro para quitarse las gotas de lluvia que le empapaban la piel.

Una brisa sopló, débil y lejana, y Medea atisbó una pizca de duda bajo la máscara del rostro de Orelle. La mera idea de no recuperar a su amiga la aterraba tanto como la de morir sin detener aquella locura.

—Suelta la daga, por favor —le pidió con la voz entrecortada por el agotamiento.

Los dedos de Orelle temblaron alrededor de la empuñadura y el corazón de Medea le saltó dentro del pecho. Un alivio sorprendente la inundó y se atrevió a insistir:

—Podemos detener esto. Olympia no puede tomar la ciudad y estoy convencida de que tú no se lo permitirías.

Orelle se acercó a ella hasta quedar a escasos centímetros de su rostro. Sus alientos se encontraron y Medea esbozó una débil sonrisa llena de agradecimiento.

Entonces llegó el dolor.

Una punzada feroz que se forjó en su cuerpo y ascendió por su pecho, que estalló en cientos de pinchazos. Apenas podía respirar; apenas era consciente de lo que estaba ocurriendo. Orelle no se apartó y Medea levantó las manos sujetándole el cuello, apretó su piel hasta que los nudillos se le pusieron blancos, y con un movimiento instintivo, golpeó su cabeza contra la pared.

Orelle cayó inconsciente a sus pies; la daga estaba empapada y, muy tarde, Medea comprendió que provenía de la herida que tenía en su costado. Hundió los dedos en la sangre y comprobó que la herida era tan profunda como el dolor.

66
Kaia

Se despertó con un dolor mudo en la cabeza y las articulaciones. Sentía una angustia terrible a pesar de estar soñando con una ciudad que se venía abajo. Abrió la boca y dejó que el aire se colara a través de sus pulmones mientras sus ojos se acostumbraban a la penumbra en la que se encontraba.

¿Cuánto tiempo llevaba allí?

A un lado estaban los rieles del metro y del otro una docena de personas apiladas en el más absoluto de los silencios. Se incorporó y un pinchazo de angustia le nubló la vista; se estremeció víctima de una arcada y tuvo que acuclillarse para vomitar.

—Toma un poco de agua —musitó Dorian a su lado al tiempo que le tendía una botella de vidrio.

Ella la aceptó y bebió un trago largo que ayudó a aliviar el malestar general que había dejado la magia arcana en su cuerpo. Allí abajo hacía calor y las luces de emergencia estaban encendidas; bañaban el lugar con una calidez ambarina que le lastimó las pupilas. Las pantallas de los televisores estaban en silencio, aunque por suerte se podía entender claramente lo que decían los presentadores gracias a las letras grandes que señalaban el peligro en Cyrene.

Las pulsaciones de la magia arcana titilaban como finas líneas resplandecientes. Los hilos de vida de aquellas personas se extendían por el aire y se plegaban a su alrededor al alcance de su mano.

—¿Dónde la has conseguido? —quiso saber ella devolviéndole la botella a Dorian.

—Han roto las máquinas dispensadoras. —Él se encogió de hombros y su mano rodeó la de ella—. No deberías haberte expuesto de esa manera, Kaia, te han visto.

A Kaia le pesaban tanto los párpados y le urgía quitarse el aliento a vómito que casi ni se había preocupado por la razón por la que estaban allí.

—¿Quiénes me han visto?

—Julian, Ari y no sabría decirte cuántas personas más —admitió él, entrecerrando los ojos—. Has sido irresponsable y Julian no ha parado de hacer preguntas.

Kaia mantuvo el rostro en alto, y a pesar del malestar que sentía, se las arregló para fingir indiferencia.

—¿Y a él qué más le da? No es asunto de nadie lo que yo pueda invocar.

Los ojos de Dorian evitaron fijarse en ella y la sensación de distancia entre los dos se hizo más palpable.

—Kaia, puedes manejar una magia que se creía extinta y que además estuvo prohibida hace más de dos siglos. La ciudad está siendo asediada por unos demonios que poseen la misma naturaleza y a ti solo se te ocurre pensar en eso.

—¿Te molesta que te implique o que me hayan descubierto? Porque, francamente, pareces más enfadado por ti mismo que por lo que podría significar para mí.

Dorian titubeó, desarmado, y ella se dio por satisfecha sabiendo que había ganado aquella batalla.

—Tenemos que subir, no podemos escondernos aquí —dijo mientras se ponía en pie y buscaba a Ari y a Julian—. ¿Dónde están?

Dorian le explicó la decisión de Ariadne y un dejo de irritación atenazó a Kaia, que odiaba la idea de quedarse abajo sin hacer nada. Tampoco hubiese dejado a Ari bajo la protección de Julian, no cuando la gente estaba huyendo.

Alejó la culpa que le producía ese pensamiento y se ajustó el abrigo; dio un paso al frente y Dorian le sujetó el brazo impidiéndole continuar.

—Estás debilitada, sin energía no lograrás ayudar en nada.

Ella se soltó de su agarre y notó que sus ojos grises chispeaban con algo parecido a la tristeza. Sintió que debía decir algo y él pareció darse cuenta de su titubeo porque se acercó. El influjo de sus ojos era como un imán al que Kaia no podía resistirse.

Se separó y él frunció el ceño, confundido. Estaba a punto de decir algo cuando sus ojos se fijaron en una alerta roja que aparecía en la pantalla que colgaba a escasos centímetros de su cabeza. Allí se mencionaba que aunque el jefe de la policía había intentado impedirlo...

—La Orden ha entrado en el Consejo —musitó ella.

Dorian giró el cuello y se encontró con una escena terriblemente macabra. En el balcón del edificio había varias maestras de la Orden con largas cuchillas que brillaban bajo la lluvia. A pesar del silencio, a Kaia no le costó demasiado interpretar lo que estaba ocurriendo; habían tomado el Consejo, por la fuerza.

—Es mi padre —dijo Dorian con un matiz de alarma.

En efecto, Kristo iba caminando hasta el borde del balcón y se postraba de rodillas ante una mujer de cabello corto plateado: la líder de la Orden.

La Orden está detrás de todo esto, comprendió Kaia.

—¿Qué está haciendo? ¿Cómo pueden ser ellas las que controlan a los aesir?

Kaia no respondió porque estaba tan inquieta como él y el cuchicheo de las personas a su alrededor la obligaba a permanecer callada. La Orden llevaba años sin presentar problemas y era porque, probablemente, había estado planificando el golpe maestro. ¿Cómo lo había conseguido? ¿Cómo había invocado a los aesir? Mil dudas la asaltaron, y entonces recordó las palabras de Lilith y de Cibeles: *Los demonios respondieron al llamado*.

¿Eso significaba que la Orden había matado a Asia? Sintió un ligero temblor en el labio y estaba a punto de desviar la mirada cuando los sollozos ahogados de la multitud le inundaron los oídos.

Todos tenían miedo.

Lo respiraba en el aire, lo sentía en el ambiente. Incluso ella parecía a punto de romperse bajo la endeble realidad que desfilaba ante sus ojos. Su mano se aferró a la de Dorian y supo lo que iba a ocurrir incluso antes de verlo en la pantalla.

Kristo bajó la cabeza, la maestra alzó la hoja afilada y la presionó sobre la piel del cuello del presidente del Consejo. En sus ojos había resignación y algo parecido a la sumisión. Una pequeña arruga le surcaba la frente pálida y no desapareció hasta que la hoja surcó la carne tiñendo el mundo de rojo.

Kaia boqueó, dolida.

La televisión se apagó y el rugido de las personas reverberó contra las paredes mugrientas del metro. Los dedos de Dorian soltaron los suyos y él cayó de rodillas con el rostro convertido en una máscara de profundo dolor.

Acababan de matar a Kristo.

—Tenemos que salir de aquí —advirtió ella tomando la mano lánguida de Dorian.

La muchedumbre se agitaba nerviosa y conmocionada. El joven no dijo nada, se limitó a dejarse llevar convertido en un títere que era arrastrado por la voluntad de Kaia. Ella sabía que no había asimilado lo que acababa de ver.

En el exterior, dieron un paso hacia lo que sin duda alguna se estaba convirtiendo en su peor pesadilla.

67
Ariadne

Los gritos rasgaron el aire y ella tuvo que apartarse cuando un grupo de personas irrumpieron por la acera. Corrieron con desesperación y pasaron de largo escapando del horror que reinaba en la calle de arriba. Ari suspiró, estaba a escasos metros de la plaza y el olor a óxido y a sangre inundaba el lugar como un funesto testimonio de lo que estaba ocurriendo.

Sentía el peso de la culpa mordiéndole los pies. No se quitaba a Julian de la cabeza, y aunque temía por su madre y por Myles, también pensaba en Medea, en su seguridad y en qué pasaría si no conseguían detener la amenaza de los aesir. La simple idea de que algo así ocurriera carcomía la buena conciencia de Ari, que ya tenía un carácter bastante nervioso como para añadir ese peso. Se frotó las manos con la tela del pantalón y continuó andando.

Esperó a que la calle se vaciara y cuando las personas se derramaron hacia el interior de la ciudad, ella caminó con cierta libertad. La lluvia caía feroz y le empapaba el pelo, que se le pegaba a la piel y a las gafas.

Ari mantuvo la cabeza gacha hasta que llegó a la plaza circular. La lucha había cesado, al menos la más brutal y salvaje, pero lo que quedaba era la consecuencia de una guerra, una cruenta disputa que cambiaría la historia de Cyrene para siempre.

De golpe, se detuvo. Parecía que la muerte acababa de reclamar la ciudad.

Los chillidos histéricos golpearon sus oídos y Ari fue consciente de todo el dolor que se derramaba sobre la plaza.

Horrorizada, se fijó en los cuerpos que yacían inertes sobre los adoquines húmedos. Ojos que no veían, sangre que se acumulaba en una multitud de inocentes que no volverían a vivir otro día. Los demonios estaban retrocediendo, y ella se dio cuenta de que se estaban replegando hacia el interior del edificio.

Una punzada de dolor le alcanzó el pecho cuando las voces emitieron un largo llanto que desentonó con el retumbar de los rayos. Ari tuvo el tiempo justo para ver aquellos rostros demacrados que quedarían grabados en su memoria para siempre.

Apretó las manos y esquivó a dos jóvenes que sollozaban junto a la fuente; una de ellas se sujetaba la pierna ensangrentada mientras la otra luchaba por moverla lejos de allí.

—No te quedes ahí parada —le gritó una mujer que intentaba ayudar a un hombre herido—. O haces algo o te quitas del medio —escupió mientras sus manos improvisaban un cabestrillo—. En cualquier momento pueden volver y que la Trinidad nos pille a salvo.

Ari contempló el rostro de la mujer y con algo parecido al miedo retrocedió. Las arrugas de su frente se juntaban y sus labios formaban una línea recta mientras el moribundo gemía de dolor.

Una parte en su mente la incitaba a descubrir a qué se debía el alboroto, pero la otra era incapaz de quitar los ojos de la sangre y de los cadáveres. Ari había visto muertos varias veces, sí, pero ninguno como resultado de una violencia similar.

—Ari —llamó una voz a su espalda que ella reconocería en cualquier lugar.

Titubeó cuando Kaia le sujetó el codo y le pareció atisbar un asomo de preocupación en sus ojos.

—¿Estás bien?

Fue lo primero que se le ocurrió preguntar, pese a que su amiga parecía bastante restablecida.

—Han asesinado a Kristo.

Ari se quedó sin aliento al escucharla.

—Ven, Dorian está… —Tardó un poco en encontrar la palabra adecuada—. Un poco agitado.

Kaia se había quedado bastante corta. Dorian no solo estaba *agitado*, en realidad estaba aplastado contra el suelo luchando contra las lágrimas que brotaban a través de su garganta. Parecía agotado de sus sentimientos y Ari lo compadeció en silencio. Dorian era una persona que gozaba de un autocontrol envidiable, y verlo tan roto le produjo una sensación de irrealidad que hizo que pensara en su familia.

—Mi hermano tiene que estar adentro —musitó ella, superada por la preocupación. Si habían llegado hasta Kristo, probablemente habrían pasado por encima de cualquiera que se encontrara en el camino.

Kaia leyó las señales y le acercó una mano. No soltó a Dorian, que parecía perdido.

—No lo vi en la televisión cuando sacaron a Kristo —repuso Kaia con un leve temblor en la voz que hizo que Ari se sintiera más nerviosa—. Fue muy rápido, lo hicieron salir y un par de minutos después le abrieron la garganta. Están en el edificio.

Señaló con el dedo hacia el balcón del Consejo; la puerta acristalada estaba cerrada en ese momento. Ari percibió que no era la única a la que los nervios la traicionaban.

—Tenemos que entrar al edificio. Necesito encontrar a mi hermano.

—Eso es obvio, Ari —respondió sin dejar de mirar a Dorian—. El problema es que toda la Orden está dentro y será bastante difícil hacerlo. La policía se mantiene junto a la puerta y varias patrullas se han replegado, dicen que Talos ha conseguido ingresar con un grupo de policías.

Un débil gemido procedente de Dorian las hizo bajar la vista. Sus ojos empañados parecían poseer una nueva determinación que Ari jamás había visto en él.

—Hay una puerta —susurró limpiándose las lágrimas con el dorso de la mano. Su voz sonaba triste, rota—. Da a la oficina de mi padre, esconde la llave bajo la alfombra. Pero no podéis ir solas.

Kaia le echó una mirada de preocupación, se agachó a su lado y le tomó el rostro entre las manos.

—Quédate aquí —susurró, él sacudió la cabeza—. No puedes acompañarme en este estado. Eres más útil aquí, tienes que ayudar a que toda esta gente se ponga a salvo. Yo acabaré con este asunto.

Tras unos segundos de silencio, Dorian asintió. Kaia silenció las palabras que parecía querer decirle, como si hubiese echado un candado a las emociones que guardaría hasta el final de todo aquello.

Ari miró a Kaia y no necesitaron decir nada para tomar una decisión.

68
Medea

Medea sabía que estaba condenada a morir en aquella plaza. Desde que Olympia la miró a los ojos con aquel desafío, ella entendió que había poco que hacer contra la Orden. Bajó la cabeza y se lamentó, sin quitar los ojos de la puerta del edificio. Llevaba cerca de veinte minutos cerrada con llave y todo indicaba que no se abriría, al menos de momento.

A juzgar por la actitud de la policía, podía dar por hecho que las cosas no iban como pretendían. Y no solo por los gritos horrorizados o el miedo que plagaba sus movimientos; Olympia poseía un poder que en Ystaria desconocían hasta entonces y nadie sabía cómo hacerle frente.

La plaza comenzaba a vaciarse y nadie parecía querer reparar en los cuerpos que se acumulaban sobre los adoquines. Algunas personas recibieron asistencia, mientras otras eran ignoradas con gestos petulantes que solo dejaban en evidencia cuán desbordados estaban los médicos. Medea estudió a dos policías que se alejaban renqueando hasta desaparecer calle abajo sin siquiera esmerarse en encontrar a sus compañeros.

Por extraño que pareciera, ella no los culpaba.

El silencio pesaba casi tanto sobre sus hombros como la misma muerte que la perseguía. Seguía confusa, no solo por el altercado en la plaza, el ataque de Orelle y la perspicacia de Talos para dominar la situación; le parecía que había entrado al edificio, pero eso no había impedido el horror del que acababa de ser testigo. También estaba lo que hacía tan solo unos instantes había visto y que le costaba asimilar: la ejecución de Kristo.

Ni su padre ni la policía fueron capaces de detener la locura. Olympia había declarado el estado de emergencia y solo cuando volvió a adentrarse en la seguridad del Consejo, la ciudad pareció sumirse en un momento de absoluta quietud.

La calma y el silencio no eran suficientes para sosegar su espíritu contrariado. Medea se apretó la herida con fuerza y su mirada se ensombreció al ver el rostro inconsciente de Orelle. Todo el amor que hinchaba su pecho parecía desvanecerse con los últimos recuerdos.

Sacudió la cabeza como si el gesto fuera suficiente para borrar la sangre que le empapaba la túnica. En los últimos días, su vida había dado un giro radical arrojándola a una espiral de acontecimientos sobre los que ella no tenía el control.

Sintió que le temblaba el labio inferior e hizo una mueca al intentar levantarse. Se le emborronó la visión y las piernas le fallaron obligándola a permanecer tendida.

Maldita Orden, malditos invocadores, pensó con lágrimas en los ojos. Un odio ciego incendiaba sus venas con la pasión que solo el desencanto podía conseguir. Orelle estaba siendo controlada al límite de no diferenciar lo correcto de lo que no lo era; ella estaba en medio de una emboscada sin poder hacer nada para solucionar lo que había hecho.

Justo cuando la herida volvía a lanzar una llamarada de dolor, Medea decidió que tenía que salir de allí; no podía esperar a que Olympia decidiera ponerle fin a su vida. Ella tenía que haber adivinado lo que pretendía la maestra. Se sentía como una cría a la que habían utilizado a su antojo y que se movía según los intereses de otros.

Aparcó la miseria que le empapaba la conciencia y clavó los dedos en el suelo para incorporarse. Por desgracia, las piernas le flaquearon y apenas consiguió arrastrarse hasta la pared donde apoyó la espalda. Los bordes de su visión se emborronaron por el esfuerzo y Medea se prometió que no cedería al dolor. Así que se mordió el labio, y luego movió un pie y después otro ignorando el sudor que le corría por la espalda. No estaba segura de hacia dónde debía ir y lo único que se le ocurrió fue rodear el edificio hasta la parte trasera. El espacio estaba despejado.

Notó las lágrimas en los ojos cuando las piernas le fallaron y cayó de rodillas apretándose el costado. No quería morir como una traidora, pero imaginaba que existían peores formas de hacerlo que en aquella soledad en la que todavía retumbaban algunos gritos en la plaza. Dejó que el dolor la envolviera y se tragó el sabor amargo de la pérdida. Aquello era su culpa, todas las muertes, todo el caos se había desatado porque ella le había dicho a Olympia la manera en que debían tomar la estación de policía.

Tú no sabías lo que estaban planeando, tampoco les entregaste una magia milenaria con la que llegaron a controlar a cientos de demonios, susurró una parte de su conciencia aligerando el peso de su angustia.

—¿Medea?

Se volvió hacia la voz y cuando el rostro pálido de Kaia se acercó, Medea casi dejó escapar un grito histérico. Detrás de su amiga alcanzó a ver a Ari con las gafas empañadas y el cabello empapado; sus ojos estaban marcados por las lágrimas y por la expresión de desconsuelo, por lo que Medea supuso que habían sido testigos del lamentable espéctaculo.

—Estás herida —exclamó Ari, alarmada, al tiempo que pasaba un brazo por encima de su hombro—. ¿Qué ha ocurrido?

Las palabras brotaron de sus labios con tanta prisa que a Medea le desconcertó el tono suave con el que le hablaba.

—No es gran cosa.

Intentó mentir, pero la voz le flaqueó y Kaia le obligó a retirar la mano para evaluar la herida.

—¿Dónde está tu daga? —preguntó Kaia sin titubear—. Necesitas cauterizar esto, al menos no ha tocado ningún órgano y no tiene demasiada profundidad.

Sus ojos azules estaban oscurecidos por algo parecido a la preocupación.

—¿Puedes hacerlo tú?

La petición tomó por sorpresa a Kaia que, tras un breve segundo de vacilación, asintió.

—Puedo, pero tienes que estar muy quieta. Solo he hecho esto una vez en mi vida y fue bajo la supervisión de Persis.

—Por favor —pidió Medea y se subió la túnica hasta la cintura para permitir que Kaia trabajara mejor.

Medea se apresuró a mover la cabeza afirmativamente y el recuerdo de aquella clase práctica se replegó en su cabeza. Persis les había enseñado a cauterizar heridas por medio de la invocación de sombras; era un proceso complejo dada la naturaleza de la magia, pero funcionaba muy bien si eras un invocador con cierta maestría.

Kaia la miró fijamente y tomó su daga sin titubear. Apretó los párpados y con una mano presionó la herida en el vientre de Medea mientras que con la otra sostenía la empuñadura con pulso firme. Sus labios se movieron sin emitir sonido alguno y dos sombras alargadas como hilos negros danzaron por el filo del arma.

Con un movimiento diligente, Ari apretó sus hombros impidiendo que realizara algún movimiento brusco.

—Tranquila —musitó contra su oído haciendo que se le erizara el vello de la nuca.

Primero llegó el dolor convertido en una ola agonizante que invadió el cuerpo de Medea. El filo de la daga de Kaia mordiendo la carne de la herida hizo que el mundo girara vertiginosamente alrededor de ella. Luego la alcanzó una infinita sensación de cansancio que le relajó los músculos contraídos.

—¿Ya está? —preguntó Ari inspeccionando la piel quemada. La herida estaba cerrada, pero tenía un tono grisáceo que rodeaba el trazo irregular que le surcaba el vientre. Las venas ennegrecidas se marcaban bajo su piel morena haciendo que un sentimiento de repulsión recorriera la conciencia de Medea.

—No le des importancia —reflexionó Kaia sentándose a su lado—. Cambiará de color con el tiempo y tus venas recobrarán la tonalidad de siempre.

—Tardará años…

—Pero al menos podrás caminar sin doblarte por el dolor —interrumpió Kaia con una ceja alzada—. ¿O pretendías quedarte tirada aquí?

Medea se mordió el labio para no replicar y negó por lo bajo. Toda magia tenía un coste y ella sabía bien que las sombras como recurso curativo no eran la mejor opción. *Mejor que tu alma esté surcada por los hilos de la magia a morirte en este lugar,* susurró su conciencia.

—¿Quién te ha hecho eso?

No respondió. No quería, pero Kaia le apretó el hombro y le levantó el rostro obligándola a enfrentarse a su pregunta.

—No es nada, Kaia —dijo ella. Tragó saliva con fuerza y continuó—. Déjalo, ahora lo único que importa es que nos vayamos de aquí.

—¿Irnos? Pensaba que intentabas ayudar. En la televisión han dicho que el jefe de policía estaba dentro del edificio —dijo Kaia ignorando su petición—. Te estabas desangrando y me pides que lo deje. ¿Quién te ha hecho eso?

Sus miradas chocaron y Medea sintió la fuerza abrasadora tras el rostro imperturbable de su amiga. Entonces, Ari carraspeó y se atrevió a colocar una mano sobre el hombro de Kaia para apartarla un poco.

—No deberíamos presionarla, hace más de una semana que no la vemos, Kaia. ¿No puedes simplemente ayudar a tu amiga sin hacer preguntas?

Bendita Ari, pensó Medea con agradecimiento y poco ánimo para confesar todos los errores que venía arrastrando.

—No voy a dejar de hacer preguntas cuando Medea ha estado en la Orden y de repente aparece herida.

Kaia apretó la mandíbula y se alejó un poco sin dar tregua a Medea. Estaba claro que no iba a ceder.

—Orelle —dijo finalmente Medea, y bajó la vista para evitar la mirada de sorpresa de sus amigas.

—Pero creía que ella y tú…

—Sí, estábamos juntas o algo así —interrumpió a Ari porque no quería que malinterpretara la situación—. Olympia, la maestra de la Orden, la controla. Ha conseguido usar magia de una manera que no alcanzo a comprender.

Kaia frunció el ceño y se inclinó hacia delante.

—¿Magia arcana? ¿Es una invocadora?

—No lo sé —admitió con desgana—. Nunca pensé que pudiese serlo, pero de cualquier manera es ella quien controla a los aesir, me lo dijo y la he visto.

Ari se tensó y Kaia la observó de reojo con curiosidad. Medea se obligó a incorporarse lentamente y un mareo le sobrevino.

—Tenemos que entrar y matar a esa mujer —musitó Kaia levantándose y corriendo hacia una de las macetas que estaba adosada cerca de la puerta que ella había visto antes.

—¿Más violencia?

Soltó la pregunta sin meditarlo y casi de inmediato se sintió como una idiota. Por supuesto que la idea de usar violencia parecía la única alternativa que tenían, pero no dejaba de incomodarla. Además, estaba el hecho de que ella misma la había utilizado.

En menos de veinticuatro horas había pasado de ser miembro de la Orden a un sacrificio, a ser una traidora y, por último, a transformarse en una asesina.

—¿Y cómo detenemos a una mujer dispuesta a degollar al presidente del Consejo a plena luz del día? ¿Solicitamos una embajada de buena voluntad para llegar a un acuerdo con ella?

Medea la miró, perpleja y algo dolida por su actitud.

—Entonces siento decirte que tendremos que hacerlo por la fuerza, ya habrá tiempo de convertirnos en pacifistas —le dijo a la vez que introducía la mano entre las plantas—. Siempre has querido hacer algo; esta es tu oportunidad, Medea.

—Pero no podemos entrar y matar a alguien.

—Por supuesto que podemos y lo haremos —replicó Kaia con actitud severa—. Olvídate de tu revolución y de tus ansias de cambiar el mundo. Estamos en una situación desesperada y tendremos que actuar en consecuencia a la situación que vivimos. El alma guarda secretos que nosotras no alcanzamos a comprender, pero algo sí te puedo decir y es que esa mujer no merece ni un ápice de nuestra consideración. ¿Cuento contigo?

Tras un breve instante de duda, Medea asintió.

Con una exhalación de alivio, Kaia sacó de una de las macetas un llavero plateado del que colgaban tres llaves diminutas.

—Esta entrada da del cuarto de limpieza lateral al despacho de Kristo —le explicó señalando la puerta roja con ornamentos diminutos en torno a la cerradura—. Vamos a buscar a Myles y luego a detener a esa mujer. Te pondremos al día de todo lo que hemos estado haciendo, pero lo primero es entrar, ¿de acuerdo?

No se entretuvo en esperar respuestas. Metió la llave y cuando escucharon el *clic* metálico, Kaia empujó y llegaron a un cuarto pequeño y oscuro en el que persistía un potente olor a detergente.

Sus amigas se reunieron al otro lado y a Medea le costó un poco dar el paso que la conducía a esa decisión. No podía evitar pensar que le tocaba enfrentarse al hecho de que, tras su traición, tenía que encarar la situación y asumir las consecuencias delante de los demás. La avergonzaba reconocer su culpa en todo lo que estaba ocurriendo, y a pesar de que la verdad pugnaba por salir de sus labios, la cobardía amedrentó sus fuerzas y no se vio capaz de decirle a Kaia que la muerte de Kristo era su responsabilidad, que ella le había dado a Olympia todo lo que necesitaba saber para llegar hasta allí.

Intentó no pensar en ello mientras seguía a Kaia y a Ariadne hasta la puerta que colindaba con la oficina de Kristo. Una mezcla de nerviosismo se adueñó de su cuerpo y Medea se obligó a permanecer callada, silenciosa como un ratón. Se apegaría al plan de Kaia; tal vez, si las cosas resultaban bien, podría redimirse de sus acciones. Al menos eso esperaba.

69
Kaia

El sonido de las voces recorría los pasillos envueltos en la más sombría de las tinieblas. Cientos de líneas de magia arcana se extendían sobre el suelo de mármol y titilaban bajo las pisadas de Kaia, que luchaba por ignorarlas.

—¿Sabes hacia dónde vamos? —preguntó Ari por tercera vez en voz baja.

—Hay que seguir este pasillo y bajar unas escaleras que dan a las oficinas generales —dijo en voz baja—. Supongo que Myles estará allí.

Ari se apresuró a asentir y siguió caminando a su lado con la respiración entrecortada. Lo que Kaia no le decía era que no estaba muy segura de que su hermano se estuviese escondiendo abajo; si ella estuviese en el edificio habría optado por la última planta.

Medea había estado callada desde que se adentraron en el cuarto de servicio y Ari se apresuró a narrarle los acontecimientos y a explicarle la revelación de las diosas. La actitud taciturna de Medea no era habitual, y aunque a Kaia le impacientaba ese silencio en el que parecía encontrarse, decidió no asediarla con preguntas. Ya tendría tiempo para ello.

—Kaia —musitó Ari deteniéndose junto a una de las estatuas que flanqueaban el pasillo alargado—. Vosotras dos podéis esperarme aquí si queréis, con que me digáis cómo llegar ya me las apaño yo sola para buscar a mi hermano. —Lanzó una mirada nerviosa a su espalda y continuó mordiéndose las uñas—. Medea está muy débil y creo que no sería bueno que enfrentase algo peor.

—No —replicó Kaia sin dejar tiempo a que Medea también protestara—. Estamos juntas en esto, ¿verdad? Pues vamos las tres; si más adelante tenemos que separarnos así lo haremos, pero de momento no irás sola.

Con un suspiro de alivio, Ari asintió y se limitó a trazar una sonrisa agradecida.

—Por aquí —susurró Kaia tomando una nueva dirección hacia la parte oeste del edificio—. Tened cuidado.

Apretó los dedos en torno a la daga y tras comprobar que Medea y Ari la seguían, abrió la puerta que daba a las dependencias de la secretaría. Ni un alma rondaba aquella sala octogonal iluminada débilmente por la única lámpara encendida junto a la puerta. Kaia observó los escritorios vacíos y una pizca de aprensión la obligó a apretar el paso deseando dejar atrás la sensación de abandono.

Se abrieron camino a través de las galerías que componían el edificio de cuatro plantas. No era demasiado difícil ubicarse a pesar de la falta de luz; Kaia se dejaba guiar por su instinto y los recuerdos que tenía del lugar. Entonces alcanzaron la sala de reuniones y un par de voces flotaron hasta ellas haciendo que Kaia se detuviera en el acto. El ruido estaba amortiguado por murmullos nerviosos que se plegaban y se confundían con los gritos de afuera.

La mano de Kaia señaló la escalera y, con la daga preparada, bajó seguida de los pasos de Ariadne y de Medea. Tal y como imaginaba, las oficinas generales de la planta inferior se encontraban atestadas por una docena de personas que se escondían del caos de la Orden.

—¿Ariadne? —dijo una voz conocida por encima de las conversaciones apagadas. El rostro de Myles sobresalió entre los otros con una expresión de evidente estupor.

Su hermana respondió al llamado y corrió a encontrarse con un Myles de aspecto desaliñado que no se inmutó ante la respuesta cálida de Ari. Kaia notó que el rostro de Myles estaba tenso y quiso atribuirlo a la idea de ver a su hermana rodeada de peligro.

—¿No estabas trabajando en casa de Kassia?

—Sí —respondió Ari titubeando—. Pero hemos visto todo lo que ha ocurrido y yo estaba preocupada por ti y por mamá.

Myles se pasó una mano por el pelo y dirigió una mirada nerviosa al resto de los trabajadores, que no paraban de intercambiar susurros nerviosos.

—No os preocupéis, es mi hermana y estas… —dudó antes de continuar— son sus amigas.

Esbozó una sonrisa cargada de tirantez y tomó el brazo de Ari para apartarla hasta una esquina en la que se reunió con Medea y con Kaia.

—¿Cómo habéis entrado? —preguntó, pero antes de que alguna de ellas pudiese responder, se fijó en Medea y una sombra le nubló el rostro—. ¿No pertenecías a la Orden?

Medea se tensó y sus labios se apretaron en una línea recta.

—¿Y tú cómo sabes eso? —inquirió Kaia ladeando el rostro.

—Bueno, los rumores corren como la pólvora —se justificó.

—¿Dónde está Olympia?

Myles dudó y sus ojos se fijaron en la escalera por la que ellas habían bajado hacía tan solo unos instantes. En ese momento, dos mujeres ataviadas con largas túnicas blancas aparecieron y se quedaron custodiando la entrada. Una era alta con el pelo negro a la altura de la barbilla y la otra muy bajita con el pelo cortado al cero, lo que dejaba a la vista dos tatuajes alargados que le rodeaban el cráneo.

—¿Quiénes son estas? —dijo la del pelo negro al fijarse en las recién llegadas.

—Mi hermana y sus dos amigas —replicó él con una autoridad que desconcertó a Kaia.

Las dos mujeres descendieron con aire sereno hasta llegar a las oficinas y un escalofrío recorrió la espalda de Kaia alertándola con un mal presentimiento. Sus ojos se fijaron en las líneas arcanas que titilaban a su alrededor y se plegaban bajo ella con una tentativa llamada.

Medea se revolvió nerviosa a su lado y todo pasó en un abrir y cerrar de ojos.

La mujer de pelo negro se arrojó sobre Medea y Kaia tuvo que reaccionar invocando dos sombras alargadas que arrojó sobre la atacante. Una ráfaga violenta pasó silbando por encima de su cabeza y apenas consiguió esquivar un golpe seco que derribó a Ari contra la pared.

Una sombra violenta arremetió contra ella, aunque pudo plantar los pies en el suelo para esquivarla con un hilo negro que acabó por convertir en polvo la invocación de la mujer.

La espalda de Kaia aterrizó contra la pared. Una sombra alargada la había golpeado y no hubo movimiento posible capaz de eludirla.

Los ojos vacíos de la mujer la miraban impasibles.

Los hilos arcanos se tensaron a su alrededor. La fuerza violenta de la magia sacudió sus vértebras y Kaia se obligó a levantar el mentón. Recuperó el equilibrio de inmediato y elevó la daga con una presión muda en la garganta. La mujer de pelo rapado hizo crujir los nudillos y chasqueó los labios arrojándose sobre ella.

—¿Qué rayos…? —maldijo Kaia y se apartó al escuchar el grito de Ari.

Dos sombras oscuras gotearon sobre el suelo y lo cubrieron con la más absoluta negrura. Kaia ahogó una maldición y giró el cuello para encontrarse con el rostro de Ariadne acartonado por la incertidumbre. La mano derecha de Myles se cerraba en torno a un gran cuchillo con el que presionaba la garganta de Medea.

—La quieren a ella —dijo Myles mirando a las dos mujeres—. Os la daré bajo la condición de que nos dejéis escapar de aquí.

La mujer de pelo negro escupió al suelo y asintió con un destello oscuro en los ojos.

—Ni se te ocurra.

La amenaza provenía de la garganta de Ari, que por primera vez en su vida osaba desafiar a su hermano.

—Lo siento —dijo Myles al tiempo que apretaba más el cuchillo y cruzaba la estancia para subir las escaleras—. Podéis marcharos, me aseguraré de acabar con esto.

70
Ariadne

Ari no podía moverse.

Sus pies estaban anclados al suelo de mármol y sus músculos se hallaban tensos. Se quedó petrificada viendo cómo Myles se marchaba con Medea como rehén.

Había levantado la voz en contra de su hermano por primera vez en su vida. Había desafiado esa autoridad que parecía adquirida por el simple hecho de haber nacido antes que ella.

Sacudió la cabeza, confundida.

Echó una mirada rápida al lugar. Una decena de rostros impávidos las observaban detrás de los paneles de papel fino que separaban los escritorios en pequeños cubículos cuadrados. Algunos estaban rotos, incluso un par de sillas se habían volcado sobre la alfombra de terciopelo azul.

Kaia levantó una ceja y frunció los labios, pensativa.

—Podría decirse que tu hermano no quiere que estemos aquí —gruñó Kaia, mientras se movía hacia una de las ventanas.

La luz afiló sus ojos y Ari temió que su amiga tuviese razón. No respondió; se abrazó las costillas deseando desaparecer de ese mundo hostil en el que se encontraba. Estaba sobrepasada por la situación, había visto gente muerta, gente que luchaba por abrirse paso hacia el poder. ¿Qué impulsaba a otros a engendrar esa violencia?

Kaia se movió hacia las personas que aguardaban sin abrir sus bocas.

—¿Vais a salir de aquí? Cualquier lugar en el edificio es mejor para esconderos que este.

Una mujer mayor hizo un mohín y no se lo pensó antes de marcharse escaleras arriba y desaparecer. Dos hombres le siguieron el paso y ni se dignaron a mirarlas cuando desfilaron delante de ellas.

—¿Y vosotras?

Ari dirigió una mirada rápida a las dos chicas que quedaban de pie junto a uno de los escritorios.

—No nos vamos a ir —respondió la más alta de las dos. Tenía los ojos alargados de un negro intenso a juego con su cabello castaño—. No es que yo sea muy buena luchando ni invocando sombras, pero no me voy a ocultar.

La mujer alzó la barbilla y Ari atisbó un resquicio de orgullo.

—De acuerdo —replicó Kaia y pasó la vista al otro extremo de las oficinas. Una escalera adosada junto al ascensor en la que hasta entonces no había reparado—. Lleva al segundo piso, ¿verdad?

La chica asintió.

—Bien, si queréis podemos ir juntas. Tenemos que detener a esa mujer, Olympia.

Las dos chicas intercambiaron una mirada breve.

—La hemos visto entrar al edificio, es la que está al mando —dijo la joven que hasta entonces no había abierto la boca—. Soy Antea y ella es Uxia.

Ari y Kaia se presentaron con escasa formalidad y tras acordar que subirían e intentarían atacar a Olympia, Kaia se giró hacia Ari con gesto grave y preguntó:

—¿Por qué tu hermano ha hecho eso?

Ari no se inmutó, ni siquiera miró a Kaia; no tenía ninguna respuesta y ella se estaba haciendo la misma pregunta. Pero para saber la verdad, era Myles el que tenía que hablar, no ella. Con una mano se deshizo del abrigo y lo dejó caer al suelo.

—Van a la sala de conferencias —musitó Uxia mientras Kaia vigilaba la escalera—. Es en la última planta, supongo que la tendrán vigilada. Toda la Orden se agolpó allí al entrar al edificio.

—Myles está trabajando con ellas —soltó Antea con un destello de vergüenza.

La confesión golpeó a Ari.

—Ha estado hablando con Olympia y es al único del Consejo al que no han encerrado con los demás miembros —siguió Antea—. Han dicho que los asesinarían a todos, supongo que después vendrán a por nosotros.

Kaia no respondió, no de inmediato. En lugar de eso, se arrodilló junto Ari, que luchaba por no enloquecer ante la mentira tan grande que aquella chica acababa de soltar.

—Ari, tenemos que subir y comprobar si es verdad.

—Por supuesto que no lo es —replicó, histérica y muy confundida—. Mi hermano no ha colaborado con la Orden en ningún momento, es escritor y trabaja para Kristo… eso sería una traición.

La voz le falló y en un ataque de rabia apretó las manos en dos puños hasta que le hormiguearon los dedos. Una sensación extraña y desconocida se adueñó de sus pensamientos. Era desagradable y nunca antes había sentido tanta rabia como en ese momento.

No, era algo más potente que la rabia. Estaba sudando, y no se había dado cuenta, pero también temblaba.

—Vamos a subir y os demostraré que Myles no tiene nada que ver con esto —refunfuñó, poniéndose en pie y limpiándose las lágrimas que le resbalaban por las mejillas.

—Necesitaremos ayuda —explicó Kaia.

—Cuenta con nosotras —dijo Antea dando un paso al frente.

71
Medea

Medea subió las escaleras con una mezcla de terror y angustia que le arañaba las entrañas. La mano de Myles le sostuvo el brazo hasta que alcanzaron el pequeño salón de paredes blancas adornadas con los retratos de los fundadores de Cyrene.

Había un aire de misterio y tensión en aquella habitación que parecía contener todos los años de la ciudad en las pinturas y en los adornos que lucían encima de la chimenea. En el centro se desplegaba una mesa redonda de madera negra sobre la que se apilaban un cenicero y un juego de tazas humeantes. Al fondo, junto a la chimenea, una mujer de cabello plateado se giró con una sonrisa cauta en los labios y fue entonces cuando los ojos de Medea se fijaron en la patrulla policial de su padre.

Talos y sus hombres habían sido atados en seis sillas paralelas a la puerta del balcón en el que habían acabado con la vida de Kristo.

—Medea, eres tan escurridiza —dijo Olympia con aquella voz melodiosa que podía romper el mundo—. Pero dicen que la tercera es la vencida y aquí estamos.

La opulencia de Olympia hizo que Medea se sofocara y se sintiera insignificante, atrapada como un ratón.

—Myles, puedes retirarte —dijo Olympia, e hizo un gesto a las dos mujeres que los habían escoltado hasta la sala.

—Dijiste que liberarías a los demás.

Myles no parecía muy convencido y Medea notó que las fuerzas le flaqueaban cuando los ojos de Olympia lo estudiaron con actitud crítica.

—Y lo haré, a su debido tiempo.

Una ceja se alzó en el rostro de Myles, que bajó la vista avergonzado y se marchó con las mujeres cerrando la puerta a su espalda.

—Bien, ya que estamos aquí podemos tomar el té a gusto —dijo Olympia con una sonrisa afilada en los labios—. Me complace el olor a miedo que se respira a esta hora de la tarde.

Medea se resistió clavando los pies en la alfombra. Arrojó una mirada a su padre, cuyo rostro permanecía vacío e inexpugnable. No parecía estar siendo él mismo, ni siquiera parecía consciente de lo que ocurría.

—No se lo tengas en cuenta —dijo la mujer al ver la preocupación de Medea—. Hablaba demasiado y me sentía agotada de escuchar sus amenazas. No te imaginas las maravillas que puedes hacer con magia arcana. Lo he controlado gracias a los aesir y ahora se halla en una plácida pesadilla en la que se repite la muerte de Kristo una y otra vez.

La oscuridad en el rostro de Olympia se acentuó. Hizo un movimiento con el cuchillo que sostenía en la mano y una fuerza invisible movió el cuerpo de Medea hasta la mesa obligándola a tomar asiento en una de las poltronas. Cuando se liberó del influjo, una pesadez cayó sobre sus hombros haciéndola sentirse miserable.

—Ahora un poquito de té —susurró, y una de las maestras que permanecían junto a la ventana acercó la tetera hasta la taza y vertió el líquido marrón hasta llenarla—. Bebe, por favor —pidió Olympia disfrazando la orden con amabilidad—. Gracias, Antioca.

La mujer hizo una pequeña reverencia y volvió a colocarse junto a la ventana. Las manos de Medea temblaron al sostener la taza de porcelana y se esforzó por dar un pequeño sorbo. Quería evitar a toda costa que Olympia volviese a controlar su cuerpo. No sabía cómo lo hacía, pero se resistía a ceder a su control.

—Mátame de una vez y acaba con esto —pidió con los párpados apretados.

Los ojos de Olympia vagaron por el rostro de Talos y luego se fijaron en ella. Cerró los dedos alrededor de la taza y olfateó el borde con un gesto de placer en los labios rectos.

—Pero si nos queda una larga negociación por delante. Tu padre tiene que retirar a sus fuerzas, empiezan a concentrarse en las afueras de la plaza y quiero llegar a un pacto con él. Su fidelidad a cambio de tu vida.

Olympia parpadeó, complacida y orgullosa de sí misma.

—¿Realmente crees que renunciaría a todo por una hija traidora?

—Ese es el plan. No me gustaría tener que torturar a su hija para convencerlo. Pero créeme que lo haré —dijo detrás de la taza.

Y Medea le creía, por supuesto. Tal vez un par de días atrás se hubiese negado a albergar un pensamiento en contra de su mentora. Pero había corrido sangre y la muerte venía a por ella, no le quedaba nada que perder.

—Van a venir a por ti, Olympia —musitó Medea apoyando los codos en la mesa—. Te sentenciarán, pero aún puedes dejar esto e irte.

Una risita gutural escapó de los labios de la mujer, que lanzó una mirada escéptica a las cinco maestras que vigilaban las ventanas. Todas le devolvieron la sonrisa y un mal presentimiento se adueñó de Medea.

—Controlo la magia arcana y a los aesir. Los invocadores no pueden hacer nada en mi contra.

—¿Cómo has conseguido dominar una magia muerta? Es imposible.

Se oyeron ruidos en el pasillo, el rechinar de unos pasos, pero nadie las interrumpió.

—Mis padres eran invocadores, pero yo no nací con la marca. Las diferencias sociales los obligaron a buscar a otra hija que pudiese heredar el don y, por supuesto, su fortuna. El destino no tardó demasiado en sonreírles y en regalarles dos preciosos hijos que se convirtieron en el motor de sus vidas.

»Fui apartada. Ni siquiera me permitieron asistir a la Academia porque cada familia cuenta con dos cupos que se hallaban reservados, por supuesto, para mis hermanos invocadores; las sombras les respondían y, a diferencia de mí, la magia garantizaba su estatus. Así que me marché de casa dispuesta a labrarme un futuro y a hacer que mis padres se arrepintieran de sus preferencias.

Olympia hizo una pausa y Medea entrevió una parte del dolor que sentía aquella mujer. Poco a poco, los fragmentos de su historia le fueron revelando una niñez a la sombra de todo, que la había llevado al odio, al resentimiento que ahora dominaba sus decisiones.

—Me uní a la Orden y desde un principio mi objetivo fue llegar a mover los hilos de la organización. Quería entrar en la política. Ya te imaginarás las complicaciones que conlleva lo de ser una persona común y corriente y tener ambiciones; por supuesto que mis posibilidades de triunfo eran nulas.

—¿Pretendes que sienta lástima? ¿Por ti?

Olympia bufó y puso los ojos en blanco antes de responder:

—No necesito la consideración de nadie. —Se reclinó en la poltrona y la luz del sol afiló los rasgos de su rostro—. Sé que entiendes las diferencias de clase en esta sociedad y que los que son como tú nos han denigrado de las maneras más desleales posibles.

—Yo no tomé la decisión de nacer como invocadora.

—Yo tampoco decidí nacer sin el don —interrumpió Olympia—. Y aquí estamos las dos. Descubrí que podía invocar la magia arcana si robaba la magia de alguien; acudí a las fuerzas ocultas, sacrifiqué vidas y lo conseguí.

Un escalofrío recorrió la espalda de Medea y el mal presentimiento que sentía aumentó.

—Asia, la hermana de tu amiga. Esa pobre chica fue el detonante. Gracias a ella todo lo que ambicionaba se convertiría en una realidad.

Una pequeña sonrisa de suficiencia se dibujó en los labios de Olympia.

—Y tú me ayudaste mucho, Medea.

El rostro se le desencajó y ella parpadeó, sorprendida.

—Sí, gracias a ti pude apoderarme del edificio, acabar con Kristo y capturar a tu padre —dijo Olympia al tiempo que se ponía en pie—. Ahora solo falta la joya de la corona.

La maestra alisó la tela de su túnica blanca y colocó en la palma de su mano un pequeño artefacto metálico de forma cuadrada. Medea nunca había visto nada parecido y, de no haber estado tan enfadada, se habría preguntado para qué servía aquel artilugio. Casi ni se dio cuenta de que emitía un pitido constante mientras una luz roja titilaba en la parte posterior. Una humareda ascendió hasta el techo y el pitido aumentó su intensidad.

—Ya viene —dijo Olympia con una sonrisa cargada de expectación.

72
Kaia

Usar su propia magia para combatir la arcana era, sin duda, un riesgo que Kaia no quería correr. Se preguntó cómo sería dominar una magia prohibida y controlarla sin ceder al poder, sin debilitarse hasta quedar al límite de sus fuerzas. Ella, desde luego, no lo sabía; se afanaba en descubrir una metodología clara que le permitiese dominar la magia, pero en lugar de conseguirlo, quedaba extenuada con una sed que no podía saciar de ninguna manera.

Lo primero que vio cuando pisó la última planta del edificio fue una galería alargada con las paredes oscuras y una puerta cerrada al final del pasillo. Nunca había pisado ese lugar y una mezcla de nerviosismo y ansiedad campaba en su cuerpo haciendo que el corazón le golpeara las costillas.

Intercambió una mirada de desconfianza con Ari, y tras un segundo de vacilación, continuó. Una capa de neblina flotaba junto a la puerta custodiada por dos estatuas de mármol gris.

Ari entrelazó los dedos con los suyos y Kaia se permitió sentir agradecimiento por el gesto. Con ojos discretos se fijó en que Ari parecía más asustada que nunca, con la expresión velada por el miedo y los labios compungidos en una línea recta. Deseaba acabar con aquello, deseaba la justicia que en los últimos meses el Consejo llevaba ignorando.

Sin decir nada, Kaia giró el pomo y entornó lentamente la puerta. Al otro lado las esperaban, tal y como ella había imaginado, Olympia y Medea.

—Bienvenidas —soltó la mujer—. Hace rato que os esperaba, aunque no estaba del todo convencida de que quisierais rescatar a una vil traidora como Medea.

Kaia se percató de que el rostro de su amiga se crispaba y se preguntó a qué estaría haciendo referencia la mujer. Decidió no picar el anzuelo. Caminó hasta adentrarse en la habitación y quedó frente a la mesa, con la presencia silenciosa de Antea y Uxia a su espalda.

—Suelta a Medea y puede que tengas alguna oportunidad de salir por la puerta.

No apartó los ojos de la figura de Olympia. Quería intimidar a la maestra, pero de alguna manera le pareció que la amenaza se quedaba a medio camino entre una propuesta y una súplica desesperada. El hilo de vida de Olympia vibró dentro de su pecho con un destello dorado.

—Los estás controlando —musitó Kaia casi para sí misma al fijarse en los rostros apagados de los policías.

Los ojos oscuros de Olympia brillaron y en ese momento soltó el brazo de Medea, que se dejó caer sobre la alfombra.

—¿No sabes hacerlo?

La pregunta la tomó por sorpresa. No, Kaia no sabía controlar a las personas. Podía percibir la magia arcana y ver los hilos de vida. Podía cortarles la respiración, hacer crujir sus huesos hasta romperlos, incluso era capaz de detener la sangre dentro de sus venas.

—Ya veo que no. —Olympia esbozó una amplia sonrisa—. Eres demasiado joven y yo llevo toda una vida investigando y aprendiendo sobre los distintos vínculos con la magia. La magia arcana se encuentra en desuso, es cierto, pero existen tantas fuentes que no está extinta como muchos se empeñan en creer.

Kaia apretó las manos en dos puños y contuvo la respiración sin quitarle los ojos de encima. Sentía una curiosidad genuina por aquella persona que podía controlar la misma magia que ella, aunque, para ser justos, no parecía que Olympia estuviese cediendo a su poder. No. Olympia gozaba de una lozanía que Kaia envidió enseguida.

—Eso es algo que tú y tu hermana sabían. —Olympia sonrió más al ver la reacción violenta en el rostro de Kaia—. Todos estos meses estuviste buscando una respuesta y aquí la tienes. Ante ti se encuentra la responsable de que tu hermanita muriera en el bosque esa noche.

Kaia la miró fijamente y, con un movimiento veloz, sacó la daga de su bolsillo. La mano de Ari le sostuvo la muñeca y fue lo único que pudo evitar que Kaia se arrojara sobre la mujer, que se dejó caer en la butaca con un gesto divertido en los labios.

—¿Por qué haces esto? ¿Quieres torturarla?

La voz salió a borbotones de la garganta de Medea, que yacía con la cabeza inclinada y el cabello ocultándole la mitad del rostro.

—En realidad, me gustaría ver sufrir a cualquier invocador sin distinción. Pero Kaia es muy pagada de sí misma y va tan orgullosa por la vida que casi olvida que es tan mortal como lo soy yo o como lo fue la adorable Asia. Yo hice que retaran a Asia a entrar al bosque, sus amigos la increparon y la criatura estaba tan desesperada por escapar de tu sombra que aceptó. Puede que no supiese lo que significaba, ni siquiera entendía cómo controlar los hilos.

»Pero tu abuela sí que sabe de esto. De magia arcana, del control de otros…

Esta vez no hubo fuerza capaz de detener la ira incendiaria. Kaia alzó la daga por encima de su cabeza y musitó unas palabras al tiempo que una sombra espesa emergía del filo del arma.

Un temblor hizo que el edificio se estremeciera cuando la sombra impactó contra la ventana haciéndola añicos. Olympia la esquivó sin problema y Ari reaccionó al momento para impulsarse junto a Medea. La influencia de Olympia sobre Talos y el resto de los policías pareció debilitarse. Todos parpadearon, confundidos, y enseguida se pusieron en pie.

Era la señal: un ataque precipitado que les diera tiempo a las dos para salir del edificio. Antea y Uxia se arrojarían para ayudar a los rehenes a escapar y Kaia se haría cargo de la situación.

—No vas a sacar a nadie de esta sala, te lo advierto —gritó Olympia por encima del bullicio.

Su rostro era una máscara de terror y odio.

Kaia se volvió e invocó dos sombras que arrojó sobre las maestras que aguardaban junto a la ventana. Las vio caer bajo su peso y someterse a la voluntad de las sombras.

En ese momento un aesir entró por la ventana y obedeció al llamado de Olympia, que sujetaba un hilo de plata entre los dedos. Kaia ladeó el rostro sin comprender lo que ocurría y la mujer tensó los dedos sobre el hilo haciendo que el demonio se precipitara sobre ellas.

Apenas tuvo tiempo de esquivarlo. Notó que algo se le clavaba en la pierna y alcanzó a ver un cuchillo que le sobresalía de la piel.

Kaia se agazapó, esquivó al demonio que volvía a arremeter contra ella y se fijó en los ojos oscuros de Olympia, que parecía convencida de su victoria.

Era una lucha desigual.

Olympia era rápida, letal.

Kaia jadeó y se inclinó hacia delante para sacarse el cuchillo de la pierna justo en el instante en el que Olympia se lanzaba como un rayo y con la daga curva impedía el siguiente movimiento de Kaia, que se detuvo. Un brillo feroz ardió en los ojos de la mujer y la joven aprovechó la situación para fijar los pies en el suelo y retroceder un paso al tiempo que empujaba el brazo de Olympia.

La maestra se tambaleó y Kaia sintió las pisadas revolverse a su alrededor. Solo esperaba que Medea y Ariadne hubiesen podido escapar, que se llevaran a Talos y a los demás policías, pero no tenía tiempo para comprobarlo. Olympia la empujó con un golpe de hombro y su daga quedó a escasos centímetros del cuello de Kaia, que frenó el movimiento con un brazo. Olympia hizo crujir los nudillos y la sala se tornó borrosa.

—Vas a reunirte con tu hermana y con tus padres —ladró Olympia con un tono grave.

Kaia guardó silencio. Se dio la vuelta y apretó el cuchillo contra la palma de su mano haciendo que el hilo de vida de Olympia retumbara violentamente a escasos centímetros de su mano. Lo acarició con sutileza y la maestra cayó de golpe sujetándose la garganta. Solo estaba impidiendo que el aire llegara a sus pulmones, lo haría el tiempo suficiente para que la mujer se debilitara y cediera ante ella.

—Salid de aquí —gritó y esperó a que Ari, Medea y los demás abandonaran el lugar. Notó ruidos, pasos, y antes de que Olympia pudiese moverse, Kaia cortó los hilos con los que controlaba a Talos y al resto de los policías.

El vínculo retumbó contra su cráneo y una marea de emociones sacudió el cuerpo de Kaia, que a duras penas consiguió mantener el equilibrio. El dolor se reflejó en el rostro de Olympia, sus párpados titilaron y Kaia hundió los dedos en el cuello, presionando el hilo manchado de sangre.

Muy bien, ahora solo tengo que buscar el vínculo de esta mujer con la energía arcana y destruirlo, eso servirá para impedir que controle a los aesir, se dijo sin quitar los ojos del rostro compungido de Olympia, que se esforzaba por recuperar el aire. Parecía a punto de decir algo, pero en lugar de ello, sus dedos se estremecieron y las maestras que quedaban en la sala se arrojaron hacia la puerta para desaparecer en medio de un coro de pasos y lamentos.

73

Ariadne

Las luces del pasillo fluctuaron débilmente antes de apagarse por completo. Ari dejó escapar un gritito de horror y Medea le sujetó la mano y empujó para que continuara corriendo. Todo el cuerpo de Ari temblaba bajo las leves ondulaciones del viento que sacudían el edificio del Consejo. Talos caminaba detrás de ellas y parecía ensimismado, tan confundido como el resto de sus compañeros.

—Hay que darnos prisa —apremió Uxia, que caminaba unos pasos por delante de ellas junto a Antea.

Medea asintió y Ari se apresuró retomando la marcha rápida. Como si pudiera leerles las mentes, se puso por delante de todos los demás.

Sentía los pasos de las maestras a su espalda, sentía la urgencia por salir del edificio cuanto antes. Ni siquiera pensó en Myles, no tenía tiempo para ahondar en el dolor que le producía su traición. Tampoco pensaba en Julian o en Kaia. No. Ari estaba concentrada en vivir lo suficiente como para volver a ver otro día.

Por eso no miró atrás. Contuvo el miedo en su garganta y respiró por la boca en un vano intento por controlar el ritmo frenético de su corazón. No se podía creer lo que estaba ocurriendo, no podía siquiera ordenar los acontecimientos con lógica por lo que le parecía demasiado confuso el rumbo que estaba tomando la situación. Medea le apretó la mano y Ari notó que la aprensión se le enroscaba en la garganta. La facilidad con la que Olympia controlaba a las personas, a los demonios, se le antojaba un tipo de poder desorbitado y no quería admitirlo, pero le aterraba.

Por suerte, las dudas dieron tregua al grupo y Talos abrió una puerta al final del pasillo que daba a las escaleras de emergencia. La escasa luz proveniente de las lámparas blancas que colgaban del techo sirvió para iluminar el camino de bajada. Ari saltó los escalones de dos en dos sin soltar la mano de Medea.

—Abrid —musitó Talos con voz dura cuando llegaron a la planta baja.

Medea empujó con fuerza, pero los goznes no cedieron al impulso. Al ver que no se movía ni un ápice, Talos guardó la daga que empuñaba en ese momento y se apresuró a comprobar por sí mismo que la puerta estaba atrancada.

—Hay algo del otro lado bloqueándola; ni una llave de sombras podría abrirla. Tenemos que ir hacia la otra puerta.

Escucharon con preocupación la advertencia y no dudaron en volver a subir. Eran un grupo de lo más variopinto. Talos con tres oficiales de policía; una chica y dos chicos que parecían apenas mayores que ella. Además, estaban Antea y Uxia, quienes no habían abierto demasiado la boca y cuya presencia resultaba un poco inquietante para Ari.

Ella los siguió, a duras penas podía subir los escalones y le sobrevino una oleada de alivio cuando llegaron a la primera planta.

—¿Por dónde? —preguntó Medea echando un vistazo a la sala de proyecciones en la que se encontraban. A cada lado había una serie de ventanas con las cortinas echadas, también una pantalla alargada y una serie de sillas dispuestas en varias hileras.

Talos se detuvo en el medio de la sala y dudó. Ari agradeció ese breve instante de descanso; le sudaban las piernas y se hallaba agotada tras los acontecimientos de los últimos días. Necesitaba un respiro, no solo de la actividad física, también de sus emociones.

Ojalá tuviera un botón de apagado para los sentimientos, pensó con tristeza mientras se dejaba caer en una de las sillas. Estaba abrumada y sus pensamientos no hacían más que incrementar la incisiva sensación de malestar que dominaba su cuerpo.

Contempló la sala y dejó escapar un largo suspiro.

En ese momento, una explosión rompió las ventanas. Cientos de esquirlas afiladas cayeron sobre su cabeza mientras el estruendo estremecía el edificio.

Ariadne se agachó. Notó los movimientos apresurados de Talos, que levantaba la daga preparado para reaccionar, pero el ataque no venía de las maestras, ni siquiera del interior del pasillo. Aquel ataque provenía del exterior.

—Están disparando —se quejó Talos pegando la espalda contra la pared.

Otro estallido de oscuridad pasó silbando e impactó en las paredes, en las lámparas que colgaban del techo. Un chispazo saltó por los aires y Uxia tuvo que esconderse cerca de la puerta que daba a las escaleras. Medea se precipitó al otro pasillo que colindaba con la sala y Ari la siguió; se dejó caer a su lado, procurando mantener una distancia prudente respecto de las ventanas.

Unos minutos después apareció el resto de los integrantes del peculiar grupo. Talos soltó una maldición, en una mano sostenía la daga y en la otra un revólver plateado que hizo que Ari se pusiese nerviosa. Entre las dagas, que ya de por sí desataban su ansiedad, y los revólveres o pistolas, se quedaba con el primer grupo. Las sombras al menos no eran traicioneras; las armas de explosión, sí.

—Se les ocurre defender el edificio justo cuando lo tenemos controlado —musitó Talos con el rostro ensombrecido.

—En realidad lo tiene controlado Kaia —le recordó Uxia haciendo que Talos arrugara el entrecejo—. Y afuera no lo saben.

Una nube de balas resonó por encima de sus cabezas, los cuadros del pasillo salieron volando convertidos en diminutas astillas.

—Salid de aquí —rugió Talos por encima de las explosiones—. A la izquierda.

Ari fue la primera en rodar con el corazón cabalgándole dentro del pecho. Talos levantó la daga y creó una burbuja de oscuridad que absorbió las balas. Se abalanzó hacia delante y cuando rodeó el área de los ascensores para bajar por las escaleras principales, tres maestras de la Orden aparecieron en el extremo norte del pasillo.

—Magnífico —mascullÓ Medea con el rostro crispado de horror—. Nunca saldremos de este maldito edificio.

—Tened cuidado —advirtió Talos sin quitar los ojos de encima de las mujeres.

—Ari, quédate detrás de mí —gruñó Medea.

No alcanzó a moverse; adivinando que Ari se escondería, una de las maestras atacó con un báculo dorado que rebotó sobre la pared más cercana a Medea. Ariadne se encogió y no tuvo tiempo de reaccionar.

Talos y los policías emprendieron un ataque que ella no pudo seguir. Contuvo el aire y se arrojó a la izquierda siseando de dolor. Una esquirla afilada pasó silbando por encima de su cabeza y se clavó en el marco de la puerta por la que ella acababa de entrar.

El aire vibró con violencia y Ari dirigió su atención a la mujer de la Orden.

Tenía la túnica hecha jirones y el cabello enmarañado le caía sobre la frente afilando los rasgos de un rostro cetrino. Hizo estallar la claraboya del techo y Ari se refugió en una esquina cubriéndose la cabeza con los brazos. La desesperación impactó contra su cuerpo y, por un breve instante, no fue capaz de moverse, ni siquiera de pensar. Ella no sabía luchar y, en silencio, lamentó haber seguido a Kaia hasta el maldito Consejo pensando que Myles la necesitaría.

El pensamiento le produjo amargura, pero no pudo refugiarse en la sensación porque, en ese momento, otra esquirla de plata pasó a centímetros de su rostro; ella se agachó y rodó para quedar a varios metros de distancia de Medea.

Una explosión de luz la cegó y Ari saltó hacia atrás apoyando la rodilla en el suelo para tomar impulso. Sus pies resbalaron y cayó de espaldas.

Medea estaba en problemas. Escuchaba su forcejeo, su intento por liberarse de la mujer que la aprisionaba.

Una nube de humo cayó sobre Medea. Su amiga se debatió contra la mujer que la mantenía contra la pared y Ari deseó que alguien acudiera en su auxilio. Sumamente nerviosa, vio cómo la maestra se acercaba a Medea con un brillo de codicia en los ojos. Ari miró sus manos vacías, carentes de magia, y se maldijo en voz baja por ser tan inútil.

Lo único que hago es leer libros. No sé defenderme y mucho menos pelear, pensó con desesperación. Los libros no servían para ganar batallas.

A menos que utilizase el conocimiento aprendido para algo útil.

Chasqueó la lengua y se levantó con una nueva idea.

—Déjala en paz —gritó con un arrebato de ira.

La maestra ladeó el rostro casi tan sorprendida como ella misma. Cuando sus ojos se encontraron, Ari maldijo aquella extraña valentía que de pronto la hacía actuar como una estúpida.

Notó que Medea se revolvía y la maestra dejó caer toda su atención en Ariadne. Sus piernas reaccionaron antes que su cabeza y, casi por impulso, Ari echó a correr al otro lado del salón. Intentó alejarse de la baranda desde donde alcanzaba a ver la lucha que se estaba desatando abajo. Talos blandía la daga mientras Uxia se acercaba peligrosamente hacia la puerta. Sabía que necesitaban ayuda y la única manera de conseguirla era abriendo esa maldita puerta.

Escuchó el crujido de los cristales y algo violento se rompió cerca de ella atrayendo su atención hacia la maestra que estaba a escasos metros de Ari. Tenía los brazos salpicados de cortes superficiales y el pelo manchado de polvo.

—Por las diosas —maldijo en voz baja y giró sobre sus talones para encarar a la maestra. Sus rasgos fríos se difuminaban bajo las sombras del atardecer, que parecían cernirse sobre ellas.

Ari tragó saliva con la conciencia repentinamente tranquila.

—Eres un poco esquiva —musitó la mujer pasándose la lengua por los labios.

La mujer enfocó su mirada en ella y todos los huesos de Ari temblaron. Una fracción de segundo antes de que se agazapara, la joven captó un destello naranja que pendía de su cuello, un fulgor que le recordaba a las perlas lunares que utilizaban los invocadores en sus dagas.

La verdad la golpeó como un mazo. Aquellas mujeres estaban robando la magia mediante un vínculo de consanguinidad, a través de los cristales. No tuvo tiempo a reflexionar sobre su hallazgo; la mujer se impulsó hacia delante con los cuchillos en alto y Ari apenas pudo esquivarla.

Con el segundo impulso de la mujer no tuvo demasiada suerte. El golpe arrojó a Ari por los aires y aterrizó de espaldas en el piso de abajo. Chocó contra la superficie dura y las gafas se le cayeron del rostro convirtiendo el mundo en un manchón borroso. Se dejó guiar por los gritos y forcejeos que resonaban en su entorno, ya que sin las gafas no podía ver casi nada.

Se puso en pie con enorme dificultad, mareada y ensangrentada. Tenía un corte largo en el brazo izquierdo y la cabeza le daba vueltas.

Esto es una locura, vamos a morir antes de que la policía consiga entrar al edificio, pensó al tiempo que se sacudía el polvo de la ropa. Le dolía la cabeza y le escocían las heridas, por no mencionar que notaba los sentidos embotados. Supo que sus probabilidades de salir de allí eran más bien escasas, y aunque apenas podía ver algo sin las gafas, se hacía una idea de la pelea que se estaba librando a su alrededor.

—Ari, cuidado —gritó Medea en algún lugar antes de que una sacudida violenta la hiciera tambalearse. No necesitó ver para saber que la puerta del edificio había caído y que una docena de aesir estaba entrando a trompicones para acabar lo que Olympia había empezado meses atrás.

74
Kaia

Toda la sala se agitó cuando el aire se convirtió en un leve soplido hasta desaparecer. Olympia cayó boca abajo con el rostro morado y los ojos anegados en lágrimas. Solo entonces, Kaia relajó las manos y la energía poco a poco se diluyó por su cuerpo. En lugar de la sensación de poder y violencia, la invadió una pena alarmante que mermaba sus fuerzas.

La magia arcana era un torrente de vigor que infundía el deseo de borrar los límites del mundo y establecer un nuevo orden. Kaia miró sus manos completamente negras, diminutas grietas oscuras comenzaban a serpentear por sus muñecas; la magia que vivía bajo su piel reptaba hasta lo más hondo de su ser, consumiéndola. Se llevó una mano a la nariz y comprobó que sangraba, densas gotas que le resbalaban por los labios y le salpicaban el mentón.

Olympia soltó una carcajada al ver su expresión cansada, preocupada. Estaba arrodillada en el suelo, la cabeza le colgaba a un lado del cuello y un hilo rojo le manchaba la barbilla.

—Te va a matar —escupió—. La magia acabará contigo con tanta rapidez como lo hizo con los magos arcanos. Enloquecerás como Tarbeón el Grande.

Kaia tragó saliva y bajó la vista, preocupada. La leyenda de Tarbeón la perseguía en sus pesadillas desde que había descubierto que podía invocar magia arcana; un antiguo rey consumido por los hilos de vida, que había enloquecido a temprana edad condenando a toda su familia.

Sin molestarse en responder, Kaia tamborileó con los dedos sobre la superficie de madera mientras replegaba sus pensamientos al fondo de su cabeza. La atmósfera de la sala se le antojó agobiante y, disimulando su angustia, se movió hacia la ventana y tiró del cristal para respirar el aire frío.

Los ojos derrotados de Olympia la observaban impasibles.

—Te consume. Sé lo que se siente, sé lo rápido que tu voluntad flaquea bajo el poder que late en cada fibra de tu cuerpo —dijo con voz nasal—. Quieres controlar la magia, las pulsaciones. Pero estas te controlan a ti.

Kaia sintió cómo la rabia de verse expuesta tensaba sus músculos.

—No eres una invocadora —sentenció Kaia con una sombra de curiosidad en el rostro. La piel de Olympia lucía opaca y diminutas líneas negras le surcaban el rostro. Parecía a punto de romperse, tan frágil como un trozo de papel bajo la tormenta—. ¿Cómo puedes controlar a la magia?

La respuesta se ahogó bajo un ataque de tos que hizo que el cuerpo de Olympia vibrara a punto de romperse.

—Llámalo «mala suerte» si quieres, pero tú y tu hermana fuisteis maldecidas con un don que hacía más de un siglo que nadie poseía —soltó Olympia con las manos aferradas a la mesa. Le costaba mantenerse en pie y cada esfuerzo por hablar parecía pesarle. El hilo en su pecho resplandecía, se tensaba y los bordes se volvían opacos, casi traslúcidos—. Yo la vi la noche que entró al bosque, escuché sus lamentos. Y escuché su corazón detenerse, la muerte caminaba a su lado…

Algo en el pecho de Kaia se rompió. Algo profundo que ni siquiera sabía que guardaba en lo más oscuro de su interior. La rabia le arañó los hombros.

—¿Cómo robaste su poder?

Kaia lo había deducido en cuanto había mencionado a Asia, pero hasta entonces no había reunido la voluntad para preguntárselo. Olympia dudó y sus ojos planearon hacia el rostro de Kaia. La voz le tembló al confesar:

—Hice un vínculo sanguíneo con ella, gracias a su daga; solo necesité eso y su sangre para mantenerlos atados a mis órdenes.

La confesión fue como una bofetada. Un vínculo sanguíneo, un vínculo con el que aquella mujer despreciable robó la esencia de su hermana para utilizarla y adueñarse de la ciudad. Una arcada sacudió a Kaia, cuya mente buscaba cualquier información que hubiera archivado sobre los vínculos. En Ystaria no se permitían los vínculos. El coste era demasiado elevado y las dos partes cedían un fragmento de su alma, de su existencia. Pero Olympia no tenía nada que perder y esa parecía la razón por la que se había aprovechado de su hermana.

A Kaia se le enredaron las palabras y, en lugar de decir algo, entrevió las débiles pulsaciones arcanas que vibraban a su alrededor haciéndose tenues.

Apretó la daga y deslizó el filo por la palma de su mano haciendo un corte pequeño. La sangre brotó y las pulsaciones arcanas ardieron con fervor a su alrededor. Se hincharon bajo su piel y Kaia concentró los ojos en el cuerpo de Olympia mientras la sangre goteaba entre sus dedos. Sintió la presión en sus propios pulmones cuando el aire escapó de la garganta de Olympia.

La maestra se llevó las manos al cuello con desesperación mientras un brillo malicioso iluminaba el rostro de Kaia. El recuerdo de Asia era suficiente para atizar el odio que ardía en su interior. Su hermana era lo que ella más había querido en esa vida, y sin Asia, el mundo le importaba poco o nada. Aquella mujer le había arrebatado el futuro, la ilusión, y dejaba en Kaia un odio que prometía arrasar con todo si con ello pagaban los culpables.

El deleite aumentó cuando Olympia dejó escapar un alarido. Kaia quería llevarlo a más, quería que sufriera tanto como ella, quería destrozarla por dentro. Pero un coro de balas rasgó el aire haciéndola perder la concentración y Olympia cayó como un yunque sobre la alfombra.

La realidad la sacudió. El sonido atronador de las voces rompió el silencio desconcentrando los sentidos de Kaia. Miró a través de la ventana y con horror comprobó que la policía estaba entrando al edificio.

—¿Crees que te tomarán por una heroína? Después de que la magia arcana destruyó el Consejo... Mira tus brazos, te consume como a mí. Estás perdiendo tu humanidad, aunque creo que hace mucho que esta se extinguió... lo hizo el día en el que te arrancaste el corazón para no tener que sentir dolor.

Kaia retrocedió y Olympia se incorporó con un esfuerzo enorme. En sus labios bailaba una sonrisa que aterrorizaba a la joven y era por una simple razón: Olympia estaba en lo cierto. Si la descubrían allí y comprobaban que podía invocar las energías arcanas, podía dar por terminada su historia. Kaia nunca sería la heroína, y cuando la ciudad supiese lo que podía hacer, la encerrarían como si la desgracia de los demonios fuese su responsabilidad.

—No me vas a matar —comentó la maestra; trataba de disuadirla, quería ganar tiempo, y pese a que Kaia leía sus intenciones, no podía dejar de pensar en las opciones que tenía—. La venganza no te devolverá a Asia, en lugar de eso puede quitarte tu futuro y a mí no me conviene morir. Puedes irte, ahora, y prometo dejarte la piedra que utilizaba para invocar la magia. Te devolveré la daga de tu hermana. Yo seré juzgada y encarcelada, un destino que seguramente cualquier otro quisiera evitar, pero en el fondo le temo a la muerte y no quiero que este sea mi final.

Kaia dudó. Parpadeó desconcertada y echó una mirada veloz al colgante que pendía de su cuello.

—Te lo han arrebatado todo como a mí, ojalá puedas encontrar las respuestas. El disco de June, yo tengo un fragmento, podemos encontrar el que falta, podemos conseguir que controles la magia. Lo logré gracias al *Arcanum*, los invocadores estáis tan orgullosos de vosotros mismos que ignoráis las fuerzas desconocidas que alberga la naturaleza. Os encerráis en reglas arcaicas que solo limitan vuestro poder.

La promesa flotó entre las dos y Kaia fue consciente de que se le acababa el tiempo. Lo que decía Olympia era cierto, el *Arcanum* no era de consulta pública porque ocultaba los secretos de las sombras y las magias extintas. Pero ella era la prueba de que los pozos de magia arcana continuaban vivos. Existían. Y Olympia era la prueba de que toda magia podía ser corrompida.

—¿Por qué haces esto? Soy una invocadora, nos odias —murmuró Kaia aceptando el colgante que Olympia acababa de quitarse. Sus dedos rodearon la piedra, estaba tibia y un pequeño destello gris iluminaba la superficie dura.

—Sí, pero tú no eres el peor de mis males —se aclaró la garganta—. No te queda mucho para convertirte en una demente. Además, Cyrene es el primer paso, ya he sembrado mis semillas a lo largo de Ystaria e, independientemente de lo que hagas, no hay manera de que puedas detener lo que se avecina.

Escudada por una capa de resentimiento, Kaia apretó la mano herida en un puño dejando que la sangre brotara a través de su piel. La boca de Olympia se abrió para suplicar, pero la invocadora ya sostenía el hilo de su vida entre sus manos y la decisión final pendía sobre sus pensamientos. Tomó la daga con cuidado, y con un movimiento diligente, cortó el hilo, que pasó del dorado vibrante al gris muerto haciendo que Olympia cayera sobre las baldosas rosas.

Desde arriba, Kaia apreció el cadáver y una sensación de paz y bienestar se extendió por sus hombros. Agarró la daga de Asia; estaba helada y le pareció que pesaba como toda una vida. Aquel era el hilo conector con los aesir. Aquello era lo que le habían robado a Asia.

—Tenías razón, no tengo corazón y no hago tratos con asesinas.

Podría haberle perdonado la vida a Olympia y haberla entregado al Consejo. Pero Kaia tenía otros planes.

Dejó el cuerpo sobre la alfombra y un minuto más tarde bajó por las escaleras laterales del edificio. Se sentía vacía. Pensaba que después de vengar a su hermana encontraría algún consuelo y lo cierto era que lejos de la paz que necesitaba, solo apreciaba la rabia burbujeante que supuraba de su piel.

Ahogó las emociones lúgubres que la asediaban y cruzó la puerta de la primera planta; el alboroto la acogió como a una vieja amiga. El vestíbulo principal se encontraba sumergido en el caos. Un escalofrío le subió por la espalda al percibir la energía arcana que tironeaba de su piel. Se deshizo de ella con un estrepitoso chillido y se internó en la marea de rostros iracundos que gritaban.

Alzó la vista buscando a Medea o a Ariadne, pero la multitud apenas le permitía caminar.

Los aesir flotaban en busca de víctimas. Kaia apretó la daga de su hermana y dudó antes de actuar. Aquel era el vínculo que ataba a los aesir. Buscó una esquina apartada y se arrodilló con la respiración entrecortada. Los dedos le temblaron cuando posó el arma en el suelo y tomó su daga para aplastarla con fuerza.

—¿Qué rayos...? —dijo al ver que el puñal se mantenía intacto.

Un vínculo consanguíneo solo puede romperse con otro, recordó de pronto la voz del profesor Plinio hablando del tema en clase. Kaia tragó saliva, tomó el cuchillo con fuerza y se mordió el labio antes de pasarlo por su brazo. El dolor llegó, rápido y violento, y se deslizó por el corte alargado mientras la sangre caía sobre la piedra. Con sus dedos dibujó un círculo de sangre. Cientos de hilos negros la rodearon. Acunaron sus miedos y ella percibió una colmena de mentes dentro de la suya.

Había dolor.

Había odio.

Rabia.

Un ramalazo sacudió su cuerpo.

Los dedos de Kaia arañaron el círculo de sangre mientras el tormento arremetía contra su sentido común. Los hilos se enganchaban a su piel, se extendían sobre ella como raíces que bebían de su ser. Kaia notó la creciente sensación de tortura y alargó la mano.

Romper con aquellos hilos exigía un sacrificio.

Si quería salvar a la ciudad, tenía que destruir su propia alma. Ceder al poder arcano.

Sujetó los hilos y la conexión tensó cada uno de sus músculos. Se le rasgó algo dentro, y a través del dolor se despidió de la joven ingenua que alguna vez había sido. Profanó su alma y la ropa se le pegó a la piel sudorosa mientras la sangre le salía de la nariz, de los oídos. Entonces cortó la palma de su mano derecha y lo sintió.

De pronto, los gritos de los aesir quedaron suspendidos en una especie de silencio vacío, tenso. Los ojos negros de los demonios se fijaron en ella y en el fondo de su cabeza escuchó el peso de las palabras de los aesir.

Ahora ella los comandaba. Era la líder.

Los nervios de Kaia se tensaron y, con renovada decisión, rompió la daga de su hermana. Esta vez se fragmentó en pequeñas astillas negras mientras los aesir chillaban y se revolvían convirtiéndose en cenizas.

Nadie se fijó en Kaia. Demasiado débil y cansada, se acurrucó en aquella esquina. Las lágrimas brotaron y Kaia se rindió a ellas.

75
MEDEA

La explosión la dejó atontada el tiempo suficiente como para quedarse quieta, sin hacer nada. Podrían haber pasado horas, o tan solo segundos, pero Medea no tenía manera de saberlo. Una sombra alargada se proyectó bajo sus pies y las palabras de Ari alertándola resonaron con fuerza en sus oídos.

Se agachó bajo la lámpara y permaneció con la espalda erguida junto a la pared. Cerró los ojos y notó el retumbar violento de su pecho. El eco de un tambor de guerra que agonizaba lentamente.

—Medea, ¿estás bien? —gritó Ari desde el otro lado del salón.

Tenía el rostro surcado por dos cortes que iban desde el mentón hasta la ceja. No llevaba las gafas puestas y sus ojos parecían velados por la misma preocupación que invadía a Medea. Asintió débilmente. Quería correr y apartarla del peligro. Quería salvarla, pero ya no quedaba nada por lo que luchar.

Se sacudió el miedo y contempló la sangre que manchaba el suelo pálido del vestíbulo del Consejo. Los aesir se desplazaban entre las sombras dejando una marea de gemidos y sollozos a su paso. Medea escrutó la sala con actitud crítica y reconoció el recelo en el rostro de su padre. Talos no quería ninguna tregua y en sus ojos ardía el deseo de la victoria, de vencer. Con la daga en alto esbozó dos sombras planas y atacó a los aesir que continuaban entrando al edificio.

Talos no dudó. Asió con fuerza la empuñadura de su daga y se enfrentó a los demonios seguido de los policías. Sus movimientos efectivos hicieron que apareciera una chispa de orgullo en el cuerpo de Medea. Le tomó cerca de un minuto aparcar la ansiedad e impulsarse sobre la balaustrada para ayudar a Ariadne, que se estaba defendiendo de una maestra.

Se lanzó como un relámpago y esquivó el golpe gracias a que en ese momento un aesir se arrojó sobre la esquina contraria. La mujer sorteó al demonio y, con una expresión febril, volvió a arremeter contra ella. Medea apenas detuvo el golpe con un movimiento sutil. Ari gritó algo que no alcanzó a entender y en ese instante la maestra dejó escapar el cuchillo que sostenía. Sus ojos estaban velados por la inconsciencia, como si su mente hubiese quedado suspendida en una especie de limbo al que ella solo tenía acceso.

Se miraron y Ari vio el brillo decidido en los ojos de su amiga, que parecía más segura que ella ante lo que debía hacer. Con un ligero temblor, Medea tomó el arma y la apretó sobre el cuello blanco de la maestra, que ni siquiera titubeó o se resistió al ataque.

Las manos se le empaparon de sangre y de no ser por los brazos de Ari que la sostuvieron para apartarla, Medea se habría quedado allí, incapaz de moverse.

—Has hecho lo correcto.

Medea alzó la mirada y se encontró con la de Ari. Sus ojos oscuros brillaban en medio de la noche, incluso su rostro parecía resplandecer de alivio.

—La he matado.

La voz le sonó demasiado grave y Ariadne tomó su mano con una delicadeza absurda.

No pudieron decir nada más porque, en ese instante, un estruendo metálico sacudió el edificio. El mundo se estremeció y las sombras se revolvieron sobre las paredes alargándose y haciendo que las lámparas estallaran por encima de ellas.

Ari dio un tirón del brazo de Medea y las dos se acercaron hasta una cristalera rota que daba hacia el exterior. Sus pies esquivaron las esquirlas plateadas y mientras Ariadne se esforzaba en salir de allí, Medea reparó en lo que estaba ocurriendo.

—Están quietos —musitó escrutando el vestíbulo en el que todos parecían tan confundidos como ella.

Lo que estaban presenciando podía significar el final de todo.

¿Kaia había detenido a Olympia? ¿Por qué los demonios permanecían inmóviles? Sentía cómo la cabeza le daba vueltas en busca de respuestas. Una angustia creciente le arañó la garganta e, impulsada por sus nervios, se abalanzó hacia el centro del vestíbulo en el que su padre permanecía muy quieto y casi tan confundido como ella.

El semblante de Talos se había oscurecido de pronto. Un coro de murmullos se elevó cuando los demonios empezaron a desvanecerse en el viento convirtiéndose en cenizas.

—Kaia lo ha logrado —dijo Ari, y pese a que Medea quiso responderle, ningún ruido escapó de sus labios.

Tampoco hizo falta que dijera nada. En ese instante entró un grupo de médicos y policías que se apresuraron a ayudar a los heridos, corrieron con camillas y socorrieron a todos los que estaban en el interior del edificio. Algunas columnas yacían derruidas, las mesas dispersas y el suelo repleto de ceniza y cristal; era el escenario de una guerra en la que Medea se había debatido entre dos bandos.

Por el rabillo del ojo, Medea vio a su padre dar órdenes con su habitual autoridad. También entraron rostros poco conocidos que se dirigieron a Talos con una actitud cordial y agradecida.

Todos hablaban a la vez intentando explicar lo ocurrido. Una mujer de acento marcado empezó a atender a los heridos mientras los camilleros se internaban en los pasillos del edificio.

No tardaron en aparecer algunos miembros del Consejo. Sus rostros estaban contraídos y ninguno se atrevió a decir nada, simplemente se dejaron arrastrar por los médicos y Medea los vio marcharse por la puerta de entrada.

—No puede ser...

La voz de Ariadne la arrancó de sus ensoñaciones. Alzó los ojos y comprobó que Ari parecía preocupada por algo.

—Es Kaia —musitó Ari poniéndose en pie para deslizarse hacia la puerta.

Con una mueca de dolor, Medea la siguió y casi se le cae el alma al ver el rostro pálido e inconsciente. Dos médicos se afanaban en realizar un vendaje improvisado en la herida abierta que tenía en el brazo izquierdo.

—¿Estará bien? —preguntó con voz temblorosa.

—Se recuperará —respondió uno de los médicos sin mirarla—. Pero necesita atención. Tiene varios cortes en las manos y este del brazo es bastante más profundo de lo que pensamos en un principio.

—¿A dónde la lleváis? —balbuceó Ari al ver que movían a Kaia hasta una camilla.

—Llevaremos a todos los heridos al hospital de la segunda. El Distrito de las Artes.

Los médicos alzaron la camilla y Medea decidió que iría con ellos, pero en ese instante, la aparición de Talos la obligó a detenerse.

—¿Hacia dónde crees que vas?

La increpó sin ninguna contemplación y Medea vio cómo los médicos se abrían paso hacia la puerta y desaparecían en el umbral.

—Voy a acompañar a Kaia al hospital —respondió y sus ojos regresaron al rostro de su padre. Dos arrugas profundas le surcaban la frente morena y Medea se preguntó cuántas horas llevaría sin dormir.

—No puedes dejar el edificio.

Aquella orden la tomó por sorpresa y muy a pesar del cansancio que sentía, se armó de valor para erguir la espalda y enfrentar los ojos negros de Talos.

—¿Por qué no podría hacerlo?

—Medea, tengo que llevarte bajo arresto a la comisaría por haber colaborado con la Orden.

En ese momento, dos policías avanzaron hacia ella y la esposaron sin mediar palabra. Los ojos de Medea se encontraron con Ari, que estaba consternada.

—Sí sabes que yo os ayudé a detener a Olympia, ¿no?

Talos no dijo nada, se limitó a encogerse de hombros bajo el uniforme azul y a darle la espalda mientras las policías la sacaban en volandas del edificio. Medea ni siquiera se resistió, estaba tan confundida que aquella situación solo sirvió para que el horror que sentía se acrecentara en su cuerpo.

La luz de la luna la recibió y apenas pudo apreciar a la multitud que se aglomeraba en la plaza del Consejo. Cientos de rostros la vieron desfilar como una criminal, y ella, con el corazón encogido, fue incapaz de oponer resistencia a pesar de lo injusta que le parecía toda aquella situación.

76
ARIADNE

Había muchas cosas en el mundo capaces de alterar los nervios de Ariadne. Pero pocas podían hundirla en un halo de miseria haciéndole pensar que no quedaba nada por lo que luchar. Entornó los ojos e inclinó la cabeza, apoyada contra la pared; admiró la claraboya rota y el cielo negro. Necesitaba fijarse en ese punto estático que era lo único que no se movía dentro del edificio.

El vestíbulo estaba atestado de gente que iba y venía. Se movían con una velocidad asombrosa y fácilmente Ari podría haber pasado allí cerca de media hora sin hablar con nadie ni hacer otra cosa más que observar. Cientos de dudas se revolvían sobre la superficie de su conciencia y Ari se preguntaba cómo era capaz de respirar.

La respuesta emergió desde el fondo de su mente: era una sobreviviente. Aquella palabra se le antojó insustancial, simple. Si tenía en cuenta lo vivido en las últimas horas, le resultaba complejo dar con una definición que abarcara todos y cada uno de sus sentimientos.

Suspiró dejando que el aire escapara lentamente de sus pulmones. En el ambiente flotaba el tenue olor a cenizas que se entremezclaba con el de la muerte. Todos esos hombres y mujeres entraban y salían sin siquiera fijarse en ella. Incluso bajo la luz difusa de la noche, le parecía asombroso que fuesen capaces de seguir órdenes y no derrumbarse ante las adversidades.

Cyrene, la ciudad de la muerte.

Cientos de cadáveres se apilaban afuera del edificio, se acumulaban unos sobre otros, y ella evitó fijarse en las expresiones vacías, consumidas, de sus rostros.

—¡Ari! —llamó una voz que hubiese reconocido en cualquier lugar y que arrojó un destello de claridad en la niebla que obnubilaba su cabeza.

Myles corrió hacia ella abriéndose paso entre la multitud y se quitó el cabello de los ojos antes de apretarla suavemente en un abrazo. El gesto la conmovió.

—¿Te encuentras bien? ¿Estás herida?

La preocupación era palpable en la voz de su hermano y, sin quererlo, las lágrimas comenzaron a escurrírsele de los ojos.

—Lo siento —replicó ella y se limpió la cara con el dorso de la mano—. Solo estoy cansada, ¿qué ha ocurrido allí arriba?

—Han matado a Olympia. Al parecer la maestra había conseguido crear un vínculo consanguíneo y controlar magia arcana para invocar a los aesir. Pero alguien ha roto ese vínculo, parece una locura.

—Mmm —respondió Ari, sin poner demasiada atención a las conjeturas de su hermano. Estaba más ocupada pensando en sus amigas y en qué podía hacer ella para ayudarlas. Casi se quedó sin aliento al recordar a Julian herido.

—Ari, ¿me estás escuchando?

Ella se quedó muy quieta y tardó un segundo en reaccionar.

—Estoy un poco agobiada con todo esto.

Myles arrugó la frente y pasó un brazo por encima de los hombros de Ari. Tenía la piel cubierta de hollín y sus manos estaban secas y ásperas al tacto. A pesar de eso, Ari agradeció que su hermano tomase la iniciativa. Myles le apretó el brazo en un gesto íntimo y tiró de ella hacia la salida del edificio.

—Se han llevado a Medea —dijo ella mientras cruzaban la puerta; los ojos de Myles se ensombrecieron—. ¿Crees que la juzgarán por esto?

—Es probable —respondió él tras un minuto de silencio—. Tiene que hacer frente a las decisiones que la han arrastrado hasta aquí. Cualquier persona que haya simpatizado con la Orden se verá en un gran aprieto.

Ari se mordió el labio, inquieta, Medea no era culpable y no podía soportar la idea de que su amiga estuviese encarcelada por un crimen que no había cometido. Se había equivocado, sí, pero nadie imaginaba que la Orden estuviese tratando con fuerzas oscuras.

Empezó a caminar hacia la plaza cuando dos periodistas se acercaron a ellos con sendas cámaras y los apuntaron. Las luces cegaron a Ari; sus hombros se tensaron al presenciar la naturalidad con la que el rostro de su hermano mutaba a una expresión controlada que le recordó que él también había pactado con Olympia y que, de hecho, había entregado a Medea.

—¿Cómo haréis frente a la situación que tiene por delante el Consejo en estos momentos? —preguntó una periodista de cabello oscuro; llevaba un traje rojo que desentonaba con el negro que se extendía entre los presentes.

—Bueno, es una pregunta clave. —El brazo de Myles la soltó, pero ella se quedó a su lado—. Sin Kristo enfrentamos una nueva elección y creo que en el Consejo todos coincidirán conmigo en que necesitaremos pactos entre invocadores y personas sin magia.

—Pero casualmente la Orden ha cometido estas atrocidades.

—Lo sé, y las condeno. —Dibujó una sonrisa conciliadora—. Pero debemos escuchar a las masas, y para impedir nuevos alzamientos y crímenes debemos trabajar unidos.

La mujer cambió el peso de su cuerpo hacia la pierna izquierda y continuó con renovado interés:

—Has sido una pieza fundamental para detener el ataque, ¿qué ha supuesto convertirse en el héroe de la noche?

Ari no pudo evitar poner los ojos en blanco mientras el pecho de su hermano se henchía de orgullo y satisfacción.

—Bueno, estamos exagerando un poco. —Ari casi suelta un suspiro de alivio—. La verdad es que solo he hecho lo correcto. Quería ayudar a salvar a todos los que día a día trabajan en este edificio y he conseguido que Olympia nos dejara salir a cambio de una traidora.

Una de los periodistas, el más alto, juntó las cejas con incredulidad.

—¿Podrías decirnos más sobre este asunto? —insistió la reportera con un brillo en los ojos. Tenía la historia perfecta para el telediario de mañana.

—Yo... lo siento, tengo que marcharme.

Ari se obligó a separarse de su hermano antes de que este diese por terminada la entrevista.

Con una furia crepitante, caminó calle abajo flexionando los dedos de la mano izquierda.

Deambuló por la avenida principal con los recuerdos agolpados en la memoria. El shock inicial de la muerte de Kristo, la detención de Medea y el enfrentamiento de los aesir había anestesiado su mente de situaciones dolorosas. Pero escuchando a Myles vanagloriarse de un éxito que ni por asomo le pertenecía, Ari recordó a Dorian y a Julian.

Por supuesto que no tenía ni idea de dónde estaba Dorian, pero guardaba la esperanza de que Julian permaneciera justo en la casa en donde lo había dejado.

—Ari, espera —la llamó Myles.

Ari giró el cuello y le lanzó una mirada fulminante.

—Nunca te había visto tan furiosa, ¿qué ocurre?

—No recordaba que fueses tan insufrible, Myles. Además de un mentiroso profesional.

Las palabras escaparon de sus labios casi sin pensar y Ari bajó la mirada, avergonzada.

Myles no se inmutó; al contrario, irguió la espalda y tensó los hombros anchos al tiempo que dibujaba un gesto conciliador. Esa mueca tan suya que ella había admirado cuando era una niña y que en ese instante la irritó.

—¿Qué quieres decir? —Se acercó a ella y estiró una mano para colocarle un mechón de pelo tras la oreja—. Eres mi hermana, Ari. Todo esto nos ayudará, ya no tendremos que conformarnos con ser asistentes.

Ari levantó una ceja, incrédula. Miró a su hermano en el medio de la calle. Casi todas las farolas se hallaban apagadas salvo un par de ellas, que arrojaban charcos dorados sobre los adoquines húmedos.

—Te alegras. —No era una pregunta. Myles cambió de postura y el brillo de las estrellas afiló sus rasgos—. Estás entusiasmado con todo esto.

—Decir que estoy *entusiasmado* sería exagerar. Pero no te voy a mentir, pienso aprovechar la situación. Kristo era demasiado blando con el resto del Consejo y su muerte servirá para conformar un camino de igualdad. Un camino en el que podamos vivir sin miedo.

A Ariadne le llevó un minuto decidirse. Pese al cariño que le profesaba a su hermano, nunca antes había sido tan consciente de sus abusos y mentiras.

—Lo siento, Myles, no voy a apoyar tu carrera ni que subas hasta lo más alto gracias a una escalera de mentiras —dijo Ari—. A partir de ahora estás solo.

La casa frente a la panadería mantenía las luces encendidas y un coro de murmullos se extendió entre los niños cuando Ari llamó a la puerta. La mujer que se había quedado con Julian abrió y sus labios esbozaron una débil sonrisa cansada. Se llamaba Helena y trabajaba como enfermera en un centro de salud en Distrito Obrero.

En cuanto abrió la puerta, la invitó a pasar y Ari creyó que el corazón se le iba a salir del pecho mientras la conducían a la planta alta.

La habitación de arriba era pequeña, apenas un camastro individual y una mesita junto a la ventana. El olor a alcohol impregnaba el aire. Ari se detuvo frente a la imagen de su amigo inmóvil y distinguió las líneas negras que se marcaban a través de la piel pálida y le conferían un aspecto fantasmagórico.

—Julian —musitó ella débilmente.

Apenas se movió, el ojo izquierdo permanecía oculto bajo un mechón de pelo y, cuando lo abrió, a Ari le dio un salto de alegría el corazón.

—Ari, estás viva.

Tragó saliva, incómoda, y acercó un taburete hasta la cama para sentarse a su lado.

—¿Cómo te sientes?

Era una pregunta estúpida, por supuesto. Se maldijo en silencio por lo poco original que resultaba incluso fuera del peligro y se forzó a parecer tranquila. Aceptó la bandeja que le ofreció Helena y se permitió colocarla en la mesita para rellenar las tazas con el líquido humeante.

—Vivo —replicó él forzando una sonrisa—. Aunque necesitaría que me acercaras la petaca con algo de alcohol.

Ella puso los ojos en blanco y Julian dejó escapar una risita gutural. Aceptó el té de buen grado y Ari se fijó en los dedos manchados de motas negras.

—Los niños de abajo no paran de hablar de ti —dijo Helena cuyos dedos trabajaban cambiando el vendaje del pecho de Julian—. Te has convertido en una especie de heroína para ellos.

Ari no pudo evitar sonrojarse. Se acomodó las gafas empañadas por el vapor del té y dio un sorbo antes de replicar:

—Ha sido suerte. En general, yo no soy valiente…

—¿Sabes que te han visto enfrentar a un demonio y vencerlo? No creo que tengan la misma perspectiva que tú.

Aquellas palabras la taladraron con la fuerza de los últimos acontecimientos y, finalmente, Ari se permitió sonreír. Sabía que Helena estaba exagerando, pero aceptaría de buen grado esa tregua para no pensar en todo lo que estaba por venir. Porque si de algo estaba convencida era de que las cosas se complicarían a partir de ahora.

—Tengo que contaros todo lo que ha ocurrido —dijo Ari de pronto. No quería posponer más el momento.

Y lo hizo. Narró los acontecimientos uno a uno. Expuso la situación y se permitió saltarse las partes que involucraban a su hermano y el hilo de mentiras en el que vivía. A pesar del malestar, se sintió un poco más liviana cuando terminó de hablar, y pese a que Julian hizo un sinfín de preguntas, Ari las respondió a todas de buen grado.

—Así que aquí termina todo —susurró él dejando escapar un pesado suspiro—. Mi tía Kassia estará pensando en hacer campaña política ahora que puede. —Al ver el gesto contrariado de Ari, Julian se corrigió—. Me refiero a que intentará mejorar la situación. Por supuesto que no va a aprovechar la muerte de su exmarido.

Como si se sintiese un estorbo, Helena musitó una disculpa apresurada y tomó la bandeja para desaparecer por las escaleras. Ari agradeció el gesto, y Julian apretó los labios, cansado y tal vez un poco desconcertado; parecía que quería decirle algo a Ari, por lo que ella se reclinó un poco en el taburete esperando a que soltara aquello que lo preocupaba.

—¿Qué ocurre? —preguntó, reticente; la mirada de Julian se suavizó un poco.

—Estoy cansado, pero te prometo que en cuanto me ponga bien hablaré con Kassia. No quiero que se malinterpreten sus intenciones, te aseguro que es una mujer de palabra.

A Ari le empezaban a arder los ojos; soltó un suspiro de agotamiento y con un movimiento mecánico se puso en pie.

—Iré al hospital a ver a Kaia y luego a casa —dijo—. También quiero hablar con mi madre.

Un escalofrío bajó por su espalda al notar los ojos oscuros de Julian sobre ella.

—¿Volveremos a trabajar juntos?

Una pregunta que guardaba una promesa y que ella no sabía cómo enfrentar.

—Espero que sí —contestó—. Ojalá que no sea matando demonios.

Con cuidado, Ari dibujó una sonrisa laxa y miró de soslayo a Julian. Aquel era el final de su aventura y una parte de ella sentía nostalgia; gracias a Julian había encontrado un propósito cuando más perdida había estado y ahora volvía a estar sumida en un estado de incertidumbre.

Estaba a punto de abandonar la sala, cuando él dejó escapar un sonoro suspiro y alzó la voz:

—Siento que las cosas sean así, Ari.

Ella enarcó una ceja, confundida, y lo miró sin entender a qué se refería.

—¿Qué quieres decir?

—Lo que está por venir, las mentiras que podrás entender cuando llegue el momento. Lo siento.

—¿Estás bien, Julian?

Él le devolvió la sonrisa y asintió haciendo que la inquietud de Ari se revolviera en su cuerpo. No dijo nada más y Ari bajó por las escaleras y se despidió rápidamente de Helena. Prometió que volvería en cuanto pudiera y los niños le sonrieron al verla partir.

Ari se encaminó bajo la noche fría con una vaga sensación de confusión en el cuerpo. Estaba perdida nuevamente, sí. Ya no tenía su beca y no volvería a escribir novelas para su hermano. Había transitado por un camino de dolor y sueños rotos, pero suponía que de vez en cuando estaba bien perderse. Ahora solo tenía que encontrarse a sí misma y trazar un nuevo camino.

77
Kaia

La voz suave y acompasada de su abuela la despertó al día siguiente. A pesar de los tubos que se conectaban a su piel, Kaia sentía un dolor palpitante en la cabeza y en el cuello. Le resultó difícil abrir los ojos y recibir la luz pálida y cegadora que inundaba la habitación.

Estaba en un cubículo pequeño con el techo y las paredes blancas. A su lado se extendía un sofá de cuero negro en el que reposaba su abuela con el rostro apoyado sobre el antebrazo.

Kaia deslizó la vista, y con un gemido de dolor, se incorporó sobre el codo izquierdo para comprobar dos correas alargadas que sujetaban sus piernas a la cama.

—Kaia, mi niña —susurró la anciana con los ojos entrecerrados y una mueca de tristeza en los labios.

La vio ponerse en pie y sujetar el bastón negro con una mano temblorosa. Las arrugas que rodeaban los ojos de su abuela parecían más profundas que nunca.

—Kaia, salvaste a esta ciudad —dijo la anciana, y la joven se enderezó como pudo en la cama para mirarla mejor. Aquella frase se le antojó hueca, insustancial, y las palabras de Olympia regresaron a su mente—. De no haber sido por ti, no habrían detenido a la Orden ni a los aesir.

Kaia levantó la cabeza despacio y el cabello le cayó sobre los ojos; su abuela hizo ademán de recogérselo, pero ella la ahuyentó con un gesto brusco. Estaba débil, pero no era una inútil. Debería ser ella quien estuviese atendiendo a su abuela y no al revés.

—¿Me lo compensarán quitándome la etiqueta que me han asignado? —Rio con sorna y un latigazo de dolor la obligó a mantener la boca cerrada. Le costaba permanecer impasible ante esa situación.

Su abuela dejó escapar una exhalación desde el fondo de su garganta y sus manos callosas sujetaron las de Kaia. Recorrió los cortes irregulares con aquellos dedos hábiles y curtidos por los años y no necesitó palabras que constataran la verdad.

—No me van a tener por ninguna salvadora.

Los labios de su abuela se crisparon.

—Lo siento, en esta ciudad están más podridos de lo que jamás imaginé. Pero tienes razón, no, no van admitir nada públicamente.

Kaia no dejó de mirar el rostro de su abuela mientras hablaba. En su voz habitaba un dolor que llevaba años conteniendo y la joven temió que fuese a derrumbarse. El peso de los años, de las muertes, hacía mella en ese orgullo en el que, por primera vez en toda una vida, Kaia veía grietas.

—Sé todo —dijo sin que le temblara la voz—. Sé que Asia también podía invocar a la magia arcana y que murió debido a ello.

Su abuela se pasó una mano por el rostro cansado y se alejó dos pasos de la cama. No había ninguna sorpresa en su expresión. En aquel momento se parecía tanto a la madre de Kaia que creyó que era parte de un espejismo. Pero el rostro de su abuela no solo estaba velado por la vejez, también por un toque oscuro que ensombrecía sus ojos pálidos y acentuaba el brillo inteligente de sus labios.

—La magia arcana no es una enfermedad, Kaia —soltó y la firmeza de su mandíbula confundió a Kaia—. En realidad, es una bendición.

Kaia ladeó el rostro contemplando una verdad que ignoraba.

—Con el tiempo te come, te hace perder el juicio —continuó su abuela mientras las lágrimas le resbalaban por las mejillas flácidas—. Ya conoces las historias que se han contado a través de los años. Gobernantes envenenados por la magia, consumidos hasta la locura. Son reales, sí, pero hay algo que esas historias jamás cuentan.

La anciana tragó saliva y, con un ligero temblor, se inclinó un poco hacia delante.

—Que hay excepciones, pocas, pero las hay. Almas con la suficiente voluntad y fortaleza para no sucumbir a la locura. Aquellos que poseen el don de ver la energía arcana y consiguen asirse a ella y tras años de práctica la dominan. —Hizo una pausa y miró sus manos apergaminadas—. Eso no implica que no tengan que pagar un precio. Ya sabemos que toda magia conlleva un coste.

Kaia alzó el rostro. La confusión distorsionaba sus facciones y era plenamente consciente del miedo que dilataba los ojos de su abuela. Un miedo que creyó reconocer una vez hacía muchos años, cuando Kaia solo era una niña y se cortó por accidente la mano.

—Tú lo sabías —dijo Kaia—. Siempre lo has sabido, que Asia podía invocar la magia y que yo también.

—Y tu madre y yo.

Aquella respuesta la golpeó. Kaia se quedó helada y las sábanas que la cubrían se le antojaron demasiado finas para protegerla de aquella confusión.

—¿Cómo has podido dejar que me sintiera como escoria? ¿Cómo le pudiste negar ayuda a Asia? —La voz se le trabó en la garganta y Kaia tuvo que hacer una pausa—. Pudiste haberle dado las herramientas para que sobreviviera.

—Lo hice —replicó su abuela. No había ni una pizca de arrepentimiento en sus ojos—. Lo hice, le pedí que fuese al bosque, la Madre Muerte protege a quienes pueden mover los hilos de vida y creía que Asia podría recibir su bendición.

»Pero Asia era débil, se dejó llevar por las expectativas de sus compañeros y no fue capaz de dominar la magia.

La ira arremetió contra Kaia, que apretó las manos hasta que los nudillos se le pusieron blancos como el papel. Un odio incendiario lamió sus heridas y con la voz estrangulada le dijo:

—Pero Asia estaba con sus amigos esa noche.

—Yo le propuse que entrase al bosque. Llevaba meses instándola a ir, a visitar a la Muerte. Kaia, hace años que podríamos haber instaurado un orden superior a los invocadores. —Hizo una pausa. Estaba de pie junto a la ventana y la luz de la luna se reflejaba en sus ojos. Olympia y su abuela habían movido los hilos invisibles que llevaron a Asia hasta la muerte. Después de todo, sí la habían matado, pero no quienes Kaia pensaba—. Podríamos liberar el poder de los hilos, apoderarnos del control.

Las palabras de su abuela resonaron en su cabeza.

Su hermana estaba muerta por las pretensiones de aquella anciana.

La energía arcana vibró en su pecho. Fue como un fogonazo de luz.

No se resistió. Dejó que la invadiera y tiró de las correas que le sujetaban las piernas; permitió que se le abrieran las viejas heridas. Bajó la vista a sus muñecas, la sangre comenzaba a manchar la venda de su brazo y las líneas del mundo se hicieron nítidas a sus ojos. Reales.

—Asia está muerta por tu culpa...

Era una niña.

La arrojó de cabeza hacia la muerte.

Los hilos de vida están unidos en el gran pozo arcano.

No. Aquel hilo débil que relucía en el pecho de su abuela no merecía seguir palpitando.

—Kaia, ten cuidado. No sabes manipular tu propia energía.

Pero Kaia no la escuchaba. Solo sentía. Lo sentía todo. La respiración, las líneas fuera del edificio, el dolor.

No quería sentir más. Quería arrancarse la piel y liberar a la persona que yacía encadenada a aquella magia.

El monstruo que dormía en ella hundió las garras en su pecho y el dedo de Kaia se levantó dispuesto a alcanzar el hilo que reposaba en el pecho de su abuela. Lo tocó y apretó hasta que la respiración forzada, precipitada de la anciana, se convirtió en un sollozo débil que, tras unos instantes tensos, se transformó en silencio.

Kaia perdió el equilibrio y se desplomó sobre el suelo. El dolor no se apiadó de ella; en lugar de concederle una tregua, la asaltó, nublándole la visión, y la joven dejó escapar un sollozo mientras regresaba a la realidad.

A un crudo momento en el que los ojos vacíos de su abuela la observan sin ver. *Muerta*, pensó, y aunque la tristeza era insufrible, ella no sentía culpa. Su abuela había traicionado su confianza, la había utilizado, le había mentido desde que era tan solo una niña. Se miró los dedos y comprendió lo que acababa de hacer.

He dado un paso en un camino de muertes en el que ya no soy una persona, soy un arma, comprendió, y sus emociones se asentaron en su pecho. No había vuelta atrás.

Respirando con dificultad, se quitó la bata blanca por encima de la cabeza y en el pequeño espejo junto a la puerta pudo apreciar las grandes marcas negras que le surcaban las costillas y los hombros. Hilos de oscuridad que reptaban sobre su piel y reclamaban su alma condenada. Pasó los dedos por las sombras que le recorrían la mano izquierda y subió hasta el brazo que tenía vendado. Quitó las gasas sin ningún cuidado y apreció los puntos que sujetaban la carne. Era una herida fea, irregular. Pero era la prueba de que ella los había salvado a todos.

Cyrene nunca reconocería lo que Kaia había sacrificado para acabar con los aesir, pero no lo necesitaba. Había encontrado respuestas y sabía que aquello solo era el principio de algo más.

Tragó saliva y buscó su ropa en la habitación. El abrigo estaba seco, aunque un poco sucio en las mangas. La camisa era un revoltijo rojo que le lastimó el orgullo; nunca hubiese imaginado que podía presentar un aspecto tan lamentable, y aunque en aquel momento era lo de menos, se resintió cuando apreció la tela rugosa y sucia sobre la piel.

Kaia le dio la espalda al cuerpo de su abuela y abrió la ventana. La vista se le desenfocó cuando puso las manos sobre la pared y el sonido de un graznido reverberó a través de sus huesos: Forcas.

No estaba sola después de todo.

78
MEDEA

Una luz densa flotó al final del pasillo y Medea se arrodilló en la penumbra esperando a que se hiciera nítida. Sus manos se aferraron a los barrotes que la privaban de su libertad y casi dejó escapar un suspiro de alivio cuando comprobó que el carcelero se acercaba con una persona que conocía bien.

—Tenéis diez minutos —advirtió el hombre cuyo rostro era una máscara de cicatrices que se ocultaban bajo una barba tupida. Su nombre era Barbado y era la única conexión que Medea tenía con el mundo exterior.

Barbado dejó que Ariadne pasara a la celda y volvió a cerrarla con un crujido metálico que hizo vibrar las paredes a su alrededor. Ari desentonaba con aquel lugar. Llevaba el cabello recogido en una trenza, el abrigo azul cielo limpio y los zapatos tan impolutos que casi parecían iluminar la oscuridad de la prisión. Era la primera vez en días que Medea veía algo que no fuese suciedad, mugre o pestilencia.

—Medea —susurró su amiga arrodillándose a su lado y estrechándola en sus brazos.

Medea se dejó acunar y tuvo que resistir las ganas de llorar. Extendió su mente e ignoró el dolor de los nudillos rotos y las piernas acalambradas por la falta de actividad. La presencia de Ari era demasiado valiosa como para desperdiciar sus escasos minutos pensando en la tragedia que la afligía.

Hacía días, o tal vez semanas, que nadie la visitaba ni le hablaba de su futuro.

Con ojo crítico, Ari evaluó la celda y una mueca de disgusto cruzó por sus labios. Medea no la culpaba, incluso ella había sentido una profunda aversión por ese espacio semicircular en el que ahora vivía. Las paredes de piedra lisa estaban corroídas por el moho. A su derecha, en la esquina más alejada, tenía un cubo que vaciaban cada dos días con sus excrementos; a la izquierda se extendía un camastro de paja rancia junto a los barrotes oxidados.

—Medea, esto es… inhumano —dijo Ari, incrédula, atreviéndose a rasgar el silencio—. ¿Cómo es posible que tu padre permita que te mantengan en estas circunstancias?

A modo de respuesta, Medea se encogió de hombros. Tenía demasiado tiempo libre para pensar, para imaginar mil situaciones distintas en las que ella obtenía la libertad en lugar de encontrarse tras los barrotes. Por supuesto que ninguna era realista y eso dejaba un hueco de dolor que solo llenaba en las noches con lágrimas.

—Yo… no he visto a nadie.

La voz le salió frágil como un susurro. Tan rota como lo estaba su alma. El silencio y el aislamiento estaban mermando su voluntad.

—Oh, Medea, es que no pensé que esto fuese a ser así —admitió Ari y en sus ojos se asomaron las lágrimas.

—Por favor no llores —le pidió Medea sujetando sus manos limpias—. Cuéntame, ¿qué ocurre afuera? Háblame de ti, de Orelle y de Kaia. Por favor.

Ari se mordió el labio y Medea advirtió que la voluntad le flaqueaba.

Mala señal, pensó con angustia.

—Orelle ha sido expulsada de la Academia, pero no la juzgarán porque su nombre no figura en los registros de la Orden —explicó Ari, y a Medea le pareció extraño que Olympia no hubiese dejado por escrito todos los nombres—. Han desarticulado todos los cuarteles de la Orden, y también han sellado el pasadizo subterráneo que daba a la comisaría.

»El Ministerio de Información trabaja en un nuevo programa para recopilar las historias de los supervivientes. Yo… —Hizo una pausa y un débil destello brilló en sus ojos—, estoy trabajando con ellos.

Medea enfocó sus ojos en ella y procuró esbozar la sonrisa más sincera que pudo.

—Eso es genial, Ari.

Su amiga bajó la vista, avergonzada, y se fijó en los pies desnudos y llenos de ampollas de Medea.

—Gracias.

Medea la echaba de menos. A ella, a Orelle y a Kaia. Su ausencia era como un dolor mudo que acechaba en su pecho dejándola vacía. Apretó los párpados y sacudió la cabeza. Ari le pasó los dedos por el cabello e intentó desenredar los nudos que poblaban su larga melena negra.

—¿Y Kaia?

Los dedos de Ari se detuvieron y un atisbo de tristeza brilló en sus ojos.

—Kaia desapareció del hospital.

La sorpresa golpeó a Medea.

—Pero ¿por qué?

—No lo sabemos. Dorian está destrozado y ha creado grupos de rescate para buscarla —admitió Ari dejando escapar un suspiro de resignación—. Ya sabes cómo es Kaia, si no quiere que la encontremos se encargará de que así sea. No hay fuerza capaz de doblegar su voluntad.

Medea asintió y empezó a sentir poco a poco admiración hacia Kaia.

—Estoy orgullosa de ti —le dijo Ari.

Medea se cruzó de brazos, no demasiado convencida de merecer semejante halago.

—No sé por qué —bufó—. En realidad, he arruinado mi vida por cumplir una fantasía, quería formar parte de una revolución y he pagado por mi estupidez.

—Medea, eres afortunada. Es fácil ver el mundo tal y como es cuando no formas parte de los grupos privilegiados. Cuando tienes una serie de beneficios por encima del resto de la población, no es muy complicado hacer la vista gorda.

»Eres valiente, y si estás aquí es más por la injusticia que por tus errores.

—Ari, eres una buena amiga —dijo Medea con el corazón en un puño.

Ari entrecerró los ojos con suspicacia.

—Prométeme que le dirás a Orelle que lo siento mucho —dijo de pronto mirando la expresión ceñuda de Ari—. Necesito que sepa que lamento lo que ocurrió en la plaza del Consejo. ¿Lo harás?

—Medea, por supuesto, pero… —dudó antes de continuar—, tienes que saber que el Ministerio de Información no nos deja hablar ni mantener contacto con aquellos que son sospechosos de trabajar en la Orden.

—Pero tú estás aquí.

Una sombra cruzó el semblante de Ari y Medea comprendió que estaba arriesgando demasiado al ir a visitarla.

—Yo estoy trabajando en tu caso —admitió—. He contratado a una abogada que cree que pueden hacer una apelación a la sentencia cuando se dicte.

—¿Cómo vas a pagar esto, Ari? No puedes permitirte…

Ari posó una mano sobre los labios de Medea haciendo que la frase quedase suspendida en el aire.

—Haré todo lo que pueda. Es un caso complicado y las esperanzas son escasas, pero no voy a desistir hasta haber hecho todo lo que esté en mis manos, ¿de acuerdo?

Una promesa.

La sangre se agolpó en el rostro de Medea, que no supo qué decir. Su lengua quiso balbucear una frase de agradecimiento, pero en ese instante, una figura corpulenta se deslizó en el pasillo.

—Se ha agotado el tiempo —gruñó Barbado introduciendo la llave negra en la cerradura.

Ari se encogió de hombros y, antes de retirarse, volvió a abrazarla con el cariño de siempre. Medea se quedó sola y se esforzó por enfocar la vista bajo las lágrimas, quería respirar la presencia de Ariadne hasta que desapareciera por el pasillo.

Cuando ya no escuchó el traqueteo de los pasos, Medea se permitió llorar en la soledad de su celda. Se abrazó las rodillas y enterró el rostro en la manta sucia deseando desaparecer. Llevaba años hablando de liberación, de igualdad, pero ¿a qué precio? Las que realmente habían impulsado el movimiento no eran más que radicales que querían quedarse con el poder por medio de la violencia.

Medea apretó los ojos y escuchó los latidos de su corazón. Había sido un peón movido a su antojo por grandes jugadores para los que ella no tenía valor alguno. Todavía podía ver el rostro de Aretusa intentando hacer un sacrificio con ella. Aquellos ojos siniestros la perseguirían por el resto de su existencia.

Epílogo

Kaia estaba de pie al borde del camino que separaba el bosque de la ciudad. Sus ojos estaban fijos en la tormenta que rugía con rayos iluminando eventualmente el cielo gris. No era una de las típicas borrascas de primavera. Era un temporal que zumbaba con furia por encima de su cabeza.

¿Qué estás dispuesta a hacer por conseguir lo que deseas?

Días atrás, Kaia hubiese respondido que haría lo que fuese necesario, pero en ese instante, bajo los tenues relámpagos, no estaba convencida de la respuesta. Su hermana estaba tan muerta como sus sueños de incursionar en la política. Ni siquiera se debía a una falta de oportunidades; Kaia estaba decepcionada del sistema, de las etiquetas que los poderosos imponían a otros solo para vanagloriarse en su grandeza.

Chasqueó la lengua y parpadeó para quitarse las gruesas gotas que se acumulaban en sus párpados.

¿Qué estás dispuesta a hacer?

Nada. No quería reducirse a formar parte de un conglomerado de invocadores poco dispuestos a sacrificar su estatus por el bien común. Tampoco de una Orden capaz de sacrificar a personas a fin de adueñarse del poder.

Kaia había vivido una mentira. Ahora tenía las respuestas que tanto anhelaba y no tenía ni idea de qué hacer con ellas.

La lluvia le había empapado la ropa. Tenía el pelo mojado pegado a la piel, el abrigo le pesaba y sus botas estaban convertidas en un estanque de agua sucia, pero no le importaba. De hecho, por primera vez en años a Kaia le traía sin cuidado su aspecto físico. Estaba demasiado preocupada por las heridas que surcaban su alma como para pensar en el peinado ideal para adentrarse en la inmensidad del bosque.

Tenía ganas de gritar. De sacar fuera todo el odio que bramaba y corría por sus venas, de quitarse de encima la sensación de confusión que la acompañaba desde hacía días. Porque si algo había en el mundo que Kaia odiara más que arruinarse la ropa o el maquillaje, era sentirse perdida como lo estaba en ese momento.

Tragó saliva y sus ojos escrutaron el bosque sumido en el silencio natural de la noche. Por supuesto que no era un silencio vacío ni absoluto. El correteo de los animales llenaba el eco, así como correr del agua del riachuelo y el graznar de los pájaros en el cielo. Era la quietud de la naturaleza lo que encendía las alarmas del cuerpo de Kaia.

Se apoyó en el tronco de un árbol y dio un paso al frente con la mandíbula contraída. Lentamente, sus pies se internaron en la maleza y deambularon por el ancho sendero de guijarros y hojas secas que cruzaba aquel entramado de árboles torcidos. La escasa luz del amanecer se filtraba entre el cielo gris y las copas de los árboles, y teñía de naranja las plumas de los gorriones que canturreaban sobre las ramas.

Apretó la daga y continuó el camino sin quitarse de encima la sensación de bochorno que la acompañaba. El frío calaba sus huesos y Kaia pensó en la posibilidad de volver atrás.

No, por supuesto que no puedes volver. No tienes un lugar al que pertenecer, y si quieres aprender a controlar la magia arcana, necesitas entrar aquí, se dijo dando otro paso hacia delante.

Acarició la piedra brillante que colgaba en su cuello y contempló el bosque sin saber muy bien hacia dónde debía ir. Se encontraba en una encrucijada en la que el camino se desviaba ligeramente a la izquierda, pero se convertía en un sendero angosto hacia la derecha.

Evaluó la tierra y las pisadas húmedas le indicaron que era el momento de alejarse del camino principal. Con algo de recelo, se internó en aquella zona en la que los árboles perdían frondosidad y se volvían escuetas ramas dobladas con apenas follaje. Pensar que aquello era lo último que su hermana había visto en vida le infundió valor para no amedrentarse.

Había enfrentado a dos diosas crueles, esperaba que la tercera no fuese peor. Le quedaba mucho por aprender de la magia arcana y aquella era su oportunidad.

La hierba estival se extendía salpicada por pequeños arbustos llenos de frambuesas y fresas. Era un cambio considerable en el paisaje, y a Kaia no le habría sorprendido tanto de no haber sido porque un camino de gravilla comenzaba en aquel tramo del bosque.

Era casi de día cuando Kaia alcanzó el final del camino y se topó con una pequeña cabaña de madera de pino. Era una estructura sencilla de planta cuadrada y amplios ventanales orientados al norte. Una verja metálica separaba un huerto de las hierbas salvajes del bosque.

¿Podría ser el lugar que ella estaba buscando?

Justo en ese momento una de las ventanas se abrió y una figura menuda apareció al otro lado. Era una mujer de rostro pálido con el cabello negro sobre sus hombros menudos.

—Kaia —musitó con un brillo de reconocimiento en los ojos.

Kaia se quedó junto a la verja esforzándose por recordar aquel rostro que no le sonaba de nada.

Al ver su perplejidad, la mujer dejó escapar una risita gutural y desapareció en el interior de la cabaña para luego abrir la puerta.

—Estábamos esperándote —musitó al tiempo que se ajustaba el delantal sobre el vestido de seda negra.

Las palabras le arañaron la garganta y no supo muy bien qué decir. No estaba segura de estar en lugar correcto; aquella mujer parecía cualquier cosa menos una diosa. *Tampoco es mortal*, pensó, admirando las facciones espléndidas y la sonrisa tibia que le dedicó. Ningún mortal poseía una sombra tan ancha como aquella, que parecía reaccionar a los gestos de su rostro.

—Creía que aquí vivía la Madre Muerte —dijo Kaia frunciendo el ceño.

A Kaia se le secó la boca cuando la mujer asintió y la condujo hasta la puerta que estaba rodeada por un arbusto de rosas negras.

—Soy Sibilia. —Hizo una pausa al tiempo que sus manos tocaban el abrigo empapado de Kaia—. Por la Madre, estás helada, necesito que te deshagas de esto y ya me encargaré yo de conseguirte ropa seca.

—¿Cómo sabes quién soy?

—¿Cómo no lo sabría? —Sibilia esbozó una sonrisa amplia—. Aracne te ha escogido y has sorteado cada traba para encontrarte esta noche con ella.

Casi esperaba que en ese momento alguien la sacudiera para despertarla del sueño. Nadie acudió en su auxilio y con una expresión cauta miró a su alrededor una vez más intentando reconocer algo familiar en el entorno.

—Estás confundida —musitó Sibilia con algo de fastidio al ver que Kaia continuaba anclada en su sitio—. Es normal, Aracne imaginaba que no encajarías del todo bien la traición y puede que eso sea lo que te tiene en ese estado catatónico.

Kaia frunció el ceño.

—¿Qué traición?

Con un bufido de desdén, Sibilia tomó su brazo y le pasó una mano tibia por el rostro haciendo que el frío de la lluvia desapareciera de sus huesos.

—La de Julian, la de tu abuela. —Su voz se apagó al ver la perplejidad en el rostro de la mortal—. ¿No lo sabías? Todos con sus mentiras y sus redes de engaños.

—¿Julian?

Con un asentimiento, Sibilia confirmó sus palabras y la incredulidad de Kaia aumentó de manera desproporcionada.

—No sufras. Tu blando corazón de mortal acabará por acostumbrarse a las decepciones.

Kaia estaba tan perpleja que no rebatió a Sibilia cuando la empujó hasta el interior de la cabaña y le quitó el abrigo casi por la fuerza. Se desprendió de las botas y se quedó en medio de la sala con la bata que llevaba puesta desde su salida del hospital. Se sintió expuesta, frágil como nunca antes.

En medio del silencio y a la espera, se dedicó a observar las paredes de madera que carecían de decoración alguna. El techo era alto y en el ambiente flotaba un persistente olor a pino con bergamota. La curiosidad reemplazó a la aprensión y los pies de Kaia se deslizaron sobre la moqueta gris hasta un pequeño salón con dos estantes amplios y un juego de sofás anticuado.

—Kaia —susurró una voz a su espalda, y a Kaia casi se le sale el corazón por la garganta de la impresión.

Las manos le sudaron y un suave temblor sacudió sus vértebras cuando giró y se encontró con una figura menuda de piel lechosa y resplandecientes ojos azules.

La Muerte.

Agradecimientos

Escribí este libro en 2019 y me cuesta creer lo mucho que he cambiado desde entonces. Ni siquiera el mundo es el mismo, y si hay algo de lo que estoy segura después de todo este tiempo es de lo rápido que se mueve la vida y de cómo es capaz de sacudirnos y ponernos en nuestro lugar cuando llega el momento.

Quiero agradacerte a ti, lectora o lector. Por convertirte en un pilar fundamental y porque haces posible que esta historia cobre vida y llegue a las librerías. Me siento increíblemente afortunada por esta comunidad que me ha visto crecer y me ha brindado su cariño. Sois lo más bonito de este viaje y las palabras nunca serán suficientes para daros las gracias.

A Tomás. Si hay alguien que me conoce de principio a fin, eres tú; si hay alguien que me ha visto en mis peores momentos, eres tú. Gracias por no dejarme caer, por creer en mí y convertirte en el refugio más bonito de mi vida. Que cada nueva aventura nos lleve a esos lugares que hemos soñado y nos hacen felices.

Cuando concebí a Kaia, Medea y Ariadne no imaginaba la fuerza que cobrarían. Abordar temas como el luto, la autoestima, las exigencias y expectativas no me es ajeno, y dentro de este mundo de fantasía quería poder plasmar un poco de la realidad a la que nos enfrentamos día a día. En el caso de Kaia creo que es más evidente ese bucle de autoexigencia, luto y depresión en el que se encuentra. Su incapacidad para pedir ayuda la obliga a aislarse y olvida lo importante que es pedir ayuda. Nunca me hubiese imaginado que después de escribir esta historia empatizaría tanto con las emociones de un personaje que en un principio me resultaba tan antipático.

Y es que las secuelas invisibles del 2020 se me han quedado grabadas a fuego en el cuerpo y tantos meses después sigo luchando por escapar de la ansiedad, las voces y el miedo. He aprendido a reconocer la importancia de pedir ayuda.

También tengo que darle las gracias a mi familia, que me ha escuchado hablar de estos personajes durante más de tres años. A mis padres; a mi abuela Vity, que siempre es una inspiración. A Alexander y a Fabiana. A mis amigas. A Esperanza por leerme, por soportar mis audios estilo pódcast y ser un soporte en la corrección de este libro. También a Nyme, Raya y Noah, que son mi paz.

Y por supuesto a todo el equipo de Puck, especialmente a mi editor. Publicar este libro no sería posible sin Leo. Gracias por confiar en este proyecto y por hacer de todo el proceso algo bonito y amable. También a todo el equipo de Sandra Bruna y su maravillosa gestión.

Escríbenos a

puck@edicionesurano.com

y cuéntanos tu opinión.

ESPAÑA /MundoPuck /Puck_Ed /Puck.Ed

LATINOAMÉRICA /PuckLatam

/PuckEditorial

¡Gracias por vivir otra
#EXPERIENCIAPUCK!

Ecosistema digital

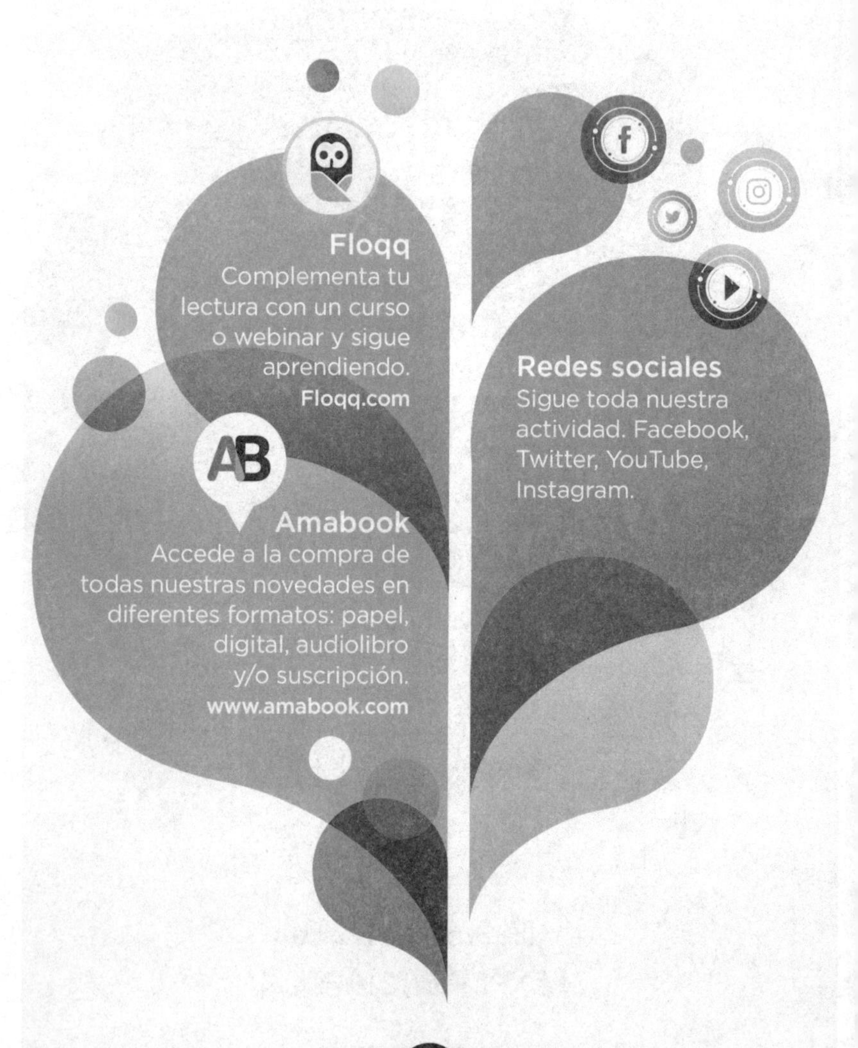

EDICIONES URANO